Gérard de Cortanze

Laura

Gallimard

Gérard de Cortanze, romancier et essayiste, est l'auteur de plus de soixante livres traduits en vingt langues. Prix Renaudot 2002 avec son roman *Assam*, il collabore régulièrement au *Magazine littéraire* et à *Senso*, et dirige la collection Folio biographies aux Éditions Gallimard.

« Quand la légende devient réalité, imprimez la légende. »

JOHN FORD,
L'homme qui tua Liberty Valance.

« On remarquera (en plus des fautes de l'auteur) certaines "facilités" dans l'appareil de l'existence, c'est-à-dire dans l'invention des faits. »

JEAN GIONO,
Angelo.

1

— Que se passe-t-il, Diodata ?

— Je ne veux pas que tu aies des amants...

— Pourquoi détestes-tu autant les hommes ? demanda Laura.

— Ils ont une chose que je n'ai pas.

— Quoi ?

— Un pénis pour pouvoir te faire l'amour.

— Il y a d'autres façons de faire l'amour avec une femme, non ?

— Mais je ne le veux pas, je ne le veux pas, minauda Diodata, tout en s'agenouillant aux pieds de Laura et en posant sa main sur la toison de son sexe.

— Et comment s'appelle ce que nous faisons depuis ce matin ?

Diodata esquissa un sourire.

— Le temps a passé si vite, dit-elle en ouvrant doucement les jambes de Laura et en écartant délicatement les petites lèvres afin de dégager le clitoris. Les poils de ton pubis sont trempés comme des algues marines...

Laura se renversa en arrière sur le lit, offrant son sexe, ouvert comme un camélia :

— Je dois partir, ma chérie, tu sais...

Diodata, faisant mine de ne pas entendre, commença d'égrener une série de prénoms, « Maria,

Cristina, Béatrice », tout en embrassant le sexe ouvert, le mordillant, y glissant lentement sa langue. « Barbara, Leopolda, Clotilde. » Laura ne bougeait pas, sentant son clitoris durcir comme la pointe d'un sein. Diodata, la tête prise dans la plus délicieuse des tenailles, laissait ses mains se promener sur les seins de Laura qui bientôt fit glisser ses doigts vers son sexe qu'elle caressa à son tour. Laura aimait par-dessus tout que Diodata y place sa langue et l'y fasse pénétrer aussi loin qu'elle le pouvait. Ce qu'elle fit immédiatement, s'emparant des fesses de son amante, comme elle l'eût fait d'un énorme fruit, et les poussa vers sa bouche. « Melchiosa, Camilla, Giulia… » Quand l'index de Diodata rencontra le petit trou de l'anus et s'y enfonça doucement, Laura sursauta, sentant dans son ventre comme une décharge soudaine. « Continue, dit-elle, je t'en prie », tout en faisant jouer ses muscles pour retenir le doigt de Diodata qui s'enfonçait de plus en plus loin tandis qu'elle continuait de remuer sa langue dans le sexe de Laura. Celle-ci commença de gémir. Tout son corps se mit à onduler, rencontrant la pression du doigt lorsqu'elle poussait vers le bas et celle de la langue lorsqu'elle se soulevait. Elle avait commencé de roucouler comme une colombe, mais quand Diodata accéléra le rythme de ses mouvements, elle n'y tint plus et atteignit l'extase une nouvelle fois. « Margherita, Teresa, Laura, Laura, Laura », poursuivit Diodata tandis que, retombant lentement sur le lit, haletante, Laura murmurait dans un soupir : « Que m'as-tu fait ? Que m'as-tu fait, mon amour ? » Diodata, la bouche mouillée du miel de son amie, remonta vers elle, s'allongeant de tout son long et pressant sa poitrine contre la sienne.

— Pourquoi tous ces prénoms, ma douce, pourquoi ? demanda Diodata en pesant de tout son poids sur le ventre de Laura.

— Demande à mon ancêtre, le maréchal Trivulzio. C'est une tradition dans la famille...

— J'aime tellement les prononcer, tes prénoms, lentement, les uns après les autres, les sucer dans ma bouche comme des bonbons quand...

— Quand tu me fais jouir sans pénis ! Je sais, dit Laura tout en bougeant légèrement, se mettant sur le côté et prenant Diodata dans ses bras afin de pouvoir faire glisser doucement ses mains le long de son dos, de la nuque à la croupe, ce qui eut pour effet de déclencher chez son amante un nouveau désir de caresses.

— Non, plus maintenant.

— Tu n'en as pas envie ?

— Non, je suis trop triste. Tu finis toujours par partir comme une voleuse.

Diodata, qui était directe comme un homme, pouvait employer un langage cru, raconter des histoires grivoises et rire quand on parlait de sexe — ce qui plaisait beaucoup à Laura —, redevenait une petite fille quand l'heure de la séparation avait sonné... Dès lors, le feu qui l'animait s'éteignait, les démons sautillants qui vivaient en elle rentraient dans leurs tanières, et elle se mettait à ressembler à ces hommes qu'elles détestaient tant, et qu'elles trouvaient si lâches et timorés.

— Serre-moi fort contre toi, dit Diodata à Laura qui tira une couverture et en recouvrit leurs deux corps nus et luisants de sueur.

Devant le lit, une immense glace s'ouvrant comme un horizon — formée de trois panneaux dont les deux côtés latéraux, articulés sur des charnières, permettaient aux deux femmes de se voir en même temps de face, de profil et de dos — leur renvoyait leur image. Laura sombra dans une de ses réflexions d'après l'amour mêlée de bonheur et de mélancolie. «Nous sommes deux femmes si différentes», pensa-t-elle en elle-même.

L'austérité hivernale de la beauté de Laura — des cheveux noirs encadrant l'ovale parfait de son visage, un teint d'une blancheur fantomatique, d'immenses yeux noirs, un corps élancé aussi délicat que ses longs doigts fuselés — frappait tous ceux qui la voyaient. Certains affirmaient que sa bouche hautaine et ses sourcils de déesse en courroux lui conféraient un aspect surhumain ; d'autres que les fossettes naïves de ses joues et son petit menton pointu la faisaient ressembler à un de ces modèles particulièrement appréciés par les artistes italiens du XVIe siècle ; tous que sa présence vaporeuse la faisait appartenir au domaine des rêves plus qu'à la grossière réalité de la vie.

De dix ans son aînée, Diodata était grande sans lourdeur, dotée de plantureux appas, l'air juvénile malgré ses trente ans, avec un front bombé d'entêtement qu'éclairait un regard à éclats. Elle n'était pas vraiment jolie, mais avait la beauté du diable, un teint de lis et de rose, un petit nez en l'air, respirant l'audace, de grands yeux bleus pleins de malice, une tête bien posée sur les épaules, couronnée d'une masse d'épaisses boucles blondes qui tombaient en désordre sur son front et échappaient dès le matin au joug du peigne et des épingles ; quant à sa taille, elle possédait une grâce énergique qui lui était particulière. Quelques harpies la proclamaient une «jolie laide» ; d'autres la disaient simplement quelconque ; mais toutes s'accordaient à voir en elle une poétesse plus que prometteuse dont le premier recueil de poèmes appelé *Versi* [1]* avait connu un vif succès.

---

* On trouvera les notes en fin de volume.

Leur liaison, qui durait depuis quelques mois, avait commencé sur un coup de foudre. Lors d'un bal donné à Milan par le prince Borghèse, Laura avait immédiatement été attirée par cette femme, belle comme un ange, dans sa robe de cachemire couleur de ciel décolletée, agrémentée de grandes manches ouvertes et pendantes, douée d'une parole limpide comme le cristal, qu'on aurait pu dire «ailée», elle semblait tant aimer l'esprit que tout son désir, en vous parlant, était de chercher votre pensée et d'en jouir. Diodata, de son côté, était sans attendre tombée sous le charme de cette jeune fille, habillée d'une robe rose d'une simplicité recherchée, et dont tous les agréments de la toilette, jusqu'à la couronne de roses posée haut et de côté sur sa chevelure, étaient savamment calculés pour faire valoir sa beauté. Tout en elle, sa figure, son port, sa démarche parfaitement réguliers et majestueux, l'avait charmée, comme l'avaient sidérée son intelligence extrême, son esprit comme d'un démon, ses manières dignes et gracieuses, et ses mains si fines qu'elle les imaginait déjà se promenant sur son corps et en découvrant les cachettes les plus intimes. Très vite, les deux femmes avaient compris qu'elles étaient complémentaires. Diodata avait fait don à Laura de l'indestructible bonne humeur qu'elle mettait dans toutes les relations de la vie, et qu'elle prétendait garder jusqu'au dernier soupir. Laura avait offert à Diodata sa philosophie de vie, révolutionnaire, et qui tenait en peu de mots : «Les femmes n'ont pas encore admis que le bonheur réside dans la liberté, moi si, et rien ne me fera déroger de cette vision des choses!»

Au fil de leurs rencontres et de leurs rendez-vous, leur amitié s'était transformée en amour d'abord platonique, puis joyeusement charnel. Diodata avait initié Laura aux émotions saphiques et avait ainsi pu oublier dans ses bras la peine que lui avait causée la mort récente de son mari le comte Mario Roero Di Revello; et Laura cesser de vivre dans l'ombre de son époux le prince Emilio Bardiano Di Belgiojoso d'Este, idole des réunions artistiques et des salons milanais, et pourvu d'un appétit sexuel qualifié par certains de «byronien» qu'il préférait assouvir avec des prostituées et une kyrielle de maîtresses plutôt qu'avec sa jeune épouse qu'il n'avait guère honorée que les deux premiers mois de leur mariage!

Alors qu'elle regardait ces deux femmes, ou plus exactement l'image de ces deux femmes reflétée par la grande glace de la chambre, Laura se dit que lentement la brune et la blonde, la «grosse» et la «maigre», n'avaient plus fini par former qu'un seul être. Diodata, qu'elle avait vue tout d'abord comme une seconde mère, puis comme une grande sœur, puis comme une confidente, puis comme une amante qui lui avait fait découvrir une volupté qu'aucun homme n'avait pu ou su lui faire éprouver, était maintenant un morceau d'elle-même comme elle était une partie de Diodata et tout à la fois aussi une mère, une grande sœur, une confidente et une femme amoureuse qui savait se plier à tous ses fantasmes. Leurs corps étaient à présent allongés l'un contre l'autre, leurs ventres se touchaient. Diodata se glissa hors de la couverture. Elle avait trop chaud. Laura se poussa doucement sur le côté pour la contempler. Elle regarda ses longues jambes, minces et lisses, sa toison abondante, sa peau claire et satinée, ses seins généreux, fermes et dressés, ses longs cheveux, son sourire.

— Ne bouge pas, c'est merveilleux…

Diodata ne dit rien. Elle semblait absente.

— À quoi penses-tu?

— À la frénésie qui s'est emparée de nous quand

nous nous sommes retrouvées ce matin, répondit Diodata, se souvenant qu'elles avaient commencé de se déshabiller dans la petite antichambre lambrissée de panneaux en bois de chêne, et avaient ensuite essaimé leurs vêtements tout le long de l'interminable couloir tapissé de rayons en chêne couverts de livres, menant à un premier puis à un second salon, pour finir par se retrouver, entièrement nues, sur un bureau de palissandre, sous l'œil fixe du tableau de l'école vénitienne représentant une Vénus, grandeur nature, langoureusement couchée dans les plis d'une draperie pourpre.

— Faire l'amour un vendredi saint, dit Laura, tout de même !

— Alors que nous devrions être en train de prier au milieu des enfants en surplis de dentelle blancs, des prélats grisonnants et ridés...

— Des marquis ramollis, des marquises décrépites...

— Seigneur, par la Passion de Votre Christ, Vous avez détruit la mort. C'est pour nous, de père en fils, la conséquence du péché ; les générations, l'une après l'autre, y sont condamnées...

— Accordez-nous de ressembler totalement à Votre fils. Par notre origine, nous portons la marque de la terre. Par Votre grâce, nous porterons la marque du Ciel. Par Jésus-Christ... Amen...

— La femme qui ne se donne qu'une heure au diable passera cent mille heures en enfer... C'est du moins ce qu'on disait au Moyen Âge, susurra Diodata, en revenant se blottir contre Laura qui parut soudain sombre. Et toi, à quoi penses-tu ?

— À Emilio, répondit Laura tout en allumant un demi-cigare qu'elle venait de tirer d'une petite blague algérienne posée sur la table de nuit.

Diodata leva les yeux au ciel en soupirant.

— Comment as-tu pu te marier à seize ans avec ce barbon qui en avait trente ?

— Un barbon, un barbon, n'exagère pas, tout de même !

— Un homme que tout le monde fuyait. Comme parti possible et comme ami sûr ! Un égoïste qui ne comprend rien en dehors de son propre plaisir !

— Emilio était grand, doté d'un corps d'athlète, *bellissimo com'un Apollo...*

— Quelle horreur !

— Il possédait une extraordinaire chevelure blonde...

— Surtout une bourse vide qui attendait les quatre cent mille lires autrichiennes de ta dot ! Oublies-tu que ton père, à sa mort, en te léguant son immense fortune, a fait de toi la plus riche héritière de l'aristocratie milanaise ?

— Des traits réguliers, des yeux séduisants, un sourire désarmant...

— Un séducteur bien décidé à poursuivre sa carrière sans scrupules et sans remords !

— Et quel charme, quelle grâce...

— Enfin, Laura, après deux mois de lune de miel passés en tête à tête dans une forteresse, vous êtes revenus à Milan et là il a renoué avec la Guiccioli, une ancienne maîtresse de Byron, sans oublier ses *madamine*, ses *ballerine*, ses femmes affranchies !

— Et quelle merveilleuse voix de ténor...

— En plus, il te contraint de ne paraître dans le monde qu'avec des robes montantes en velours noir qui t'emprisonnent jusqu'au cou et les bras cachés sous des manches longues ! Monsieur est jaloux ! Tu l'aimes encore, ma parole ! ajouta Diodata hors d'elle.

— Mais non, je pensais à tout ce passé gâché, c'est tout. Un souvenir éphémère... Je n'ai plus le droit d'être nostalgique ?

— Non. Et tu sais, on a la nostalgie qu'on mérite…

— Allez, plus rien n'existe hors de toi, tu le sais bien !

Alors que son bras frôlait l'épaule de Diodata, une vague soudaine de chaleur lui parcourut le corps. Comme aimantée, Laura se jeta littéralement sur la bouche de son amante qu'elle embrassa longuement et profondément, si fort qu'elle crut en défaillir. Une nouvelle fois elle tranquillisa Diodata, lui confessant combien elle se laissait porter par son amour, combien elle aimait dormir avec elle, se cacher avec elle, la posséder, l'aimer, combien tout se confondait. Sans la moindre tension, le moindre doute, la moindre haine ; avec un sentiment absolu de possession et de sécurité. L'acte d'amour n'était jamais bestial, ni cruel, comme il l'avait parfois été avec les hommes. Entre elles, tout était si simple, personne ne cherchait jamais à violer l'autre, à s'imposer, par la violence ou la force du désir ; une fusion parfaite. Les deux femmes en eurent presque les larmes aux yeux.

— Plus rien ne vous lie plus, alors, Emilio et toi ? lâcha Diodata comme pour se rassurer.

Laura lui caressa les cheveux avec une tendresse infinie, lui dégageant le front :

— Si, la politique.

— La politique ?

— Entre lui et moi le dissentiment est général, hormis sur un point : l'affranchissement de la patrie.

— Balivernes ! Tu ne vas tout de même pas t'engager dans le mouvement *carbonaro* ! Tu sais ce que tu devrais faire ?

— Prendre un amant français ?

— Les Français sont plaisants, mais ils n'ont point de passion et, contrairement à ce qu'ils croient, ne savent pas s'exprimer en italien. Un homme qui songe aux mots dont il use pour parler d'amour fait pitié. Et quoi qu'ils en pensent, ce sont de piètres amants. Tu n'as pas une autre idée, moins puérile ?

— Si, justement, dit Laura, affectant soudain un air grave.

Par la fenêtre de la chambre, on pouvait apercevoir derrière la brume qui commençait de tomber la rive du lac et plus loin le mur d'enceinte du Castell'Alfero. Située au cœur du Montferrat, tout près de la frontière de la basse Lombardie et à quelques heures de Pavie, la vieille demeure tenait de la ferme et du château. Diodata, qui possédait un hôtel particulier à Turin et un manoir non loin de Cortanze, avait trouvé plus commode de retrouver Laura dans cette imposante bâtisse traversée de vastes escaliers et de longs corridors voûtés, entourée de murailles de quatre à cinq pieds d'épaisseur et dotée de profondes cheminées sous lesquelles eussent commodément tenu une douzaine de personnes. D'épais taillis et des canaux remplis d'une eau stagnante entouraient et isolaient la demeure du reste du monde. De son vivant, le comte Roero Di Revello se plaisait à rappeler que, derrière les huit tours aujourd'hui délabrées de l'imposant édifice se dressant aux angles de la tour principale, ses ancêtres, de farouches barons solitaires, avaient résisté à bien des sièges. Mais aujourd'hui, les portes et les fenêtres ne consentaient pas plus facilement à se fermer qu'à s'ouvrir ; les briques rouges qui formaient le plancher étaient dévorées par l'humidité ; et le grand escalier qui menait au premier étage, qu'un escadron de cavalerie eût sans trop de peine monté au galop, était condamné. À présent, seul le rez-de-chaussée était habitable. C'est là, dans une des chambres, qu'allongée dans l'immense lit en bois de noyer, à colonnes et à dais, composé de quatre matelas et d'une paillasse gigantesque rembourrée de feuilles de maïs desséchées, que Diodata attendait la réponse de Laura.

— Alors, c'est quoi ton idée ?

— Je vais quitter Emilio.

— Quoi ?

— Je vais quitter mon mari.

À droite du lit, un prie-Dieu, portant sur ses tablettes plusieurs petits livres de prières reliés en peau brune, attendait on ne sait quel repentir. Diodata, qui s'était levée, s'y assit. Elle semblait atterrée et resta silencieuse.

— Nous sommes en 1828. Tout est permis, non ? C'est l'époque de toutes les excentricités et de toutes les bizarreries. Le comte Trecchi se promène en tenant une hyène en laisse. Le marquis Magenta reçoit ses visites dans une voiture fermée placée au rez-de-chaussée de son palais. Le baron Ala Ponzone a adopté pour ses réceptions le costume adamique. Les belles Milanaises vont souper joyeusement au restaurant avec leurs amies et leur sigisbée, et ne réintègrent qu'à l'aube le domicile conjugal sans que cela ne choque plus personne. Je peux bien quitter mon mari, non ?

— Tu mélanges tout, Laura. Certes nous sommes au XIXe siècle mais dès qu'une femme refuse les conventions elle est immédiatement ridiculisée. C'est ainsi que le monde en use à l'égard de celles dont le caractère n'a pas été effacé par l'éducation. Quant aux hommes, c'est tout le contraire : on fait un mérite de ce qu'on appelle de l'originalité.

— La mode permet aujourd'hui aux femmes de découvrir leurs bras, leurs seins, leurs épaules... Les plus téméraires portent même une robe ouverte de haut en bas sur un maillot couleur chair...

— Justement, tu trouveras des mâles grincheux pour soutenir que la déliquescence de la société correspond exactement à cet extérieur voluptueux, et que la mode féminine est responsable du mauvais état de l'Italie actuelle, si tant est qu'on puisse parler d'un pays dont l'unité n'est pas encore faite !

Laura se rapprocha du prie-Dieu et, se penchant vers Diodata, lui dit en riant :

— Le jour de mon mariage, la mère d'Emilio m'a offert un exemplaire de *Candide* pour me faire comprendre que je pénétrais dans une famille qui était comme le temple de la libre-pensée, mais je l'ai repoussé doucement.

— Pourquoi ?

— Parce que je l'avais déjà lu !

— Tu es une sorcière. Fais attention, Laura, la grande punition infligée à Lucifer a été de ne plus pouvoir aimer.

— Je n'ai pas l'intention de vivre comme on va au théâtre, tout du moins ici.

— C'est-à-diré ?

— C'est-à-dire en ne faisant qu'entrer et sortir dans la salle du spectacle, pour s'y montrer un instant et disparaître aussitôt après. On arrive à la fin du premier acte, on part avant la fin du second, on perd de la musique ce qu'elle a de plus saillant, c'est-à-dire l'ouverture, l'introduction et le finale. Je ne veux rien perdre de la totalité du spectacle. Je veux vivre dans le vrai.

— Le vrai peut quelquefois n'être pas vraisemblable, dit, songeuse, Diodata, en se servant un verre de vin dont elle but une gorgée avant de le tendre à Laura.

— Je ne m'enivre que lorsque je souffre trop et que le désir impérieux d'oublier la vie me fait envier la mort, répondit-elle, emphatique, tout en s'enroulant dans un drap telle une toge.

L'horloge sonna six heures de l'après-midi. Diodata se versa un autre verre de vin qu'elle avala goulûment, tandis que Laura commença de rassembler ses vêtements. Elle ne pouvait plus différer son départ. Elle devait absolument retourner en Lombardie. Comme toutes les fois où elle se rendait à Castell'Alfero, Laura avait revêtu un costume de chasseur : culotte courte de daim sombre, bottes à revers, veste à haut col et feutre noir. Plutôt que de venir avec une chaise dirigée par un postillon, elle avait choisi un cheval noir frémissant, de l'écurie d'Emilio. La bête l'attendait dehors. Diodata préféra rester dans la chambre. Mieux valait se dire au revoir ici. Les adieux sont un arrachement inutile. Elle embrassa longuement son amante encore tout imprégnée des senteurs de l'amour, et referma immédiatement la porte pour éviter de longues effusions.

Laura était sortie rapidement des murs d'enceinte du château, sans se retourner, sentant sous ses cuisses les ondulations du cheval. Après avoir un certain temps longé un canal où trempaient des saules, elle prit la direction de Fiorino où elle quitta les rives d'un petit lac pour s'engager dans une épaisse forêt de hêtres. Bien qu'elle eût effectué ce trajet des dizaines de fois, elle n'en éprouvait pas moins une certaine frayeur à galoper ainsi seule, des lieues durant, n'ayant pour toute arme qu'un couteau-poignard à manche d'argent pesant dans la contre-poche de sa veste et un pistolet de cavalerie «tour de Londres» qu'elle n'armait jamais sans une certaine appréhension. Après Lomello, elle prit un sentier qui la mena jusqu'à San Nazaro, puis au village de Pieve-Albignola où, sous la seule lanterne de la grand-rue, brillait le panonceau d'un forgeron. Dans moins de quatre lieues, elle serait à Gravellone, lieu de la frontière lombarde où les douaniers autrichiens derrière leurs barrières jaune et noir visitaient les bagages et visaient les passeports. C'était l'endroit le plus dangereux du voyage. Pour éviter les patrouilles, il lui faudrait contourner le village, se tenir à bonne distance de la route et avancer à travers les oseraies et les bois d'aulnes au bord d'un des bras du Tesin. Là, elle devrait emprunter le pont de bateau, rejoindre Borgo Ticino, traverser le fleuve sur le pont couvert et galoper ventre à terre en direction du village de Merate où le prince Belgiojoso occupait une villa d'été de proportions royales qui dominait la vallée. Si tout allait bien, elle y serait dans moins de trois heures. Le ciel était pur. Et rien ne semblait devoir troubler le clair de lune qui tomberait lentement sur la route. Laura sentit monter en elle un état d'exaltation extrême. Alors qu'elle dévalait une petite colline et que le vent traînait des vagues dans les arbres, bercée par le galop du cheval, elle sut que sa décision de quitter Emilio était irrévocable. Au sortir de l'ombre épaisse d'une yeuse dont les branches tombaient jusqu'à terre, elle vit dans le lointain les premières lueurs de Gravellone. Ralentissant son cheval, elle prit soin de le faire marcher dans l'herbe des bas-côtés de la route pour ne pas faire de bruit, avant de le stopper complètement. Le cheval, ne faisant qu'un avec sa cavalière, ne fit pas tinter une seule fois son mors. Laura, la main sur la détente de son pistolet, s'apprêtait à entrer dans le chemin de contrebandiers qui passait en contrebas, sous le nez des gendarmes autrichiens. Des milliers de pigeons, affolés par la nuit qui descendait, tournaient en vol épais au ras des arbres. Passant machinalement sa main sous son nez, elle constata que ses doigts sentaient encore l'odeur poivrée du sexe de Diodata.

2

Quand on traverse la basse Lombardie, région qui mène au domaine du prince Belgiojoso, on voit partout plantés des alignements de peupliers aux branches coupées. À environ un mètre cinquante du sol, le tronc forme deux épieux : une branche va vers la droite et touche presque la branche de l'arbre voisin, tandis que l'autre va vers la gauche et rejoint de la même façon celle de la plante voisine. Les branches, comme dans tous les arbres, vont vers le haut et latéralement. Cinq ou six de ces arbres forment des arcades en une succession de fines colonnes, basses et largement ramifiées, qui se rejoignent vers le haut. La presque totalité de la plaine qui conduit à Merate, du moins les premières semaines du printemps, lorsque les arbres ne sont pas encore verts, est ainsi couverte d'arcades en bois sur des centaines de lieues. Il faut avoir vu la taille et les proportions exactes de ces peupliers coupés pour savoir que la façade du palais de Merate, large, étirée, avec ses frêles et fines colonnes, est la transposition exacte, sur le plan architectural, de ces champs autrefois vénitiens. C'était ce grand ordre étrange et presque hostile, véritable toile arachnéenne et fantomatique lorsqu'elle est appréhendée de nuit, auquel le voyageur perdu a l'impression de devoir faire face, que Laura avait maintenant sous les yeux.

La grille franchie, la jeune femme remonta l'allée cavalière, au pas de sa monture encore toute frissonnante de sa course. De chaque côté du chemin dallé de marbre veiné, de hautes torches de résine lâchaient vers le ciel des traînées de lumière fumeuse. Laura descendit de son cheval qu'un palefrenier mena vers l'écurie. Trois valets passèrent devant elle, portant des faucons. En haut de l'escalier, Emilio apparut, haut guêtré, un fouet à la main, ses boucles blondes en désordre retombant mollement autour de son front. Le voyant ainsi dans le clair de lune, Laura ne put s'empêcher de penser que ce mauvais mari était naturellement prince. Dans son attitude, sa démarche, par mille nuances insaisissables, il n'avait pas besoin de faire effort pour imposer ce respect qu'arrache toujours, même aux plus rétifs, même aux plus envieux, cette supériorité d'intelligence, de caractère, d'éducation, d'élégance, non dénuée de suffisance, qui se dégage d'un véritable aristocrate. « Que Dieu me damne ! Jamais je n'ai vu, sur des épaules de grand seigneur, un plus radieux visage ! » se dit-elle, s'en voulant immédiatement d'avoir de telles pensées.

— Vous avez donc une nouvelle fois franchi la frontière sans encombre, chère amie ? lança Emilio.

— La promenade fut belle, merci, répondit Laura, ajoutant : Et vous, il vous plaît toujours de vous accommoder des plats réchauffés de lord Byron ?

— Dans chaque grande division de l'espèce animale, la nature a choisi un certain nombre d'animaux qu'elle a chargés de dévorer les autres. La chasse fut bonne en effet, et fort excitante, et la proie fut déchirée comme il se doit…

Qu'Emilio la délaisse remplissait Laura de tristesse, mais qu'il la trompe avec la dernière maîtresse de lord Byron, cette comtesse aux jambes trop courtes pour son buste, aux cheveux rouge vif, aux yeux globuleux, et aux joues plates laissées trop à découvert par une coiffure à la vierge, la jetait dans un excès de rage qu'elle avait beaucoup de mal à contrôler.

— Comment pouvez-vous chasser une proie qui a sans doute une voix de contralto mais qui, dit-on, n'entend rien du tout à la musique ?

— Il n'y a pas qu'une musique, madame, ce n'est pas à vous que je vais l'apprendre…

Les deux fauves étaient restés sur la terrasse du château, comme si leur lutte devait avoir pour témoin la voûte céleste, dans laquelle, au cœur de cette nuit claire, se détachait la blanche projection de la Voie lactée.

— Vous sentez la femme, chère Laura.

— Et vous la viande faisandée, monsieur.

— Je ne vous comprends pas. N'avions-nous pas un pacte fondé sur la liberté réciproque ?

— Certes, mais qui excluait l'humiliation.

— Que voulez-vous dire ?

— Que nous éviterions d'étaler au grand jour notre vie privée.

— Ce n'est pas moi qui franchis régulièrement la frontière entre le Piémont et la Lombardie !

— À plusieurs reprises, j'ai remarqué, dans l'obscurité, qu'on me suivait. Un soir, changeant de direction, j'ai attiré mon poursuivant dans une rue déserte. J'ai vu cet homme comme je vous vois. Vous me faites espionner !

Emilio s'avança vers Laura, la prenant par le bras, avec fermeté :

— Lorgnez plutôt du côté de l'Autriche. La Lombardie regorge de mouchards à la solde de Vienne. Jamais, vous m'entendez, jamais je ne commettrai une telle ignominie. J'ai assez de défauts par ailleurs pour avoir en plus celui-ci. Encore une déviation morbide de l'orgueil ancestral des Trivulzio! Ah, votre famille altière et difficile, les traits de sa superbe emplissent les chroniques!

— Je vous en prie, ne me chantez pas cette vieille rengaine de ma tante paternelle qui sur son lit de mort, exhortée à l'humilité par son confesseur, lui répond : «*Si, sono un verme, ma Trivulzio!*»

— Vous êtes une héritière arrogante, lança Emilio, en serrant davantage encore le bras de Laura.

— Lâchez-moi, dit-elle, en se dégageant vivement. Je ne suis pas une de vos putains que vous molestez, ajoutant, trop bas pour qu'Emilio l'entende : Ne pourrait-on pas se séparer noblement ?

— Ah, non vous n'êtes pas une de mes putains! Toujours à vous plaindre de quelque part, toujours votre mélancolie, vos évanouissements, vos nausées, vos maux de tête, vos douleurs abdominales, votre fièvre, votre inconfort thoracique. Je vis avec une intouchable!

— Chacun reprendrait son indépendance…

— Trouvez-vous des centres d'intérêts. Je ne sais pas, moi. Un engagement en faveur du progrès social afin de rectifier les injustices humaines, une pratique exaltée de l'amitié pour remplacer les relations plus intimes.

— Nous pourrions reprendre chacun notre fortune personnelle…

— Jetez-vous dans l'apostolat politique, il pourrait remplacer père et mari. Les femmes acceptent aisément les idées nouvelles, car elles sont ignorantes. Elles les répandent facilement, parce qu'elles sont légères ; elles les soutiennent longtemps, parce qu'elles sont têtues.

Laura, qui avait passé son enfance à croire qu'elle était laide, son adolescence à penser qu'elle était à peine agréable à regarder, et sa toute récente vie de femme convaincue que personne ne l'aimait, était ce soir dans le plus grand des désarrois. Diodata qui était loin d'elle ne pouvait rien faire ; eût-elle été à ses côtés, à cet instant précis, cela n'aurait d'ailleurs rien changé. Son prince charmant ne l'avait sans doute jamais aimée. Elle qui, trois mois à peine après son seizième anniversaire, avait repoussé une foule de prétendants pour tourner son cœur vers le seul qui l'ignorait et engagé son honneur pour dompter un monstre qu'elle croyait à sa portée, était en train de se faire dévorer par lui. Emilio Di Belgiojoso n'avait que faire de ses propositions de noble séparation. Il devint odieux :

— Je préfère mes anciennes, mes putes, ma maîtresse « faisandée » avec tous leurs inconvénients, à votre romantisme, à votre sentimentalisme, à la monotone possession d'une épouse, lança-t-il en se dirigeant vers la porte du palais. J'ai l'estomac fragile, voyez-vous, et j'ai horreur des odeurs de graisse et de graillon.

— On n'éprouve de sécurité en amour qu'en le voyant disparaître. On respire et on se repose lorsqu'on sait qu'il n'est plus, dit Laura, la voix brisée par les sanglots. Et savez-vous pourquoi on est alors si assuré ?

— Mais je m'en moque, madame, si vous saviez comme je m'en moque ! cria Emilio en disparaissant de la terrasse, son fouet de cuir noir enroulé autour du poignet, tel un serpent qu'il viendrait d'étouffer de ses propres mains, et dont la tête plate se dandinait à un mètre du sol.

— Parce qu'on sait qu'il ne reviendra pas, murmura Laura.

Comme envahie soudain par la nuit profonde qui était tombée sur la terrasse, toutes les torches de l'allée couverte ayant été éteintes les unes après les autres, elle rejoignit ses appartements.

Dans la pénombre de sa chambre, elle ne pouvait trouver le sommeil, envahie qu'elle était par un flot de sensations contraires, de sentiments confus, de souvenirs. Comme dans ce petit instrument cylindrique étrange dont la haute société raffolait à l'égal des lampes de fer-blanc moiré, qu'on appelait «kaléidoscope» et qui proposait au regard, grâce à un subtil jeu de miroirs angulaires, d'infinies combinaisons d'images aux multiples couleurs, se déplaçaient devant ses yeux des fragments de sa vie passée avec Emilio. La pathétique sarabande visuelle commença par ce soir d'août caniculaire durant lequel arrivés sur la rive du lac de Côme les deux jeunes mariés s'étaient jetés nus dans l'eau glacée. C'était la première fois qu'elle voyait le corps d'Emilio éclairé par la lune, son beau visage, son sourire. Quand il s'était rapproché d'elle, elle n'avait pas éprouvé la moindre crainte. Bien au contraire. Il avait plongé entre ses jambes, tous deux avaient alors éclaté de rire, puis nagé avec aisance. Ensuite leurs corps s'étaient touchés et elle avait senti sa verge dressée frémir contre ses fesses. Quand Emilio, après l'avoir placée de face devant lui et avoir glissé son sexe entre ses jambes, l'avait pénétrée, elle avait senti la verge entamer son chemin, inexorablement, dans sa chair. Alors seulement elle avait tremblé de peur et en avait conclu que ce tremblement devait ressembler à celui du désir. Dans le même instant elle avait senti la verge prise d'un sursaut plus ample que les précédents libérer en elle toute sa vie.

Ce n'est que bien plus tard, avec Diodata, qu'elle comprit que la jouissance était autre chose que ce plaisir qui se changeait en peur au moment où l'homme mourait en elle. Après s'être séchés et rhabillés, ils étaient remontés jusqu'au château de

Baradello, là où Napoleon della Torre, seigneur de Milan, vaincu par les Visconti, avait langui plusieurs années dans une cage de fer avant de mettre fin à ses jours en se brisant la tête contre les barreaux. Et à présent, malgré tout ce temps passé, c'était comme si le sang de ce souvenir affreux continuait de couler sur les petits miroirs fragmentés de la merveilleuse lorgnette. Elle se revoyait en train de déjeuner à la mode britannique, avec Emilio à Pavie, d'œufs brouillés dans un verre à patte et d'un roast-beef saignant ; de chevaucher le long de la frontière suisse pour tenter d'échapper à la police autrichienne ; de se promener, dès le milieu du jour pendant l'automne, aux heures les plus chaudes de l'hiver, avant le crépuscule au printemps, quand sonne l'angélus en été, sur le corso à Milan.

Des images de son enfance lui revinrent elles aussi, et tout particulièrement celles liées à son beau-père le marquis Alessandro Visconti d'Aragona, second mari de sa mère Vittoria, jeune veuve opulente de vingt ans, douée d'un grand talent musical qui, moins d'un an après la mort prématurée de son mari Gerolamo Trivulzio, s'était consolée dans les bras de ce membre éminent de l'aristocratie milanaise. Compromis dans la tentative de coup d'État de mars 1821[2], Alessandro avait été jeté en prison et remis en liberté, après deux ans de détention, faute de preuves suffisantes. Laura avait grandi dans ce milieu troublé mais cela avait mûri son intelligence et développé le côté grave et viril de son caractère. Malgré tout le sang qui lui venait encore du lac de Côme, et sa profonde tristesse, elle savait que cette enfance au contact de ce beau-père rebelle avait contribué à faire éclore chez elle des sentiments patriotiques qui étaient en train de prendre le dessus, de dominer son existence, et qui peut-être un jour, avec cette soif d'amour qui l'avait, elle, perdue, deviendraient le plus puissant moteur de ses actes.

Le matin de son mariage, le comte Ferdinando Crivelli, ami de longue date de sa mère, lui avait fait parvenir un poème de huit strophes aux rimes des plus raffinées, qui la mettait clairement en garde contre l'idée de s'unir à un don Juan. Pourquoi n'avait-elle pas voulu tenir compte de cet avertissement ? Et pourquoi surtout n'avait-elle pas jeté au feu ce papier que d'aucuns auraient jugé par trop indélicat, voire dangereux ? Elle se dirigea vers le petit coffre en bois clair dans lequel elle rangeait ses trésors. Il était fermé à clé. Elle l'ouvrit. Prenant délicatement la feuille entre ses doigts, elle déplia le précieux incunable et lut la première strophe : « Se peut-il qu'il soit vrai, ô belle Laura,/ Que ce morceau princier soit ce que tu voulais ?/ Mais, ô destin cruel, vois comme il t'avilit !/ Car quand il aura pris son plaisir avec toi,/ Il ira, luxurieux, rejoindre telle ou telle./ En vain nous t'entendrons alors crier à l'aide,/ Mais comme on ne saurait revenir en arrière,/ Tu pourras seulement rendre corne pour corne… » Elle ne put aller plus loin. La douleur était trop grande.

La lecture de la missive du comte Ferdinando Crivelli lui donna l'idée d'un ultime stratagème. Une dernière chance, en somme, tendue à Emilio. Si son plan échouait, elle disparaîtrait à jamais de la vie de ce monsieur qui s'obstinait encore à s'appeler son mari. Le couple devait se retrouver le lendemain à la Scala où le fameux Rubini, associé à la non moins prestigieuse Meric-Lalande, devait chanter le tout nouvel opéra de Bellini, *Le Pirate*. Dans la lettre qu'elle écrivit à Emilio, juste avant de plonger dans un de ses profonds états d'abattement qui s'emparaient parfois d'elle et qui pouvaient la laisser une journée entière hébétée, déprimée, incapable d'agir, elle lui imposa un ultimatum : ou il renonçait à sa maîtresse, ou elle le quittait. Elle lui donnait rendez-vous dans leur loge, et précisait qu'une «surprise vestimentaire» l'y attendrait...

Depuis qu'une phalange d'actionnaires éclairés avaient décidé, en 1778, de faire construire sur l'emplacement de l'église Santa Maria della Scala un théâtre qui serait le plus grand d'Italie, la Scala était devenue le lieu où l'on donnait les meilleurs opéras de la péninsule et les mieux chantés, sans parler de ballets tels qu'il ne s'en voyait pas ailleurs. Chacune des loges, éclairée par cent bougies, ornée de retroussis de toutes couleurs, parée de glaces et de tapisseries de soie, appartenait à une famille riche ou noble. Les femmes, principal «ornement» de ce genre de spectacle, puisque de quelque côté que l'on porte le regard, elles brillaient de mille couleurs, d'or, de plumes, de diamants, rivalisant de grâce, de beauté, de parures élégantes, s'en venaient chaque soir recevoir là leurs amis, causer, jouer aux cartes et prendre des sorbets, tandis que ténors et ballerines s'évertuaient sur la scène. Parfois, dans ce théâtre au cœur du théâtre, telle ou telle des cinq ou six personnes que contenait une loge se retournait, s'accoudait, écoutait, regardait un moment; puis la causerie reprenait, plus langoureuse ou plus gaie, jamais froide, jamais affectée.

Pour le spectateur qui se tenait assis au parterre, au centre de cet ovale prodigieux à l'extérieur duquel était placé le théâtre, quatre colonnes formant l'avant-scène, surmontée de six rangées de loges dominées par la loge royale formant une espèce d'amphithéâtre orné d'un riche baldaquin et d'un lustre toujours éclairé, il y avait du miracle à jouir d'une musique fine ou tendre à ravir, dans cette agora sublime où tant d'êtres charmants bavardaient, riaient, s'éventaient, aimaient furieusement et, en retour, étaient adorés avec une sorte de délire sentimental. Voilà pour l'image idyllique telle qu'elle est véhiculée dans les récits des voyageurs anglais, allemands ou français.

En réalité, tout ce beau monde, fin et raffiné, se jalousait et s'épiait, attendant avec une impatience difficile à dissimuler, avec cruauté et méchanceté, le faux pas, l'erreur fatale, l'incident qui allait précipiter dans le néant telle ou telle rivale, tel ou tel personnage en vue. Rien n'était laissé au hasard, tout geste, toute parole étaient rapportés, colportés, commentés. Voilà pourquoi, après être entrées par le grand vestibule qui conduit au parterre et avoir emprunté l'un des deux grands escaliers menant aux loges et à la galerie, les femmes, occupées de visites et de conversations, restaient souvent invisibles, ne s'avançant qu'un bref instant avant de rentrer tout aussi vite dans l'obscurité, pour écouter une ariette ou au contraire décider d'être vues par tous.

Profitant de la fin du premier acte, qui s'était clôturé sur les jérémiades du duc de Caldora, vainqueur des pirates, reprochant à sa femme de ne pas se réjouir autant que lui de cette victoire, Laura décida d'apparaître au bord de sa loge jusque-là vide. Emilio n'avait évidemment pas répondu à sa lettre.

Vêtue de noir des pieds jusqu'aux cheveux, d'un corsage en pointe très ajusté, décolleté en rond garni de dentelles, agrémenté de manches à gigot, d'une double jupe dont l'une était ouverte par-devant, la coiffure basse avec boucles couverte d'une mantille sombre, elle montrait orgueilleusement à tous un visage plus pâle et plus hautain que jamais, sur lequel on pouvait deviner toute l'ampleur de la tragédie qui était alors la sienne. En pleine lumière, elle restait impassible, comme à la proue d'un navire. De la loge voisine de la sienne, une conversation murmurée à mi-voix lui parvint :

— Laura Trivulzio Di Belgiojoso est-elle en deuil ?

— Non, que je sache. À moins qu'il s'agisse d'une de ces excentricités dont elle a le secret.

— Que voulez-vous dire ?

— Enfin, monsieur, êtes-vous depuis si peu d'heures à Milan que vous ne connaissiez rien de cette histoire ?

— J'imagine que la princesse veut signifier par là qu'elle porte publiquement le deuil de son mari.

— Le prince est mort ?

— Mais non, monsieur, il lui fait porter des cornes ! Leur amour est brisé, leur union obsolète. Tout ce crêpe est là pour signifier au mari qu'il est mort pour elle. D'ailleurs, regardez dans la loge qui fait face à la nôtre, à côté de celle de la Rasmonda…

Laura leva les yeux. Là-haut, devant elle, insouciant et rieur, le dos tourné à la salle, Emilio murmurait des propos enjoués à une femme dont tout indiquait qu'elle était la Guiccioli. Muette, comme frappée par la foudre, Laura sentit son cœur battre violemment dans sa poitrine, éprouvant dans le même temps une sorte de vertige. Elle crut un instant que tous les yeux étaient tournés vers elle, puis allaient d'une loge à l'autre, attendant que les deux femmes s'aperçoivent, se regardent, s'avancent chacune vers le devant de cette scène nouvelle, se toisent, se déchirent. Mais rien de tel n'eut lieu. Autour d'elle elle entendit chuchoter, et au loin là-bas, dans la salle, les membres de l'orchestre qui reprenaient leur place et plusieurs musiciens qui accordaient leurs instruments. L'opéra reprit. Ernesto, qui venait de pénétrer dans le château de Caldora, trouva Gualtiero en compagnie de sa femme et le provoqua en duel. Laura choisit cet instant pour sortir du théâtre et retourner à Merate. À croire qu'Emilio ne s'était même pas aperçu de sa présence.

De retour au château, Laura fut prise de vertiges suivis d'une impression de peur qu'elle ne pouvait s'expliquer. Passant devant le grand miroir qui faisait face à son lit, elle croisa son regard et trouva qu'elle avait l'air d'une égarée. Elle détourna ses yeux, soudain attentive, comme cherchant à percevoir un bruit lointain. Mais tout était silencieux. Elle se saisit de différents objets étalés sur sa coiffeuse, les reposant doucement les uns après les autres. Puis elle releva et abaissa ses jupes. Ce soir, elle se déshabillerait seule et laisserait Felicita, sa femme de chambre, si frêle et si délicate, aux beaux cheveux châtains et au petit visage virginal sur lequel pesaient tour à tour la mélancolie et la gaieté, à ses féroces amours avec le personnel masculin du château de Merate. Elle dégrafa et ajusta plusieurs fois son corsage, et se retrouva bientôt entièrement nue, débarrassée de ses atours noirs. Avec pour tout vêtement son long voile de crêpe sur la tête, elle trouvait qu'elle était en somme une belle veuve, fort appétissante, et imagina qu'elle tenait dans sa main un sexe d'homme, brûlant comme un oiseau vivant et captif. Éclatant soudain d'un immense éclat de rire, elle se jeta sur son lit avec l'espoir de ne jamais se réveiller.

La nuit était revenue, profonde et calme. Elle s'y enfonça. Sur la table de chevet deux candélabres avec des bougies allumées jetaient une lumière vacillante. Leur éclat jouait avec les cadres des tableaux de saintes suspendus aux murs, auxquels la lumière hésitante et les ombres mobiles semblaient donner le mouvement de la vie. Au-dehors, les cyprès du parc se dressaient mystérieusement immobiles dans la

clarté argentée de la lune, et dans le lointain réson-
nait une étrange chanson qui parlait de tempête,
d'Angevins et de pêcheurs siciliens. Il régnait dans la
chambre une chaleur lourde toute particulière. Un
homme était là, assis sur les coussins du sofa. Il semblait vêtu de soie bleue, suait à grosses gouttes et
tenait dans ses mains un livre relié en maroquin
rouge et doré sur la tranche. Il lisait à voix basse. Ses
joues étaient mangées par d'épais favoris gris gon-
flés en gouttes.

— Emilio, tu es là, dit Laura d'une voix faible.
— Madame ?
— Emilio.

L'homme s'avança vers elle. Ce n'était pas son
mari, mais le docteur Paolo Maspero, ancien compagnon d'armes de feu Gerolamo Trivulzio, qui avait
vu grandir la jeune Laura. Médecin talentueux et
helléniste amateur, dont le projet majeur consistait à
vouloir offrir une nouvelle traduction italienne de
l'*Odyssée*, il était lauréat de la société médico-psy-
chologique de Gênes et médecin en chef de l'asile
d'aliénés de Turin.

— Que faites-vous ici ?
— On m'a fait appeler, madame.

Laura ne comprenait pas ce qui se passait. Elle
n'était plus dans la belle robe noire qu'elle avait arbo-
rée à la Scala, mais dans une chemise de nuit de soie
rose. D'ailleurs, elle ne se souvenait plus de rien. Elle
avait quitté sa loge, s'était engouffrée dans sa voiture,
avait franchi les grilles du château de Merate et, à
partir de là, tout devenait confus, cotonneux.

— Que se passe-t-il ?
— Il y a deux jours…
— Deux jours !
— Oui, madame.
— Je suis dans cette chambre depuis deux jours ?
dit Laura en se redressant sur son séant.

Elle avait mal partout, et éprouvait la désagréable impression d'avoir été rouée de coups.

— Felicita, votre dame de compagnie, pourrait vous expliquer ce qui…

— Eh bien, faites-la venir !

Accompagnée par le médecin qui corrigeait parfois un récit qui lui semblait manquer de précision médicale, Felicita raconta comment madame avait été une nouvelle fois frappée par une de ces crises mystérieuses qui s'emparaient parfois d'elle. À peine venait-elle de rentrer du théâtre que Laura avait fait appeler Felicita. Elle s'était plainte de maux de tête, de douleurs d'estomac, puis s'était mise à parler. Felicita n'osait continuer son récit. Paolo Maspero l'y engagea, au nom de la vérité scientifique :

— Madame a dit des mots… enfin des mots… comme si le diable…

La dame de compagnie paraissait effrayée.

— Felicita, je vous en prie, laissez le diable tranquille !

Paolo Maspero prit la parole.

— Vous vous êtes livrée à ce qu'on pourrait appeler des projets chimériques, vous semblez avoir cherché à vous disculper d'accusations bizarres, puis vous avez eu des sortes d'hallucinations continuelles et terrifiantes.

— Madame a crié, a déchiré ses effets, et a frappé avec rage tout ce qui l'entourait, puis vous êtes tombée brusquement au sol, comme si vos jambes ne vous portaient plus. Vous avez bavé comme un enfant.

— Felicita est venue me chercher. Nous vous avons trouvée couchée par terre, la tête sous la table.

Laura était effondrée. Elle ne se souvenait absolument de rien. Par le passé, en effet, elle avait ainsi, à plusieurs reprises, éprouvé de ces vertiges, accompagnés de crampes, de douleurs, d'engourdissement des membres, de vomissements. Parfois, mais elle n'était sûre de rien, il lui avait semblé avoir des hallucinations bizarres, entendre des bruits extraordinaires, voir des objets lumineux, sentir des odeurs fétides, des saveurs particulières, ressentir comme une secousse dans la tête, dans le cœur, dans le creux de l'estomac, parfois même elle avait appelé au secours. Mais qui, au fond, n'avait jamais éprouvé, à des degrés divers, de telles sensations? Tout cela s'était fait sans témoin, et apparemment sans conséquence sur sa santé. C'était la première fois que quelqu'un l'avait vue dans cet étrange état. Felicita jura qu'elle garderait le secret et que personne ne saurait ce qui s'était passé. Quant à Paolo Maspero, son art exigeait une discrétion absolue. Plus qu'une loi, le secret médical constituait une éthique à laquelle il ne dérogerait jamais.

— Que dois-je faire? demanda Laura.

Après avoir prié Felicita de sortir, il s'approcha de Laura et lui conseilla sans hésiter:

— Du repos, du grand air. Voyez d'autres horizons que le parc du château de Merate.

— Ma maladie porte-t-elle un nom?

— Dans l'état actuel des choses, beaucoup de mes collègues pencheraient pour une version atténuée de la syphilis.

— La syphilis... que je devrais évidemment à Emilio, n'est-ce pas?

Le médecin, tortillant les poils de ses favoris, ne répondit pas.

— Je suis prête à tout entendre, docteur. La terre entière sait quel genre de mari est le mien.

— À moins que vous n'ayez connu d'autres hommes, cela ne fait aucun doute, madame. Mais je vous le répète, mes collègues concluraient à une forme atténuée... Les médications existent...

— Mais vous, vous pensez que je suis atteinte d'un autre mal?

— Je ne saurais trop me prononcer. Parallèlement à ma traduction de l'*Odyssée*...

— Qui avance, j'espère?

— Lentement, mais elle avance. Parallèlement à ce travail, j'ai entrepris la rédaction d'un petit opuscule: *Della epilessia e del suo miglior modo di curarla*...

— Le haut mal! demanda Laura, comme frappée par la foudre. Mon Dieu!

— Bien que la description de cette maladie se trouve dans la plupart des traités généraux sur les sciences médicales, et que sa connaissance remonte aux époques les plus reculées, il suffit de lire Hippocrate, presque personne ne veut s'y consacrer...

— Felicita avait raison, c'est Satan qui...

— À mon tour de vous demander de laisser Satan où il est. Écoutez-moi, Laura. Cette prétendue «maladie divine», «morbus major», «herculeus», «demoniacus», «astralis», «comitialis», et autre «mal de saint Jean», noms indiquant qu'on lui a pendant longtemps attribué une origine surnaturelle, et caractérisant finalement les idées philosophiques et religieuses qui ont traversé les époques diverses de l'histoire universelle, n'est qu'une maladie comme les autres.

— Mais non, les épileptiques sont possédés par les forces démoniaques!

— Laura, cette maladie est une maladie comme les autres qui peut être combattue. Il suffit de trouver les bons remèdes. Ce à quoi je m'emploie, au milieu, il est vrai, du scepticisme et des quolibets.

— Mon ami, je suis une femme perdue.

— Certainement pas. Je ne pense même pas qu'il faille vous prescrire une drogue quelconque. Et s'il le fallait, mon traitement, voué aux gémonies par mes confrères, à savoir l'absorption quotidienne de quelques grammes de bromure de potassium, obtient maintenant d'excellents résultats.

— Mais que dois-je entreprendre, mon ami ?

— Tout juste vous conseillerai-je une cure aux bains de Lucques et d'Ischia, et le climat plus clément de Gênes.

— Pour guérir ma maladie ou m'éloigner des ragots milanais ?

— Les deux, ma chère princesse, répondit le docteur, un tendre sourire aux lèvres.

Dans les jours qui suivirent, Laura n'eut aucune nouvelle d'Emilio. Elle allait mieux, comme si cette maladie aussi étrange que subite l'avait lavée d'on ne sait quelle tristesse ni quel malheur. Elle était presque heureuse. C'était donc décidé, elle allait voyager, mener sa vie autrement. Les femmes des classes favorisées, servies comme elle par des domestiques, trompaient leur ennui de leur mieux. Les dévotes tournaient indéfiniment dans le manège du calendrier liturgique. Les frivoles s'abîmaient dans les bavardages de salon. Elle n'appartenait à aucune de ces trois catégories et ne serait pas comme sa mère, laquelle, après trois heures passées pour sa toilette, trois heures pour le repas, et une pour la direction de son ménage, utilisait le reste de son temps à faire ou à recevoir des visites, à lire d'insipides romans et à dévaliser des magasins où rien ne la poussait, si ce n'est le désœuvrement. Dans cette société entièrement tournée vers le bonheur de l'homme, dans laquelle l'oisiveté des filles et des femmes était infinie, ce n'était pas seulement un amusement que d'être aimée, mais une occupation véritable, et Laura avait décidé de prendre un chemin de traverse. Les infidé-

lités de son mari et cette maladie étrange la poussaient à vivre autrement, à mettre tout en œuvre
pour accomplir ses aspirations véritables. Depuis
quelques décennies, la marche de l'histoire s'était
brusquement accélérée, et Laura sentait bien qu'en
une vie allaient se produire plus de changements
qu'en dix générations d'autrefois. Le temps pressait
le pas. Parfois, il lui semblait que ce n'était pas vers
le bien ni vers la liberté que le règne de la machine et
de la violence avait commencé, mais les choses qui
se tramaient ne pouvaient se faire en dehors d'elle.
Et puisque Emilio se montrait plus préoccupé par
les beaux yeux de la comtesse Guiccioli que par sa
haine de l'Autriche, qu'importe, elle continuerait
seule le combat, afficherait superbement son aban-
don et en ferait une arme.

Sa décision était prise. En ce printemps radieux
de l'année 1828, elle franchirait le Rubicon de sa vie.
Point n'était besoin de divorcer. Il lui suffisait de
quitter Merate, de quitter Milan ; tout ce qui la ratta-
chait à son passé : sa famille, ses amis, ses propriétés. Elle demanderait un passeport pour pouvoir
quitter la Lombardie et circuler dans les différents
États de l'Italie. Elle qui avait cru un temps que le
seul devoir qui sied à une femme est d'épandre des
fleurs sur la vie épuisante et difficile de son époux se
jetterait désormais dans la vie comme on le fait du
haut d'un pont dans une rivière d'eau glacée. Ses
illusions détruites l'éprouvaient bien davantage que
son orgueil blessé. Non seulement Emilio lui avait
peut-être ruiné la santé en lui transmettant la syphilis, mais il ne lui avait même pas fait découvrir
l'amour, ni physique ni émotionnel. C'était comme si
une part essentielle d'elle-même avait été amputée

par cette odieuse expérience. Avant de partir pour Gênes, première escale de son périple, elle écrivit une longue lettre à Diodata, dans laquelle elle lui expliquait qu'elle avait abandonné l'idée du divorce car cela eût entraîné de trop longues formalités auprès de l'Église et de la justice, ce qui aurait entravé son profond désir immédiat de liberté. Elle terminait par ses mots : « Diodata, ma chérie, toi qui as su me rendre si véhémente, accepte de ne pas me voir d'ici longtemps. Considère, mon amie, que mon absence risque d'être assez longue, peut-être plus longue que ni toi ni moi-même ne pouvons l'imaginer. Pouvoir te dire au revoir avant de partir pour un si long voyage me serait si précieux. J'embrasse ton camélia, comme tu aimes que je le fasse. »

3

Respectant à la lettre les conseils de Paolo Maspero, Laura voyagea dans toute l'Italie. Après
Lucques, où elle profita de l'effet tonique de ses eaux
thermales, de ses maîtres de musique et de sa fraîcheur salubre, elle se fit «écorcher vive» au pied
d'une des fontaines de Brescia par les mains
savantes de Mme d'Abbadio experte en frictions cal-
mantes, séjourna à Rome où elle constata que «l'histoire locale est l'histoire universelle», succomba aux
charmes de la vie sociale florentine, détesta Naples
qui lui fit l'effet d'un «ivrogne affalé au milieu des
multiples merveilles de la nature», et parcourut sans
relâche les routes qui mènent de Modène à Sienne et
de Livourne à Ravenne.

Le temps était passé avec une telle rapidité que
plus d'un an s'était écoulé depuis son départ de Lombardie sans qu'elle s'en aperçût. Au fil de ces mois
elle avait oublié son étrange maladie, mais surtout
avait retrouvé son enthousiasme, sa joie de vivre,
son insouciance et cette profonde soif de savoir que
lui avait si durablement communiquée Alessandro
Visconti d'Aragona en l'initiant aux idées nouvelles
et à la botanique, en lui faisant découvrir Silvio Pellico[3] et Federico Confalonieri[4], et en l'autorisant à
participer aux réunions de l'éphémère *Conciliatore*[5],

jusqu'à ce que la censure ne supprime brutalement cette publication qu'elle jugeait par trop subversive.

Si ce n'était l'absence de Diodata qui lui manquait affreusement et avec laquelle elle ne pouvait communiquer parce que la surabondance de cabinets noirs sous tutelle autrichienne faisait qu'une lettre, avant qu'elle arrive ou qu'elle parte, était ouverte plusieurs fois, c'était presque un euphémisme que d'affirmer que ce lent périple sonnait pour elle comme une renaissance. Fréquentant assidûment les bals, les fêtes, les dîners, les soirées donnés par les membres les plus distingués de la bonne société italienne, elle se laissa emporter dans un singulier maelström à l'intérieur duquel elle semblait ne plus rien maîtriser.

Enfant, elle avait remarqué sur le lac de Côme que, lorsqu'on ramait soi-même en barque au milieu de la vaste étendue liquide, on n'avait pas peur du tout ; mais lorsque c'étaient les autres qui ramaient, adultes ou paysans sûrs d'eux-mêmes, on était toujours pris de panique. L'activité fébrile faisait qu'on se concentrait sur les détails ; on voyait la rame et non l'eau, le dos de son camarade et non la vague qui allait vous renverser. Les mondanités, pour la plupart fort agréables, mais pendant lesquelles elle ne maîtrisait rien, ressemblaient à ces barques terribles munies de nouveaux moyens mécaniques de locomotion. Ôtant tout danger physique à la traversée du lac, mais loin d'en réduire le côté terrible, elles ne faisaient qu'amplifier son aspect métaphysique : « Vous n'avez qu'à vous laisser faire, à vous laisser guider, à vous laisser conduire, nous nous occupons de tout, n'ayez crainte, nous vous conduirons à bon port. » Au fil des jours, Laura sentait qu'elle n'était plus un voyageur actif mais un passager passif. Cette inaction, faite d'une singulière oisiveté consentante, commença de lui peser. Une discussion avec Diodata lui revint alors en mémoire, durant laquelle elle avait confié à son amie poétesse que tout l'intéressait : les études de médecine, l'économie politique, les doctrines sociales et jusqu'à la théologie. Celle-ci l'avait alors mise en garde : «Attention, ma Laura, les femmes-poètes n'ont jamais manqué en Italie, elles ont toujours été acceptées. Mais on ne dira jamais dans ce pays qu'une femme est intelligente, merveilleusement intelligente et cultivée. On fera de toi une femme savante, une précieuse ridicule... »

Une autre question la mettait profondément mal à l'aise : qu'était-elle en train de faire de sa liberté retrouvée ? Allait-elle se contenter de traverser son époque en restant une jolie jeune femme, riche, oisive, sans tenter de l'imprégner de sa marque ? Dans son *Manifeste aux Lombards*, l'empereur François avait averti et menacé : «Vous m'appartenez par droit de conquête ; vous devez oublier d'être italiens. » Quant à Metternich, chargé de convaincre plus diplomatiquement les moins entêtés, il leur avait expliqué qu'ils vivaient dans un pays corrompu qu'il fallait réformer, corriger et châtier. L'Autriche et ses alliés avaient établi un système de gouvernement basé sur la terreur. Les sbires d'une police terrible étaient présents à chaque coin de rue, et les espions pullulaient, on les retrouvait partout, dans toutes les familles, sous toutes les livrées. Les châtiments étaient multiples. Les plus doux étaient le jeûne, les fers et la bastonnade. Les plus durs menaient dans les oubliettes d'une forteresse ou sur les degrés de l'échafaud. Les plus imbéciles en venaient à s'opposer aux essais de navigation à vapeur sur le Pô et à interdire l'éclairage au gaz dans les rues des grandes villes !

Face à cet abrutissement intellectuel et moral, ordonné d'en haut et par la force, deux attitudes étaient possibles. La première consistait à se résigner. Nombre d'artisans, de paysans, de bourgeois s'y étaient laissé entraîner — par frayeur, ignorance, fatalisme ou routine. À l'opposé, beaucoup parmi les intellectuels, les hommes de lettres, les professeurs, voire une fraction importante de l'aristocratie avaient décidé de lutter contre l'oppression. Empêchés de traduire leurs sentiments, harcelés par la police, mis en surveillance et traqués par elle, tous ces hommes et ces femmes n'eurent bientôt d'autres ressources que la conspiration. Lentement l'Italie se couvrit de sociétés secrètes. Toutes poursuivaient le même idéal : la régénération du pays.

Très vite, Laura comprit que beaucoup des palais où elle était reçue, tous réputés pour le faste de leurs réceptions, n'étaient le rendez-vous de la haute société mondaine qu'en apparence. En réalité, presque tous abritaient des foyers de conspiration. Sous le culte affiché de la musique et de la poésie, derrière l'éclat des fêtes somptueuses destinées à tromper les défiances policières, s'organisaient des coups de main, se dissimulaient des conciliabules, s'ourdissaient des complots, se construisaient des machines infernales. Un matin, elle lut dans le journal que le jeune Inocenzo Pollone, avec lequel elle avait fait l'amour dans le jardin du palais Romanino à Brescia, où le comte Sansovinacci avait organisé une soirée en l'honneur de la venue de l'été, était impliqué dans un attentat qui avait coûté la vie à un ministre du roi de Piémont-Sardaigne, Charles-Félix. Ce fut le déclic qui déclencha son engagement politique. Cela faisait trop longtemps que l'amour de la liberté hantait sa pensée et la rendait rêveuse. Il était désormais temps de passer à l'action.

D'origine napolitaine et se rattachant à la franc-maçonnerie, la plus puissante des associations combattant pour la liberté et la plus célèbre était la *Carbonaria*. Née à Naples, elle s'était rapidement répandue dans les Abruzzes. À côté d'elle, plus connue en Toscane, à Modène et dans les États pontificaux, existait l'*Adelphia*. Les Lombards accordaient leurs préférences à la *Federazione* et les Génois aux *Cospirazioni*. Très vite des sections féminines de la Charbonnerie furent mises sur pied : on les nomma des *jardins* et les conjurées prirent, par euphémisme, le titre de *jardinières*. Neuf *jardinières* formaient un *jardin formel*. C'est dans l'un d'entre eux que Laura fut initiée aux mystères des signaux, mots de passe et autres accessoires nécessaires à toute conjuration organisée. Tout lui avait immédiatement plu : le fameux drapeau, noir, rouge et bleu ; le langage, à la fois secret et imaginé, la forêt désignant l'État et les loups les tyrans ; les dizaines de milliers de *ventes* composées d'adeptes, divisées en légions, cohortes et centuries ; le désir inébranlable de conspirer jusqu'à la mort contre les régimes établis. Elle faisait enfin partie d'une de ces sociétés secrètes qui l'avaient toujours attirée. Le danger, l'action exerçaient sur elle depuis toujours une véritable fascination. Dans ces cénacles ardents, tout vibrants d'exaltation patriotique, où la haine de l'Autriche et de la vieille oligarchie était chaque jour prêchée par la parole et par l'exemple, sa turbulente énergie avait enfin trouvé où s'exprimer. Très vite, elle passa du statut de *jardinière du premier degré* à celui de *jardinière maîtresse*, dont le signe de reconnaissance n'était plus « Constance et Persévérance » mais « Honneur, Vertu et Probité ».

Plus que l'action concrète ou les coups de main, les sociétés secrètes comprirent très vite que le soutien principal que pourrait leur apporter Laura Di Trivulzio serait, dans un premier temps du moins, de deux ordres : enrôler tout un essaim de femmes jolies et ardentes parmi ses amies — la femme du baron Dembowski, la princesse Pietrasanta, Anna Tinelli, Bianca Milesi, Margherita Ruga, Melania Di Metro..., Patrizia Reznikova —, et puiser dans son énorme fortune personnelle. Stimulant à beaux deniers comptants le zèle des révoltés, elle fut très vite considérée comme la banquière occulte de la contestation. Aussi accepta-t-elle tout naturellement de se rendre en grand secret à Torreta, petit village situé à quelques lieues d'Ancône non loin de la rivière d'Esino, dans une portion de terrain boisé séparé de la mer par une digue en pierre. Elle y parvint après plusieurs heures de chevauchée sous la chaleur et un ardent soleil d'été, après avoir traversé une plaine plantée de pâles oliviers, aux rameaux frêles et pendants, et longé une route poudreuse resserrée entre d'interminables murs de briques rouges. Des deux hommes qui lui avaient donné rendez-vous et dont elle ne connaissait rien, si ce n'est qu'il s'agissait de deux jeunes exilés français, tous deux princes et férus de sociologie, qui préparaient une insurrection en Romagne et comptaient bien l'étendre aux Marches et à l'Ombrie, un seul était présent. Il avait été convenu qu'elle ne serait pas accompagnée et que chacun prononcerait les éléments d'une phrase qui n'aurait tout son sens qu'une fois les deux propositions réunies.

L'homme qui s'avançait vers elle, à cheval, était élégant et gracieux, de taille moyenne, jeune, les traits réguliers et le teint clair. Il avait de beaux cheveux noirs, une moustache épaisse couvrant son sourire et une physionomie aussi expressive que rêveuse. Laura, qui avait pour habitude de juger les gens sans attendre de les connaître davantage, se fiant toujours à sa première impression, en conclut immédiatement que ce cavalier devait posséder infiniment de distinction dans l'esprit, de force dans la raison, de justesse et de vivacité dans les idées. Tout deux mirent pied à terre et s'avancèrent l'un vers l'autre. Laura était couverte d'un manteau à capuchon qui avait des airs de cagoule, et avait pris soin de dissimuler son visage.

— «Nous voulons chasser ces gouvernements, d'abord parce qu'ils nous rendent malheureux…», dit l'homme, dans une voix de basse taille et dans un français étrange, affublé d'un accent improbable, moitié italien, moitié allemand, tenant les mains croisées devant lui et les paumes tournées vers le cœur.

Ce signal était un signe de reconnaissance entre membres de la Charbonnerie. Laura y répondit en croisant les mains, paumes tournées vers son interlocuteur, et en prononçant la seconde partie de la phrase :

— «… mais aussi parce qu'ils nous ont été imposés par des prétendus vainqueurs, par la force étrangère et par les traîtres de l'intérieur.»

— Prince Louis-Napoléon.

— Princesse Laura Di Trivulzio.

— Une table nous attend, dans une auberge à l'écart des routes fréquentées, derrière cette rangée de hêtres, dit l'homme en montrant un petit bâtiment sans étage et modeste.

Tandis qu'elle s'installait autour de la table et que plusieurs condisciples les rejoignaient discrètement, Laura songea aux ragots colportés au sujet du prince Louis-Napoléon, puisque c'était ce dernier qu'elle avait en face d'elle. Auteur d'une brochure au titre révélateur, *Rêveries politiques*, et d'un *Manuel d'artillerie*, on le disait studieux, instruit, naturellement grave, mais surtout couvert de succès féminins faciles ; Mmes Lindsay, Saunier, Hudson, une certaine Louise de Crenay, sans parler des très jeunes Valérie Mazuyer, Mathilde et autre Laetizia avaient paraît-il succombé puis souffert dans ses bras. Dans le regard que lui jeta Louis-Napoléon, Laura sentit qu'il n'ignorait rien du parfum de scandale qui entourait la femme qu'il avait en face de lui. En somme, ils étaient tous deux à égalité : fascinés l'un par l'autre, sous le charme. Immédiatement leur dialogue fut dense et profond. Tous deux prétendaient que vivre dans le monde et ne pas lui ressembler semblait plus difficile qu'on ne pouvait le croire sans en avoir fait l'expérience.

— J'ai vu le monde, j'ai même fait plus que le voir, assura le prince.

— Dirons-nous un jour : hélas, je n'en ai pas été qu'un simple spectateur ?

— Nous ne sommes pas faits pour la vérité et le mensonge au même moment.

— Peu à peu, nous nous fatiguons de la froideur que nous découvrons dans ce qui fut jadis ardent et lumineux, reconnut Laura en se servant une bonne portion de morue à la florentine servie sur un lit d'épinards.

Les deux conjurés se dévoraient des yeux. Laura trouvait que son interlocuteur n'avait que de bonnes idées et de bons sentiments. Les autres convives étaient muets. Tous écoutaient. Cela ne faisait aucun doute, ce chef se ferait adorer s'il était roi, et comme son peuple serait heureux ! Louis-Napoléon fit un rêve à haute voix. De retour en France, il s'entourerait de ses députés les plus libéraux et ferait avec eux des plans de réforme. Ses convictions étaient simples : si le libéralisme est indispensable à la bonne marche du monde, l'ordre et l'autorité sont nécessaires pour l'assurer.

Le repas s'acheminait lentement vers sa fin.

Laura se risqua à une certaine familiarité, alors que circulait de main en main un plat rempli de pêches farcies :

— Que diriez-vous de vous : que vous êtes ambitieux ou extraordinairement entêté ?

Un de ses compagnons répondit à sa place :

— Il percerait une planche très dure en frappant dessus avec sa tête !

Soudain très pâle, Louis-Bonaparte dit avec une gravité réelle, sans emphase et visiblement ému :

— Mon nom rappelle quinze ans de gloire. J'attends avec calme, dans un pays hospitalier et en marche vers sa liberté, que mon peuple rappelle dans son sein ceux qu'exilèrent en 1815 douze cent mille étrangers !

Alors qu'on distribuait des tasses pleines d'un café noir comme de l'encre et brûlant, Laura s'aperçut que l'auberge n'avait accueilli aucun client et que derrière chaque fenêtre se trouvaient des hommes qui montaient la garde. Louis-Napoléon s'aperçut du regard que Laura jetait en direction des fenêtres :

— Je ne laisse jamais rien au hasard. C'est la liberté de l'Italie qui est en jeu, n'est-ce pas, chère *cousine*... dit-il, utilisant le titre de parenté que les *carbonari* se donnent entre eux.

— Oui, cher *cousin*, répliqua Laura.

— Donc, nous pouvons compter sur votre aide ?

— Considérez comme un fait acquis que je vais à partir de ce jour regrouper toutes les bonnes volontés, les armer en secret, et les financer afin que votre projet de soulèvement des Romagnes aboutisse.

— Merci, chère *cousine*, dit le prince, tandis que les autres convives inclinaient leur tête en signe d'acquiescement.

— Cela vaut bien un couplet, dit Laura. J'ai ouïdire que vous chantiez à merveille.

— Je ne parviens à chanter juste que devant une

jolie femme… Je pourrais essayer le *Serment de la Jeune Italie* mais mieux vaut *Les Cyprès*, il suffirait qu'un sbire autrichien soit caché derrière une porte pour que nous nous retrouvions tous au Spielberg !

— Eh bien, soit, allons pour *Les Cyprès*, répondit Laura.

Une fois les deux couplets terminés, et chantés justes, ce qui sembla étonner beaucoup les compagnons de Louis-Napoléon, Laura fut totalement convaincue que ce jeune prince, qui s'était dit-on lancé à la tête de chevaux emportés sur le point de précipiter un équipage dans un ravin, et qui n'avait pas hésité à se jeter dans un torrent furieux pour ramener une fleur échappée des cheveux d'une jeune princesse, appartenait à cette race d'hommes dont l'Italie avait besoin pour recouvrer sa liberté. Quand ils se séparèrent, l'un se dirigeant vers la rivière d'Esino, l'autre vers la digue de pierre, tout deux constatèrent qu'ils ne pouvaient lever le voile de tristesse qui les enveloppait à l'idée de se quitter. Nul doute qu'ils se reverraient bientôt. Un espoir tenace les habitait désormais : celui de voir se lever, dans les plus brefs délais, une armée de libération de l'Italie comptant dans ses rangs nombre de soldats qui comme eux seraient prêts à tout mettre en œuvre pour que leur projet réussisse. Cette fois, Laura avait franchi une étape capitale dans son engagement. Elle ne s'était plus contentée de se promener dans les rues en recrutant de belles *cousines*, se piquant de philosophie subversive et portant en bandoulière une giberne contenant l'*Essay* de Locke, elle devenait le principal bailleur de fonds de ce que d'aucuns appelaient déjà le *Risorgimento*[6] : la Renaissance de l'Italie.

Dans les mois qui suivirent sa rencontre avec Louis-Napoléon, Laura redoubla d'activité. Courant les faubourgs des grandes villes, elle y soignait les malades, y créait des groupes d'éducation populaire et des dispensaires, prêchant partout où elle le pouvait la haine des oppresseurs et l'amour de la liberté. Bientôt, elle devint une sorte de commis voyageur de la Révolution. Certains y voyaient un signe de sagesse précoce, d'autres un joyeux enfantillage. Toujours est-il qu'elle ne pouvait tenir en place, se rendant de Milan à Bologne, de Bologne à Florence, à Gênes, à Rome, à Turin. Bernant tous les représentants diplomatiques de l'Autriche, allant même jusqu'à passer en Suisse où elle faisait désormais de très fréquents voyages, à Lugano, notamment, où, donnant de grands bals en l'honneur de la meilleure société de la ville et des touristes distingués qui s'y trouvaient en séjour, elle invitait tous les proscrits italiens, et nombre de contrebandiers qui portaient des messages subversifs et des fonds sur les rives de la Lombardie.

L'éclat de ses fêtes somptueuses, qui redoublait la popularité de Laura dans le monde de l'opposition, commençait de déplaire fortement à Vienne. La belle princesse n'en avait cure. Un jour, un messager spécial envoyé par le comte Hartig, gouverneur des provinces lombardo-vénitiennes, vint lui annoncer que son séjour prolongé en Suisse, par suite de sa négligence à se pourvoir des papiers indispensables en pareil cas, était illégal, et qu'elle était sous le coup d'une arrestation. Quand la princesse brandit devant ses yeux un passeport illimité délivré par l'ambassadeur d'Autriche à Florence, et contresigné par son collègue de la Légation impériale à Berne, l'agent n'en crut pas ses yeux. Cette femme, véritablement diabolique, n'en resta pas là; alors que le pauvre homme allait quitter les lieux, tout penaud, elle agita

sous ses yeux une missive bien pliée dans son enveloppe et armée de plusieurs cachets, en lui demandant d'attirer l'attention de ceux qui l'envoyaient sur
le point suivant :

— Monsieur, sachez que ce document, un certifi-
cat de bourgeoisie suisse, m'a été octroyé par le gouvernement du canton du Tessin, en octobre dernier,
en vertu d'un décret datant de 1808, aux termes
duquel tous les membres de la maison Trivulzio
jouissent du droit de réclamer sa protection. Jamais,
vous entendez, jamais vous ne parviendrez à res-
treindre ma liberté personnelle.

Et pour le prouver, tout autant aux oppresseurs
autrichiens qu'à elle-même, elle décida, dès le lendemain matin, de passer la frontière et de retourner à
Merate.

4

Bien qu'on fût au seuil de l'automne, le voyage de Lugano à Milan ne fut pas une mince affaire. Au sommet des premières montagnes Laura commença de ressentir une petite fraîcheur qu'elle connaissait bien, qui n'était pas ce froid collant et humide des plaines, mais une sensation presque stimulante, de celle qu'on n'éprouve qu'en montagne, comme une gorgée de champagne qui, effleurant la joue, vous glisse dans la nuque, pénètre sous la chemise et fait disparaître sueur et fatigue. Toutes les fois où elle passait les cols qui précédaient la descente vers la Lombardie, elle éprouvait cette agréable sensation, sachant qu'elle serait très vite recouverte par d'autres, comme la vision de cette longue procession laborieuse et monotone de huit ou dix voitures s'étirant le long des routes abruptes et cahoteuses menant à Varèse, tandis que se découpent à l'horizon les chaînes du Mont-Rose et des Alpes. Toujours les mêmes coups de fouet du cocher et ses cris : *Lava, signori ! Lava, signori !* Toujours ces auberges enfumées, ces montagnards à l'allure sauvage, fusils à la main, chassant les sangliers et les loups, et les échos lugubres répétés de rocher en rocher, toujours cette angoisse de verser dans le précipice, cette peur de croiser gendarmes et douaniers, et en ce jour particulier du retour vers le palais des Belgiojoso, l'appréhension de retrouver des lieux qu'elle avait quittés depuis plus de deux ans.

Felicita l'accueillit en larmes. Elle n'en croyait pas ses yeux. «Madame est de retour! Madame est de retour!» ne cessait-elle de répéter, alors que le personnel du château défilait pour revoir la princesse, la fameuse princesse dont la gloire n'avait cessé d'enfler depuis son départ et sur laquelle couraient les bruits les plus extravagants. Au bout de quelques jours, Laura songea à repartir. Emilio, qui ne revenait que très rarement là, avait semble-t-il repris du service dans la Charbonnerie. Du moins est-ce Felicita qui le prétendait, ce qui laissait Laura perplexe, car il s'agissait de propos rapportés, de vagues rumeurs. Qu'en savait-elle réellement, en somme, cette personne plutôt amicale certes, mais qui n'était qu'une femme de chambre? Laura ne tenait d'ailleurs pas à croiser Emilio. Elle avait gagné le pari qu'elle avait fait avec elle-même — revenir en Lombardie au nez et à la barbe des Autrichiens — et cela lui suffisait. Elle repartirait demain pour Lugano. Elle en avisa donc Fecilita qui se chargea de préparer les bagages et regagna sa chambre.

Était-ce le retour dans ce château où elle avait tant souffert, la fatigue du voyage, la tension accumulée durant ces derniers mois d'engagement total dans la subversion aux côtés de la Charbonnerie, toujours est-il qu'elle éprouva de nouveau un de ces vertiges qu'elle ne connaissait que trop bien. Elle sentit sur son visage comme des sortes de crispations qu'elle ne pouvait contrôler, des convulsions passagères s'emparer de ses membres inférieurs. Après plusieurs étourdissements successifs, elle se sentit tomber lourdement sur le sol. Contrairement aux fois précédentes, du moins ce qu'elle en avait retenu dans son souvenir, puisque durant tous ces derniers temps elle n'avait pas eu de crise, elle sentit entre ses jambes l'écoulement involontaire de ses urines, liquide tiède avant que de devenir glacé, puis tout redevint normal. Pour la première fois elle venait d'être spectatrice de son mal.

Paolo Maspero lui avait conseillé de toujours avoir à portée de main un petit flacon de bromure de potassium. Elle l'ouvrit, dilua quelques gouttes dans un verre d'eau et s'allongea sur son lit. Sombrant dans un sommeil profond, elle finit par rêver de Diodata. Elle était dans une voiture qui roulait à grande vitesse dans une nuit épaisse. Assises l'une à côté de l'autre, elles n'avaient pour tout vêtement qu'une de ces lourdes pelisses dont les cochers usent pour combattre le froid. Toutes deux se caressaient, sentant chacune en elle remuer les doigts de l'autre, écartant légèrement leurs jambes afin que leurs mains tout entières puissent glisser entre leurs cuisses. Finissant par se tendre sous leurs caresses et sous le coup d'un plaisir contagieux, elles jouirent ensemble. C'est alors que Laura s'aperçut qu'un spectateur, assis sur le siège leur faisant face, les observait, muet et digne : le prince Louis-Napoléon ! Ce qui déclencha immédiatement chez les deux femmes un immense éclat de rire, stoppé sur-le-champ par la vue d'un long filet de sang coulant de sa bouche. Un sang noir qui sentait fort. C'est à ce moment que Laura se réveilla. Un homme, parlant à haute voix, était entré dans sa chambre et tentait de la réveiller. Elle mit plusieurs minutes à comprendre qu'elle ne rêvait plus.

— Laura, il faut absolument que tu te réveilles ! Laura, c'est moi !

— Qui ? demanda-t-elle, les yeux encore lourds

de sommeil, comme quelqu'un qui sort lentement d'un éblouissement, qui êtes-vous ?

— C'est moi, Emilio !

— Que fais-tu ici ?

— Je pourrais te poser la même question.

La faible lueur d'une bougie éclairait la chambre, assez cependant pour que Laura comprenne d'où venait cette odeur de sang dans son rêve. Emilio avait le visage couvert de plaies, l'œil droit tuméfié et sa veste de cavalier tachée de sang.

— Ce n'est rien, *cousine*, ne t'inquiète pas.

— Les Autrichiens ? demanda Laura en présentant son poing fermé.

— Oui, répondit Emilio, lequel, puisqu'il était initié, le repoussa doucement.

— Tu as donc repris du service, *cousin* ? demanda Laura.

— La politique nous unira toujours ?

— Oui, répondit Laura en aidant Emilio à enlever sa chemise et à se laver, versant dans la cuvette de sa coiffeuse un long filet d'eau claire.

— Qui t'a prévenu que j'étais ici ?

— Margherita Ruga, répondit Emilio, fier de sa repartie.

— Tu la connais ?

— N'est-elle pas *jardinière* ? Où est l'extravagance ?

— Tu sais très bien où elle est. Tu es incorrigible, Emilio.

— Je ne sais pas résister aux jolies femmes, que veux-tu !

Laura leva les yeux au ciel et partit allumer plusieurs chandeliers. Emilio la prit alors fermement par les épaules. Il ne riait plus. Cette fois-ci il ne s'agissait plus de tenir des propos galants.

— Il faut que tu partes d'ici, sans tarder.

— Tu me mets dehors ? dit Laura avec un mouvement de recul.

— Je crois que tu ne te rends pas compte de la situation qui est la tienne. Tout le monde sait que tu as financé les délires de Louis-Napoléon. Cet homme est dangereux, je ne suis pas certain qu'il soit très utile à notre cause.

— Tu es jaloux? demanda Laura en souriant.

— Absolument pas. Et je n'ai pas envie de rire. Ce personnage est vulgaire, puéril, théâtral. Il aime trop la gloriole, l'aigrette, la broderie, les paillettes, tout ce qui sonne et qui brille, toutes les verroteries du pouvoir. J'espère qu'il ne prendra jamais la succession de son oncle...

— Tu es venu ici en pleine nuit, couvert de sang, pour me dissuader de revoir le prince Louis-Napoléon!

— Confalonieri a été emprisonné, c'est moi qui le remplace à la tête de la *Federazione*. C'est à ce titre que je te supplie de fuir. Sais-tu que tu es pour le comte Hartig la femme à abattre? Et si l'on t'attrape, c'est toute l'organisation qui va en subir les conséquences.

Assise sur son lit, les jambes pendantes, Laura ne sut soudain plus quoi dire.

Finissant de nettoyer ses plaies, Emilio poursuivit son argumentation:

— Tu as recruté des résistants dans tous les milieux, tu as aidé à soulever les Romagnes et le Tessin, et cela a conduit à l'échec que l'on sait. Tu t'es embarquée sur un brigantin qui allait à Livourne, et qui portait des jeunes patriotes déterminés à se rendre à Milan pour y tuer le gouverneur Hartig. On dit que tu as donné cent mille francs à des légionnaires pour fomenter une expédition en Savoie. Que tu as brodé de tes propres mains le drapeau tricolore des insurgés...

— C'est tout?

— Ne sois pas ironique, veux-tu. Le directeur de la police autrichienne…

— Le baron Carlo Giusto Torresani?

— Oui.

— Parlons-en de celui-là. Il persécute au-delà de toute espérance les aristocrates parce qu'il doit son titre à sa carrière et non à sa naissance.

— C'est une motivation comme une autre, Laura. Tu sais pourquoi il s'acharne particulièrement contre toi?

— Non. Mais tu vas me le dire puisque tu sais tout.

— Parce que tu as osé passer par-dessus sa tête pour te faire délivrer un passeport quand tu as quitté la Lombardie, il y a deux ans, et que tu l'as obtenu du gouverneur de Lombardie, un aristocrate autrichien.

— Quel imbécile!

— Peut-être, mais depuis ce jour, il a lancé ses espions à tes trousses. À Gênes, tu as participé au bal costumé du comte Conti. Tu étais habillée en dame de la cour de François Ier, ferronnière au front. Un prince en maillot blanc, figurant un galant Pierre Arétin, t'a fait danser toute la nuit.

— Oui, et alors?

— C'était Gaetano Barbieri, espion aux gages de Torresani. À Lugano, lors d'une de tes soirées, tu as failli terminer la nuit avec un prétendu chanteur qui t'appelait sa *pazzarella*, sa «petite folle»; c'était en réalité Pietro Svegliati, un autre espion. À Rome, un Espagnol, très séduisant, t'a aidée lors de plusieurs passages d'armes destinées à la Charbonnerie. Cet Antonio Restrate s'appelle en réalité Doria. Il a réussi à infiltrer les sociétés secrètes, à gagner la confiance de Mazzini[7], c'est encore un espion au service de notre cher baron… Je te le répète, Laura, tu es suivie, jour et nuit, au théâtre, au bal, à l'opéra, en Suisse comme en Italie, et jusque dans ton lit.

— Peu m'importe !

— Ne pense pas qu'à toi, Laura Di Trivulzio. Tu es un des membres les plus éminents de la Charbonnerie, tout ce que tu dis, tout ce que tu fais est discuté, analysé, décortiqué. Les espions autrichiens, trop désireux de justifier leurs gages et de conserver leur emploi, sont prêts à tout. Quand ils manquent d'informations, ils en inventent. Tu sais très bien que la légende recouvre très vite la réalité.

— Les archives du gouvernement lombardo-vénitien débordent de cartons me concernant, et alors ?

— Sais-tu que les bruits les plus ignominieux commencent à courir sur toi ?

— Ah oui, et lesquels ?

— Que tu as congédié une jeune adolescente modénaise du nom d'Eleuthère, qui te servait de dame de compagnie, parce qu'elle ne voulait plus de toi et t'avait préféré un pharmacien de Milan...

— Quoi d'autre ?

— Que tu vas de palefrenier en maçon, de sous-officier de cavalerie en femme de chambre, sous prétexte, aurais-tu proclamé, que ces gens-là au moins ne pensent pas, et que se régaler de la sorte ne tire pas à plus de conséquence que d'avoir eu un soir envie de panade ou de soupe de choux.

— Tu n'es pas de mon avis, peut-être ?

— Là n'est pas la question ! Doria a soutenu que tu avais eu pour amant un officier autrichien, et que la romance de Berchet[8], *Il Rimorso*, parlait de toi : « Maudite soit celle qui par une étreinte italienne a rendu heureux le soldat allemand... »

Que les espions autrichiens accusent Laura d'être une Messaline, de préférer les muscles à l'intellect ou de ne pas dédaigner l'amour saphique, ne la touchait guère : elle en souriait avec mépris. Mais qu'on prétende qu'elle avait couché avec l'ennemi, cela, elle ne pouvait le supporter.

— *Maledetta chi d'italo amplesso/ Il tedesco soldato beo!* se mit-elle à hurler dans sa chambre. C'est ignoble, c'est ignoble, Emilio !

— Je te le répète, ils ne reculeront devant rien, dit celui-ci avec beaucoup de tendresse. Tu dois partir un certain temps, Laura, au nom de notre cause.

— Je vais retourner à Lugano.

— Impossible.

— Pourquoi ?

— Une note, adressée aux autorités tessinoises, exige la reddition des fugitifs accusés de haute trahison, et l'expulsion immédiate de tous les réfugiés politiques qui ont trouvé asile dans le canton.

— Les autorités suisses vont sans doute imaginer une parade qui leur permettra de ne pas trahir leur traditionnelle réputation d'hospitalité...

— Certainement, mais cela risque de prendre un peu de temps, et en attendant il n'est pas sûr que tu sois ici en sécurité...

À peine avait-il émis cette hypothèse qu'un bruit épouvantable monta du parc. Emilio moucha toutes les chandelles et vint se poster tout prêt d'une fenêtre. Une véritable armée avançait en direction du château, à la lumière d'une centaine de torches qui éclairaient les allées, les rangées de cyprès et les façades comme en plein jour. Emilio reconnut les uniformes autrichiens. On ne pouvait concevoir aucun doute sur la façon dont cette incursion allait se dérouler. Comme un quartier circonscrit immeuble après immeuble, rue par rue, le château allait être totalement entouré, strictement gardé, personne ne pourrait en sortir sans être soigneusement examiné. On fouillerait partout, des caves aux murs, en passant par les toits, d'éventuelles cachettes jusqu'aux endroits les plus improbables. On tenterait d'obtenir des informations auprès du personnel, valets, femmes de chambre et saisonniers, par la séduction ou l'intimidation. Emilio et Laura ne disposaient que de quelques minutes pour tenter d'échapper à la police autrichienne.

Construit au XIIe siècle par des ouvriers venus, dit-on, du Montferrat, le château n'avait gardé de son plan d'origine que les fondations de la partie ouest. Bien que le réseau de labyrinthes qui couraient sous le château ait été bouché, on avait conservé un long boyau d'une lieue démarrant des cuisines et aboutissant près du petit étang situé à l'extérieur de la propriété, de l'autre côté des grilles. En parfait état, il avait été remis en circulation pour les besoins de la Charbonnerie. Quand Emilio et Laura atteignirent les cuisines, les soldats n'avaient toujours pas frappé à la grande porte du hall d'entrée. Ils traversèrent la partie voûtée qui servait de cave à vin, poussèrent une plaque placée au fond d'une cheminée, la refermèrent et s'engagèrent dans un long couloir, jusqu'à une petite salle qui donnait sur un boyau terminé par une trappe ouvrant sur la campagne environnante. Devenue par nécessité une salle de réunion de la Charbonnerie, cette pièce voûtée presque confortable contenait des armoires chargées de vêtements, un petit coffre rempli d'armes diverses et de munitions, ainsi que quelques chaises pour s'asseoir et des paillasses pour y dormir si nécessité s'en faisait sentir. Plusieurs chandeliers étaient allumés, dégageant une lumière vacillante sur le point de s'éteindre, mais qui trouvaient encore la force d'éclairer une des scènes les plus étranges qui soient.

Un couple entièrement nu s'ébattait, ignorant totalement la présence des deux visiteurs. L'homme, la verge en érection, était agenouillé devant la femme, et l'on avait l'impression que la femme retardait le moment où elle allait permettre à l'homme d'embrasser son sexe et de satisfaire ainsi pleinement à son plaisir. À l'instant où elle semblait prête à offrir sa toison ouverte à la bouche de l'homme, elle repoussa la tête de ce dernier, préférant se caresser devant lui jusqu'à jouir, arc-boutée, avec une certaine rancœur, de ses propres gestes, comme pour lui dire : « Je n'ai pas besoin de toi. » Le temps s'était arrêté. Emilio et Laura n'osaient parler. Et quand l'homme se jeta furieusement sur la femme, la renversant sur le dos et se précipitant sur elle pour boire goulûment l'écume de son sexe, ils restèrent toujours aussi muets. Puis l'homme écarta les jambes de la femme, ses cheveux caressant son ventre, tandis que ses deux mains s'étaient saisies de ses seins et en caressaient doucement les mamelons. La femme était maintenant comme sans vie. Abandonnant sa position, l'homme enfonça enfin sa verge dans le ventre de la femme qui se mit à trembler jusqu'à perdre connaissance. Il leur semblait n'avoir jamais vu un corps si abandonné, si habité seulement de ce désir d'avoir été pris et comblé. La femme, épanouie sous les caresses, semblait avoir disparu pour laisser la place à une nouvelle femme en train de naître. Un peu comme cet enfant qui, se prêtant à l'expérience d'un magicien chinois, entre dans son coffre. On ouvre ce dernier une première fois, il est vide. On referme le coffre. On l'ouvre à nouveau ; l'enfant réapparaît et regagne sa place. Or, ce n'est plus le même enfant et personne ne s'en doute ; comme personne ne se doute que cette femme n'est plus la même que celle qui est descendue dans cette cave quelques heures auparavant. C'est alors que les yeux de cette dernière croisèrent ceux de Laura. S'arrachant à l'homme, le regard plein de frayeur, la femme se releva d'un bond :

— Madame, je…

— Felicita, que faites-vous ici? demanda Laura.

— Rhabillez-vous tous les deux, ajouta Emilio.
Comment connaissez-vous cet endroit?

Parfois repliée sur elle-même et livrée à ses rêveries, parfois avide de mouvement et de vie, Felicita,
dont la jeunesse lui faisait comme une auréole, avait
poussé dans les communs du domaine de Merate
telle une plante sauvage. Elle charmait et effrayait,
ne savait pas dissimuler ses sentiments, n'avait aucun
respect pour l'étiquette, mais avait su très vite se
rendre indispensable. Comme revenue à la réalité, elle
fit le geste de s'essuyer la sueur du front. L'homme,
tout en se rhabillant, répondit en se frappant le cœur
deux fois de la main droite.

— Vous êtes membres de la *Federazione*? Tous
les deux?

— Oui, prince, répondit Felicita, ajoutant:
«Vertu»?

— «Sacrifice», dit Laura.

— «Secret»? demanda l'homme.

— «Mort» répondit Emilio.

Cela ne faisait plus aucun doute, Emilio et Laura
pouvaient faire entièrement confiance à ces deux
carbonari bien qu'ils ne fussent pas aristocrates.

— Qui êtes-vous? demanda Emilio, se tournant
vers l'homme, lequel, une fois rhabillé, ressemblait
à ces jolis garçons d'agréable tournure, bons tireurs
à l'épée, auxquels on ne pouvait guère reprocher que
d'exagérer les prescriptions de la mode, et de porter
leur chapeau trop penché sur l'oreille.

— Je m'appelle Hans Naumann.

— Quel métier exercez-vous?

— Empailleur.

— De chaises?

— Non, monsieur: d'animaux. Je suis naturaliste

préparateur ou, comme on le dit aujourd'hui, taxidermiste.

— Vous exercez votre profession à Merate ?

— Et ailleurs. On ne nous aime guère, vous savez. Tout juste sommes-nous bons à préparer les doigts des voleurs morts sur le gibet, afin qu'ils servent à donner bon goût à la bière du tonneau et à la faire foisonner. On va là où on nous appelle. Je suis autrichien de naissance mais italien de cœur, et taxidermiste. Je cumule les handicaps, en somme…

— Nous avons peu de temps. Laura doit absolument quitter la Lombardie. Vous pouvez vous en charger ? demanda Emilio.

— J'allais vous le proposer. Ma voiture m'attend de l'autre côté de la grille du château. Dans la forêt, là où débouche le souterrain.

— C'est par là que vous êtes entrés ? demanda Emilio.

— Oui, répondit Felicita.

— Alors partez immédiatement, dit Emilio.

À partir de cet instant les heures se précipitèrent et le temps commença à tourner sur lui-même, comme une toupie, de plus en plus rapidement. Alors qu'elle s'engouffrait dans le sombre boyau, Laura se mit à courir derrière Hans Naumann sans jamais se retourner, entendant à peine ses pas, sa respiration haletante. À la sortie du tunnel, les astres éclairaient la route d'en haut et les grandes lanternes de la voiture que Hans Naumann avait allumées projetaient sur le sol des zones de lumière. L'homme connaissait parfaitement la région. C'était une nuit de septembre aussi pure que celles durant lesquelles le prince Emilio avait pour habitude d'organiser de grandes chasses aux flambeaux. Cachée sous des corps d'animaux dépecés, des peaux de bêtes, d'énormes pièces improbables découpées en morceaux, des dépouilles de quelques quadrupèdes, de gros lézards et de poissons épineux hâtivement bourrés de foin et laqués de substances puantes destinées à leur éviter une trop rapide décomposition, Laura franchit la frontière lombarde et traversa le Piémont.

De ce voyage incroyable elle ne retint qu'une image : celle d'une voiture entrant dans un tunnel sans fin, où la lumière comme tranchée au couteau cédait soudain la place à une nuit totale et éternelle. Fut-elle alors en proie à une de ces crises qui l'absentaient du monde ? Elle fut incapable de le dire. Hans Naumann parlait peu. Un matin, elle eut l'impression de reprendre conscience, et crut apercevoir Gênes et, derrière, une étendue de mer. Mais la ville très vite lui devint invisible, comme si un nuage flottant plus bas l'avait recouverte. Des fumées orange stagnaient au-dessus de sa tête. « Qu'est-ce que je suis ? pensa-t-elle alors. Un point, un atome ? Et comme je suis impuissante. Et comme mon esprit est petit. J'ai terriblement peur, d'une peur particulière, d'une peur métaphysique. J'ai peur de ma petitesse dans cette énormité… »

Hans Naumann, habitué à faire passer des membres de la *Federazione* en France, avait tout naturellement choisi ce grand port à trafic international. Les conjurés savaient qu'en cas d'alerte ils auraient la ressource de se réfugier sur les bateaux étrangers où la police n'a pas le droit de venir les chercher. L'idée consistait à attendre dans une petite maison à Saint Pier d'Arena, derrière le Molo Nuevo et la Lanterna, le moment propice pour monter à bord d'un bateau en partance pour Livourne. Laura avait à peine le temps de se laver, de se restaurer, de préparer un sac avec les affaires nécessaires à un bref séjour en France, de changer quelque argent en or et de se munir de lettres de change.

Apprenant sa fuite, les gouvernements n'étaient pas restés inactifs. À peine avisé de la présence de la princesse à Gênes, Metternich avait fait demander par son ministre à Turin que le gouvernement piémontais lui retirât son passeport et, si elle refusait de rallier aussitôt Milan, qu'il prît sur lui de l'arrêter. Les espions au service de la Charbonnerie étaient largement aussi compétents que ceux à la solde de l'Autriche. L'ordre allait être exécuté quand Naumann fut averti : la maison était cernée par les policiers.

Décidé à assumer sa tâche jusqu'au bout, et au risque de sa vie, il attendit que la nuit tombe et, évitant le pont situé en contrebas de la maison et ses gardes, il prit Laura sur son dos et traversa la rivière de l'autre côté de laquelle l'attendait une berline qui la mena tant bien que mal à la frontière. Le chemin qui y conduisait passait à travers un lacis de prés et de cultures. Tantôt il montait doucement, avec précaution, éludant les difficultés que lui présentait la montagne ; tantôt il tournait ce qu'il ne pouvait pas franchir ; serpentait, faisait des zigzags, revenait sur lui-même ; parfois même, il descendait pour pouvoir remonter à un meilleur moment. C'est par ces pistes de terrage, creusées de fondrières, conçues pour la promenade et l'écoulement des eaux et non pour la fuite, que la berline prit la direction du comté de Nice qu'elle devrait traverser jusqu'à Cannes, puis après avoir longé la côte jusqu'à Sainte-Maxime et passé au sud du massif des Maures, atteindre Hyères et de nouveau coudoyer la Méditerranée pour toucher enfin à un petit village du Var où l'attendrait le docteur Jacob d'Espine.

L'officier de police qui interrogea Laura, aussi beau garçon qu'il était naïf, contre toute attente, la laissa passer sans difficulté. Tandis qu'elle lui abandonnait son passeport couvert de cachets et de timbres, obtenant, signé de sa propre main, un sauf-conduit provisoire pour se rendre en France, d'où elle comptait, lui affirma-t-elle, revenir le lendemain, elle embrassa tendrement son «mari», Hans Naumann, contraint de rester au pays pour s'occuper de leurs affaires. Sûre d'elle-même, Laura poussa même la comédie jusqu'à demander à son cher époux de veiller jusqu'à son retour sur les *cousines* milanaises venues dormir chez eux.

5

En raison de l'épaisse poussière blanchâtre remuée par les roues du carrosse, celui-ci resta soigneusement fermé de tous côtés de telle sorte que Laura ne put ouvrir la petite lucarne latérale qu'à deux reprises tandis que la voiture ralentissait pour franchir un obstacle. La première fois, elle aperçut une forêt de sapins et la seconde un coin de lac admirablement bleu où se mirait le soleil. Mais cela ne suffit pas à la rassurer. Ce voyage ressemblait à un convoi funèbre et la jeune femme, enfermée dans son cercueil cahotant, avait l'impression d'être conduite vers sa propre mort par un furieux nocher des Enfers.

Après d'interminables heures de route, la voiture fit halte au relais de la pointe de la Galère, du moins est-ce le nom que lui donna le postillon, gros homme antipathique comme un bonnetier milanais qui, pour tout repas, lui offrit une tasse de vin de pays fort aigre et une tranche de pain sur laquelle était étalée une couche de confiture de poisson. Alors qu'on attelait d'autres chevaux, Laura regarda autour d'elle, découvrant un paysage désolé, à moitié brûlé et noirci par de lourds nuages grisâtres. Le postillon, jusqu'alors muet, se lança dans une violente diatribe contre les fabriques d'oxyde et de soude factice qui enlaidissaient le pays. «On se croirait au bord d'un volcan ! Brûler et détruire, voilà le but de toutes ces innovations !» Laura n'eut guère le temps d'entamer la moindre conversation avec lui : un orage de fin d'été, épais comme de l'encre de Chine, éclata sur le carrosse lors même qu'il reprenait son voyage. Un violent déluge parcouru d'éclairs s'abattit sur la route. Par la lucarne entrouverte Laura comprit qu'elle longeait la côte. La pluie battante frappait de biais le carrosse ballotté comme une frêle nacelle au milieu des éléments déchaînés. En contrebas de la route une mer furieuse prenait les rochers d'assaut, soulevant d'énormes vagues qui faisaient un bruit affreux. Après avoir passé une rivière charriant une eau boueuse et s'être engagé dans un petit chemin au pied d'une colline couverte de pins, le convoi s'arrêta enfin. L'air était moite, tout humide de la pluie qui venait de tomber. Laura descendit pour faire quelques pas sur la route. En face d'elle, le postillon frappa deux ou trois coups sur sa tabatière, rabattit son chapeau sur ses yeux, et, après avoir dit que le voyage se terminait ici, au pied de la colline de la Colle-Noire, ne proféra plus une parole.

Laura regardait autour d'elle ce paysage qui lui était étranger, fait de petits sentiers de douaniers serpentant le long d'un littoral abrupt, de criques rocheuses et de chemins bordés de restanques fleuries. Le voyage avait sans doute duré quelques jours. Elle ne se souvenait de rien. Épuisée, affamée, sale, elle n'avait même plus la force de se demander ce qu'elle faisait là à attendre elle ne savait ni quoi ni qui avec précision. Le bruit d'un tilbury se dirigeant avec légèreté vers elle la sortit de sa rêverie. Sautant à terre, un homme en jaillit. Il était svelte et de taille moyenne, habillé avec un soin extrême et même un peu de recherche. Son visage énergique et froid en faisait un de ces hommes qui imposent l'estime mais devant lesquels hésitent l'affection et la sympathie.

— Princesse Laura Di Trivulzio, n'est-ce pas ?

— Oui, répondit-elle après quelques secondes d'hésitation.

Un peu raide, l'inconnu se détendit soudain. Presque souriant, il s'épongea le front avec un mouchoir :

— Docteur Jacob d'Espine, pour vous servir. Enfin, vous êtes arrivée, quel soulagement. Merci, mon ami, merci, ajouta-t-il à l'adresse du cocher en lui remettant une enveloppe.

L'homme la prit, compta les billets qui étaient à l'intérieur, et, après avoir mis dans le cabriolet le maigre bagage de Laura, remonta dans son carrosse et disparut sur un claquement de fouet.

— Taciturne mais très efficace, dit Jacob d'Espine. Nous avons besoin de gens comme ceux-là. Ils font ça pour de l'argent, mais ils le font bien. N'est-ce pas l'essentiel ?

Laura ne répondit pas, demandant :

— Où sommes-nous ?

— Prêt de Toulon, à Carqueiranne.

Laura sourit. Elle se trouvait dans un endroit inconnu, ne comprenant pas ce qu'elle venait y faire, mais elle était libre, ou presque. L'Italie et les combats dans lesquels elle était engagée lui semblaient si lointains. Jacob d'Espine, Suisse de Genève, était un protestant austère, un méthodiste fervent et convaincu. Du moins est-ce ainsi qu'il se présenta à elle alors qu'ils rejoignaient, au pas lent du cheval, une vaste demeure, construite dans un parc planté de palmiers et séparée de la route par une haute grille en fer dont chaque pointe surmontée d'une grande fleur de lis dorée lui donnait l'air d'une maison de campagne d'agent de change retiré des affaires.

Une chambre avait été préparée pour elle au

second étage. Les fenêtres plongeaient sur la mer. Rien à droite, rien à gauche qu'une vaste étendue d'eau. Par temps de soleil, se dit Laura, la réverbération devait être affreuse. Mais par temps de pluie, comme aujourd'hui, la mer était une grande nappe grise qui se confondait avec le ciel et formait le plus triste rideau possible. Par la fenêtre ouverte, on entendait le bruissement des vagues, sorte de ressac lugubre. Les dimensions imposantes de la chambre faisaient que malgré le feu de cheminée qui y brûlait, dégageant une fumée âcre, il y régnait un froid glacial. Épuisée, Laura se laissa tomber sur son lit, comme lestée par une terrible impression générale de tristesse et de désolation. Tant d'êtres constituant son monde n'étaient plus à ses côtés : Diodata, Felicita, ses compagnons de lutte et, pourquoi ne pas le reconnaître, jusqu'à Emilio. Elle qui n'avait jamais voulu faire de distinction entre la souffrance par nécessité et le plaisir de l'endurer, pour la première fois depuis longtemps, pleura comme elle le faisait lorsque petite fille elle croyait que sa mère, après avoir refermé violemment la porte de sa chambre, ne l'ouvrirait plus jamais parce que, pensait-elle, elle ne l'aimait plus, ne voulait plus d'elle, et que dans cette famille qui lui était pourtant si chère et qui méritait tant le bonheur et la tranquillité, il n'y avait personne qui irradiât la sérénité d'âme.

Laura resta plusieurs jours ainsi, à flotter et à attendre d'hypothétiques nouvelles d'Italie. Jacob d'Espine, qui avait l'habitude d'affronter l'adversité puisqu'il se battait depuis des années pour faire admettre à ses collègues obstétriciens que l'étiologie de la fièvre puerpérale devait être cherchée dans un empoisonnement du sang et non dans l'ingestion de certains aliments ou même dans le parfum de certaines fleurs, avait toutes les peines du monde à convaincre Laura de rester cachée et de ne pas franchir le mur d'enceinte de la propriété. Les espions italiens et autrichiens pullulaient. Il en sortait de partout dans les endroits les plus inattendus et à des moments tous plus extravagants les uns que les autres. Laura ne finit par le croire que le jour où il lui affirma qu'un certain Pietro Svegliati, âme damnée du baron Carlo Giusto Torresani, qui l'avait déjà abordée à Lugano en se faisant passer pour un baryton du nom de Martin, avait été aperçu lors de plusieurs soirées mondaines données à Marseille et à Toulon, sous les traits d'un maître de chant.

Voyant que Laura avait beaucoup de mal à accepter cette réclusion relative, Jacob d'Espine, contre ses penchants profonds qui le menaient plutôt vers la méditation et le calme, organisa des soirées entre amis très proches afin de distraire celle qu'il leur présentait comme une lointaine parente venue d'Italie. Ainsi, dans son grand salon dont la décoration en forme de tente rappelait par on ne sait quelle extravagance voulue la disposition qui existait à la Malmaison, se succédèrent une série de rencontres frivoles destinées à rendre des couleurs au teint très pâle de sa belle «parente». Ainsi Mme Duchambge se mit-elle un soir au piano et, avec une grâce charmante, en s'accompagnant elle-même, chanta-t-elle des romances de sa composition, malgré le mal de gorge dont elle souffrait depuis de longs mois. Ainsi, maître Beaugeoire raconta-t-il, à grands renforts de vers héroïques, l'exploit de l'aéronaute Margat qui, dans les airs de Costebelle, s'était élevé très haut, à califourchon sur un cerf répondant au nom de Coco, avant d'aller se noyer dans les eaux du golfe de Giens.

Tout était bon pour tenter de redonner vie à la

triste Italienne, des conversations les plus hautes aux détails les plus anecdotiques ou frivoles. Ainsi, à table, se permettait-on les associations les plus libres. Après tout, puisque M. Victor Hugo, qui adorait les oranges, en plongeait des quartiers dans son vin, les commensaux de l'obstétricien ne craignirent pas d'expérimenter du bourgogne rouge avec du poisson au déjeuner de dix heures, ou de mêler dans le même verre bordeaux et champagne. Il faut dire que cette année 1830 avait regorgé d'événements extravagants qu'on pouvait selon l'humeur aborder de façon tragique ou amusée. La vie exige une mise au point permanente des valeurs. La duchesse de Berry donnait l'exemple. Ne l'avait-on pas vue le soir de la mort de George IV, l'ami de Brummel, dans sa loge de la Comédie-Italienne, garder sa robe, puisqu'elle était en deuil, tout en dégageant ses manches, parce qu'elle avait de beaux bras, mais coiffée d'un bonnet de tulle garni de blondes, épanoui de rubans de gaze rose et de fleurs posées en touffes entre les dentelles et les cheveux?

Non, décidément, la vie n'était pas aussi triste que certains l'affirmaient. Jacob d'Espine en personne, sans doute aussi parce qu'il avait vu et voyait encore tant de très jeunes et jolies femmes mourir d'infections puerpérales puisque ses étudiants, venus assister à ses leçons d'obstétrique, continuaient d'examiner les accouchées en sortant de la leçon d'anatomie pathologique et de salle de dissection, sans s'être au préalable lavé les mains, se faisait de la vie une idée qui ne tenait qu'à lui. Ainsi, conclut-il un jour une de ces conversations à bâtons rompus par une pensée qui en choqua plus d'un. «L'année 1830, affirma-t-il, fut marquée par deux événements d'importance égale : la chute définitive des Bourbons et celle, toute provisoire, des chapeaux de paille remplacés par des couvre-chefs en carton sur lesquels sont peintes des fleurs. »

Un soir cependant, alors que Laura sentait qu'elle était arrivée au bout d'un cycle et qu'elle devait d'une manière ou d'une autre retrouver ce qu'elle considérait comme le monde des vivants, un événement majeur advint dans sa vie. L'avait-elle pressenti ? Nul ne pourrait l'affirmer. Jacob d'Espine, en hôte généreux et en ami compatissant, lui ayant annoncé qu'il avait invité ce soir-là un personnage de marque qui pourrait d'ailleurs séjourner quelque temps à Carqueiranne, elle avait passé la seule jolie robe qu'elle avait pu emporter avec elle dans sa fuite : une parure en gros de Naples très fort, rose, décolletée et sans ornements. Une petite chaîne gothique, en argent, pendait à son cou et rivalisait de blancheur avec ses belles épaules. Des manches de blonde laissaient voir ses beaux bras, et un bonnet en satin rose, tulle et marabout blancs, complétait ce que d'aucuns eussent qualifié de toilette simple mais de bon goût.

L'homme qui l'attendait, bien calé dans un des profonds fauteuils du salon, le visage éclairé par la douce lueur de la lampe suspendue et contenue dans un vase d'albâtre, était considéré par beaucoup comme un des grands hommes de cette génération nés sous le Directoire. M. de Chateaubriand, peu amène avec ses contemporains, le surnommait le « Homère de l'Histoire » et d'Espine voyait en lui un « véritable géant ». Augustin Thierry, puisque tel était son nom, avait une approche très particulière de l'histoire. Se sentant plus proche de Walter Scott que des abstractions philosophiques imposées par le XVIIIe siècle, il voulait raconter l'histoire plutôt que de la définir. Déterminée par l'opposition des peuples au joug étranger ou à l'oppression interne, l'histoire existait à ses yeux dans ses matériaux mêmes. Les coutumes sociales, les documents officiels, la littérature, les journaux intimes, les correspondances, en un mot les humbles et les anonymes plus que les dieux et les héros, voilà ce qui permettait d'envisager une vision exacte du destin des peuples. Dès leur premier regard, Augustin Thierry et Laura Di Trivulzio surent que d'une façon ou d'une autre ils ne se quitteraient plus, tout comme ils comprirent immédiatement que leur relation n'aurait rien de sexuel. Il avait trente-cinq ans, elle venait d'en avoir vingt-deux. Il ne serait pas le maître, elle ne se considérerait jamais comme une élève. L'un et l'autre éprouvèrent immédiatement ce bonheur si rare de pouvoir s'admirer sans obstacles, comme au temps du premier âge de l'amour, quand les deux amants jouissent de leur propre sentiment et se trouvent heureux presque par eux-mêmes.

Augustin Thierry resta quinze jours à l'ombre des palmiers de Carqueiranne. Leurs conversations ne portèrent que très rarement sur les six volumes de l'*Histoire de la conquête de l'Angleterre par les Normands*, ouvrage majeur de l'historien, ou sur l'engagement politique de Laura. Elles abordaient des sujets plus généraux et plus vastes, comme cette idée que les générations nouvelles n'étaient plus habitées par les grandes épopées de la Révolution et de l'Empire, mais qu'il ne fallait pas pour autant rester les bras croisés et jeter aux orties le sentiment épique. Ou comme cette autre faisant de l'intrigue un des moteurs de la marche du monde.

— La Restauration, qui a donné à la France quinze années de paix honorable, a relevé son industrie et a rétabli ses finances, a fini tuée par l'intrigue, soutenait Augustin Thierry.

— Une chose m'a frappée dans cette révolution de juillet, répondait Laura. Au début, les bons sentiments, la loyauté, le désintéressement semblent avoir dominé, et très vite les mauvaises passions, l'ambition, les intérêts personnels ont tout gâté.

— L'égoïsme des individus finit toujours par anéantir ce qui a été de nature à faire battre les cœurs...

— L'incapacité est une mauvaise excuse.

— Bien sûr, ma chère amie.

— L'ambition dont on n'a pas les talents est un crime...

Atteint d'une ataxie qui l'avait rendu infirme moteur et d'une cécité aussi progressive qu'irréversible, «à cause de ma manie de dévorer les longues pages in-folio pour en extraire une phrase, et quelquefois un mot», aimait-il à répéter, Augustin Thierry, qui avait toute sa vie été très sensible au charme féminin, savait qu'il venait de trouver là, grâce à une rencontre dont il ne pouvait imaginer qu'elle fût fortuite, la compagne qui allait guider sur la grève ses pas mal assurés. Quant à Laura, elle était certaine qu'elle venait de rencontrer un compagnon d'une qualité et d'une richesse exceptionnelles. L'un comme l'autre, étranges touristes en quête d'un climat plus clément, singuliers réfugiés à la recherche d'un foyer, apparaissaient comme deux blessés de la vie qui avaient besoin de panser leurs plaies, aussi, la tendresse fraternelle qui les liait augmentait de jour en jour. Augustin Thierry racontait à Laura ce que c'était que de vivre dans la nuit et l'immobilité, comment les choses lui arrivaient par des chemins détournés et des voies si ténues qu'il pensait parfois qu'elles n'existaient pas. Laura venait souvent s'asseoir à côté du paralytique aveugle et, modulant sa voix pure, lui chantait des chansons de Lombardie ou du Piémont, de cette Italie qui vivait en elle, comme le soleil éteint dans les yeux de l'homme qui l'écoutait en tenant ses mains dans les siennes. «Quand je pense, disait-il, que cet imbécile de Stendhal affirme que les âmes italiennes sont "illogiques et fuyantes"! La vôtre, chère amie, n'est que justesse et droiture…»

Dans le petit salon élégant de Jacob d'Espine, assis tous deux devant un bon feu — lui sur une causeuse, elle sur des coussins, presque à ses pieds —, ils savaient qu'ils vivaient de ces soirées délicieuses à l'âme donc à l'émotion, de ces moments qui ne s'oublient jamais, et dont, des années plus tard, le charme reste un mélancolique sujet de regret. Deux grands esprits isolés, deux âmes nobles et rêveuses venaient de se rencontrer dans un pareil sentiment.

— Qu'allez-vous faire maintenant? lui demanda un jour Augustin Thierry, mine de rien, tout en savourant un sorbet mousseux et frais.

Dans le jardin de la propriété, un vent violent couchait les arbres et la mer en contrebas venait battre contre la plage. Laura posa sur une console de marbre son verre de punch:

— Que voulez-vous dire, mon ami?

— Vous ne pouvez rester ici. Vous devez participer au grand réveil de l'Europe.

— Après les journées parisiennes de Juillet, j'ai immédiatement imaginé Charles-Albert[9] sur le trône d'un royaume fédéral, roi constitutionnel comme Louis-Philippe ou Guillaume IV d'Angleterre…

— Un temps viendra où tous les peuples d'Europe sentiront le besoin de résoudre les problèmes d'intérêt général avant de descendre aux intérêts nationaux, mais nous n'en sommes pas encore là… La cause italienne a besoin de femmes comme vous.

— Servir mon pays est un de mes souhaits les plus chers.

— Alors n'hésitez plus, allez à Marseille rejoindre

les patriotes italiens. Notre cher docteur saura vous mettre en contact avec les bonnes personnes.

— Il ne me laissera jamais partir, vous le savez bien.

— Je jouis auprès de lui d'un certain crédit… Laissez-moi faire…

Laura, les larmes aux yeux, prit tendrement son ami dans ses bras.

— Mais promettez-moi une chose, Laura…

— Tout ce que vous voudrez, mon ami.

— Vous êtes riche. Il se trouvera certainement sur votre route des réfugiés italiens qui, après vous avoir extorqué de l'argent, vous remercieront de votre générosité en vous faisant la réputation d'une Messaline, les hommes sont ainsi…

— La cause pour laquelle je me bats…

— Beaucoup s'en moquent. Promettez-moi de ne pas être trop naïve et même dans l'adversité de ne jamais succomber au désespoir.

— J'en fais le serment !

6

Située sur une hauteur qu'on nomme dans la langue du pays la *Viste*, c'est-à-dire la Vue, la villa *Cortazone*, occupée en majorité par des exilés italiens comme les autres maisons de campagne éparpillées sur les collines environnantes, brillait tel un point blanc dans l'espace. De la terrasse, Laura apercevait tout le bassin de Marseille, couvert de bastides : la rade, un grand nombre d'îlots, les montagnes garnies de pins verts à l'écorce rouge, les clochers dominant la vieille ville derrière laquelle se cachait le port, et au-delà, sur une colline pelée, le fort de Notre-Dame-de-la-Garde, et plus loin encore les grands rochers de Montredon. Dans le jardin, des hommes en armes gardaient la porte d'entrée car on disait que depuis quelque temps la police française surveillait les Italiens de très près et qu'elle marchait main dans la main avec les espions autrichiens. Du grand salon montait un furieux brouhaha. Cela faisait maintenant plus d'un mois que Laura fréquentait ce groupe de *carbonari* engagés dans la lutte contre l'occupant tudesque, un mois qu'elle partageait leurs espoirs, copieusement alimentés par l'argent qu'elle pouvait continuer de faire passer d'Italie en France. Après l'échec de l'insurrection dans les Romagnes et la dispersion de la résistance entre Foligno et Civita Castellana, c'était maintenant au tour de l'équipée de Savoie, à laquelle Laura avait apporté son appui financier, de connaître un échec retentissant. Le 22 février, la force d'invasion partie de Lyon, dans le but d'envahir le Piémont par la Savoie, et comptant dans ses rangs seize mille volontaires réunis autour de leurs chefs italiens, avait été bloquée à la frontière française sur ordre de Louis-Philippe. À la grande stupéfaction des révolutionnaires italiens, le roi de France avait scrupuleusement respecté le principe de non-intervention promulgué quelques mois auparavant par Sebastiani, son ministre des Affaires étrangères. Pour nombre d'exilés italiens cela ne faisait plus aucun doute, la trahison de Louis-Philippe devait servir à dessiller les yeux des plus récalcitrants.

— Le mouvement *carbonaro* est mort, soutenait Ercole Tommaso [10], un jeune Piémontais osseux vêtu d'un habit noir, alors que Laura entrait dans le salon.

— Ercole Tommaso a raison, disait une jolie jeune femme prénommée Teresa et présentée comme sa compagne, il faut se dissocier totalement des idées monarchistes.

— Quant aux dirigeants de 1821, ils ont fait leur temps ! ajouta Franco Merrigi, un Napolitain honnête et ardent…

— Qu'en penses-tu, Laura ? lança Teresa.

— Je ne serai peut-être pas aussi catégorique que vous, mais force est de reconnaître qu'il faut trouver d'autres moyens d'action.

— Tu as engagé beaucoup d'argent en Romagne. Tu as vu ce que ça a donné, ajouta Franco. Zucchi et ses camarades ont été conduits à Venise et les Autrichiens ont envahi le territoire pontifical !

— Je sais, soupira Laura, et sans la complaisance du prince Gortschakoff, Louis-Napoléon n'aurait jamais pu quitter l'Italie à l'aide d'un passeport russe…

— Beaucoup de nos frères ne sont pas morts de la rougeole, comme Napoléon-Louis, mais ont été pendus ou pourrissent dans une forteresse, dit Teresa.

— Je sais, reconnut tristement Laura.

— Rejoignons Mazzini, proposa Ercole Tommaso.

— Gagnons les rangs de la jeune Italie ! dit Teresa.

— À bas la monarchie ! Vive la République ! reprirent en chœur les exilés présents.

Mise aux voix, la proposition fut acceptée à l'unanimité. Laura s'étant rapidement ralliée à l'enthousiasme de ses camarades. Dès lors, les réunions succédèrent aux réunions, les propositions aux propositions. Ayant loué une villa non loin de la *Cortazone*, Laura reçut chez elle nombre de libéraux et quantité de jeunes gens connus des services secrets franco-autrichiens pour leurs opinions subversives. Appliquant à la lettre les statuts de la Jeune Italie, qui excluait, à de rares exceptions près, toute personne âgée de plus de quarante ans, car Mazzini voulait s'appuyer pour l'accomplissement de son œuvre sur les hommes et les femmes de sa propre génération, Laura ouvrit les portes de sa villa à une nuée de jeunes Italiens véhéments, sans se rendre compte que pouvaient se glisser parmi ce troupeau de chiots fous des espions et des traîtres. Lors de réunions toutes plus exaltées les unes que les autres, on rappelait que les chefs *carbonari* avaient échoué dans leur mission parce que le programme révolutionnaire auquel ils adhéraient était caduc, et ne s'accordait plus avec les idéaux politiques de la génération nouvelle. La jeunesse seule était capable de s'émanciper des préjugés invétérés et de vouer à l'œuvre l'enthousiasme exalté et l'abnégation indispensables au relèvement social et politique de la patrie.

Lors d'une réunion improvisée autour de plusieurs tables du Café Américain, en plein cœur du quartier de la belle France, à Marseille, un des jeunes protégés de Laura, un certain Bolognini, l'éblouit par des propos qu'elle ne pouvait totalement admettre, mais qui étaient tenus avec une telle force de persuasion qu'elle ne trouva aucun mot pour les contredire :

— La *Carbonaria* travaillait à des réformes révolutionnaires, et à l'établissement de la monarchie constitutionnelle. La Jeune Italie, elle, doit être résolument républicaine.

Le jeune comte Giuseppe Bolognini, descendant d'une vieille famille d'Émilie, âgé d'une trentaine d'années, avait fait de la prison avant de s'évader en France et d'y trouver refuge sous le nom de Bianchi. Brillant avocat, pouvant si besoin s'en faisait sentir faire fonction de financier ou de notaire, il était une des personnalités fortes du comité mazzinien de Marseille. Il sut rapidement se rendre indispensable. Laura le prit comme conseiller. Très vite, on imagina que l'homme de confiance était pour la belle princesse bien davantage qu'un homme d'affaires. On en fit des amants. On vit en eux des traîtres qui dilapidaient l'argent destiné à la cause. Un soir, alors qu'ils arpentaient les rues recouvertes d'asphalte lisse, bordées de vastes établissements de commerce en pierre de couleur crème du quartier du Grand Casino, Giuseppe Bolognini et Laura se perdirent du côté du Grand Hôtel du Louvre et de la Paix. De chaque côté de l'avenue qui y conduisait, des hommes et des femmes habillés de couleurs gaies se pressaient sur les trottoirs, partout ce n'était que couleurs éclatantes, constellations étincelantes de becs de gaz ; partout, la précipitation, la vie, l'activité, la bonne humeur, les conversations, les rires.

Le hall de l'hôtel, transformé en une immense

salle de réception, grouillait de jeunes élégants raffinés et de jeunes femmes habillées avec chic, ainsi que de vieux messieurs et de vieilles dames, assis par couples ou en groupes à d'innombrables tables à dessus de marbre. D'un coup d'œil circulaire, on pouvait immédiatement voir, sans se tromper, à quelle famille politique appartenait chaque convive. Les royalistes avaient orné leur boutonnière de fleurs blanches ou vertes, les démocrates arboraient des gilets à larges revers ou des chapeaux gris, et les défenseurs d'opinions plus républicaines exhibaient des chapeaux teints en rouge. Tout ce beau monde, oublieux de toutes les révolutions, dînait luxueusement, buvait du vin et entretenait un vacarme de conversations étourdissant. Il y avait dans le fond une scène et un grand orchestre ; et de temps en temps des acteurs et des actrices portant des costumes comiques invraisemblables apparaissaient et chantaient des chansons d'une drôlerie folle à en juger par leurs mouvements idiots. Mais le public, attablé à boire et à manger, se contentait parfois d'interrompre son bavardage et de regarder cyniquement sans sourire une seule fois ni jamais applaudir. Était-ce l'absurdité de la situation, sa vulgarité, son désespoir, ou par provocation, mais aucun des deux ne sut qui le premier eut l'idée de prendre une chambre pour la nuit. Puisqu'on les disait amants, qu'ils le soient au moins une fois. Ce fut un fiasco. Non parce que Laura ne put jouir qu'en imaginant que c'était Diodata qui la caressait dans le noir, sous le satin et la fourrure, et qu'elle paraissait alors si ouverte et si mouillée de désir que Giuseppe la croyait au bord de l'orgasme, mais parce que ce dernier ne s'aperçut de rien. Repu et heureux, il recommanda même du champagne, et se contenta de rire lorsque Laura lui affirma que le garçon d'étage qui

leur apportait la bouteille ressemblait à Pietro Svegliati, l'espion autrichien.

— Ne peux-tu, pour un jour, oublier Vienne et
ses cafards, dit Giuseppe, après avoir bu une longue
rasade de champagne à la bouteille.

— Non.

— Même quand tu fais l'amour ?

— Surtout quand je fais l'amour comme ça.

Giuseppe but une nouvelle fois. Semblant ne pas
vouloir comprendre, il se jeta sur Laura et voulut la
mettre sur le ventre afin de la prendre par-derrière.
Une courte lutte s'engagea, interrompue par quelqu'un qui frappait à la porte et dans le même temps
l'ouvrit : l'homme qui ressemblait tant à Pietro Svegliati. Laura en profita pour se dégager, passer un
peignoir et se diriger vers le garçon d'étage :

— Je n'ai besoin de rien, merci. Ni de vous, dit-
elle, tandis que l'homme refermait la porte. Ni de
vous, monsieur, ajouta-t-elle, à l'adresse de Giuseppe,
lui demandant par la même occasion de prendre ses
affaires et de sortir.

Les jours suivants, Laura vécut des moments de
tristesse intense. Giuseppe Bolognini avait soudain
disparu de sa vie, emportant au passage une partie
des sommes destinées à financer plusieurs voyages
en Piémont et en Lombardie des membres de la
Jeune Italie. Cette désertion n'était pas aux yeux de
Laura le plus important. Ni même cette nuit ratée.
Avant de quitter Marseille, le jeune comte Bolognini
avait fait courir sur Laura les bruits les plus infâmes,
rejoignant en cela ceux que commençaient de col-
porter les espions autrichiens. On disait qu'elle aimait
les boas, surnommés alors les « infidèles », non parce
qu'ils étaient à la mode mais parce qu'elle glissait

comme eux et que, comme eux, elle quittait tous les hommes. On racontait que c'était des femmes comme elle qui avaient fait que l'amour, comme la gloire et la religion, n'était plus qu'une illusion ancienne. Mieux valait fréquenter les grisettes au comptoir des boutiques et les prostituées au plus profond des lupanars que cette princesse qui jouait les révolutionnaires. Laura se souvint des mises en garde d'Augustin Thierry. Elle serait trahie, traînée dans la boue. De toutes parts on l'accuserait de tous les maux. Voilà, c'était fait. Au fil des jours l'amertume et la confusion s'emparèrent d'elle. Et l'annonce du suicide du comte Bolognini, trouvé mort dans sa chambre de l'hôtel de Beauveau, dont les fenêtres donnaient sur la Canebière, immédiatement transformé en exécution par les mazziniens assurant qu'ils avaient éliminé cet espion comme ils l'avaient fait à Rodez avec Lazzareschi et Emiliani, eux aussi au service du baron Torresani, n'avait rien changé au fond de l'affaire. Qu'il fût ou non un tricheur, Laura préférait d'une certaine façon croire que, saisi de remords insoutenables, Bolognini n'avait pas voulu survivre à sa honte. Elle gardait dans l'oreille non le ton larmoyant avec lequel il lui avait parlé de la blancheur d'ivoire de ses seins alors que son sexe cherchait à la pénétrer maladroitement, mais sa voix pathétique et brisée récitant lors de leur première rencontre à la villa *Cortazone* la fin du serment de la Jeune Italie : « Tel est le serment que je fais, appelant sur ma tête la colère de Dieu et le mépris des hommes, l'infamie et la mort du parjure, si je manquais à mon serment… »

Un matin sinistre, elle apprit de source sûre que l'Autriche était entrée en contact avec les autorités françaises, et était parvenue à leur démontrer que son passeport était litigieux. On avait gonflé sa contribution à la lutte mazzinienne, n'hésitant pas à parler de

70 000 lires autrichiennes. Un ami, proche de Franco Merrigi, lui avait rapporté qu'au délit de fuite s'ajoutait maintenant la sédition, et que c'était la porte ouverte à un procès par contumace. Laura se sentait de plus en plus seule, isolée, au bord de la détresse. Un après-midi, alors qu'elle avait loué une barque et un guide pour faire une excursion dans l'une des petites îles du port et visiter le château d'If, afin de tenter d'oublier ne serait-ce que quelques heures tout ce poids qui lui pesait tant, elle avait de nouveau éprouvé cette sensation étrange, comme si son cœur s'arrêtait tout à coup. Elle se souvenait d'être brusquement tombée à terre et de s'être relevée habitée par la stupeur, et de n'avoir conservé de ces instants que le moment où la perte de connaissance s'était produite. De retour à la villa, elle avait pris une décision qu'elle n'avait jusqu'alors cessé de retarder, mais qui ne pouvait plus souffrir le moindre délai : elle devait quitter Carqueiranne.

Toutes ces déceptions accumulées jour après jour n'étaient plus supportables. Dans un premier temps elle avait envisagé de se fixer à Genève et d'y acheter une propriété. Elle en avait assez de cette France inhospitalière, qui prétendait ne pas consentir à l'intervention de l'Autriche dans les affaires de l'Italie, mais qui, comme l'affirmait son ministre des Affaires étrangères, «ne s'y opposait pas»! Elle ne cessait de le répéter aux rares mazziniens qui consentaient encore à l'écouter : «N'oubliez pas que nous ne sommes redevables d'aucune gratitude à la France qui ne nous aide que lorsque notre ruine semble la menacer.» En fait, elle ne savait plus vers qui se tourner. Cette situation ne pouvait plus durer. Elle était en train de sombrer dans une immense dénégation de toutes choses, comme une sorte de désenchantement, ou, si l'on voulait, de désespérance. Hier encore, à la question : «À quoi crois-tu?», elle aurait répondu : « À moi ! À nous ! À l'Italie ! » À présent, elle sentait qu'elle pourrait répondre « À rien. » Cela ne pouvait être. Dans l'Europe en pleine mutation, deux camps étaient en train de se former. Dans le premier, il y avait les esprits exaltés, les âmes expansives qui courbaient l'échine et pleuraient, pleins de rêves maladifs et déçus, ceux-là étaient en train de sombrer et de sortir du jeu. Dans le second : les femmes et les hommes de chair et de sang, décidés à rester debout, inflexibles, à faire face, à se battre. Non, le salpêtre ne pouvait se changer en poudre. À bout d'arguments, elle renonça à la Suisse, et bien que la France ne fût plus la terre où elle souhaitait vivre, elle se dit qu'il n'y avait qu'à Paris qu'elle obtiendrait une aide véritable, des conseils judicieux, des informations fiables.

Quelques jours avant de prendre sa décision, elle était allée au théâtre voir une mauvaise pièce au titre prémonitoire : *Avant, pendant et après*. Elle avait même oublié le nom de l'auteur. Une pièce en trois actes. « Avant » évoquait sans ménagement l'ancienne société. « Pendant » abordait le thème de la Révolution. « Après », celui de la société moderne, incarnée par un général devenu, à la suite de la paix, un grand manufacturier.

— En somme, l'auteur a voulu faire le panégyrique de l'industrie et de la bourgeoisie, dit Ercole Tommaso en sortant du théâtre.

— Je suis sûre que les milieux royalistes iront se plaindre en haut lieu, avait lancé Teresa.

— Et pourquoi pas faire arrêter la pièce ! avait alors ironiquement lancé Laura.

Moins d'une semaine plus tard *Avant, pendant et après* avait, par décret royal, été stoppée en plein vol. Amère, Laura devait constater que cette bourgeoisie qu'elle haïssait était bel et bien en train de prendre le pouvoir. Elle n'avait exploité la révolution que pour s'emparer des honneurs, des places et surtout de l'argent. Était-ce cela dont rêvait la Jeune Italie ?

La veille de son départ pour Paris, une lettre d'Emilio, la première depuis sa fuite d'Italie, sonna le glas de ses ultimes hésitations, qui l'avaient vue envisager un bref moment de retourner sous une fausse identité en Italie. Un décret signé de Metternich en personne, et sur l'instigation de Torresani, l'avisait que si, dans l'espace de trois mois, elle ne revenait pas dans les États de Sa Majesté impériale, royale et apostolique, et ne se présentait pas devant la délégation provinciale, sa mort civile serait prononcée et ses biens confisqués. Les mots utilisés par Emilio étaient d'ailleurs encore plus directs et plus terribles que la menace officielle : « Laura, ta famille pas plus que ton rang désormais ne te protègent. Ce qui t'attend à Milan, ce n'est rien de moins qu'un procès en trahison. Ne reviens surtout pas ici. »

Alors que le fouet du cocher claquait — en l'air, et jamais sur la bête —, et que le cheval se mettait en route, Laura ne pouvait se douter que le chemin de Marseille à Paris serait aussi long. Les voyageurs qui l'accompagnaient ne parlaient que de bandes organisées qui rançonnaient les diligences, et de convois exposés, dans la traversée des forêts et des défilés, à des embuscades tendues par des bagnards évadés, des déserteurs, des nomades, des chauffeurs. Rien de cela n'arriva. Mais que la route fut longue ! Tantôt la voiture s'élevait lentement comme un épervier en suivant les larges lacets de la route. Tantôt les chevaux pressaient le trot, avançaient à une allure régulière et mesurée, sans s'essouffler, sans peiner, avec liberté et élégance. Tantôt, au contraire, ils dévalaient des pentes abruptes dans un bruit d'enfer.

Recroquevillée dans sa palatine, les pieds dans une chancelière, Laura se rapprochait lentement de Paris. Après Aix, Avignon, Montélimar, Lyon, elle doubla Moulins, puis Briare. Enfin Fontainebleau fut atteint, puis les faubourgs de Paris, la porte d'Italie, en évitant soigneusement la rue Mouffetard, voie plus directe pour atteindre le cœur de la capitale, mais étroite et coupe-gorge de chiffonniers. Tout contre la place Vendôme, au 6, rue de la Paix, se tenait l'hôtel de Hollande. C'est là que le cocher devait déposer ses voyageurs. Avant de descendre, Laura se remémora la lettre de recommandation qu'Augustin Thierry lui avait écrite en date du 26 mars 1831. Adressée à un certain François Mignet, rédacteur en chef du *Courrier français* et cofondateur du *National*, que l'historien portait aux nues, et qu'il avait surnommé le « beau Mignet » bien qu'il raillât sa peau claire et ses allures flegmatiques, la missive se terminait par ces mots : « Cher ami, après que vous aurez causé avec ma chère Laura Di Trivulzio, ce ne sera plus à cause de moi que vous voudrez lui rendre tous les bons offices qui seront en votre pouvoir... »

7

— Donc, vous avez une lettre de recommandation de mon cher Augustin Thierry !

— Oui, en effet.

— Vous êtes à Paris depuis quand ?

— Trois semaines environ.

— Trois semaines, et vous ne venez me voir qu'aujourd'hui ?

— Oui...

Laura, qui avait revêtu pour l'occasion son costume de ville favori en velours bleu foncé, ajusté à la taille, avec un chapeau de satin blanc orné d'une longue plume retombant jusque sur l'épaule, esquissa un léger sourire.

— Vous voulez la voir ?

— Oui.

— Tenez, dit-elle, se séparant pour la première fois du précieux document qu'elle avait tenu serré dans sa poche depuis son départ de Marseille.

François Mignet, tout récent directeur des Archives du ministère des Affaires étrangères, se plongea dans la lecture de la lettre de son ami. L'homme était bien tel que l'avait décrit Augustin Thierry à Carqueiranne. Il possédait de beaux cheveux blonds, un front large, une bouche expressive et un collier de barbe encadrant un visage aux traits réguliers. Haut de taille, empreint d'une gravité pleine de décence et de noblesse, mais sans morgue et sans prétention, ce fils d'ouvrier avait l'allure d'un grand seigneur.

Alors que son hôte commentait de sa voix chantante, colorée d'un léger accent provençal qui lui donnait une chaleur apaisante, les propos flatteurs rédigés par Augustin Thierry, Laura se regarda à la dérobée dans le haut miroir érigé derrière le bureau de celui qui s'était rendu célèbre par sa contribution à la révolution de Juillet, mais qui avait souhaité n'en tirer aucun profit personnel, et que d'aucuns considéraient comme l'un des plus cinglants polémistes de la Restauration. L'étrange pâleur de son visage contrastant avec le velouté de ses joues, le demi-cercle bleuâtre soulignant ses grands yeux noirs en profonde opposition avec sa figure mince et sa silhouette élancée, tout cela renvoyait à la jeune femme un portrait peu flatteur. Où étaient sa beauté d'antan, se demandait-elle, la délicatesse de ses membres, sa taille souple et flexible? On aurait dit que le moindre geste trop vif esquissé, le plus léger souffle suffiraient à la renverser. Cette touchante apparition avait quelque chose de profondément triste. On eût dit une modeste jeune femme, vêtue de serge noire, se déclarant dépourvue de ressources et venant quémander un travail qui la ferait vivre. Laura était sur le point de se lever et de fuir. Comment avait-elle pu en arriver là?

— Je suis prêt à vous rendre tous les bons offices qui dépendent de moi. Que puis-je faire pour vous? demanda Mignet, la sortant de son rêve éveillé.

Lors de son séjour à Carqueiranne, à Hyères puis à Marseille, Laura avait pu sans trop de difficulté recevoir de l'argent d'Italie. Jacob d'Espine l'avait même gracieusement hébergée chez lui. Mais, dans ce Paris si vaste, son titre et la cause juste qu'elle défendait ne suffiraient pas à attirer tout l'argent nécessaire pour aider son malheureux pays. Elle devait regarder la réalité en face : elle était seule, ne possédait que quelques effets personnels, et sa fortune, dans la mesure où les fonds en provenance d'Italie tardaient à venir, ne se montait plus qu'à plusieurs centaines de francs.

— Vous pouvez faire tant de choses, répondit-elle, troublée.

— Et si nous commencions par boire un thé bien chaud, avec ce froid ? dit Mignet tout en lui montrant un petit salon attenant à son bureau.

Et ainsi, au son feutré des tasses cognées contre les soucoupes, des cuillères voluptueusement tournées dans un breuvage fumant couleur d'ambre où venait se perdre un nuage de lait, et au fil d'une journée qui s'étirait lentement, l'historien et la princesse firent connaissance, chacun racontant à l'autre des moments choisis de son existence. Il la trouva belle, aimable, spirituelle. Elle fut immédiatement séduite par cet homme à la constance discrète et au caractère sérieux, gages d'un possible et tendre attachement. Un écart de seize années les séparait, ce qui les fit rire.

Au terme de leur entretien, tous deux sentirent confusément qu'ils ne souhaitaient pas se quitter et qu'au moins ils devraient se revoir au plus vite.

— Ce que vous devez faire avant tout, chère amie... Vous permettez que je vous appelle ainsi ?

— Oui, répondit Laura, ravie et souriante.

— Ce que vous devez faire avant tout, chère amie, c'est rencontrer un maximum de gens susceptibles de vous aider à propager vos idées, à défendre votre cause.

— Mazzini a été exilé par le gouvernement français pour avoir justement voulu faire une telle propagande. La marge de manœuvre est faible...

— J'en fais mon affaire.

Laura affecta un petit air de doute et de mélancolie.

— Je voudrais bien vous croire, monsieur, cependant...

— Écoutez, ne soyez pas choquée par ce que je vais vous dire mais je pense que votre beauté peut ouvrir bien des portes. Je suis certain que vous exercerez sur mes collègues du Palais législatif la fascination nécessaire à l'obtention d'une tolérance quasi officielle vous permettant d'exposer en toute tranquillité des thèses que d'aucuns qualifieraient de subversives...

— Si vous le dites, alors...

— Beaucoup de personnages importants sont attendus au bal du général Roux, nous pourrions y aller ensemble.

— Le général Roux ?

— Un militaire qui s'est entiché d'Italie, et dont le seul lien véritable avec votre pays est sa sœur qui ne choisit que des amants toscans !

— Personne n'est parfait...

— Il donne un bal costumé en l'honneur de l'Italie.

— Quand a-t-il lieu ?

— Ce soir.

— C'est impossible.

— Mais pourquoi ?

— Comment voulez-vous que je trouve un domino en si peu de temps !

— Attendez, dit Mignet, sortant de la pièce et réapparaissant quelques minutes plus tard avec un carton sous le bras. Vous trouverez là-dedans de quoi vous déguiser en nonne ou en chevalier de Malte, ou en je ne sais quoi d'autre...

— C'est de l'illusionnisme ?

— Vous voulez que tout s'explique, n'est-ce pas ?

— Sans aucun doute !

— Je n'ai malheureusement pas de réponses précises ou scientifiques ou vraisemblables à vous offrir... Je me suis souvenu que j'avais cette boîte, ici, dans un coin, voilà tout.

Laura souleva le couvercle et le referma tout aussitôt.

— Je vois mal comment me déguiser en chevalier de Malte avec ces colifichets, mais enfin...

— Homme ou femme, quelle importance ? Vous vouliez un habit : en voilà un. Alors, serez-vous des nôtres ce soir ?

— Oui.

— Je vous raccompagne chez vous et nous nous rendons ensemble chez le général ?

— Non, monsieur, mille mercis. Mon...

— Votre ?

— Mon... hôtel... particulier... n'est pas très loin d'ici, dit-elle après un moment d'hésitation.

— Permettez que je mette un fiacre à votre disposition...

— Je préfère marcher, monsieur, répondit Laura, estimant que son esprit autant que son cœur pourraient, dans un avenir proche, trouver leur compte à faire naître et à partager l'affection de cet homme, et que, par conséquent, point n'était besoin de précipiter les choses.

En réalité, depuis son arrivée à Paris, la princesse Laura Di Trivulzio, qui s'était rapidement retrouvée dans de grands embarras financiers, avait, après avoir pris pour une semaine un appartement à l'hôtel garni, puis loué une chambre à l'hôtel Bath, de la rue de Rivoli, découvert une mauvaise chambre dans le quartier excentrique de Beaujon, et finalement réussi à se loger sous le toit d'une maison, rue Neuve-de-la-Ferme-des-Mathurins, proche de la Madeleine. Là, pour un loyer de cent cinquante francs, elle pouvait disposer un an durant d'une chambre carrelée, meublée sommairement d'une table, d'une chaise, d'un matelas et d'un poêle à bois. N'ayant pour toutes provisions que quelques jambons, un sac de riz et un sac de farine, elle vivait sans angoisse cette pauvreté relative et passagère. Au fond, les aléas de l'existence lui donnaient enfin l'occasion d'accorder ses actes à ses idées. Ayant jusqu'à présent vécu dans la richesse, elle n'en connaîtrait que mieux les nécessiteux, les rejetés, les exclus qu'elle se piquait de vouloir défendre. Et, bien qu'elle ne crût pas en Dieu, elle estimait que cette épreuve lui était envoyée par un Être invisible et supérieur qui voulait éprouver sa capacité à poursuivre la lutte contre les injustices. D'autre part, et de façon plus prosaïque, moins intellectuelle, elle commençait tout simplement à aimer cette ville qu'elle apprenait chaque jour à connaître un peu mieux, qu'on disait hospitalière à l'ivraie plus qu'au bon grain, aux fortunes honteuses ou ensanglantées, au crime et à l'infamie, mais dans laquelle la vertu rencontrait peu de sympathie.

Dès que l'épais tapis de neige couvrant les rues avait fondu et que le dégel avait emporté avec lui les rigueurs d'un hiver qui s'était prolongé jusqu'au seuil du printemps, elle avait arpenté les rues, les places, les carrefours où se côtoyaient les marchands d'amadou et d'allumettes, d'encre, de cure-dents, de parfums du sérail, de coco et de contre-marques ; où pullulaient les vendeurs de frites et de beignets, de pâtés froids et de vin rouge offert dans des gobelets de fer battu, les boulangers ambulants chantant leurs petits pains, les brocanteurs, les décrotteurs et les tondeurs de chien. Quand elle passait sur le Pont-Neuf, elle s'arrêtait pour regarder les exploits des innombrables paradistes, des saltimbanques, des chanteurs ou des musiciens populaires. Près du canal Saint-Martin, elle achetait chez Madeleine des galettes au beurre ; dans la rue du Havre, des tripes à la mode de Caen, au père Tourniquet ; place du Panthéon, de tendres oublies au beau Jacques Moreau, qui cachait sa demi-calvitie sous une casquette de soie à visière ; et rue Dauphine, se laissait attraper par les boniments des arracheurs de dents malades ou saines et des distributeurs de poudres merveilleuses.

Il lui avait suffi de quelques semaines pour savoir naviguer sans encombre dans les différents cafés et restaurants du boulevard, finissant par comprendre que le Café Hardi était réservé aux courtiers bien brossés et aux demi-fashionables, que le Café Anglais était le domaine des rentiers retirés amplement vêtus, que le Café Tortoni était fréquenté par les amateurs de *gnocchi di patate* et les exilés italiens, et que le Café de Paris était la propriété des dandys et autres cocodès qui avaient un pied dans le monde des lettres, un autre dans les salons, et un troisième, improbable, dans les cabinets. Elle savait que les voitures du genre omnibus avaient chacune des noms très bizarres, que les Citadines se rendaient à Belleville, les Gazelles au pont de Bercy et les Dames-Réunies place Saint-Sulpice. Enfin, comme tout ce peuple de Paris, dandys, jeunes femmes avides de montrer leurs nouvelles toilettes, officiers en retraite, boutiquiers retirés des affaires et ne sachant plus comment employer leur temps, ouvriers, grisettes, bonnes d'enfants, nourrices accompagnées de leurs poupons et suivies de leurs soldats, elle ne se lassait jamais de se promener dans les allées du Palais-Royal ou aux Tuileries pour y applaudir les nains illyriens habillés de rouge, les frères Chang-Eng, siamois retenus par une membrane, les bayadères joueuses de flûtes et de tambourin, enfin l'étrange dentiste ambulant Désidérabode, dont l'enseigne était faite tout entière avec des dents et des débris de mâchoires humaines. Ce Paris-là l'aidait à vivre et l'enchantait. Et c'est à lui qu'elle pensait alors que, remontant le boulevard des Italiens dont les émeutiers de juillet avaient coupé tous les arbres, passant devant les rares hôtels et les jardins ayant échappé au massacre, et zigzaguant au milieu des rangées de chaises occupées par des femmes et des dandys autour desquels évoluaient des musiciens ambulants, des montreurs de singes savants et des crieurs de journaux, elle descendait la rue Neuve-de-la-Ferme-des-Mathurins pour finir par s'engouffrer dans le petit escalier sombre qui conduisait à sa chambre.

Alors qu'elle ouvrait la porte de son havre de paix, un étrange sentiment de plénitude s'empara d'elle. Enfant, on lui avait fait remarquer qu'elle avait une propension à changer à grande allure la boue en or, à éviter soigneusement ce qui pouvait la faire souffrir, à recouvrir la douleur sous un présent qu'elle décidait de voir radieux. «Ta volonté de bonheur est insupportable!» lui disait souvent sa mère. Et voilà que cette nouvelle volonté de bonheur s'emparait une nouvelle fois d'elle. Tout en ouvrant le carton donné par François Mignet, elle s'imaginait déjà se jetant dans un couloir de feu et de lumière, dans la cohue soyeuse du bal, dont on ne distinguait que les têtes couvertes de plumes, de fleurs, de pierreries et de coiffures étranges, rappelant les fêtes de la Venise des anciens jours, avant que la Sérénissime République ne soit violée puis assassinée par Bonaparte. Elle ouvrit le carton comme on effeuille lentement une tulipe, pour arriver doucement au cœur palpitant. Elle se déshabilla alors, fébrilement. Devant le petit miroir, entièrement nue, elle se regarda. Elle sentait la pointe de ses seins se dresser et son ventre s'animer d'une palpitation qu'elle connaissait si bien tandis qu'une humidité marine s'emparait de ses cuisses. Elle pensait à Mignet. Elle savait que, si elle effleurait à peine son clitoris elle jouirait dans l'instant. Elle préféra attendre. Elle posa sur sa tête la couronne de bacchante en pampre et raisin d'or, enfila un loup pourpre serti de brillants, passa la robe flottante couleur de rose, laquelle en s'entrouvrant laissait voir un costume d'Érigone, composé d'une courte tunique en peau de tigre serrée aux flancs par une haute ceinture d'or damasquiné. Sa gorge, nue, était voilée d'un singulier et très volumineux collier composé de petits thyrses d'or. Allongée sur son lit et n'y tenant plus, elle imagina le dard tout entier de Mignet allant et venant dans sa bouche. Son doigt profondément enfoncé dans son sexe, elle reçut tout le long du corps une décharge violente comme celle qui s'emparait d'elle lorsqu'elle sombrait dans ses insondables moments d'absence et qu'il lui semblait alors que son énergie se dispersait aux quatre coins de ses membres. Puis elle s'endormit, le corps froissé dans sa robe de bal. Quand elle se réveilla, la nuit était tombée. Elle avait tout juste le temps de héler un fiacre et de rejoindre la fête.

Toutes les fenêtres de la demeure du général Roux brillaient d'une vive clarté qui faisait ressortir dans l'ombre les sculptures de la façade. Des laquais en livrée, tenant des torches et des flambeaux, s'échelonnaient en deux rangs, depuis le seuil de la grille jusqu'à la porte d'entrée ouvrant sur une immense salle de réception. Dans le parc, un plan d'eau paisible et noir réfléchissait et doublait les lumières de cet hôtel particulier qui avait tout d'un palais. La foule qui s'avançait vers les salons et les galeries ressemblait à une vaste fresque mouvante où s'agitaient pêle-mêle des Juifs couverts de dalmatiques, des

Grecs et des Turcs resplendissants de cachemires, d'anciens Romains, des bohémiens, des hindous, des chevaliers du Moyen Âge en armes, des marquis et des marquises couverts de poudre, des Indiennes en tuniques de plumes, des Tyroliennes, des déesses de l'Olympe, des Arabes voilées des pieds à la tête, des arlequins, des *pulcinelle*, toutes et tous le visage couvert de masques de toutes tailles et de toutes formes.

Ce concours de gens se dirigeant vers le même endroit mit Laura mal à l'aise. Elle qui avait pourtant l'habitude des fêtes somptueuses et des débordements luxurieux éprouva comme de l'épouvante. Une fois au milieu de la foule, elle comprit d'où lui venait cet indéfinissable sentiment de malaise. Cette fête, prétendument donnée en l'honneur de l'Italie bâillonnée par l'Autriche, n'était qu'un prétexte à railleries. «Puisse la peste emporter les Italiens! Et les Italiennes surtout!» disaient les uns. «Que voulez-vous, ma chère, l'Italie rêve assise sur ses ruines, et si quelquefois elle s'éveille et bondit à la mélodie de quelque chant, ce n'est pas pour le chant en lui-même, mais pour les souvenirs et pour les sentiments anciens que ce chant a éveillés...», disaient les autres. «Tous ces Italiens, c'est de la canaille!», ricana une espèce de danseuse déguisée en abbesse, un chapelet en perles noires serrant son vêtement large autour de sa taille. «J'ai juré de ne plus me laisser prendre aux politesses italiennes, ajouta un Ludovic Sforce de pacotille. Ces gens-là vous mèneraient en purgatoire avec leurs grâces, leurs révérences, leur bonhomie, leur gaieté, leur faconde.» «Tous ces exilés, mon œil, des voyages d'agréments, oui! Une fois leurs biens séquestrés pendant deux ans, les pauvres chéris peuvent reparaître sans danger dans leur patrie», médisait une sorte de Vénus de Bordone engoncée dans une robe en taffetas bleu, laissant apparaître de gros bras flasques entourés de bracelets et des pieds chaussés de mules écarlates.

Ne voulant pas en entendre davantage, Laura se dirigea vers la sortie alors qu'un vieux beau déguisé en belle guerrière de la *Jérusalem délivrée* criait dans les tympans d'un Bacchus moustachu : « L'Italien est pourvu d'une bonne voix pour chanter *Viva la libertà*, mais quand il s'agit de tirer le canon, il n'y a plus personne ! » C'est à ce moment qu'un homme, le corps couvert d'une robe de camaldule et le visage dissimulé sous un bec d'aigle agrémenté de longues plumes ébène, lui prit la main.

— Mais enfin que me voulez-vous, monsieur ? hurla Laura.

Cette exclamation prodigieuse, proférée d'une voix stridente, avec la tête rejetée en arrière, produisit l'effet d'un coup de pistolet tiré au milieu d'un salon. Tous les regards se tournèrent en même temps vers ce couple masqué, aigle noir d'un côté, loup rouge de l'autre.

— C'est moi, François Mignet, dit l'homme à voix basse, à l'oreille de Laura.

— Vous me sauvez, mon ami, vous me sauvez, dit-elle en s'agrippant à son bras.

À peine avait-elle répondu que toute la tension était redescendue, chacun retournant à ses plaisirs, à ses conversations, à cet océan de bruits et de parfums mêlés.

— Vous partiez ?

— Oui. Tous ces gens qui prétendent défendre mon pays ne font que l'insulter.

— Ils ne font rien d'autre que de se servir de l'Italie à leur profit. Ils l'utilisent à des fins politiques, partisanes, personnelles. Hier c'était la Grèce, demain ce sera la Turquie. Prenez-les à leur propre piège : utilisez leur bêtise et leur grossièreté à votre tour.

— Vous croyez ?

— Oui. Venez, suivez-moi, ajouta Mignet. La personne que je vais vous présenter peut être capitale pour vous. Et celle-là, soyez-en sûre, voue à tous les Italiens une estime réelle. Elle a d'ailleurs financé une partie de la malheureuse expédition savoyarde.

Laura se laissa conduire dans plusieurs salons où des danses commençaient à se former aux sons d'orchestres invisibles répandus dans tout l'hôtel. Bientôt le couple arriva dans une petite galerie déserte faiblement éclairée.

— N'ayez crainte, Laura.

C'était la première fois que François Mignet appelait la jeune femme par son prénom.

— À vos côtés, je n'ai peur de rien, lâcha-t-elle, priant pour que Mignet n'ait pas entendu ce qu'elle venait de dire malgré elle et qui sonnait comme un aveu.

Mais quand celui-ci lui tendit les bras pour l'aider à descendre quelques marches menant au fond de la galerie qui servait provisoirement de jardin d'hiver, il sentit la jeune femme toute frissonnante.

L'homme qui semblait les attendre, debout devant une glace de Venise, en plein milieu de la galerie, dans une attitude empreinte d'une rigueur toute militaire, avait pour unique déguisement une grande cape écarlate jetée sur les épaules. Portant une épaisse perruque brune, la peau sans rides, il s'avança vers eux. Il claudiquait légèrement et s'appuyait pour marcher sur une canne à pommeau d'argent.

— Monsieur de La Fayette, dit Mignet.

En quelques secondes, tout défila dans la tête de Laura. L'homme qui était devant elle représentait tout à la fois l'Amérique de 1776, la France de 1789, la Grèce de 1821. C'était, réunis dans la même destinée, Byron et son dynamisme, Voltaire et sa raison, Rousseau et son idéalisme. Voilà que se dressait, en personne devant elle, l'homme qui, vice-président de l'Assemblée nationale, avait promulgué la Déclaration des droits de l'homme. Elle ne put que balbutier :

— Le héros des Deux Mondes...

— Le héros de rien du tout ! Un vieillard de soixante-quatorze ans à la jambe fracturée et qui dissimule ses cheveux blancs sous une perruque. Vous êtes encore plus belle que ce gredin de Mignet me l'avait dit, princesse Laura Di Trivulzio, ajouta La Fayette, en s'inclinant respectueusement.

— Méfiez-vous de M. de La Fayette, dit Mignet, il a toujours été attiré par les jolies dames...

— Taisez-vous, Mignet, je suis aussi vertueux qu'un séminariste et frugal comme un anachorète !

— Raison de plus !

Rapidement, la conversation passa du badinage à des considérations plus sérieuses. La Fayette aimait réellement l'Italie et les Italiens. Le reste de la discussion enleva à Laura tous ses doutes. Mignet ne l'avait invitée à ce bal que parce qu'il savait que La Fayette y serait et que dans l'affaire d'Italie les jours étaient comptés. La Fayette assura à Laura qu'il plaiderait sa cause auprès du général Sébastiani, ministre des Affaires étrangères, et mettrait à l'ordre du jour de la Chambre la question du sort que la France devait réserver à ce qu'il appelait ses « malheureux frères italiens ».

— Je viens d'avoir l'honneur de vous être présenté dans une triste circonstance pour votre patrie. L'ambassadeur de France à Vienne a du sang de navet ! Il a suffi que Metternich lui déclare que l'Autriche était résolue à écraser impitoyablement tout mouvement révolutionnaire en Italie, au risque même d'une guerre, pour qu'il fasse dans ses braies ! Et voilà le résultat : Paris a exigé la dissolution de la troupe de volontaires et la restitution des armes que nous avions eu tant de mal à rassembler ! Croyez, chère princesse, que toute cette affaire m'afflige doublement, comme citoyen français et comme combattant lié au patriotisme italien.

— J'en suis persuadée, répondit Laura.

À l'abri des frivolités du bal masqué, La Fayette et Laura purent parler en toute liberté de l'Italie. Mignet les laissa disserter à leur aise, estimant que sa présence n'était pas nécessaire. Et lorsque La Fayette se proposa de raccompagner Laura chez elle, celle-ci dut se rendre à l'évidence : elle ne pouvait refuser. Là encore, Mignet laissa faire. Dans les regards qu'il échangea avec Laura alors que la jeune femme montait dans le fiacre aux côtés de La Fayette, il sentit bien que leur jeu amoureux avait franchi un nouveau pas et que l'attente de la prochaine étape les comblait tous deux de ravissement.

Une fois arrivée devant la porte de l'immeuble de la rue Neuve-de-la-Ferme-des-Mathurins, Laura ne put cacher la vérité :

— J'habite ici. Ne le dites à personne, surtout pas à François, n'est-ce pas ?

— «François»…, dit La Fayette, êtes-vous déjà si proches que vous appeliez monsieur l'archiviste en chef par son prénom ?

Laura rougit légèrement, et réitéra sa prière :

— Monsieur, je vous en supplie.

— Ce sera notre secret.

— Merci, monsieur, dit-elle en l'embrassant tendrement sur la joue.

— Mais laissez-moi au moins vous trouver un autre logement, vous ne pouvez rester ici.

— Non, monsieur, je vous en prie, dit Laura en descendant du fiacre.

— Une dernière requête, alors ?

— Oui.

— Sans doute me considérerez-vous comme très présomptueux de vouloir prétendre à votre amitié, mais je vous dirai, avec la liberté que justifie l'accident qui m'a fait naître cinquante ans avant vous, qu'elle est devenue une nécessité pour mon cœur, et qu'elle est au moins méritée par l'amitié que vous m'inspirez...

— Monsieur, je vous l'accorde.

Alors que le fiacre s'éloignait lentement en direction du boulevard des Italiens, Laura pensa que, si M. de La Fayette avait eu trente ans de moins, elle lui eût accordé la faveur de baiser son pied gauche, puis le droit, puis le jour d'après la main gauche, puis la droite ; et que, s'il s'était bien conduit, elle lui aurait plus tard offert sa bouche, et bien d'autres choses encore.

8

Dans les jours qui suivirent le fameux bal, le « héros des Deux Mondes » et le « Beau Mignet » rivalisèrent d'attentions à l'égard de leur belle protégée. Il ne se passait un instant sans que l'un ou l'autre envoyât une missive charmante, un panier de fruits, des fleurs, des cadeaux sous forme de nourriture, prétendant pour qu'elle les accepte que tel ami avait pêché le poisson, ou tel autre tué le gibier discrètement déposé sur sa table, quand il ne s'agissait pas de propositions de collaboration à *La Revue de Paris*, ou au *Journal des débats*, tribune du gouvernement, voire au *National*, organe de l'opposition, ou à la toute récente *Revue des Deux Mondes*, puisque Laura avait envisagé la possibilité, pour défendre la cause italienne, de rédiger des articles dans la presse française, laquelle, à ses yeux, écrivait sur ce sujet tout et n'importe quoi. L'un comme l'autre proposèrent même de lui prêter de fortes sommes d'argent qu'elle leur rendrait dès que cela serait possible. Mais Laura, qui aimait à répéter que sa double qualité de princesse et de réfugiée servait précisément à lui donner des airs d'héroïne de comédie, et reconnaissait volontiers que n'ayant jamais touché à de l'argent monnayé elle ne pouvait se rendre compte de ce que représentait une pièce de cinq francs, se refusait à recevoir toute aide financière de ses deux protecteurs. Certes, elle n'avait jamais appris à ourler un mouchoir, cuire un œuf à la coque, ou même commander un repas, mais elle pouvait, en revanche, peindre, chanter, jouer du piano ou écrire.

— Que voulez-vous, dit-elle un soir à M. de La Fayette qui l'avait invitée à dîner au restaurant des Frères provençaux dans les galeries de pierre du Palais-Royal, je suis comme une jeune princesse qu'une méchante fée a transformée d'un coup de baguette en paysanne...

— Et la jeune princesse se prend à pleurer amèrement, ne sachant pas marcher avec des sabots, pétrir une galette, traire une vache ou filer une quenouille, conclut le vieil homme.

— Exactement, répondit Laura en riant aux éclats.

— En revanche, la jeune princesse en sabots peut parler de son pays sans relâche...

— Oui.

— Et en public...

— Oui.

— Et avec enthousiasme...

— Oui, oui, cent fois oui !

Tout en buvant son café, M. de La Fayette redevint sérieux. Se penchant vers Laura, il lui demanda :

— Donc, vous pourriez, par exemple demain, improviser, à la Chambre des députés, une harangue ayant pour thème l'Italie martyrisée par l'occupation autrichienne ?

— Par quel miracle voulez-vous qu'on m'y reçoive ?

— Ce jeune freluquet d'Adolphe Thiers y est plus que favorable...

— Adolphe Thiers ? Vous savez très bien que c'est un partisan convaincu d'une monarchie constitutionnelle ou parlementaire. Il n'a jamais caché, même au plus fort de ses polémiques contre les Bourbons, ses dédains pour la République. Ses sympathies politiques ne sont pas vraiment en harmonie avec les miennes, c'est le moins qu'on puisse dire.

— Je sais. Je sais aussi que l'Europe se demande encore si l'arrivée de Louis-Philippe au pouvoir signifie la paix, ou si son gouvernement ne va pas se trouver entraîné dans le tourbillon de la politique internationale.

— Au risque de provoquer une coalition des cabinets conservateurs et une guerre générale.

— Je vous l'accorde. Mais, vous savez, sans même parler de l'opposition, qu'il se trouve certains membres du gouvernement, dont Adolphe Thiers, qui, s'inspirant des principes de la révolution de 1830, considèrent comme un devoir national d'aller au secours de tous les peuples insurgés et de déchirer les traités de 1815 !

— Thiers ne va tout de même pas mettre en jeu son propre avenir politique, me semble-t-il !

— Adolphe Thiers est un jeune chien fougueux. Il n'ignore en rien les périls qui résulteraient des complications étrangères pendant la période critique de la consolidation du nouveau régime. Mais il est tout à fait capable de compromettre gravement l'équilibre d'un gouvernement plus que chancelant pour les beaux yeux d'une sirène qui, comme lui, veut la mort de Metternich.

— Je me demande parfois ce que serait ma vie si le ciel dans sa clémence m'avait fait naître laide !

— Le ciel aurait fait votre désespoir et la joie de toutes les autres femmes, ma chère petite !

— Cela nous éloigne de ma harangue...

— Alors, quelle est votre décision ? demanda le rusé vieillard en commandant une nouvelle bouteille de vin au sommelier ventru qui virevoltait de table en table.

— La «sirène aux beaux yeux» répond «oui», sans hésiter.

La Fayette sourit tendrement. En écoutant ce «oui» prononcé de cette façon, il savait que Laura Di Trivulzio n'avait qu'à paraître pour que l'auditoire soit immédiatement captivé.

— Mes amis, l'Italie fut certes jadis dominée par la France, mais celle-ci comptait bien la garder. Aujourd'hui, les Autrichiens dominent aussi l'Italie, mais pensent qu'ils vont la perdre. Je vous le dis, haut et fort, l'Italie ne souhaite pas être protégée comme une belle femme à qui la France devrait servir de défenseur en la prenant pour maîtresse…

Jamais la salle des pas perdus de la Chambre des députés n'avait connu une telle affluence et un tel brouhaha. Au début, Laura avait eu du mal à se faire entendre ; notamment lorsqu'elle avait fustigé les touristes français «qui ne voient en Italie que les œuvres d'art et ne comprennent rien au patriotisme». Les feuilletonistes, qui vivent sur les feuilles comme des vers à soie, et les politiciens, qui ne sont bien souvent que les rouages d'une machine destinée à désespérer les hommes, l'avaient tout simplement empêchée de parler, la raillant ouvertement, lui jetant des quolibets, immédiatement suivis de rires gras. Que venait faire ce bas-bleu dans le temple réservé aux hommes, à leur expliquer que l'opéra n'était rien d'autre qu'un oratorio ininterrompu racontant l'esclavage de l'Italie et la libération qu'elle finirait bien par connaître ! «Croyez-vous que ce ne soit rien que de rêver la vengeance pendant un moment ? avait-elle poursuivi, ajoutant : La langue de la musique est infinie, elle contient tout, elle peut tout exprimer.»

Puis, lentement, les railleries avaient diminué. La

jeune femme, belle, diaphane, le front nimbé de l'auréole du malheur, avait littéralement commencé d'hypnotiser ceux qui l'écoutaient. On aurait dit une sibylle prophétisant l'avenir de sa chère patrie. Son étonnante pâleur lui donnait quelque chose d'irréel. Elle semblait une vision de l'Italie martyre. Alors ses mots se mirent à frapper les imaginations, créant immédiatement dans ce monde politique et intellectuel un courant de sympathie pour sa cause, et pour ces opprimés qu'elle défendait avec tant de ferveur. À la fin du discours, elle eût pu faire pencher la Chambre entière en faveur d'une intervention en Italie. Tous étaient d'accord, cette proscrite au cœur dévoré d'enthousiasme — avec plus de flamme que Mme du Deffand en avait eu au XVIIIe siècle, et plus d'esprit que n'en avait déployé vingt ans plus tôt Mme Récamier — serait un centre vivant de la liberté, et personne plus qu'elle ne ferait en France pour la propagation de l'unité italienne.

— Je veux y consacrer ma vie, ma fortune et mon cœur. Mes amis, aidez-moi à faire renaître à l'espérance ma patrie asservie.

Ces derniers mots, prononcés dans un silence quasi religieux, furent soudain recouverts par un tonnerre d'applaudissements frénétiques. Puis toute la salle, sous l'impulsion d'Adolphe Thiers qui retrouvait dans les propos de Laura la même force que dans ses discours pro-italianistes qui exaspéraient tant le gouverneur des provinces italiennes soumises à l'Autriche, se dressa pour lui rendre hommage. On criait, on chantait, on voulait toucher l'oratrice, l'embrasser fraternellement. C'est alors que, pour couronner sa péroraison, elle déploya un drapeau vert, blanc, rouge, ce qui provoqua de nouvelles acclamations. L'un des questeurs, prévenu, dut appliquer le règlement et la fit expulser, non sans l'avoir au préalable assurée de son profond respect, de sa vive admiration, s'excusant mille fois de ne pouvoir agir autrement au risque de perdre sa place…

Dans un coin de la salle, François Mignet observait la scène. Et, lorsque se frayant un passage, sous une tempête de vivats, à travers le crépitement des battements de mains et tous ces hommes la couvrant de louanges, Laura se dirigea vers lui, lui demandant du regard : « Es-tu fier de moi ? », elle aperçut pour la première fois dans les yeux remplis de larmes de son ami la preuve d'une admiration bien réelle qui, plus qu'une subite surprise de l'âme, révélait comme une sorte d'extase l'envahissant tout entier.

À partir de ce jour mémorable qui ne laissa personne indifférent, ni la presse, ni la classe politique, ni la curiosité aiguisée des Parisiens pour tout ce qui brille, ni les personnes les plus marquantes de l'aristocratie, de la bourgeoisie d'affaires, des lettres et des arts, tout alla très vite. Devenue une femme célèbre, Laura eut à subir les foudres des enfants de La Fayette scandalisés par l'engouement coupable de leur collégien de père, mais surtout des fonctionnaires de l'ambassade d'Autriche à Paris qui faisaient courir sur son compte les bruits les plus ignominieux, allant même jusqu'à prétendre qu'elle avait adressé à l'ambassadeur en personne des lettres obséquieuses dans lesquelles elle se déclarait « aux ordres du gouvernement de son pays », et, afin de justifier sa conduite passée, plaidait les circonstances atténuantes, le tout dans le but inavoué de mettre fin à la fâcheuse situation financière qui était la sienne.

Dans la France des premiers mois de 1831, marquée par une révolution dans les mœurs bien plus que dans la politique, et presque autant que dans la littérature, si tant est que les mœurs obéissent à la littérature, où la noblesse avait un ennemi bien plus fatal dans la bourgeoisie que dans le peuple, et où ducs et marquis épousaient les filles de parvenus dans la banque, Laura Di Trivulzio était tout à la fois perçue comme une hystérique donnant libre cours à ses goûts excentriques et à des effets de théâtre et comme une victime de la vengeance de Metternich se déchaînant contre une femme sans défense. Mais beaucoup, parmi ses détracteurs comme ses laudateurs, ne voulaient voir en elle qu'une femme étrange que l'on voulait haïr et que l'on aimait désespérément. Une légende noire était en train de se mettre en marche, faisant de cette femme, qui avait tout pour elle, une sorte de monstre qui n'était pas bien sûre d'avoir un cœur, car elle n'avait pas la passion de l'esprit ; qui voulait bien qu'on se donnât à elle, mais qui ne se donnait pas. Une sentence commençait de courir dans tout Paris : «En voilà une qui sert avec une grâce adorable le festin de l'amour, et qui s'envole au moment de se mettre à table ! »

Contre ce qui n'était pas encore un déferlement de haine, mais de la simple médisance, une forme de jalousie sans conséquence qui témoignait si besoin en était de l'extrême petitesse de l'âme humaine, elle opposait une dignité qui n'était pas encore de celles qui servent à cacher des blessures. M. de La Fayette n'avait-il pas fini par lui avouer que, lors de leur première rencontre dans le salon de l'hôtel particulier du général Roux, tandis qu'elle s'avançait vers lui au bras de Mignet, il avait immédiatement pensé que, s'il était donné à une femme de représenter un pays, c'était bien elle ; «Il m'a semblé apercevoir le génie de l'Italie», avait-il conclu presque en rougissant. Alors, finalement, peu lui importaient les ragots et les mensonges. Elle se dressait là, remarquable et rayonnante, comme le symbole de la honte française qui n'avait rien fait contre l'injustice autrichienne. Elle était comme un reproche vivant, le fantôme toujours présent de cette malheureuse Italie qui n'était plus qu'une annexe de la monarchie des Habsbourg, un fief de l'Allemagne autrichienne. Et son but était unique : conduire l'Italie à son indépendance. Aucun lieu, aucune action, aucun défi ne devait être négligé. Elle parla au Café de Buci et dans la grande salle de celui du Luxembourg, n'hésita pas à descendre dans la cave du cabaret de la place Belhomme, engagea une polémique avec le gérant de *La Réforme* et le rédacteur en chef de *L'Émancipation*, allant même jusqu'à jouer l'indépendance de l'Italie en vingt points au billard avec un scribouillard habillé en redingote brune et bottes à éperons, qui arpentait les bistrots une cravache à la main. Dans les moments de doute, elle songeait à Augustin Thierry, et à ce qu'il avait appelé, un après-midi sur la terrasse de la maison de Carqueiranne, son « amitié avec les ténèbres ». Pas une plainte, pas d'amertume, pas de tristesse. Dans toute cette vie si éloignée des bassesses, des ambitions et des cupidités humaines, Laura ne voyait qu'élévation d'idées ; qu'une seule passion : l'étude ; et qu'un seul but dans l'ambition : la science. Que pouvaient lui faire, dans ces conditions, la médiocrité des jaloux, la hargne des espions autrichiens, et les faux bruits lancés par de pseudo-amants éconduits ?

Laura devint la coqueluche de Paris. Les femmes de la haute bourgeoisie qui commençaient d'ouvrir des salons alors même que nombre de douairières n'avaient toujours pas décadenassé leur hôtel parisien, et qui se jalousaient leurs « premières » quand il s'agissait de recevoir une célébrité, voulaient toutes avoir la jeune Italienne. Dans cette nouvelle société composée de survivants du bonapartisme, de personnages sans étiquette politique, de nobles opposés à la Restauration qui accouraient aux Tuileries, de juristes, de politiciens, d'écrivains, d'artistes, de journalistes en veine de nouvelles fracassantes, tout le monde voulait voir Laura, à l'exception peut-être de l'aristocratie légitimiste qui lui reprochait ses relations orléanistes et républicaines, bien que parfois l'ancienneté de ses titres permît quelques arrangements avec la réalité. Enfin, les portes des salons s'ouvrirent à elle. Mme de Broglie, Mme de Sainte-Aulaire, Mme de Girardin, Mme Gallard, Mme Trouille, Mme Lancebille, Mme Couchemerle, Mme Moulotte l'accueillirent dans leur antre. Laura comprit tout ce qu'elle pouvait prendre de la remarquable éclosion culturelle qui était en train de naître sous ses yeux, et tout le bien qu'elle pouvait tirer de cette effervescence et de toutes ces ruches où se concentrait l'intelligence. Elle y croisa des gloires montantes et d'intéressants inconnus : Stendhal, Dupont-Chartrin, Hugo, Villepaul, Sainte-Beuve, Juramard, Lamartine, Mérimée, et même Laguemyrte que l'Académie française allait bientôt recevoir en son sein. Dans le salon de Saint-Simon rue Taitbout, elle croisa Franz Liszt, jeune compositeur de trois ans son cadet, qui lui fit forte impression. Enfin, elle fut reçue un matin à l'Abbaye-aux-Bois, dans la haute maison de la rue de Sèvres de la célèbre Mme Récamier dont la taille, la démarche, le visage superbe, le sourire intact sous un casque de cheveux blancs la séduisirent immédiatement.

Curieusement, alors qu'elle avait de moins en moins d'argent, et qu'elle avait dû vendre un collier et des boucles d'oreilles de grande valeur ainsi que les joyaux ornant un livre de prières ayant appartenu à sa mère, elle se sentait de plus en plus heureuse et en plein accord avec ce qu'elle souhaitait être. Un rien suffisait à son bonheur, et certaines choses même, que d'aucuns eussent trouvées insignifiantes, comme le chant d'un ouvrier perché sur un toit ou la dégustation chez un liquoriste-confiseur d'une timbale de fruits exotiques où, goûtant pour la première fois de sa vie une banane découpée en rondelles, elle en avait conclu qu'elle n'en mangerait plus «jusqu'au purgatoire», la comblaient de bonheur. Certains jours, elle s'échappait, en compagnie de Mignet, vers Chevreuse, Romainville ou sur les coteaux de Montmorency, où une nature souriante, sans rien de rude ni de trop agreste, semblait y avoir été aménagée à dessein pour de galants rendez-vous. D'autres fois, lorsqu'ils ne pouvaient disposer que de quelques heures, leur rencontre avait lieu sous les cyprès ombrageant les petits sentiers du cimetière Montparnasse.

La Fayette, à force de persuasion, avait fini par lui faire accepter de s'installer dans un modeste appartement qu'il lui avait trouvé au troisième étage du 18, rue des Mille-Colonnes. Plus à l'aise que dans son ancienne chambre, minuscule et insalubre, y manquant presque de tout, mais pas d'invitations ni de compagnie, elle poursuivait son combat pour la liberté de l'Italie, fenêtre grande ouverte sur la place d'où montaient les glapissements des colporteurs de canards, des chiffonniers, des ramoneurs, des portefaix, des fripiers, des repasseurs et des rétameurs, des batteurs de tapis, des limonadiers, des marchands des quatre saisons, des vendeuses de friandises et des petites fleuristes, «habits, marchands d'habits!», «couteaux, ciseaux, rasoirs!», «battez vos canapés, vos habits et vos femmes!», «tondez les chiens, coupez les chats, les queues et les oreilles!», quand ce n'était pas le «allume! ohé! allume!» du charretier qui accompagnait son cri sonore d'un long claquement de fouet dans l'air humide destiné à faire se ranger les balayeurs et sauter en arrière les piétons.

Et comme le bonheur, dit la sagesse populaire, ne vient jamais seul, elle reçut même une lettre de Diodata qu'elle voulut immédiatement lire à Mignet afin de partager sa joie avec lui. L'immeuble des Archives du ministère des Affaires étrangères étant fermé, c'est lui-même qui vint lui ouvrir les portes. Elle le suivit jusque dans son bureau éclairé par une veilleuse qui brûlait lentement, dont il régla la mèche qui avait tendance à fumer et qui jetait sur la pièce une sombre clarté bleue.

— Je m'étais assoupi.

— Je vous dérange.

— Vous ne me dérangez jamais.

— Diodata, vous savez, Diodata Saluzzo Roero, je vous en ai souvent parlé…

— Oui, je sais.

— Elle m'a écrit ! Vous comprenez, mon ami ; j'étais sans nouvelles d'elle depuis si longtemps… Je voudrais vous lire sa lettre. Vous faire partager mon bonheur…

— J'en suis très touché, dit François Mignet, en venant s'asseoir à côté de Laura sur le canapé où il s'était assoupi.

— La mort de Charles-Félix vient d'amener sur le trône Charles-Albert.

— L'homme de la révolution manquée de 1821…

— Oui. Tout va changer. Il va prendre la tête de la révolte, chasser l'Autrichien. C'est un libéral, François. Un homme bon, juste, droit. Le royaume de Piémont-Sardaigne va devenir le fer de lance de l'opposition à l'Autriche. Royalistes, libéraux, républicains, tous unis derrière le drapeau de la nationalité autrichienne !

Laura était folle de joie. Oui, à partir de maintenant, tout allait être différent. Diodata allait pouvoir venir en France, sortir de la prison piémontaise.

— Vous imaginez, mon ami, Diodata en France! Diodata à Paris! Elle me l'a écrit! Elle va venir à Paris!

En regardant Laura, qui avait fini par se lever pour lire la lettre, s'enthousiasmer à ce point, et faire preuve d'une telle volubilité, François Mignet, qui parlait certes avec facilité mais appuyait, lui, ses propos de mouvements rares et mesurés avec ses mains d'évêque, ne comprenait décidément pas comment certains de ses amis ne voyaient en elle qu'une femme froide et sans chaleur. C'était un volcan qu'il avait sous les yeux et qui déclamait à haute voix une simple lettre comme sil se fût agi d'une proclamation engageant tout un peuple. La lecture terminée, alors qu'elle venait une dernière fois de lui dire que cette femme ne pourrait pas ne pas lui plaire, qu'elle était belle, magnifique, sensuelle, qu'elle écrivait d'extraordinaires poèmes et possédait une des voix les plus charmantes qui fût, elle embrassa Mignet. Est-ce parce que celui-ci imagina l'espace d'une seconde les deux amies côte à côte s'étreignant lors d'une de ces manifestations d'amitié amoureuse si fréquente chez les femmes, est-ce parce que Laura se souvint soudain du contact du corps de Diodata se frottant contre le sien, toujours est-il que l'innocent baiser déposé sur les joues de son ami glissa doucement vers la commissure des lèvres et finit par s'égarer sur sa bouche.

Tout à coup, Laura sentit une main douce entre ses jambes, très douce, et qui la caressait si légèrement qu'elle se demandait si elle ne rêvait pas. Penché au-dessus d'elle, avec dans les yeux une telle expression de douceur qu'elle n'osait bouger, les lèvres entrouvertes, l'homme lui dit dans un souffle : «Rien qu'une caresse. Juste une caresse.» Ce n'était pas une question, ni une affirmation. Laura restait immobile. Elle n'avait jamais senti rien d'aussi doux que cette main, si délicate entre ses cuisses, qui touchait à peine son sexe, effleurant sa toison. Quand la main se glissa un peu plus bas, tout près du sexe, elle sentit qu'elle perdait toute défense et toute retenue, se demandant même si elle avait jamais éprouvé un tel plaisir dans les bras de Diodata. Puis l'homme posa ses lèvres sur les siennes, les caressant doucement, et finissant par toucher le bout de sa langue avec la sienne. Chaque fois que le bout de sa langue effleurait le bout de celle de l'homme, elle sentait son sexe se mouiller comme une fontaine, comme si le plaisir de la langue se répercutait dans le doigt de l'homme qui l'explorait doucement. Puis une langueur inexprimable gagna tout son corps. Une langueur insupportable. L'homme finit par s'allonger entièrement sur elle, disant : «Rien qu'une caresse, rien qu'une caresse, puis ajoutant : Sais-tu qu'aux Indes un amant peut faire l'amour à sa femme pendant dix jours avant de la prendre, dix jours de baisers et de caresses ? » Laura fit non de la tête. Mais quand l'homme lui demanda de prendre son sexe dans sa main, de le serrer fort, et qu'elle le plongea entre ses jambes alors qu'une écume blanche coulait sur ses doigts, elle sentit que, pour la première fois de sa vie, elle était la prisonnière de l'homme dont elle cherchait encore la bouche et la langue pour qu'elles se mêlent une nouvelle fois. Puis ils s'allongèrent sur une couverture pour se reposer et firent l'amour encore, dans l'odeur merveilleuse du plaisir imprégnant toutes choses.

Ils ne s'étaient presque pas parlé, rendus muets par la précipitation avec laquelle le désir les avait submergés. Ce fut François Mignet qui parla le premier, demandant : «Es-tu heureuse ?

— Oui, comme jamais ! » avait répondu Laura se

demandant si l'homme qu'elle avait si longtemps espéré ne venait pas enfin de paraître dans sa vie. Quand elle rentra chez elle, un courrier de l'ambassade d'Autriche à Paris l'attendait, la convoquant «dans les plus brefs délais».

Le comte Rodolphe Apponyi, qui recevait ses ordres de Metternich, était un homme direct qui, en apparence du moins, ne semblait guère impressionné par cette intrigante Italienne dont on rapportait que, comme les incroyants qui ne découragent pas leurs amis d'aller à la messe, elle se réjouissait d'être entourée d'adorateurs qui, en la regardant, croyaient aux miracles.

— En somme, vous ne cédez point aux hommes, ou le moins possible, mais vous avez le plus grand besoin d'entretenir leur flamme pour vous y chauffer quand vous avez trop froid au cœur?

— Est-ce pour me dire ces paroles désobligeantes, monsieur l'ambassadeur, que vous m'avez demandé de venir dans votre ambassade «dans les plus brefs délais»?

— Point du tout. Je sais trop bien que l'attitude, disons vive et directe, des Italiennes, est une invitation à une relation sociale, mais pas nécessairement amoureuse...

— Et alors?

— Vous avez, chère princesse, des appuis...

— Si peu...

— Tout de même. J'ai sous les yeux une lettre du ministre des Affaires étrangères, le général Sébastiani, demandant à M. de Metternich de vous autoriser à rester en France, sans vous exposer à la perte de votre fortune par la confiscation de vos propriétés ou la privation de vos revenus par leur séquestration. Et il termine par ces mots : « J'attache beaucoup d'importance à cette requête, que je vous supplie d'accorder et que j'espère obtenir de vous comme une faveur personnelle. »

Laura regarda l'ambassadeur sans rien dire.

— Et cette autre lettre, encore, ajouta Apponyi, ajustant ses lorgnons pour la lire, signée de La Fayette, cette fois, envoyée à Vienne afin qu'un permis de séjour en France vous soit accordé dans les meilleurs délais…

— Bien, et alors ?

— Peut-être pouvons-nous nous arranger, du moins provisoirement…

— De quelle façon ?

Dépourvu de douceur et de rayonnement, le visage de l'ambassadeur révélait une âme plus forte que souple et avide de domination. Et l'amabilité dont il faisait preuve, déployée par ceux qui croient avoir besoin de plaire ou quand ils se trouvent avec des gens qui semblent mériter quelques égards, sentait l'effort et le calcul. La pâleur de son visage attristait presque Laura. Toute sa vie se lisait sur son front : la révolte et la défaite.

— Jouez à la grisette.

— Que voulez-vous dire ?

— Je croyais votre connaissance de la langue française plus profonde… Peu payée dans son atelier de modiste ou de couturière, la grisette doit aux sentiments qu'elle inspire un peu de ce luxe dont elle a tant besoin…

— Je ne comprends rien à vos énigmes, monsieur.

— Enfin, dois-je vous faire un dessin, madame ? dit le comte Apponyi, sur un ton ne souffrant aucune discussion. La grisette a deux amants, un pour son plaisir, un autre pour l'équilibre de son budget.

— Je ne comprends que trop, monsieur l'ambassadeur, qu'il me faut quitter cette pièce au plus vite, répondit Laura en se levant.

— Attendez, c'était une plaisanterie.

— Alors, elle est de mauvais goût, monsieur.

Le comte Apponyi qui était de ces hommes aimant particulièrement jouer au chat et à la souris avec les êtres qu'il pouvait tenir en son pouvoir, demanda à Laura de bien réfléchir à cette affaire, que ce qu'il faisait, en somme, ce n'était que de souligner de façon presque «paternelle» tout le mal que son absurde conduite faisait à elle-même plus qu'à l'État autrichien.

— Il est de mon devoir de protéger un nom illustre comme le vôtre d'actes criminels ou honteux auxquels vous serez sans doute amenée par vos principes, votre conduite inexcusable, et la fréquentation de tous ces individus suspects que vous ne cessez de côtoyer à Paris…

— Alors, vous m'aiderez, monsieur?

— Je vais essayer, répondit le comte Apponyi en lui serrant longuement la main en guise d'adieu, mais si fort qu'elle en éprouva comme une violente douleur, tant et si bien qu'elle s'enfuit de la pièce plus qu'elle ne la quitta comme pour éviter que cette main ne remonte sur son bras jusqu'à sa gorge, telle une de ces araignées horribles qu'on voyait enfermées dans des boîtes vitrées au Jardin des Plantes.

Une semaine plus tard, un fonctionnaire de l'ambassade d'Autriche lui apportait une lettre signée de la main du comte Rodolphe Apponyi, dans laquelle il lui exprimait son regret de devoir l'informer que «de graves et irrémédiables mesures punitives» venaient d'être prises à son encontre par l'Autriche, à savoir la confiscation de ses propriétés et la séquestration de ses revenus, ainsi que le refus de lui accorder un permis de séjour. En un mot, ce décret, signé du 7 février 1831, ne lui signifiait rien d'autre que sa mort civile. Le fonctionnaire zélé terminait sa lettre en lui laissant entendre de façon ironique qu'il lui faudrait attendre la nomination d'un nouvel empereur pour espérer être amnistiée.

Elle voulut sortir de son appartement pour respirer l'air de Paris et s'imaginer qu'elle était libre. C'était le mercredi des Cendres. Depuis la veille au soir, une pluie fine et glaciale tombait sur la ville. Les rues étaient des mares de boue. Elle se perdit du côté de la Courtille habitée par ce peuple qu'elle voulait tant défendre. Entre deux haies d'hommes et de femmes en haillons, le teint bleu d'alcool et la haine au ventre, des carrosses portant des masques hideux se faufilaient tant bien que mal, manquant de leur broyer la poitrine à chaque tour de roue. Un homme, vomissant des torrents d'injures, lui jeta à la figure une pleine poignée de farine grise. Des larmes dans les yeux, pataugeant jusqu'aux chevilles dans une marée immonde, elle se dit qu'elle commençait lentement à comprendre en quel temps elle vivait.

9

— Et pour finir on trouva la signora Letizia, rose et grasse, se prélassant dans son lit, fredonnant et babillant avec ses deux galants, dont les allures flasques et les ventres mollement arrondis les faisaient plutôt ressembler à des chanoines. L'un était assis sur un petit escabeau, l'autre dans un grand fauteuil, pinçant les cordes d'une guitare...

Interrompu par Laura, Auguste Thiers ne put terminer son récit :

— Une femme entre deux hommes, évidemment cela vous choque ! Et si la signora Letizia avait été un « signore Letizio », vous auriez trouvé cela normal !

François Mignet but un grand verre de champagne et accompagna sa libation d'un demi-sourire approbateur.

— À toi, François, dit Laura. J'espère que ton histoire sera plus drôle que celle d'Auguste !

— Lors d'un raout à l'ambassade d'Angleterre, un baron d'empire ne cessait d'ennuyer un sculpteur, disant à chacune de ses paroles : « bien ciselé, monsieur », « joli coup de marteau », « voilà un ciseau qui coupe ». Le sculpteur, énervé, finit par lancer au baron qui n'avait jamais plus quitté sa province depuis Waterloo : « Vous me parlez de mes armes, mais les vôtres ne sont-elles pas un peu rouillées ! — Et où sont celles de M. du Burin ? répliqua le baron, furieux. — J'ai déposé les armes, mais voici mes armoiries, répondit le sculpteur, en montrant la trace d'un profond coup de sabre sur son front, ajoutant : rue Saint-Antoine, 28 juillet 1830. »

— Je pensais que notre jeu des histoires allait hâter la venue de M. de La Fayette, mais ça ne semble pas être le cas, dit Laura, ajoutant à l'adresse de Victor Cousin : Allez, aidez-moi à dresser la table.

Nouveau directeur de l'École normale et « apôtre de l'éclectisme », Victor Cousin, faisant depuis peu partie du cercle de ses intimes, escaladait régulièrement les trois étages de la pauvre maison de la rue des Mille-Collines menant au corridor des mansardes, au bout duquel une pancarte manuscrite signalait sur la porte : « Ici habite la princesse malheureuse. » Cet homme, qui se plaisait à exposer en soupirant qu'il y a des êtres humains à peine distincts de la bête, et d'autres à peine distincts de Dieu, et n'aimait guère qu'on fasse allusion à ses origines modestes excepté les jours d'émeute où il s'écriait alors avec transport qu'il était un fils du peuple, avait, dès sa première rencontre avec elle, été séduit par Laura. Contre ses détracteurs, qui reprochaient à Victor Cousin de jouer au penseur profond nourri de Fichte et de Hegel, mais qui expliquait Kant à tort et à travers, et s'était malencontreusement approprié la traduction du *Timée* de Platon réalisée par un de ses jeunes élèves, Laura vouait au grand universitaire une estime véritable. Traîné dans la boue par les journaux, injurié par les libéraux et les radicaux, voué aux Enfers par les prédicateurs, Victor Cousin venait rue des Mille-Collines jouer à l'apprenti cuisinier avec ses amis. Tandis que l'un fricassait une omelette, l'autre surveillait les ragoûts, et le troisième épluchait les légumes. Quant au quatrième, le vieux La Fayette, qui passait son temps à essayer de régenter ces mauvais marmitons, leur indiquant qui devait tenir la queue du gril et qui se placer au fourneau, il était très souvent, comme aujourd'hui, en retard. Tous semblaient très agacés, excepté Laura qui nourrissait à l'encontre du vieil homme une douce tendresse.

— Je ne peux pas lui en vouloir. Son éloquence fait que je lui pardonne tout dès que je l'entends. Sa conversation est sans rivale, c'est comme une magie. Sa voix qui prend tous les tons, sa parole forte ou émouvante à son gré... Je suis totalement séduite.

— Mais nous en sommes tous conscients, dit Auguste Thiers en débouchant une nouvelle bouteille de champagne.

— Nous aurions dû lui donner rendez-vous au pied du Moulin de Beurre, au cabaret de la mère Saguet, lança Mignet, ç'aurait été plus simple.

— Avec le vin sur la table et le piquet à cinq! Il aurait détesté ça, tu le sais très bien, dit Laura. Pourquoi ne pas lui demander de devenir membre de votre société des *Frileux* pendant que vous y êtes!

— Monsieur Victor Cousin a certainement une solution! dit Auguste Thiers. Certains n'ont d'esprit qu'avec les hommes d'esprit ou les jolies femmes; d'autres en ont surtout quand ils sont entre cuistres; à d'autres encore il faut une chaire ou un salon; mais vous, cher Victor, vous êtes prêt partout, sur tout, et avec tous... Vous avez certainement une solution.

— On dit que j'ai pour habitude de rendre les questions les plus ardues faciles à résoudre, alors voilà ma proposition : commençons sans lui...

— Certainement pas, dit Laura, qui aimait par-dessus tout l'exquise courtoisie du marquis de La Fayette, bien qu'elle se plaignît souvent de l'inconvénient d'avoir comme garçon de cuisine le « héros des Deux Mondes ».

— Vous nourrissez à l'égard de notre vieil ami une indulgence coupable, dit Mignet. Il a tout de même commis certaines fautes politiques...

— Qui n'en commet pas ? Ses « fautes » ont été causées par une trop haute opinion du genre humain et des hommes. Il juge ces derniers d'après lui-même...

— Les graves erreurs où il est tombé..., commença Victor Cousin, avant d'être interrompu par Laura.

— On conçoit les « graves erreurs où il est tombé », en attribuant souvent à d'autres la probité, la droiture et la sincérité qui n'étaient qu'en lui, cependant...

Laura ne termina pas sa phrase. Tous avaient reconnu, dans l'escalier raide, le son de la canne du vieux rhumatisant sur les marches. Des coups retentirent contre la porte, et La Fayette fit son entrée. Se précipitant dans les bras de Laura, il fut le seul à la complimenter sur la tenue de Sapho qu'elle avait revêtue pour recevoir ses amis : couronne de laurier et corps disparaissant sous les amples draperies « à la grecque ». Le repas d'anniversaire pouvait enfin commencer. Il fut chaleureux et vivant. Fêter ainsi, en compagnie de ses quatre « protecteurs », le premier mois écoulé dans son appartement, était apparu à Laura comme le meilleur moyen de se dire à elle-même qu'elle était bien en vie et que l'avenir s'ouvrait devant elle. Pour tenter de résoudre ses embarras financiers, elle avait successivement peint des éventails qu'elle avait essayé de vendre, donné des cours du soir à des jeunes filles, auxquelles elle avait enseigné les éléments du dessin, de la musique et de la broderie, commencé à publier des articles virulents contre l'Autriche, et jeté les bases de plusieurs projets d'écoles populaires et de dispensaires qu'elle souhaitait créer dans le quartier Mouffetard. Comme d'habitude, ses quatre invités étaient très vite retournés à leurs occupations, après avoir aidé leur hôtesse à ranger son appartement.

Avait-elle trop bu ? Était-elle fatiguée par ses mois de lutte ? Elle fut prise soudain d'une sorte de nostalgie confuse qui s'installa dans la pièce surchauffée comme une brume épaisse. Par la fenêtre ouverte montaient les bruits de la ville qu'elle connaissait bien et qui d'ordinaire la rassuraient. Mais cette fois, étrangement, ils lui semblaient hostiles. Elle mit longtemps à comprendre la raison de son désarroi. La Fayette, par on ne sait quelle lubie, s'était mis en tête de la réconcilier avec son mari Emilio Di Belgiojoso le jour où il viendrait à Paris. Dans un premier temps, Laura avait laissé dire. Occupé à Genève à continuer de faire la cour à la Guiccioli, Emilio ne risquait pas de « débarquer » en France. Mais La Fayette croyait dur comme fer à son projet. Il fallait réunir ces deux fous libéraux car leur union renforcerait la cause de la liberté de l'Italie. Laura avait beau lui avouer qu'elle ne souhaitait absolument pas renouer avec son mari, La Fayette ne voulait rien entendre. Et, à la fin du repas, il avait cru bon de lui glisser à l'oreille qu'il avait entendu dire de source sûre qu'Emilio, s'étant vu fermer les portes du Milanais, envisageait de choisir Paris comme ville de son exil.

Laura passa une bonne partie de l'après-midi, jusqu'à la première petite brise de la soirée, à penser à cet événement qui l'angoissait au plus haut point, comme si l'édifice qu'elle avait mis tant de mois à édifier, à coups de solutions éphémères et de décisions parfois cruelles, était en train de chanceler sur ses bases. Paralysée, incapable d'analyser lucidement ce qui bouillonnait en elle, elle se laissa emporter par la pénombre qui avait fini par s'emparer de la pièce, allongée sur son lit, comme si elle avait descendu un fleuve au fond d'une barque parce qu'un faux mouvement du gouvernail l'avait conduite sur des eaux qu'elle n'avait pas choisies. Jadis, il lui suffisait, pour chasser les idées dont elle ne voulait pas, de regarder autour d'elle, de se représenter où elle était, de telle sorte que la réalité prenait immédiatement le pas sur le songe. Mais aujourd'hui c'était impossible. Sa barque sans gouvernail dérivait là où elle ne voulait pas aller, avec un vent arrière violent qui soufflait sans discontinuer. Ce voyage forcé remettait en cause la quiétude de son domaine. Un coup violent frappé à sa porte la fit sursauter et l'expulsa hors de ses pensées.

— Entrez, dit-elle, après avoir longuement hésité à répondre.

Tandis qu'elle se dirigeait vers la porte tout en enlevant sa couronne de laurier, une série de petits coups plus rapides se firent de nouveau entendre.

— Entrez! vous dis-je.

Un homme se tenait dans l'encadrement de la porte, en bottes à revers, pantalon près du corps et ample chemise blanche à jabot. La pénombre du couloir cachait les traits de son visage dissimulé sous un large chapeau. Malgré sa frayeur, Laura eut cependant une certitude : ce n'était pas Emilio!

— Qui êtes-vous? Que me voulez-vous?

Pour toute réponse, elle entendit un poème récité en italien :

> *Sposa il destin ti serba*
> *Ch'ogni altra in pregi avanza*
> *E gentil prole acerba*
> *Sarà la tua speranza ;*
> *Che troverai costanza*
> *Qui dove regna amor.*

C'était étrange, à voir cette haute silhouette se découpant sur le fond noir du couloir, elle eût plutôt pensé à une sorte de bandit ouvrant la porte avec fracas, s'élançant dans la chambre en faisant des évolutions belliqueuses, et tirant un pistolet chargé à poudre. Au lieu de cela, elle entendait une voix d'une douceur extrême réciter un poème qu'elle connaissait si bien. Cette voix la charmait, agrémentée d'un accent délicieusement hautain, d'une intonation proche de la caresse. C'était une sorte de mélopée parfaite, régulière, tenant presque de l'art musical. Et cette voix n'était heureusement pas celle d'Emilio. Une seule personne était susceptible de parler ainsi. Du fond de la petite chambre, Laura courut contre l'inconnu, n'hésitant plus, criant de joie :

— Diodata ! Diodata !

— Laura !

— Ma chérie, mon amour, disait la femme aux cheveux noirs.

— Maria, Cristina, Beatrice, Malchiosa, Camilla, Giulia, Laura, Laura, répondait la femme qui venait de jeter son chapeau à terre, laissant échapper une masse d'épaisses boucles blondes.

Les deux femmes, l'une contre l'autre, ne cessaient de s'embrasser, de se toucher, comme pour s'assurer qu'elles n'étaient pas en train de rêver.

— Tu n'as pas grossi, dit Diodata en passant ses mains sur la poitrine de son amie.

— Tu n'as pas maigri, répliqua Laura, faisant glisser les siennes sur les hanches de Diodata.

— Je n'arrive pas à y croire, dit Diodata en fermant la porte.

— D'où viens-tu ? demanda Laura.

— D'Angleterre.

— D'Angleterre ?

— J'ai assisté à l'inauguration de la première

ligne de chemin de fer entre Manchester et Liverpool! Mes cousins Roero Di Cortanze y possèdent des mines de charbon...

— Tu vas écrire des poèmes sur les locomotives à vapeur?

— Pourquoi pas! dit Diodata en riant, puis se reprenant, soudain sérieuse: Non, ma belle, en réalité, j'ai apporté des fonds et des nouvelles aux exilés italiens qui vivent en Angleterre. C'est ma contribution au *Risorgimento*.

— Alors tu fais de la politique?

— Si on veut. À petits pas...

— Tu as faim? Tu as soif?

— Si tu avais du thé... Depuis que mon cher Aventino Roero Di Cortanze est revenu des Indes[11], il m'a donné le virus. Je ne peux plus me passer de cette boisson infecte!

— Je ne suis pas ton cousin et n'ai pas de thé, mais je peux te faire réchauffer un café...

— Alors, d'accord pour le café.

Pendant que Laura posait une cafetière sur le poêle, Diodata regardait, épouvantée, autour d'elle. Le minuscule appartement était si sombre, sans meubles, presque sale. Dans le réduit qui servait de cuisine, et dont la porte était ouverte, les restes des agapes du repas étaient là, entassés. Elle se souvint qu'elle avait eu beaucoup de mal à se glisser dans l'allée, au fond de laquelle elle avait fini par trouver, non sans tâtonner longtemps, les marches humides et grasses de l'escalier qui l'avait conduite devant une porte si délabrée que sans le mot écrit de la main de Laura, qu'elle avait immédiatement reconnue, elle n'aurait jamais osé frapper. Après avoir jeté un dernier coup d'œil circulaire sur la pièce mal éclairée, et dont le papier tombait en lambeaux, elle alla s'asseoir près du poêle qui fumait et ronflait dans un coin.

— Comment peux-tu vivre ici, ma chérie ? C'est un vrai bouge !

Laura versa le café dans une tasse qu'elle donna à Diodata. Puis, s'allongeant sur son lit, murmura entre ses dents :

— Ici, au moins, je suis libre.

— Pardonne-moi, Laura, je ne voulais pas te blesser, cela me fait mal de te voir vivre là-dedans, c'est tout, dit Diodata qui vint rejoindre Laura, en prenant bien garde de ne pas renverser sa tasse de café.

Quand elle eut fini de boire, Diodata se blottit contre Laura et lui raconta que l'Italie qu'elle avait quittée depuis moins d'une semaine était en pleine effervescence, même si, en réalité, les choses n'étaient pas aussi simples. En réaction à l'onde de choc produite par les mouvements de révolte qui avaient eu lieu en Italie en février 1831, l'Autriche en avait conclu qu'il fallait impérativement accélérer le processus de germanisation du pays. À mesure que Diodata décrivait la réalité qui était celle de son malheureux pays, l'émotion gagnait progressivement les deux femmes, le cœur serré comme par une main invisible :

— Les Autrichiens sont convaincus de vivre dans un pays immoral qu'il faut réformer, corriger et châtier. Les espions et la police sont partout, dans toutes les familles, sous toutes les livrées. L'étudiant qui s'amuse à crier *Viva Pio Nono !* dans la rue est immédiatement appréhendé et enrôlé de force dans l'armée autrichienne. Pour une parole prononcée à la légère ou la fréquentation d'une société indépendante, on est sur-le-champ dénoncé, arrêté, jugé sans avoir droit à un défenseur, et condamné en allemand à être pendu sans savoir pourquoi on a mérité sa peine puisque ces messieurs ne parlent pas un mot d'italien ! Dans les prisons, tous ceux qui refusent de répondre aux questions du juge ou qui persistent dans leurs dénégations connaissent les fers et la torture, sans parler de ceux qui finissent par mourir de faim et de froid, des chaînes aux pieds, dans les cachots du *carcere duro* en Moravie. Si elles n'étaient source de tragédie, certaines mesures prises par l'Autriche pourraient presque prêter à rire. Ainsi, tout progrès est suspect, toute nouveauté, industrielle ou commerciale, est considérée comme subversive. La philanthropie même est vue d'un mauvais œil puisqu'elle constituerait, au dire des autorités autrichiennes, une manière pour les classes aisées de s'attacher les classes pauvres et de les gagner à leur cause !

À la fin de son long monologue, prononcé comme une litanie funèbre, Diodata éclata en sanglots. Laura la prit dans ses bras, la berçant comme une enfant.

— Et moi qui suis là à Paris à ne rien faire.

— Ne raconte pas d'idioties, personne ne pense ça de toi.

— Il faut absolument écrire tout cela. Il faut que la France entière sache ce qui se passe vraiment en Italie !

— Ça ne doit pas être trop difficile, non… Paris est une ville remplie d'intellectuels qui sont prêts à aider l'Italie, je suppose…, dit Diodata.

Laura ne savait comment expliquer à son amie la grande difficulté qu'il y avait à se faire imprimer lorsqu'on ne faisait pas partie d'une coterie. Elle avait, certes, nombre de soutiens politiques, mais qui généraient une armée d'ennemis d'autant plus irréductibles qu'elle ne les avait jamais ne serait-ce que croisés. Ne s'était-elle pas vu refuser par la *Revue des Deux Mondes* un article intitulé « Sur la condition actuelle des femmes et de leur avenir », sous prétexte qu'une femme traitant de cette question « ne peut

jamais être considérée comme impartiale et désinté-
ressée » ?

— Ce qui compte, c'est que nous soyons dans un
moment où la liberté est possible, et c'est le cas.
Nous nous battrons jusqu'au bout. Nous ne sommes
qu'au début de notre route.

Diodata sourit.

— Tu écris, maintenant ?

— Un peu. Des choses politiques.

— Sur les femmes…

— Oui, sur les femmes.

— Les femmes t'intéressent ? Tu n'as pas totalement
oublié les plaisirs de la fricarelle, alors ? demanda
Diodata, feignant la surprise et venant se frotter
contre Laura comme une chatte, ajoutant, après
l'avoir longuement embrassée : Et les hommes ?

Laura devint toute rouge.

— Cochonne, les hommes aussi !

— Ce n'est pas nouveau, répondit Laura.

Diodata vit immédiatement que son amie semblait gênée, mal à l'aise.

— Tu n'es pas amoureuse, tout de même ?

Laura ne répondit pas.

— Si, ma parole ! Laura Di Trivulzio, malgré son
mariage raté avec le singe du lac de Côme, signe un
nouveau pacte avec le diable ! Il s'appelle comment,
ton manche à balai ?

Laura haussa les épaules, se dégageant des bras
de Diodata.

— Si je t'ennuie, dis-le, je retourne en Angleterre !

— Mais non, ta venue est la plus belle chose qui
me soit arrivée depuis des mois !

— Il a un nom, ton pithécanthrope ?

— François Mignet, répondit Laura.

Elle tenta d'expliquer son coup de foudre pour cet
homme finalement peu séduisant, malgré son sur-

nom de «Beau Mignet», mais qui n'était pas sans charme, et qu'elle était prête à considérer comme son éternel chevalier servant. Un homme gentil, présent, qui savait la rassurer, calmer ses peurs, faire fuir ses angoisses, avec lequel elle pouvait s'entretenir de politique voire se documenter sur les origines du christianisme, sujet qui commençait de la passionner, un homme qui l'acceptait telle qu'elle était.

— C'est un bon amant ?

— Oui, madame. Bien meilleur en tout cas que les jeunes mâles qui m'ont jusqu'à ce jour courtisée...

— Il vit avec toi ?

— Non. Et je ne pense pas que nous vivions un jour ensemble.

— Tu me rassures...

— D'ailleurs, il n'est pas là en ce moment. Il est à Vienne en mission diplomatique. Tu peux rester, si tu en as envie.

— Oui, mais demain je retourne à mon hôtel, je ne veux pas attraper des poux !

Cette nuit-là, les deux femmes dormirent l'une contre l'autre, et si elles firent l'amour ce fut sans réel désir, plutôt comme pour se prouver à elles-mêmes qu'elles existaient encore réellement l'une pour l'autre, que ces retrouvailles ne tenaient pas du rêve, mais de la réalité qui était alors comme une mer sur laquelle elles avaient décidé de voguer pour savoir si elle était indulgente et bonne. Avant de s'endormir, Diodata glissa dans l'oreille de Laura le début d'un poème qu'elle comptait lui dédier : «Ma brune aux yeux dorés, ton corps d'ivoire et d'ambre/ A laissé des reflets lumineux dans la chambre/ Dans tes yeux d'exilée, las de rêve envolé/ Mélancoliques et lents, nos soirs anciens descendent. »

10

Diodata ne pouvait rester que très peu de temps à Paris, et en tout état de cause moins d'une semaine en France puisque le séjour d'émigrés italiens sur le territoire national était de plus en plus soumis à conditions. Dans les jours qui suivirent son arrivée, elle accompagna Laura toutes les fois où celle-ci se rendait dans un des salons à la mode pour tenter d'y parler de l'Italie opprimée. Dans celui de l'Abbaye-aux-Bois, sis au 16 de la rue de Sèvres et appelé non sans raison l'antichambre de l'Académie, Mme Récamier y poursuivait avec ténacité sa lutte contre la coterie de l'Université et le parti de la *Revue des Deux Mondes*. Laura, bien qu'elle fût liée à l'une et à l'autre, y était chaleureusement accueillie, car l'amitié qui liait les deux femmes tenait pour négligeable ces petites tracasseries humaines. Là, dans le décor élégant et feutré de la grande salle de réception, Laura avait maintes fois assisté à une lecture, un concert ou une déclamation poétique. Mais cette fois, derrière les lourdes tentures atténuant la vive lumière du jour, il régnait dans le salon une étrange atmosphère qui mit immédiatement mal à l'aise les deux Italiennes. Diodata, présentée par Laura comme un témoin direct des événements qui avaient éclaté en Piémont et dans ce que l'Autriche nommait ses provinces lombardo-vénitiennes, ne semblait guère intéresser les personnes présentes. Quant au patriotisme italien, il ne soulevait pas l'enthousiasme escompté. On préférait évoquer la nature, l'adoration du beau, la Ville éternelle, le récit des anciennes séances de pose dans l'atelier de Canova à Rome, voire des sujets plus futiles comme ce goût nouveau pour les diseuses de bonne aventure ou les tireuses de cartes. La devineresse en vogue était une certaine Mlle Labretonne, ex-protégée de la maîtresse de maison et de l'impératrice Joséphine. Autant dire qu'elle n'était plus de la première jeunesse.

— C'est une sorcière, vous voulez dire. Et une sorcière ennuyeuse…

— Si vous la voyiez avec sa toque de velours posée sur sa perruque blonde à longues boucles. Voilà une coiffure qui sied à merveille à son genre de laideur…

— Une laideur au rabais, chétive, rabougrie. Cette petite bossue connaît sans doute beaucoup de secrets, mais elle ignore le plus précieux de tous pour une femme : celui de rester jeune !

— Elle écrit comme une cuisinière et parle comme un cocher.

— Ce qui ne l'a pas empêchée de gagner 20 000 livres de rente !

Laura et Diodata écoutaient sans rien dire. La plupart des femmes présentes, jeunes filles frivoles ou vieilles douairières surannées, marquises ou banquières, nourrissaient à quelques exceptions près le même engouement pour cette marchande de rêve et d'espoir, que toutes fréquentaient et que toutes méprisaient. Cette duplicité blessait les deux jeunes femmes. Que venaient-elles faire dans cette société où elles avaient pensé pouvoir délivrer leur message ? Après la diseuse de bonne aventure, on passa à Paganini dont le concert donné à l'Opéra avait suscité un enthousiasme extraordinaire. On loua la perfection de son jeu, mais très vite l'assistance se jeta sur son physique comme un chien sur un os :

— Avec ses cinq pieds cinq pouces de hauteur, son long visage pâle, son grand nez, son œil d'aigle, ses longs cheveux noirs et bouclés flottant sur son collet...

— Sa maigreur extrême...

— Ses deux rides sur les joues, qui ressemblent aux S d'un violon ou d'une contrebasse...

— Ses prunelles qui voyagent comme des planètes dans l'orbite de ses yeux...

— Son poignet qui tient au bras par des articulations si souples qu'on ne saurait mieux le comparer à un mouchoir plié au bout d'un bâton...

— Et que le vent fait flotter de tous côtés...

— On dirait un petit dragon !

— Un crapaud !

— Une gargouille !

— Les bruits les plus bizarres circulent sur notre monstre, lança un certain marquis de Floranges, jeune homme étrange habillé de vêtements aux couleurs éclatantes et qui portait cet après-midi-là un habit bleu à boutons d'or, un gilet jaune en poils de chien et un pantalon gris perle.

— Que voulez-vous dire ? demanda Laura qui n'aimait pas cet homme. Il lui faisait, toutes les fois où il la rencontrait, une cour aussi assidue que maladroite, croyant la faire rire en l'inondant de bons mots douteux comme : « Ma devise : être un écrivain avec les femmes du monde et un homme du monde avec les femmes qui écrivent », ou encore : « Il me plairait de humer des grains de tabac sur votre gorge nue pour vous prouver combien je vous prise. »

— Je veux dire qu'on raconte que notre violoneux doit à une longue captivité, faisant suite à un crime mystérieux, d'avoir pu perfectionner son talent sans crainte d'être dérangé.

— Vous confondez la vie et les contes fantastiques d'Hoffmann, mon cher marquis, lança Laura.

— Et vous, vous ne rêvez pas peut-être, chère princesse, en allant vous imaginer que les Italiens, ce peuple de jouisseurs paresseux, vont vous suivre dans vos chimères de liberté !

Un lourd silence tomba sur le salon. Tous les regards se tournèrent vers Mme Récamier. Enfoncée dans une grande bergère, au coin de la cheminée, vêtue avec l'élégance la plus exquise, enveloppée de mousseline et de dentelles, celle-ci se leva, sortit de la pénombre, tel un nuage blanc et léger, et de la voix la plus douce mais ferme qui soit, demanda à M. de Floranges de disparaître de sa vue et d'éviter désormais de venir à ses réceptions.

— Voulez-vous du thé, monsieur, enchaîna-t-elle immédiatement, se tournant vers l'homme assis dans un fauteuil vis-à-vis d'elle, à l'autre coin de la cheminée, la canne entre les jambes, les mains appuyées sur le pommeau, et le menton sur ses mains.

— Après vous, madame.

— Y ajouterons-nous un peu de lait ?

— Un nuage, je vous prie, comme dirait notre chère Yvonne.

— Restez assis, je vous l'apporte, monsieur de Chateaubriand.

— Je ne permettrai pas que vous preniez cette peine, dit le poète en tentant en vain de se lever puisque Mme de Récamier était déjà devant lui, sa tasse de thé à la main.

Bien que Laura ait pu finalement délivrer à l'assistance le message qu'elle souhaitait lui faire parvenir, et notamment lui annoncer qu'elle était sur le point de fonder un *Comité de secours pour les réfugiés italiens indigents à Paris*, pour lequel elle se permettrait de les solliciter le temps venu, elle quitta les conversations feutrées éclatant, en cette fin d'après-midi, comme des bulles de champagne sous les hautes boiseries claires du grand salon du premier étage, avec un goût d'amertume dans la bouche. Dans la voiture qui les ramenait rue des Mille-Collines, Diodata confia à Laura que, sans vouloir jouer ni les prêtresses de Delphes ni les Mlles Labretonne, elle nourrissait à l'encontre du marquis de Floranges les craintes les plus vives.

— Mais non, que veux-tu que ce ridicule personnage me fasse ?

— Se venger, tout simplement. Il a été humilié, et on se console rarement des grandes humiliations.

— On peut les oublier.

— Non, pas les hommes fondus, comme lui, dans un mauvais métal...

La veille du retour de Diodata en Italie, Laura avait donné rendez-vous à cette dernière au restaurant de la mère Camus, dans le passage Feydeau. Fréquenté par des commis et des boutiquiers, mais aussi par des hommes de lettres, des journalistes, et des petits messieurs à la mode arborant des chapeaux de Baudoni, des habits de Staub, des gilets de Moreau, des cravates de Walker et des bottes de Kingen, le fameux restaurant offrait à qui le désirait des tasses de café à l'eau ou des verres d'absinthe apéritive, et à ceux qui le souhaitaient, servi sur une table couverte d'une nappe blanche, un repas simple mais copieux. Sous son chapeau de paille de riz, vêtue d'un cazenous de mousseline et d'une robe de soie à motifs floraux, Laura attendait Diodata comme une amante, tour à tour grave, rieuse ou recueillie. Un observateur, bien dissimulé derrière un des piliers du restaurant, eût pu penser qu'elle écoutait les conversations des convives attablés à leur place. Mais il n'en était rien. Elle n'entendait pas un mot de ce qu'ils disaient, tant elle s'adonnait au plaisir de l'attente. Bientôt, elle se retrouverait aux côtés de son amie, pourrait lui effleurer les mains, la baiser tendrement, lui parler. Elle nageait dans une joie secrète. Elle savait, malgré l'éloquence de leurs regards mutuels, qu'elles seraient chacune étonnées de la réserve dans laquelle elles se tiendraient l'une avec l'autre. Autour d'elle, le ballet des garçons avait commencé : « Un potage pour M. Beauvilliers !... Une anguille pour M. Boulanger !... Une compote pour M. Périer !... Une bavaroise au chocolat pour M. Levieux !... » Elle n'entendait rien. Puis Diodata surgit du dehors, dans sa robe de tulle garnie de rubans et de bouquets assortis à sa coiffure, faite de nattes de fleurs et d'épis. Certes, elle était tombée amoureuse de François Mignet, et l'absence de ce dernier commençait à lui peser, mais Dieu, comme elle aimait cette femme, son corps velouté, son parfum, ses fragrances les plus intimes, les plus cachées, et la précision diabolique de ses caresses. À peine Diodata s'était-elle assise à ses côtés qu'elle comprit immédiatement que quelque chose n'allait pas. La splendeur éclatante de son regard était comme éteinte. Sa façon même de s'asseoir, de l'embrasser, de poser sur la table un numéro de *La Mode*, organe des élégances mondaines, sous-titré « Revue des modes, galerie des mœurs, album des salons », et devenu depuis la révolution de juillet une des voix les plus agressives du parti légitimiste, témoignait de son trouble.

— Tu passes à l'ennemi, dit Laura en montrant du doigt la couverture de la revue sur laquelle un homme en habit de drap noir, portant un chapeau claque de forme ronde, souriait niaisement.

— Je te l'avais dit...

— Que m'avais-tu dit, ma chérie ?

— Que Floranges se vengerait. Regarde les pages 48-49.

Laura, incrédule, s'empara du journal et l'ouvrit comme si un diable allait en jaillir. Sur quatre colonnes, en gros caractères, s'étalait un article signé du marquis de Floranges intitulé «Un exil doré», et agrémenté de portraits et de gravures sur bois représentant Laura !

— Tu l'as lu ?

— Évidemment ! répondit Diodata. C'est un tissu d'horreurs, d'ignominies, comme seuls les hommes évincés ou les écrivains amers peuvent en écrire…

Dès les premières lignes, le lecteur était fixé sur le contenu de ce que serait la suite : «Imaginez une sorte de Léonore de la Renaissance, avec sa robe à plis droits, ses grands yeux noirs charbonneux et une telle pâleur qu'on imagine la pauvre femme usant pour se blanchir de décoction de plâtre… Voici une anecdote dont j'ai été sinon le protagoniste, du moins le témoin. Alors qu'elle entrait, comme d'habitude en retard, dans le salon de Mme Récamier où l'on faisait de la musique, voilà qu'elle s'arrête immobile au seuil de la porte, pour ne pas interrompre le chanteur. Ses vêtements de soie blanche, ses bijoux de jais, son immobilité, et surtout la pâleur de marbre avec laquelle ses yeux et ses cheveux d'un noir intense forment un contraste étonnant, donnent, je l'affirme, l'illusion d'un beau revenant. "Qu'elle est belle !" murmure M. de Chateaubriand à l'oreille de sa chère Mme Récamier, laquelle répond, de sa voix si douce aux accents si purs : "Oui, elle devait être belle lorsqu'elle était vivante."»

Rien sur le visage de Laura ne laissait transparaître la moindre émotion, à croire que ce qu'elle lisait ne la concernait pas. Indifférente aux bruits qui l'entouraient et au regard pesant de Diodata essayant de deviner ce qu'elle pouvait bien ressentir, elle poursuivit sa lecture. Floranges avait parsemé son article de ces bons mots qu'il affectionnait, comme celui où, jouant avec son nom d'épouse «Belgiojoso», il assurait que Laura ne pouvait être malgré son nom «ni belle ni joyeuse», qu'elle surmenait son intelligence en absorbant ce poison si à la mode appelé *datura stramonium*, qu'elle n'était qu'une noctambule enfiévrée, et que son corps impeccable abritait un esprit perverti à moins que ce ne soit le contraire, enfin qu'elle se plaisait à exercer l'art de l'effet et ne vivait que pour la galerie. Mais ce qui la toucha davantage, c'était la description de son appartement de la rue des Mille-Collines où il n'était évidemment jamais venu. Laura lut le passage à voix basse:

— «Sur la porte de la pauvre petite chambre occupée par la princesse, une pancarte précise qu'on peut entrer chez elle sans crainte puisque l'antre des proscrits ne comporte ni verrous ni chaîne. Mais lorsque vous soulevez le loquet et que vous pénétrez dans ce faux galetas d'exilée, vous comprenez immédiatement que tout y sent l'apprêt: voici de la misère pour poète lyrique. Ici, une miniature posée sur un chevalet montre le visage émacié de notre pauvre dame. Là, un crâne béant et desséché repose sur un livre ouvert dont les caractères sont en hébreu. Plus loin encore, gît une guitare aux cordes brisées, et des couleurs sur une palette. Un stylet fort aigu, et bien posé en évidence sur une table, est là pour signifier que notre belle écrit. En effet, l'alcôve de notre belle joyeuse est remplie de feuillets noircis par son écriture, d'épais manuscrits et de pages in-folio pleines de ratures. Sachez-le, chères lectrices, non contente de conspirer, de jouer de la guitare et du couteau, de peindre des éventails et de laisser accroire à tout Paris que l'Autriche la persécute, notre convulsive Italienne lit l'hébreu et compose des livres! Las, comme le pain de l'exil est noir pour cette sainte incapable de dire non à tous ces hommes qui la tourmentent et deviennent ses amants ! Non contente de voler les maris des mères de famille dévouées, quand ce ne sont pas, dit la rumeur, les femmes des maris honnêtes, la voilà désormais patronne de harem ! Gageons que la petite chambre d'exilée sera bientôt remplacée par un palais des Mille et Une Colonnes... »

Quand Laura reposa la revue, elle avait cette fois les larmes aux yeux.

— Nous allons nous battre, Laura. Il ne faut pas baisser les bras !

— Dès qu'une femme se permet de mener une vie indépendante et utile, il s'attache à elle une réputation de mauvaises mœurs ! C'est répugnant !

— Prends-le au mot, lança Diodata tout en commandant une tête de veau sauce ravigote et un verre de rouge.

— La même chose, dit Laura au garçon, ajoutant à l'adresse de Diodata : Que veux-tu dire par « prends-le au mot » ?

— Déménage. Va habiter, si ce n'est dans un palais, du moins dans un hôtel particulier.

— Avec quel argent et pour quoi faire ?

— Avec mon argent, et pour ouvrir un salon ! Mais en attendant, bon appétit, dit Diodata qui humait l'assiette que venait de lui apporter le garçon. Mon Dieu, ce parfum d'estragon et d'échalote...

— Je ne comprends pas, répliqua Laura en trempant ses lèvres dans son verre de vin rouge. De plus, tu pars demain.

— C'est pourtant simple. Mes biens ne sont pas sous séquestre, que je sache, je peux te prêter tout ce dont tu as besoin. Ton Mignet ou un autre peut bien te trouver un endroit plus confortable que ton « faux galetas d'exilée », où tu pourras faire concurrence à

Mme Récamier et aux autres dames dont aucune n'a tes talents.

Laura, tout en suivant attentivement les propos de son amie, poussait du bout de sa fourchette la nourriture dans son assiette. Elle n'avait pas faim et se sentait nauséeuse.

— J'ai bien observé toutes les femmes chez lesquelles tu m'as traînée. Mme Mohl, Mme Clarke, Mme Andryame, la princesse de la Moskowa, la marquise de Gabriac, Mme de Sparre, et leurs salons dans lesquels on peut indifféremment converser, écouter de la musique, danser ou jouer au colin-maillard : elles sont toutes d'intelligence très médiocre et ont malgré tout réussi à grouper autour d'elles des hommes d'une haute valeur. Comment ?

— On peut se le demander, en effet, dit Laura, comme peu concernée par cette question.

— Par le seul prestige de la beauté, du luxe ou de la fortune.

— Reconnais que ce sont là des avantages réels mais fort secondaires.

— Justement ! Tu possèdes la beauté, le luxe et la fortune, mais en plus un moyen d'action supplémentaire et unique.

— Ah oui, lequel ?

— La fascination intellectuelle. Mme Récamier est en train de lancer ses derniers feux. Toi seule peux la remplacer !

Laura sourit à Diodata. Prenant entre ses doigts une fleur dans les nattes constituant sa coiffure, elle lui confia qu'elle l'avait convaincue, que son idée était bonne, qu'elle se sentait tout excitée par ce projet nouveau et ce salon qu'elle pourrait ouvrir à tous les défenseurs de la cause italienne, puis soudain elle se tut, éprouvant une sorte de vertige, de ceux qu'elle connaissait et qui pouvaient être suivis d'une perte de connaissance. Tout à coup, elle sembla comme égarée, perdue au milieu de la foule du restaurant et du bruit infernal des conversations, des commandes lancées au-dessus des tables, des couverts qui s'entrechoquaient, des éternuements, des rires, des râles. Serrant convulsivement sa fourchette, elle culbuta son assiette, puis étendit les bras, raides, durs. Après quelques secondes, elle revint à elle et recommença à manger. Diodata la regardait, effrayée. Certains convives s'étaient immobilisés et l'observaient à la dérobée.

— Rentrons à la maison, se contenta-t-elle de murmurer à Diodata. Ce n'est rien. Tout va bien.

De retour dans la chambre de la rue des Mille-Collines, Laura versa six gouttes de bromure de potassium dans un verre d'eau et absorba le tout. Il faisait si chaud qu'elle se dévêtit entièrement puis s'allongea sur son lit. Quand Diodata, nue elle aussi, vint la rejoindre, elle dormait déjà profondément. Le jour commençait lentement de décliner. Diodata passa des heures les yeux ouverts, estimant qu'elle devait veiller son amie. Quand la nuit moite envahit toute la pièce dans laquelle, traversant le fin rideau de mousseline, les rayons de lune faisaient danser d'étranges ombres qui s'allongeaient ou rétrécissaient en fonction des mouvements que le vent imprimait au rideau, Diodata pensa qu'elle pourrait enfin s'assoupir. Mais en vain. Elle songeait à Laura et à ce mal mystérieux qui s'emparait parfois d'elle, à la frayeur qu'elle avait cru lire alors dans son regard et à cette paix étrange qui l'avait ensuite envahie, comme un lac paisible. Elle aurait tellement aimé passer cette dernière nuit parisienne à faire l'amour avec elle et à boire du champagne... Comme elle semblait fragile, sa tendre Laura, allongée sur le dos, jambes ouvertes sans pudeur, comme dormirait un enfant. Elle ne put s'empêcher de s'approcher de son sexe qui dégageait une si forte fragrance qu'elle en fut toute troublée. C'était comme un mélange de parfum tiède et d'odeur de chairs alanguies, tout à la fois fugace et triomphant, capiteux et miellé, comme un vin, comme une liqueur. Enivrée, Diodata fondit en larmes, éprouvant soudain une immense angoisse à l'idée de devoir repartir en Italie et de laisser cette femme dans sa nudité offerte au ciel noir de la nuit parisienne. Abasourdie par la fatigue accumulée depuis son départ du Piémont, elle finit par s'endormir, sa main doucement posée sur le bas-ventre de la femme qui dormait à côté d'elle et qu'elle aimait plus que tout, jusqu'à ce qu'un bruit de clé tournée doucement dans la serrure la fasse sursauter.

On marchait dans l'appartement.

— Laura ? chuchota une voix.

Une masse sombre s'avançait lentement vers le lit.

— Laura, tu dors ?

— Non, répondit Diodata, sans chercher à comprendre pourquoi elle prenait ainsi la parole.

— C'est moi.

— Qui, «moi»?

La masse sombre qui se trouvait maintenant à quelques pas du lit s'arrêta, comme frappée par la foudre. Laura avait fini par se réveiller. Les deux femmes se mirent sur leur séant. L'espace de quelques secondes, les trois acteurs de l'étrange scène se regardèrent en silence. Laura parla la première :

— Diodata Saluzzo Roero, dit-elle en se tournant vers François Mignet. François Mignet, continua-t-elle en s'adressant à Diodata.

Le brillant polémiste semblait atteint d'un mutisme

soudain, ne pouvant détacher son regard de ces deux femmes nues dont les corps blancs semblaient voler des espaces de lumière à la pénombre ambiante.

— Je reviens de Vienne et je pensais que cela te ferait plaisir de…, commença François Mignet en s'adressant à Laura.

— Je suis si heureuse, répondit Laura en se précipitant vers lui tandis que Diodata se couvrait du drap dont elle rejetait un long pan sur son épaule. Mignet recula d'un pas.

— Ne me touche pas.

— François, que se passe-t-il ?

— Je préfère partir.

— Reste. Je t'en prie, reste.

— Non, vraiment. Je n'ai rien à faire ici.

— Enfin, ne sois pas idiot, c'est Diodata ! Ma Diodata ! Diodata Saluzzo Roero !

— Non, adieu, lança Mignet en quittant la pièce en courant.

À peine Laura se préparait-elle à se lancer à sa poursuite que le bruit de la porte d'entrée violemment claquée résonna dans tout l'immeuble, rapidement suivi d'une cavalcade de pas qui dévalaient l'escalier.

— Quel idiot !

Diodata, vêtue de sa dalmatique blanche, s'avança vers Laura et, refermant ses ailes de drap sur elle, la prit dans ses bras.

— Ne t'inquiète pas, les hommes sont tous les mêmes.

— Il a dû s'imaginer je ne sais quoi. Il doit tellement souffrir.

— Tu l'aimes tant ?

— Oui, Diodata. Pas de la même façon que toi. Mais je l'aime, oui. Et puis j'ai rêvé de lui cette nuit, un rêve étrange…

— Tu avais l'air de dormir si profondément…

— Tu m'as regardée dormir ?

— Oui. Tu étais très belle. Si vulnérable… Alors, c'était quoi, ce rêve ?

— C'était le matin. François m'avait réveillée très tôt parce qu'il voulait que je vienne avec lui en Grèce. «Aujourd'hui ? ai-je demandé. — Dans une heure ! — Et pourquoi ? — Pour relever l'autel des grands dieux, pour les rappeler dans l'Olympe…» Il avait sa voix des furieuses harangues politiques et des débats polémiques… «Nous étouffons sous l'atmosphère catholique, apostolique et romaine. Il faut qu'une grande bouffée d'air ranime nos âmes ! Viens !»

— Et qu'as-tu répondu ?

— Non, lui ai-je dit, si je quitte la vie un jour ce sera pour aller en Terre sainte !

— La vie ?

— Oui, la vie, répondit Laura, en partant d'un immense éclat de rire, de ceux qu'elle affectionnait particulièrement, qui étaient comme une source, une musique, une secousse de joie, comme une véritable explosion, une sorte de vie supplémentaire à côté de la sienne, jaillie d'elle-même, qui s'écrivait et se concluait toujours toute seule.

11

Les choses étaient allées très vite. Moins d'un mois après le départ de Diodata, et grâce à l'argent prêté par cette dernière, Laura put louer un hôtel particulier rue Neuve-Saint-Honoré, au numéro 7. La Fayette, son vieux protecteur, habitait au 29. Délaissant le rez-de-chaussée, elle avait préféré s'installer au premier étage. Spacieux mais sans ostentation, ses appartements comprenaient un vestibule de dimensions réduites ; à gauche de celui-ci, la salle à manger et, à droite, le salon ; du salon on passait à la chambre, et de la chambre à un cabinet de travail. La salle à manger, vaste pièce oblongue ornée de peintures dans le goût des fresques de Pompéi et alourdie de stuc, pourrait aisément servir de salle de bal ou de concert. Le salon, grand, carré, témoignait davantage de l'imagination romantique de la princesse ; contrairement à celui de Mme Récamier, d'un goût sévère et respirant un parfait classicisme à la française dans l'utilisation répétitive de trois couleurs, le bleu, le noir et le blanc, celui de Laura était tendu de velours noir parsemé de larmes d'argent, encombré de meubles couverts de la même étoffe et éclairé par une lumière du jour n'y parvenant que tamisée par d'épais vitraux. La chambre était tendue de soie blanche, lui conférant un aspect singulièrement virginal, et avait pour rares ornements une pendule de cheminée, des flambeaux et des candélabres, tout comme le lit, à incrustations d'argent massif, trônant au milieu de la pièce. Quant au cabinet de travail attenant, tendu en cuir de Cordoue, on y trouvait quelques meubles en chêne noir, de vieux tableaux byzantins, et un prie-Dieu à pupitre sur lequel reposait un volume ouvert des Pères de l'église, et au pied duquel dormait une tête de mort soigneusement cirée.

Après quelques jours d'angoisse durant lesquels elle avait dû régler les derniers problèmes imprévus, ce 22 juillet 1831 s'annonçait pour elle comme un nouveau départ dans la vie. Fin prête, elle pouvait enfin attendre les personnalités invitées à sa première réception. Elle avait pour l'occasion transporté le grand piano dans la salle de bal, fait établir le vestiaire dans l'escalier, et acheté les services d'un grand Nègre enturbanné chargé d'introduire ses hôtes dans l'oratoire éclairé de vitraux gothiques. Son souhait de réussite fut exaucé, au-delà même de ses espérances. À mesure que la soirée avançait, force était de constater que le Tout-Paris artistique, politique et mondain était réuni dans son salon, s'y pressait et s'y divertissait. Il y avait là ce que les mauvaises langues appelaient sa «garde rapprochée»: La Fayette, François Mignet, Adolphe Thiers, Victor Cousin mais aussi ceux qui, sans la soutenir, respectaient son action: Odilon Barrot, détesté par les légitimistes, le général Fabvier, qui s'était illustré en Grèce et en Espagne, François Corcelles, le *carbonaro* républicain, et le fameux général Lamarque, pacificateur de la rébellion vendéenne. Le succès de telles soirées se mesure aussi à l'éclectisme de ceux qui y participent et, de ce point de vue, elle représentait également un succès flamboyant.

Ainsi pouvait-on y remarquer de hauts personnages, d'augustes dignitaires et de vieux serviteurs de la patrie, accompagnés de nombreuses danseuses du corps de ballet de l'Opéra parmi lesquelles la célèbre Fanny Essler qui portait pour l'occasion un chapska de plumes de coq et des bottes à éperons d'acier. On y vit aussi M. Perrotin, bonapartiste convaincu, qui noyait Paris et ses faubourgs de têtes de Napoléon en argent incrustées dans du cristal, de gravures, de bibelots et autres bijoux séditieux comme cette «Épingle noire» qu'il arborait ce soir par provocation. Et si l'on pouvait rire en constatant que l'hygiéniste Alfred Crowl, propagateur d'un régime recommandant aux obèses de boire du vinaigre ou du thé et de se nourrir de feuilles de salade et de fruits acides, était en grande conversation avec l'abbé Beaucarne, noir et triste comme un loup, ou que le capitaine Richard, tenant en laisse Bou Maza, son lion du désert, aidait l'ancien secrétaire intime de Robespierre en personne à s'asseoir, il fallait être un cuistre envieux, ce qui ne manque pas à Paris, pour trouver que cette réunion tenait de la Vallée de Josaphat. Et si nombre d'universitaires comme Chenavard ou Ary Scheffer étaient là, nombre de musiciens comme Rossini, Meyerbeer, Doëhler, Bellini, Liszt, qui avait tenu à passer malgré un voyage à Londres, nombre d'hommes de lettres, il était une personne que Laura attendait avec impatience : un certain écrivain tourangeau que beaucoup disaient lourd et commun, vulgaire de figure et de ton, voire de sentiments, ne manquant pas d'esprit bien qu'il fût sans verve ni facilité dans la conversation, mais qui avait publié une série de contes rassemblés en deux volumes sous le titre *Scènes de la vie privée*, qui l'avaient fort impressionnée.

Frêle et gracieuse, appuyée contre le chambranle de la porte du vestibule comme une femme près de tomber, mais aussi près de s'enfuir, car elle ne savait comment se débarrasser de la conversation de M. Martineau, défenseur zélé des «bains de lumière» et fabricant de tabatières sur lesquelles on pouvait lire le testament de Louis XVI, Laura comprit immédiatement que le gaillard édenté, pommadé comme un brûlé, cheveux pendant à travers son visage, et affublé d'un détestable costume noir et bleu, était celui qu'elle attendait. Délaissant M. Martineau et ses bretelles tricolores, Laura s'avança vers cette espèce de vagabond au corps large, à la tête ronde, coupée en deux par un nez massif et carré.

Deux yeux rouges dans leurs orbites creuses et comme usés par les veilles, pesants et pleins d'appétit, la regardaient fixement.

— Monsieur Honoré de Balzac, comme je suis heureuse que vous ayez répondu à mon invitation.

— Mes hommages, princesse, répondit l'écrivain tout en s'inclinant avec une certaine force vulgaire, celle d'un homme dont la particule est usurpée, mais dont le blason, si l'on en croit le système assez populaire qui veut que chaque face humaine ait de la ressemblance avec un animal, ne pouvait être que le lion, seul fauve capable de vivre parmi les hommes une existence de luttes, de querelles, de combats et d'orages.

Immédiatement, la conversation s'engagea et s'enflamma. Autour des femmes, bien entendu, sujet principal des *Scènes de la vie privée*. Visiblement les hôtes de Laura ne prêtaient guère attention à ce personnage à la silhouette courtaude et aux voyantes origines communes. Elle n'en avait cure. Elle n'avait d'yeux que pour lui, n'entendait que lui.

— On veut faire des femmes des saintes, on en fait des putains, disait-il, ou au moins des déçues, voire parfois des désespérées.

— En somme, monsieur, vous prenez la défense des femmes mal mariées ?

— Vous le savez bien, tant de femmes sont vendues à des hommes qu'elles n'ont jamais vus.

— Pour quelques honneurs, pour quelques milliers de francs de rente.

— On ne laisse pas assez parler son instinct !

— Les femmes «vendues» tombent sur des hommes qui ont peut-être le sens de leur sexe, mais n'en ont pas l'âme…

— L'amour a son instinct. Il devrait pouvoir dissiper les barrières et les lois sociales comme le soleil dissipe les nuages.

— Convenez, monsieur, que c'est rarement le cas. Pourtant, comme le plus faible insecte marche vers sa fleur, quand un sentiment est vrai, sa destinée ne peut être douteuse.

— Voilà, madame, une idée bien révolutionnaire qui cautionne jusqu'aux amours inverties.

— Mais bien sûr ! Et pourquoi pas ?

— Tout est possible dans cette vie humaine. Ne voit-on pas certaines femmes d'une sensualité à fleur de peau se laisser dominer par un homme sec et glacé…

Il régnait dans le salon un tel vacarme que Laura proposa à Balzac de venir continuer leur conversation ailleurs, dans un lieu plus calme. Il la suivit et traversa la chambre. Une fois installé dans le cabinet de travail, il ne put s'empêcher d'y faire une remarque désobligeante et d'y chanter deux vers d'une ritournelle à la mode :

— La mode est aux crânes… «Nous allons boire à nos maîtresses/ Dans le crâne de leurs amants… »

La conversation se poursuivit, ardente, passionnée, et cela d'autant plus que M. de Balzac pensait que Laura l'avait invité dans cette pièce retirée pour faire tout autre chose que de parler de pudeur, de jeunes filles mal mariées ou de la place de la femme dans la société. Balzac excellait visiblement à distiller une goutte de poison dans une fiole de parfum, de manière à rendre l'essence vénéneuse et le poison délicieux. C'était étrange, ce personnage qui semblait savoir beaucoup de choses sur les femmes, leurs secrets sensibles ou sensuels, qui n'hésitait pas à poser des questions hardies, familières, impudiques, semblait aussi les mépriser. Ce beau vêtement dont il parait ses propos n'était qu'une fausse étoffe tachée d'huile et de graisse, ce qui finalement ne gênait pas outre mesure Laura. Elle qui avait toujours pensé qu'un écrivain pouvait écrire des livres merveilleux bien qu'il fût un être abject, en avait la preuve sous les yeux. Balzac, sous le coup de l'émotion, qui s'était vu tant de fois fermer la porte de nombreux salons, suscitant des réactions de refus voire franchement hostiles, se crut subitement autorisé à faire de voyantes avances à Laura qui les rejeta poliment, puis, constatant l'échec de sa riposte, finit par se replier vers la salle à manger où elle dut faire intervenir Mignet.

Le reste de la soirée se passa dans le calme. Assagi comme une bête blessée, Balzac se terra dans un coin, se gavant de sucreries et somnolant sur un canapé après avoir bu force verres de punch flambé. Ce fut le dernier à quitter les lieux, bien après Caroline Joubert, ainsi que Jules et Mary Mohl, amis fidèles de la princesse. Alors qu'il s'apprêtait à franchir la porte du vestibule pour rejoindre le vestiaire sur le palier, Laura l'arrêta :

— Je compte sur vous, mon cher ami, pour ma prochaine soirée.

— Vous le voulez vraiment ?

— Mais oui.

— Dans ce cas... Quand a-t-elle lieu ?

— Samedi prochain. Liszt sera des nôtres, et nous jouera une de ses dernières sonates.

Il était trois heures du matin. «Enfin seuls», dit-elle en riant aux éclats et en allant s'affaler sur un canapé, immédiatement rejointe par Mignet. Tendant nonchalamment le bras, elle prit un grand verre de cristal taillé en forme de coupe, dans lequel elle suivit pendant quelques instants la lumière des lustres reflétée par ses facettes étincelantes, et se versa un flot doré d'un vin sucré d'Orient.

— Quel bonheur! Quelle réussite!

— Tu vois, tu as gagné ton pari. Je peux partir chez moi tranquille et dormir.

— Tu m'en veux encore. N'est-ce pas?

— Non…

— François, Diodata est mon amie, ma plus tendre amie, rien de plus, et cette tendre amie est repartie depuis plus d'un mois maintenant.

Mignet se leva, le visage fermé, décidé à quitter les lieux.

— Faisons la paix, reste.

— Non.

— Reste, François. Reste avec moi, dit-elle alors qu'elle commençait à sentir le bout de ses seins s'ériger et devenir sensible. C'est toi que j'aime.

D'habitude, cette chaleur et cette excitation dans les seins s'accompagnaient de la même chaleur et de la même excitation dans le sexe. Mais cette nuit, elle ne sentait que ses seins. Elle voulait les montrer à l'homme qui était avec elle, les soulever dans ses mains. Elle lui demanda de l'aider à se déshabiller. «Juste le haut. Pas le bas, juste le haut.» Ce qu'elle voulait c'était offrir ses seins à cet homme qui la regardait, et ainsi observer son plaisir. Une fois dévêtue, elle prit ses seins dans les paumes de ses mains, les souleva doucement. Ils étaient lourds, brûlants, la pointe dressée, très rouge, jaillissait du mamelon teinté d'une belle couleur brune. Jamais elle n'avait présenté si tendre offrande. Mignet se pencha sur elle et posa sa bouche sur sa poitrine.

Les mois qui suivirent son installation dans la rue d'Anjou-Saint-Honoré, Laura donna plusieurs réceptions qui connurent toutes un très vif succès. Soucieuse d'être dans l'air du temps, pour mieux faire passer les idées qui lui tenaient à cœur, elle plaça ses dîners sous le signe du nouveau service dit « à la russe ». Dans cette nouvelle formule, la table n'était pas complètement chargée à l'avance. Les viandes étaient découpées préalablement, et chaque mets destiné à tous les convives ; un serveur présentait les plats sur la gauche de chacun, dans un ordre protocolaire ; ainsi les sauces n'avaient pas le temps de se refroidir. Certes, certains de ses convives, traditionalistes acharnés défenseurs du service « à la française », fustigeant ce genre moderne, cette dépendance indiscrète à l'égard des domestiques, cette assistance, cette uniformité, « ces laquais qui nous donnent véritablement à manger », désertèrent sa table. À une époque où le discours gastronomique devenait un véritable genre avec ses exclusions, ses spécialistes et ses prouesses, certains d'entre eux firent passer la tradition gastronomique avant l'engagement politique. Mais la grande majorité des commensaux de Laura savaient qu'en venant chez elle, on allait parler d'Italie, de combat et de liberté. Une foule d'Italiens en exil l'assiégeaient pour lui demander de l'aide : un travail, de l'argent, des nouvelles d'un parent emprisonné, une recommandation, une introduction. Ainsi la plupart de son temps fut occupé par les affaires italiennes et notamment les interminables tractations destinées à tenter de faire libérer le général Zucchi et ses compagnons faits prisonniers à Ancône. Après plusieurs mois d'un travail incessant, un premier succès avait enfin couronné ses efforts : elle avait pu faire sortir de la prison San Severo à Venise l'aide de camp du général Zucchi, Terenzio Mamiani, et lors de son arrivée à Paris lui avait trouvé travail et logement.

À quoi voit-on qu'une entreprise a réussi ? Aux jalousies, à la moquerie et aux ragots qu'elle suscite. En cette époque où le double menton passait pour un signe de bonne santé ; où les femmes à marier devaient être joufflues, fessues, plantureuses, ce qui constituait une promesse de vigueur et de fécondité ; où les nouvelles accouchées ingurgitaient force rôties beurrées, soupes épaisses et boissons alcooliques ; où Théophile Gautier professait que l'homme de génie devait être gras, la maigreur de Laura fut la faille dans laquelle s'engouffrèrent ses détracteurs. Elle avait face à elle un troupeau d'obèses superbes, une horde d'hippopotames en culottes qui se proposaient de lui barrer la route. Théophile Gautier, Jules Janin, François Bertin aîné, Alexandre Dumas père, Sainte-Beuve, Louis Véron, Eugène Rouher, Ernest Renan, sans compter la foule d'entrepreneurs, de commerçants et de gens de cabinet qui la détestaient parce qu'elle était une femme libre et autonome, dressaient devant elle une muraille de saindoux et d'âneries typiquement masculines. « Je ne crois pas à la vertu des femmes qui font de la politique, surtout quand elles sont aussi bleuâtres, verdâtres, et maigres », dirent les uns. « Ni moi non plus, répondirent les autres, et *a fortiori* quand elles sont belles : elles ne font de la politique que pour aller à la Terre promise. »

Mais celle que d'aucuns avaient depuis longtemps surnommée le bas-bleu n'avait pas le temps de répondre à ces attaques, ce qui d'une certaine façon la protégeait. D'un autre côté, elle ne pouvait indéfiniment compter sur l'argent de Diodata. Les réserves que celle-ci lui avait laissées commençaient de s'épuiser. L'Italie restait sa cause principale, celle pour laquelle elle sentait bien qu'elle était venue sur terre, mais il fallait que face à toutes les causes dont elle s'était chargée, elle fasse une toute petite place à la sienne propre, ne fût-ce que pour défendre les autres avec la force nécessaire. Elle vendit ses derniers bijoux, mais à bas prix car le moment était mal choisi. Les pouvoirs, dans toute l'Europe, étaient ébranlés, et rien n'était plus difficile qu'un bon placement. Personne ne voulait plus rien acheter, ne sachant si telle parure de rubis payée 60 000 francs n'allait pas être abandonnée quelque temps plus tard à 15 000. Tant que sa fortune serait virtuellement prisonnière à Milan, elle devait coûte que coûte trouver à Paris même de quoi vivre, d'abord pour continuer la lutte. Alexandre Buchon, éditeur du *Constitutionnel*, journal libéral qui bizarrement n'avait plus la faveur des libéraux, la rémunéra pour des traductions de la presse anglaise, et lui acheta des articles sur la politique italienne. Ces derniers déclenchèrent la colère du Vatican. On ne pouvait à ce point attaquer la politique pontificale. Buchon, ennuyé et par crainte que l'État français n'interdise la publication de son journal, sans demander à Laura d'arrêter sa collaboration, ne lui commanda plus d'articles et lui suggéra d'écrire une série de portraits des tout nouveaux députés qui venaient d'entrer à la Chambre. Laura était furieuse. Non point tant parce qu'en ne lui commandant plus d'articles sur l'Italie, il n'était ni plus ni moins lâche que la plupart des autres directeurs de journaux que parce qu'il lui avait suggéré de faire précéder son texte d'une note dans laquelle elle préciserait qu'elle était une «princesse ruinée». Ce détail était susceptible à ses yeux de doubler les chiffres de vente de l'ouvrage.

— Une «princesse ruinée», c'est un peu comme un ours du Jardin des Plantes. Un fauve entravé. Le spectacle de la misère. Les lecteurs marchent toujours, laissa entendre Alexandre Buchon d'une voix suave.

L'homme qui proférait de telles horreurs avait un beau visage au teint parfait, des cheveux blonds, des yeux bleus, une bouche vermeille et gracieuse, des dents admirables, un embonpoint précoce. Tout chez lui annonçait la bonté et la force, ce qui ajoutait au trouble éprouvé par Laura qui refusa net de participer à l'entreprise.

Un soir qu'elle sortait de La Grande Chaumière, où elle était allée danser avec Mignet, et qu'arrêtée sur le sentier éclairé par des quinquets placés dans le feuillage des arbres, elle tentait d'enlever de ses chaussures le sable qui s'y était accumulé, Mignet lui dit :

— J'ai longuement réfléchi, tu sais.

— Oui, et à quoi? demanda-t-elle alors qu'elle observait, placée tout au long des talus couverts de gazon et semés de fleurs, une foule joyeuse jouant au billard chinois, aux boules, aux escarpolettes ou tirant au pistolet.

— Tu dois t'engager encore davantage dans ton travail de journaliste. Tu as des choses à dire, en tant qu'Italienne, en tant que femme. On voit bien que la littérature marche toujours avec la politique.

— Ne crois-tu pas que les écrivains d'aujourd'hui ont peur de la grandeur?

— Et que fais-tu du lyrisme?

— Il y en a partout. Il y en a trop. Trop d'Orient, trop de désolation, trop de solitude, trop d'évocations bibliques. Nos scribouillards ont peur de peindre plus grand que nature, ils craignent la hauteur plus que tout.

— Alors finis d'enlever le sable qui te gêne, remets tes chaussures et fais-le : peins plus grand que nature. Tu as lu Voltaire? Remplace les fronts noyés de brumes par une saine raillerie qui fait tant défaut aujourd'hui.

— Je veux bien, mais où ? Le monde de la presse est rempli de Buchon qui veulent que je signe « la princesse ruinée » !

— Je dois me rendre demain à la *Revue des Deux Mondes*. Augustin projette d'y publier une série d'études sur le tiers-état, et ses *Nouvelles Lettres sur l'histoire de France*. Viens avec moi, je dois en discuter avec Buloz, je te présenterai.

12

Le caractère modeste de la demeure abritant le siège de la *Revue des Deux Mondes*, au 10 de la rue des Beaux-Arts, en hiatus total avec l'importance phénoménale déjà acquise par un organe de presse qui n'avait pas un an d'existence, ne laissait pas de surprendre celle ou celui qui s'y rendait pour la première fois. Façade noircie, porte basse, seuil usé par les pas, vieux carrelage disjoint, murs sombres, on se serait cru dans la plus sordide des maisons closes. Abrité sous une voûte humide, un escalier branlant conduisait à un entresol qu'il séparait en deux. À droite, donnant sur la rue, l'appartement habité par le couple Buloz et leurs trois enfants. À gauche, ouvrant sur la cour, les bureaux. Mignet frappa à la porte. Un grand escogriffe tout dégingandé vint leur ouvrir.

— Gerdès a dû s'absenter, M. Buloz va vous recevoir dans quelques minutes, leur dit-il, les invitant à s'asseoir avant de retourner travailler derrière une pile d'in-folio qu'il classait avec soin.

— C'est Bastien, glissa Mignet à l'oreille de Laura, le garçon à tout faire.

— Et Gerdès ?

— Le rédacteur en chef.

Plus qu'un bureau digne de ce nom, l'antichambre

où se tenait Bastien, éclairée par une petite fenêtre donnant sur la cour, était meublée de cinq chaises de paille, de deux tables de sapin noirci en mauvais état, et de hauts casiers dans lesquels étaient entassés papiers et correspondances.

La porte du cabinet de Buloz s'ouvrit, laissant apparaître dans l'encadrement un homme grand, au visage rasé de frais, à l'allure robuste, à la carrure forte, semblant davantage taillé pour vivre au milieu des champs à surveiller les moissons qu'à se pencher sur une tâche fatigante dans un bureau qui finirait par le voûter de bonne heure. Ce Savoyard solide ne devait pas avoir trente ans.

— Entrez, je vous en prie, je vous attendais.

Mignet fit les présentations :

— Princesse Laura Di Trivulzio, dit-il.

— Le Tout-Paris politique et mondain bruit de vos exploits, chère madame.

— Et le monde littéraire des vôtres.

— Il est vrai, ce qui continue de m'étonner, que nombre de débutants dans la carrière des lettres n'entrent plus désormais ici dans ce modeste logement sans trembler, consentit François Buloz.

Après s'être excusé de devoir encore régler quelques affaires courantes — corriger un article dans lequel la logique était comparée à une massue avec laquelle on va à la chasse aux insectes ailés, écrire un billet demandant à Gerdès de se rendre à La Belle Jardinière pour nipper de frais un collaborateur à la toilette négligée, enfin, rédiger une lettre adressée à Vigny pour le convaincre de ne plus porter sa cape, «cette romanesque draperie qui lui cache les ailes» —, Buloz accepta rapidement la proposition de Mignet concernant la collaboration d'Augustin Thierry, comme s'il souhaitait passer immédiatement à quelque chose qui, pour l'heure, l'excitait davantage. Il se tourna vers Laura.

— J'ai lu vos articles fort intéressants sur la question italienne, dans *Le Constitutionnel*. Ainsi que celui intitulé «Sur la condition actuelle des femmes et leur avenir» qui a le mérite d'engager le débat... Pourquoi en effet nier aux femmes le droit de penser comme les hommes?

— Oui, n'est-ce pas?

— Le génie n'a pas de sexe, il y a des femmes qui écrivent comme des hommes...

— La réciproque est moins évidente, rétorqua Laura en souriant, sentant tout de suite que Buloz n'était pas de ceux qui succombaient à son charme, bien au contraire.

— Après tout, en quoi les femmes seraient-elles inférieures à l'homme? C'est bien le sens de votre article, n'est-ce pas?

— En partie.

— Serait-ce parce qu'elles ont secoué avant lui l'arbre de la science? La question reste posée.

— Vous savez bien que les femmes n'apprennent rien, elles devinent tout, dit Laura avec ironie.

Buloz ne répondit pas. Préférant changer de terrain de conversation afin de rester maître du jeu, il demanda à brûle-pourpoint à Laura, en la fixant droit dans les yeux:

— Vous voulez collaborer à la *Revue*, n'est-ce pas?

— Oui, je pense avoir des choses à dire. D'autre part, l'exil est difficile à vivre moralement, et... financièrement.

— Vous n'en êtes pas encore au même point que ce jeune auteur qui m'écrivait, il y a de cela un mois à peine: «Juge de ma misère: ce matin, j'ai vendu mon parapluie, et il pleuvait.»

— Non, certes, mais...

— Quels sont vos tarifs?

— Cent francs la feuille in-8. *La France littéraire*

m'a récemment proposé vingt-cinq francs par mois pour une série de lettres ayant pour thème la doctrine républicaine et démocratique de Mazzini.

— Qui donne au *Risorgimento* son éthique. Certes, mais c'est le modérantisme bourgeois qui triomphera.

— Disons que le dialogue et l'opposition de ces deux thèmes forment actuellement la trame du mouvement national, et créera sans doute le futur État italien.

— Reconnaissez que nous n'en sommes pas encore là, dit Buloz en tendant à Laura un exemplaire de la revue.

Un mince cahier, sous une couverture saumon ornée d'une étrange vignette représentant le Nouveau Monde, nu, comme il sied, et la tête ornée de plumes, offrant au Vieux Monde, plus correctement vêtu, une feuille d'olivier.

— Pouvez-vous, princesse, nous lire le sommaire?

— Montalembert, Alexandre Dumas, Georges Farcy, Alfred de Vigny, Sainte-Beuve, Victor Hugo, Honoré de Balzac, Gustave Planche...

— C'est un rite chez nous. Comme prime d'encouragement, on ne paie jamais le premier article. Aucun de ces messieurs n'a touché le moindre franc. Tout pour la gloire! Ces pages inaugurales sont considérées comme de simples cartes de visite! Tout est si dur aujourd'hui. La littérature demande une vie d'abnégation et de misère. Savez-vous à combien se montaient mes engagements quand mon ami Ségur Dupeyron me proposa de relever ce qui s'appelait encore la *Revue des Deux Mondes, journal de voyages*?

— Non...

— Eh bien, en tant que rédacteur en chef, je touchais une annuité de douze cents francs, et deux francs par abonnement. Voilà de bien petits traitements, n'est-ce pas...

Tandis que Buloz replaçait l'exemplaire de la revue sur une étagère située derrière lui, Laura fit signe à Mignet qu'elle voulait partir. Elle était hors d'elle. Buloz ne s'était rendu compte de rien et poursuivait sa diatribe.

— Dans la France d'aujourd'hui, les livres sont chers, les revues rares et beaucoup d'auteurs se moquent de nous. Alexandre Dumas nous a vendu *Rose rouge* comme un inédit alors que cette nouvelle avait déjà été publiée sous un autre titre. Et Balzac... J'espère que vous n'êtes pas comme lui : inexact, insaisissable, constamment absent, reprenant la veille de la publication ses épreuves pour les revoir, et ne les rendant qu'un mois après..., proposant des romans qu'il assure avoir terminés, et dont il n'a encore écrit que le titre. Chère madame, vous n'êtes pas comme Balzac ? « Mise de boucher, air de doreur », comme on dit. Et en plus il mange comme un porc.

Laura ne répondit pas. Se tournant vers Mignet, elle lui demanda s'il n'était pas temps de partir. C'est Buloz qui répondit :

— Vous avez raison. Il est l'heure d'aller voir si un maître perdreau bien lardé nous attend sur son fil devant la cheminée, à moins que ce ne soit une fricassée de poulet à l'ail, ou une panade aux truffes et aux alouettes. Ma femme est un cordon bleu ! Le tout arrosé d'une bonne bouteille de château-laffitte ou de château-yquem. Allez, la vie est belle !

Une fois dans la rue des Beaux-Arts, Laura fut prise d'une sorte de colère glacée qui la faisait trembler de la tête aux pieds. Jamais elle ne s'était sentie autant humiliée. François Buloz avait eu beau lui dire qu'il menait une vie de galérien et travaillait dix-huit heures par jour, elle n'accordait à cet homme à la figure imposante finalement assez terrible aucune circonstance atténuante. Ce prétendu pape de la littérature était un marchand de bouillon, un trafiquant d'opium, un revendeur de cigarettes.

— Il ne m'a même pas demandé quels pourraient être les sujets de mes articles. Comment veux-tu que je travaille avec pareil vaurien !

Mignet, une nouvelle fois, trouva les mots pour la rassurer, lui donner confiance et surtout lui faire comprendre qu'elle devait à tout prix être meilleur stratège que M. Buloz.

— Il a besoin de toi.

— Mais non !

— Mais si ! Je ne te demande pas d'être cynique, mais lucide. Les proscrits suscitent toujours la sympathie de l'élite intellectuelle qui peut ainsi vivre dangereusement par procuration. L'Italie est à la mode. Tous ces gens se font une réputation sur son dos, sur ses drames. Les renseignements dont tu disposes sont uniques. Même les Autrichiens le savent, qui paient une fortune des cloportes pour t'espionner.

Laura se rendit à ses arguments. Elle confia à la *Revue des Deux Mondes* un article intitulé « De la culture comme moyen de créer l'unité de la patrie », puis un second consacré à ces Italiens qui deviennent français : Pellegrino Rossi, qui intègre le Collège de France, Carlo Botta, nommé recteur de l'académie de Rouen, et Guglielmo Libri, professeur à la Sorbonne. François Buloz en personne lui en avait commandé un troisième sur Charles-Albert, nouveau roi de Piémont-Sardaigne dont la question était de savoir s'il allait gouverner selon les préceptes chers au libéralisme de sa jeunesse ou s'il allait au contraire continuer la ligne absolutiste de ses prédécesseurs.

À côté de ses articles et de sa participation active à tout ce qui pouvait de près ou de loin toucher la cause italienne, la grande affaire de Laura était, en cet été 1831, l'installation définitive de son salon comme lieu parisien indispensable de la pensée en mouvement, des idées et des doctrines novatrices. Balzac revint plusieurs fois et finit même par lui faire don d'une lecture. Comme Dickens, il mimait ses personnages. Autant sa conversation était sans force, sans relief, autant ses textes lus s'imposaient comme une sorte de vie portée à l'état d'incandescence. Il ne s'arrêtait jamais, poursuivait indéfiniment sa lecture qui pouvait durer des heures. Ne disait-on pas en effet qu'il continuerait de lire même si on lui jetait des pierres ? Distillant de la bave avec ses phrases, postillonnant, hurlant, criant, vociférant, parlant à voix basse si les péripéties l'exigeaient, ce débardeur brutal, ce charretier grossier, dont on pouvait se demander s'il ne rêvait pas parfois qu'il était devenu Balzac, fit avec la lecture de quelques pages de *La Peau de chagrin*, roman dont il assurait qu'il était une «vraie niaiserie», un immense triomphe.

Après l'émeute provoquée par le débagoulage de ces pages, où les uns voulaient voir un conte fantastique et les autres une fable sociale, Laura embrassa chaleureusement le conteur, l'assurant qu'il n'y aurait plus désormais aucun nuage entre eux, que leurs chagrineries passées étaient désormais oubliées.

— Demandez-moi n'importe quoi, je vous l'accorde, lâcha Laura, ajoutant, citant *La Peau de chagrin* : «Si tu me possèdes, tu posséderas tout, mais ta vie m'appartiendra. Dieu l'a voulu ainsi. Désire, et tes désirs seront accomplis...» C'est ce que fait lire le vieillard à Raphaël de Valentin, n'est-ce pas ?

— En effet. «Me veux-tu ? Prends. Dieu t'exaucera...»

— Quelle merveille, Honoré ! Que puis-je faire

pour vous, mon écrivain, dites, vos vœux seront exaucés...

— Coucher avec moi, répondit Balzac du tac au tac.

— Je parle sérieusement, Honoré.

— Moi aussi, Laura, rétorqua Balzac en se jetant sur la jeune femme.

— Monsieur, vous êtes grotesque ! se mit à crier Laura, tandis que les premiers invités commençaient à s'agglutiner dans le vestibule en attendant qu'on veuille bien leur rendre leurs effets.

— Évidemment que c'est grotesque ! Je suis trop laid, sans doute, se mit à hurler l'écrivain en prenant une pose de théâtre, ajoutant, citant son propre livre : « Mais être torturé par une femme qui nous tue avec indifférence, n'est-ce pas un atroce supplice ? »

— Monsieur de Balzac, je vous en prie, dit Laura en s'avançant vers lui.

— Madame, « avez-vous des imperfections qui vous rendent vertueuse malgré vous » ?

— Monsieur, s'il vous plaît, un peu de tenue !

— « Auriez-vous été une première fois maltraitée par l'amour » ?

À mesure que le ton montait, la salle à manger puis le salon se vidaient. Quand Balzac lança sa dernière pointe, il n'y avait plus personne :

— « La nature, qui fait des aveugles de naissance, peut bien créer des femmes sourdes, muettes et aveugles en amour. » La lecture continue, vous avez de la chance, princesse. En voici l'ultime souffle : « Vraiment, vous êtes un sujet précieux pour l'observation médicale ! »

Ce furent ses derniers mots. N'ayant pas laissé le temps à Laura de répondre, Balzac se précipita sur son manteau et fit bientôt trembler les marches de l'escalier en les dévalant quatre à quatre.

Au beau milieu du grand salon, Mignet buvait tranquillement un verre de porto en souriant.

— Je ne vois pas ce qu'il y a de drôle, dit Laura en venant s'asseoir à côté de lui. Je manque de me faire violer par ce pachyderme et ça t'amuse.

— Mais non, calme-toi.

— Quel porc!

Mignet regardait Laura avec tendresse.

— Je suis fier, fier qu'on te désire. Je me dis que j'ai beaucoup de chance de t'avoir trouvée.

— Moi aussi, François. Tu as raison, oublions tous ces jaloux, ces coquettes, ces journalistes combinards, ces écrivains «chasse-galettes».

— Il y a quinze jours, j'ai vu Balzac arriver à l'Opéra. Il était là à se pavaner en première loge, sa canne de trois mille francs à la main comme un sceptre, répondant avec la joie exubérante d'un enfant aux salamalecs qu'on lui adressait. On aurait dit Aladin au milieu des richesses que venait de lui procurer la lampe merveilleuse… Quel provincial!

— «Vraiment, vous êtes un sujet précieux pour l'observation médicale», répéta Laura en singeant Balzac. Et lui alors, avec sa particule achetée au mont-de-piété!

— Quel petit personnage indécrottable et naïf!

— Ce qui ne l'empêche pas d'être un grand écrivain! Je te le dis, François : on ne devrait jamais voir un écrivain. On devrait toujours se contenter de ses livres.

Mignet prit Laura dans ses bras et l'embrassa longuement.

— Tu restes? demanda-t-elle.

— Ça devient une habitude.

— Tu restes, oui ou non, ou préfères-tu être «torturé par une femme qui te tue avec indifférence»?

— Je reste.

Ce soir-là, Laura se sentit la plus heureuse des

femmes. Face au «fleuve effroyable du temps», elle avait en François Mignet rencontré celui qui avait su la mettre au bord du fleuve d'une certaine éternité. Alors, elle éclata d'un rire sonore qui ne tenait qu'à elle. Un rire qui était à la fois musique et source d'eau. Comme une explosion qui lui venait, une secousse de joie, de contentement, comme un aboutissement complet, qui la recouvrait entièrement, la mouillait comme une vague, un rire jaillissant d'elle comme une source qui ne s'arrêta pas lors même que le sexe de l'homme qui était en elle remontait dans son corps comme à contre-courant.

13

Balzac ne vint plus rue Neuve-Saint-Honoré, et Laura l'oublia presque. Mais le bonheur, comme on sait, est le plus éphémère des papillons. Début août, après que l'écrivain eut fait une nouvelle lecture de *La Peau de chagrin* dans le salon de Mme Récamier, et préparé à grand renfort de petits scandales et de déclarations vindicatives la publication de ce dernier, son livre apparut enfin aux vitrines des librairies. Le succès fut immédiat. Et si l'on excepte Sainte-Beuve qui trouva le roman «fétide et putride», on cria au chef-d'œuvre. On parla de petit miracle de l'art, de livre étincelant, de rhétorique prestigieuse. Jules Janin, Eugène Sue s'enthousiasmèrent. Buloz chargea un de ses écrivains-factotums, âme damnée comme il s'en trouve tant dans la presse, de disséquer le monstre. «Ce n'est ni Rabelais, ni Voltaire, ni Hoffmann, c'est Balzac», écrivit ce dernier. Enfin, c'est toute une génération qui se reconnaissait dans ce roman, débordant de fantaisie, de romantisme et de désenchantement. Laura aussi se «reconnut», et ne fut pas la seule à voir en elle un double de Feodora. Cette fin d'après-midi, elle s'était rendue chez Mignet, certaine d'y trouver le réconfort dont elle avait tant besoin.

— Comment peut-on à ce point utiliser la vie privée, la vie intime ? Je l'ai reçu chez moi alors que cet ingrat a fait tous les portiers de Paris afin de solliciter des admissions qui ne sont jamais arrivées !

— On prend toujours un risque quand on partage la vie d'un écrivain.

— Mais je ne partage pas sa vie !

— Oui, c'est vrai, excuse-moi.

— Il a sans doute besoin de la vie des autres pour exister, mais ce n'est pas une raison pour emmener tout le monde dans son marigot. De quel droit pillet-il ainsi ma vie, la saccage-t-il ?

Mignet, qui parvenait toujours à endiguer le flot, se sentait cette fois impuissant. La scène durait depuis plusieurs heures et Laura arpentait la pièce dans tous les sens, comme la tigresse prisonnière dans la fauverie du Jardin des Plantes.

— Enfin, François, ces « yeux si brillants mêlés de veines comme une pierre de Locate », ces « paupières milanaises », ces « épais sourcils qui paraissent se rejoindre », ce n'est pas moi, peut-être ? hurlait Laura en brandissant le livre à la main.

— C'est de la littérature, Laura.

— « Tout son maintien, sa démarche et chaque mouvement qu'elle fait sont en harmonie avec le rôle qu'elle joue : triste et bizarre état d'une femme dont l'esprit a tourné à faux… »

— Justement, ce n'est pas toi !

— « Ses mouvements ont quelque chose d'abrupt et d'excentrique… » Une folle ! Il me fait passer pour une folle !

— Dans quinze jours tout cela sera oublié…

Laura n'en démordait pas :

— Et Feodora qui paie les dettes de Raphaël ! Je n'aurais jamais dû me confier à lui…

— Enfin, que lui as-tu dit de si compromettant ?

— Rien de très grave. Mais on ne divulgue pas les petits secrets qu'on délivre lors de confidences. Près de la moitié de mes revenus servent à payer les dettes d'Emilio.

— Ce n'est pas possible !

— J'ai accepté cet arrangement en 1828 pour acheter ma liberté !

— Je ne le savais pas, dit Mignet, affectant le petit air pincé de ceux que prennent les maris qui comprennent que la vie de leur femme possède des zones d'ombre, voire de lumière, auxquelles ils n'ont pas accès.

— Ce n'est pas le moment de faire une crise de jalousie, François. Emilio est un enfant. Et vous n'avez ni l'un ni l'autre aucun droit sur moi.

Mignet retira le livre des mains de Laura et le posa sur une petite table en bois noir.

— Oublie toute cette histoire.

— Non, dit-elle, en reprenant le livre et en l'ouvrant rageusement. Regarde, page 164 : « Le temps est gros de ma vengeance : il t'apportera la laideur et une mort solitaire ; à moi la gloire ! » Page 44 : « C'est un mystère femelle. Elle a eu des maladies, qui repoussent quelquefois dans le teint, et il faut lui rendre cette justice, qu'elle les a eues du prince. » Quelle ordure ! Quel odieux personnage ! Que puis-je faire ? Que vais-je faire ?

— Fréquente l'hôtel de lord Seymour...

— L'hôtel ? Quel hôtel ?

— L'hôtel de lord Seymour, à l'angle de la rue Taitbout et du boulevard.

— De quoi parles-tu, François, je ne comprends rien à ce que tu racontes !

— Lord Seymour, tu sais bien, celui qui se vante d'avoir les plus beaux biceps de Paris. Cinquante-deux centimètres de tour ! Avec le petit doigt de sa main droite, spécialement exercé pour cela, il soulève jusqu'à la hauteur des épaules un poids de cinquante kilos...

— Et alors? Tu crois que j'ai le cœur à plaisanter?

— Il vient d'ouvrir dans son hôtel un gymnase où ont lieu des séances de boxe, de canne et d'escrime. Tu suis des cours auprès d'un des tireurs de profession qui s'y trouvent, Robert, Gatechair, Grisier, Cordelois, les frères Lozès, Louis Molinié, et…

— Tu as fini?

— Et tu te venges. Comme Fortuna-Rachele[12], la compagne de Fria Diavolo, hop, un coup de fleuret dans la panse du gros Honoré! finit Mignet, en regardant sa montre de gousset, concluant, agacé : Il est plus de vingt et une heures. Nous devrions déjà être partis chez La Fayette.

Pour la première fois peut-être depuis leur rencontre, Laura fut déçue par le comportement de son ami. Ce qu'elle aimait dans leur relation, c'est qu'il avait toujours respecté son indépendance, mais aujourd'hui elle vivait une étrange solitude : celle d'une personne qui se sent seule aux côtés de l'homme qu'elle aime. Dans sa jupe ample en forme de cloche, son corsage à taille fine et sa coiffure en touffes, elle se sentit soudain ridicule. Mais elle n'avait plus le temps de se changer. Tout en passant sa capote à brides sur ses épaules, elle se dirigea vers la porte, puis se retournant, lança à Mignet :

— Je t'en supplie, laisse-moi y aller seule. J'ai besoin d'être seule, tu comprends.

Mignet n'insista pas. Il savait lui aussi que quelque chose d'irréparable venait de se produire, et que, sans trop comprendre pourquoi, il n'avait pas envie de faire quoi que ce soit pour qu'il en fût autrement.

Pour se rendre de l'appartement de François Mignet à celui de La Fayette, Laura devait traverser le quartier qui longe celui du Palais-Royal. Les rues y étaient sillonnées, dès l'entrée de la nuit, de filles de maison en quête d'aventure, étalant sans vergogne leurs appas au coin des rues. Elle faillit plusieurs fois se perdre dans ces défilés étroits, jonchés de pièges, de coins sombres, d'angles morts, de fosses profondes. Lorsqu'elle sortit de ce labyrinthe tournoyant, elle eut l'impression d'être une biche aux abois qui venait d'échapper aux chasseurs, courant, s'arrêtant, rebroussant chemin, le front en eau, les pieds brisés, les lèvres sèches. Une immense tristesse s'empara d'elle. Toutes ces pauvres femmes, jambes ouvertes, chairs offertes lui avaient donné la nausée. Elle se sentit comme le Raphaël de Valentin du roman de Balzac qui, à la fin de sa vie, ne mange plus, ne parle plus, et ne respire plus que six fois par minute pour se protéger du néant. Que faisait-elle ici, à Paris, si loin de son Italie natale et de ses rêves d'adolescence ? Paris était rempli d'hommes moqueurs, blasés, sceptiques, dégoûtés de leur propre bonté. Elle en avait assez de ces galants lucides, de ces prétendants cyniques, de ces brillants polémiqueurs. Le parti pris parisien de scepticisme et de moquerie était tel que votre voisin se moquait de vous à la première occasion, et souvent d'emblée, de telle sorte qu'on était obligé de prendre l'offensive pour ne pas avoir trop de désavantage. Ici, on hurlait avec les loups et on barbotait dans les ruisseaux sales avec les voyous. Laura parla toute seule : « Diodata, toi seule connais mon peu de goût pour les hurlements et les immondices. Je voudrais tellement pouvoir me retrouver en Italie et me montrer enfin sous un meilleur jour. » En sapant l'influence des idées religieuses, le XVIIIe siècle les avait remplacées par le mobile de l'honneur. Aujourd'hui, il n'y avait plus ni société ni opinion publique, et l'honneur comme la foi étaient devenus des mots vides de sens. La bourgeoisie les avait remplacés par les jouissances et le profit. L'honneur ne semblait plus réfugié que dans l'armée et seulement sous le drapeau, ce qui constituait une sourde menace pour l'avenir.

Alors qu'elle ne se trouvait plus qu'à une centaine de mètres de l'hôtel particulier de La Fayette qui était voisin du sien, elle eut la tentation de rentrer chez elle. Mais le vieil homme, si fidèle, l'attendait et ce n'était pas le moment de le décevoir. Rejeté par les légitimistes qui appelaient dédaigneusement son salon le «caravansérail de l'Europe révolutionnaire», il venait d'être relevé, par un vote de la Chambre, du commandement suprême de la Garde nationale.

Les salons magnifiquement décorés de son hôtel particulier brillaient de tous leurs feux. La foule habituelle de Français et d'étrangers de tous les mondes avaient une nouvelle fois répondu présents à son invitation, ce qui prouvait, si besoin en était, qu'il exerçait encore sur beaucoup un ascendant moral considérable. Des généraux et des députés y coudoyaient des pairs de France et des bourgeois dont la médiocrité triomphait. Des journalistes et des célébrités du monde artistique se faufilaient toujours entre des groupes de banquiers, d'agents de change, d'avocats, de diplomates, et d'exilés politiques. Mais cette fois, Laura éprouvait une impression étrange : elle avait comme la certitude que tout ce monde n'avait pour seul sujet de conversation qu'un certain livre à scandale intitulé *La Peau de chagrin*. Quelle aubaine, l'héroïne véritable qui avait inspiré l'écrivain venait de pénétrer dans le salon, capeline à brides sur les épaules, et tentait tant bien que mal de se trouver un mince couloir dans cette masse compacte et hostile qui ressemblait à une mer encombrée de sargasses et d'anguilles.

Se frayant un passage à travers la foule compacte de ses hôtes, le maître de maison, distribuant au passage de courtoises poignées de main et des salutations affables, arriva jusqu'à Laura, cette amie qu'il aimait tant, princesse à ses yeux aussi remarquable pour sa beauté que distinguée par les charmes de l'esprit et les qualités du cœur.

— Ma chère Laura, je désespérais de vous voir.

— Je viendrai toujours auprès de vous quand vous me le demanderez, tendre ami.

— Vous n'êtes pas accompagnée ?

— Non. Vous savez que je suis avant tout un petit animal solitaire…

— Est-ce que le petit animal solitaire accepterait, tout de même, que je lui présente une personne qui n'a d'yeux que pour lui ?

— Un admirateur ? Par les temps qui courent, pourquoi pas ?

— Un admirateur et un écrivain.

— Je ne sais pas si j'éprouve une irrésistible envie de connaître un autre scribouillard, lequel faute de me coucher dans son lit va le faire sur le papier !

— Regardez, il est là, juste à côté de ce si bon monsieur Bellini qu'il s'obstine à taquiner. Ce cher Théophile Gautier l'a comparé à un « Apollon germanique », ce qui dans sa bouche constitue, je suppose, un compliment.

Laura aperçut un homme d'un peu plus de trente ans sans doute, mais qui faisait plus jeune que son âge, le front haut ombragé d'une masse abondante de cheveux d'un blond chaud, taillés droit, les yeux bleus, les joues rondes, bien campé dans son habit clair à larges revers, et sa cravate haute à plusieurs tours.

Tout en se rapprochant de lui, La Fayette donna à Laura quelques clés rapides lui permettant de cerner le personnage :

— Il est juif, converti au luthérianisme. Grand poète. Prénommé Heinrich, il signe désormais Henri. En exil en France depuis quelques mois, il croit dur comme fer que la monarchie de Juillet viendra au secours des victimes de l'Autriche. Dernière chose : sa vue baisse lentement mais sûrement, et deux doigts de sa main gauche sont paralysés. Nous y sommes, taisons-nous...

Henri Heine et Bellini, maintenant de dos, ne pouvaient voir que Laura et La Fayette les touchaient presque.

— Mon cher Bellini, disait Heine, vous savez que mes pouvoirs sataniques sont bien réels...

— Taisez-vous, ce genre d'histoires me terrifie...

— Comment pouvez-vous être sensible à ces balivernes ?

— Balivernes, balivernes, on ne sait jamais...

— Cela dit, rétorqua Heine, quand on voit tant de jeunes génies mourir jeunes, à votre place, évidemment, je serais inquiet...

— Que voulez-vous dire ?

— Voyons, quel âge avez-vous ? Trente-deux, trente-trois ?

— Mozart est mort à trente-cinq...

— Trente ans ! Je viens d'avoir trente ans, rétorqua Bellini, en faisant dans son dos le signe d'exorcisme, index et auriculaire pointés en forme de cornes.

— Après tout, peut-être ne courez-vous aucun danger...

— Et pourquoi ? demanda Bellini, la voix toute tremblante d'émotion.

— Qui sait, peut-être n'avez-vous pas le génie qu'on vous accorde... et dans ce cas, vous mourrez vieux...

À ces mots, Bellini salua son interlocuteur et alla noyer sa blonde frisure dans la foule, tandis que

La Fayette tapait sur l'épaule de ce dernier afin qu'il se retourne :

— Monsieur Henri Heine, dit-il, s'adressant à Laura.

— *Bellissima principessa*, vous me voyez très honoré, dit l'homme avec un fort accent germanique.

— Princesse Laura Di Trivulzio, dit La Fayette, se tournant vers Heine, et ajoutant : je vous laisse, je me dois à mes autres invités.

Henri Heine entra immédiatement dans le vif du sujet :

— M. Honoré de Balzac est un ignoble personnage. Comment peut-il faire un portrait aussi faux d'une femme aux traits si réguliers, à la beauté si énigmatique, au visage si singulier qu'il possède quelque chose du sphinx, et semble appartenir au domaine des rêves poétiques plus qu'à la grossière réalité de la vie…

Laura, comme transfigurée par l'éclat divin de son sourire, demanda :

— Suis-je tout cela, monsieur ?

— Oui, et bien d'autres choses encore. Je pense d'ailleurs que nous avons nombre de points communs, de centres d'intérêt, de préoccupations identiques.

— Eh bien, monsieur, asseyons-nous ici, près de cette cheminée, dit Laura, désignant deux fauteuils recouverts de velours, et confrontons nos idées sur le monde.

Malgré une formule quelque peu ironique, Laura, qui dans un premier temps avait tout simplement envie de s'amuser pour oublier cette affreuse *Peau de chagrin*, avait été immédiatement séduite par Henri Heine. Sans qu'il y eût rien de charnel, elle se sentait attirée par cet homme curieux qui était comme l'enfant de Faust et de la belle Hélène. Au fil de la soirée, il lui apparut tour à tour gai et triste, sceptique et croyant, tendre et cruel, sentimental et persifleur, classique et romantique, très allemand et déjà presque français, enthousiaste et plein de sang-froid. Excentrique, certes, capricieux mais jamais ennuyeux, ce qu'était en train de devenir Mignet, qu'elle avait depuis le début de la soirée totalement oublié. Avec une vivacité d'esprit diabolique, il dénigrait Hugo et Lamartine, jouait Rossini contre Bach, vantait Alexandre Dumas et Edgar Quinet. Défenseur de la pureté contre la compromission, il lui parut si sûr de lui quand il évoqua son engagement vis-à-vis de la cause italienne, et si fragile quand il confia combien il craignait d'être expulsé de France, et si proche de ses propres angoisses quand il lui dit qu'il sentait bien qu'il se conduisait comme un déraciné, un étranger exilé et traqué. Un jour, oui, il oserait lui montrer ses poèmes, ses ballades, quand ils auraient appris à se connaître et qu'il serait devenu pour elle comme ces artistes italiens du XVIe siècle faisant le portrait de grandes dames dont ils étaient amoureux, «car seul l'amour leur avait permis de peindre de tels chefs-d'œuvre, assurément»...

Cet homme avait quelque chose d'exceptionnel. Laura trouvait chez lui la même qualité de pensée, la même finesse, la même volupté à trouver le mot juste, l'idée qui fait mouche, que chez Augustin Thierry. Au moment de le quitter, elle lui dit qu'elle aimerait le revoir, et continuer cette conversation aimable et profonde, oscillant sans cesse entre prudence étroite des propos et réflexions des plus osées, afin de savoir enfin quel était son idéal féminin puisque cette question, la dernière de leur dialogue fécond, n'avait toujours pas trouvé de réponse.

— Revoyons-nous, vite, et nous chercherons ensemble quel est votre idéal féminin.

— Sans doute une femme chaste et froide, mais

cachant sous sa chasteté et sa froideur des ardeurs inassouvies.

Dans les mois qui suivirent cette soirée à l'hôtel particulier de La Fayette, Laura et Henri Heine se revirent à de nombreuses reprises. Leur amitié devint bien réelle et forte, même si parfois le poète allemand commençait à se montrer jaloux et de plus en plus vindicatif à l'égard du pauvre Bellini. Il en vint même à haïr très violemment Victor Cousin auquel il reprochait d'être un faux savant, qui se parait des plumes de tous les philosophes allemands. Étrangement, le seul qu'il ne poursuivait jamais de sa vindicte, c'était François Mignet dont il louait l'honnêteté, la droiture consciencieuse, le grand talent d'historien. « Jamais celui-là ne cache les sources où il puise ! À la bonne heure ! Voilà un écrivain vrai, juste, sobre, une belle âme ! » François et Laura riaient gentiment : « Encore un amoureux transi… », pensait l'historien. Et ainsi l'année s'acheva doucement, glissant dans la nouvelle. 1832 s'annonçait sous les meilleurs auspices. Le salon de la princesse Trivulzio était devenu un haut lieu des mondanités parisiennes et avait affirmé sa place comme plaque tournante de la résistance italienne à l'Autriche. Laura commençait à pouvoir vendre régulièrement ses articles à la presse, et avait même pu reprendre une correspondance avec Diodata.

Ce matin du 26 mars, jour tant attendu de la mi-carême, et donc du retour des masques et des festivités de carnaval, Laura était doublement heureuse. Ayant assisté, quelques jours auparavant, à un ballet dans lequel une petite Africaine avait dansé presque nue devant un public médusé, elle était assez vite convenue avec elle d'un rendez-vous dans son hôtel situé à deux rues de l'Opéra. Un tel désir immédiat, sans retenue, sans explication, brûlant, violent, ne l'avait pas submergée depuis très longtemps, et pour rien au monde elle n'aurait pu s'y soustraire. Sa deuxième source de joie était un poème manuscrit, signé Henri Heine et que ce dernier lui avait fait parvenir la veille au soir. Depuis, elle n'avait cessé de le lire et de le relire. Et ce matin du 26 mars, assise près d'une des fenêtres de la grande salle à manger, elle s'en délectait une nouvelle fois : « Blanc comme le marbre était son visage/ Et comme le marbre, froid. Stupéfiantes/ Étaient la rigueur et la pâleur/ De ces traits graves et nobles./ Pourtant, dans ses yeux noirs/ Luisait une flamme terrifiante/ Et merveilleuse et douce/ Qui aveuglait et consumait l'âme. » Des coups soudains et violents frappés contre la porte l'expulsèrent de son rêve éveillé.

Henri Heine, trempé de sueur, essoufflé, le visage défait, gesticulait dans le vestibule.

— Laura, Laura…. dit-il dans l'impossibilité d'articuler d'autres sons.

Laura crut que le poète craignait que son poème ne lui plaise pas. Il était coutumier de ces crises terribles qui le conduisaient à vouloir reprendre tel texte, tel livre, tel poème qu'il lui avait fait lire, qu'il lui avait offert ou prêté.

— Votre poème est une merveille.

— Madame, il ne s'agit pas de cela !

— Mais de quoi donc alors ? Mon ami, parlez.

— Ne sortez plus de cet appartement !

— Mais pourquoi, grands dieux ?

— Le choléra, Laura ! Le choléra est arrivé !

— Quoi ?

— Oui, Laura. Tout le monde se souvient des grandes et lointaines pestes médiévales, mais on ignore encore tout du fléau sorti du delta du Gange en 1817. Le « choléra morbus », comme l'appellent les médecins, progresse, sans logique, inexorablement. Il a été longtemps aux portes de l'Europe. Le voilà maintenant à Paris. On a compté déjà plusieurs malades, dans les quartiers les plus pauvres, les plus insalubres, certes, mais je vous le dis, il frappera sans distinction de classe, d'ailleurs le premier mort recensé est un noble : un certain M. de Floranges…

Laura partit d'un immense éclat de rire.

— Je ne vous croyais pas aussi cruelle.

— Il ne s'agit pas de cela. J'avais un vieux contentieux avec ce monsieur qui a prétendu un jour que les femmes ne devaient pas avoir de biographie. « Est-ce que la vie d'une femme se raconte ? » avait-il demandé. La vie est curieuse, non ? Voilà maintenant qu'il est mort !

— Vous ne sortirez pas. Promettez-le-moi.

— Je vous le promets. Soyez sans crainte. Et veillez aussi bien sur vous.

Henri Heine reparti, Laura tourna en rond dans ses appartements. Plus que le choléra, une pensée l'obsédait. Elle ne pouvait arracher la petite danseuse de sa tête. Pensant sans cesse à la beauté si étrange de la petite Négra, si nouvelle, si peu commune, qu'elle semblait s'être emparée de ses sens comme par magie. Cette beauté lui montait à la tête comme ces vins trop alcoolisés du sud de l'Italie, véritables rayons liquides du soleil. Laura la voyait encore, la touchant presque de ses doigts, dans sa petite tunique rouge brodée de pierreries, très courte, retombant sur une seconde encore plus courte, fauve et tigrée d'or, dont le corsage collait parfaitement à sa taille fine. Ses seins se soulevaient au rythme de sa respiration. Ses petits bras potelés s'agitaient en cadence. Ses doigts minces et ciselés remuaient comme des oiseaux. Son cou ondulait. Ses jambes nues, ceintes de cercles d'or, coupaient par intermittence les lumières de la rampe. Plusieurs fois ses yeux flamboyants croisèrent ceux de Laura. C'est là qu'elle comprit qu'elle devait la revoir. Revoir cette peau brune et lustrée, ces cheveux noirs rejetés en arrière comme des constellations. Négra, transfigurée par la danse, irradiait, frémissante, corps entier tendu vers la volupté. Elle donnait le vertige. Elle étreignait l'espace. Possédée, elle possédait les spectateurs. À la fin du spectacle, Laura qui avait demandé qu'on lui procure couronnes et bouquets les lança un à un sur la scène. Tout le monde se retourna. Tout le monde la vit. La salle applaudit, et Négra regarda longuement Laura. Et lorsqu'elle étreignit les fleurs, les embrassant voluptueusement, en un mouvement plein de grâce, c'était comme si ses lèvres s'étaient posées sur celles de Laura.

Pour toutes ces raisons, Laura ne pouvait pas ne pas se rendre à ce rendez-vous. Qu'importait le choléra. Elle s'y rendit. Trouva la frénésie et l'ivresse qu'elle était venue y chercher, puis, de retour rue Neuve-Saint-Honoré, comprit que les mises en garde de Henri Heine n'étaient pas hors de propos : de noirs tombereaux recouverts de bâches commençaient déjà leur ballet funèbre dans les rues de Paris.

14

Des semaines durant, les Parisiens crurent que Dieu était sourd à leurs prières et aveugle aux clartés des cierges qu'ils allumaient. « Servez-nous de bouclier et de rempart contre ce souffle empoisonné qui parcourt notre contrée en la couvrant de deuil et de larmes », « Purifiez l'air que nous respirons », « Préservez-nous de cette maladie contagieuse » : telles étaient les neuvaines qu'on pouvait entendre répétées aux quatre coins de la capitale mais dont il fallait bien admettre qu'elles se révélaient inefficaces. Le bal si joyeux du 11 janvier 1832, donné en l'honneur de l'empereur du Brésil, don Pedro, auquel avait assisté l'envoyé du bey de Tunis, dont on avait beaucoup admiré le costume, et qui avait donné lieu à de grandes réjouissances populaires, était oublié, dissimulé derrière l'épais rideau de fumigations destiné à désinfecter l'atmosphère des miasmes diaboliques. Bains, appareils fumigatoires, couvertures de laine, sinapismes, drogues de tous genres, aucun remède ne semblait approprié. Le seul accessoire, que les plus cyniques s'enorgueillissaient de posséder dans leur salon, assurant qu'il était d'une terrible efficacité, était un cercueil ! Tandis que certains ne prenaient jamais congé de leur famille sans avoir au préalable mis ordre à leurs affaires, dans l'attente d'être rapportés mourants de leur promenade, d'autres conjecturaient une analyse politique affirmant que, si la société s'arrêtait trop longtemps, tous les liens se dissoudraient et l'anarchie surgirait. À quoi bon alors pousser le rideau de soie verte qui servait de porte dans les églises et entrer dans la maison du Seigneur ?

Avril fut le mois le plus meurtrier, et le peuple ne voulait pas croire au choléra : c'est le gouvernement qui tentait de l'empoisonner ! L'autorité municipale, toujours prête à tromper les innocents, désignait à leur fureur les républicains et les carlistes, qu'elle accusait publiquement de forfaits improbables. On s'organisait comme on pouvait. Ainsi, faute de corbillards et de bières, on utilisait les «tapissières», ces lourdes voitures de déménagement, on construisait des hôpitaux de fortune, on réquisitionnait des ambulances à chaque coin de rue, les médecins, les prêtres, les jeunes gens de bonne volonté se dépensaient sans compter, les princes allaient ostensiblement visiter les malades. Mais chaque jour les journaux continuaient de comptabiliser les morts. La «peur bleue», expression née de la couleur des cadavres, était éprouvée par tous. C'est un fait, personne n'était épargné, l'épidémie, que l'on croyait réservée aux classes populaires et aux quartiers à l'hygiène douteuse, avait gagné toutes les couches de la société. Mme de Champlâtreux, Mme de Montcalm, M. de Glandevès, le duc de Rohan, et jusqu'au Premier ministre, Casimir Perier, furent fauchés par la camarde.

L'épidémie fit de tels ravages que le dévouement féminin fut requis, marquises et bourgeoises se mirent à fabriquer dans leurs boudoirs, transformés en ateliers, des filets de flanelle et des chaussons de laine. C'est dans l'un d'entre eux que Laura retrouva Hans Naumann, le taxidermiste qui l'avait aidée à fuir en

France. En compagnie de son amie, une certaine Élisabeth Bernard, il portait la bonne parole dans les « ateliers » de la haute société, affirmant que la femme des classes aisées supportait un joug qui lui pesait, qu'elle était lasse d'être la propriété de l'homme, « en puissance de mari » comme disait le code ; mais qu'elle ne parviendrait à s'émanciper qu'à la condition d'émanciper elle-même le fils et la fille du peuple. L'heure n'étant guère aux effusions, Laura et Hans Naumann ne restèrent pas longtemps à évoquer le passé italien, mais jurèrent de se revoir très rapidement si le choléra ne les avait pas tués avant.

Aussi étrange que cela puisse paraître, la vie à Paris continuait. Ainsi voyait-on des ivrognes devant la porte des cabarets élever leur verre « à la santé de *Morbus* », et des enfants jouer au choléra qu'ils appelaient le *Nicolas Morbus* ! Comme pour exorciser la mort, la repousser, en nier la présence pesante, des bals toujours plus brillants, à la composition et aux costumes d'une richesse inouïe, étaient donnés. On se déguisait en sultans, en gardes du shah, en princesses, en malines, en Vénus ; en jaune, en bleu, en rouge, en vert. On singeait les danses débraillées des étudiants, les gestes éhontés et les poses lubriques de la *chahut* ; on s'enivrait de valse allemande, de fandango, de cancan. Les dioramas et autres géoramas transportaient les survivants sans commotion sensible dans les illusions d'optique et sur des antarctiques de carton-pâte. Aristocrates et ecclésiastiques, bourgeois bien élevés et femmes de tous milieux pétunaient avec passion, comme si le simple fait de remettre solennellement des boîtes d'or auprès d'eux sur une table, après avoir secoué les grains de tabac égarés sur leurs vêtements, leur assurait quelques minutes de vie supplémentaires. Les étudiants mirent à la mode les chapeaux rouges, les chapeaux violets, les chapeaux bleus, afin d'attendre la mort coiffés et parés de toutes les couleurs. La gent féminine sombra dans un goût inexplicable pour les tons étouffés. Finies les jolies nuances lilas, gorge-de-pigeon, ou première aurore, place au vert russe, au vert cul-de-bouteille, et à toute la gamme du noir jusqu'à la « merde d'oie », couleur claire qui les rassemblait toutes comme si ce beau monde avait décidé de rester en vie mais en portant le deuil de ses illusions.

Les écrivains de leur côté, faisant du public leur confident, se crurent tenus de lui rendre compte de ses bonnes et de ses mauvaises fortunes. On se confessa donc en évoquant les ivresses, les joies, les émotions et les douleurs de la vie, en ouvrant à tous son poitrail saignant. Quant à M. Sainte-Beuve, désireux de stigmatiser ce rapport nouveau entre l'œuvre et l'auteur, il pratiqua cette science baptisée *ethnology* en Angleterre, et qui consistait à prendre en considération l'époque, le pays, le climat, le tempérament, les maladies et les ancêtres de l'auteur de la confession.

Et pour se prouver que la vie continuait, le ciel fit débarquer la duchesse de Berry sur les côtes de Provence afin qu'elle rallumât la Vendée, fit mourir le roi de Rome à Schönbrunn le 22 juillet, où il n'y avait pas le choléra, et permit à la Négresse Malvina, magnétisée par le docteur Bailly, d'annoncer que le prince Louis-Napoléon tenterait un coup d'État dans une ville où l'on parlait allemand, se transporterait en Amérique et finirait par devenir empereur des Français. Ce dernier événement, en particulier, était si risible qu'il était le signe évident que la vie triompherait du choléra. Quand on possède un tel sens de l'humour, rien ne peut, n'est-ce pas, vous faire obstacle !

Partagée entre son travail dans les hôpitaux et celui dans les ateliers, Laura trouva tout de même le temps de fréquenter plusieurs salons qui avaient refusé de fermer leurs portes, contrairement à celui de Mme Récamier, laquelle s'était éloignée de l'Abbaye-aux-Bois et avait trouvé refuge chez Mme Salvage. C'est ainsi qu'un soir, admise dans le salon de Charles Nodier, à l'Arsenal, Laura fut conviée à un dîner auquel devait assister un jeune poète qui avait donné à dix-neuf ans les *Contes d'Espagne et d'Italie*, qui avait connu un vif succès, monté la même année sa pièce *La Nuit vénitienne*, qui avait été sifflée, et qui venait de publier un livre au titre singulier, *Spectacle dans un fauteuil*. Célèbre pour ses bons mots — ne se vantait-il pas d'«essuyer ses rasoirs» sur la prose des messieurs de la critique qui l'avaient houspillé? —, il l'était tout autant pour sa faculté à tomber amoureux comme l'on s'enrhume que par ses premières œuvres dans lesquelles le talent à venir luttait contre l'effervescence de la jeunesse.

Les soirées organisées par Charles Nodier étaient de celles durant lesquelles le plaisir de la conversation était porté à son comble. En ce temps où on se battait pour un mot ou pour un symbole, où les demi-soldes qui fredonnaient *La Marseillaise* et les ex-émigrés qui chantaient *Vive Henri IV* se convoquaient sur le pré, où étudiants, journalistes, hommes du monde voulaient en découdre à l'épée ou au pistolet, pour régler, au péril de leur vie, des froissements de vanité, où des tueurs à gages agençaient des provocations pour assassiner une victime désignée, dans le piège d'un duel inégal, où les luttes au couteau n'étaient pas rares et les batailles à coups de crochet de deux chiffonnières dans la rue monnaie courante, il était de bon ton d'organiser de brillantes fêtes intellectuelles, au cours desquelles des orateurs zélés jetaient dans l'arène tout leur esprit, et jouissaient de celui des autres. Galopant au bord des précipices, sautant les barrières, développant grâce, science, habileté devant un auditoire qui contrôlait, protestait, applaudissait, tantôt jetait le gant, tantôt le relevait, en leur donnant le temps de respirer, les gladiateurs du langage tentaient de rivaliser, avec perfection et délicatesse, avec les plus brillants causeurs de leur temps. Nodier, qui avait recueilli chez lui cette tradition oratoire dans ce qu'elle avait de plus pur, en exigeait la plus rigoureuse application.

On procédait de la manière suivante : un habile causeur prenait possession du coin de la cheminée de marbre rose, agrémentée de beaux bronzes, d'une pendule et de deux torchères, et jetait immédiatement la balle à quelque autre. Ces deux-là la gardaient un certain temps, celui de se mesurer, de sentir la lame de l'épée couper le tissu de leur veste mais sans atteindre la chair. À l'occasion, ils la passaient à une troisième personne qui la saisissait au vol. Nodier, qui se refusait de monter à la tribune chez lui, savait attraper adroitement la balle au bond, la prenait, la tournait, s'en amusait comme un chaton, à la grande joie des principaux acteurs auxquels il la repassait avec vivacité et élégance.

À ce jeu, le jeune poète était imbattable, comme peut l'être un pur-sang que la main de l'homme n'a pu dompter. Mince, blond, fin, un peu hautain peut-être, spirituel, beau comme un dieu, avec sa tournure de page et sa tête tout auréolée de gloire et de mélancolie, M. Alfred de Musset, puisqu'il s'agit de lui, offrait un curieux visage changeant : ennuyé et renfrogné quand il se tournait vers un homme ; charmant et débordant de verve et de fantaisie dès lors que ses yeux croisaient ceux d'une femme. Laura, bien qu'arrivée en retard, était déjà sous le charme. Les jaloux racontaient qu'il lui manquait l'art de savoir s'habiller. Dans son habit vert bronze à boutons de métal, avec son gilet de soie sur lequel flottait une chaîne d'or, et son ample chemise dont les plis de batiste étaient fermés sur sa poitrine par deux boutons d'onyx, tandis que l'étroite cravate de soie noire, serrée au cou comme un carcan, faisait ressortir le ton mat de son teint, il était plus qu'un dandy : l'image même de l'éternelle jeunesse.

Un peu en retrait, se tenait une jeune femme qui buvait ses paroles. De taille moyenne, plutôt petite, le teint mat, le menton un peu fuyant, le visage encadré par une immense chevelure impassible ornée d'anglaises noires, habillée en homme mais chaussée de fins souliers de satin brodés de perles de couleur, très féminine, très séduisante, respirant une élégance quelque peu espagnole, George Sand, sa maîtresse du moment.

La joute oratoire était sur le point de se terminer. L'esprit de controverse, telle Messaline, était épuisé mais non rassasié. À une querelle de pensées avait succédé une querelle de paroles. On se mit à épiloguer sur des livres, puis sur des pages, puis sur des périodes, puis sur des épithètes, puis sur la virgule d'une césure. On naviguait allégrement entre sophismes et commentaires raffinés. L'escarmouche fit entrer dans l'arène Sophocle et Shakespeare, statues immortelles qui se blessaient à peine en se touchant, comme des adversaires de tact et d'esprit qui se frôlent sans se froisser. Mais quand une polémique s'engagea sur la peine de mort, alors qu'un juriste, persuadé de la nécessité de la maintenir, demandait qu'avant de la supprimer on supprime le crime — argument que MM. Delatouche et Sandeau combattirent en se levant, tandis que Musset, animé d'un sentiment chrétien, déclarait haut et fort que la société n'avait pas le droit de recourir à cet acte barbare —, M. Alphonse Fleury éleva la voix, proposant qu'on passe à table pour éviter que le dîner ne se transforme en médianoche durant lequel ne seraient plus consommés que du vin et des friandises. On l'écouta.

Assise non loin de Musset mais sans pouvoir lui adresser la parole, Laura l'observait. Les discussions, il y a quelques minutes encore des plus brillantes, ne tournaient plus désormais qu'autour du choix du vin et de la composition du menu. Les uns chantaient les merveilles d'un sauternes après les huîtres, les autres exigeaient un madère sec. On vantait le velouté du potage de gruau de Bretagne au lait d'amande. On s'extasiait sur le reflet doré de l'amontillado. On s'exaltait en portant à sa bouche les truffes délicates et les rares coulis. On pleurait au-dessus des louches de mayonnaise d'écrevisse aux œufs de gibier. Laura commençait à s'ennuyer, examinant longuement le cristal des flûtes à champagne, retouchant sa coiffure devant le miroir qui lui faisait face, lissant la mousseline de son corsage, tirant sur ses bas de soie. Alors qu'un garçon venait remonter les lampes car la lumière commençait à baisser, un événement en apparence anodin fit basculer la soirée. Une certaine Mme Scribe, le visage pivoine, gloussait comme une poule en expliquant qu'elle ne comprenait vraiment pas ce que les hommes pouvaient trouver à Rachel, et encore moins à sa sœur Sarah :

— Non, décidément je m'explique difficilement l'engouement des hommes à son endroit !

— Son endroit, son endroit... chère madame, dit Musset, songeur et déjà fortement aviné, en faisant de petits gestes dont l'obscénité n'échappait à personne, excepté à la pauvre Mme Scribe.

— Enfin, mon cher poète, qu'ont-elles de si séduisant, ces deux comédiennes, leur visage même est insignifiant !

— C'est possible, madame, tonna Musset, mais

quand elles sont couchées, et qu'on soulève la couverture! Ah, ce qu'on voit, madame, ce qu'on voit! Ce qu'on voit!

Musset ne put terminer sa phrase, et délivrer ainsi à la tablée ce qu'il avait vu, et cela d'autant plus que l'ivresse l'ayant soudain fait blêmir, Mme Nodier, craignant un malheur, le fit conduire par Arago dans son cabinet de toilette. Il n'en revint qu'une heure plus tard. La rumeur le précédant assurait qu'à peine entré dans la pièce il avait restitué tout ce qu'il avait pris, et qu'ainsi soulagé, il s'était nettoyé, s'était étendu sur une chaise longue et avait fini par s'endormir. On pensait qu'à son habitude, n'y paraissant plus, il allait faire assaut d'esprit et tenir tout le monde sous le charme. Il n'en fut rien. Dégrisé, il hurla à la cantonade qu'il cherchait une âme charitable pour le raccompagner. Après le refus catégorique de George Sand et le silence gêné des autres commensaux, Laura, qui voyait là une excellente occasion pour s'éclipser dignement, se proposa.

La voiture avait à peine démarré qu'une forte pluie commença de tomber. Enfermés en tête à tête, les deux voyageurs d'un soir demeurèrent d'abord silencieux. Alfred de Musset était retombé dans une demi-torpeur qui semblait l'avoir totalement engourdi. Laura l'observait à la dérobée avec une sorte de tristesse inexplicable, se disant que cet homme qui avait tout pour rester éternellement jeune, contrairement à Voltaire qui semblait toujours avoir été vieux, sans doute trop impressionnable, trop émotif, trop excessif, briserait peut-être sa vie avant que celle-ci ait pu prendre son envol.

— Pourquoi me raccompagnez-vous? demanda

Musset alors que la voiture passant sur un cahot venait de le réveiller.

— Je vous trouve intéressant.

— «Intéressant»? Fichtre. Voilà, je suppose, une impertinence voulue.

— Nullement, monsieur. L'intérêt implique une forme d'admiration.

— Vous m'admirez donc? répliqua Musset, devinant le trouble qu'il faisait ressentir.

— Oui, j'admire votre poésie.

— Ma poésie! dit Musset, prenant soudain de grands airs. Si vous saviez quels fers je dois prendre pour mettre au monde les enfants de ma poésie!

— Les grandes pensées viennent du cœur, non?

— Les grandes pensées n'existent pas. La poésie jette celui qui s'y perd plus loin que la vérité.

Laura se tut quelques instants.

— À quoi pensez-vous, belle muse, mes paroles vous ont rendue muette?

— Je pense à George Sand qui fait de vous une «figure rayonnante et foudroyée»…

— Ne me parlez plus de cette dame, voulez-vous, elle ne m'admire plus.

— Est-ce pour cela qu'elle n'a pas souhaité vous raccompagner?

Musset semblait très irrité:

— Sans aucun doute. Je saurai lui faire voir qu'elle n'a pas le droit de me traiter aussi légèrement!

— Vous pensez qu'elle ne vous aime plus?

— Je ne sais pas. Mais mon parti est pris de ne plus la revoir. Voulez-vous m'aimer, vous, *principessa*?

Laura, surprise, tenta d'esquiver le coup. L'hôtel particulier de Musset était sur le chemin de la rue Neuve-Saint-Honoré, et sa façade, salvatrice, se dressait maintenant devant la voiture arrêtée.

— Il vous faut descendre, monsieur.

— Pas avant d'avoir obtenu une réponse de votre part.

— Guérir un cœur blessé par une blessure nouvelle ne peut conduire qu'à un nouvel échec.

— Les larmes m'ont toujours sauvé !

— Ce serait un grand hasard que le remède se trouvât précisément à côté du mal. Plutôt que de surcharger son cœur par un nouvel amour mieux vaut l'alléger…

— Vous me débitez là une morale à la Sancho Pança !

— Non ! Mais en voici une : il est plus aisé de donner la fièvre que de la couper !

Ce bon mot jeta les deux amis d'un soir dans un accès de gaieté qui facilita leur séparation.

— Écrivons-nous, suggéra Musset, en sautant sur le trottoir.

— Pourquoi pas…

— Dans tous mes chagrins, ce sera ma seule consolation. À bientôt ! fit-il en s'éloignant, tandis que Laura, sous la lumière du réverbère, demeurait songeuse.

Quelque chose dans la vie de Laura n'allait pas. Mais elle ne savait quoi. Depuis quelque temps, plus rien ne semblait vraiment l'intéresser. Ni l'observation minutieuse des dix-neuf jets d'eau du grand bassin du jardin du Palais-Royal où elle flânait si souvent, ni ses longues conversations avec Heine qui, bien qu'il perdît de plus en plus la vue, proclamait avec esprit : «Je perds la vue mais, comme le rossignol, je n'en chanterai que mieux», ni ses rendez-vous avec Hans Naumann qui lui faisait de la situation en Italie un récit minutieux, ni la relation épistolaire avec Musset dans laquelle il avait fini par lui confier que sa première impression en la voyant avait été « un mouvement d'amour irrésistible, le seul de cette espèce qu'il ait jamais éprouvé ». Quant à l'attentat auquel Louis-Philippe venait d'échapper rue du Bac, alors qu'il se dirigeait à cheval en direction du palais du Corps législatif, le coup de pistolet tiré par le républicain Bergeron la laissa sans réaction. Oui, il fallait que quelque chose arrive, la bouleverse, la sorte de cette mélancolie profonde dans laquelle elle s'enfonçait chaque jour davantage.

Depuis la mise sous séquestre de ses biens, par ce fameux tribunal de Milan, qui, après l'avoir inculpée de haute trahison, l'avait déclarée « civilement morte » faute de pouvoir mettre la main sur elle, ses conseillers financiers n'avaient cessé de tenter de la persuader de vendre ses propriétés de Lombardie, stratagème qui eût permis de détourner les menaces constantes de l'Autriche. Elle refusa tout en bloc. Quant à Rodolphe Apponyi, ambassadeur d'Autriche à Paris, qui, contrairement à sa hiérarchie, pensait que ne pas restituer sa fortune à la princesse Laura Di Trivulzio était le meilleur moyen pour la rendre indépendante, lui permettre ainsi de continuer de côtoyer « tous ces jeunes et vieux barbouilleurs de papier qui déversent des sentiments dans leurs romans à 25 sous la page », et de militer tranquillement contre l'Autriche et pour l'indépendance de l'Italie, il fut presque satisfait de devoir lui annoncer qu'à la suite du décès du vieil empereur, son successeur Ferdinand Ier venait d'accorder une amnistie générale aux condamnés politiques. Certes, Laura ne pourrait disposer librement de ses biens qu'une fois son retour en Lombardie dûment constaté, mais se verrait accorder en attendant une substantielle pension alimentaire qui lui serait versée par l'intermédiaire des hommes de loi gérant sa fortune. Mais le rusé ambassadeur était sûr de son fait : en recouvrant sa fortune, Laura Di Trivulzio s'éloignerait de la révolution pour sombrer dans la nonchalance et ce qu'il appelait l'«ouate du bien-être». Nul besoin de poursuivre, d'entraver, de séquestrer une rebelle de salon qui mettrait fin elle-même à ses activités subversives...

Regardant par la fenêtre de son bureau la statue de Napoléon qui venait d'être rétablie sur la colonne Vendôme, Rodolphe Apponyi put alors lancer avec mépris à Laura qu'il avait convoquée dans les locaux de l'ambassade pour lui annoncer la bonne nouvelle : «Notre chère *astutissima*, chère exilée, va pouvoir abandonner son rôle de proscrite pauvre ! Le manteau de Peau d'Âne va enfin tomber !»

15

En retrouvant la jouissance d'une partie de sa fortune, Laura venait — contrairement aux présages de l'aruspice autrichien — de recevoir le choc tant souhaité, l'impulsion qui allait lui donner la force d'agir. À mesure qu'elle se rapprochait, non point sentimentalement mais politiquement, de Hans Naumann, une idée avait germé dans son esprit. Le taxidermiste, en homme ouvert et intelligent, l'avait lentement, sans brusquerie aucune, amenée à pencher du côté de ses amis saint-simoniens. Contrairement aux fouriéristes, créateurs du Phalanstère, vaste communauté où chacun se développait selon sa «tendance passionnelle», où tout caprice, toute fantaisie trouvaient des satisfactions immédiates, et dont l'axiome fondamental était «À chacun selon ses besoins», les saint-simoniens avaient pour devise: «À chacun selon sa capacité, à chaque capacité selon ses œuvres.»

— Mais votre théocratie est puérile, fit remarquer Laura qui, venant de dîner au Palais-Royal, prenait la demi-tasse et le petit verre au milieu de la macédoine universelle des hommes, des femmes de tous états, des enfants, des bonnes, des militaires, des négociants qui, comme elle, profitaient de la belle soirée d'été.

Dans son costume de saint-simonien membre de la

«famille de Paris», tunique bleue ouverte en cœur sur le devant, gilet blanc lacé par-derrière, ceinture de cuir, pantalon bleu, et la tête coiffée d'un béret, Hans Naumann avait fière allure. Il répondit sans hésiter :

— Certes, mais le résultat de notre prédication et de nos efforts sera énorme.

— Vous voulez dire que vous allez perfectionner la vie humaine ?

— Évidemment ! Il suffit de lire nos journaux. *L'Organisateur, Le Globe*, pour ne citer qu'eux, fourmillent d'idées. On y projette de construire des voies ferrées, des ports, des bateaux à vapeur, de percer des canaux à travers les isthmes afin de mettre l'Occident en communication avec l'Orient !

— Dans cette propagande métaphysico-sociale, il faut reconnaître tout de même que la place de la femme a peu d'importance...

Le taxidermiste accusa le coup, mais trouva une parade :

— Disons que le saint-simonisme, parce qu'il fait une part moins large au rêve et à l'utopie, aura une influence sociale plus forte et plus durable.

— Tout de même, à lire les brochures que vous m'avez prêtées, on peut se demander si la mystique érotique du Père Enfantin ne revient pas tout simplement à une sorte d'obsession de la femme...

Hans Naumann commanda un autre petit verre de vin doré avant de répondre :

— Non, ce dont il s'agit avant tout, c'est de préparer l'avènement du *Dieu père et mère*...

Laura éclata de rire :

— Vous ne me ferez pas croire que c'est dans le but de libérer les femmes que les saint-simoniens exigent de saper l'institution du mariage pour la remplacer par une société commandite en conjugale, tout de même ?

— Le saint-simonisme cherche avant tout la réalisation d'un idéal suprême, la «Femme libre», répondit le taxidermiste, tout en tripotant son collier symbolique composé d'anneaux en métal de formes diverses, petit geste d'énervement qui tendait à prouver qu'il n'était guère convaincu par l'argumentation qu'il venait de développer.

— Le plus simple ne serait-il pas que j'assiste à l'une de vos réunions? Je pourrais ainsi me faire une idée...

— Mais oui, mais oui, Laura, répondit, heureux, Hans Naumann.

Le soleil maintenant était couché. Petit à petit, le jardin du Palais-Royal se remplissait de nymphes descendues de leur demeure. Sous les galeries de bois se promenaient les «castors», dans les petites allées erraient les «demi-castors», et sur la terrasse du caveau les «castors fins». C'est là que le taxidermiste prit congé de Laura, parmi un flot continu d'étrangers curieux, d'employés de jeux, de jeunes gens, de vieux libertins, de militaires, de calculateurs de martingales, de marchands de mouchoirs et de montres d'occasion, de grands et de petits filous, de «Messieurs les joueurs» enfin, gardes du corps de ces dames auxquelles tous allaient jusqu'au matin rendre visite.

Le temple de la rue Taitbout ayant été fermé par la police, la réunion mensuelle des saint-simoniennes de la «Famille de Paris» se tenait Au Bon Coing, fameux cabaret mitoyen du cimetière du Montparnasse, surmonté d'un coing peint sur une planche, et qui faisait angle d'un côté sur les tables des buveurs, de l'autre sur les tombeaux. L'ordre du jour, rédigé par une apôtre que le Père Enfantin avait répudiée parce qu'elle ne pouvait prétendre au titre de «Messie Femelle», une certaine Jenny Racine, avait cependant été maintenu : «Question au peuple sur l'affranchissement des femmes». La salle, pleine et enfumée, si l'on exceptait quelques hommes, portant les cheveux longs avec la raie sur le côté, explosait de femmes rieuses, belles, épanouies, qui, ayant abandonné les horribles manches à gigot, avaient fait descendre la ceinture à sa véritable place, offrant à l'admiration des unes et des autres de délicieux mouchoirs brodés dont les bordures en relief représentaient des oiseaux, des paons, et des perroquets de toutes couleurs. La forte chaleur régnant dans l'espace réduit du cabaret avait contraint plusieurs femmes à s'alléger de certains de leurs vêtements de telle sorte que plusieurs, fort dévêtues, exhibaient des charmes qui contribuaient à conférer au lieu un caractère d'une sensualité presque animale.

Bien prise dans sa taille ronde, les chairs blanches et fermes, la bouche d'un incarnat que les dents n'avaient nul besoin de raviver, les yeux d'un azur mobile où l'on imaginait que la passion amenait parfois de sombres reflets, surtout une magnifique forêt de cheveux d'un blond doré qui la couvraient jusqu'à la chute des reins, à l'image d'une Ève peinte, mais représentée après le péché, Jenny Racine faisait irrésistiblement penser à ces deux vers de La Fontaine par lesquels il évoque cette «fille à bien armer un lit,/ Pleine de suc et donnant appétit». Se pavanant sur l'estrade avec des airs de duchesse, celle que toutes appelaient la «Rédacteurre en cheffe» commença sa harangue dans une cacophonie des plus joyeuse.

Après avoir évoqué, en guise de préambule destiné à chauffer la salle, cette «France qui a secoué le joug de l'aristocratie nobiliaire pour mieux tomber sous la domination de l'aristocratie financière», et s'être demandé comment trouver les moyens de favoriser et de mettre à profit le «grand mouvement intellectuel qui se manifeste chez les femmes», elle aborda très vite le thème essentiel de l'éducation des filles. Il fallait, affirmait-elle, créer une école normale d'institutrices. Bien entendu, la mission éducative incombait naturellement aux femmes, mais ce projet, en intégrant ces dernières au processus d'instruction du public, leur permettrait d'acquérir une place dans la société, donc un «statut hors du foyer domestique». Un tonnerre d'applaudissements accueillit cette dernière remarque. Alors, comme toujours dans ce type de débat, les pensées et les propositions fusèrent, certaines hors sujet mais formulées avec enthousiasme.

— Il faut masculiniser le costume féminin!

— Oui, portons des chapeaux républicains, ronds, en paille. Nous les poserons sur le haut de la tête comme les hommes!

— Pourquoi dit-on toujours que nous sommes faibles? Je vais au marché, à la cave, au bois; je fais la cuisine, je lave, je brosse, je frotte, je récure, tandis que mon fort mari aligne toute la journée des chiffres dans son bureau!

— La Sorbonne est fermée aux femmes comme le paradis de Mahomet: cela doit cesser!

— Le mariage obligatoire pour les vieilles filles! Un bâton bien ferme sous nos draps!

Voyant qu'on déviait sérieusement du thème de l'éducation des femmes, Jenny Racine tenta de calmer ses troupes en expliquant que, de son point de vue, «le grand problème des sociétés modernes, c'était le gouvernement des esprits, et que si la moralisation devait présider à l'éducation du peuple, elle proposait la solution suivante…». Malheureusement, l'assemblée ne sut jamais de quelle solution il s'agissait. Les femmes, entonnant une *Marseillaise* féminine, couvrirent d'un tonitruant «Tremblez, tyrans portant culottes/ Femmes, notre jour est venu.../ Debout, saint-simoniennes, debout!» les doctes paroles de la «rédacteurre en cheffe», laquelle, constatant qu'il était inutile d'insister, et que somme toute cette réunion devait être placée sous le signe de la joie au féminin, invita ses consœurs à écouter le concert spécialement conçu pour elle par l'orchestre Uninote et dirigé par la surprenante Sandra Kosloff. Et tandis que les heureuses saint-simoniennes, tout en buvant quantité de rafraîchissements alcoolisés, avaient fini par se lancer dans une danse folle, dans laquelle leurs grappes de cheveux, leurs bras nus et les étoffes multicolores de leurs robes s'agitaient dans la lumière, Jenny Racine résolut de descendre de l'estrade et de rejoindre la petite arrière-salle où s'entassaient sacs et manteaux afin de s'y reposer. C'est là qu'elle croisa Laura qui était en train de se recoiffer.

Leur attirance réciproque fut immédiate, foudroyante et tellement inhabituelle dans les relations entre femmes où chacune cherche à retrouver un double d'elle-même, après une période d'approche plus ou moins longue, plus ou moins lente, et qui ne relève jamais, comme ce fut alors le cas, d'une véritable attirance du gouffre, plus proche de l'idée de vertige que de celle du charme ou de la séduction. Oubliant le lieu où elles étaient, la foule, le bruit, la promiscuité, elles se jetèrent l'une sur l'autre avec une sauvagerie que Laura ne soupçonnait pas pouvoir habiter en elle. Dans la lutte amoureuse qui réunissait les deux femmes, c'est elle qui avait les gestes les plus osés, les paroles les plus crues, les demandes les plus impératives et les plus précises. Quand tout fut fini et que Laura en était encore à se demander ce qui venait de se passer, Jenny qui semblait avoir repris ses esprits, et comme si de rien n'était, tout en se rhabillant, demanda à Laura quel sens pouvait bien avoir une société qui mettait tant d'énergie à créer une *Société d'encouragement pour l'amélioration et le perfectionnement des races de chevaux en France* et qui dans le même temps refusait d'abolir les «foires aux servantes». Laura ne savait quoi répondre. De toute façon, la question de Jenny Racine n'en était sans doute pas une. Alors qu'elle retournait dans la salle de bal, Laura la regardant s'éloigner pensa qu'il y avait en elle sans doute deux femmes diverses qui ne se confondaient jamais. Qu'elle était au moins double, et qu'elle ne pourrait jamais vivre autrement qu'en perpétuelle contradiction avec elle-même.

Dans le fiacre qui la ramenait chez elle, elle songea qu'elle avait tout à la fois envie de se laver et de garder sur elle l'odeur forte de ce corps de femme capiteuse dans lequel elle avait enfoncé ses doigts et ses ongles. Mais elle n'eut guère le temps de continuer d'hésiter, à peine avait-elle franchi la porte de sa maison que son grand Nègre la prévint qu'un monsieur l'attendait dans son salon. C'était Alfred de Musset. Un verre à la main, la tête renversée en arrière, il buvait lentement. Toujours aussi blond, aussi beau, mais comme vieilli, l'air las et épuisé. Tout Paris ne bruissait que de sa récente rupture avec George Sand.

— Mon cher ami, je vous croyais à Venise.

— Hélas non, dit Musset tout en se jetant dans un baise-main des plus cérémonieux, j'ai quitté la Sérénissime pour Baden, dégagé de toute liaison...

— J'ai appris en effet...

— Vous n'êtes pas la seule, hélas...

— Vous avez reçu ma lettre?

— Oui, et je vous remercie du prix que vous

paraissez attacher à mon estime et à mon amitié, voilà pourquoi je me suis permis de venir aujourd'hui.

L'homme qui était devant Laura avait un blason : d'azur à l'épervier d'or chaperonné, longé, perché de gueules avec cette devise, qui lui allait comme un gant : «Courtoisie, bonne aventure aux preux.» Heine, dont le moins qu'on puisse dire était qu'il savait parfois se montrer d'une perfidie lucide, disait de ce dernier que la muse de la comédie l'avait, dans son berceau, baisé sur les lèvres, mais que celle de la tragédie lui avait percé le cœur.

— Que puis-je pour vous, mon cher ami ?

— Il est des femmes qui sont comme l'enfer de Dante.

— Ce compliment ne m'est pas adressé, j'espère.

— Non.

— Alors ?

— Alors, il signifie qu'il faut parfois laisser toute espérance à la porte de certaines femmes quand on entre dans leur amour. Elles vous font descendre par les spirales les plus enflammées pour vous précipiter dans l'enfer de glace, avec le tourment de les avoir vues.

— George fait partie de ces femmes ?

— Elle et tant d'autres, répondit Musset, ajoutant après un long silence : Hier, vous vous disiez ma mère, ma confidente, voulez-vous aujourd'hui être ma sœur ?

— C'est si grave ?

— George m'a menacé de se tuer.

— Mon Dieu !

— Elle voulait se tuer, mais après avoir écrit ses Mémoires, en quatre volumes, pour pouvoir laisser une dot à Solange !

— Grandeur d'âme ou calcul ?

Musset se leva, fit quelques pas en direction de la fenêtre puis, se retournant vers Laura, lâcha :

— Elle a signé le contrat, a touché 10 000 francs, et au lieu de penser à mourir est allée se consoler dans les bras de Michel de Bourges !

Laura ne put s'empêcher de rire. Musset était si triste qu'il ne vit même pas les yeux pétillants de Laura qui aimait ces femmes jouant des tours aux hommes ; n'était-ce pas, au fond, un juste retour des choses ? Assis de nouveau aux côtés de sa « sœur », Musset, tout en lui tenant les mains, entra dans une série de confidences auxquelles il ne s'était jamais laissé aller auparavant. Ainsi raconta-t-il comment il avait attrapé à jamais ce qu'il appelait la « maladie du siècle », alors qu'il avait aperçu sous la table le pied de sa maîtresse posé sur celui d'un jeune homme assis à côté d'elle, « leurs jambes étaient croisées et entrelacées, et ils les resserraient doucement de temps en temps », et pourquoi il ne concevait pas non point qu'on ne l'aimât plus mais qu'on le trompe. Et lorsque Laura le mit en garde contre cette idée que l'amour peut se guérir par l'amour, il ne trouva rien d'autre à dire que tout aujourd'hui le martyrisait, même ses médecins qui l'avaient affublé de sangsues, de sinapismes et de vésicatoires aux jambes !

À bout d'arguments, Musset finit par quitter Laura. Le poète parti, son hôtesse sombra dans une douce rêverie. Elle pensait aux caresses de Jenny la saint-simonienne, et trouvait que ces belles formes arrondies sur lesquelles laisser glisser son corps valaient tellement mieux, surtout lorsqu'elles sont volées au temps dans une arrière-salle crasseuse, que tous ces hommes qui pleurnichaient. Au fond, reprocher à tous ces mâles de trop pleurer, c'était comme si on reprochait à Rabelais de trop rire. Ce n'était pas seulement Musset qui versait des larmes de crocodile, c'était toute sa génération qui voulait prendre de la hauteur et qui ne faisait que retomber dans la poussière. Tous ces hommes qui voulaient aimer, qui voulaient maudire, et qui finissaient par pleurer, ne faisaient rien d'autre que de se jeter désespérément dans l'espoir en Dieu, sans savoir s'il croyait en lui. Voilà où était peut-être la question, et fait nouveau, une partie de la réponse : entre les mains des femmes.

Toutes ces larmes d'hommes avaient quelque chose de pathétique et d'ennuyeux. Quand ce n'était Mignet ou Musset qui venait s'épancher sur son épaule, c'était Thiers ou Cousin qui prenait des poses torturées, traversant son salon dans d'interminables costumes sombres. Et que dire de Balzac qui continuait de se venger en racontant partout, en se redressant de toute sa taille et en postillonnant à la figure de ses interlocuteurs, que Laura Di Trivulzio n'avait d'autre souci que d'être une femme à la mode dont tout l'art consistait à essayer de sentir d'où venait le vent ; qu'au siècle d'Auguste, elle eût comme l'impératrice Livie filé sa laine ; que sous la Régence, elle eût été une « rouée » ; et sous le Directoire, une « merveilleuse » ? Mais le pire, ces derniers temps, c'était Henri Heine. Ses écrits fiévreux prophétisant la naissance d'une Allemagne unie, événement à côté duquel la Révolution française n'était qu'une « idylle innocente », lui avaient valu une interdiction totale de tous ses ouvrages sur les territoires allemands. Lui, qui clamait partout qu'il aurait préféré naître en France « en dépit du manque d'iambes dans la poésie française », ne supportait pas un décret aussi drastique, qui, parce qu'il le déprimait mortellement, rendait ses relations avec les femmes encore plus compliquées qu'auparavant. « Franchement, quelle terrible maladie que l'amour des femmes ! Aucune inoculation n'y peut porter remède. Certains médecins préconisent le changement d'air. Ils pensent, les imbéciles, que le charme se rompt quand on s'éloigne de la magicienne ! » répétait-il sans cesse à Laura, alors que dans le même temps il tombait dans les rets d'une petite Mathilde dont les charmes lascifs laissaient penser à tous qu'il allait l'épouser, bien qu'elle n'ait jamais lu aucune ligne de lui, préférant l'inviter dans son lit plusieurs fois par jour…

Laura ne savait comment se dépêtrer de cette horde d'hommes en larmes. Songeant à Henri Heine, elle ne cessait de se demander ce qui chez lui allait surnager. Amours perdues, pays délaissé et hostile, faillite des élans poétiques, inspiration première de plus en plus lointaine et gâchée. Son poème *Atta Troll* était une composition railleuse et ses *Zeitgedichte* des chansons porteuses d'idées blessantes. Les seules vraies personnes avec lesquelles elle passait des heures merveilleuses étaient Augustin Thierry, qui lui parlait avec passion du livre auquel il travaillait depuis tant d'années, *Conquête de l'Angleterre par les Normands*, et son si cher La Fayette, qui lui écrivait quotidiennement, excepté depuis quelques mois, et dont la dernière lettre, datée de la fin avril, lui redisait combien il était «touché et reconnaissant de ses visites qui l'aidaient tellement à supporter sa maladie ».

Cela faisait une semaine qu'elle avait appris que les médecins avaient interdit toute visite. N'y tenant plus, et alors que Heine venait de lui faire une sorte de déclaration d'amour délicieusement déguisée, se présentant comme «son très humble et très apprivoisé ami», prétextant un refroidissement l'obligeant à garder le lit afin qu'il ne vînt pas l'importuner, elle en profita pour se rendre à pied au 29 de la rue Neuve-Saint-Honoré.

— Princesse, comment vous dire…

L'homme, très ému, qui venait de lui ouvrir la

porte, n'était autre que Jules de Lasteyrie, petit-fils de La Fayette. Il faisait partie des rares membres de l'illustre famille à n'avoir rien tenté pour que le vieil homme cesse sa relation avec Laura Di Trivulzio. Il avait les yeux remplis de larmes.

— Que se passe-t-il ?

— Aujourd'hui, 20 mai 1834, dit-il d'un ton solennel, M. de La Fayette a rejoint le royaume des morts.

— Quand cela est-il arrivé ? réussit à articuler Laura.

— Il y a quatre heures à peine.

— Puis-je le voir ?

— Non, madame, ses enfants sont là... Et vous savez que beaucoup d'entre eux ne partagent pas l'engouement que M. de La Fayette nourrissait à votre égard. Vous comprenez qu'un scandale ne serait pas le bienvenu... J'ai ordre de vous fermer les portes de notre maison. Mais je suis sûr qu'avec le temps cette hostilité va se dissiper. J'y veillerai, madame, et plus tard, nos relations avec vous deviendront amicales.

— Je comprends, monsieur, dit Laura tristement.

— Puis-je vous demander une ultime faveur ?

— Bien entendu.

— Nous préférerions différer l'annonce du décès, puis-je compter sur votre discrétion ?

— Oui, monsieur, répondit Laura.

Quand la porte se referma sur elle, Laura eut l'impression que le sol se dérobait sous ses pas. Plus jamais ce portail ne s'ouvrirait pour elle. Plus jamais elle ne pourrait dire à M. de La Fayette qu'il était pour elle « le meilleur des pères ». Bien qu'elle n'eût pour rentrer chez elle que quelques centaines de mètres à parcourir, il lui sembla que ce retour durait des siècles. Des images pêle-mêle, souvenirs épars, défilèrent devant ses yeux, comme ce jour où, traîné dans un fiacre dont on avait enlevé l'impériale et où s'était attelée une cohue de vagabonds, le vieil homme avait reçu une terrible ovation de la part de cette foule qu'un rien eût plongée dans l'émeute. Un matin d'hiver, La Fayette lui avait confié qu'il avait choisi pour sépulture le cimetière aristocratique de Picpus, et qu'il avait fixé par testament à quarante le nombre de prêtres réunis à la maison mortuaire pour recevoir le corps : « Ma chère Laura, les républicains en feront une jaunisse ! » Il avait aussi ajouté qu'il voulait qu'on mêle à la « poussière » dont on le recouvrirait « un tonneau de bonne terre des États-Unis » ! Ils avaient ri, tous les deux, de ce qu'il appelait des caprices destinés à alimenter les balivernes des historiens. Mais en rasant les murs de la rue Neuve-Saint-Honoré, Laura sentait son cœur serré comme un torchon. Les jours heureux semblaient à jamais enfuis comme celui où M. de La Fayette avait trouvé si drôle de se rendre à Fontainebleau lors du premier voyage de la Cour en 1834 qu'il avait demandé à Laura de l'accompagner.

Mais à présent, un goût de mort et de sang était là, tenace, terrible. En avril les insurrections de Lyon, puis de Paris avaient donné lieu à des massacres sans nom. Durant le procès qui s'en était suivi, deux mille suspects avaient été arrêtés. Et bien que Laura ne portât pas un amour particulier à l'encontre du parti républicain, elle se dit que la mort du vieil homme allait sonner le glas symbolique des espoirs démocratiques. Des enfants courant sur le trottoir lancèrent des pierres contre des volets en chantant : « Le Juif errant/ La corde aux dents./ Le couteau et le canif/ Pour couper la tête au Juif ! » Cet incident n'avait pas de rapport direct avec la mort du « héros des Deux Mondes », mais cela donnait à cette fin de journée une couleur crépusculaire. Les derniers mots d'une lettre de Louis-Napoléon lui revinrent en mémoire : « Malheur, écrivait-il, à ceux qui, ballottés par les flots de la fortune, sont condamnés à mener une vie errante, sans attraits, sans charme et sans but et qui, après avoir été de trop partout, mourront sur la terre étrangère sans qu'un ami vienne pleurer sur leur tombe. » N'était-elle pas, au fond, comme tous ces hommes et ces femmes venus d'Italie dont beaucoup mouraient en exil, tels les rejetons d'un arbre qu'on transplante dans un climat étranger ?

Rentrée enfin chez elle, elle s'écroula sur son prie-Dieu. L'époque était singulière. La croyance en Dieu était en train de passer outre l'Église et ses dignitaires. C'était un peu comme si Dieu continuait d'exister mais que le christianisme ne puisse plus rien. Ce sentiment religieux qui avait fui les temples pour se réfugier dans les cœurs était peut-être la réponse qui lentement émergeait du désert. Laura ne savait plus que penser. Cette mort inattendue la mettait soudain en face d'elle-même. Fallait-il opter pour la débauche, cette terreur mêlée de volupté, ce vertige, ou choisir le libertinage, secret, honteux, avilissant ? Le temps était aux cabarets dansants, aux soupers, aux carnavals, aux bals masqués, aux promenades à Trouville, aux courses de chevaux données au pied du dôme doré des Invalides. Dans ce siècle positif, sans doute était-il plus facile d'être simple et naturel, que dans le Grand Siècle où tout le monde marchait sur des échasses. M. de La Fayette appartenait à ce monde-là. À genoux sur son prie-Dieu, devant sa tête de mort au crâne ciré, Laura se sentit toute glacée. Un affreux frisson vint la prendre aux cheveux, de celui dont les gens du peuple disent que c'est la mort qui passe. Bien que disparu, M. de La Fayette, elle le sentait, était encore à ses côtés et l'aidait : il lui restait ses lettres, toutes ses lettres, si charmantes, si fraîches, qu'elle se promettait de conserver, et qu'elle sauverait des naufrages futurs que la vie ne manquerait pas de lui envoyer.

16

Loin d'accréditer la thèse selon laquelle les professionnels de la locomotion étaient tous saint-simoniens ou du moins très influencés par des théories sociales faisant de l'hégémonie scientifique et industrielle un des fers de lance de cette philosophie, force est de reconnaître que nombre de nouveaux moyens de locomotion firent leur apparition dans ce premier tiers du XIXe siècle. Certes, on pouvait objecter que les tricycles avaient vite été absorbés par la compagnie générale des omnibus, que les cabriolets à six ou quatre roues, calèches ou autres briskas, sans parler des petits coupés très bas et d'une forme assez disgracieuse appelés broughams, avaient mis très longtemps à remplacer les lourdes voitures d'autrefois, berlines ou landaus, mais on ne pouvait cependant nier l'essor fulgurant qu'était en train de connaître le chemin de fer. Laura voulut être une des premières à emprunter la ligne destinée à relier Paris à sa banlieue. Aussi participa-t-elle au voyage inaugural, lequel, parti de la gare provisoire établie place de l'Europe, devait rejoindre Saint-Germain. Las, les promoteurs pressés n'ayant pas trouvé le moyen de faire traverser la Seine aux wagons emportés par la vapeur, le convoi fut contraint de s'arrêter au Pecq. Quelque temps plus tard, la ligne enfin prolongée, et libérée de sa double haie de populations apeurées échelonnées tout le long du parcours et de gardes nationaux sous les armes, permit à la princesse Trivulzio de découvrir une charmante petite ville située entre Rueil et Bougival : Port-Marly.

C'est là qu'en juin 1835, lasse de Paris et de ses intrigues, et pour se remettre de toutes les secousses morales qui avaient aggravé son état physique, elle décida de louer, au nᵒ 10 de la rue de Paris, *La Jonchère*, un château de quinze pièces entouré d'un parc où poussaient chênes, platanes et tilleuls. Dire que ses amis, dès lors, y «défilèrent», tient de l'euphémisme. Chacun y trouvait le bonheur qu'il était venu y chercher, dans un cadre idyllique tenu par une maîtresse de maison y régnant en souveraine attentive. Quels que soient les invités descendant du tilbury qui les avait conduits de la gare au château, tous entraient dans la grande salle à manger baignée de lumière en entonnant le même refrain : «Ma chérie, ton voyage à 1,50 franc est une drôle d'affaire. On va à Port-Marly en vingt minutes, c'est vrai, mais on nous fait attendre une heure à Paris et trois quarts d'heure à Port-Marly, ce qui rend la promptitude du voyage inutile.» Ce à quoi Laura répondait, imperturbable : «Je sais ! Il se trouve même de méchantes langues pour prétendre qu'on irait plus vite avec des chevaux !» Réponse entraînant la non moins habituelle remarque de l'invité : «Certes, mais nous voyageons avec une rapidité effrayante sans ressentir du tout l'effroi de cette rapidité...»

L'été venu, *La Jonchère* n'accueillait jamais moins d'une vingtaine d'amis français et italiens à la fois, de telle sorte que très vite on assura que tout Paris y avait établi ses quartiers d'été, à l'exception bien entendu des fidèles de la branche aînée se gardant comme du choléra de mettre les pieds chez une princesse par trop libérale et se tenant aussi loin d'elle que des Tuileries de Louis-Philippe. Les grincheux, qui forment sur terre un fort contingent d'êtres humains, prétendaient que Laura aimait à s'entourer d'un côté de tous les jeunes gens les plus extravagants et, de l'autre, des savants les plus distingués, de telle façon que ce mélange bizarre d'absurdités et d'instruction « rhapsodique » inspirait, certes, de l'admiration mais surtout beaucoup de pitié. Alors finissait-on, invariablement, par plaindre l'inclassable princesse.

Ce salon de campagne, parce qu'il refusait de se soumettre aux règles de la bienséance et de la politesse, renfermait plus de charme que celui de Paris. Ce n'était ni un salon politique, ni un salon artistique, ni un salon musical, ni un salon littéraire, mais un peu tout cela à la fois et de la façon la plus imprévue, la plus inattendue qui soit. La belle Mme Jaubert, la pétulante miss Mary Clarke y vinrent régulièrement, comme Augustin Thierry, Thiers, Cousin et Mignet, invités assidus. Mais on vit aussi des musiciens, tels Théodore Dölher, Chopin et Rossini ; des peintres, comme le baron Gérard, Hayez et Lehmann ; des écrivains : Hugo, Alexandre Dumas fils, Mérimée, Barbier, Eugène Sue, Laprade ; des savants, Arago, Ampère ; et bien sûr des Italiens, *carbonari* ou non : Guglielmo Pepe [13], le conjuré napolitain ; Carlo Bellerio, le bouillant révolutionnaire ; Terenzio Mamiani, l'esprit le plus fin de l'émigration italienne, que Laura avait soustrait aux geôles autrichiennes ; Nicolo Tommaseo, le plus vif, le plus catholique et le plus grossier ; Ercole Tommaso Roero Di Cortanze, trop romantique pour résister à l'appel du futur et toujours accompagné de sa chère Teresa.

Contrairement à M. Victor Hugo dont le salon de la place Royale ressemblait à une cour attendant son monarque; ou à celui de Lamartine, situé rue de l'Université, dans lequel le monde politique étouffait le monde littéraire; ou celui de Mme Carlorosa chez laquelle on servait à peine une tasse de thé aux privilégiés et où il était de bon ton de se rendre en laissant son estomac à l'entrée, les tables de *La Jonchère* étaient ouvertes à toute heure avec surabondance de mets et de délicatesse, sans oublier l'humour, les amples mouvements de manche, les grands airs, et les interminables conversations à bâtons rompus.

Ici, on n'accueillait jamais Bellini sans qu'on lui chante la marche de son opéra *Les Puritains* sur l'air de laquelle on avait mis ces étranges paroles : «Pour fabriquer de l'hydrogène/ On prend un tube en porcelaine,/ On prend du fer, on prend de l'eau,/ On met le tout sur un fourneau...» Alfred de Musset, que Mme Jaubert avait surnommé le Prince du Cœur-Volant, pouvait se rouler sur le canapé, mettre ses jambes sur la table, se coiffer d'un bonnet et fumer des cigares sans que personne y trouve à redire. Il régnait dans ce havre un certain laisser-aller qui permettait à Laura de se promener parfois en robe de chambre blanche sous laquelle apparaissait toujours un corsage de velours rouge; à Liszt de traverser les pièces en blouse de velours noir, avec ses longs cheveux lisses tombant sur les épaules, sans cravate et un béret à la main; à Delacroix d'y pester contre l'Italie qui à ses yeux «n'était pas une nation»; à Balzac, de finir par s'y réconcilier avec une Laura qu'il trouvait plus inflexible, donc plus irrésistible, que jamais. En un mot, *La Jonchère* était un monde dans le monde, où parfois lui parvenaient des nouvelles de la réalité parisienne, comme celles des attentats perpétrés contre Louis-Philippe.

Bien que ce lieu fût considéré comme une sorte d'oasis, Laura ne perdait jamais de vue qu'il était avant tout une place idéale où continuer de poursuivre son travail en vue de l'instauration de la liberté en Italie. L'argent manquait, tout comme la publicité si nécessaire. Les modes disparaissant aussi vite qu'elles avaient émergé, l'italophilie finit par s'étioler. Il fallait réagir, trouver un fait éblouissant qui fasse événement. Et puisque M. de Lamartine avait lancé un formidable cri, assurant «La France s'ennuie!», il fallait inventer une histoire qui la sortirait de sa torpeur. L'époque, regorgeant d'artistes remarquables, était aux concerts. Des violoncellistes de premier plan, comme Piatti et Batta, en passant par les violonistes virtuoses tels Liénert, Bessems, Vieuxtemps ou Paganini, sans oublier d'immenses pianistes — Mme Pleyel, Lacombe, Chopin —, Laura n'avait que l'embarras du choix. Pour récolter des fonds destinés à financer l'éclosion de la liberté en Italie, il fallait un événement à la hauteur de ces hautes espérances. L'idée était simple : faire se rencontrer, comme dans une arène, à armes courtoises, MM. Liszt et Thalberg, les deux plus grands pianistes de ce temps. Le prix du billet fut fixé à 40 francs et la date du concert arrêtée au 26 octobre 1836.

Ce fut un succès incroyable, la foule avait envahi tous les salons et une bonne partie du parc de *La Jonchère*. Tout le monde était là, de Thiers l'orléaniste convaincu à Berryer le politicien légitimiste, de Luigi Pescantini, féroce opposant à l'Autriche, jusqu'à Apponyi en personne... Tout le monde ayant pris le fameux train de la ligne Paris-Saint-Germain, les allées et les contre-allées regorgeaient de tilburys et de voitures en tout genre. Jamais Liszt n'avait été plus retenu, plus sage, plus énergique, plus passionné que ce jour. Jamais Thalberg n'avait usé de toutes ses ressources avec autant de charme, de tendresse et de volupté. Tous deux furent déclarés vainqueurs, car il ne pouvait en être autrement. Laura, avec ce sentiment de fine gaieté extrêmement délicat qui était le sien lorsqu'elle avait décidé de ne blesser qui que ce fût, annonça donc une égalité parfaite entre les deux génies :

— Ne comptez pas sur moi, chers amis, pour vous départager. Vous nous avez enchantés, vous nous avez transportés. Acceptez cette formule : il n'y a qu'un Thalberg à Paris, et qu'un Liszt au monde !

Ce qui donnait un caractère particulier aux réceptions de la princesse, c'était ce curieux coudoiement des toilettes les plus élégantes et des habits les plus râpés, cette confusion voulue, entretenue, nécessaire selon elle, entre le luxe le plus raffiné et la misère la plus visible. La fin de son discours devait marquer le moment précis où ce mélange gagnerait ses lettres de noblesse, justifierait cette vision du monde qui ne tenait qu'à elle. Un événement tout à fait inattendu fit basculer la fin de cette journée dans une sorte de maelström que personne ne put contrôler. Ce fut comme si la foudre venait d'entrer dans le grand salon vert. Heine, qui avait pour habitude de faire mille plaisanteries sur la paralysie qui le gagnait progressivement, affirmant qu'il ne pouvait plus mâcher que d'un côté, pleurer que d'un œil, et qu'en conséquence il ne pouvait plus exprimer l'amour et plaire que du côté gauche, en « demi-homme » qu'il était devenu, avait dû faire face à une nouvelle attaque, plus puissante que d'ordinaire. Sa paupière s'était alors totalement abaissée sur l'œil droit, ainsi, de ce même côté, le visage était-il devenu immobile. Il avait dû se faire soigner et n'avait pu prendre que le dernier train pour Saint-Germain. Ce contretemps avait été bénéfique. Il lui avait permis de faire le voyage en compagnie de Hans Naumann, lequel, grâce au réseau politique qui était le sien, avait pu lui raconter par le menu de quoi était véritablement fait le coup de fouet qui venait de claquer dans le ciel de France.

— Mes amis, le prince Louis-Napoléon, accompagné de son ami, M. de Persigny, et avec le concours du colonel Vaudrey, a essayé de provoquer un mouvement militaire et de renverser le roi, lâcha Heine tout en offrant à l'assemblée son étrange physionomie, immobile du côté droit et animée du côté gauche.

— Qu'est-ce que c'est que cette ébouriffade ? hurla Mignet.

— Tout cela est parfaitement exact, renchérit le taxidermiste. Il ne s'agissait rien de moins que de soulever la garnison de Strasbourg et de marcher à sa tête sur Paris.

— Strasbourg ? Et pourquoi pas Caradarche ou Rumengol ! rétorqua Mignet, ce qui eut pour effet de remplacer le silence qui avait suivi l'annonce de cette étonnante nouvelle par un tel brouhaha qu'on eût pu croire que les grands salons du château s'abîmaient.

Laura, qui craignait que certains en viennent aux mains, demanda à la fanfare du 17e légers, en garnison à Bougival et faisant souvent office d'orchestre de danse, d'essayer de détendre l'atmosphère. Elle n'y parvint pas. Le revigorant *Kraddoudja ma maîtresse*, air arabe fort à la mode qui faisait généralement son petit effet, tomba dans une telle indifférence que le tambour-major en eut presque les larmes aux yeux. Pour ceux qui pensaient que Louis-Napoléon ne représentait rien, preuve était faite que le camp des nostalgiques de l'Empire était loin d'avoir disparu. Les discussions, vives, pour certaines à couteaux tirés, s'engagèrent jusqu'au soir. Le dîner même ne fut pas épargné, et lorsque Mignet retrouva Laura dans sa chambre à coucher, l'échauffourée de Strasbourg s'installa en travers de leur lit. Mignet était hors de lui :

— Mais enfin, Laura, quand vas-tu cesser de prendre ce bouffon au sérieux !

— Il est persévérant, et sait, lui, admirablement tirer parti de l'infortune. Je suis certaine qu'il a un destin politique.

— Un fou, je te dis !

— N'exagère pas, veux-tu !

— Alors disons au moins un aventurier ; mais sans cœur et sans esprit.

— Faux !

— Tout ça, parce qu'il est de tes amis et qu'il a aidé je ne sais quel soulèvement en Italie !

— Tu n'as pas le droit de dire ça ! Tu es injuste et de mauvaise foi !

— Il finira en prison, c'est tout !

— Qu'on lui fasse un procès, quel que soit le verdict, moralement il gagnera sur toute la ligne.

— Il n'y aura pas de procès…

— Que veux-tu dire ?

— Tu as donné toi-même la réponse à cette question. Un procès lui permettrait de profiter de sa défense devant un tribunal pour exposer ses idées et ses intentions… Il sera exilé, voilà tout !

Laura était hors d'elle. En cet instant précis, elle détestait celui qu'elle avait cru pouvoir aimer toute sa vie. Leur lutte reprit toute une partie de la nuit, comme des chiffonniers de la rue de la Santé s'entretuant à coups de pique, jusqu'à ce qu'ils s'affalent, tristes et épuisés, chacun de leur côté. À l'aube, curieusement, tout semblait oublié, ou presque oublié. Les scènes entre eux étaient fréquentes et souvent suivies de réconciliations théâtrales, mais jamais elles n'étaient allées aussi loin. Prétextant un récent sermon prononcé par un prélat, et ayant pour thème le pardon des offenses, Mignet exigea que leur nou-

veau rapprochement fût consacré par une messe.
On prit le train pour Paris, en compagnie d'un petit
cercle d'amis devant assister à l'office. Durant le
voyage, Laura se perdit dans la contemplation de
coteaux parsemés de maisons blanches et rouges,
puis dans celle de la forêt qui annonçait la courbe
molle de la Seine, enfin, après le passage du pont,
dans celle de ses berges plates, sablonneuses, où, le
nez à la fenêtre, elle pouvait respirer la fraîcheur que
les grands bois répandaient sur elles, entendant
presque le bruit lointain des guinguettes et des coups
de filet plombé tombant dans l'eau.

L'arrivée en gare la propulsa dans la réalité de
cette journée, avec son mélange infernal de bruits
en tous genres : ordres des aboyeurs hurlant les
départs, éclats de cor émis par les conducteurs, roulement des chariots, sifflet des petites machines de
manœuvres, choc sourd des wagons qu'on assem-
blait, fracas des roues sur les rails de fonte, sonne-
ries électriques du block-système. Au milieu de toutes
ces respirations géantes, de ces voitures à vapeur qui
toussaient et grognaient avec véhémence, tandis que
lui parvenait le grondement des rues voisines, elle
comprit que les vacances à *La Jonchère* étaient ter-
minées. Agenouillés au pied de l'autel dans l'église
de la Madeleine, ils jouèrent devant une petite poignée d'amis une sorte de célébration formelle de
leur réconciliation. On se pardonna mutuellement
ses offenses. On communia, sous les yeux ébahis de
certains. Les plus crédules crurent au Père Noël et
ceux qui se targuaient d'être les plus lucides avancèrent une explication qui en valait bien une autre :
« Cette mascarade n'est que l'annonce solennelle de
la rupture de leurs relations amoureuses sublimées
dans un serment d'affection éternelle. »

Sous son turban de satin brocart, sablé d'or et
mêlé de gaze bleu de ciel, délicatement posé sur sa

tête pour l'occasion, Laura trouvait que cette cérémonie avait au moins autant de panache que l'érection de l'obélisque de Louxor offert par Méhémet-Ali à Louis-Philippe ou que l'inauguration de l'Arc de triomphe. Alors que le petit cortège sortait de l'église, prenant Mignet par le bras, elle lui confia qu'après ce passage devant Dieu il ne lui restait plus qu'à faire partie des «Quarante».

— Qu'entendez-vous par là, ma chère?

— Une fois que vous aurez votre fauteuil, vous serez à l'abri de toutes les batailles littéraires, vous pourrez défier toutes les opinions. L'Académie française donne la quiétude absolue. Voyez tous les hommes de l'autre siècle qui sont à l'Académie, ils s'imaginent non seulement qu'ils sont immortels, mais que le monde n'a pas fait un pas depuis le temps de leur succès. Voulez-vous que je vous présente à Chateaubriand?

La fin de l'année s'écoula lentement. Très sollicitée par la presse, de la *Revue du XIXᵉ siècle* à *La Revue de Paris*, en passant par *L'Artiste* et jusqu'à la moribonde *France littéraire*, Laura ne cessait de travailler, tout en essayant de placer son argent au mieux en achetant des Watteau, des Boucher et des Fragonard vingt-cinq francs à son amie Nora Lelas, parce que tous ces barbouilleurs étaient fort démodés. Elle dut faire face à une série de crises nerveuses plus rapprochées les unes des autres que d'ordinaire, engagea de nouveau une correspondance suivie avec Diodata, et eut même la joie de recevoir des nouvelles de son cher Louis-Napoléon que le gouvernement français, pour éviter toute publicité néfaste, avait embarqué vers les États-Unis sur une frégate partie une nuit de décembre du port de Lorient. Écrite sur un papier à en-tête de l'hôtel Washington, à Broadway, cette lettre était à la fois pleine de nostalgie et tournée vers l'avenir. Loin de le rejeter, la société américaine l'avait accueilli en prince et en gentleman. Il avait, en peu de temps, été invité à dîner par le général Webb, fait la connaissance de Washington Irving, avait pris contact avec les derniers Peaux-Rouges et avait été reçu par le Grand Sachem dans l'ordre des Éperviers. Ces derniers mots remplirent Laura d'espoir : «J'ai le sentiment d'incarner un paradoxe que les Américains admettent fort bien puisqu'il ne s'agit pas d'eux : l'alliance de la république et de la monarchie. L'égalité devant les lois, la supériorité du mérite, la prospérité du commerce et de l'industrie, l'affranchissement de tous les peuples ; voilà quelles sont les leçons à tirer de ce grand pays. Je saurai les appliquer en France quand le moment sera venu.»

Alors qu'on venait de fêter la nouvelle année, et que Mignet disait en plaisantant qu'ils n'avaient finalement succombé ni à la fermeture, la nuit du 31 décembre à minuit, de toutes les maisons de jeu publiques, ni à l'épidémie de grippe qui frappait la moitié de la capitale, Laura, sanglée dans un corsage couleur chair de pêche, lança :

— Nous avons eu les temps monarchiques, les temps révolutionnaires, les temps difficiles, nous entrons désormais dans les temps impossibles...

— Voilà une métaphore politique qui pourrait presque s'appliquer à notre vie affective, répondit Mignet en tendant à Laura son courrier que venait d'apporter sur un petit plateau argenté son serviteur noir.

— Je n'aime pas ton humour, mon ami.

— Tu voudrais que je te parle de ta robe, que j'avoue préférer Praxitèle ou Cléomène à nos modistes d'aujourd'hui, parce qu'ils ne mettaient pas du tout, eux, de robe à leurs statues.

— Elles étaient moins décolletées que les Parisiennes qui vont au bal.

— Parce qu'elles étaient entièrement nues, dit Mignet, tout en observant Laura qui était plongée dans une lettre avec une attention soudain très soutenue.

— Mauvaises nouvelles ?

— D'une certaine façon... C'est une lettre d'Emilio, répondit Laura en lui tendant. Lis, tu comprendras.

Mignet relut la lettre plusieurs fois, buvant tout le temps de sa lecture de longues gorgées de café, avec une sorte de colère froide que Laura voyait monter en lui :

— C'est le bouquet ! Il est soi-disant sans ressources, impliqué dans une affaire de viol, et te demande de l'héberger parce que la police politique autrichienne est à ses trousses... Que vas-tu faire ?

— L'aider...

— Comment, l'aider ?

— Emilio est ce qu'il est... Et je ne vis plus avec lui, que je sache... Il combat pour la liberté de l'Italie.

— Quand il en a le temps ! Entre deux aventures.

— En tout cas, aujourd'hui, il est en danger.

— Je te répète ma question : que vas-tu faire ?

— L'héberger ici, le temps que ses problèmes soient résolus.

— L'héberger où ?

— Ici, le rez-de-chaussée est entièrement vide.

— C'est cela, mets à sa disposition un appartement et une voiture pendant que tu y es ! Tu ne trouves pas qu'il s'est plus que mal conduit à ton égard ? Elle a bon dos, la lutte pour la liberté en Italie !

Devant le silence de Laura, François Mignet explosa littéralement, proféra des insultes, tapa du poing sur la table, fit un scandale énorme en criant qu'il ne voulait pas jouer la énième version de *La Femme, le Mari et l'Amant*, et que la constitution d'un ménage à trois n'était pas dans ses préoccupations du moment.

— Le rôle le plus difficile à tenir dans cette trilogie est celui de l'amant, rétorqua Laura sur le ton de la plaisanterie. Le mari s'en tire toujours. Il lui suffit d'affecter une confiance aveugle ou un dédain superbe…

François Mignet ne disait rien, serrant ses poings de rage comme s'il allait frapper Laura.

— François, c'est l'amant qui a le plus mauvais rôle. S'il veut trop exiger, il devient odieux. S'il s'efface totalement, il est ridicule.

— Je ne te le fais pas dire. Et jusqu'à preuve du contraire, Emilio Di Belgiojoso est toujours ton mari…

— Et toi, mon bel amant furieux…

— Cette association est devenue sans doute très commune dans toutes les classes de la société, mais cette pièce ne sera pas représentée sous mon toit.

Ce sont ces derniers mots qui jetèrent Laura dans une fureur sans nom.

— Ici, tu es chez moi, François! Et je fais chez moi ce qui me plaît!

— Eh bien, moi aussi, répondit François Mignet en traversant la pièce à grandes enjambées, hurlant avant de claquer la porte du salon qu'il ne remettrait plus jamais les pieds dans la maison d'une traînée.

Mignet parti, Laura retrouva lentement le calme qu'elle aimait tant. Elle n'éprouvait pas une peine réelle, tout juste une tristesse légère, de la grisaille. À Paris, on dit parfois d'un sentiment qu'il est comme un vêtement : il est ou n'est pas de saison. À l'entrée de l'hiver, sous la forme de quêtes, de concerts, de loteries, les bonnes œuvres absorbent l'existence d'une femme à la mode. La famille, pour celles qui en ont, et l'amitié ont toujours tort. L'amour même est tenu parfois en quarantaine… Sans doute Laura était-elle entrée dans cette période sans consistance où le cœur est comme arrêté et les pensées engourdies. La nuit cependant, elle fit un rêve étrange, une histoire de ménage à trois entre deux femmes et un homme : Musset, George Sand et elle. « Bien que vous ne soyez ni sœurs ni cousines, il y a entre vous deux un air de famille, lui avait un jour confié Musset : de grands yeux noirs, une même finesse de taille, une commune méchanceté très femelle. »

Dans son rêve, elle conduisait le poète dans sa chambre du château de *La Jonchère*, lui laissant croire qu'une femme mystérieuse l'y attendait, mais lorsque celui-ci soulevait délicatement les draps, sous lesquels en effet un corps féminin semblait dormir, il découvrait que la femme était en réalité George Sand. Toutes deux se moquaient alors ouvertement des naïves intrigues machiavéliques échafaudées par le poète, et commençaient de s'embrasser voluptueusement. Leurs deux chevelures dénouées s'enroulaient bientôt dans les baisers et les morsures sous le regard du poète qui, n'y tenant plus, finissait par étreindre Laura si violemment qu'on eût pu croire qu'il cherchait à l'étrangler. Alors, George se levait, regardait un moment avec émerveillement le couple gémir sous ses yeux puis, se saisissant doucement du sexe de Musset, l'empêchait de pénétrer son amie dont les cuisses étaient écartées dans une impudeur lumineuse. Elle se jetait alors littéralement sur Laura comme une furie, la couvrant de baisers et de caresses, tandis que Musset la prenait par-derrière. Puis la nuit arrivait et chacun sombrait dans un sommeil profond oublieux des deux autres, comme s'ils n'avaient jamais existé.

Le lendemain vers midi, un beau soleil d'hiver pénétrait dans la chambre à travers les rideaux. Laura se dit qu'elle irait bien se promener du côté du Palais-Royal, et déjeuner de poisson frais aux Frères-Provençaux, dans une de ces petites alcôves surélevées d'où l'on découvre un des plus beaux lieux qui soient au monde. Sur sa table de nuit reposait, pliée, la lettre d'Emilio. Elle se terminait par ces mots : « Peut-être, ma chère Laura, éprouveras-tu du mal à comprendre ma situation. Peut-être en seras-tu scandalisée. Peut-être d'ailleurs n'auras-tu pas tort… Mais à qui d'autre que toi demander un tel service ? Quand tu recevras cette lettre, je serai vraisemblablement déjà à Paris, en train de sonner à ta porte, et d'implorer ta pitié. Dieu fasse que tu ne me rejettes pas. » Sans chercher à comprendre pourquoi, elle s'entendit se dire à elle-même : « Viens, je t'attends », et sortit de son lit d'un bond en rejetant au loin les lourdes couvertures qui la protégeaient du froid. Non loin de son oreiller, elle aperçut un mouchoir brodé de deux initiales, G. et S., dont elle se demanda ce qu'il pouvait bien faire là.

17

L'homme qui était assis dans le salon du rez-de-chaussée de l'hôtel particulier de Laura, vêtu d'une redingote de drap blanc comme l'exigeait la mode de l'année, n'avait guère changé depuis douze ans qu'ils vivaient séparés. Toujours la même chevelure de boucles blondes en désordre, le même visage radieux, la même superbe, avec peut-être dans le regard une moindre arrogance, comme si les jours tumultueux de la vie en avaient quelque peu émoussé le feu. D'un autre côté, par un jeu bizarre de la lumière ou un piège de la nature, il était évident que tout dans cette physionomie laissait supposer que deux esprits distincts se trouvaient encore réunis dans ce seul corps et que cette même enveloppe contenait à la fois le meilleur et le pire.

— Laura, dit l'homme en prenant la jeune femme tendrement dans ses bras comme on le fait avec une amie très chère, la faisant tourner dans sa robe de taffetas bleu de ciel agrémentée d'une écharpe de dentelle citron, Laura, laisse-moi te regarder, comme tu es belle !

— Emilio, je n'arrive pas à y croire ! Emilio, Bardiano Di Belgiojoso d'Este, toi, ici, chez moi, à Paris, répondit Laura tout en regardant du côté de la cour dans laquelle deux cochers, les extrayant avec précaution de deux voitures, alignaient quantité de malles, de valises, de caisses et de sacs dignes d'une armée en campagne.

— Mon bagage, dit Emilio, inquiet. Tu m'avais écrit que…

— Que tu pouvais venir ici ?

— Oui…

— Je n'ai pas changé d'avis. Tu occuperas ce rez-de-chaussée et moi l'étage.

— Alors, on peut dire que je suis dans mon salon, rétorqua-t-il sur le ton de la plaisanterie, en admirant l'élégance raffinée de la décoration. Il y a même un piano…

— Tu chantes toujours, j'espère ?

— Évidemment, répondit-il en entonnant le fameux *Mi rivedrai, ti rivedro*, «Tu me reverras, je te reverrai», du *Tancrède* de Rossini.

— Un air de circonstance…

— Tu sais qu'il a écrit cet opéra à Merate, en six jours.

— Non ?

— Si, madame ! Après des heures de chasse à courre dans les bois, il s'asseyait sur un coin de table en attendant le dîner, couvrait ses feuillets de petites notes rapides puis se mettait au piano, et me disait alors : «Allez, Emilio, au travail, essayons cela !» Ça durait parfois toute la nuit, et j'avais l'impression…

Laura écoutait, attentive, Emilio. Tous deux s'étaient assis, l'un en face de l'autre. C'était comme si le temps s'était arrêté ou, plutôt, comme si le temps qui les séparait de leurs journées milanaises ne s'était pas écoulé.

— Et tu avais l'impression ?

Emilio prit les deux mains de Laura qui les retira doucement.

— Et j'avais l'impression que c'était moi qui

composais avec lui. J'ai conservé le manuscrit original à Merate. Tu devrais venir…

— Venir le voir ?

— Pourquoi pas ?

— Parle-moi plutôt de l'Italie, de tes combats.

— J'ai toujours au cœur comme une furie d'indépendance, mais c'est ton âme, et non la mienne, qui est la plus éprise de liberté. C'est toi qui m'as guidé dans la grande lutte italienne…

— En somme, tu continues de pratiquer un patriotisme intermittent…

— Disons que j'envisage la conspiration politique comme un sport hasardeux, dont l'attrait principal résiderait dans l'excitation agréable que procure la présence du danger. Je peux aussi être généreux à l'excès avec les exilés moins fortunés, rétorqua Emilio, satisfait.

— Tu n'as vraiment pas changé, vraiment pas.

— Change-t-on jamais ? Je te ferai cependant remarquer que cet «engagement intermittent» m'a tout de même contraint à l'exil.

— C'est vrai, je dois le reconnaître…

Emilio passa habilement à un autre sujet :

— Tu te souviens du jour où tu t'étais rendue à une de nos réunions secrètes déguisée en meunier, montée sur un âne, pour que les soldats autrichiens te laissent passer aux remparts ?

— Évidemment ! Alors, l'Italie ? redemanda Laura, impatiente.

— Elle va de mal en pis, l'Italie. J'ai l'impression que tous les pays d'Europe nous laissent tomber, à commencer par la France… L'Autriche gagne du terrain. Beaucoup d'entre nous sont encore dans les cachots du Spielberg.

— Pas toi…

— Non. J'ai eu beaucoup de chance. J'en suis presque gêné. Pourquoi ai-je réussi à m'échapper, et pas les autres ? Pourquoi suis-je encore en vie alors que tant de mes compagnons les plus proches ont été assassinés ?

À mesure que les questions et les réponses fusaient de part et d'autre, que chacun confiait à l'autre ce qu'avait été sa vie sans lui, la journée s'avança, puis vint la nuit et enfin le matin. Laura s'aperçut alors que, si elle connaissait peu de chose de la vie d'Emilio, celui-ci en savait beaucoup sur elle, tout simplement parce qu'elle était devenue une sorte de personnage mythique qu'on associait immédiatement à la lutte de libération en Italie. Emilio avait entendu parler des complots de l'Acquasola, à Gênes, auxquels elle avait participé, de ses courses en pyroscaphe à Livourne, des dangers qu'elle avait encourus, des persécutions, de son voyage en Suisse, de sa fuite à Marseille et aux îles d'Hyères, de sa pauvreté à Paris, de son engagement auprès de la jeune Italie de Mazzini. Beaucoup des jardinières de ses amies lui avaient confié ce qu'elles savaient : Teresa Kramer-Berra, Fulvia Verri, Anna Tinelli, Giuliana Caffarelli, Giovanna Traversi, et tant d'autres. À la fin, Laura proposa à Emilio de commencer son « emménagement » pendant qu'elle irait se reposer. Il accepta son offre, mais y mit une condition étrange.

Durant leur longue confidence nocturne, Laura avait constaté qu'à plusieurs reprises Emilio avait volontairement tourné la tête comme s'il ne voulait plus regarder le bas-relief antique en bronze et en marbre posé devant une des fenêtres du salon. Il avait d'ailleurs fini par changer de place. Ce bas-relief représentait un cheval mordu par un lion.

— Tu vois ce bas-relief ?

Laura l'observa une nouvelle fois. Elle aimait la puissance virile qui s'en dégageait. Le lion saisissait dans sa mâchoire le flanc droit de l'animal, les deux pattes enfoncées jusqu'à l'os, de telle sorte que la chair à cet endroit était à vif.

— Il a l'air de rire, toutes dents dehors…, fit remarquer Laura.

— Justement! Il ne rit pas parce qu'il lutte, ni même parce qu'il hurle de douleur : il rit parce qu'il est sur le point de mourir.

— On raconte qu'il est monté par un sorcier qui veut échapper à ses péchés et à l'horreur de son passé. C'est pour ça que le cheval se retourne et rit.

Emilio regarda Laura avec une expression qu'elle ne lui connaissait pas, un mélange de peur et de panique :

— Le pécheur que je suis ne songe jamais à la mort, mais, devant cette image d'un cheval sculpté il y a deux mille ans, la pensée de la mort m'a pour la première fois serré le cœur. C'est horrible de mourir, Laura! Promets-moi d'enlever de ma vue cette horreur!

Après plusieurs semaines d'adaptation, Laura et Emilio finirent par vivre leur nouvelle vie dans une entente des plus cordiale, et cela d'autant plus aisément que la disposition de l'hôtel permettait qu'ils ne se croisent pas pendant plusieurs jours de suite. Chacun vivait chez soi, ignorant tout des horaires et des préoccupations de l'autre. Ainsi Laura continua-t-elle de donner des soirées et de se rendre à d'autres ; et Emilio de rejoindre régulièrement les lions exotiques du Café de Paris. Et lorsqu'au cours d'un concert romantique offert par Laura il s'invitait, un verre de champagne à la main, en chantant un boléro andalou ou le duo de Generali, *Che belle vita, che'l militar!*, cela ne choquait personne. Certains émirent même cette réflexion fort judicieuse que les relations amicales conservées par les deux époux séparés étaient la preuve décisive qu'ils ne s'aimaient plus.

Mignet lui-même en fut persuadé, qui finit par renouer avec Laura, reprenant avec elle leurs longues discussions autour de l'histoire, cette science des choses qui ne se répètent pas. Un soir, Laura lui proposa de rester. Comment pouvait-il vaincre son désir et s'endormir auprès d'elle après le souvenir de toutes leurs caresses et de tous leurs baisers ? Il ne parvenait pas à trouver le sommeil. La lumière du clair de lune laissait deviner le corps de Laura sous le drap. Il la contempla longuement dans son sommeil, un sommeil qui semblait si lourd qu'elle bougeait à peine. Une idée lui traversa la tête. Il retira le drap qui la recouvrait et se mit à relever tout doucement sa chemise de nuit. Il réussit à la remonter jusqu'à la poitrine sans qu'elle manifestât le moindre signe d'éveil. Enfin, son corps tout entier s'offrait à son regard, et il pouvait le contempler aussi longtemps qu'il le désirait. Soulevé par un violent désir, il n'osait pas la toucher. Elle avait ses beaux yeux en amande fermés et ses lèvres charnues laissant passer un léger gémissement. Ses bras étaient ouverts et ses seins se soulevaient avec sa respiration. Puis elle bougea légèrement, comme si elle avait cessé de dormir profondément, et croisa les jambes. Mignet, penché sur elle, essaya d'écarter doucement ses genoux, mais ils résistaient. Alors, il fit glisser le sien entre les cuisses de Laura et réussit à les séparer. Celle-ci se rendant confusément compte de ce qui se passait commençait d'en tirer du plaisir mais ne le montrait pas. Mignet comprit qu'elle était réveillée et faisait semblant de dormir. Il l'embrassa sur la bouche, mordilla le bout de ses seins, puis se coucha sur elle. Plutôt que de se jeter sur elle comme une bête sauvage et de la marteler de ses assauts, il choisit de la pénétrer très lentement en se maintenant sur ses coudes de façon qu'elle ne sente pas tout le poids de son corps. C'est elle qui en décida autrement, plaquant Mignet contre elle et l'obligeant à abandonner sa douceur. Se tordant sous la violence du plaisir, elle laissa échapper un long cri étouffé tout en ouvrant des yeux pleins de larmes, puis replongea dans son étrange état de somnolence.

Le matin les surprit, blottis l'un contre l'autre. Ébloui par cette nuit, et pensant qu'ils s'étaient retrouvés, Mignet se laissa aller à quelques confidences et à dire ce qu'il pensait d'Emilio :

— On le voit plus souvent au Jockey-Club, avec Seymour et Frazer, à se faire friser chez Michalon, ou à se faire couper des habits chez Herbaut, qu'aux réunions politiques du Cercle italien...

Faisant comme si elle n'avait pas entendu, Laura se dégagea des bras de Mignet, se leva et passa une robe de chambre. Mignet poursuivit sur sa lancée :

— Un homme comme lui, face à l'engrenage des plaisirs et de la débauche d'une grande ville comme...

— Tais-toi !

— Je pensais...

— Eh bien, ne pense pas. Si cela continue, je vais aller voir du côté des maçons vigoureux qui ne pensent pas !

— Au moins les choses sont claires !

— Je ne suis pas sûre que tu aies bien compris, François. Ce n'est pas parce que nous avons fait l'amour cette nuit que tu dois te sentir autorisé à dire tout et n'importe quoi sur Emilio.

— Tu l'aimes encore, ma parole !

Furieuse, Laura tira sur la ceinture de sa robe de chambre et après l'avoir violemment serrée se planta devant Mignet :

— Comprends-le une fois pour toutes : certes je

n'aime plus Emilio, mais tu ne représentes plus rien pour moi. Je ne t'aime plus, François! Tu as bien entendu? Je ne t'aime plus!

Comme pour prouver à Mignet, à moins que ce ne fût à elle-même, qu'elle était entièrement libre de décider seule de sa vie et de ses actes, Laura fit l'amour avec un jeune *carbonaro* du nom de Bianchi, et deux jours plus tard se laissa entraîner par Emilio sous la tente marocaine de la Chartreuse, rue d'Enfer. Là, sur la piste de danse gardée par des statues en plâtre tenant à bout de bras des lampes Carcel qui servaient à éclairer le lieu, au milieu des femmes coiffées en cheveux et des hommes en vareuse, elle se lança dans des quadrilles effrénés au son des coups de pistolet et des cris d'animaux. Ivre d'alcool et de fumée, elle rentra en titubant au 7 de la rue Neuve-Saint-Honoré. Mais, au lieu d'emprunter l'escalier qui la conduisait au premier étage, elle pénétra dans les appartements d'Emilio et n'en ressortit que le lendemain matin. Elle était nue, étendue sur de la fourrure, offrant aux regards les courbes de son dos d'ivoire. Emilio, assis dans un fauteuil, finissait une esquisse.

— Voilà, dit-il en lui tendant une feuille de papier. J'avais l'impression de caresser les lignes parfaites de ton corps.

— Emilio, dit-elle en s'emmitouflant dans la fourrure, tu n'as pas fait que dessiner tout ce temps…

— Pas vraiment, chère princesse. Et toi non plus, ne pense pas que tu aies joué les modèles toute la nuit…

— Nous avons fait l'amour?

— Évidemment!

— Je ne me souviens de rien…

— Ça vaut peut-être mieux !

— Mais c'est absurde, c'est absurde…

Emilio ne répondit pas et après avoir allumé un cigare sortit de la pièce.

Qu'est-ce qui était absurde et ne l'était pas ? Dans les semaines qui suivirent ces nuits funestes, Laura dut faire face à des moments de sa vie tout aussi incompréhensibles que ceux-là. N'en avait-elle pas assez de ces bals masqués et parés, des esclandres de Mme Rachel, de cette société qui ne savait que parler et faire la conversation, alors que tout l'art de l'existence était sans doute dans la difficulté à combiner cette démangeaison de parler avec le silence qui engendre la profondeur de la pensée et l'énergie des sentiments ?

À Paris, on ne parlait plus que du succès des fantasmagories de Robertson, des diableries du physicien Lebreton, et des «Ombres errantes» du Comte prestidigitateur. La vraie vie devait certainement être ailleurs. Ailleurs que dans les lettres de Mignet, vengeresses, imbéciles dont la dernière se terminait par : «Veuillez agréer, princesse, l'hommage définitif d'un respect qui n'aura plus lieu de s'exprimer.» Ailleurs que dans les larmoiements de Musset. Certes, sa terrible fluxion de poitrine avait nécessité la présence d'une garde-malade, mais Laura n'avait fait que ce qu'avaient entrepris Mme Jaubert ou la duchesse de Castries, elles aussi appelées à son chevet : empêcher le poète de se retourner sur sa jeunesse avec la tristesse d'un vieillard et lui interdire de ne voir en l'avenir que l'«hiver de sa vie». Alors pourquoi avait-elle été la seule à recevoir une interminable confession dans laquelle il lui déclarait son désespoir, sa tristesse, mais surtout son «immense amour» pour elle ?

Aux bals, aux concerts et aux représentations théâtrales succédaient des soupers fins, gais, animés, charmants, où l'esprit pétillait comme les vins, mais tout cela n'était que des soirées perdues, durant lesquelles elle rencontrait une étrange population constituée de spécimens qui semblaient ne pas savoir faire la distinction entre un acteur qui croit que le jour est une imitation de la vie et un acteur qui pense que jouer c'est vivre.

Un matin, alors qu'elle était en train d'écrire une lettre à Musset destinée à accompagner le recueil de poèmes d'Alfieri[14] qu'elle était allée chercher à la Bibliothèque royale, elle sentit qu'elle était sur le point de s'évanouir. Quand elle reprit connaissance, elle était allongée dans son lit, en présence de sa femme de chambre et du docteur Beaumont, en habit de drap noir, cravate noire et gilet de casimir. Depuis son arrivée à Paris, le brave homme avait été à de nombreuses reprises appelé au chevet de la princesse, et bien qu'il n'ait guère de remèdes à lui proposer, elle l'appelait souvent parce qu'elle avait de façon inexplicable confiance en lui, certaine qu'un jour, contre tous ses détracteurs, elle comprendrait pourquoi elle avait eu raison de lui manifester son estime. Confusément, elle sentait que ce jour était arrivé.

— Une nouvelle crise, ma chère madame, dit le médecin en se penchant vers elle.

— Non, je ne crois pas. Les sensations sont différentes.

— Que voulez-vous dire ?

— Plus sourdes, plus lancinantes. Je me sens lasse, sans appétit.

— Puis-je vous demander de m'apporter des linges propres et une cuvette d'eau tiède ? dit le médecin en s'adressant à la femme de chambre.

Pendant l'absence de celle-ci, il commença sa série d'explorations habituelles. Aspect de la peau, langue, paupières, veines, ongles. Il regardait, reniflait, flairait, discernait. Il avait une idée en tête, mais voulait que rien autour de cette idée ne fût laissé au hasard. À travers le mouchoir d'auscultation, il ressentit la moiteur du dos, la sécheresse de la poitrine, tenta de s'y retrouver dans le foisonnement nosologique des bruits du cœur et des poumons, et finit par mesurer la fièvre au pouls avec sa montre.

— Bien. Tout va bien, ma chère princesse.

À cet instant la femme de chambre déposa sur la table de nuit la cuvette et le linge propre.

— Vous pouvez sortir, s'il vous plaît ? lui demanda le médecin.

— Marie peut tout entendre, monsieur, fit observer Laura, assise sur le bord du lit.

— Je préférerais vous parler en particulier.

— Bien, puisque la science l'exige, sortez Maria, je vous prie, lança Laura sur le ton de la plaisanterie.

— J'ai besoin pour préciser mon diagnostic de vous examiner de manière, disons, plus intime, chère princesse, me le permettez-vous ?

— Mais bien entendu, mon ami.

Après s'être nettoyé les mains, Beaumont palpa le ventre de Laura, appuyant ici et là, avec une main puis avec les deux et finissant par lui introduire un doigt dans le vagin, explorant ce qui n'était somme toute pour lui qu'une cavité naturelle, avec le plus de délicatesse possible.

— C'est terminé, dit le médecin en se nettoyant une nouvelle fois les mains.

Laura se releva et regardait Beaumont, penché de dos au-dessus de la cuvette, qui ne disait rien.

— Alors ? Suis-je à l'article de la mort ?

— Point du tout, Laura. Vous n'avez aucune idée de ce qui vous arrive ?

— Non.

— Vraiment ?

— Vraiment.

— Vous êtes enceinte de deux mois. Votre enfant naîtra en décembre.

— Vous en êtes sûr ? demanda Laura, blanche comme un linge.

— Oui, madame. Vous pouvez l'annoncer à son père.

— Son père ? Son père ? répéta plusieurs fois Laura en riant, et des larmes dans les yeux.

— Il en a bien un, que diable ! Vous savez, chez moi, dans le Jura, on dit qu'une femme est née pour l'abnégation et le sacrifice, et surtout pour la douleur. Eh bien, dans cette épreuve magnifique je pense que le père doit être à ses côtés et l'assister. Je sais, d'aucuns trouvent l'idée saugrenue, mais moi je la défends ardemment.

Alors que, tout en parlant, Beaumont passait son manteau et s'apprêtait à quitter la pièce, son chapeau noir à la main, Laura l'arrêta :

— J'ai une faveur à vous demander.

— Oui.

— Pouvez-vous garder le secret ? Je ne souhaite pas que cela...

— S'ébruite ? Comptez sur moi.

Une fois le médecin parti, Laura se jeta en larmes sur son lit. Le problème était simple et terrible, sans solution. Qui de Mignet, de Bianchi ou d'Emilio était le père de l'enfant ? Garder la petite créature était impossible. Ne pas la laisser vivre était une solution qui la répugnait totalement. Une troisième solution s'offrait à elle, odieuse, mais que faire d'autre ? Chaque arrondissement de Paris possédait une « tour » ; par tour il fallait entendre une sorte de compartiment à double ouverture, creusé dans un mur d'hospice, où l'on pouvait déposer, ou faire déposer, généralement la nuit, des bébés abandonnés, dont certains étaient des enfants prématurés ou malformés. Paris avait une tour, rue d'Enfer, à l'hôpital des Enfants-Trouvés. C'est là qu'elle se rendrait. Là le tintement sinistre d'une cloche la préviendrait, et un cylindre de bois, fixé dans le mur de l'hospice, exécuterait un demi-tour de rotation sur lui-même. Alors, c'en serait fini, son enfant, déposé dans un châle, tomberait dans la fosse commune de la charité. Là, il perdrait, en commençant de vivre, son nom et son existence civile.

18

En regardant la neige qui tombait sur les chênes de *La Jonchère*, Laura songeait à tous ces mois qu'elle venait de passer loin de Paris et durant lesquels tout le monde pensait qu'elle était partie en Angleterre pour se documenter sur les origines du dogme catholique. Cela faisait plusieurs années en effet qu'elle avait le projet d'écrire sur un tel sujet. Mais le temps lui avait manqué. Cette réclusion à Port-Marly constituait une période idéale durant laquelle mettre à profit tout ce temps libre. C'est le docteur Beaumont qui lui avait conseillé de fuir la capitale, comme il l'avait convaincue de garder l'enfant qu'elle portait dans son ventre. Née le 23 décembre 1838, la petite Maria Gerolama avait maintenant deux semaines, et Laura, après s'être demandé ce qu'elle venait faire dans sa vie, ne cessait de l'admirer comme un immense cadeau tombé d'on ne sait quelle étoile. Isolée du monde, ayant dû faire face à plusieurs crises comme si son mystérieux mal avait repris possession de son corps dès lors que celui-ci avait dû assimiler de si soudaines et intenses émotions, elle se sentait pourtant revivre. Au cœur de cet hiver, si rude que les routes étaient impraticables, que des tourmentes de neige déchaînées par la bise avaient formé d'énormes tourbillons et des congères, que nombre d'arbres avaient été détruits, que le vin même avait gelé dans les caves, et que des corbeaux, dit-on, avaient été foudroyés en plein vol, elle sentait sa vie regagner progressivement du terrain.

Elle qui n'avait jamais su organiser son existence, avait bien dû en modifier certains aspects afin de rendre ces deux vies, celle d'une mère et celle de son enfant, compatibles. Le matin elle confiait Maria Gerolama à ce qu'on appelait dans la région une «gardeuse d'enfant» qui l'allaitait, lui donnait sa cuillère de sirop de lait sucré de Martin de Lignac, la tenait bien serrée dans son emmaillotement «à la française», et la berçait vigoureusement dans son berceau en forme d'auge étroite. Pendant ce temps, Laura écrivait les premiers chapitres de son livre qu'elle avait l'intention de soumettre un jour aux critiques pertinentes de Mignet qui, bien qu'il ne fût plus son amant, restait cependant son maître si ce n'est à penser du moins à écrire. Puis, après une courte promenade dans la serre et les arpents de vigne verglacés, elle revenait au château, déjeunait et s'occupait de sa fille près de la cheminée où trônaient les deux cariatides, une Ève et une Diane, preuve que les deux religions n'en font qu'une dans le royaume de l'art, Le soir, après avoir allaité sa petite fille, elle la frottait avec un mélange d'huile, de beurre frais et de jaune d'œuf, partout, de la tête aux pieds, puis la plongeait dans un bain chaud pour la laver, l'essuyait, l'habillait et la reposait dans son auge bien serrée pour qu'elle ait chaud.

Ce bonheur eût pu continuer longtemps, mais Laura finit par admettre que travailler à heures fixes et réglées, comme la couturière ou le laboureur qui font le même nombre de points et de sillons par jour, n'était peut-être pas ce qui l'épanouissait le plus. Et aujourd'hui, alors qu'elle regardait, dans le parc du château, un grand chêne couvert de neige dont les branches touchaient le ciel, elle devait se rendre à l'évidence : l'arbre n'avait pas poussé régulièrement, taillé et dirigé par la main des hommes. Non, il s'était répandu et épanoui de lui-même, et était monté librement dans l'espace. Sa sublime végétation n'avait eu pour auxiliaire que les étoiles et le soleil. « Soyons libres comme cet arbre, sentons et aimons ; nos œuvres, nos vies n'en seront que plus belles », murmura-t-elle à l'oreille de sa fille qui la regardait avec ses grands yeux bleus ouverts au fond desquels, l'espace d'une seconde, elle eut l'impression de sombrer.

Cependant, elle ne se résolvait pas à quitter *La Jonchère* : tout y semblait si calme, si loin de la vie onéreuse de Paris, de ses scandales et de ses complots... Il fallait que quelque chose l'aide à se décider. Un journal, un simple journal apporté par une personne, mise dans la confidence de sa retraite, fut le déclencheur dont elle avait tant besoin. Un article y indiquait que, à la suite de l'amnistie générale décrétée par Ferdinand alors qu'il était couronné empereur, beaucoup d'amnistiés étaient revenus à Milan mais que personne ne semblait avoir aperçu la princesse Laura Di Trivulzio « qui venait pourtant d'être enfin lavée de toutes les accusations qui la frappaient depuis huit ans, et qu'en conséquence, après une mesure récente qui l'avait conduite à pouvoir utiliser une partie de sa fortune, le séquestre de ses biens venait d'être officiellement levé ». Un autre article indiquait que Milan était en fête et que le salon du prince Metternich, qui avait accompagné la Cour, était le lieu de rencontre de toute l'aristocratie lombarde, dont certains membres semblaient avoir oublié les griefs qu'ils nourrissaient à l'encontre du si terrible occupant viennois : « Aux côtés de la Pasta, avec Rossini au piano, on entendit le prince Belgiojoso, qui, comme tant d'autres, était revenu d'exil… »

Trois jours plus tard, Laura était de retour rue Neuve-Saint-Honoré, accompagnée de sa fille Maria Gerolama, avec le ferme espoir de revenir enfin le plus tôt possible en Lombardie.

Ce retour à Paris fut un désastre. Laura avait si bien dissimulé sa grossesse que la nouvelle de la naissance de la petite Maria Gerolama déclencha une bordée de commérages et de ragots, tous plus ignobles les uns que les autres. Caricatures, romans à clé, fictions biographiques, faux souvenirs, libelles, articles grotesques se succédaient à une telle vitesse qu'à peine une plaie se refermait-elle que s'en ouvrait une autre. Le fameux Théophile Gautier, rebelle de salon, traça dans *La Croix de Berny* un portrait peu flatteur de Laura. Raffaello Barbiera, exilé italien, publia dans la *Revue des Deux Mondes*, organe de presse auquel elle collaborait pourtant, un essai remarqué qui mettait insidieusement en doute ses facultés mentales. Honoré de Balzac fit paraître dans une gazette à la mode une nouvelle qui se terminait par ces mots : « Comment dire le dénouement de cette aventure, car il est horriblement bourgeois. Un mot suffira pour les adorateurs de l'idéal. La princesse était grosse. » Sans parler de Sainte-Beuve, ce portraitiste qui se croyait historien, qui entassait volume sur volume pour se faire un piédestal, que Victor Cousin avait aidé grâce à l'intervention pressante de Laura, et qui, sans doute pour la remercier, en avait fait une caricature vengeresse dans ses *Mélanges littéraires*. Et que dire encore des textes perfides évoquant sa mystérieuse maladie, sa « soif de chair des deux sexes », le faux engagement politique de «cette Jeanne d'Arc devenue vampire», son intérêt pour les cuistreries ésotériques de la Cabale, le teint pâle de son visage, soupçonné de «contenir du mercure infusé dans le sang par ordonnance de quelque Hippocrate». C'était une véritable curée. Les coups étaient si bas, venaient d'endroits si inhabituels, si inattendus, que Laura se trouvait totalement démunie, sans arme pour répondre, sans allié, sans soutien.

Voilà sans doute ce qui la faisait le plus souffrir : sa petite fille, si fragile, si douce qu'elle passait parfois des heures entières auprès d'elle, à la regarder, à la toucher, à la sentir, alors qu'une émotion sans frein la submergeait, n'intéressait personne : aucun homme, aucune femme, tous autant qu'ils étaient, préoccupés de leur unique fond de culotte, de leurs humeurs et de leurs biles. Ses amitiés de salon étaient d'un métal peu noble, vite oxydable. Mme Récamier avait trop à faire avec la vie réglée de son cénacle. Heine, embourbé dans ses propres souffrances, ne pouvait guère s'ouvrir à cette petite vie qui s'éveillait au milieu des cris et des pleurs. Musset, le sac lacrymal engorgé, n'avait que faire de tout cela. Thiers était noyé par les charges d'État, et Cousin trop occupé à répondre à ses détracteurs. Pour nombre d'hommes, cette femme libre, une fois devenue mère de famille, n'excitait plus leur appétit, il n'était donc plus utile de la fréquenter. L'exaltée était devenue une mère, c'est-à-dire une femme comme n'importe quelle autre. Seul Mignet, peut-être, que tous voyaient pourtant comme un homme sec et glacé, après avoir digéré son ressentiment, semblait s'intéresser au nouveau-né. Comme la mode était aux tortues ramenées d'Afrique, il courut même en acheter une dans une boutique parisienne, la déposant dans une cage près du berceau de Maria Gerolama qui observait cette chose étrange avec un regard fixe, dans

246

lequel il semblait être impossible de faire la part de
la peur et celle de la surprise.

Mais la rencontre que Laura attendait avec impatience, c'était le retour d'Emilio qui survint la dernière semaine de mai, alors que le printemps était
déjà bien installé à Paris. Il revenait de Milan et de
Venise, mais surtout de Vienne, tout gonflé de ses
frasques et de ses amusements.

— Tu ne peux pas imaginer, Laura, les écoles de
natation, les grands vins, les dîners somptueux, la
société charmante, les jeunes gens gais et de bon
ton, et une quantité énorme de femmes — tu n'as
qu'à te baisser pour les ramasser.

Laura écoutait sans rien dire. Il était onze heures
du matin. De retour d'une promenade, elle était
étendue sur un sofa, devant une table sur laquelle
reposait une tasse pleine de thé d'Assam, doré et
fumant. Elle portait une robe de mousseline, de jolis
souliers gorge-de-pigeon, des bas de fil ; avait sur les
épaules un châle de dentelle noire et tenait nerveu-
sement dans ses mains un chapeau de paille de riz.
Rien ne semblait pouvoir arrêter Emilio :

— Allez, je peux te parler comme à une vieille
amie... Tu sais que, malgré mon grand âge, j'ai eu
des succès. Cela dit, je préfère encore mes anciennes
conquêtes avec tous leurs inconvénients, au sentimentalisme de toutes ces nouvelles femmes qui...

— Emilio...

— Ou encore à la monotone possession d'une
maîtresse, quoique j'en aie toujours eu trois et que
certaines me suivent...

— Emilio, je voudrais te...

— Bon, il vrai qu'on trouve à Vienne, assez facilement d'ailleurs, de petites fort jeunes, fort jolies, fort
dodues qui, toute compte fait, me...

— Vas-tu m'écouter, enfin ! cria soudain Laura,
au bord des larmes. Vas-tu m'écouter !

— Tu n'es quand même pas jalouse, ma chérie?

Emilio tira un cigare de son étui, l'alluma et contempla les arabesques de sa fumée livrée au courant d'air qui traversait la pièce, comme pour chercher dans leurs caprices une répétition de sa pensée.

— Il ne s'agit pas de cela, Emilio, répliqua Laura en posant délicatement son chapeau sur le bord du sofa, comme quelqu'un qui cherche coûte que coûte à garder son calme, à faire illusion, alors qu'en elle tout n'était que chaos et sentiments contraires.

— Bon, de quoi s'agit-il?

— Tu sais, tout de même, que je viens de mettre au monde une petite Maria Gerolama?

— Mais bien sûr, ma chérie, rétorqua Emilio en prenant un air faussement intéressé.

— Et c'est tout ce que cette nouvelle te suggère comme réaction, comme sentiment?

— Et pourquoi devrait-il en être autrement?

Laura baissa les yeux et, se tordant les doigts, se sentant soudain comme une mère abandonnée, laissa échapper quelques larmes.

— Maria Gerolama, c'est son prénom, ne peut être condamnée à la honte de la bâtardise…

À ces mots, Emilio se redressa comme un coq, avalant une dernière et longue bouffée de son cigare avant de reprendre la parole :

— Tu ne veux tout de même pas que je reconnaisse cette enfant?

— Et pourquoi pas?

— Parce qu'elle n'est pas ma fille!

— Qu'en sais-tu?

— J'en sais autant que toute la place de Paris qui attribue la paternité de l'enfant à M. François Mignet. Et je ne parle pas d'un certain Bianchi qui se vante partout d'une liaison avec toi! Alors qui est le père : Bianchi, Mignet ou moi? À moins que ce ne soit un quatrième larron…

— Tu ne peux pas être aussi ignoble, quand même, ce n'est pas possible, pas toi Emilio, pas comme ça ?

— Voilà ma récompense !

— Quel pharisien tu fais !

— Je suis discret, attentif, conciliant ! Je t'aide comme je peux, et pour me remercier tu me lances au visage un enfant que je t'aurais fait ? C'est absurde. Jamais ta fille ne portera le nom de Belgiojoso !

— Mais elle est ta fille !

Emilio sourit ; et il y avait dans ce sourire une marque de mépris.

— Quelle preuve as-tu ?

— Une femme sais ces choses-là, Emilio…

— Mais en aurais-tu une, de preuve ? Tu imagines l'hostilité de ma famille ? Une fois ma fille reconnue, ta petite chose geignarde héritera de toute la fortune que je possède en tant qu'aînée de trois frères !

Laura n'était pas au bout de sa tristesse. Quelques jours plus tard, alors que Bianchi lui envoyait une lettre férocement cachetée dans laquelle il lui apprenait qu'il accepterait volontiers quelque somme d'argent faute de quoi il révélerait être le père de son enfant, Louis-Philippe mourut à trois heures vingt-deux minutes de l'après-midi, événement qui ne la touchait que très indirectement, mais qui, inévitablement, changerait nombre d'équilibres politiques auxquels elle s'était depuis longtemps habituée et dont, d'une certaine façon, elle avait un temps profité. Les choses, à présent, étaient on ne peut plus claires : elle devait au plus vite retourner en Italie, là où elle pourrait recommencer une autre vie, là où Bianchi, *persona non grata* dans les possessions autrichiennes, ne se risquerait sûrement pas à venir rôder du côté de la frontière lombarde. Ce départ serait une décision mûrement réfléchie, une véritable rupture avec sa vie à Paris, un retranchement dans la solitude.

Le moment était à présent venu. Après un déjeuner d'adieu auquel elle avait convié quelques amis, dont Mignet qui ne cessait de s'inquiéter de ce voyage en Italie, sorte de « sacrifice inutile » dû selon lui au besoin de Laura de sans cesse exagérer les choses, elle éprouva le désir de se faire daguerréotyper dans la cour de son hôtel, comme Louis-Philippe l'avait fait le 6 mars dans celle des Tuileries, ce qui au dire de certains ne lui avait guère porté bonheur. L'opération dura trois minutes. Elle en tira une étrange image d'elle-même fixée sur une plaque métallique sur laquelle on la voyait tenir fièrement sa fille, habillée d'un « maillot à l'anglaise », ce qui semblait lui laisser une plus grande liberté de mouvement.

19

Plutôt que de s'installer dans l'hôtel particulier que la famille Belgiojoso possédait à Milan, ou de rejoindre le château de Merate, lieu de son passé avec Emilio, Laura avait préféré retourner dans l'ancienne propriété des Trivulzio, à Locate, petit village situé en plein cœur de la plaine longeant le Pô, et dominé par la forteresse médiévale familiale de briques lombardes aussi caractéristiques que celles qu'on trouve en Piémont, et agrémentée de stucs baroques destinés à combattre son austérité initiale.

Annoncé pour la mi-journée, le convoi venant de France avait essuyé entre Vercelli et Vigenavo un énorme orage d'été qui l'avait retardé. Dès le Tessin franchi, la lumière avait de nouveau fait son apparition, mais pour une courte durée puisque la nuit, lentement, était tombée sur la route, jetant contre les voitures des odeurs de terre moite et des senteurs multiples que Laura avait immédiatement reconnues comme étant celles qui avaient accompagné toute son enfance. L'arrivée au château tint du conte de fées. Non seulement la façade était éclairée *a giorno*, mais une foule immense s'était amassée sur l'esplanade dallée d'asphalte, et présentant une surface aussi unie qu'un parquet. Alors que les voitures avançaient au milieu de toute cette population acclamant sa princesse, plusieurs orchestres commencèrent à jouer en même temps. Immédiatement, un bal s'organisa, ayant pour dôme la voûte étoilée du ciel, et pour murs des montagnes de rosiers en fleur rangés sur des gradins invisibles. De la fenêtre du landau, Laura pouvait surprendre de jeunes et jolies danseuses cueillant des roses pour remplacer les légers bouquets de leur robe que les tourbillons des contredanses avaient emportés. Une certitude immense s'empara d'elle : c'est là qu'était sa vie, c'est dans cette terre que plongeaient les racines de son arbre généalogique ; c'est là qu'elle élèverait sa fille et demanderait qu'on construise un tombeau où elle pourrait reposer pour toujours dans la paix de la terre de Trivulzio.

Les voitures délestées de leurs bagages, la petite Maria Gerolama endormie dans sa chambre, Laura, lavée et habillée de vêtements frais, put enfin se restaurer tandis que les violons continuaient de siffler dans les allées de la propriété où bougeaient les rideaux mouvants des quadrilles. Allongée sur un sofa dans la bibliothèque, Laura fumait un petit cigare comme elle le faisait parfois, songeant à ce que pourrait être cette vie nouvelle dans sa chère Lombardie, lorsqu'on frappa à la porte de la pièce. C'était Diodata, laquelle, en comédienne aguerrie, avait ménagé son entrée. Il était deux heures du matin, une douce brise pénétrait par les fenêtres entrouvertes. Entre les brandebourgs de son corsage collant et fermé était placé un camélia rouge. Une feuille de la fleur se détacha. Laura se leva, se dirigea vers Diodata, se baissa, ramassa la feuille d'un geste rapide, et la posa entre ses lèvres, puis, enlaçant la taille souple de son amie d'un bras nerveux, elle commença d'exécuter quelques pas du quadrille-mazurka dont les mesures montaient des jardins.

— Enfin, tu es revenue, dit Diodata, en couvrant Laura de baisers.

— Tout ce temps sans toi, répondit Laura en continuant de danser avec verve cette danse de caractère.

— Alors, où est-elle, vite, dis-moi, où est-elle ?

Laura sourit et prenant Diodata par la main se dirigea vers la chambre où dormait la petite fille. À peine entré dans la pièce, on pouvait entendre une petite respiration régulière accompagnée de légers couinements. Laura s'approcha en silence du berceau, et dit à voix basse :

— Je te présente Mlle Maria Gerolama. Elle vient d'avoir six mois.

Malgré la pénombre Diodata pouvait distinguer un petit visage brun et lisse, aux traits réguliers, enfermé dans un bonnet de coton brodé.

— Comme elle est mignonne ! Et qui est le papa ?

— Emilio.

— La presse et les espions autrichiens prétendent le contraire. Ils parlent de Bianchi et de Mignet…

— Tu les crois ?

— Non, évidemment.

— J'ai effectivement fait l'amour avec Bianchi et Mignet, mais je sais qui est le père.

— Et Emilio, qu'en dit-il ?

— Il ne veut pas la reconnaître, évidemment.

— Eh bien, moi, je la reconnaîtrai, dit Diodata en souriant. Moi, je veux bien être son père.

— Alors, commence par rester avec moi cette nuit. Nous avons trop de choses à nous raconter pour attendre demain, répondit Laura en tirant Diodata vers le lit et en s'étendant sur le dos, les cuisses largement ouvertes. Viens sur moi.

La plantureuse cavalière, la tête couronnée de lourdes boucles blondes, vint contre son amie, comme un chat.

— J'aime ton odeur de fauve, lui glissa Laura dans le creux de l'oreille, elle a sur moi un effet érotique.

La porte de communication entre la chambre et celle de Maria Gerolama était restée ouverte, ce qui inquiéta Diodata :

— La petite, elle va nous entendre…

— C'est une vraie marmotte, dit Laura, se retournant soudain, s'accroupissant sur le lit et présentant ses fesses, ajoutant : Prends-moi maintenant, viens, dévore-moi !

Cette nuit fut suivie de beaucoup autres, et Diodata finit par s'installer au château.

Très vite, une nouvelle vie s'organisa. Tandis que Diodata partageait sa journée entre l'écriture de poèmes romantiques et l'éducation de Maria Gerolama pour laquelle elle s'était prise d'une véritable affection presque trop envahissante, Laura se plongea dans la rédaction de son *Essai sur la formation du dogme catholique*. Quand elle voulait la taquiner, Diodata lui disait qu'elle ressemblait à George Sand. «Je ne vois pas en quoi», lui répondait-elle. Alors, prenant un air docte, elle finissait par argumenter : «Tu es comme elle : tu écris la nuit pour pouvoir t'occuper le jour de tes enfants, de tes amants et de tes amis. — J'écris la nuit pour pouvoir m'occuper le jour de mon enfant unique et de mon amante, ce n'est pas du tout la même chose.»

Laura, avec sa philosophie éclectique, fortement marquée par le positivisme scientifique qui imprégnait nombre de pages de son essai, bien que d'une originalité très relative, avait toutes les chances de voir ce dernier mis à l'index. Aussi, se demandait-elle comment faire passer ses idées sans que l'Église en interdise la divulgation. En un certain sens, Laura était une femme religieuse, habitée non par des moments d'irreligion mais par des instants d'indifférence à l'égard des pratiques religieuses. Au fur et à mesure qu'elle avançait dans la rédaction de son livre, la ferveur de la dévotion mystique qui s'était emparée d'elle augmentait de jour en jour. Beaucoup ne voyaient dans cette attitude nouvelle que la manifestation d'une simple crise psychique ne pouvant en aucune façon représenter son attitude normale vis-à-vis des questions théologiques.

Bien que personne ne sût réellement ce qu'elle était en train d'écrire, on critiquait déjà le contenu d'un livre dont quelques chapitres à peine avaient vu le jour. En se penchant ainsi sur les Pères de l'Église, en allant voir du côté de Philon d'Alexandrie, d'Origène et de saint Augustin, Laura ne faisait rien d'autre que de travailler à sa propre édification. Consciente de ses faiblesses, elle avait d'ailleurs écrit à Mignet que son livre ne serait ni une histoire ni un traité, car il manquait d'ordre et de développement dans l'arrangement des matériaux, ainsi que de profondeur dans l'exposition et l'examen de la doctrine.

Ce dont elle voulait surtout traiter, c'était de ce nouveau christianisme qui faisait des ravages jusque dans les rangs républicains, et qui soutenait que les hommes, tous les hommes n'avaient qu'un père qui est Dieu, qu'ils naissaient tous égaux, qu'aucun d'entre eux n'avait le droit de commander, mais surtout que Jésus, parce que dévoué aux hommes du peuple, était davantage l'enfant de Marie que le fils de Dieu. Ainsi, la mère du Christ était-elle désormais associée à la divinité. Et cela changeait tout. Le temps de la Vierge Marie, aimante et souffrante, était venu. D'ailleurs, en Italie, en France, en Espagne, les apparitions étaient de plus en plus nombreuses, connues et prouvées. Témoin de la chute du pouvoir temporel, soutenant l'existence d'une Église libre dans un État libre, Laura, par-delà les querelles anciennes, tentait de renouveler une catéchèse dans laquelle les femmes, si souvent ignorées, occuperaient désormais une des premières places.

Bien qu'elle travaillât fiévreusement à la compilation des quatre tomes qui devaient former son fameux livre, Laura n'en manquait pas pour autant la moindre représentation à La Scala, au Petit Théâtre Rè, ni même au Théâtre Fiando où elle assistait aux bavardages gourmands des *fantoccini*, parce que la musique constituait pour elle un merveilleux opium dont, pour rien au monde, elle se serait privée. Parfois, on la voyait, morte de fatigue, la tête couronnée de nénuphars et le corps drapé dans une tunique cendrée, portée dans les bras par un valet qui descendait les marches de l'escalier de l'Opéra, et elle s'engouffrait dans son carrosse sur la banquette duquel, brisée par l'émotion violente qui agitait alors ses nerfs délicats, elle s'effondrait, le visage pâle et gris comme celui d'un cadavre.

Mais son grand projet, bien plus important encore que la rédaction des pages brûlantes du *Dogme*, consistait à l'édification d'une espèce de phalanstère destiné à rendre les paysans de la région moins misérables, et à changer radicalement le type d'administration de ses domaines. Là, à une bonne heure de route de toute trace du confort et des plaisirs milanais, et ayant pour seule distraction la lecture des livres d'histoire qui s'empilaient jusqu'au plafond dans la grande bibliothèque du château, Laura s'attela à ce qu'elle considérait désormais comme sa tâche primordiale.

Après l'échec lié à la tentative d'ouverture d'un établissement spécialisé où auraient été prodiguées la balnéothérapie froide et l'hydrothérapie d'eaux thermales, chaudes ou tièdes, elle entreprit de créer sur les terres qui entouraient Locate une vaste zone où auraient lieu toutes sortes d'expériences tendant à améliorer les conditions de vie des hommes et des femmes qui y travaillaient. En peu de mois elle avait ainsi créé une école élémentaire pour les enfants des paysans, mis sur pied un centre d'aide social, organisé un établissement d'enseignement professionnel pour les adolescents, et construit des maisons décentes pour des gens qui n'avaient jamais connu que des conditions de vie sordides.

— C'est une question de hauteur morale, assurait-elle à ses détracteurs.

— Mais tu sembles si fatiguée, exténuée même, disait Diodata.

— Cette vie a des inconvénients, je ne le sais que trop. Mais sans doute est-ce pour moi le moyen de ne plus faire de fautes.

— De quelles fautes veux-tu parler ? J'ai peur que tu ne t'exposes à des fatigues au-dessus de tes forces.

— Oui, je souffre lorsque j'aperçois tous ces obstacles qui encombrent ma route. Mais quelle joie lorsque je les franchis et que je vois tous les changements heureux qui s'opèrent sur les terres de Locate !

— As-tu seulement pensé à ta fille ?

— Justement, Diodata, lorsque je vois ma petite Maria Gerolama croître, se fortifier, et que je la considère alors comme un témoignage de la faveur de Dieu, je me dis qu'il me la retirerait sans doute si je ne vivais pas selon lui !

Les «améliorations» accomplies à Locate, si elles n'avaient pas été le fait d'une femme, auraient sans doute suscité l'intérêt qu'elles méritaient, mais la société étant ce qu'elle est les hommes en place ne daignèrent nullement faire la moindre réclame à ce qui se tentait là. Et pourtant ! Les changements passaient par les plus petites choses de la vie, comme des méthodes d'éducation physique élaborées afin d'obtenir le meilleur résultat utile avec le minimum de dépense et de fatigue, ou comme l'utilisation de petits hypnotiques, légers et végétaux, fabriqués sur place, afin de combattre l'insomnie, maladie nouvelle favorisée par les rythmes intenses que provoquait la vie moderne, mais aussi s'attaquaient à des projets plus vastes et ambitieux.

Ainsi, dans les petits villages dispersés tout le long du domaine, et dans lesquels les bruits étaient encore ceux attachés aux professions, comme le cornet du conducteur de diligence, le cor du postillon de malle-poste, les cris rauques du roulier, la flûte du berger, les chants des porchers et des pâtres, les sonnailles des troupeaux, les grelots des animaux de bât, le tiaulement des bœufs sous le joug, le tout souligné par les cloches rythmant les temps forts de la vie, les transformations des conditions de vie allaient bien au-delà d'un simple acte philanthropique. Laura voyait dans ces paysans arriérés, oubliés, négligés l'avenir de l'Italie, les forces de base du *Risorgimento*.

Un jour elle envoya à tous les propriétaires terriens de basse Lombardie une lettre dans laquelle elle expliquait que les mariages fréquents entre membres d'une même fratrie, les marais, causes de maladies respiratoires chroniques, la nature inhumaine du travail entraînant la multiplication des orphelins, la malnutrition, la mauvaise éducation, la maltraitance créaient une population débile de constitution et délinquante qui consommait plus qu'elle ne produisait, laquelle se retrouvant à la charge du propriétaire entraînait pour tous une baisse de revenu. Chacun consommait moins et partant l'économie générale du pays s'en ressentait. Sa lettre fut tournée en dérision et ses arguments ridiculisés.

— Pourquoi améliorer les conditions de vie des animaux ?

— Que ferait le paysan d'un taudis transformé en maison décente ?

— S'adonner à une toilette intime, n'est-ce pas badiner avec le péché, et courir le risque de devoir un jour ou l'autre succomber aux penchants troubles de l'indolence et de la sensualité ?

— Je vais vous dire : plus les enfants sont sales, mieux ils se portent !

— Les nourrices ont toutes lavé mes petits en leur essuyant le visage avec une couche humectée d'urine, et vous croyez qu'ils en sont morts ?

— Éduquer le peuple ? Pour qu'il devienne paresseux et exigeant ?

— Apprendre à lire et à écrire aux travailleurs agricoles pour qu'ils pensent à notre place et viennent nous manger la laine sur le dos ?

— Prendre un bain de siège aux époques du tribut mensuel, c'est faire commerce avec le diable !

— Encore des idées de cette saint-simonienne.

— Une fouriériste, oui ! Comme s'il fallait rendre le travail plus agréable !

— On pourrait aussi ne point faucher ni moissonner en juin et dormir tout son saoul !

Mais rien n'arrêtait Laura. Dans son école maternelle, elle nourrissait les enfants et les vêtissait, enseignait savoir-vivre et catéchisme. Dans une des cuisines du château, elle avait créé pour les paysans un lieu où ils pouvaient venir manger, parler, échanger leurs idées, se rassembler dans un lieu chauffé et combattre la faim, le froid et la solitude. Partout, elle invitait ses gens à lire, prier, discuter ensemble de projets communautaires qui les concernaient tous. Dans son école professionnelle, on pouvait s'adonner à la ferronnerie et à la menuiserie, à l'imprimerie, aux mathématiques, à l'agronomie, filles et garçons pouvaient aussi découvrir l'art de la broderie, de la couture et de la danse. Laura enseignait elle-même, dans la salle d'armes voûtée du château ouverte à tous, le chant et la musique. Son objectif était double : abolir l'état de quasi-servage des paysans, nuisible à une économie saine ; restaurer la dignité de ces gens, sans laquelle aucune vie ne mérite d'être vécue.

Quant à son idée forte, ne jamais privilégier la liberté des hommes au détriment de l'émancipation des femmes, sans doute était-ce celle qui lui était le plus reprochée ; même parmi les tenants des perspectives les plus novatrices. On voulait bien, et encore, qu'elle dote son village d'éoliennes métalliques pour actionner des pompes aspirantes, ou conseille à ses ouailles la pratique du «bain d'air», le matin, tout nu chez soi, comme l'affectionnait particulièrement Benjamin Franklin, mais qu'elle touche à la place de la femme dans la société lombarde, c'en était trop !

Combien de fois avait-elle dû se battre et aurait-elle encore à le faire, contre ces républicains et ces révolutionnaires qui s'apprêtaient à construire une démocratie sans les femmes ? Chez les saint-simoniens même, desquels elle se sentait parfois proche, ne cherchait-on pas une mère mythique, en Égypte, alors que le futur des femmes italiennes devait se fabriquer en terre d'Italie, au pied de chaque clocher, dans chaque village, dans les champs, là où on entendait les gémissements des rouets et les cliquetis des navettes, où le nerf de bœuf allait son train et la férule ne se reposait que rarement ? Pour elle, tout était pourtant si simple : l'égalité des sexes refusée par les hommes était légitimée par Dieu. Mais pourtant, à quoi assistait-on ? Depuis 1830, les désillusions s'accumulaient. Beaucoup de femmes qui n'avaient demandé finalement qu'une chose, l'indépendance dans le travail, s'étaient retrouvées le dos au mur : on les voulait désormais utiles et non point libres…

Pour avoir voulu participer aux progrès de l'humanité, elles avaient recherché l'instruction, revendiqué le savoir ; en s'épanouissant elles auraient œuvré pour l'utilité commune, mais non, la société des hommes ne l'entendait pas de cette oreille… Non seulement elles s'étaient vu retirer ce qu'elles avaient cru être un droit, mais les plus véhémentes, qui à force de liberté et de ténacité, avaient enfin réussi à s'approprier un savoir, subissaient à présent entraves et interdits dans leur activité publique. Laura devait chaque jour endurer quolibets et sarcasmes parce qu'elle était une femme qui refusait d'être assujettie à une société pensée et organisée pour le bonheur des hommes. Après les soubresauts de 1830, la seule existence légale reconnue aux femmes était celle qui l'attachait au sort d'un homme. Idée absurde, dégradante, rétrograde, que Laura refusait.

Au sein même du village de Locate, la population était partagée. On considérait la princesse comme un être un peu étrange, revenue vivre, certes, dans un pays où sa famille avait été de toute éternité, mais à propos de laquelle des bruits de sorcellerie continuaient de courir. Voilà une femme, belle comme Satan, qui avait quitté son mari si jeune pour aller vivre en France, dans une ville qui s'appelait Paris, et qui était revenue tout auréolée de sa résistance sans faille à l'occupant autrichien. Elle n'avait peur de rien. Parlait aux paysans leur langage. Parfois guérissait leurs enfants et leurs femmes, leur offrait des crachoirs individuels de poche et leur demandait, au nom d'on ne sait quelle mystérieuse logique, de creuser plus profondément et de cimenter leurs puits, de les couvrir et de relever le niveau de la margelle! Il faut reconnaître que tout cela était bien étrange. L'un d'entre eux avait même affirmé qu'elle lui avait confié que dans certains pays on se désodorisait l'haleine avec de l'eau vinaigrée et que dans d'autres on se frottait les dents avec des «brosses anglaises» enduites d'élixir dentifrice aromatisé! Tout cela n'était certes pas bien grave, mais peut-être valait-il mieux se méfier de cette femme, mère d'une petite fille dont on avait fini par laisser entendre qu'elle n'avait pas de père.

La seule personne, au fond, à adhérer totalement à ses idées était Hans Naumann, personnage lui aussi hautement suspect parce qu'il était autrichien, et soi-disant combattant pour la liberté en Italie, mais surtout parce qu'il pratiquait ce singulier métier qui consistait à bourrer les cadavres d'animaux de coton en laine, de filasse de chanvre, de mousse, de foin de mer, de paille, de sparte, de liège, quand ce n'était pas de plâtre liquide ou d'argile en bouillie. Laura lui rendait souvent visite, parce qu'il partageait ses conceptions politiques, l'avait toujours acceptée telle qu'elle était, sans rien demander, ni exiger, comme il l'avait fait quelques années auparavant, le jour où il l'avait sauvée des griffes de la police autrichienne. Et ce soir de septembre, elle était partie comme tous les premiers vendredis du mois le rejoindre dans sa boutique de la via Castellongo, pour évoquer avec lui l'avenir de l'Italie. D'ordinaire, elle le retrouvait au Café des Quatre Vents, via Gambara, où tous deux entamaient leur dialogue, au milieu du bruit des verres et des voix, avant de le poursuivre tout le long de la rue qui menait à sa boutique. L'homme étant d'une ponctualité redoutable, Laura décida, après l'avoir attendu en vain plus d'une heure, et estimant qu'il avait sans doute eu un empêchement, de se rendre à sa boutique pour voir s'il ne s'y trouvait pas et si rien de grave ne lui était arrivé.

20

La petite enseigne de métal battait au vent et la rue était tout juste éclairée par les rayons de la lune. Hans Naumann n'était pas un taxidermiste comme les autres. Réputé dans toute la région, il pouvait préparer avec le même soin et la même méticulosité des oiseaux et des mammifères, des reptiles et des poissons, des crustacés et des insectes, mais aussi des zoophytes, des vers et des mollusques, et pour ceux qui le souhaitaient conserver des plantes et des minéraux. Sa boutique était si propre qu'on racontait qu'il vaudrait sans doute mieux en cas de besoin se faire amputer de la jambe chez lui que de se rendre chez le chirurgien qui exerçait sa besogne à l'hôpital de Milan.

Pour celui qui pénétrait pour la première fois dans cet univers immobile, il n'était pas rare qu'une crainte soudaine surgisse de l'ombre et le paralyse. Tous ces bocaux alignés, dans lesquels trempaient des reptiles et des batraciens, tous ces insectes, pattes et élytres étendus et fixés sur une petite planche de liège avec une épingle, tous ces gros poissons en cours de dessication, munis de leurs yeux artificiels et comprimés entre deux plaques de carton, sans parler des kangourous, dos incisés des épaules à la queue, des oiseaux de proie, pattes légèrement fléchies, des gros sauriens ouverts dans l'attente d'être cousus, des tortues vernies, le cou tendu vers le néant, voilà qui n'était guère fait pour rassurer le visiteur non averti.

La porte de la boutique étant ouverte, Laura entra, passa devant les vitrines contenant, bien rangés, les uns à côté des autres, les instruments nécessaires au naturaliste-préparateur : les scalpels, les pinces, les ciseaux, les cure-crânes, les vrilles, les poinçons d'acier, les supports en bois et en métal, les aiguilles à tête d'émail, les brucelles, les filières. Elle plongea négligemment ses doigts dans les boîtes ouvertes contenant des milliers d'yeux artificiels de toutes couleurs et de toutes formes. Sur les étagères, les flacons d'arsenic, de tartre, de camphre, de blanc d'Espagne, d'eau filtrée, de colbat, d'alun, d'aloès, brillaient dans la pénombre. Un corbeau luisant était maintenu sur le dos, ailes ouvertes, pattes écartées au moyen de fils de fer tendus sur une table en marbre. Elle le caressa. L'animal était froid, et ses orbites vides lui conféraient un aspect maléfique.

— Hans, vous êtes là ? demanda Laura.

Elle n'obtint aucune réponse. Vers le fond de la boutique, elle savait qu'une porte vitrée ouvrait sur une sorte de petit atelier secret, où le taxidermiste aimait parfois se réfugier pour y tenter des expériences dont il ne souhaitait pas qu'elles fussent rendues publiques. C'est là aussi qu'il préparait certaines médications comme des collyres à base de plantain, des huiles laudanisées, des gouttes camphrées, ou des eaux de guimauve mêlées à des décoctions de sureau. Laura était fascinée par cette médecine héritée de la phytothérapie traditionnelle, que médecins et pharmaciens « modernes » commençaient de regarder avec beaucoup de mépris. Pourquoi pas, pendant qu'on y était, guérir les maladies des yeux en priant sainte Odile, soigner les maux d'oreille en chantant des psaumes à saint Ouen, poser des sang-sues entre les doigts de pied et plonger les jambes dans un bain à la moutarde ! Elle poussa la porte. Le taxidermiste se tenait debout devant une longue table, penché sur ce qui pouvait être le cadavre d'un grand animal en partie dissimulé sous un drap.

— Hans, c'est Laura, je vous ai attendu et comme…

Le taxidermiste ne lui laissa pas le temps de termi-ner sa phrase. Il se retourna vivement en laissant tomber à terre une de ces grosses alènes qui servent à percer dans les os du crâne les trous par où devront passer des fils de fer. Il portait sur les yeux ses lunettes à verres plans colorés, ces chères «conserves», qui lui soulageaient la vue dès lors qu'il travaillait à la chandelle :

— J'étais tellement pris par mon travail que j'en ai oublié notre rendez-vous, répondit-il tout en dis-simulant sous le drap le cadavre sur lequel il était en train de travailler. Je suis confus, vraiment, je suis confus.

Son tablier était taché de sang et il flottait dans la pièce une forte odeur d'acide arsénieux. Une seringue reposait dans un plat métallique. Laura comprit qu'il ne fallait pas poser de question. Hans Naumann avait des territoires cachés, comme tous les hommes, et il ne fallait pas tenter de les explo-rer. Sans doute était-il en train de mettre au point une nouvelle méthode de conservation des cadavres d'animaux, et c'eût été une folie que d'essayer de percer le secret de ces travaux. L'homme entraîna Laura dans la boutique, referma la porte de la pièce du fond et lui proposa de rester. Il ne pouvait sortir. L'expérience qu'il était en train de tenter exigeait qu'il y retourne dans l'heure. À peine assis, il se releva. Il voulait aller ailleurs. Il occupait une chambre modeste à l'entresol. Ils s'y rendirent. Tout y annonçait une pauvreté honnête et laborieuse.

Quelques livres, des instruments de musique, des cadres de bois blanc, des papiers en ordre sur une table couverte d'un tapis, un vieux fauteuil et quelques chaises, C'était tout. Là encore, se dégageait de l'endroit un air de propreté et de soin qui en faisait un ensemble presque agréable… Le seul élément ostentatoire était un grand duc blanc empaillé dont les deux aigrettes en forme d'oreilles de chat lui conféraient un air presque vivant.

Cette fois, l'Italie ne fut pas placée au centre de leur discussion. Hans Naumann tenait à révéler à Laura un secret qu'elle seule était capable d'entendre, un secret qu'il n'avait jamais confié à personne. Il lui proposa un petit cigare qu'elle fuma avec délectation sous le regard en émail soufflé coloré du grand duc :

— Voilà, commença-t-il en plaçant ses conserves sur son front, je suis né à l'époque où la France avait couvert l'Italie d'échafauds. Mes parents étaient de ces furies capables d'assiéger les cabarets voisins des lieux d'exécution, de louer des fenêtres bien placées pour savourer cette luxure de sang. J'ai vécu toute mon enfance près d'une place où dès huit heures du matin on dressait la hideuse machine. Pendant des heures, les soldats tentaient de retenir les curieux qui voulaient s'approcher. C'était étrange, on voyait beaucoup de femmes de la campagne. Celles de la ville portaient leurs enfants sur leurs bras pour les faire jouir du spectacle. Parfois, on se battait à coups de poing dans les rues voisines pour être plus près. Notre fenêtre était vis-à-vis de la lunette et à moins de quinze pas de l'échafaud. C'était l'endroit le plus encombré, le plus convoité, celui des meilleures places qu'on vendait très cher. Le respect de la dépouille mortelle n'existait pas, et il n'était pas rare de voir une tête brandie au bout d'une pique. Je suis né de cette histoire qui me poursuit. Depuis, je fais tout pour échapper à cette enfance.

— Et vous n'y êtes pas parvenu ?

— Je n'ai jamais pu, comme mes autres petits camarades, tourmenter les oiseaux, les rats, les crapauds, les lézards, les insectes. Je n'ai jamais supporté ces fêtes de village où l'on écorche tout vif un renard ou un chat, où l'on décapite un faux lapin, un canard, un coq, où un animal sert de cible vivante à des tirs à l'arc ou à des jeux de fléchettes. Quant aux garçons bouchers qui organisent, avec paris à la clé, des assauts d'énormes chiens sauvages contre des bœufs ou des mulets, ils me désespèrent du genre humain.

— Mais moi aussi, Hans, ces atrocités me répugnent.

— Oui, mais vous n'êtes pas devenue taxidermiste pour autant. Je passe ma vie à fouiller le ventre des animaux morts. Et j'ai peur de devenir fou. Je préférerais consacrer ma vie à faire éclore artificiellement des œufs de truites comme certains pêcheurs du lac de Côme ou à fabriquer des bonbons de pâte pectorale balsamique. Au lieu de cela, je...

— Quoi, Hans ?

— Venez...

Tenant fermement Laura par la main, Hans, le corps parcouru d'un tremblement de terreur, grimpa l'escalier qui conduisait à la boutique, puis ouvrit la porte de la pièce du fond, alluma plusieurs lampes et tira lentement le drap sous lequel apparut le cadavre d'une femme.

— Hans, vous ne l'avez tout de même pas tuée ? réussit à articuler Laura.

— Quelle idée ! Je suis fou, certes, mais pas criminel. L'emploi de l'acide arsénieux pour embaumer les cadavres remonte à une époque très ancienne. On plonge le corps dans la liqueur préservatrice. Ma théorie est simple : en faisant pénétrer dans le corps l'arsenic, car il s'agit d'arsenic, au moyen d'une seringue à injection, on évite toute mutilation et le résultat devrait être bien meilleur.

Laura avait beaucoup de mal à mettre ses idées en place, à parler :

— Mais qui est cette…

— Cette femme ?

— Oui. Elle est de Locate ?

— Non. C'est une Autrichienne. Son mari, fou amoureux d'elle, veut la ramener à Vienne. Personne ne sait qu'elle est ici. Personne ne doit le savoir. Demain elle sera repartie. Voyez où me mène l'échafaud de mon enfance : à collaborer avec l'envahisseur ! Les villageois ne m'acceptent déjà pas beaucoup, s'ils venaient à apprendre cela, je finirais moi aussi sur l'échafaud.

— Hans, je ne dirai rien. Je vous le promets. Rien…, dit Laura sans pouvoir détourner son regard de la morte.

— Elle est presque belle, vous ne trouvez pas ?

— Je ne pensais pas à cela, mais à cet homme qui fait empailler sa femme, quelle horreur…

— Est-ce si horrible, au fond ? La marge qui sépare l'horreur de la volupté est si mince. N'est-ce pas une preuve suprême d'amour ?

Laura ne répondit pas. Comme si une voix intérieure lui avait dit de fuir cette arrière-boutique funèbre, elle coupa court à la discussion :

— Excusez-moi, Hans, je dois partir, immédiatement. Au revoir.

Dans la voiture qui la ramenait à Locate, Laura fut prise d'une de ses crises terribles qui la foudroyaient parfois sur place. Quand elle rentra au château, tout le monde dormait ; les domestiques, Diodata, Maria Gerolama. Ce n'est qu'en pénétrant dans son cabinet de toilette qu'elle s'aperçut qu'elle avait vomi sur elle. Et lorsqu'elle se coucha, elle mit longtemps à pouvoir fermer les yeux. Immobile, rigide, la morte dans son linceul blanc était là dans la nuit, la fixant de son regard de chacal artificiel, prunelle ovale de couleur brun clair.

Avec les premières pluies de l'automne, le souvenir de l'Autrichienne embaumée sous son drap s'estompa. Hans Naumann lui-même, appelé par on ne sait quelle lutte secrète contre l'occupant autrichien, disparut du village de Locate. Il avait fermé boutique sans prévenir personne, ce qui n'avait rien de très étonnant chez les membres actifs des *carbonari*. Frileuse comme une créole, Laura continua de travailler dans son cabinet, entourée de ses livres et de ses chers souvenirs, tandis que crépitait une énorme flambée. Cela ne faisait plus maintenant aucun doute : sa vie était là, au milieu de ses paysans, de cette région qui était la terre de ses ancêtres, avec Diodata et Maria Gerolama. Cela tenait presque du paradis. Les salons parisiens étaient si loin qu'ils lui semblaient n'avoir jamais existé. Ici, les perspectives étaient nouvelles. Mignet pouvait bien lui écrire qu'il souffrait de son absence, cela ne la touchait plus guère. D'ailleurs, elle croulait sous le courrier que lui envoyaient ses «hommes de Paris», comme les appelait Diodata. Musset en larmes, et au bord de la crise de jalousie, lui confiait qu'il n'était même pas comme ce taureau qui est libre de finir en paix dans un coin avec l'épée du matador dans l'épaule ; Liszt lui parlait d'hypothétiques sentiments d'affection mutuelle et de culte idéal ; et Chateaubriand, dans une lettre mensongère, s'attribuait tout le succès du procès de la duchesse de Berry. Quant aux jérémiades de M. Thiers, qui lui parlait de l'immense responsabilité de ses fonctions qui l'obligeaient à être debout jour et nuit, à courir de la préfecture de police aux Tuileries et aux Chambres, «sans jamais se reposer», voilà qui la faisait presque sourire. Son seul geste de pitié fut pour Henri Heine. Ce dernier, qui éprouvait toujours pour elle une sorte d'amitié amoureuse, ce qui ne l'empêchait pas de couler avec sa Mathilde Morat — femme dont la tête était aussi vide que le corps était splendide — des jours heureux, n'avait plus le moindre sou. Elle obtint d'un des membres éminents du gouvernement français que l'État verse au poète allemand, sur ses fonds secrets, une pension de 4 800 francs qui le sauva de la déchéance.

Parfois, elle avait l'impression d'éprouver à l'encontre du monde une sorte d'indifférence, comme le jour où Diodata, folle de sexe, se rendit au bal de Locate, là où beaucoup d'honnêtes femmes venaient pour s'encanailler, et pour remplacer, pendant quelques heures, par un masque qui leur convenait mieux et leur plaisait davantage, le voile gênant de la vertu. Ces jeunes femmes, malheureuses en amour et souvent très jolies, venaient danser la contredanse de la chaise cassée ou du galop du Danois pour chercher aventure, pour connaître les joies de se sentir désirées, méprisées parfois, pour se rapprocher des filles de joie. À la fin du bal on ne distinguait plus les unes des autres, mais les femmes honnêtes, pour la première fois depuis longtemps, avaient l'impression d'exister. Diodata passa la nuit avec l'une d'entre elles et ne revint qu'au matin.

Il est vrai que Laura traversait une étrange période de sa vie. Le sexe y avait une part moins grande, et l'amour pour sa fille l'occupait tout entière. Un jour, alors qu'elle se promenait dans les rues de Locate, elle poussa la lourde portière en cuir de l'église que quelqu'un venait d'ouvrir avant elle. Sans doute avait-elle cru, l'espace d'un instant, qu'il s'agissait d'Emilio. Il n'en était évidemment rien. Mais lorsqu'elle entra à son tour, elle fut submergée par un de ces silences si purs qu'on aurait pu y peser des âmes. L'intérieur de l'église était illuminé par des centaines de cierges. Dans la niche d'un des piliers se dressait une statue de la Vierge, les mains jointes. Les fidèles, nombreux, étaient tous agenouillés. Laura regarda l'autel. Le prêtre, lui aussi, se tenait à genoux, tête baissée, tout comme les fidèles qui priaient inclinés vers les chaises placées devant eux. Des minutes s'écoulèrent. Puis une demi-heure, puis une heure. Toujours sans le moindre bruit. Laura sortit de l'église tout emplie d'une émotion tenace. Se disant que la plus ardente prière est celle qu'on fait en silence. Rien n'est mieux, rien n'est plus pratique que le calme total pour prier dans son for intérieur, penser à son chagrin et se repentir de son propre péché. Il y a les besoins communs, les affaires communes, et il faut pour cela prier en commun ; mais il y a aussi les nécessités personnelles, les affaires personnelles, qui ne peuvent en aucune façon être ramenées à des problèmes généraux, et on a besoin pour cela de prières particulières intimes. En sortant de cette église, Laura était certaine qu'elle allait passer le restant de sa vie dans la prière intime, le dialogue avec Dieu. Mais c'était sans compter avec les contingences de l'existence, la vitalité de l'Histoire, l'appel de la chose publique, de l'élan politique, de ce pour quoi elle était peut-être née.

Felicita qui, depuis le retour de Laura à Locate, avait tout fait pour venir l'y rejoindre et était finalement arrivée à ses fins, était catégorique : l'homme faisant les cent pas dans le salon vert avait une lettre capitale à lui remettre en main propre.

— Mais qu'il te la confie, cela devrait suffire !

— Mais non, madame, il est là, bien campé sur ses deux pieds, et refuse de bouger tant qu'il ne vous aura pas vue.

— Aide-moi à m'habiller, dit Laura en bougonnant, passant une robe décolletée donnant à ses épaules une jolie forme tombante, et une jupe à crinoline sans ornements. De quoi a-t-il l'air ?

— Il est d'une tournure un peu raide et guindée. Il est vêtu d'une redingote à la propriétaire, ornée de poches sur le côté, dans lesquelles il passe son temps à enlever et à mettre ses mains. Un pantalon noir sans sous-pieds qui tombe tant bien que mal sur une botte large, carrée et poussiéreuse.

— Rien de très engageant, dis-moi…

— J'oubliais la moustache. Notre homme porte la moustache et à son accent ne peut être que français.

— Français ? Tu en es sûre ?

— Je peux certifier à madame qu'il en a l'assurance imbécile…

— Bon, allons voir notre intrus…

Debout au bord de la vasque de marbre blanc qui formait le centre du salon vert, à côté du théier offert à Diodata par son cousin voyageur, l'inconnu attendait Laura. Quand il la vit s'avancer vers lui, il claqua des talons et la salua en prenant une pose des plus théâtrales. Laura lui retourna son salut et l'invita à s'asseoir.

— Alors, monsieur, quel est donc ce message si important ?

— Personne ne peut nous entendre, n'est-ce pas ?

— Non, monsieur, parlez sans crainte.

— Eh bien, madame, cela concerne le prince Louis-Napoléon...

— Louis-Napoléon? dit Laura en crispant ses mains sur les avant-bras de son fauteuil.

— Il est depuis quatre jours incarcéré dans la forteresse de Ham. Et moi qui l'ai accompagné jusqu'au bout, jusqu'à ce que la voiture arrive, la nuit, à la lueur des torches, à la porte de la prison, je peux vous avouer que j'ai cru un instant qu'on allait rejouer la sinistre pièce du duc d'Enghien à Vincennes, et qu'on allait le fusiller...

— Le fusiller !

— Rassurez-vous, madame, il est toujours en vie. Cette lettre le prouve. Elle vous est adressée.

Laura l'ouvrit, s'y plongea comme on tombe dans un puits, la parcourut fébrilement, puis releva les yeux.

— Elle ne me dit rien des raisons de cet emprisonnement ! Qu'a-t-il fait pour se retrouver ainsi jeté en prison ?

— En deux mots, madame, voilà comment les choses se sont passées. Après l'échec du débarquement de Boulogne qui devait le conduire à Paris, et durant lequel il a failli se noyer, il a été conduit au fort de Ham, mis au secret, puis jugé.

— Quelle meilleure tribune que la Cour des pairs pour exposer sa doctrine, non ?

— Sans doute, mais au lieu d'abattre les préjugés dressés contre lui, il est apparu sinon comme un fou du moins comme un aventurier, un être sans cœur et sans esprit.

— L'Angleterre, je suppose, l'a défendu ?

— Oh ! non, madame. La presse est unanime, et comme vous savez elle joue aujourd'hui un rôle de plus en plus important. Dans un avenir proche elle fera et défera les renommées.

— Et que dit-elle?

— Que Louis-Napoléon est un pauvre diable. Qu'il a manqué de se noyer, que les balles l'ont serré de près, et que, s'il en avait reçu une, c'eût été, après tout, la meilleure fin pour ce «mystificateur imbécile».

— Un «mystificateur imbécile»?

— Oui, madame, ce sont les termes exacts, utilisés par la presse anglaise: *mischievous blockhead*, madame.

L'homme paraissait abattu et défait.

— Vous pensez que le prince fait preuve de crédulité, qu'il prétend à un trône alors qu'il n'est que le dernier des coquins?

— Je ne dis pas cela, madame, je connais toute l'affection que vous portez au prince, mais sans doute ses clubs, ses partisans parisiens l'ont-ils entretenu dans un optimisme trop grand. Il est entouré de beaucoup d'exploiteurs qui flattent ses manies et vident sa bourse…

— Mais vous croyez toujours en son destin national?

— Oui, madame, plus que jamais!

— Alors, nous sommes au moins deux. Je vais répondre immédiatement à sa lettre, dit Laura en allant s'asseoir à son secrétaire dont elle ouvrit l'abattant. Vous pourrez la lui faire parvenir?

— Je la lui remettrai en main propre, madame.

La longue réponse de Laura à la missive du prince Louis-Napoléon était un appel à l'action. Elle lui réitérait sa confiance, une confiance invincible en son étoile, et l'assurait que ses idées, développées dans sa petite brochure intitulée *De l'avènement des idées impériales*, seraient un jour reconnues et adoptées par tous. L'erreur fondamentale du gouvernement français finirait par se retourner contre lui. On ne pouvait pas ainsi, après avoir élevé, sur la place

Vendôme, la statue de Napoléon, et avoir demandé au ministère anglais le retour des cendres de l'Empereur, chasser son neveu comme une bête galeuse.

Mais ce que ni le messager ni Louis-Napoléon ne pouvaient soupçonner, c'était le petit désespoir lancinant qui venait de s'emparer de Laura. L'échec de Boulogne mettait en lumière un fonctionnement humain qui était de plus en plus de mise dans l'Europe moderne, à savoir une forme d'hypocrisie élevée en système, l'utilisation de contradictions qu'en d'autres temps on eût appelées lâchetés. Il n'y avait qu'à observer les manières du comte Cavour, venu aux affaires du temps de l'occupation française, qui reprochait à Laura une inconstance qui n'était qu'une forme de lucidité. Pourquoi ne pouvait-on pas être à certains moments très favorable à la maison de Savoie et à d'autres lui être hostile ? Il n'y avait là, comme le soutenait Cavour, aucune opposition intransigeante, aucune idée fantastique, mais l'utilisation de son libre arbitre. Ce qui était plus étonnant, c'était que ce même Cavour ne manquait jamais une des soirées données par Laura et qu'il se précipitait toujours vers elle pour la combler de compliments. Louis-Napoléon était aujourd'hui poursuivi par des hommes dont son oncle avait fait la fortune ; et si le débarquement de Boulogne avait réussi, nul doute qu'il les aurait tous eus dans son antichambre.

Certains révolutionnaires italiens accusaient aujourd'hui la princesse de les avoir trahis, tout simplement parce qu'elle avait désapprouvé certaines de leurs actions violentes et la deuxième expédition de Savoie, En réalité qu'avait-elle fait, si ce n'est se rendre compte de l'impossibilité pour une émeute à main armée de renverser dans la péninsule aucun des gouvernements régnants. Elle restait, certes, une conspiratrice dans l'âme, mais elle pensait qu'il fallait d'abord préparer les esprits à l'idée de la révolution. L'Italie n'était pas prête. Le peuple s'en moquait, l'Église y était opposée, la bourgeoisie avait peur, l'aristocratie hésitait. On reprochait à Laura de s'éloigner lentement des théories saint-simoniennes, ce qui n'était qu'en partie vrai ; et au contraire de se rapprocher des néo-guelfes [15] qui espéraient du Saint-Siège la libération de l'Italie, ce qui constituait une exagération. L'Autriche continuait de lui envoyer ses espions, et les calomnies pleuvaient à nouveau. Comme toujours dans de tels cas, la réalité n'était jamais au rendez-vous. On aurait pu après tout lui reprocher sa liaison avec Diodata, ce qui n'eût pas manqué de faire scandale. Mais non, les journalistes, toujours aussi mal informés, et qui étaient tous des hommes, prétendaient qu'elle avait une conduite légère et immorale, et que les preuves étaient accablantes. On l'accusait d'avoir enlevé Liszt à Mme d'Agoult, lord Normanby à sa femme, Mignet à Mme Aubernon, Musset à George Sand, et de délaisser l'éducation de sa fille, la petite bâtarde, qu'elle aurait eue avec un maçon napolitain du nom de Pietro Pezza !

Tout cela eût pu prêter à rire. Mais si l'on ajoute à ces ragots sa situation ambiguë d'exilée et de femme séparée, on comprendra que Locate n'était plus le paradis qu'elle avait connu quelques mois auparavant. Ainsi, lorsque Donna Giulia, la mère de Manzoni [16], qui l'avait toujours considérée comme sa fille, mourut, le fils célèbre lui ferma les portes de la maison familiale. Jamais une femme qui avait tenu salon à Paris, qui avait côtoyé des poètes et des républicains, ne serait absoute de ses péchés transalpins !

Un après-midi, alors qu'elle revenait d'une fête donnée par les écoles de Locate pour la remercier de tous les bienfaits qu'elle avait apportés au village, et durant laquelle, après que nombre d'élèves eurent chanté, mimé des petites saynètes, récité des poèmes de Silvio Pellico et de Diodata Saluzzo Roero, et tiré des pétards, et que tous se furent retrouvés autour de tables garnies de café, de chocolat, de sorbets, de gâteaux et de bonbons, elle fut rejointe sur le chemin du château par un de ces Italiens de Paris qui ne cessaient de faire le relais entre les révolutionnaires de l'intérieur et ceux de l'extérieur. Conséquence ou non des émeutes de septembre qui avaient entraîné, à Paris, la sortie de la Garde nationale et l'utilisation des canons des Invalides, Thiers venait de tomber, avec son ministère, et avait cédé la place à M. Guizot.

Fallait-il pour autant en conclure que la situation était explosive ? Nul ne sait. Mais Laura, retranchée à Locate, dut se rendre à l'évidence : sa vie à Paris lui manquait. À tel point qu'un soir, elle eut une de ses crises terribles durant lesquelles elle perdait tout repère, tout souvenir de ce qui venait de se passer, et se retrouvait tremblante, dure comme le bois, à terre, baignant dans son urine. Le docteur Maspero, pour la première fois depuis qu'il la suivait, prononça le mot d'épilepsie, et lui conseilla après une cure aux eaux d'Ems d'aller voir à Paris le docteur Lagardelle. Le fait que ce lauréat de l'Académie nationale de médecine occupe le poste de médecin en chef de l'asile d'aliénés de Paris ne devait pas lui faire peur. Il était à ce jour le plus grand spécialiste de cette étrange maladie et la soignerait avec toute l'efficacité dont il savait faire preuve dans son métier. En principe, le voyage à Paris ne durerait pas longtemps, et Laura pourrait en toute confiance laisser Maria Gerolama à Diodata.

Une semaine plus tard, elle avait regagné le 7 de la rue Neuve-Saint-Honoré, dans un Paris en émoi.

En effet, alors que le cortège conduisant les cendres de Napoléon aux Invalides traversait la capitale aux cris de : « À bas Guizot ! Mort aux hommes de Gand ! », que se déployaient des drapeaux rouges et que certains audacieux entonnaient *La Marseillaise,* un incendie, provoqué par une herse d'éclairage qui avait malencontreusement enflammé le décor d'un théâtre, avait provoqué la mort d'une centaine de personnes parmi lesquelles nombre d'enfants piétinés par des adultes qui avaient choisi de fuir plutôt que de tenter de leur sauver la vie...

Seule dans sa chambre, Laura, constatant que ses convulsions tétaniques étaient sur le point de reprendre, avala une forte dose de bromure de potassium. Sombrant lentement dans une perte de connaissance comme on glisse dans un bain brûlant, elle pensa avec tristesse que cette vilaine époque dans laquelle elle vivait était atrocement dénuée de dignité.

21

Le cabinet du docteur Lagardelle, situé rue de Gand, non loin du célèbre Café de Paris, était un lieu étrange, tout tapissé de panneaux de liège sculpté, garni de bronzes antiques et de tableaux flamands. De petits vitraux plombés ne laissaient parvenir dans cette sorte de cellule qu'un jour de crépuscule fort mystérieux. Dans cette ombre quasi religieuse, à peine distinguait-on des meubles de rocailles dorées, des tentures de lampas, des vases japonais, enfin tout un fouillis aussi fantaisiste que ruineux au centre duquel trônait, sur un imposant fauteuil Louis XIII, le maître de céans. M. Lagardelle était un gros homme d'enveloppe assez épaisse. Pâle, fort brun, abondamment pourvu en cheveux et en barbe, portant avec ostentation une canne, dont le pommeau, travaillé au tour, avait pour ombre la tête triangulaire d'une léfaa, vipère à cornes dont la piqûre est mortelle. Avec ses talons de bottes de plusieurs pouces d'élévation on l'eût facilement pris pour un dandy, ce qui était très loin de la réalité, dans la mesure évidemment où l'on admet que la réalité n'est que dans les rêves.

— Princesse Laura Di Trivulzio, mon cher Maspero m'a si longuement et si souvent écrit à votre sujet que je ne vous vois pas, dois-je le confesser, sans une certaine émotion.

— Le docteur Maspero semble nourrir pour votre personne une admiration sans bornes.

— N'exagérons rien. Disons que nous cherchons tous les deux dans le même sens — cela nous rapproche —, avec nos moyens si faibles, nos appareils de mesure imprécis, notre intuition si peu fiable ; enfin, nous travaillons sur une matière tellement volatile, une surface mouvante. Quel mystère sans fond que l'être humain. Ainsi, lorsque je me regarde dans mon miroir : que vois-je ? Un aristocrate frivole, devenu républicain et socialiste ; un ancien riche aujourd'hui pauvre, parce qu'il a dépensé toute sa fortune dans l'asile qu'il dirige à Paris, et dans les sociétés médico-psychologiques et médico-chirurgicales qu'il a mises sur pied afin de promouvoir ses recherches. Enfin, vous n'êtes pas ici pour que je vous raconte ma vie, n'est-ce pas ?

— Non, en effet, répondit Laura, pensant que, si ce n'avait été la chaude recommandation de Maspero, elle aurait déjà quitté la pièce depuis longtemps.

Lagardelle pointa du doigt un énorme dossier de cuir posé bien en évidence sur son bureau et bourré de plusieurs liasses de papiers :

— Tout cela parle de vous, chère madame. J'ai, comment dire, étudié votre cas à distance. Cependant j'aimerais entendre de votre bouche une description la plus précise possible de — et ne craignez aucun des mots que je vais utiliser qui n'ont de sens et de valeur que dans le cadre précis de mon travail —, donc, une description la plus précise possible de vos délires, de vos vertiges, des intervalles entre les attaques, de vos manies aiguës ou chroniques, de vos états de paralysie générale ou partielle, de vos émissions d'urine, de vos peurs, de vos cris… Ne mettez dans vos propos aucune morale, seule l'observation clinique m'intéresse. Je ne juge pas, j'observe.

Mise en confiance, Laura raconta tout avec ses mots, ses sensations. Lagardelle prenait des notes, beaucoup de notes, à toute vitesse, comme l'eût fait une machine, sans s'arrêter, opinant souvent du chef, marquant parfois une sorte d'étonnement, souriant même comme si ce qu'il entendait confirmait un certain nombre de ses suppositions. Quand Laura eut fini, elle se sentit comme libérée d'un poids énorme qui lui pesait depuis des années, depuis l'enfance peut-être. Elle transpirait en abondance. Lagardelle lui servit un verre d'eau fraîche qui lui sembla d'une pureté extraordinaire.

— Bien. Avez-vous autre chose à ajouter ?

— Non.

— Victor Hugo, dans un de ses poèmes, se pose la question suivante : la souffrance est-elle la loi du monde ?

— Je n'en suis pas certaine.

— Nous sommes d'accord... À quoi bon recourir à la médecine quand le mal est d'origine surnaturelle ? se demandent les autres.

— La souffrance ne vient pas de Dieu.

— Exact. Le maréchal-ferrant qui arrache des dents sans formalité avec ses tenailles, le renoueur qui renoue les luxations à l'aide d'une chaise, le boursier qui traite les hernies par castration, le charlatan qui pose des charbons ardents sur les ulcères apparents, la matrone qui triture de ses doigts sales le col de l'utérus pour hâter l'accouchement, le barbier qui joue du bistouri sur des néoplasmes cutanés avant d'y appliquer un pansement à l'arsenic attendent sans doute de leur patient ce qu'on pourrait appeler, par euphémisme, du stoïcisme. Notre époque en est encore à osciller entre Dieu et l'obscurantisme...

— Et vous proposez une troisième voie, dit Laura, les yeux fixés sur une marqueterie de cuivre qui devait bien valoir dans les dix mille francs.

— Exact. Le patient peut tout entendre dès lors qu'on le prépare à écouter, et qu'il entretient avec son médecin un commerce basé sur la confiance.

— Et que dois-je entendre ?

Lagardelle passa plusieurs fois sa main sur son bureau, comme pour en enlever une imaginaire couche de poussière, avala sa salive et, après quelques secondes de concentration, répondit, d'une voix riche, bien conduite, et presque caressante :

— Votre maladie, chère madame, ne vient ni des humeurs, ni des toxines, ni d'on ne sait quelle cause surnaturelle. Aucun pèlerinage, aucune vénération ne vous aidera à la combattre. Elle ne vient ni du diable ni d'on ne sait quelle folie extérieure. Elle est en vous, mais elle est curable. Vous en souffrez, mais elle est votre richesse. On peut lui donner un nom : l'épilepsie. On peut en décrire les phases — tonique, clonique, résolutive. Vous m'avez parfaitement parlé des contractions musculaires, des secousses, des éclairs, des objets que vous tenez ou que vous lâchez, de vos phases d'endormissement et de réveil, de vos absences. Voici deux données fondamentales. Vous êtes mère d'une petite Maria Gerolama, n'est-ce pas, eh bien, hormis certaines formes très rares, que vous n'avez pas, l'épilepsie n'est pas héréditaire.

— Ma fille ne sera donc jamais…

— Épileptique ? C'est une certitude, Ou si elle le devient, cela n'aura aucun lien avec vous. Deuxièmement : « crise d'épilepsie » ne signifie pas « épilepsie ». En ce qui vous concerne, des doses raisonnables de bromure de potassium, mais surtout un respect drastique du sommeil, comme l'absence de boisson alcoolisée ou de tout autre excitant, doivent vous permettre de vivre avec cette *miss* encombrante. Je ne voudrais pas être indiscret, mais concernant votre vie de femme, votre vie sentimentale…

— Vous voulez parler de la fréquence de mes rapports sexuels ?

— Oui, en quelque sorte. On fait de vous, et là encore je ne vous juge pas, une Messaline…

— Les rumeurs, monsieur, sont en deçà de la réalité, rétorqua Laura en souriant.

— Voilà qui est singulier, très singulier… L'épilepsie entraîne toujours, je dis bien toujours, une hyposexualité, une véritable diminution du désir, une impuissance, une frigidité.

— C'est exactement le contraire qui se passe, en ce qui me concerne.

— Profitez de cette chance. Ce conseil va peut-être vous sembler saugrenu, mais je ne suis pas votre directeur de conscience : continuez, tant que faire se peut, cette vie que d'aucuns appellent débridée. Elle est au sens propre votre garde-fou. Et revoyons-nous dans un trimestre.

Lagardelle refusa que Laura paie sa consultation. En revanche, il lui demanda de lui dédicacer un des articles qu'elle avait publiés dans la *Revue des Deux Mondes*. «À mon cher docteur Lagardelle, qui m'a redonné espoir», écrivit-elle avant de sortir de son curieux cabinet si sombre et si lumineux à la fois.

Les mots de l'étrange médecin avaient été si réconfortants que, comme l'écrivent les feuilletonistes, cela donna des ailes à Laura, à tel point d'ailleurs qu'elle termina, plus tôt que prévu, la rédaction de son *Essai sur la formation du dogme catholique*. Depuis sa visite chez Lagardelle, elle avait en effet passé toutes ses journées dans des négligés incroyables, jupe d'une couleur, corsage d'une autre, bonnet de nuit perché sur une guirlande de papillotes — tenues si extravagantes qu'un dandy eût finement remarqué qu'il y avait sans doute de la coquetterie dans ce dédain de coquetterie —, à rédiger son fameux livre. Et en cette nuit du 3 mai 1841, alors qu'un orage, qui avait eu le mérite de n'éclater qu'après tous les feux d'artifice et toutes les illuminations faits à l'occasion du baptême du jeune comte de Paris, avait rafraîchi l'atmosphère, elle avait pu entendre sa plume souligner en crissant le mot *fin* sur l'énorme pavé d'in-folio.

Son bonheur, hélas, fut de courte durée. Dès la publication du livre, la meute se déchaîna. De quoi se mêlait encore l'extravagante Italienne! Sainte-Beuve jugea l'œuvre «catholique d'intention, semi-pélagien et origénien de fond, mais d'un style mou et alambiqué». Justine Olivier estima que le livre «devait tout à la collaboration anonyme de l'abbé Cœur». M. Bertin, journaliste éconduit, se vengea en faisant du *Dogme* une œuvre «plus pédante que sérieuse». Quant à la duchesse Caroline d'Ardoy, dont le jeune amant avait eu l'inélégance de lui confier que sa poitrine était moins sensible à ses caresses que celle de la princesse, elle estima que le fameux livre, qui avait dû exiger de longues et ardues recherches, n'était finalement qu'un «morceau un peu gros pour la délicatesse de certains estomacs».

Mais ce qui fit le plus souffrir Laura, ce fut sans conteste l'article odieux que lui consacra la *Revue des Deux Mondes* à laquelle elle avait pourtant si souvent collaboré. Homme de main de Buloz, M. Ladirin, à la plume aussi étriquée que sa taille, trouvait l'essai déplacé, superficiel, raisonneur et maladroit. En somme, celle qu'il appelait, dans son style bouffi, la «galante Milanaise», n'avait rien compris ni à saint Augustin, ni à Bossuet, ni à saint Thomas, ni à Luther, ni à Calvin. Et puisqu'on ne trouvait dans ce livre ni les ardeurs de la foi ni les élans de l'intelligence, il ne ferait que scandaliser les croyants et mécontenter les philosophes. En réalité, ce que ne supportait pas le tueur à gages de Buloz, c'est qu'une personne du sexe opposé ait pu accomplir une tâche aussi imposante. À ses yeux, la place de la femme n'était ni au fond d'une bibliothèque, ni dans un cabinet solitaire, «à se pâlir le visage par de nocturnes assiduités», mais là où elle pouvait déployer ses meilleures aptitudes : «À l'intérieur de sa maison, où se trouve son véritable atelier, où, comme épouse et comme mère, elle peut traiter des seules affaires qui la concernent : celles de la vie.» M. Ladirin, comme il se doit, n'avait évidemment pas lu une seule ligne du livre qu'il écorchait vif avec une telle méchanceté que cela laissait supposer que sa vie devait être bien désastreuse.

Par désespoir, peut-être, pour survivre, sans doute, Laura replongea dans les travers de la vie parisienne qu'elle croyait avoir fuis à jamais. Ainsi la vit-on faire la queue aux Funambules pour assister aux pantomimes de Champleury ; s'enivrer, en robe de satin blanc et de dentelle dramatiquement décolletée, au bal Mabille ; s'afficher à l'Opéra dans la loge infernale tendue de soie noire ; s'occuper de magnétisme et de somnambulisme ; dépenser sa fortune dans la maison de jeu de la rue Drouot ; et rechercher des plaisirs épicés dans celle de la Grange-Batelière. À plusieurs reprises elle ouvrit même les portes de son salon qu'elle s'était juré de laisser fermées. Lors d'une de ces soirées à laquelle participait Alfred de Musset, celui-ci, qui se vantait de pouvoir exécuter en quelques traits de crayon une caricature ressemblante de n'importe quel modèle, fut mis au défi, par Laura, de faire la sienne.

— Mon cher Alfred, beaucoup s'y sont, comme on dit, «cassé les dents»…

— La pureté de vos traits n'empêche rien, au contraire elle facilite ma tâche.

— Voici un crayon, essayez.

Après avoir pris un peu de recul, Musset, d'un trait rapide, traça un petit trois quarts où l'œil immense était placé de face. Pour la tournure, il choisit une pose quelque peu alanguie, exagérant du modèle le nonchaloir, comme l'exigeait l'exercice. Satisfait, il retourna son dessin et le montra à tous.

— Voilà. *Pallida, sed quamvis pallida, pulchra tamen…* Pâle, mais quoique pâle, elle est cependant belle.

Un silence de mort suivi le flot d'exclamations qui avait accueilli le dessin et les paroles du caricaturiste. Laura, le visage fermé, prit la feuille de papier, et la mit dans le carnet où chacun pouvait écrire une pensée, coucher un poème, esquisser un croquis.

— Il y a quelque chose en effet, mais ma position de maîtresse de maison m'autorise à garder ce crayonné et à le mettre à l'abri des curieux, ajouta Laura en allant enfermer le tout dans son secrétaire.

Tous ceux qui venaient d'assister à la scène comprirent immédiatement que Musset, qui se vantait d'être un intime parmi les intimes, venait de commettre une erreur fatale. Mme Jaubert, qui était à côté de lui, lui glissa à l'oreille qu'il avait blessé Laura, et qu'il serait très difficile désormais de remonter le temps.

— Cependant, madame, je n'ai jamais été plus épris qu'en la regardant tandis que je traçais ce croquis, lui répondit-il à mi-voix.

— Enfin, quoi, cette matrone romaine aux paupières lourdes et à la poitrine grosse comme des pastèques, vous croyez qu'elle va après cela se jeter à votre cou ?

— N'exagérez pas, tout de même !

— Je suis une femme, mon ami, et je puis vous assurer que vous venez de brûler vos vaisseaux ! On ne blesse pas une femme comme vous venez de le faire… Vous ne l'aurez jamais dans votre lit, mon pauvre «fi»…

Musset leva les yeux au ciel. Et puisqu'il le fallait, il repartirait seul contre l'avis de tous à la conquête de Laura. Ce fut un fiasco. Durant le restant de la soirée, il la poursuivit de ses assiduités, devant un parterre de spectateurs hilares. Lui déclarant sa flamme, lui parlant d'amour éternel, évoquant sa désillusion, les mains tremblantes et la voix chevrotante. Voyant que la représentation risquait de ne pas comporter de scène finale, Laura alla reprendre son journal dans lequel elle avait glissé le dessin et invita Musset à la suivre dans sa chambre.

Celle-ci était dans la pénombre, éclairée à demi par une lampe d'albâtre. Les fauteuils, le sofa, qui n'étaient pas là lors de la décoration initiale de la pièce quand Laura s'était installée il y avait maintenant près de dix ans, recouverts de duvet et de soie, invitaient à la volupté, du moins est-ce ainsi que Musset voulait voir la situation. En entrant, il fut frappé par une forte odeur de «pastilles turques», non pas de celles qu'on vend dans les rues de Paris, mais de celles qu'on trouve à Constantinople, plus dangereuses et plus nerveuses. Laura s'allongea sur son lit, appuyée sur un coude, dans la position nonchalante qui était habituellement la sienne. Musset était debout, face à elle.

— Ne pouvons-nous faire la paix, mon ami?

Musset, qui ne voulait pas comprendre que Laura ne l'avait pas invité dans sa chambre avec l'intention de le séduire, répondit en se rapprochant d'elle et en lui caressant le bras:

— À quelle paix pensez-vous, ma princesse?

— Je ne suis pas «votre» princesse, monsieur…

— Ce ne saurait tarder… Alors, de quelle paix voulez-vous parler?

— D'une paix équitable, et sans déclaration d'amour, répondit Laura, en retirant son bras.

Musset était au bord des larmes, et furieux.

— Je ne comprends pas.

— Vous ne comprenez jamais rien! Dois-je vous dire clairement, une bonne fois pour toutes, que je ne compterai jamais parmi vos succès faciles!

— Une certaine difficulté n'est pas faite pour me...

— Taisez-vous! Vous êtes trop puéril... et trop libertin pour...

— Mon Dieu, les deux à la fois!

— ... Pour mériter l'amitié d'une femme comme moi! J'en ai assez de vos crises de jalousie! Je ne vous appartiens pas. D'ailleurs, je n'appartiens à personne et ne me dois qu'à mon pays. J'en ai par-dessus la tête de votre égoïsme.

— Les égoïstes ne sont pas nécessairement désagréables, ma chère; et leur vanité même leur donne le désir de plaire.

Cette fois, Laura s'était relevée et faisait face à Musset.

— Vous ne pouvez pas vous empêcher de faire des bons mots.

— Ne peut-on envisager de l'amitié qui survivrait à notre amour?

— Mais il n'y a jamais eu d'amour, Musset! Quant à cette «amitié», elle serait trop empoisonnée, trop troublée, trop pleine d'égoïsme et de vanité.

— Pourtant, une belle amitié entre une paire de bottes vernies et une paire de gants glacés, cela serait du plus bel effet...

Laura, hors d'elle, faisait un effort pour ne pas sauter au visage de cet homme, si grand poète, et si bête dès lors qu'il s'agissait de sentiments.

— Tenez, dit-elle, en lui tendant son dessin, reprenez-le et mettez-le sur votre cœur ; c'est tout ce que vous aurez de moi !

— Suis-je assez fou, répondit Musset, en glissant le dessin dans sa chemise, pour m'obstiner à courir derrière une femme quand il n'y a que son fantôme !

— Sortons de cette pièce, je vous prie. Cette conversation est inutile, et permettez-moi de retrouver mes invités.

— En somme, vous me donnez mon congé, comme un vulgaire laquet ?

— Prenez-le comme vous voulez, peu m'importe.

Musset saisit alors Laura par les deux épaules et, la tenant ainsi fermement, lui dit comme s'il lui crachait au visage :

— Puisque tout est absolument rompu net entre nous, sachez, madame, que vous êtes maintenant pour moi comme morte, et que je saurai vous faire voir que vous n'avez pas le droit de me traiter aussi légèrement !

Durant toute la soirée, Laura avait remarqué une jeune fille qui, sans être vraiment jolie, avait quelque chose qui retenait et attirait le regard : un port de tête altier, une très belle taille, beaucoup d'allure, et dans son sillage un fort parfum de patchouli. Elle ne lui avait guère parlé. Avec sa robe de soie verte qui brillait dans la lumière, son petit chapeau de paille avec une touffe de reines marguerites et ses souliers de prunelle noire, elle lui apparut comme un être de lumière au milieu de toute cette noirceur. Elle était danseuse au jardin Mabille, en jupon court et corset de basin blanc, et n'avait pas d'argent pour se payer des bijoux. Laura lui offrit un bracelet et une bague, et passa la nuit avec elle. Ce fut une nuit tendre et sereine. Clara mettait beaucoup de grâce dans ses gestes, ses mouvements, ses torsions. Elle faisait l'amour comme elle devait danser : avec un chic extraordinaire, une fougue superbe et passionnée, le corps parcouru d'une sorte de flamme électrique. Au matin, le bel oiseau s'était envolé. Il avait déposé sur le rebord du lit la bague et le bracelet, et les draps exhalaient une puissante odeur de patchouli.

La vengeance du pauvre Musset ne se fit pas long-temps attendre. En ouvrant la livraison du 1er octobre 1842 de la *Revue des Deux Mondes* Laura tomba sur une poésie intitulée « Sur une morte ». On y évoquait une femme cruelle incapable de sourire, de pleurer, d'aimer, orgueilleuse et stérile, à laquelle la nature avait, semble-t-il, refusé tout ce qui constitue le charme féminin. La dernière strophe laissait suppo-ser que la femme en question n'avait pas encore connu la glace du tombeau : « Elle est morte et n'a point vécu./ Elle faisait semblant de vivre./ De ses mains est tombé le livre/ Dans lequel elle n'a rien lu. »

Dans les jours qui suivirent cette publication tout Paris ne bruit que de cela, et bien que certains aient soutenu que cette pièce visait George Sand, beau-coup pensaient que les flèches ainsi décochées étaient destinées à une certaine princesse italienne qui avait refusé son lit à l'auteur d'*On ne badine pas avec l'amour*. N'avait-il pas d'ailleurs agi de la sorte, quelques années auparavant lorsque Rachel, après avoir abandonné son projet de jouer *La Servante du roi*, pièce écrite à son intention, avait eu aussi à subir les foudres de l'amant éconduit ? Ainsi le poète était-il coutumier du fait et, lorsqu'on demandait à Laura ce qu'elle en pensait, elle répondait en fonction de l'interlocuteur, prenant un air dédaigneux, qu'elle n'avait pas lu le poème, ou, souriant comme le fait une femme qui a assez de caractère pour savoir cacher ses blessures : « Encore Rachel ! Toujours Rachel ! Elle voudrait nous faire croire qu'elle est vivante en jouant les morts ! Allez, ce n'est qu'une ombre qui passe. »

Pour cette guerre sans amour, les clans se formèrent. Le propre frère de Musset rappelait qu'on n'avait jamais blâmé le grand Corneille d'avoir cédé à un moment de colère poétique contre une femme qui avait eu l'imprudence de se moquer de lui. D'autres trouvaient cela fort méchant et haïssable. Et si beaucoup pensaient que les hommes se vengent souvent avec cruauté des femmes qui ont été plus passionnées pour les idées que pour l'amour, ce qui en somme est un vol qui leur est fait, un nombre équivalent affirmait qu'il n'est jamais déshonorant pour une femme d'avoir été aimée et chantée par un vrai poète, quand bien même elle semble ensuite en être maudite. Balzac rappelait ainsi que Musset avait déjà fait de la beauté avec sa colère, et qu'avec cette douleur il allait exulter : « Chaque siècle a son poète de la souffrance, Musset sera le nôtre. »

En publiant ce poème, Musset permettait, de fait, à la société, de voir où elle en était avec elle-même et avec la place qu'elle réservait à la femme. La distance était infime entre le cocher qui prétend que le plus actif des antidotes contre la femme, ce sont les femmes, en un mot que comme le prétend la « sagesse » populaire « il est bon de savoir mettre en perce un tonneau nouveau » et le bourgeois lettré affirmant que le seul moyen de ne pas sentir la griffe du lion, c'est de ne pas l'exciter. Musset de son côté affirmait qu'il n'avait eu nullement l'intention de faire le mal et que ces strophes étaient tout juste une fantaisie de poète. Laura, qui finit par se souvenir que Musset entretenait avec Emilio Belgiojoso une amitié indéfectible, fut davantage blessée, bien qu'elle ne le laissât pas paraître, par la lâcheté de celui-ci que par le contenu réel du poème. Musset, après tout, n'était peut-être ni Corneille, ni un lion, et cet exhibitionnisme littéraire traduisait une sorte de panne d'inspiration. Car, elle en était sûre, ces règlements de comptes personnels, ces mises à nu publiques étaient tout le contraire de la création littéraire.

Les jours qui suivirent cette affaire, somme toute fort méprisable, Laura sombra dans une mélancolie tenace. Son seul réconfort, elle le prenait auprès de la princesse Adélaïde, sœur du roi, qui, parce qu'elle était plus « orléaniste » que Louis-Philippe, provoquait chez les légitimistes et les carlistes des haines féroces. Mais les calomnies s'en prenaient surtout à sa laideur, à ses airs de virago, à ses toilettes d'un goût déplorable, à son teint bourgeonné et rouge. Malgré ces attaques permanentes, elle restait une personne charmante, charitable, bonne et qui fut la première à exiger de Laura qu'elle ne se laisse pas dépecer par les chiens.

— Vous savez, mon amie, on a prétendu que je buvais, que je couchais avec mon frère, que j'étais une fille-mère. Nos journalistes honnêtes ont déguisé en informations ou en échos ce qui n'étaient que perfides entrefilets. Je n'ai jamais cédé. Je vous en supplie, faites de même : tenez bon !

L'autre source de réconfort, inébranlable, celle-là, car remontant aux premiers jours de son arrivée en France, c'était son amitié avec Augustin Thierry, avec lequel elle pouvait tout aussi bien parler de la composition des bienfaits des liqueurs stomachiques que de la place de l'histoire dans la société de la Restauration, du rôle des Normands dans la naissance de l'Angleterre ou des fondements du monde mérovingien. Une amitié réelle, très profonde, les unissait. Nombre d'observateurs énonçaient que cette alliance de la pensée active et de la pensée statique, de la chevalière et de l'ermite, du bruit et du repos était un des spectacles les plus excitants qui soient. Dans cette alliance féconde nul doute que si l'un attendait l'histoire et la racontait, l'autre partait au-devant de cette dernière et la faisait. Et comme toute amitié véritable, les malheurs, loin de l'entraver, l'exaltent. Alors que Laura devait se battre contre la calomnie, Augustin Thierry vivait une tragédie bien plus abominable encore : sa femme, Julie, qui avait dit un jour à Laura : « Ne l'abandonnez jamais, prenez soin de lui », venait de mourir d'un cancer.

Éclairé par une lampe aux lueurs pâles recouverte d'un abat-jour rose, alors que la lune dans son plein, suspendue juste en face de la fenêtre, projetait son éclat à travers les vitres, Augustin Thierry racontait pour la dixième fois à Laura la mort de sa femme. Aucun bruit du dehors ne montait jusqu'à eux. Dans la cheminée du salon, un foyer, lentement, agonisait. C'était un mélange de chaleur et de clarté douce, qui eussent pu inspirer, si la situation avait été autre, comme une mollesse et une rêverie involontaires. Le vieil homme tenait la main de Laura. Son immobilité était telle que, sans ses grands yeux tenus ouverts, elle aurait pu croire qu'il s'était assoupi :

— C'est arrivé si vite. Elle paraissait si bien portante. Elle causait, elle causait, et tout à coup sa tête s'est penchée. Et sa vie a commencé de s'envoler. On a cru à une lésion du cœur. C'était un cancer. En moins d'une semaine elle était morte. Vous dire ce que j'ai perdu est impossible.

— Je ne vous laisserai jamais seul, Augustin. J'en ai fait le serment à Julie.

Recroquevillé dans son fauteuil, l'historien se redressa soudain, comme poussé par on ne sait quel aiguillon.

— Parlons d'autre chose, voulez-vous ? Il faut parler d'autre chose, n'est-ce pas ?

— Oui, répondit Laura en embrassant tendrement la main de son ami.

— De vous, par exemple.

— Est-ce un sujet bien passionnant ? demanda Laura en riant.

— Mais sans aucun doute ! Tenez, avez-vous des nouvelles d'Emilio ? Est-il enfin prêt à reconnaître que Maria Gerolama est sa fille ?

— Non… Il ne répond même plus à mes lettres. Il a peur que je les vende !

— Que vous les vendiez ? Mais pourquoi ?

— Il paraît que c'est à la mode, que cela vaut une fortune. Les journaux sont aujourd'hui très friands de ces lettres autographes, de celles qu'il serait fort désagréable de faire circuler. Plus elles sont intimes, plus les gazettes sont prêtes à les acheter au prix fort ! Il paraîtrait qu'un type nouveau de lecteur ne veut plus ingurgiter que ce genre de « littérature »…

— Que me racontez-vous là ?

— La stricte vérité, mon ami. Ainsi, une lettre du roi des Pays-Bas, rachetée par Mme de Dolamieu au général Fagel, a-t-elle atteint la somme de mille cinq cents francs !

— Quelle étrangeté inouïe. Les temps actuels ont un cachet tout particulier d'effronterie ! Ne cédez jamais face à Emilio !

— Dans sa dernière lettre il me disait qu'il était tout occupé à remettre en état la villa Pliniana sur les bords du lac de Côme. Il s'y est enfui avec une jeune femme, pour, je cite, « nager, piquer des têtes, se donner des passades, passez enfin du temps comme j'aime, le cigare à la bouche, débraillé, sans façons, sans soucis, chantant, buvant, dormant comme un vrai philosophe » !

— Et votre prince, il vous écrit, lui ?

— Quel autre prince?

— Celui qui se voit déjà empereur des Français : Louis-Napoléon…

— Ham n'est pas une maison close. Après avoir ordonné qu'on le prive de rasoir et que son couteau de table soit émoussé, tant il redoutait que le désespoir ne le pousse à un geste fatal, il a demandé qu'on lui apporte des livres, du papier et de l'encre. Il va mieux, peut se promener sur les remparts, joue au whist et aux échecs avec ses compagnons de cellule, et monte son cheval dans la cour ! Il a décidé d'adopter une attitude de dignité un peu distante, c'est bien.

— La calomnie la transformera aussitôt en morgue outrecuidante. L'être humain est d'une bêtise sans fond, vous savez.

Laura demanda qu'on serve du café noir et de ces petites tuiles brunes et fines qu'Augustin Thierry appréciait particulièrement. Ce plaisir éphémère, modeste, détendit l'atmosphère.

— Vous me sauvez, Laura.

— Mais vous aussi, mon ami.

La pensée d'Augustin Thierry avançait en spirale. Il revint à Maria Gerolama :

— Et votre petite fille, avez-vous des nouvelles ? Quel âge a-t-elle à présent ?

— Bientôt quatre ans, répondit Laura en éclatant en sanglots. Je ne me ferai jamais à cette séparation. Ne pas la voir grandir, c'est insupportable. La nuit, je sanglote sur des petits vêtements que je serre contre moi. C'est ridicule. Je ne savais pas que l'amour d'une mère puisse ainsi faire pâlir tous les autres. Il n'est point de passion, pour fougueuse qu'elle soit, qui puisse être comparée à cette affection tranquille en apparence, régulière, éclairée, d'une mère pour son enfant.

— La réflexion n'y entre pour rien. Ce qu'on donne ne se mesure jamais à ce qu'on espère recevoir. On aime, non comme on s'aime soi-même, mais cent fois mieux et plus.

— Comme cela fait souffrir! Cent fois par jour je me dis que le dois rentrer en Italie.

— Ce serait une erreur. Attendez encore. Quand vous serez vraiment prête, alors vous pourrez songer de nouveau à mettre en valeur votre domaine, à retravailler avec vos paysans et à assurer à votre fille une place dans la société.

— Mais en attendant?

— Aimez-vous davantage. Vous avez la chance d'avoir encore vos yeux, utilisez-les. Regardez-vous et faites-vous regarder.

— Ne l'ai-je pas fait que trop durant toutes ces années?

— Je ne parle pas de cela.

— Mais de quoi parlez-vous, alors?

— De votre portrait. Faites-vous faire un portrait. Les galeries des châteaux de votre aristocratie en sont pleines. Cela avait son utilité.

— Diodata m'a souvent parlé d'un certain Giovanni Francesco Rigaut, un peintre piémontais qui vit entre Paris et Turin.

— Non, non, pas un Italien. Quelqu'un qui n'a rien à voir de près ou de loin avec vous. Qui ne vous connaît pas. Qui est d'une autre culture, d'un autre pays. Un regard neuf, nouveau. Ce sera pour vous une vraie découverte. Allez voir de ma part M. Henri Lehmann. Il a peint des portraits de Liszt, de Marie d'Agoult, de Giobert l'indigotier et de quelques autres, il me semble tout indiqué pour faire le vôtre...

22

L'idée de transporter, l'espace de quelques semaines, son atelier de la rue des Martyrs à Port-Marly enchanta Henri Lehmann. Ainsi pourrait-il, en rejoignant la fameuse campagne, continuer de réfléchir à son art, loin de l'effervescence de la Nouvelle-Athènes et des longues controverses soulevées dans les mansardes proches de l'École des beaux-arts. Devait-il ou non abolir toute donnée anecdotique ? Fallait-il représenter l'action humaine en la dramatisant ? Comment figurer l'idéalisme, l'éloquence, la fougue ? L'artiste devait-il selon son gré disposer des formats et des sujets ? Quelle place laisser à la libre interprétation du spectateur ? Autant de questions auxquelles il pourrait tenter de répondre, à l'ombre bienfaitrice des grands arbres du parc de Port-Marly, tout en laissant errer son pinceau sur la toile, comme en se jouant.

Assise en face de lui, Laura observait le peintre avec une attention au moins égale à la sienne. Il travaillait sans hâte, par petites touches légères, s'éloignant parfois de la toile pour y revenir, la caresser sensuellement et accentuer ainsi sa description. Il parlait peu. Tout juste donnait-il quelques indications, formulait-il quelques remarques sur telle ou telle inclinaison du visage, correction dans la position des mains, placement des bras ou du buste. Il avait été on ne peut plus clair avec Laura. Sa toile n'aurait ni la froideur trop lisse à ses yeux du portrait qu'avait fait d'elle quelques années auparavant Francesco Hayez, ni le côté négligé, presque oriental du pastel de Vincent Vidal : «Ce que je veux, voyez-vous, c'est éviter de faire du gracieux, je ne veux rien embellir, mais gagner en présence. Je voudrais peindre votre liberté ; celle que donnent l'amour, la confiance, votre lumineuse lucidité.»

Laura avait demandé au peintre, qui avait accepté, l'autorisation de faire placer un miroir de telle sorte qu'elle puisse suivre l'évolution de la toile en même temps que celle-ci était peinte. Ainsi, lentement, elle se voyait naître parmi les bruits du pinceau en poil de putois glissant sur la toile et l'odeur pénétrante de la térébenthine. Mais se voir ainsi représentée avait fini par l'ébranler. Cette naissance était une mort. Voilà ce qui resterait d'elle après sa mort, pensait-elle, et les gens qui plusieurs années après, voire des siècles, s'arrêteraient devant cette femme aux énormes yeux noirs et aux cheveux lisses séparés par le milieu, se diraient sans doute : «Encore une qui avait dû être aimable, spirituelle, piquante, coquette, et qui s'était fanée et était comme le temps tombée en poussière.» À plusieurs reprises, elle avait failli demander à Lehmann d'interrompre son travail. L'idée de cette vie qui disparaît sans laisser de traces, ni de la beauté ni de la laideur, de cette mort sèche qui n'épargne ni la rose ni le charbon, lui était insupportable. Alors qu'elle s'observait dans le miroir, elle se souvint d'une longue discussion avec Henri Heine. Celui-ci était effrayé par ce qu'il appelait cet «affreux gouffre de mort toujours béant», accompagnant l'homme, toute sa vie, comme un chien fidèle : «Laura, nous ne périssons même pas en qualité d'originaux, mais comme des copies d'hommes disparus depuis longtemps, qui nous ont précédés, et qui nous ressemblaient en corps et en esprit. Après nous, naîtront d'autres hommes qui auront encore le même air, les mêmes sentiments, les mêmes pensées que nous, et que la mort, à son tour, anéantira.» Les paroles de son ami poète étaient si présentes, si fortes, cela lui créa un mal-être si puissant que Laura finit par faire décrocher le miroir afin de ne plus se voir.

À partir de ce jour, elle retrouva la joie qui s'était enfuie d'elle, et *La Jonchère* redevint immédiatement le lieu béni où s'épanouissaient le charme et la liberté. Les repas y étaient annoncés par une cloche, mais qui ne contraignait personne à venir s'installer à la table : les retardataires étaient toujours les bienvenus et les absents ne devaient jamais fournir d'explication. La forêt de Marly toute proche et celle de Saint-Germain offraient d'interminables promenades et des sites garants d'un enchantement absolu. Le jour de la fête des Loges, le ban et l'arrière-ban des amis étaient convoqués. Et dès que le temps le permettait, on rentrait aux flambeaux de la forêt de Saint-Germain, on pique-niquait dans les champs alentour, et la nuit un bal champêtre était donné dans les jardins du château en l'honneur des invités et des villageois. Un jour même, après minuit, on termina la soirée sur les bords de la Seine et l'on canota jusqu'à l'aube sur des embarcations illuminées par des lanternes vénitiennes.

Entre deux séances de pose, et en l'espace de quelques mois, Laura avait entièrement recréé son univers et retrouvé sa joie de vivre. Malgré l'absence de Mignet dont le caractère rigide lui avait sans doute imposé de ne plus se rendre aux invitations de Laura, et le souvenir affreux du terrible accident de chemin de fer qui avait eu lieu sur la ligne Paris-Versailles et avait fait une centaine de victimes brûlées à tel point qu'on n'avait pu identifier certains corps,

La Jonchère avait retrouvé toute sa gaieté. Lamartine, récemment passé à gauche par rancune contre les conservateurs qui ne l'avaient pas porté à la présidence, faisait désormais plusieurs fois le voyage pour rejoindre Marly, tout comme Thiers en pleine intrigue politique. Liszt, dont le magnétisme irrésistible avait contraint une dame anglaise à sceller son piano sur lequel il avait joué «afin que désormais nul mortel ne puisse poser les doigts sur l'instrument consacré», tout comme Balzac, petit tonneau d'homme qui nourrissait à l'encontre des Apollons tournant autour de Laura d'incoercibles rancœurs, avaient eux aussi repris la route de Port-Marly, Et de temps en temps, tandis que certains amis prenaient le thé sur la terrasse, dînaient à l'italienne sous une véranda éclairée par des lampes, et que d'autres ayant mangé à cinq heures avaient déjà repris le train qui les ramènerait à Paris après une bonne heure de trajet, Laura retrouvait Lehmann qui l'attendait, serein et sans jamais d'impatience déplacée, dans son atelier improvisé, occupé à diluer ses couleurs pour, disait-il, «tenter tant que faire se peut de réduire la densité de la surface colorée avec moins de matière et plus de signification».

Mais ce qui excitait le plus Laura, en ce beau printemps qui semblait s'acheminer avec toute la volupté nécessaire vers l'été, c'était le lancement de sa *Gazzetta italiana*. Soutenir financièrement, comme elle l'avait fait, le *Journal des femmes*, *La Tribune de la Mère nouvelle*, ou plus récemment, aux côtés de Marceline Desbordes-Valmore et de Pauline Roland, *L'Union* de Flora Tristan, ne lui suffisait plus. Elle devait s'engager davantage, prendre plus de risques, occuper une place plus effective encore au cœur de cette Europe en pleine mutation. Ce journal, qui paraissait trois fois par semaine à Paris, contenait nombre d'articles substantiels et vifs, sans rien du pathos exigé par tant de revues concurrentes, où la pensée était soufflée et délayée en vue d'une abondance de copie, où l'on tirait tant que l'on pouvait sur la couenne pour obtenir le nombre de pages demandée. L'objectif affiché de la *Gazzetta italiana* était d'éveiller la conscience politique et de transmettre au plus large public possible les idées libérales originales de sa directrice. Sa marge de manœuvre était cependant très mince. Rejetant les idéaux républicains de Mazzini qui ne voyait le futur de l'Italie que dans la chute de la monarchie, les propositions de Cesare Balbo[17], auteur du fameux *Speranze d'Italia*, préconisant une fédération de l'Italie sous égide autrichienne, et les tenants d'un royaume gouverné par le pape, elle proposait ni plus ni moins que la formation d'une Italie unie ayant pour monarque constitutionnel Charles-Albert, le représentant de la maison de Savoie.

Bien qu'elle ait pu très rapidement réunir autour de son nom de brillantes signatures, les fameux rédacteurs ne poussèrent pas leur engagement jusqu'à soutenir financièrement le journal. Seul Liszt proposa d'en être un véritable actionnaire. Très vite, Laura comprit qu'il lui fallait trouver des soutiens financiers, et cela d'autant plus que son plus proche collaborateur, un jeune Napolitain écrivain et patriote, du nom de Giuseppe Massari, engagé contre l'avis de Thiers qui voyait en lui un personnage peu recommandable, s'occupait davantage de la courtiser que d'acquitter la tâche pour laquelle il avait été engagé : récolter des fonds. Henri Lehmann étant retourné à Paris avec, sous le bras, son tableau qu'il comptait exposer au prochain Salon carré du Louvre qui allait se tenir dans un mois, Laura en profiterait pour revenir à Paris. Elle y trouverait les soutiens qu'elle cherchait et travaillerait à l'exécution de son grand projet : faire passer en fraude en Italie des exemplaires de la *Gazzetta italiana*. Ses détracteurs allaient encore aboyer, mais peu lui importait. De plus, elle profiterait de son retour dans la capitale pour aller admirer au Salon le tableau de Lehmann.

Mais quelle honte ! Mais quelle horreur ! disait une grosse femme à sa voisine, tout aussi enveloppée qu'elle.

— Autant son *Tobie*, exposé l'an passé, annonçait un beau talent, mais ça, non, non, ce n'est pas possible ! susurrait un dandy vêtu d'un pantalon en cachemire rouge, et d'une veste en soie brodée d'or.

— Sa *Fille de Jephté* ne valait guère mieux, vous savez. Ces sept malheureuses femmes se ressemblaient toutes, quelle monotonie ! Ça ne vaut rien ! glapissait un jeune homme, étirant le mot « rien », le modulant à l'infini avec une intonation de baryton : « rien », « rien »...

Coincée derrière un pilier, son petit chapeau plat sur la tête, couvre-chef très en vogue que d'aucuns appelaient une « assiette à soupe en crêpe blanc ornée de plumes », Laura essayait de se frayer un passage pour tenter d'atteindre la toile de Lehmann qui ne semblait guère susciter l'enthousiasme. Depuis quelques années le Salon était devenu un de ces rendez-vous mondains qu'il ne fallait manquer à aucun prix. Elle avait réussi à franchir les longues files de voitures rangées dans la cour, à monter le grand escalier sans qu'un parapluie ou une canne ne la blesse, mais à présent au cœur du cyclone elle ne savait que faire. L'assemblée, nombreuse, ressemblait à un troupeau qui avançait lentement dans le même sens, le public le plus vulgaire coudoyant la société la plus brillante. Et si les messieurs portaient tous des chapeaux aux reflets chatoyants allant et venant comme le balancier d'une pendule, les dames avaient, semble-t-il, décidé de réfugier le luxe dans le port de bonnets, et ces têtes coiffées faisaient comme une vague ondulante de velours et de dentelle, de tulle neigeux et de satin. À quelques mètres au-dessus de ce monde mouvant les toiles immobiles attendaient le regard du public et les décisions d'un jury s'arrogeant désormais un droit de vie et de mort sur les artistes. Hesse, Le Poittevin, Bertin, Gudin, Charlet, Bodinier, Bézard, Lami, Cogniet, Winterhalter, Granet, Boulanger. Ils étaient tous là. Alors que bloquée par la foule devant le *Réveil du juste*, d'un certain M. Signol qui avait visiblement souhaité composer son tableau de chevalet comme une scène de tragédie, en y incluant une certaine splendeur théâtrale, Laura fut interpellée par son secrétaire Giuseppe Massari.

— Madame.

— Je ne pensais pas vous trouver ici.

— Je travaille, madame. L'abbé Gioberti[18] envisage de soutenir notre action.

— Bien. Bravo. Quoi d'autre ?

— Il est ici, madame.

— Gioberti ?

— Non, madame, le tableau que vous cherchez. Juste à côté du *Carnaval à Rome* de M. Bard. Avant l'escalier qui descend à la salle des sculptures, entre...

Laura n'entendit pas la fin de la phrase. Giuseppe Massari avait disparu, poussé par une troupe de lionnes échappées du Bois et toutes vêtues de larges capotes dont la passe évasée et le fond large se paraient d'étoffes déchiquetées et découpées de manière si bizarre qu'on eût pu croire qu'elles avaient emprunté leurs vêtements à quelques chiffonnières. Poussée dans le dos, elle se retrouva tout près de l'escalier. Relevant la tête pour essayer d'y voir clair, elle tomba sur la toile de Lehmann. Dans son cadre néo-Renaissance, dont les côtés reprenaient le fond damassé, lui-même étant une répétition de la robe également damassée, l'Italienne avait fière allure. Lehmann, plus que l'enveloppe extérieure de Laura, en avait saisi la beauté intérieure. Certes, il y avait ce nez délicieusement dessiné, ces longs sourcils, cette bouche délicate et sensuelle, jusqu'à la fossette au menton qu'il avait su «attraper» avec beaucoup d'élégance ; mais surtout, Laura se retrouvait tout entière dans ces cheveux noirs luisants séparés par le milieu en deux bandeaux strictement identiques réunis sur le côté en une natte royale ; dans ces longs doigts si fins qu'on les imaginait effleurant un clavier ; enfin, dans cette expression parfaitement sereine de l'ovale du visage. La technique utilisée n'était pas sans rappeler le meilleur Ingres ; quant au choix de la pose, classique, elle évoquait irrésistiblement une madone de Raphaël. Mais au-delà même de l'éclat sculptural de la peau, dont le peintre avait su restituer tout le velouté, au-delà de l'élégante draperie, au-delà de l'aspect soyeux et calme de l'ensemble, oui, ce qui la touchait au plus profond, c'était la réussite visible de cette gageure : rendre l'âme présente, faire qu'on en appréhende toute la pureté. Ce tableau retraçait une vie. Il était habité. Et l'espace d'une seconde, toute remplie de la contemplation de son portrait, Laura fut au comble du bonheur.

À quelques mètres de là, un cercle d'observateurs professionnels, de ceux à qui les artistes soumettent leurs œuvres à leur juridiction sans appel, étaient en grande discussion. Aucun de ces messieurs, trop occupés à pérorer, ne s'était aperçu de la présence de Laura, il est vrai quelque peu dissimulée par un public de plus en plus nombreux, à mesure qu'on avançait vers la soirée. Les propos tenus par M. Saint-

Martin, critique à la *Revue indépendante*, lui firent l'effet d'un seau d'eau glacé :

— Cette femme n'a ni poitrine, ni épaules. Et où voulez-vous mettre un cœur ? Sous cette surface fine et étroite qui est censée représenter le buste ? Mais c'est impossible. On dirait une malade. Une ombre effrayante. La princesse Di Trivulzio est un cadavre ambulant !

Pleisse, critique à la *Revue des Deux Mondes*, éclata d'un rire gras, ajoutant :

— Ce portrait est un désastre et une calomnie. Qu'a voulu faire Lehmann, rechercher le style, le caractère ? Eh bien, c'est loupé. Lehmann n'est pourtant pas un barbouilleur. C'est le modèle, mes amis, qui ne va pas. C'est une ombre sans corps. Voilà une image bien froide, bien immobile. Allez, Musset a raison : Laura Di Trivulzio est une morte.

Sainte-Beuve, hilare — du moins Laura pensait-elle reconnaître sa voix —, lança, péremptoire :

— Vous savez ce que je dirais ?

Chacun attendait la phrase définitive, que ne manquerait pas de décocher le maître :

— Eh bien, je dirais : ce n'est pas un portrait, c'est une apparition, La pauvre femme, c'est pathétique.

Tenant à peine debout, mais essayant d'écouter ce que continuaient de se raconter les fameux critiques, Laura voyait autour d'elle défiler le Tout-Paris et sans que personne, étrangement, vienne s'adresser à elle, comme si elle était devenue transparente, comme si on voulait éviter le modèle du portrait. Hugo, charlatan et cyclope, fit mine de ne pas la voir. Thiers, dont on disait qu'il était une rétine immense, un œil qui voit tout, passa à côté d'elle en l'ignorant. Buloz, le grand exploiteur, changea de travée dès lors qu'il l'aperçut. Était-elle devenue pestiférée pour que Chaudsaigues, Marmier, Mérimée,

Gautier, Rémusat, Vivien, Lerminier oublient de la saluer ? Quel choléra l'avait atteinte, pour que même Mme Récamier, trimbalant tout le long du Salon sa névralgie faciale et son sourire amidonné, ne s'avance pas vers elle pour l'embrasser comme elle aimait si souvent le faire ? Elle replongea dans le tableau et se souvint que le jour où Lehmann mettait une touche finale au drapé de sa robe, ils avaient été interrompus en pleine séance par une nouvelle terrible : Mgr le duc d'Orléans venait de mourir en tombant de sa voiture ! C'était un 15 juillet. Elle se souvint que le peintre, une fois l'émotion apaisée, avait repris ses pinceaux, comme si de rien n'était, et s'était remis au travail. Aujourd'hui, plusieurs mois après, elle se demandait si quelque chose de cette émotion ou de cet événement était passé dans le drapé de sa robe, sans pouvoir donner de réponse satisfaisante à sa question. Fatiguée, meurtrie, elle décida de quitter le Salon. Alors qu'elle regardait une dernière fois le portrait de Lehmann, Lamartine se planta devant elle et après l'avoir saluée, lui montrant du doigt le groupe de critiques continuant de ricaner devant la toile, lui dit :

— J'espère que vous n'écoutez pas ce qu'ils racontent ?

— Hélas, j'en ai entendu suffisamment pour aujourd'hui.

— Vous savez, chère princesse, moi qui ne suis pas peintre, je n'ai pas de système en peinture. Mais ce que je sais, c'est que ce que j'appelle un système, dans l'artiste, c'est de l'amour ; et que dans le critique, ce n'est que de la haine.

Dans les jours qui suivirent l'ouverture du Salon, l'émotion provoquée par la toile de Lehmann fut telle que l'Église s'empara de l'affaire. L'abbé de Livensort, du haut de sa chaire à Notre-Dame, prêcha pêle-mêle contre le goût du luxe affiché par la majorité des femmes ; leur impossibilité d'abstraire et de généraliser, tout envahies qu'elles sont par leur imagination ; leur faculté d'oubli, inversement proportionnel à leur possibilité de comprendre le monde ; enfin, le peu de décence de leur toilette, voyant dans le «décolletage des robes» une preuve supplémentaire de l'existence du démon. Après en avoir profité pour rappeler que, «comme le pense pour une fois avec justesse Mme Sand», la place des femmes n'était pas plus à l'Académie qu'elle n'est au Sénat, au Corps législatif ou dans les armées, il finit son sermon par une attaque violente non point tant contre le portrait de Lehmann qu'il comparait à un «palais sans âme», mais contre le modèle qui avait posé pour lui :

— Qui a dit que le rôle mondain de Mme de Trivulce était terminé ? Le chapitre de ses excentricités, qui lui valurent une réputation moins flatteuse que bruyante, ne me semble pas refermé. Elle me fait penser à ces femmes frappées de ce qu'on appelle aujourd'hui la *desesperanza*. On les reconnaît à leur air vaporeux, à leurs yeux humides, à leur chevelure abandonnée. La passion de la chair, de la poésie révolutionnaire, de la soif du mal, les a rendues si pâles, qu'on les voit errer dans les salons, les théâtres, les promenades, à la recherche d'hommes et de femmes à entraîner dans leurs débauches. Cette pâleur de teint, nous la retrouvons sur la toile de M. Lehmann, et nous n'en voulons pas, mes sœurs et mes frères. Dieu est vie. Dieu est amour. Dieu refuse la couleur de la mort.

Moins d'une semaine après son accrochage, le tableau de Lehmann fut décroché. Un seul critique, un certain G.G. Lemaire, prit la défense du peintre et de son modèle, écrivant dans les colonnes des *Derniers Mots de l'ennemi*, que M. Henri Lehmann, comme il l'avait fait avec Liszt, «avait su rendre à merveille toute la complexité de cette femme à la fois attachante et singulière, capricieuse, enthousiaste et dévouée, aussi noble de cœur que fantasque d'esprit ».

Cet événement fâcheux rapprocha davantage encore Laura d'Augustin Thierry, de telle sorte qu'un projet inattendu germa dans l'esprit des deux amis. Le vieil historien, qui vivait depuis la mort de sa femme dans un hôtel aussi vaste que morose de la rue de Courcelles, se rendait de temps en temps chez Laura où il avait fini par trouver une place parmi la cohue cosmopolite des patriotes moldaves, des réfugiés grecs, des exilés italiens, sans parler des Hongrois, des Espagnols et de certains Belges qui n'avaient toujours pas digéré qu'un prince allemand ait accepté la couronne de Belgique. Mais ces allées et venues entre les deux maisons fatiguaient le vieil homme. Laura eut une idée qu'il n'était guère compliqué de mettre en pratique : acheter une propriété plus grande dans laquelle Augustin Thierry aurait un espace bien à lui. « Oui, mon frère, dit Laura, ce sera là votre part, la retraite calme, riante et assurée où nous vieillirons à peu de distance et d'espace, où vous achèverez vos beaux travaux. Où je commencerai les miens… » Un terrain fut rapidement trouvé, rue de Vaugirard, à Montparnasse, dans ce quartier calme et boisé où plusieurs autres artistes, écrivains et hommes politiques, tels Sainte-Beuve, Henri Martin, Gabriel Hanotaux, Edgar Quinet, venaient de s'installer, et dans lequel une certaine Nora Lelas, Italienne de Paris, possédait plusieurs lots pour investissement qu'elle revendait avec bénéfice à des compatriotes.

Dès lors, Laura partagea son temps entre la surveillance de la construction, puis de la décoration de sa nouvelle demeure et sa traduction de *La Scienza nuova* de Vico, ouvrage capital pour les historiens philosophes et les philosophes du droit, et dont il n'existait alors qu'une traduction partielle effectuée par Michelet. Ces occupations, lourdes et prenantes, firent que le temps passa si vite que l'un et l'autre apprirent avec une joie teintée d'appréhension la nouvelle de l'imminence de leur emménagement. En quelques jours, tout fut terminé et chacun put occuper l'espace qui lui avait été réservé : Laura, la grande maison centrale ; Augustin Thierry, un pavillon situé dans un coin de la propriété, et que la princesse lui louait. Derrière la porte majestueuse en fer forgé, ouvrant sur un grand parc planté d'arbres, entre lesquels des petits jardins pleins d'herbe, de désordre et d'ombre, languissaient, Laura et Augustin Thierry commençaient une nouvelle vie où chacun, à sa façon, pourrait prendre soin de l'autre.

Un jour, malgré la pluie glacée tombant sous un ciel bas, Laura décida de se rendre au Jardin des Plantes afin d'y prendre livraison de plusieurs petites chèvres blanches qu'elle comptait lâcher dans la propriété dès qu'elle serait certaine de pouvoir faire venir Maria Gerolama. Un soleil transi agonisait derrière des nuages qui s'accumulaient et, lentement, semblaient se vider. C'était une de ces journées d'une tristesse énervante, d'une obsédante mélancolie, qui détrempaient les énergies, remplissant les âmes d'ombre et de froid. Arrivée devant les grilles du Jardin des Plantes, elle constata que la pluie avait momentanément cessé. Une foule d'enfants avec leurs mères et leurs bonnes, leurs pères et leurs précepteurs, attendaient qu'un gardien vienne leur ouvrir. Lorsque ce fut chose faite, la petite armée bruyante courut vers les boutiques où l'on vendait des gâteaux, des oranges, des sucres d'orge et des liqueurs. «Venez vous fournir en friandises, mes petits messieurs et mes petites demoiselles», leur lançaient les marchandes en tentant de les attirer sur leur stand. Laura observait la scène sans trop y accorder d'importance, jusqu'à ce qu'une petite fille, qui se remplissait les poches et le chapeau de pâtisseries et de bonbons, attire son attention.

— Allons voir les bêtes, dit la mère en italien à la petite fille, nous sommes là pour ça.

— Je mange un gâteau d'abord, répondit l'enfant en boudant.

— Non, nous n'avons pas beaucoup de temps.

— Je veux voir les ours et les singes!

— Alors justement, tu devras marcher, c'est loin.

— J'ai cinq ans, je ne suis plus un bébé…

— Allez, Maria Gerolama, viens maintenant, ça suffit, répliqua la mère en tirant la fillette par le bras.

En entendant ce prénom, Laura crut défaillir. Telle une somnambule, elle se mit à suivre la petite fille et sa mère parce qu'elle savait que celle-ci répéterait ce prénom et que l'entendre la comblerait de bonheur et la transpercerait de douleur. La fillette jeta des gâteaux aux ours, régala les singes, dont les gambades impures la mirent mal à l'aise. Puis elle passa dans le bâtiment circulaire où s'abritaient les rennes, les antilopes, les girafes et les éléphants. «Maria Gerolama, regarde ce cou, comme il est long.» «Maria Gerolama, tu as vu comme ta main est petite à côté de la trompe de l'éléphant!» Puis ce fut l'heure du repas des fauves, dans la longue galerie où étaient enfermés les lions, les tigres et les panthères, dont les rugissements terribles se faisaient entendre au-dehors. Une odeur âcre remplissait la galerie dans laquelle régnait une chaleur étouffante qui prenait à la gorge. L'enfant voulut sortir, les fauves lui faisaient peur. L'allée centrale était couverte de vastes volières. Des tourterelles, des perroquets, des pintades y jouaient en liberté, Des hérons lissaient leurs plumes au soleil. Des paons faisaient la roue. Des perruches jasaient. Des autruches secouaient leurs longues ailes en éventail. Une petite lumière froide filtrait à travers les rameaux dépouillés des arbres, projetant sur le sable des ombres dentelées que Laura, toujours précédée de la mère et de la fillette, suivit jusqu'au fameux cèdre presque centenaire, «que Jussieu avait planté et que Linné avait touché de ses mains», dit la mère à sa fille qui ne semblait guère intéressée par le vieil arbre.

— Je veux retourner voir les lions!

— Je croyais que tu avais peur?

— Non, je n'ai pas peur, plus maintenant.

La mère hésita, puis se rendit aux désirs de sa fille: «Ce n'est pas demain que je vais aller dans le Sahara pour en voir!»

Le repas des bêtes féroces n'était toujours pas terminé et les gardiens revenaient à présent avec des quartiers de viande sanglants qu'ils jetaient aux fauves, lesquels, allongés sur le sol de leur cage, se détendaient soudain et attrapaient la viande en rugissant. La petite fille était fascinée par un énorme lion, la tête appuyée sur ses deux pattes de devant, et qui semblait la regarder sans méchanceté. Alors que la mère détournait la tête pour observer une lionne en train de dépecer un carré de viande, le «lion du Sahara» se leva lentement et vint frotter son énorme crinière dorée contre les barreaux. Elle semblait si soyeuse, si brillante, qu'on avait presque envie de la toucher. Quelques touffes de longs poils roux passaient à l'extérieur de la cage. La fillette, machinalement, avança sa petite main qu'elle enfonça rapidement dans la crinière du lion. L'animal poussa alors un rugissement formidable qui résonna avec une telle violence dans la pièce que les autres fauves se mirent eux aussi à hurler à la mort. Laura avait juste eu le temps de tirer la fillette par le bras et sans aucun doute de la sauver de la gueule du lion. Elle tenait la fillette dans ses bras, ne cessant de répéter : « Ce n'est rien, Maria Gerolama, ce n'est rien, ma Maria Gerolama. » La mère voyant la scène se précipita sur Laura, lui arracha sa fille, et la traitant de folle sortit en courant de la ménagerie. Laura resta plusieurs minutes dans l'impossibilité de faire le moindre geste, de prononcer le moindre mot. Le grand lion, après avoir repris sa position initiale, la tête appuyée sur ses deux pattes de devant, se léchait les babines en la regardant. Quand elle sortit, il pleuvait à nouveau, de telle sorte que ceux qui la croisaient pouvaient penser que l'eau qui inondait ses joues était de l'eau de pluie et non des larmes.

— Vous n'avez pas rapporté de chèvres ? demanda Augustin Thierry.

— Non, mon ami, répondit Laura en tremblant.

— Mais vous êtes trempée. Et vous pleurez, ajouta-t-il passant ses mains sur le visage de Laura. Que vous est-il arrivé ?

Alors Laura raconta tout de la scène du Jardin des Plantes, et l'extrême désespoir où cela l'avait jetée. Elle comprenait la réaction de la mère tout en ne l'excusant pas. N'avait-elle pas, tout de même, sauvé sa fille ?

— Oui, répondit Augustin Thierry, mais vous l'avez fait à sa place, et elle ne peut se le pardonner.

— Arriverai-je seulement un jour à concilier mon rôle de mère et la nécessité de mon action politique ?

— Je ne vois pas comment vous pourriez faire autrement, mon amie, vous y êtes contrainte.

— J'ai peur de n'arriver à rien. J'ai peur qu'Emilio ne reconnaisse jamais sa fille. J'ai peur de passer ma vie à me tromper. J'ai suivi Mazzini. Or c'est un chef trop crédule, ses informations sont insuffisantes, il manque de pénétration politique, il est incapable de juger les hommes. Je ne peux plus soutenir le comte Balbo, comme je l'ai fait il y a peu, ce qui m'a valu la haine de mes amis : ses *Speranze d'Italia* étudient la question italienne avec une modération et une sûreté de jugement inconnues jusqu'à ce jour ; mais, tout de même, on ne peut accepter la présence des Autrichiens sur notre sol !

— Metternich assure qu'il ne voit pas plus de différence entre Balbo et Mazzini qu'entre « empoisonneurs et assassins », vous savez...

— Il y a des jours où je me demande si je ne devrais pas tout arrêter. Vous vous souvenez de Terenzio Mamiani ?

— Il avait été capturé par le général Zucchi et il avait été libéré de la prison San Severo de Venise sur votre intervention, c'est cela ?

— Exactement. Eh bien, il vient de refuser de rejoindre l'équipe de la *Gazzetta italiana* sous prétexte que cette revue est dirigée par une femme !

— L'ingratitude des obligés est, hélas, monnaie courante.

— Beaucoup de nos contemporains ont de la reconnaissance pour les médiocres, et bien peu éprouvent de la gratitude pour les personnes de qualité.

D'abondantes larmes coulèrent soudain des paupières closes d'Augustin Thierry :

— Ma chère sœur...

— Oui, mon cher frère...

— Je ne connais pas de personne meilleure que vous...

— Merci, mon ami, vous ne savez pas le bien que vous me faites.

— Écoutez, notre installation est terminée. Je travaille chaque jour dans la sérénité la plus totale. Votre traduction est bien avancée, m'avez-vous dit. Alors, partez en Italie chercher une autre petite chèvre et ramenez-la ici. Maria Gerolama a autant besoin de vous que vous avez besoin d'elle. C'est bientôt Noël, et cela lui serait un magnifique cadeau que de revoir sa mère.

23

La neige recouvrait tout, à tel point que la lourde patache reliant Alexandrie à Milan, après s'être perdue dans la plaine monotone de la chartreuse de Pavie, s'était retrouvée non loin de Rogoredo, pays très marécageux et coupé de nombreux canaux gelés. Au bout de plusieurs heures de recherches l'affreuse guimbarde avait dû rebrousser chemin et suivre la fameuse route établie sur une chaussée extrêmement élevée, reconnaissable entre toutes, qui menait à Locate. Alors que la voiture, haut bâchée, accrochait les branches des arbres de l'allée couverte conduisant au château, laissant sur son passage une pluie de neige fine et poudreuse, Laura tapa contre la cloison afin de demander au postillon de s'arrêter. Ayant quitté Paris sur un coup de tête, elle n'avait pu prévenir personne de son arrivée : la surprise n'en serait que plus forte. Excepté le cheval qui, auréolé d'un nuage de vapeur, dodelinait bruyamment de la tête en soufflant et en secouant son harnais, il régnait sur la propriété un silence illimité. Une neige légère, à peine frémissante, saupoudrait les branches d'une mousse glacée et étendait sur le chemin un immense tapis moelleux et blanc. C'est au bout de celui-ci que Laura vit une enfant qui jouait avec une femme, toutes deux emmitouflées comme des moujiks dans leurs fourrures. Son cœur se mit à battre. Elle reconnut Maria Gerolama et Felicita. Ce fut cette dernière qui parla la première :

— Madame, madame est revenue, regarde qui est là ! lança-t-elle joyeusement à la petite fille.

— Qui êtes-vous ? demanda Maria Gerolama, une boule de neige à la main.

— Vous ne la reconnaissez pas ? dit Felicita en s'adressant à l'enfant.

— Non.

Laura s'approcha pour embrasser la fillette qui eut un mouvement de recul.

— C'est votre maman, mademoiselle.

— La dame du portrait ?

— Oui. Je suis Laura, ta maman, réussit à articuler Laura, submergée par l'émotion.

— Bonjour, maman, j'ai quatre ans et je vous aime, dit Maria Gerolama en embrassant sa mère, comme le fait toute petite personne élevée dans l'idée que la politesse est à l'esprit ce que la grâce est au visage...

Les jours qui suivirent furent placés, malgré un froid glacial, « capable, soutenait Maria Gerolama, de faire peur à un Esquimau », sous le signe de la fête et des retrouvailles. Fermiers et employés de maison accompagnèrent Laura dans tous les villages où elle reprenait contact avec ses gens. Et partout, les mêmes arcs de triomphe, les mêmes feux d'artifice, les mêmes soupers chaleureux, les mêmes musiques militaires, les mêmes écoles populaires rangées en haie, chantant et récitant des vers pour la saluer. La lettre qu'elle écrivit alors à Augustin Thierry était toute pleine de ce bonheur retrouvé : « Mon cher frère, je ne voudrais pas que l'on me soupçonnât de tirer vanité de ces démonstrations. J'en tire, au contraire, de grandes causes d'humilité. J'ai charge de ces âmes qui s'abandonnent à moi avec tant de transport. Dieu m'accorde de ne pas rentrer d'où je suis sortie sans avoir rempli mon devoir ! »

Très vite, hélas, il fallut déchanter. En regardant de plus près ce qu'était devenu son vaste projet agricole et pédagogique, Laura se sentit un peu comme le laboureur de Musset, lequel, après un orage, compte les épis de son champ dévasté, descend en lui-même et essaie de sonder le mal qu'il a pu faire. Rien n'allait comme elle l'avait conjecturé. À commencer par le problème du bois qui était un des pires que la région tout entière ait eu à résoudre. La dégradation forestière qu'elle avait cru pouvoir enrayer en faisant à l'intérieur des villages une sorte de roulement auquel participaient les domestiques, les adolescents, les personnes âgées, chacun ayant un rôle précis dans le ramassage des ramilles à fagots, des écorces et copeaux destinés à l'allumage, et de la corvée de fendre ou de scier du bois, s'était trouvée aggravée par les besoins nouveaux de la marine, du bâtiment, des tanneries, des verreries et surtout des forges.

Cette question venait s'ajouter à une centaine d'autres auxquelles il fallait trouver une solution et qui n'avait pas de réponse immédiate. Comme le jour où un de ses métayers en proie à une énorme tumeur à la cuisse, qu'il fallut ouvrir à coups de bistouri, mourut le lendemain de l'opération, faute de chirurgien compétent. Sans parler de la police de Lombardie qui avait recommencé d'exercer sur Laura et son entourage une surveillance dont le moins qu'on puisse dire est qu'elle ne possédait pas la discrétion requise. Le comte Spaür, représentant de l'autorité autrichienne à Milan, n'y allait apparemment pas, comme on dit, par quatre chemins, puisque plusieurs amis de Paris, dont Thierry et Mignet, avaient averti Laura que sa correspondance leur parvenait décachetée !

De plus, de nouvelles crises d'épilepsie l'avaient contrainte à plusieurs semaines de repos, donc d'inactivité. Et cette neige, cette neige qui n'arrêtait pas de tomber! Les plus âgés avaient beau creuser leur mémoire, ils ne se souvenaient pas d'avoir vu aussi grande abondance de neige. Depuis des mois les routes étaient impraticables, nombre d'activités avaient dû être mises en sommeil, sans parler que ces montagnes de glace accumulée finiraient bien par se convertir en eau, le premier réchauffement de l'air venu, et qu'il faudrait alors faire face à de probables et terribles inondations.

Mais ce qui chagrinait Laura plus que tout, c'était les problèmes rencontrés par sa *Gazzetta italiana* qui avait toutes les peines du monde à s'implanter en Italie, donc à survivre. Son journal, faute de souscripteurs et de relais en Lombardie, était sur le point de péricliter. Les aristocrates, tout comme les patriotes nantis et certains grands bourgeois liés au monde de la banque, ne souhaitaient pas soutenir une entreprise dont ils trouvaient les idées par trop libérales et incompatibles avec leurs visées, qu'ils assuraient plus modérées mais qui en réalité n'étaient qu'attentisme pur. Quant à son directeur de publication, ce M. Falconi qui avait tant déplu à Augustin Thierry, il s'était avéré plus compétent quand il s'agissait de faire sortir de l'argent pour son propre compte que lorsqu'il fallait en faire rentrer pour maintenir l'équilibre financier de la revue. Laura était épuisée et ne voyait comment sortir de cette horrible spirale de déception et d'amertume. Diodata eut une idée que Laura finit par accepter : trouver un précepteur pour Maria Gerolama qui pourrait aussi, s'il s'en révélait capable, lui servir de documentaliste, voire d'homme de confiance.

Décidément, aucun ne lui plaisait. Ni ce grand garçon pâle avec sa figure de Christ, qui bredouillait en parlant, qui n'avait visiblement ni grand talent ni influence, et qui semblait trop envieux et trop naïf pour savoir s'en cacher. Ni cet autre, avec ses favoris et ses moustaches, qui ressemblait à un coq blanc se préparant à la bataille, et dont la bassesse masquée par la politesse prouvait qu'il penchait un peu trop pour les manières des courtisans. Et celui-là, dont la vie tout entière semblait si pleine de circonstances déplaisantes, de petites misères subies avec calme, et portées avec une dignité navrante. Et cet autre avec son air de gamin monté en graine ayant gagné un quine à la loterie, et qui abusait sans vergogne de la fantaisie et de la mystification. Il n'en restait plus qu'un à attendre dans l'antichambre. Laura faillit le renvoyer sans le voir, puis fut prise d'une sorte de remords. Elle regarda le bristol sur lequel était inscrit le nom du candidat :

— Faites entrer M. Gaetano Stelzi, dit-elle au valet en livrée.

Quand le jeune homme pénétra dans la pièce, Laura regardait la neige qui continuait de tomber dans le parc.

— Nous avons ici une neige comme personne ne se souvient d'en avoir vu.

— La neige, madame, n'est-elle pas plus agréable à l'œil que les champs dépouillés de l'hiver…

Laura se retourna et invita le jeune homme à s'asseoir. Dans son habit vert à boutons de métal, Gaetano Stelzi avait un faux air de lord Byron. Ses longs cheveux châtains bouclés et ses yeux presque noirs conféraient à sa physionomie une vigueur et un feu inhabituels. Il avait le nez authentiquement grec et sa bouche, d'une fraîcheur diabolique, montrait en souriant des dents parfaitement blanches. L'en-

semble de ses traits frappait par une distinction aristocratique qu'illuminait l'éclat des yeux et qu'agran-
dissait la courbe idéale du front. Cette figure si
noble, aimable, si spirituelle, était faite pour plaire.
Laura fut immédiatement sous le charme de ce jeune
homme qui disait partager son cœur entre Dieu et
l'amitié, et porter ces sentiments jusqu'à l'exaltation.
Économiste formé à l'école anglaise, il avait publié
un opuscule qu'il offrit à Laura, dans lequel il développait son idée majeure : n'admettant la justice et la
morale qu'au rang secondaire, il faisait de l'économie politique une science constituée à l'écart de la
philosophie.

— Vous pensez bien que je ne suis pas en accord
parfait avec vous sur ce sujet, lui rétorqua Laura.

— Cela est-il suffisant pour rejeter ma candi-
dature ?

— Non, en effet. Mais pourquoi un jeune homme
comme vous, érudit, de bonne famille, pouvant
acquérir une certaine consécration par ses ouvrages
scientifiques, postulerait pour une place de précepteur, dont les émoluments ne seront guère élevés ?

— Cette vie me convient mieux. Finalement je me
sens davantage attiré par la connaissance des chartes,
des statuts, des manuscrits que par les doctrines de
M. Guizot ou celles de Pellegrino Rossi[19]. Je n'ai
plus envie de professer que l'économie politique est
la science des richesses. La cause italienne m'est de
plus en plus chère, et surtout…

— Surtout ?

— Je me sens très proche des idées défendues par
la *Gazzetta italiana*. Votre article paru dans *Démocratie* et traitant du régime communal en Italie me
semble du plus grand intérêt.

Laura ne lui laissa pas le loisir de poursuivre :

— Nous parlerons de cela plus tard, voulez-vous…

— Bien, madame.

— Et ma petite Maria Gerolama... Vous sentez-vous de taille à éduquer une enfant, à l'éveiller à la vie, à lui donner les armes qui l'aideront à combattre?

— Je me retire du monde pour permettre à d'autres d'y entrer. Et l'enfant est au centre de la vie...

— Vous n'êtes pas de ces éducateurs qui fabriquent des petits monstres avec leurs regrets?

— Tout le contraire : je les aide à éclore avec mes espoirs. L'enfant est un insurgé qui n'aime que l'inconnu. Je veux en l'élevant songer à sa vieillesse...

— La formule est éloquente...

Rarement Laura avait autant été fascinée par un visage et par des paroles. «Faites, mon Dieu, qu'il ne remarque rien de mon trouble», se disait-elle.

— Quand pouvez-vous commencer?

Gaetano Stelzi ne parut nullement surpris par une telle question.

— Immédiatement.

— Une dernière question : quel âge avez-vous?

— Vingt ans, madame.

— Bien, dit Laura en souriant, Felicita va vous montrer vos appartements. Je vous présenterai Maria Gerolama plus tard.

— Dis-moi, qu'en penses-tu? demanda Laura à Diodata. Tu n'as pas ouvert la bouche du dîner, alors que ce charmant jeune homme ne tarissait pas d'éloges sur ton *Armonia* qu'il avait lu avec délices. Il est droit, cultivé, a la passion du travail.

— Qu'importe mon opinion, répondit-elle, jetant une nouvelle bûche dans la cheminée, c'est toi qui l'as engagé, ce n'est pas moi. D'ailleurs, je vais aller me coucher, voilà.

— Maria Gerolama a l'air ravie.

— Alors tout va bien !

— Mais enfin, Diodata, son âme n'a-t-elle pas l'air claire et changeante comme le verre.

— Tu trouves que c'est une qualité ?

— Oui, parce qu'il est précisément un homme sincère qui sait trop bien que l'être humain ne peut jamais être sûr des images qui pourront se réfléchir dans une vitre.

— Ma pauvre Laura, ne trouves-tu pas curieux de devoir constater que ce monsieur n'obéit justement à aucun système pour n'avoir à négliger aucune des facettes de la réalité ?

— Ce n'est pas péché, que je sache !

— Ces personnages sont à mes yeux les plus trompeurs !

— Il fait tout simplement partie de ces esprits libres qui pensent les désastres sont davantage causés par une erreur de l'intelligence que par la volonté de mal faire…

— Libre à toi de penser de la sorte !

— De par sa formation, il appartient au XVIIIe siècle, ne sait sans doute pas se passer de la raison, mais possède aussi un fond poétique et même contradictoire évident. Enfin, tu ne peux pas ne pas être d'accord avec lui lorsqu'il prétend que la raison est une lumière bien faible, ce qui ne doit pas être un motif de l'éteindre mais bien de l'activer…

— C'est un habile sophiste et un dialecticien, ton sigisbée, voilà tout, objecta Diodata en se levant et en maugréant qu'elle était fatiguée et qu'elle allait se coucher.

Laura voulut la retenir en la serrant contre elle :

— C'est un enfant, et si l'on s'en tient aux théories de M. Balzac, personne ne peut plus me soupçonner de regarder avec plaisir une jolie figure… Tu n'es pas jalouse, tout de même ?

— N'ai-je aucune raison de l'être ? demanda Diodata.

Se contentant de hausser les épaules, Laura ne
répondit pas.

— Eh bien, me voilà fixée. Bonsoir.

Laura laissa partir son amie en direction de l'escalier qui menait aux chambres, se rassit face au feu
qui crépitait et sortit d'un étui en peau de Suède,
plus veloutée que l'intérieur des cuisses d'une jeune
amante, tous les instruments qu'il faut pour bourrer,
débourrer, ramoner, et écurer la pipe en véritable
bruyère du Cap que lui avait offerte Augustin Thierry
avant qu'elle ne quitte Paris. Depuis qu'elle avait
découvert ce vice sublime, elle avait délaissé le
cigare et il ne se passait pas de journée sans qu'elle
plonge sa main dans le pot à tabac à face humaine
pour en ramener une boule odorante de maryland,
qu'elle introduisait avec une sollicitude de nourrice
dans le fourneau avant d'en caresser la surface avec
une allumette enflammée qui faisait grésiller la belle
toison dorée. Puis, entre rêve et lucidité, elle se laissait longuement emporter sur les légers nuages filan-
dreux qui flottaient autour d'elle.

Cette nuit-là était particulièrement calme, si calme
que le petit bruit étrange venant de la bibliothèque
attira son attention. Elle posa sa pipe dans le cen-
drier, se leva et se dirigea résolument vers cet endroit
chéri où elle aimait tant travailler. De hauts rayons
en bois de merisier munis de portes grillagées et
vitrées, protégeant un alignement de livres recouverts de cuir rouge, entouraient sur trois côtés un
large bureau noir sur lequel reposait une lampe à
pétrole. Éclairé par cette dernière, Gaetano Stelzi,
penché sur un livre et si absorbé par sa lecture,

manifesta une frayeur subite lorsque Laura lui demanda ce qu'il faisait debout à cette heure de la nuit.

— Je n'arrivais pas à trouver le sommeil. Je me suis plongé dans les *Novelle* de Diodata Saluzzo Roero... Quel grand livre... Alfieri, Manzoni, Parini en ont loué les qualités avec raison... La place des femmes dans le *Risorgimento* est fondamentale, n'est-ce pas...

Laura ne pouvait détacher son regard de cet homme qui refermait maintenant avec mille précautions le livre qu'il venait de consulter et s'avançait vers elle. Depuis toujours, dans ses relations amoureuses, elle avait été active, entreprenante. D'une nature extraordinairement féminine, elle en souffrait en silence. Tout au fond d'elle-même, elle était persuadée que la femme pouvait toujours maîtriser son plaisir, mais que l'homme en était parfaitement incapable, pire, que la moindre tentative de sa part en ce sens pourrait nuire à la relation amoureuse. Bien qu'elle la déplorât, sa conviction intime était que la femme n'était sur terre que pour satisfaire le désir de l'homme. Mais que faire contre cela ? Jamais elle n'avait rencontré de femme mais surtout d'homme susceptibles de forcer sa volonté ; quelqu'un qui pourrait la dominer sexuellement, qui serait le maître, tout en la respectant. Ce jeu amoureux, jamais elle n'avait pu l'entreprendre, et certainement pas avec cette brute d'Emilio, Oui, elle avait toujours eu envie de cela qui n'était jamais arrivé, jusqu'à aujourd'hui, jusqu'à ce que Gaetano Stelzi entre dans sa vie. Elle avait immédiatement compris, lorsqu'elle l'avait entendu parler de la neige, que cet homme-là, elle avait envie de le satisfaire, d'apprendre à chercher sa verge et à la caresser jusqu'à ce que le désir l'envahisse, à chercher sa bouche, à chercher sa langue, à l'exciter, à presser son corps contre le sien pour le provoquer, à frotter son sexe contre son pantalon de velours noir, ses seins contre sa chemise de batiste. Pour la première fois de sa vie elle avait envie d'exprimer son propre désir, de perdre sa réserve, sa timidité dont elle était la seule à connaître l'existence malgré une apparence trompeuse faite de provocation et de leurre.

— Vous devriez aller dormir, dit-elle à Stelzi qui était maintenant presque contre elle.

— Oui, répondit-il en s'avançant si près qu'elle sentit le parfum de sa peau.

Alors qu'elle soufflait dans le verre de la lampe pour éteindre la lumière, et qu'une odeur de pétrole se répandait aussitôt, sa main toucha celle de Stelzi. Une pénombre douce et tiède avait envahi la pièce. Comme une amante enfoncée dans sa jouissance, éprise, poussée par un désir si puissant qui la submergeait sans qu'elle puisse réagir, elle fit remonter sa main jusqu'à la joue de Stelzi dont le visage était éclairé par un rayon de lune. Il la fixait avec les yeux d'un dompteur devant une lionne. Quelque chose en lui la calmait, lui donnait envie d'être sobre, et dans le même temps elle sentait dans son ventre une ivresse qui était sur le point de la faire chanceler.

— Monsieur, j'ai bien réfléchi.

— Oui, madame ?

— Vous ne convenez pas.

— Que voulez-vous dire ?

— Vous ne convenez pas pour le poste de précepteur.

— Mais je ne comprends pas.

— Vous êtes aux antipodes de ce que je cherche. Vous savez très bien de quoi je parle. Vous partirez demain matin, à l'aube. Je vous verserai un dédommagement.

— Je ne saurais l'accepter.

— Je vous dis, monsieur, que je vous verserai demain un dédommagement. Bonsoir, monsieur, ajouta Laura en sortant de la bibliothèque, prenant la fuite comme si le diable en personne se tenait devant elle.

24

Laura n'avait pas dormi de la nuit, ne cessant de se demander si la décision de ne pas engager Gaetano Stelzi était la bonne. Nerveuse, elle avait fini par se lever, sentant qu'une force irrésistible la poussait vers ce jeune homme dont elle conjecturait qu'il l'avait déjà fait pénétrer dans un territoire qui lui était inconnu. Elle n'avait qu'une crainte : qu'il soit déjà parti. Elle fit sa toilette, s'habilla et descendit dans la salle à manger. Gaetano Stelzi était là, terminant de prendre son petit déjeuner, son bagage léger à ses pieds. Quand il vit Laura, il se redressa brusquement, se plaça à côté de sa chaise dont il tenait le dossier d'une main et la salua par une inclinaison de la tête.

— Madame.

— Je suis venue vous souhaiter bonne route, monsieur, et vous donner ce que je vous avais promis, dit Laura en sortant plusieurs pièces d'or de sa bourse.

— Avec tout le respect que je vous dois, madame, je vous redis que je ne peux accepter cet argent… J'ai été très heureux de vous rencontrer, ainsi que la jeune demoiselle…

Laura rangea les pièces dans la bourse qu'elle posa sur la table, et demanda à Gaetano Stelzi de se rasseoir.

— Je dois être au relais de chevaux de Carpiano dans moins d'une heure.

Laura respira profondément et, regardant son interlocuteur dans les yeux, dit :

— Restez, monsieur.

— Mais… madame ?

— Je vous le demande : restez à Locate.

Gaetano Stelzi rougit légèrement :

— Rester à Locate ?

— Oui, dit Laura, soudain tout enjouée, comme si elle venait de se délivrer d'un poids trop lourd, et qu'elle fût maintenant certaine d'avoir pris la bonne décision, ajoutant : Si j'ai bien compris, vous êtes un jeune homme savant et studieux, n'est-ce pas ?

— Disons que j'éprouve un certain plaisir, établi dans un cabinet, à déchiffrer des manuscrits, à en tirer ce qu'il faut, à assembler des matériaux.

— Je songe à composer un *Tableau de l'Italie moderne* ou pour le moins d'écrire une *Histoire des municipes lombards*. J'aurais pour cela besoin de quelqu'un de confiance qui fouille pour moi dans les archives, qui contacte dans chaque ville de Lombardie des personnes disposées à faire des recherches. Voulez-vous être cet homme, capable de trier dans les montagnes de documents ainsi entassés ?

— Oui. Je réponds « oui », sans hésiter. Mais, avec ce surcroît de travail, trouverai-je le temps pour me consacrer à Mlle Maria Gerolama ?

Laura n'eut pas le temps de répondre. La petite fille venait de surgir dans la pièce, des feuilles de papier dans une main et des crayons de couleur dans une autre :

— Je travaille maintenant, dit-elle en se précipitant sur Gaetano Stelzi.

— Que cela ne vous dispense pas de saluer votre précepteur avant, répliqua Laura à sa fille qui fit une révérence bien maladroite, mais la plus charmante qui soit.

Le passage de l'hiver au printemps fut vécu dans un bonheur extrême. Les montagnes de neige qui avaient causé aux gens de la région les plus graves inquiétudes avaient disparu subitement sans causer le moindre dégât. Où étaient-elles ? Personne ne le savait, personne ne l'avait compris. Il n'y avait eu aucune des inondations prévues : la terre avait tout bu — un miracle ! Sous le soleil, Laura se trouvait comme une prisonnière sortie de son cachot qui avait vu le brouillard faire fondre la neige. Comme elle avait bien fait de revenir en Italie et d'y rester ! Ainsi était-elle loin de l'indifférence des Français vis-à-vis de l'Italie, ce qui l'ulcérait tant, et des fatigantes chamailleries avec Mignet qui soutenait que les États italiens, jaloux de leur autonomie, ne pourraient jamais se rassembler en une entité politique et encore moins autour du nom de Charles-Albert. Augustin Thierry lui-même lui reprochait de publier dans la *Gazzetta italiana* des articles fort agressifs contre le gouvernement de Louis-Philippe, ce qui lui apparaissait tout bonnement comme autant de blasphèmes contre l'idéal politique pour lequel il avait dans sa jeunesse combattu. Chaque jour qui passait l'éloignait de son séjour parisien et ce printemps perpétuel la remplissait de joie. Chaque matin, en s'éveillant, elle apercevait un sillon lumineux autour de ses volets, se disant alors que cette lumière si brillante ne pouvait venir que d'une subite nappe de neige descendue pendant la nuit sur ses prés. Mais il n'en était rien et, lorsqu'une nouvelle fois elle ouvrait ses fenêtres, elle s'apercevait que cette lumière était celle d'un beau soleil se détachant sur un ciel d'azur et sans nuages, Son petit déjeuner terminé, elle ouvrait les portes-fenêtres de sa chambre et s'établissait dans son jardin, sans chapeau, sans manteau, lisant les journaux avant de commencer sa journée de labeur qui la verrait revenir chez elle les joues en feu et la sueur au front.

Maria Gerolama n'avait jamais été aussi heureuse puisqu'elle voyait sa mère chaque jour, que Diodata l'assurait quotidiennement de sa présence bienveillante et que son précepteur l'initiait à d'amusantes versions latines quand il ne lui demandait pas, ce qui ne l'effrayait nullement, de traduire certains mots en français, anglais, italien et milanais. Un jour, Gaetano Stelzi revint de Milan avec un petit cheval qu'il offrit à son élève. Un vrai petit cheval, constata Maria Gerolama, avec des jambes aussi fines que celles d'un daim et des naseaux retroussés comme ceux d'un «petit enfant du désert». Elle l'appela Cobby. Il était très intelligent, hennissait aussi fréquemment qu'un chien aboie ou qu'un avocat bavarde, de telle sorte que lorsqu'elle partait en promenade et que sa mère entendait, derrière les massifs de roses et les haies de buis du jardin, des cris bien aigus, elle ne savait jamais vraiment si c'était Maria Gerolama qui riait ou Cobby qui bronchait.

Cette forme de renaissance, Laura comprenait qu'elle allait de pair avec le regain d'activités au sein de son projet rural. Un peu de la misère épouvantable qui régnait alors dans les villages alentour avait, grâce à sa ténacité et à ses propositions, en partie disparu. Et même si une bonne part de son rêve de démocratie idéale et spirituelle avait dû s'effacer devant le réalisme sordide qu'elle trouvait devant sa porte, les efforts entrepris commençaient de porter leurs fruits. Une aile du château, transformée en une sorte de salle de récréation, où du point du jour à minuit plusieurs centaines de paysans trouvaient chaleur et distraction, faisait maintenant partie intégrante de la vie du village. Le long réfectoire, aménagé dans plusieurs granges, dans lequel les ouvriers agricoles transis de froid pouvaient se procurer une nourriture simple mais abondante — soupe, tranche de porc salé, bœuf à pot-au-feu, confitures —, avait totalement changé leur rythme de travail. Petit à petit les misérables huttes, tanières insalubres où vivaient les paysans, avaient cédé la place à de vraies maisons. Des écoles, où était dispensée une éducation primaire et technique, arrachaient les enfants à l'ignorance, et une fabrique de gants avait pu enfin fonctionner, apportant à la communauté tout entière un bénéfice financier immédiatement réinvesti dans des opérations susceptibles d'améliorer la vie de chacun, comme la construction d'un «chauffoir public» ou l'ouverture d'un conservatoire de chant inauguré en grande pompe par une phalange de voix jeunes et fraîches chantant le *Stabat* de Rossini.

Dans le château de Locate, chacun était à sa place, effectuant du mieux qu'il pouvait le travail qui était le sien. Stelzi dépouillait ses cartulaires et éveillait Maria Gerolama à l'étude, Laura préparait la venue de l'abbé Aporti, fondateur des salles d'asile et des chauffoirs du Piémont, et qui semblait fort intéressé par les expériences pédagogiques entreprises par elle ; quant à Diodata elle avait décidé de séjourner quelque temps à Turin afin de résoudre les inextricables problèmes internes à la succession de feu son mari le comte Roero Di Revello. Cette décision arrangeait tout le monde. Quelque chose, dans le «couple» qu'elle formait avec Laura, s'était usé aux mille petites collisions de la vie à deux. Cette société intime, où elle pensait trouver bonheur et félicité, avait fini par s'effriter. Elle avait l'habitude d'exprimer sa tristesse en expliquant que les petits cailloux accumulés dans ses chaussures qui au début ne faisaient que la gêner à présent la faisaient saigner. Les cailloux peu nombreux s'étaient multipliés, les nuages s'étaient amoncelés, les broussailles avaient couvert son chemin et nombre d'ornières étaient apparues.

Trop consciente de ce qui était en train de se passer, Laura refusait cependant d'admettre l'évidence : l'arrivée de Gaetano Stelzi dans sa vie en avait bouleversé l'équilibre. À tel point qu'une forme d'indifférence au monde s'était emparée d'elle. Elle ne s'occupait pas de Maria Gerolama comme elle aurait dû le faire ; ne prêtait qu'une attention bien timide aux lettres d'Augustin Thierry, lui écrivant avec mélancolie qu'il passait son temps à compter les jours de son retour à Paris ; enfin, considérait avec trop de dédain et de négligence les calomnies que l'Autriche avait recommencé de faire courir sur elle, comme sa prétendue liaison avec un certain Bou Maza, cheikh capturé en Afrique, qui lui aurait fait un « petit brigand tout noir », ou comme le lancement d'un salon littéraire d'un nouveau genre dans lequel elle ne réunirait que des hommes, « afin de choisir parmi eux, pour apaiser un cœur toujours inassouvi, ceux que recommandaient à son attention et à sa bienveillance un visage agréable et une robuste stature ».

Ce nonchaloir à l'égard de ce qu'il fallait bien appeler de nécessaires aménagements dans l'appareil de l'existence lui valut de ne pas voir le drame qui était en train de se préparer. Mois après mois, la *Gazzetta italiana*, ayant perdu trop de lecteurs, ou plutôt n'ayant pas trouvé ceux qu'elle escomptait, se mourait. Toujours fabriqué à Paris sous la responsabilité de Falconi, le journal était couvert de dettes : l'argent laissé par Laura afin de payer les frais d'impression avait été utilisé par Falconi pour régler ses dettes personnelles. Il n'y avait donc d'autre solution que de cesser la publication du journal ; et cela d'autant plus que, malgré la modération jugée trop conciliante par certains de ces essais critiques, elle avait fini par être interdite à Milan, à Turin, à Florence et à Rome. Désormais aidée par Stelzi, Laura refusait de baisser les bras. Malgré sa mauvaise santé financière, le journal était fort apprécié en Italie et sa chute serait non seulement pénible à tout le monde, mais en outre ne serait pas comprise. Laura eut une idée :

— Et si nous transformions le journal en revue ? demanda-t-elle un soir à Stelzi.

— En somme, vous proposez de ne fermer une porte que pour mieux en ouvrir une autre ?

— Exact !

— Il faudra obtenir que la revue figure en bonne place dans les librairies de Milan...

— Si nous atteignons cet objectif, le projet est viable.

— Vous avez un titre ?

— *Rivista italiana.*

— Nous ne pouvons plus la faire fabriquer à Paris.

— Nous ne le *devons* pas !

— Alors, comment ferons-nous ?

— En installant une imprimerie à Locate. Ce qui permettra d'offrir aux jeunes artisans de notre village la possibilité d'accéder à un autre métier.

— Elle ne sera rentable que si nous obtenons l'impression d'autres périodiques milanais...

— Je vous charge de cette tâche.

Gaetano Stelzi, tout en continuant son travail de précepteur, fit plus que cela. La *Rivista italiana*, qui périclita au bout de deux numéros, put très vite renaître sous le titre d'*Ausonio*, avec Manzoni et Massimo D'Azeglio[20] pour coryphées, dont le but avoué était de se faire le défenseur des essais d'améliorations économiques en Italie, en même temps qu'il s'efforcerait de faire comprendre à l'étranger les causes du mécontentement politique général qui régnait dans la péninsule. Si, d'un côté, Stelzi fournissait aux journaux milanais qu'il imprimait toute une gamme d'articles politiques, sociaux et économiques, dont il supervisait en personne tous les détails de publication, il se montrait aussi le plus solide allié de Laura, relisant les épreuves, préparant les textes pour l'impression, sollicitant les articles, organisant la distribution. L'un et l'autre passaient des journées entières dans l'immense atelier, aménagé au rez-de-chaussée du château, éclairé sur le parc par un vieux vitrage, parmi les odeurs de papier moite, d'encre, d'huile chauffée, de métal mou, et de tant de bruits inquiétants, des ronronnements aux roulements en passant par les cliquetis dont chacun survenu au mauvais moment pouvait indiquer qu'une machine était tombée en panne.

Au bout de quelques mois de ce labeur incessant, Laura sombra de nouveau dans l'affreuse maladie dont elle souffrait depuis l'enfance. La première semaine d'avril, elle dut faire face à plusieurs attaques épileptiques accompagnées de tenaces hallucinations qui ne lui laissèrent pas le temps de rétablir ses forces très sérieusement atteintes. Elle refusait de voir Maria Gerolama et n'entrevoyait Gaetano qu'à de rares instants, trop pris qu'il était par l'imprimerie qui tournait maintenant jour et nuit. Maspero, à présent à demeure, lui procurait, à défaut d'une cure radicale, de brefs instants de soulagement relatif. Cette fois, elle n'était jamais allée aussi loin dans son voyage au cœur de l'enfer. Souffrant de vomissements continus et de douleurs d'entrailles et d'estomac si aiguës qu'elle jetait à longueur de journée de hauts cris, elle pouvait tout aussi vite sombrer dans un froid glacé et un sentiment général d'angoisse. Elle se mordait la langue et les lèvres, se retrouvait dans une mare d'urine l'écume à la bouche, agitait les membres, tellement qu'il lui semblait parfois qu'elle ne pourrait jamais en arrêter les tremblements. Mais le pire était sans doute ces affreuses hallucinations olfactives durant lesquelles une infecte odeur d'ammoniaque baignait son corps. Parfois, elle se réveillait en pleine nuit, en tremblant, sans pouvoir se rendormir car elle était persuadée que le sommeil était synonyme de mort. Elle qui avait toujours aimé la nuit d'encre et ses mystères était maintenant habitée par une peur panique du noir. Les doses augmentées d'opium, les applications de remèdes extérieurs n'y faisaient plus rien. Elle ne mangeait plus, ne dormait plus, vivait enveloppée de nuages qu'elle reconnaissait ne pas avoir la force de vouloir dissiper.

Un jour qu'elle semblait aller mieux, elle voulut faire quelques pas sur la terrasse mais tomba lourdement à terre. La malaria qui sévissait dans cette région de marécages et de canaux avait fini par atteindre Locate. Une fièvre pernicieuse s'était emparée d'elle, provoquant, après une suite de troubles circulatoires, une crise d'hydropisie. Diodata revint de Turin et Felicita fit même appeler un prêtre qui ne franchit jamais la grille du château ; Stelzi, qui avait pris une certaine assurance depuis son arrivée à Locate, l'ayant énergiquement prié de rebrousser chemin.

Un matin, sans qu'elle donne une explication logique à cette guérison subite, Laura jaillit de son lit, enleva sa chemise de nuit et passa sa robe de chambre de cachemire vert, doublée de soie rouge, large, vaste, flottante, et tombant jusqu'à ses pieds, et ouvrit toutes grandes les fenêtres de sa chambre. Une brise légère pénétra dans la pièce alors que s'engouffraient d'un coup les rayons d'un soleil jaune. Gaetano, dans le jardin, parlementait avec un postillon juché sur le haut d'une voiture qui partit dans un nuage de poussière. L'attroupement qui s'était formé se dispersa alors en silence. Apercevant Laura, Gaetano lui fit un signe lui indiquant qu'il allait monter.

— Que se passe-t-il ? Il est arrivé quelque chose à Maria Gerolama ?

— Rassurez-vous, mademoiselle est partie faire de la barque avec Diodata.

— Mais alors cet attroupement ?

— Un paysan qui s'est fait mordre par un chien enragé. On a demandé au forgeron de pratiquer un cautère actuel sur la morsure. Tout va bien, je l'ai raccompagné chez lui.

Laura, nue sous sa robe de chambre, en tenait chaque pan avec ses mains et sentait que ses jambes tremblaient.

— Vous êtes sûr que vous allez bien ? N'est-il pas imprudent de vous lever ainsi ?

Laura ne répondit pas mais, prenant Gaetano par la main, l'engagea à la suivre.

— J'ai ici un cabinet de travail attenant à ma chambre, dit-elle, tout en manipulant un petit mécanisme qui fit pivoter un panneau mural ouvrant sur une pièce sombre... J'en aime tellement le bois sculpté, les peintures à fresques recouvrant les murs, tout ce vieux style italien... Entrez, je vous prie... Entrez... Personne ne peut y pénétrer excepté moi, et personne ne sait quand j'y suis ou n'y suis pas, conclut Laura en refermant la porte.

Gaetano regardait autour de lui. Il régnait dans le petit espace un silence extraordinaire, rempli d'une espèce de volupté.

— N'est-ce pas ravissant ? Parfois j'entends les opportuns qui me cherchent partout, et moi je suis là dans ma grotte de sorcière, aussi invisible que si Alcine m'avait donné des leçons. C'est là, dans cette solitude impénétrable, que je suis si souvent allée chercher les forces qui me manquaient...

Soudain, n'y tenant plus, comme s'il avait trop longtemps contenu le désir qui était en lui, Gaetano se jeta aux pieds de Laura qui s'était assise sur le sofa :

— Madame, je vous aime ! Je vous aime !

Gaetano baisait les pieds de Laura en pleurant, conscient de la folie de son geste, mais ignorant, ou jouant à ignorer, que celle-ci attendait depuis des semaines qu'il se déclare enfin, et que sa si fameuse maladie qui l'avait à ce point terrassée avait aussi pour cause principale cette attente furieuse. Laura, laissant glisser sur le sofa sa robe de chambre, se retrouva entièrement nue. Enfonçant ses doigts dans l'abondante chevelure blonde de Gaetano, prenant sa tête entre ses mains, elle la releva doucement et, ouvrant largement ses jambes, la plaqua contre son ventre. Jamais elle ne s'était sentie aussi paresseuse, lascive, absolument comme une plante. La bouche de Gaetano avait la douceur de celle d'une femme et lui-même une dextérité qu'aucun autre homme n'avait jamais eue avec elle. Après qu'elle eut joui, elle resta longuement ainsi à pleurer dans son cabinet secret avec, collée à son sexe, la bouche de l'homme qu'elle aimait enfin, sans comprendre pourquoi la vie lui avait imposé tant de méandres et de péripéties avant qu'elle croise enfin sur sa route ce curieux animal, si plein d'humour, si vif, si lyrique.

Quand Diodata rentra de sa partie de canotage avec Maria Gerolama, elle comprit immédiatement ce qui était en train de se passer. Jamais elle n'avait connu Laura avec dans le regard ce feu pétillant, cet excès et dans le même temps une telle sérénité. Maspero avança cependant que cette rémission, si subite et heureuse qu'elle fût, ne dispensait pas Laura d'un voyage à Paris. Il était indispensable qu'elle revoie Lagardelle pour lui faire part des nouveaux développements de sa maladie. Laura, sur l'insistance de son médecin, finit par accepter. Mais elle souhaitait faire ce voyage seule. Gaetano à regret y consentit car il ne voulait rien faire qui assombrisse le ciel désormais si bleu de Laura. Cette courte séparation ne ferait que renforcer leur amour. Il en fut tout autrement pour Maria Gerolama que le nouveau départ de sa mère à peine retrouvée remplit de tristesse. Quant à Diodata, elle essaya de la culpabiliser. Autant elle comprenait la passion soudaine qui la liait, assurait-elle, momentanément, à son sigisbée, autant elle n'admettait pas qu'elle délaisse une nouvelle fois sa petite fille. Mais l'amour que Laura portait à Gaetano Stelzi était tel qu'il l'avait rendue provisoirement imperméable aux malheurs de l'Italie et à la tristesse de sa fille.

Des formalités administratives occasionnant un retard dans la délivrance de ses passeports, ajoutés à la semaine sainte qui commençait et qui lui interdisait tout départ immédiat, retinrent quelques jours encore en Lombardie une femme, au sens propre, folle d'amour. La veille de son départ, alors que toute trace de névralgie et de souffrance avait été vaincue, elle fit un cauchemar affreux. Debout dans une chambre crasseuse, dont la fenêtre ouvrait sur une sorte de désert balayé par les vents, elle assistait à sa propre mort. Gaetano, vieilli, arc-bouté sur une canne, regardait en pleurant cette femme qu'il avait aimée, jeune, souriante, admirablement belle un matin de printemps dans un cabinet secret. La même femme était à présent usée par la maladie et mourante. Sa tête était entourée de dentelles au point d'Alençon, et ses petites mains, si blanches et si fines, tenaient un crucifix à demi caché dans un bouquet de roses noires. Elle semblait avoir attendu pour mourir celui qui avait été le plus dévoué, le plus fidèle parmi ses amants. Elle avait pour lui un dernier sourire et mourait entre ses bras.

Le matin, Laura eut tout juste le temps de se préparer. Il pleuvait à torrents. Quand elle se retourna, elle aperçut à travers la vitre sale de la custode trois ombres, presque effacées, sorte de profils à la silhouette, qui agitaient des mouchoirs dans sa direction, abritées sous de larges parapluies : Diodata, Gaetano et Maria Gerolama.

25

Le bonheur d'Augustin Thierry était tel que des larmes de joie inondaient ses joues. Il avait enfin retrouvé celle qu'il appelait sa «sœur»; elle serrait de nouveau contre son cœur celui qu'elle nommait son «frère». Très vite, comme jadis, ils rirent ensemble de tout et de rien. Le grand historien aveugle raconta à son amie comment Sainte-Beuve avait été reçu à l'Académie française et combien il s'était amusé à écouter la conversation sautillante de cet étrange chanoine spirituel, «un des esprits les plus pervers et les plus ambigus de ce temps». Elle lui confia par le menu le récit amusé de son voyage, et comment elle avait été arrêtée à Orléans par un manque de chevaux de poste parce qu'ils avaient tous été réquisitionnés pour le convoi du duc d'Aumale «qui s'en allait à Naples épouser sa petite guenon».

La visite chez le docteur Lagardelle fut rapide, amicale, et réconfortante. Celui-ci lui confirma en effet que, malgré ses crises récentes, qui n'étaient que «les derniers soubresauts d'un volcan en train de s'éteindre», elle pouvait diminuer les doses de bromure de potassium et passer à quatre grammes par jour — oui, le spectre de la manie consécutive et de la nymphomanie s'éloignait doucement mais sûrement. Pour fêter l'événement elle assista, salle

Érard, à une matinée musicale, durant laquelle fut exécuté le poème biblique de *Ruth*, sur des paroles d'Alexandre Guillemin et une musique de César Franck. Et le soir, elle dîna en compagnie d'Augustin Thierry à La Caravelle, restaurant italien de la barrière d'Enfer où, sur une estrade en plein air, au milieu des coqs d'Inde à crête rouge, la jeune fille de la maison nourrissant de belles dispositions à la corpulence leur servit une *zuppa* au parmesan, un solide rôti, des écrevisses rouges, des épinards verts, des œufs bien jaunes et pour le dessert des oignons à l'étouffée qui, faute d'arracher aux convives des larmes d'émotion, poussèrent Laura à la confidence :

— Cette histoire vous intéresse vraiment ?

— Mais bien sûr, ma chère sœur, comment pouvez-vous en douter... Vous m'avez tout dit de lui, excepté son nom.

— Gaetano Stelzi.

— Êtes-vous amoureuse ? demanda Augustin Thierry en prenant la main de Laura dans la sienne. C'est le plus important...

Pour beaucoup de femmes, le vieil aveugle était une sorte de confesseur. En matière d'amour, il conseillait, il consolait aussi. Laura savait que son cher ami goûtait les confessions, les intrigues, les correspondances subtiles. Il aimait les femmes, la charmante admiration flatteuse de certaines d'entre elles, et la révélation de leurs secrets, qu'il écoutait d'un air paterne, en caressant leurs mains.

— Vous mettez beaucoup de temps à me répondre...

— Je suis amoureuse comme je ne l'ai jamais été...

— Méfiez-vous.

— Que voulez-vous dire ?

— Savez-vous ce que je répondrais si l'on me demandait qu'est-ce que l'amour ?

— Non.

— Des larmes, et encore des larmes !

— Eh bien, moi, répondit Laura en éclatant de rire, Gaetano Stelzi et encore Gaetano Stelzi !

— L'amour rend mou, embrume, enivre. Avez-vous seulement encore le temps d'assumer vos engagements politiques ?

— Mais bien sûr, plus que jamais ! lança Laura, se versant un nouveau verre de Roero d'Arnèse.

Une semaine plus tard, comme pour prouver à l'historien qu'elle ne mentait pas, elle quitta à l'aube leur maison de la rue de Vaugirard pour l'est de la France, afin de rendre visite à Louis-Napoléon, détenu dans la forteresse de Ham.

Le voyage en direction d'Amiens fut parsemé de contrariétés et d'ennuis. Ainsi, le bateau à vapeur s'échoua sur les sables au beau milieu de l'Oise ; à Beauvais, une maladie subite ayant accaparé tous les chevaux de poste contraignit les voyageurs à passer une nuit supplémentaire à l'hôtel ; la voiture s'enlisa dans les fonds argileux du pays de Bray ; et juste avant d'entrer à Amiens, alors que Laura jouissait de la belle harmonie de couleurs existant entre l'immense ciel pastel, le vert tendre des champs et le rouge vif des tuiles, elle s'aperçut qu'elle avait perdu en chemin et sa pipe et sa bourse.

Mais ces petits désagréments furent vite oubliés dès lors qu'elle fut mise en présence de la terrible forteresse de Ham. À mesure que les différentes grilles étaient franchies, les contrôles passés, les couloirs traversés, les escaliers montés et descendus, une impression pénible s'empara d'elle. Ce lieu de détention était bien une terrible prison et non un de ces cachots tels qu'on les reproduit au théâtre. Elle s'en voulut même d'avoir pensé, ne serait-ce que quelques secondes, qu'il ait pu en être autrement. Le prince était reclus dans une toute petite chambre aux fenêtres grillées, aux murs sales et humides, misérablement meublée et sentant le moisi.

L'homme qui s'avançait vers elle, vêtu d'un austère habit noir, avait perdu de sa superbe et de sa jeunesse. La lumière des lampes à abat-jour faisait saillir les angles osseux et amaigris de son visage. Il avait un nez fort et long, des moustaches, une mèche frisée dansant sur son front étroit, l'œil petit et sans clarté. Laura ne lui avait jamais connu cette attitude timide et inquiète. Elle n'avait pas devant elle un prétendant à l'investiture suprême, mais un simple citoyen, Charles-Louis-Napoléon Bonaparte, jeté en prison pour une action que la justice avait sanctionnée. Après qu'il se fut abandonné à de longues et tendres effusions, le prisonnier raconta à sa chère amie italienne ce qu'étaient ses jours et ses nuits de détention. Certes, il avait entrepris de «coucher ses idées sur le papier» afin peut-être d'en faire un livre, et avait même envisagé de rédiger un ouvrage savant sur le passé de l'artillerie, mais surtout il lui parla de ces journées si longues durant lesquelles le spleen et le découragement pouvaient s'installer à tout moment. Pour payer la pension de ses fidèles il avait dû se séparer de son cheval. La vie sédentaire lui occasionnait des maux de tête et des troubles digestifs qui ne l'avaient jusqu'alors jamais affecté. Sans parler de ses lettres qui étaient ouvertes, des paquets de tabac hongrois qui lui parvenaient, avec plus ou moins de retard, toujours éventrés. Les hivers étaient interminables et rudes. Il s'était même mis à prier tous les soirs. Il était à bout. Tout ce qu'il entreprenait était voué à l'échec. L'attitude de dignité un peu distante qu'il avait volontairement cultivée avait été assimilée à de la morgue outrecuidante. Enfin, ne disait-on pas ici et là que ces vapeurs dont il se plaignait parfois n'étaient pas dues à une indisposition passagère du corps mais bel et bien à une affectation de l'esprit… Il avait donc tout naturellement songé au suicide.

— Mais vous avez des soutiens.

— Lesquels?

— Rien qu'à Paris on compte au moins une dizaine de sociétés plus ou moins secrètes prêtes à vous soutenir.

— Beaucoup de leurs membres sont des gens affamés de pouvoir et d'argent, dénués de scrupules. Ils veulent la Révolution alors que je cherche à la préparer. Je suis en train de devenir un prétendant ridicule.

— En France, aucun prétendant n'est ridicule.

— La plupart de ces gens qui considèrent le régicide comme un moyen de défense très légitime se contentent de charbonner sur un mur la figure du roi, de le prendre pour le but de leur adresse au pistolet et de jouer ainsi avec la fiction du crime pour nourrir l'espérance d'en voir la réalité.

Un instant, Laura crut que son ami regrettait que les hommes dont il parlait ne soient pas capables de passer à l'acte. Elle en fut effrayée. Louis-Napoléon s'aperçut de son trouble.

— Je ne veux pas arriver au pouvoir par le crime.

— Mais j'en suis persuadée, mon ami.

— Il faut un programme. L'agriculture de notre pays est ruinée par l'extrême division des propriétés. L'industrie ne possède ni but national ni organisation. La France est un des pays les plus imposés de l'Europe, mais la répartition est mauvaise. Tout est à faire. La classe pauvre ne possède rien; il faut la rendre propriétaire en créant des colonies agricoles dont le but ne sera d'ailleurs pas de nourrir des fainéants, mais d'ennoblir l'homme par un travail sain et rémunérateur, et par une éducation morale.

— Vous voyez, vous avez un projet, un programme ; une flamme vous habite.

— Détrompez-vous, Laura. Regardez ces dossiers, dit-il en lui tendant des liasses de vieux papiers couverts d'écritures et de chiffres. J'ai dans ces chemises une étude sur l'industrie sucrière et la culture de la betterave, un mémoire sur la production des courants électriques, et même un projet de canal entre l'Atlantique et le Pacifique en passant par le Nicaragua... Eh bien, tout cela ne verra jamais le jour. Voilà des mots inutiles, du vent, des idées avortées.

Depuis le début de leur entretien Louis-Napoléon portait des gants noirs. Il les enleva rageusement, laissant apparaître des mains couvertes de pustules rouges et de plaies.

— Qu'est-ce cela, mon ami ? demanda Laura.

— Les produits chimiques, ma chère... Je me suis livré à quelques expériences...

— Des expériences ?

— J'étudie un nouvel explosif. Pour me faire sauter, sans doute, et disparaître à jamais de la surface de la terre.

— N'avez-vous jamais envisagé de vous évader d'ici ?

— Non.

— Et si votre cause ne vous semblait à jamais plus perdue qu'aujourd'hui que parce qu'elle est à la veille du jour où elle va triompher ?

Louis-Napoléon n'eut pas le temps de répondre. La porte de la geôle venait de s'ouvrir, laissant entrer deux soldats en armes. La visite était terminée. En quittant la cellule, Laura eut l'image d'un homme meurtri qui marchait à pas lents et parlait à voix basse de peur que le vent ne portât ses paroles aux oreilles de ses geôliers. Elle se disait qu'après l'été l'automne allait venir, avec ses oiseaux migrateurs dans le ciel et l'humidité enveloppante qui éprouverait chaque jour davantage le captif, lui occasionnant d'affreux rhumatismes contre lesquels, comme il lui écrivait dans ses lettres, la «subtile science médicale» du docteur Conneau ne pourrait rien.

Cette visite laissa longtemps dans la bouche de Laura un goût de cendres. Et dans chaque lettre qu'elle écrivait au prisonnier de Ham elle ne cessait de lui répéter la même question : «Comment pouvez-vous rester tranquillement ici sans essayer de sortir?» La réponse de Louis-Napoléon, elle aussi, ne variait guère : «Je préfère la prison dans mon pays à l'exil perpétuel que la fuite m'imposerait. Ici, je suis en France; je respire l'air de France; je foule aux pieds le sol français.» Laura avait du mal à comprendre ce ton inutilement solennel, cet entêtement. Une prison n'est une patrie pour personne! Louis-Napoléon n'en démordait pas : il y aurait une forme de lâcheté à abandonner dans le cachot où ils étaient enfermés pour avoir servi sa cause ses compagnons d'infortune. Non, décidément, Laura ne comprenait toujours pas cet amour forcené et déraisonnable envers un pays que le prince avait quitté peu de jours après sa naissance, et avec lequel il avait finalement renoué connaissance par les fenêtres de son triste donjon.

Un matin, elle reçut une lettre, différente des autres, postée de Londres, à en-tête de l'hôtel Carlton Terrace. Le prince avait fini par s'échapper. Moustaches rasées, portant perruque, maquillé, une casquette défraîchie sur la tête, une blouse large et un pantalon flottant passés par-dessus ses habits afin de sembler ventripotent, de gros sabots haussant sa taille, une pipe roturière à la bouche, et portant une planche sur l'épaule comme l'exigeait son déguisement de charpentier, il avait fui par la route de Saint-Quentin jusqu'à la mer. Quelques jours à Londres lui avaient suffi pour reprendre ses bonnes habitudes et ses esprits. Il avait participé à plusieurs bals costumés, s'était inscrit à des clubs d'escrime et de chasse à tir, avait acheté deux pur-sang, fréquentait les hauts fonctionnaires et les journalistes en vue, et avait déjà une maîtresse. Quant à sa lettre, dans laquelle il assurait Laura de ses sentiments de respectueuse et tendre amitié, elle se terminait sur des mots qui signifiaient bien que ses ambitions politiques étaient intactes : « Nous vous assurons, madame, qu'après avoir mis les choses au point en France, nous penserons ensuite à l'Italie. »

La vie parisienne s'était de nouveau emparée de Laura. Dans cette chère capitale qui avait désormais cinq gares, dans laquelle le culte de Chateaubriand était à son apogée, la race des postillons en pleine décadence, celle des clubs, prononcés « clob », « cloub » ou « cleub », en pleine expansion, où les chapeaux féminins étaient désormais de médiocre grandeur, les mantilles trop longues, les fichus trop courts, les robes très montantes, où les corsages se fermaient très haut, où les fourreurs ne juraient que par le chinchilla et où les hommes de bon ton ne croisaient pas leurs redingotes et s'interdisaient les pardessus de couleur claire, Laura s'enorgueillissait d'une vie qui continuait de couler uniforme et tranquille. Ayant tout dompté des mouvements d'impatience que les humeurs d'Augustin Thierry lui avaient autrefois causés, elle était désormais certaine de ne jamais se brouiller avec lui et donc de s'en séparer. Et cela avait quelque chose de rassurant et d'apaisant. Elle pouvait relancer ses grands projets de travail, s'impliquer plus que jamais dans la lutte pour la liberté en Italie. Elle se sentait si sereine, si forte qu'elle décida même de faire venir rue de Vaugirard ce que son locataire appelait sa tribu : Gaetano, Diodata, Maria Gerolama.

Et c'était une drôle de tribu, en effet, qui avait fini par se rassembler autour du vieil aveugle qui se conduisait un peu en patriarche, s'ébranlant comme une roulotte joyeuse de l'appartement de la rue de Vaugirard au château de Port-Marly, c'est-à-dire en somme de la maison des villes à la maison des champs. Et tout ce petit monde vaquait à ses occupations. Gaetano poursuivait ses recherches en bibliothèque, Maria Gerolama continuait de grandir et jouait avec le chat que lui avait offert Augustin Thierry, Diodata était sur le point de publier ses poèmes en français. Il y avait dans tout cela une paix singulière, un bonheur presque trop parfait. On allait au Café des Ambassadeurs et aux concerts, on se goinfrait de pâtisseries dans des chaumières croulant sous les géraniums et les lauriers-roses, on buvait des orangeades en écoutant la grosse Louise chanter des romances sentimentales accompagnées de son mari trombone et parfois même on somnolait sous les auvents garnis de lierre, de vigne vierge et de clématites du Café de l'Omnibus.

Laura, dans sa belle robe en drap d'amazone, avait réussi à évincer tous ses prétendants. La table devait être rase pour que s'épanouisse la passion amoureuse qu'elle vivait sans retenue avec Gaetano. Liszt avait fini par admettre qu'il ne pouvait plus être aux pieds de Laura et qu'il n'était plus qu'un simple admirateur. Heine, ayant su transformer son amour sans espoir en amitié fervente, était devenu ce qu'il appelait le « Ballanche de la princesse », lui écrivant de « grandes lettres » auxquelles elle répondait par de « longues pages ». Emilio, renonçant à la politique, vivait toujours cloîtré avec la duchesse de P. dans sa villa Pliniana sur le lac de Côme, ce qui continuait de laisser Laura totalement impassible, si ce n'est qu'elle se battait encore pour qu'il finisse par reconnaître sa fille. Et lorsqu'un prétendant se montrait à l'horizon, comme ce monsieur Arsène Houssaye, auquel elle avait demandé un article pour *Ausonio* et qui avait pris cela pour une invitation lascive, elle lui disait froidement: «Votre horloge retarde, monsieur, nous ne sommes pas ici pour nous amuser.» Ou à cet autre, sourcils roux embroussaillés et le bas du visage enfoncé dans sa haute cravate, lui susurrant, poitrail ouvert, qu'il était prêt à mourir pour elle: «Ce n'est guère original, monsieur, d'autant plus qu'il paraît très difficile de mourir à mes pieds, car je rencontre ces morts-là partout!» Le seul ancien amoureux à lui poser quelques problèmes, c'était Mignet, persuadé qu'il était le père de Maria Gerolama, sous prétexte qu'elle avait comme lui un grain de beauté sur la cuisse gauche. Il couvrait la fillette de cadeaux et de baisers qu'elle lui rendait bien volontiers en l'appelant dès qu'elle l'apercevait «mon cher petit papa», ce qui ne manquait pas de laisser planer sur l'assistance un réel sentiment de gêne.

La publication sous forme d'un opuscule anonyme d'un essai intitulé *Étude sur l'histoire de la Lombardie dans les trente dernières années, ou les causes du défaut d'énergie chez les Lombards*, provoqua en Italie un scandale qui mit fin à l'état de bonheur dans lequel se trouvait alors Laura. Un passage avait tout particulièrement choqué certains Italiens; celui où le rôle, l'attitude et finalement la loyauté même du comte Federico Confalioneri, l'un des héros de la révolution de 1821, martyr emblématique du Spielberg, étaient remis en cause. Très vite on attribua ce libelle à Laura dont on savait depuis longtemps qu'elle était brouillée avec cet homme au caractère cassant et hautain. Elle affirmait ne pas en avoir écrit la moindre ligne, mais personne ne croyait à son innocence, même s'il était évident qu'une sujette de l'Autriche, ce qu'elle était, vivant et possédant dans l'Empire autrichien, n'aurait jamais pu écrire une telle folie sans se retrouver immédiatement dans les geôles viennoises. Mais «rien n'est plus aveugle qu'une foule qui refuse de voir», clamaient à qui voulait l'entendre les rares défenseurs de la princesse. Augustin Thierry était furieux :

— Comment avez-vous pu publier une chose pareille ?

— La page de garde indique que l'auteur est un Italien qui souhaite garder l'anonymat, et la préface est signée d'un certain avocat parisien du nom de Lézat de Pons…

— Et les recherches entreprises par Gaetano autour de la Lombardie, elles sont destinées à écrire un livre sur le Piémont, sans doute ?

— J'ai effectivement en projet une *Histoire de la maison de Savoie*…

— Je n'en crois pas un mot, Laura.

— C'est votre droit, répondit mollement Laura.

— Écoutez, ma sœur, j'ai lu très attentivement ce texte «anonyme», tous les arguments qui y sont développés sont ceux que vous me tenez depuis des années. Cette analyse, d'ailleurs, est juste, mais inacceptable dans l'Italie d'aujourd'hui.

— Je n'ai pas écrit ce texte, persista Laura.

— Eh bien, soit. Mais sachez que vous mettre aujourd'hui une partie de la Lombardie à dos est une erreur stratégique que vous pourrez, dans quelques mois, voire quelques années, payer très cher. De plus, je crains tout simplement pour votre sécurité. La police autrichienne a des espions à Paris même.

Vous savez aussi bien que moi que votre courrier est censuré… Vous avez une petite fille…

— Je combats aussi pour que mon enfant vive dans une Italie libre.

— Prôner le soulèvement contre l'Autriche, n'est-ce pas aujourd'hui une faute de perspective ?

— C'est tout le contraire. L'Autriche a instauré un régime de peur contre lequel il faut lutter. Depuis des décennies l'Italie vit dans la croyance que faire de la politique est un vice aussi grave que boire, jouer ou courir le jupon !

— Vous voyez bien que vous êtes l'auteur de ce texte écrit dans le style direct et immédiat qui est souvent le vôtre…

Laura ne répondit pas, ajoutant cependant que la lutte contre l'Autriche était plus que jamais d'actualité :

— L'élection de Pie IX au Saint-Siège en juin dernier a bel et bien annoncé une nouvelle ère de libéralisme. En battant le cardinal Lambruschini, tout dévoué à la politique de réaction et à la cause autrichienne, c'est l'Italie nouvelle qui a terrassé le dragon viennois.

— C'est le rêve de Gioberti qui passe au rang de réalité : le pape fonde à la fois la liberté et la grandeur de l'Italie…

— Toujours est-il que ce pape, à peine élu, a pris pour secrétaire le libéral Grizzi, ouvertement antiautrichien, a licencié la garde mercenaire des Suisses, a décrété une amnistie politique et ouvert les portes des prisons, a promis de réformer la Romagne et de lui rendre sa liberté, et vient de permettre à quinze cents exilés de rentrer chez eux !

À la fin de l'année 1846, Laura, malgré tout le bonheur qu'elle éprouvait en vivant à Paris, sentit en elle comme un besoin d'Italie. Elle le connaissait bien, ce sentiment bizarre consistant à n'être jamais bien là où elle se trouvait : trop française en Italie, trop italienne en France. Paris lui paraissait soudain une ville trop étroite, petite, mesquine, où le seul événement important semblait être la descente du peintre Biard, escorté d'un commissaire de police, dans un petit appartement du passage Saint-Roch, loué sous un nom d'emprunt par l'auteur des *Burgraves*, M. Victor Hugo, afin d'y cacher ses amours avec la belle Mme Biard. Quelle étrange ville que ce Paris dans lequel l'aristocratie ne se souciait que de défendre des droits qu'elle croyait immuables, et où la bourgeoisie, jouissant de trop de richesse et de puissance, n'avait guère envie de s'intéresser aux causes nationales hors de son pays ! Quant aux éléments les plus républicains du peuple, quoique leurs journaux, leurs livres, leurs discours fussent semés d'appels à l'union et à la fraternité, ils passaient le plus clair de leur temps à se détruire les uns les autres, chacun étant réduit à battre sa caisse pour la remplir. On continuait à pérorer dans les clubs, à célébrer des messes humanitaires, à organiser des banquets où l'on portait des toasts au Jésus-Christ nouveau et au Diable. On se traitait de «vampire cosmopolite», de «serpent fascinateur», de «sybarite gorgé», de «fétiche mendiant». Les faux messies pullulaient, autant que les brochures de propagande. On était fusionniste, chatélien, fouriériste, saint-simonien, quaker ; on célébrait la sensation, le sentiment, la connaissance, les peupliers, la barbe de trois couleurs étagées, la phrénologie, l'astronomie, toutes les femmes sauf la sienne ; et l'on était capable de défiler sur le boulevard Poissonnière, en tenant une cage dans laquelle étaient enfermées des hirondelles et criant aux passants : « Rendez la liberté aux hirondelles pour deux sous ! » Mais jamais on ne se serait mobilisé pour que la liberté déploie ses ailes sur la sœur italienne.

Un matin, Laura sentit que le moment était venu de quitter cette ville des faux-semblants et des miroirs aux alouettes. Elle sentait bien que, même chez ses amis français les plus proches, était profondément ancrée une incompréhension tenace. Augustin Thierry défendait les réalisations politiques françaises, Mignet ne croyait pas à une participation des plus pauvres à un mouvement révolutionnaire, et était même convaincu qu'en Italie tout s'opposait à l'unification. Certains même, trop proches sans doute de Louis-Philippe, sentant le trône fragilisé, se refusaient de prendre une quelconque position qui eût offensé l'Autriche. Quelle tristesse, quelle amertume ! Laura était en train de comprendre, malgré elle, qu'il lui fallait quitter ces terribles doctrinaires, « ces amis de la raison glacée ». Le fossé entre elle et eux était désormais trop profond. C'était en Italie que les choses se passaient, que l'avenir était en train de se jouer. Tel était bien d'ailleurs le sens du discours que lui avait tenu Hans Naumann, réapparu comme par enchantement, un matin d'août 1846.

— Il vous faut revenir en Italie, madame... L'Italie a besoin de vous.

— J'ai le sentiment que la seule issue serait une guerre...

— Qui vous dit que certains d'entre nous, en haut lieu, n'y songent pas ?

— Je ne vois guère que le roi de Piémont-Sardaigne susceptible d'entrer dans une telle croisade.

— Je sais, de source sûre, qu'il fait plus que d'y songer.

— De quelles sources voulez-vous parler ?

— Aventino Roero Di Cortanze, conseiller personnel du roi, travaille depuis quelques mois à ce grand projet, nos amis, qui sont les vôtres, l'ont rencontré...

Augustin Thierry, qui avait assisté à la conversation, sans jamais intervenir, se contentant de pétrir continuellement de sa main la calotte de velours noir qui lui recouvrait le crâne, laissant parfois transparaître sur son visage réfléchi, presque soucieux, un peu de cette mélancolie qui s'emparait désormais souvent de lui, attendit que Hans Naumann eût quitté la pièce pour confier à Laura le fond de sa pensée. Il avait bien compris que le « Circus Trivulzio », comme l'appelait Maria Gerolama du haut de ses sept ans et demi, allait plier son chapiteau, retourner en Italie, et le laisser une nouvelle fois seul en face de ses peurs, de ses doutes, de sa nuit interminable.

— Quand partez-vous ?

— Demain, à la première heure. Il le faut, mon très cher frère.

— Je sais, ma sœur, mais ne commettez pas d'erreur fatale, ne placez jamais Dieu dans l'ombre de l'homme alors que l'homme doit toujours se tenir dans l'ombre de Dieu.

— Je me dois d'agir.

— Je sais. Cependant, souvenez-vous de ceci : savez-vous pourquoi les sculpteurs grecs ont toujours inscrits au bas de leurs statues non pas « a fait » mais « a tenté de faire » ?

— Par humilité ?

— Parce qu'ils en étaient aux anges, pas encore à Dieu. L'art grec était un effort perpétuel, non l'acte lui-même.

— Mais les figures sculptées n'étaient déjà plus des êtres humains...

— Certes, mais elles n'en étaient pas pour autant encore des dieux. L'Italie en est à peine aux anges. Ce que l'anecdote est à l'Histoire : sa boutique à un sou.

26

Cela faisait maintenant presque deux ans que Laura parcourait une Italie bouillonnante. De Gênes à Venise, de Modène à Parme, de Naples à Rome, d'Ancône à Aspromonte, elle portait la bonne parole des théories nouvelles et de la vigueur nationaliste. Comme ces parfums subtils qui pénètrent les endroits les plus secrets, elle accompagnait, voire précédait, les signes avant-coureurs de l'orage qui s'annonçait comme le plus grand mouvement populaire que l'Italie ait jamais connu. Contrairement à ce que n'avait cessé de lui répéter Augustin Thierry depuis leur îlot de la rue de Vaugirard, elle savait que plus jamais Paris ne serait leur port où «ils vieilliraient ensemble tout au long d'une retraite calme et riante». C'était tout le contraire. Aussi, après avoir confié l'éducation de Maria Gerolama à Diodata et la gestion quotidienne de l'*Ausonio* à Gaetano, avait-elle choisi de sillonner sans relâche ce pays qui était un monde où tout, absolument tout, était en train de changer.

En Lombardie, les espérances éveillées par l'avènement de Pie IX se traduisaient par un redoublement de patriotisme. En Piémont, Charles-Albert, qu'on disait hésitant, perpétuellement menacé, comme il l'affirmait, «d'un côté par le poignard des *carbonari*, et de l'autre par le chocolat des Jésuites», semblait avoir arrêté son parti et manifestait ouvertement son hostilité à l'égard de l'Autriche. Mais au-delà de ces deux États, c'est toute la péninsule qui bougeait : Ferrare était occupée par Radetzky, Lucques grondait à la nouvelle de l'abdication de Ludovic de Bourbon, Messine et Reggio de Calabre s'étaient révoltées, Milan venait d'être ensanglantée par un mouvement de protestation civile immédiatement réprimé à coups de sabres croates. Oui, une ère nouvelle était en train de naître. Cet élan, surgi en réalité de la conscience même du pays, était comme la voix puissante d'un peuple entier s'élevant contre l'oppresseur, comme un fleuve qui, débordant, allait bientôt jaillir hors de ses digues et tout engloutir. Laura ne terminait jamais ses harangues, sans entonner l'hymne de Mameli à pleine voix : «Si le peuple se lève,/ Dieu combat à sa tête/ Et lui donne sa foudre!» Sans ajouter : «L'Italie m'a dit qu'elle avait besoin de moi! Me voici, je suis là, ô frères encore asservis, pour vous aider à secouer votre esclavage séculaire!»

Partout, on l'acclamait, on la célébrait, on la recevait en grande cérémonie. On affirmait qu'elle était une «nouvelle Bradamante», du nom de l'héroïne guerrière du célèbre poème épique de l'Arioste, *Orlando furioso*. Certes, il se trouvait bien des esprits grincheux pour regretter qu'une femme se mêle ainsi d'affaires sérieuses, autrement dit de celles réservées aux hommes ; ou pour se scandaliser de la voir ainsi gesticuler dans son costume masculin au milieu d'une populace surexcitée. Mais peu lui importait. L'instant était grisant, historique. Elle avait obtenu de pouvoir distribuer l'*Ausonio* dans une partie de l'Italie. Elle put donc désormais le faire fabriquer sur place. «Maintenant que nous avons la liberté de la presse, disait-elle, c'est en Italie que doivent être traités les problèmes italiens…»

À Milan, elle participa activement aux réunions politiques et littéraires organisées par la comtesse Clara Maffei. À Gênes, elle assista assidûment à celles de la marquise Malejoris qui prétendait influencer de manière durable l'opinion touchant les coutumes, les modes et le langage. À Florence, libérée par la clémente administration de Léopold II, qui en avait fait le lieu de rassemblement de tous les romantiques révolutionnaires de la péninsule, elle poursuivit activement sa tournée de propagande. Puis vinrent Rome, Pise, Turin, Venise enfin, où les attaques contre elle, attisées par les espions autrichiens, reprirent de plus belle. Oubliant sans doute que certaines dames de la Renaissance, telle Isabelle d'Este, avaient exercé un pouvoir intelligent, on lui reprocha de ne pas avoir su rester à sa place : celle d'une « brave Italienne » qui aurait dû se contenter de se consacrer aux activités normales et aux intérêts tranquilles de la vie domestique.

« Elle est une menace pour le *statu quo* de la société et l'ordre établi ! » écrivaient les uns. « Elle est là pour nous rappeler notre inefficacité devant l'ordre autrichien ! » répliquaient les autres. « Elle va à l'encontre des inclinaisons naturelles des femmes, à croire qu'elle n'en est pas une ! » laissaient entendre ses détracteurs les plus acharnés ; tandis que les plus frileux prédisaient doctement : « Elle devra se repentir un jour devant le tribunal divin ! » Un soir, à bout de forces, Laura finit par écrire à sa « petite famille » restée à Locate, et qui lui manquait atrocement : « Je n'arrive jamais à rester deux jours dans la même ville. Je ne m'installe pas. Je n'arrive que pour repartir. Vous ne vous faites pas une idée de ce qu'est une vie pareille ! »

Le service d'espionnage autrichien, exaspéré par toute cette agitation déployée par la princesse qui se voyait acclamée par les journaux régionaux avant même son arrivée sur les lieux de ses discours, et qui avait fini par drainer des foules entières et parfois même des villages traditionnellement acquis à l'Autriche, harcela les plus hautes autorités viennoises afin qu'elles punissent la séditieuse. À force de ténacité, le baron Carlo Giusto Torresani, qui semblait avoir fait de Laura l'affaire de sa vie, épaulé par Gaetano Barbieri et Pietro Svegliati, ses deux âmes damnées, finit par obtenir qu'on lance contre elle et dans les plus brefs délais un mandat d'arrêt, certes uniquement valable pour les frontières de la Lombardie, mais qui l'empêchait de retourner à Locate. Interdiction que Laura, par provocation, dédain, grandeur d'âme, sans omettre la part de sentimentalisme qu'elle gardait bien enfouie au fond d'elle-même, s'empressa d'enfreindre.

— C'est de la folie, mon amour! Tu ne te rends pas compte hurlait Gaetano, alors que Laura, couverte d'une fine pellicule de neige, s'ébrouait sous le grand porche du château de Locate, regardant, comme une femme qui revient de l'autre monde, se secouant, riant, poussant de grands soupirs, Diodata et Maria Gerolama qui arrivaient en courant et finissaient elles aussi par se jeter dans ses bras.

— Maman!

— Laura, ma chérie!

— Je ne peux pas me passer de vous! Oh, comme vous m'avez manqué, comme vous m'avez manqué!

— Vous aussi, maman, vous aussi, vous nous avez manqué, ne cessait de répéter Maria Gerolama, étreignant Laura comme si elle allait l'étouffer.

Ce bonheur simple, fait d'effusion et de tendresse, dura exactement neuf jours, durant lesquels, malgré le froid de février, il semblait que Locate vivait un printemps précoce, exubérant, irrésistible, traversé par des vols d'hirondelles, couvert d'herbes hautes moirées par le vent, mangé de lilas bleus et d'arbres de Judée mauves, avançant au milieu des parfums errants, délicieusement hagard. Puis, le 24 au matin, on apprit que Louis-Philippe avait abdiqué. Certains même, de source bien informée, prétendaient qu'il s'était sauvé, déguisé en laquet, dépouillé de sa fameuse perruque qui le faisait ressembler à une poire, et qu'on ne savait pas ce qu'il était devenu. Quelle fuite honteuse! Au moins, Charles X avait-il voyagé à petites journées, dans ses voitures attelées de huit chevaux, entouré de sa maison militaire, et ne s'était embarqué à Cherbourg que quinze jours après sa destitution. Un roi est un soldat, un brave, un généreux sans théâtre, qui doit se faire tuer à cheval et mourir le front haut. Ce départ en catimini donnait une image assez exacte des temps nouveaux qui s'ouvraient en Europe. Après avoir écrit deux lettres à Mignet et à Augustin Thierry, dont les revenus étaient versés par des administrations gouvernementales, afin qu'ils la rassurent sur leur sort, et dans le cas contraire les suppliant alors de venir la rejoindre à Locate où ils pourraient attendre que la situation se stabilise, elle organisa en toute hâte une réunion politique au château. Comme à l'époque la plus virulente de la Charbonnerie, plusieurs sentinelles en armes gardaient les abords de la place pour prévenir de la présence des patrouilles autrichiennes en bonnets d'ours et gibernes.

Dans la cave enfumée, protégés du froid par d'épaisses couvertures, une trentaine de patriotes essayaient de dessiner ce que pourrait être l'avenir de l'Italie après cette révolution...

— Le règne de Louis-Philippe, plutôt pacifique à l'extérieur, a été à l'intérieur une véritable catastrophe. Conspirations, complots, tentatives d'assassinat. On a tiré sur lui comme sur une bête traquée, commença Paolo Maspero, aussi fin observateur de la situation politique qu'il l'était de la folie épileptique.

— Républicains, bonapartistes, légitimistes : ils étaient tous d'accord pour le jeter hors des Tuileries, ajouta le vieux Pietro Brandolini, lequel, ayant fait partie de l'expédition du général Zucchi en 31, n'avait pas, lui, comme Terenzio Mamiani, trahi la princesse.

— Son erreur essentielle a été de vouloir créer une aristocratie nouvelle, faite de financiers et de grands industriels. On ne remplace pas une aristocratie de naissance par une aristocratie d'argent, fit remarquer Diodata.

— Et pourquoi pas ? demanda Maspero.

— Parce que le jour où tous ces gens qui exercent un trafic quelconque font partie des assemblées délibérantes, celles-ci perdent toute grandeur et toute aspiration à un but élevé. La Chambre des pairs est devenue une assemblée d'épiciers et de comptables, répondit Brandolini, sur un ton qui n'autorisait aucune discussion.

— En quoi tout cela peut-il concerner notre Italie ? dit Maspero.

— C'est très simple, répondit Laura. Quels que soient les besoins d'une nation, il est nécessaire de s'appuyer sur des abstractions idéales. Or, la France, de 1830 à 1848, a végété car nul idéal n'animait son gouvernement. « Il faut être fou de hauteur », a écrit récemment notre chère Diodata, dans les colonnes de l'*Ausonio*.

— Ce pourrait être la devise de l'Italie nouvelle, proposa la poétesse sous un tonnerre d'applaudissements.

Une fois le calme revenu, Laura, en maîtresse de

maison attentive, proposa de poursuivre la discussion en buvant une «bonne tasse de café brûlant»:

— Bien, quelle autre leçon tirer des événements de février?

— Ne pas reproduire la rhétorique démocrate-socialiste à laquelle personne ne comprend rien, partout présente, dans les clubs, sur les bancs des boulevards, devant les comptoirs des cabarets, dit Hans Naumann qui n'avait pas encore parlé. Ils sont tous là à brailler comme des paons avant la pluie, à se gourmer en public, à débiter des insanités. Les saint-simoniens se moquent des fouriéristes, les fouriéristes des cabétistes, les cabétistes des proudhoniens.

— Et pendant que tout le monde s'injurie, le pouvoir compte les points. Même les femmes s'en mêlent! Les couturières sans ouvrage, les bas-bleus sans talent, les cuisinières sans fourneau et les portières sans loge! ajouta Pietro Brandolini.

— C'est tout? demanda Laura. Tu ne crois pas que tu vas un peu loin? Si tu te fais cette idée des femmes, Pietro, tu peux aller rejoindre le camp d'en face.

— C'était pour voir si certains d'entre nous dormaient! Mais excuse-moi, Laura, si ces propos t'ont choquée...

— D'autres remarques, mes amis? Ercole Tommaso, toi qui reviens de Paris, où tu n'as eu de cesse d'essayer d'éveiller les politiques et les intellectuels français à la question italienne, qu'as-tu à nous dire?

— Il y a eu trop de sang, répondit-il sobrement. Trop de bandits atroces, de mégères échevelées à moitié nues, de gamins déguenillés portant des carabines, trop d'hésitations, de revirements... Dans le peuple, mais aussi chez les dirigeants comme Lamartine ou Ledru-Rollin, Flocon ou Arago. Les uns portaient de grandes plumes rouges à leur chapeau et les autres leur demandaient de les retirer. En somme, il faudra moins de républiques sanglantes, plus de courage et d'éloquence. Moins de luttes intestines aussi. L'histoire de cette période a quelque chose d'écœurant. À côté de leurs beaux discours, tous ces hommes politiques ricanent derrière leurs bésicles, médisent, crèvent de vanité. Ils ne semblent être là que pour récolter les foins que les nigauds fauchent pour eux.

La discussion dura des heures, tantôt illuminée par l'enthousiasme, tantôt assombrie par un désespoir profond. À la fin, il fallut bien se séparer. On s'embrassa, on se congratula, on se souhaita bonne chance, et Laura, dans son discours final, lança quelques idées de réflexion pour une prochaine réunion:

— Malgré tout, cette Seconde République, née du sang, est pleine de promesses. Il ne s'agit plus seulement d'agiter le drapeau de la liberté, mais de mettre en œuvre une démocratie, dans le respect des consciences et de la dignité des individus. La grande leçon à tirer de ces événements réside peut-être dans la devise choisie par le gouvernement provisoire, et qui tient en trois mots empruntés à l'Évangile: «Liberté, Égalité, Fraternité».

Dans les semaines qui suivirent cette réunion, d'autres lui emboîtèrent le pas. À mesure que le temps passait, tous étaient persuadés qu'ils étaient à l'aube de grands événements. Laura, convaincue que pour faire avancer sa cause, il lui fallait un nouvel organe de presse, plus puissant, plus engagé, et qu'il était temps pour elle, comme elle le disait, de «se déclarer ouvertement», premièrement parce que son opinion devait triompher ou être anéantie dans les jours à venir, et deuxièmement parce que l'opinion opposée à la sienne avait un défenseur éloquent en la personne de Mazzini, engagea Gaetano à travailler avec elle au lancement d'un journal qui remplacerait *Ausonio*.

— Puisque nous sommes monarchistes, il faut un journal qui le dise clairement.

— Ne va-t-on pas penser que la république nous effraie comme une de ces entités fantastiques dont le seul nom donne le frisson? objecta Gaetano.

— Premièrement, je m'en moque. Deuxièmement, il serait inexact de le penser. La république est sans doute, à mes yeux, la forme la plus parfaite de gouvernement. Mais je reste monarchiste parce qu'un peuple chez qui on introduit la république doit être arrivé à un niveau de civisme qui est loin d'avoir été atteint dans l'Italie d'aujourd'hui.

— Pour rassembler, il nous faut une profession de foi...

— Je l'ai : l'unité de l'Italie comme but ; la monarchie comme moyen de l'obtenir puis de la conserver ; le Piémont comme centre d'attraction autour de quoi les peuples d'Italie se rassembleront ; la maison de Savoie — seule maison italienne régnant en Italie — comme instrument désigné par la Providence.

— Et comment va s'appeler ta nouvelle arme ?

— *Il Crociato*, car c'est une véritable croisade que nous entamons...

Gaetano embrassa Laura tendrement :

— Tu ne t'arrêteras donc jamais ?

— Non! Ledru-Rollin a lancé *Le Bulletin de la République* pour défendre son gouvernement ; Lamennais, *Le Peuple constituant* pour propager ses idées ; Proudhon s'est exprimé dans *Le Représentant du peuple* ; Raspail a édité *L'Ami du peuple*, et Alexandre Dumas, qui se prenait pour un homme d'État, *Le Mois*...

— Qu'on appelait généralement *Le Moi* !

— Et George Sand, *La Cause du peuple*.

— Qui mourut de mort subite !

— Ce ne sera pas le cas du *Crociato*, mon petit monsieur !

— Tu ne crains pas une conspiration du silence ? On n'aime guère les feuilles émancipatrices dirigées par des femmes... La presse est en train de changer. Les journaux de mode se multiplient. Les rubriques consacrées aux toilettes prennent de plus en plus d'importance. On aime le récit des drames sanglants et l'intimité violée. À longueur de colonnes on ne parle que théâtre, spectacle, concert. J'ai lu récemment sur une pleine page l'histoire pleurnicharde de cette Maria Lugetti qui chaque jour se rendait sur la tombe de son fils depuis sa mort pour y déposer des joujoux. Elle avait fait mettre un pliant retenu par une chaîne cadenassée, et s'y tenait des journées entières à pleurer, à prier, et à s'entretenir dans la pensée qu'elle causait avec l'enfant...

— Ma conviction est profonde, mon amour, et j'écrirai quotidiennement dans *Il Crociato*. Pour protester contre l'ineptie du gouvernement provisoire, pour admonester les uns et les autres dont les chamailleries vont empêcher tout programme organisé, pour implorer le soutien de Charles-Albert, pour lancer une campagne en faveur d'une consultation de l'opinion.

— Mais tu es consciente de la vanité de tes efforts ?

— Évidemment, répondit tristement Laura. C'est un travail forcé qu'il va me falloir entreprendre ; non seulement un travail de plume, mais aussi une action. Et où trouver pareille chose pour une femme, dans l'Italie d'aujourd'hui ?

Laura n'eut guère le loisir de chercher des réponses à ses questions. En peu de jours l'histoire s'emballa. Alors que le gouvernement autrichien continuait de combattre comme il pouvait la propagande patriotique des doctrinaires, il devait désormais faire face aux théories de Cavour qui commençaient de se répandre dans les provinces lombardes. Cette idée d'une évolution morale, basée sur l'intérêt mutuel et marchant de pair avec l'évolution économique et le développement des classes populaires, était en train de former durablement l'esprit public. Les rivalités et les chicanes qui éclatèrent entre les villes et les communes cherchant à attirer, chacune sur son territoire, les lignes de chemins de fer projetées, finirent par créer entre elles une certaine solidarité politique. Ni les autorités de Vienne ni le maréchal Radetzky ne virent venir le raz de marée, opposant au contraire à tous ces mouvements, ces secousses, ces preuves de mécontentement, cette agitation permanente, qu'un scepticisme dédaigneux quand ce n'était pas un mépris profond. Metternich ne voulut rien voir. Louis-Philippe remplacé par Lamartine à la tête d'une République ? La Hongrie qui se révolte ? Un soulèvement de constitutionnalistes à Vienne même ? Charles-Albert qui semble vouloir s'allier avec la Lombardie pour lutter contre l'ennemi commun ? Rien ne semblait pouvoir empêcher Metternich de prendre tranquillement son café matutinal accompagné de brioches et de petits pains : il fut renversé le 17 mars !

Les Milanais sentant que l'heure de la vengeance avait sonné sortirent de chez eux, dressant devant les soldats autrichiens ahuris des centaines de barricades surgies comme par magie dans les rues de la capitale lombarde. Cette nouvelle prodigieuse surprit Laura alors qu'elle était à Naples sur la scène du *Teatro reale di San Carlo*, en train de défendre, devant les six rangs de trente-deux loges pleines à craquer, le programme développé dans les pages d'*Il Crociato*. Habitué à venir applaudir des pièces de Guglielmi et de Pergolese, de Paesiello et de Mercadante, le public exulta. Qui mieux que la princesse Laura Di Trivulzio pouvait partager avec lui pareil événement ? Milan révolté, voilà qui levait haut les cœurs encore plus que les grands opéras ou les ballets. Rossini, Bellini, Donizetti, Verdi étaient dépassés par la force de la réalité et du présent.

— Que comptez-vous faire, princesse ? demanda la salle d'une seule voix.

Celle que le roi Ferdinand appelait avec mépris «cette enquiquineuse», *questa scocciatrice*, fit un geste solennel de la main. Tous les spectateurs présents avaient conscience qu'un événement majeur était en train de se passer. La femme qui s'avançait vers eux était tout à la fois Mme de Staël et Jeanne d'Arc. La réponse fusa, ne laissant aucune place au doute, et fut immédiatement recouverte par ce qu'il serait un euphémisme d'appeler un tonnerre d'applaudissements :

— Je vais lever une armée de volontaires, affréter un bateau qui partira sur l'heure pour Gênes, et entrer dans Milan pour me battre aux côtés des insurgés ! Qui m'aime me suive !

27

Le large canapé vieux rose trônait au milieu du salon, à angle droit avec la cheminée, et tournait le dos aux fenêtres. À côté de lui, avait judicieusement été placée une petite table, à présent couverte de livres, avec un encrier et un vase d'agate rempli de porte-plumes et de plumes, pointe en l'air tout encroûtée d'encre. En cette fin d'après-midi d'été 1848, un observateur étranger eût sans peine conclu que l'aspect de cette pièce était des plus charmants, et cela malgré l'encombrement de fauteuils de toutes formes et de toutes grandeurs. Mais dans la clarté du jour, c'était bien le canapé qui, accrochant toute la lumière, se présentait comme le morceau de bravoure du salon. Enfoncée dans la mollesse de son étoffe veloutée, se pelotonnant et se dépelotonnant dans un coin, Laura ne cessait de pester et de parler à haute voix, seule, comme les pauvres déments du *Manicomio* de Turin dont lui avait si souvent parlé la marquise Massa Roero Di Cortanze.

— De la boue ! Le monde n'est que de la boue ! Nous vivons une époque de comptables ! Tous des voleurs ! Tous des menteurs !

Entre deux cris étouffés, elle semblait retrouver une sorte de calme éphémère pendant lequel elle se remémorait ce qu'elle appelait sa «campagne milanaise ». Tout avait pourtant si bien commencé… Dès que la nouvelle de l'insurrection lui était parvenue, elle avait immédiatement levé un corps de volontaires. Plus de dix mille *giovanetti* avaient voulu partir avec elle, mais son bateau à vapeur, loué à prix d'or à un marin qui avait flairé la bonne affaire, n'avait pu en contenir que deux cents. Qu'importe ! Quel enthousiasme ! Quel lyrisme ! Dans la rade de Naples, des milliers de voix s'étaient pressées autour du navire avec cet unique message : « Adieu ! Nous vous suivons ! Rendez-vous à Milan ! » Il y avait là de jeunes aristocrates quittant la douceur de leur foyer avec en poche à peine quelques carlins ; de modestes employés qui avaient abandonné leur travail ; des officiers de l'armée régulière qui s'exposaient sans crainte au châtiment des déserteurs ; des pères de famille qui n'avaient pas hésité à laisser femme et enfants ; de jeunes mariés faisant passer la défense de la patrie avant leur jeune épousée. Dans son souvenir tant d'images se bousculaient. Comme celle de cette mer couverte d'embarcations accompagnant son navire jusqu'au Castello dell'ovo, ou la rangée d'armes étincelantes couvrant le pont et dépassant le bordage. Et ces plumes, ces rubans, ces cordonnets, ces étendards claquant dans le vent. Au milieu de tous ces chevaliers croisés, elle se souvenait d'avoir été cette jeune femme, exaltée et belle, qui distribuait des grades et des brevets, et promettait à tous le miel de la victoire !

— Nous, princesse Laura Di Trivulzio, nommons par la présente général et représentant de l'Italie nouvelle…, décrétons sur-le-champ que tout soldat…

Et l'arrivée à Gênes, mon Dieu, quelle ferveur ! On l'avait prise évidemment pour une disciple de Mazzini, mais en criant : *Viva Pio Nono !* Quelle importance ? Vue de la mer, surtout ce grand soir, Gênes était apparue étenduc sur la rive comme le squelette blanchi d'un animal gigantesque échoué, baigné par des flots noirs, sous l'œil vif d'une lune couleur de perle placée au plus haut point du ciel. Et cette route vers Milan, où dans chaque village traversé une foule se pressait autour de sa phalange, en grossissant les effectifs sous les vivats et les acclamations alors qu'elle brandissait et serrait sur son cœur les trois couleurs nationales, lui semblait à présent presque irréelle. Et que dire de Milan découverte le soir, haute sur l'horizon, avec derrière elle les sommets bleus des montagnes ! Quelle impatience fiévreuse dans sa troupe qui mourait d'envie de voir la cathédrale et d'en découdre enfin avec l'ennemi ! Quelle arrivée triomphale par cette interminable route de roulage, au bout de cette grande avenue de terre battue bordée de palissades et de petites maisons basses. Et tous ces transports de joie ! Tous ces cris ! Tous ces chapeaux jetés en l'air ! Tous ces mouchoirs agités ! Tous ces applaudissements ! Laura n'avait jamais été aussi émue…

— Même Buloz a obtenu de moi ce qu'il voulait : «Un article dans le vif du sujet !» Cent pages sur l'événement, publiées immédiatement dans la *Revue des Deux Mondes*. Il s'est arrangé pour que toute la gloire lui en revienne ! Tout juste s'il n'avait pas lui-même écrit ces lignes sous la mitraille et le feu autrichiens !

Debout dans un coin du salon, Gaetano attendait que Laura se calme. Quand elle était plongée dans un tel flot de paroles et de douleurs, il n'y avait rien à entreprendre, si ce n'est veiller à ce que l'incident ne dégénère pas en crise d'épilepsie convulsive, et chercher le seul petit instant opportun où il serait possible de faire baisser une fièvre montée cette fois très haut, à la mesure de la déception qui avait suivi le soulèvement milanais, puis l'engagement militaire de Charles-Albert dans la bataille. Où était l'erreur, si erreur il y avait ? Où était la faille ? Après les journées de soulèvement, de sang et de barricades, après la fuite honteuse des Autrichiens, entouré de son vieil état-major de comtes et de marquis piémontais, Charles-Albert s'était plu à tracer des plans stratégiques valeureux mais obsolètes, et malgré le renfort de volontaires venus des quatre coins de l'Italie, ainsi que de France, d'Espagne, de Grèce, de Pologne, malgré des victoires éclatantes comme celle de la prise de Vérone, les troupes ennemies s'étaient remises en mouvement.

— L'audience auprès du roi n'a servi à rien ! Mon entrevue au quartier général de Charles-Albert, avec les membres du comité de la défense, n'a servi à rien ! Ce monarque n'est pas un roi guerrier ! Il est morne, embarrassé ! Je n'ai jamais trouvé en lui le chef résolu que je souhaitais rencontrer !

Voyant Laura, la tête dans les mains, au bord des larmes, sentant dans sa voix comme une défaillance, Gaetano, qui la connaissait mieux que quiconque, choisit ce moment pour intervenir, et vint s'asseoir à côté d'elle sur le canapé vieux rose :

— Tout n'est peut-être pas perdu...

— Tu sais bien qu'il n'y a plus aucun espoir, répondit Laura en venant se blottir contre lui. Les Autrichiens sont revenus, ont perpétré des massacres ignominieux. Le pillage de la ville a été terrible, une vraie boucherie ! J'aurais dû comprendre immédiatement. Le cheval mort était un mauvais présage...

— De quel présage parles-tu ?

— Quand nous sommes entrés dans Milan, nous avons vu un cheval mort, étendu au milieu de la chaussée, harnaché à la croate, les sacoches pillées, les fontes vides, le ventre ouvert comme une pastèque...

— Ce n'était pas un «signe», Laura, mais la réalité de la guerre, rien d'autre...

— Il y a toujours autre chose que la réalité...

Gaetano tenta de redonner à Laura un peu de l'espoir qui semblait l'avoir quittée, même si au fond il ne croyait guère aux arguments qu'il avançait :

— Le départ de Charles-Albert est sans doute une retraite stratégique...

— Une retraite ? Une fuite, tu veux dire ! Charles-Albert a quitté Milan en pleine nuit sur un cheval d'emprunt, de peur d'être reconnu. Il a laissé Milan aux mains des soldats de Radetzky.

— Nous n'avons pas le droit d'être découragés...

— Comment ne pas l'être ? L'armistice honteux signé le 9 août par le général Salasco stipule l'évacuation de tous les territoires occupés ! Charles-Albert avait annoncé une guerre de libération. Tu ne te souviens pas ? *L'Italia fara da sé...* L'Italie se détruira sans l'aide de personne, oui ! Je suis tellement déçue, ajouta Laura, montrant à Gaetano un journal de Florence, dans lequel elle apparaissait, accompagnée, attifée à la Pardi, d'un *giovanetto* romantique, coiffé comme elle d'un feutre cavalier. Tous deux portaient, flottant sur leurs épaules, une longue cape de velours. Tous deux tenaient un drapeau. Tous deux couronnaient Charles-Albert.

— C'est plutôt flatteur, rétorqua Gaetano. Vous avez l'air résolus, animés de tout l'espoir que le peuple a partagé avec vous, avec toi et ton action.

— Le roi est fuyant, invisible. Il refuse la couronne. Et l'article est terrible.

— Qui l'a écrit ?

— Terenzio Mamiani, un ancien *carbonaro*, amoureux éconduit, que j'ai sorti des prisons autrichiennes et qui me remercie à sa façon...

Gaetano lut le texte à haute voix :

— «Le plus déplaisant dans l'arrivée de notre tragédienne à Milan, c'est que l'entrée des volontaires napolitains ait offert une occasion à un de ces spectacles théâtraux qui en certaines circonstances solennelles sont scandaleux. Beaucoup se souviennent de ce livre odieux, *L'Histoire de la Lombardie*, écrit contre notre patrie mais surtout contre le grand martyr italien Federico Confalonieri. La cause italienne est une cause sacrée, l'immoralité et les scandales sont le plus grand outrage qu'elle puisse subir. Laura Di Trivulzio, cette révolutionnaire de salon, traîne le sang de nos héros dans la boue. Nous n'avons que faire de cette catin, mère d'une enfant sans père et qui préfère aux tendres liens du mariage le concubinage avec de jeunes hommes qu'elle détourne du droit chemin, voire des femmes, ce qui constitue un des pires crimes de l'humanité. »

Laura semblait particulièrement atteinte par cet article et sombra dans un état d'aphasie qui dura assez longtemps pour que Gaetano s'en inquiète.

— Laura, tout ça n'a aucune importance.

Devant le silence de la jeune femme, Gaetano insista :

— À quoi penses-tu, ma chérie ? Laura, réponds…

— À la madone de la Roche-Melon.

— Pourquoi ?

— Elle est là-bas, à une hauteur incroyable, en pleine montagne, dans le lieu le plus inabordable, le plus inaccessible, à l'intention du passant, quel qu'il soit, du voyageur solitaire, du pécheur, du criminel. Qui l'a placée là, qui a bien pu le faire ? Avec quelle intention ? pour qui ? pourquoi ? Je me suis si souvent découverte et signée devant cette longue image pâle aux mains jointes de façon particulière : paume contre paume à mi-hauteur de la poitrine… Certes, c'est une image de l'humilité, de la supplication, de la pureté. Mais tout cela est tellement intime, tellement nécessaire…

— Cette image t'apaise ?

— Non, répondit Laura, poussant un long soupir, cela me désespère. L'Europe est incapable de comprendre les affaires italiennes. Nous sommes complètement seuls et entourés d'imbéciles. Pendant que le bruit des canons, des fusils, du tocsin et du tambour remplit l'air, la plupart des politiciens se distribuent les rôles et se partagent le pouvoir. Ces hommes sont en train d'effacer l'Italie de leur Histoire.

— C'est quoi l'Histoire, maman ? lança une petite voix, de derrière le canapé.

Maria Gerolama venait d'entrer dans le salon en se plaignant de ne pas voir assez sa mère qui «consacrait trop de temps à ses guerres et à cet amoureux dont elle souhaitait parfois qu'il fût mort». Laura prit sa fille sur ses genoux et, après lui avoir expliqué qu'on ne pouvait ainsi espérer la mort de quelqu'un, l'embrassa tendrement, en la berçant comme lorsqu'elle était petite, le visage enfoui dans le cou de la fillette, et pensant en silence qu'elle aimerait tant que cette enfant reste toujours petite et ne sache jamais rien de ce monde dans lequel, malgré les paroles données, les autorités autrichiennes avaient laissé libre essor aux vengeances, aux crimes isolés, assassinant femmes, enfants, vieillards, malades, et mis à sac les palais de la noblesse lombarde ayant pris part à l'insurrection milanaise comme ceux des Litta, Borromeo et Belgiojoso. Alors qu'elle caressait tendrement les joues de pêche de sa fille, Laura se demandait, cachant maladroitement son inquiétude, à quel moment les pillards autrichiens allaient envahir Locate.

Dans les semaines qui suivirent, Laura décida de faire face à son désespoir et à sa déception. Il fallait continuer la lutte, coûte que coûte. Elle écrivit une nouvelle fois à François Mignet et à Augustin Thierry pour les supplier de venir à Locate. Tous deux refusèrent, préférant rester en France. Eh bien, qu'ils restent si tel était leur désir! Il fallait avancer, et pourquoi pas, seule si l'Histoire le demandait. Alors, elle fit tout pour oublier les souvenirs douloureux de l'épopée milanaise, les *prodi* et les *giovanetti* en déroute mendiant dans les rues, désarmés, rejetés, sans argent. Elle redoubla son activité littéraire, envoyant des articles à la presse politique française — *Le Constitutionnel, La Démocratie pacifique, Le National* —, et ajoutant au *Crociato* un nouveau quotidien: *La Crocie di Savoja*. L'heure, en effet, ne pouvait plus être à l'attentisme. Ses brochures politiques l'énonçaient sans ambages. Il fallait créer une dynamique nouvelle, sortir le roi de sa retraite, et si besoin était prendre la tête d'un nouveau parti prêt à soutenir totalement les ambitions unitaires que Charles-Albert ne pouvait avoir abandonnées au pied des murailles de Milan. Elle avait bien observé tout ce qui s'était passé autour du drame milanais. C'était les dissensions intestines des insurgés, leur incertitude, leur hésitation, leur manque de solidarité politique, en un mot, une absence de tout sentiment de responsabilité morale qui avait entraîné l'échec du soulèvement. Mais ce trait fatal était celui de l'Italie entière, étouffée par toutes ces années de servitude et de répression. Malgré le système autrichien qui visait à l'asservissement total de la population, celle-ci avait démontré qu'elle pouvait se battre, qu'elle ne manquait pas de courage, et c'est ce courage qui permettrait à l'Italie de retrouver sa liberté. Voilà pourquoi son dernier éditorial, publié dans *La Crocie di Savoja*, se terminait sur ces mots: «Nous avons pour devoir de ne jamais nous consumer dans le sacrifice et sauver notre rêve. La vie est un don. Faisons qu'elle soit comme un fleuve riche d'abondance qui parcourt la terre avec joie. »

Cette joie, en effet, avait fini par planer à nouveau sur Locate, sur ses champs et ses villages, sur ses habitants, sur ses paysans et ses artisans, sur Diodata, plus vivante que jamais, sur Maria Gerolama, incessant rayon de lumière, sur Gaetano enfin dont l'amour pour Laura était comme une source inépuisable dans laquelle elle plongeait chaque jour à pleines mains, et qu'elle avait envie de fêter comme il se doit. Ce jour-là, Gaetano était parti sur les terres consacrées à la culture du riz. Plusieurs femmes dont le travail consistait à sarcler la plante, dans la vase jusqu'à mi-jambes et respirant les émanations fétides et délétères du marécage, avaient contracté une méchante fièvre dont il fallait enrayer immédiatement la propagation. Accompagné de Paolo Maspero, Gaetano devait déposer dans plusieurs villages les remèdes nécessaires. Il avait promis de rentrer en fin d'après-midi au plus tard. Ce qui laissait un temps suffisant à Laura pour faire préparer un dîner en tête à tête. Il y aurait tout ce que Gaetano aimait. Quant à elle, elle aurait eu tout loisir de revêtir une toilette de bal très décolletée, de relever avec soin ses cheveux au sommet de la tête, d'étendre sur son visage, sa gorge et ses bras cette pommade de lys à l'odeur délicieuse, de faire prendre à ses longs sourcils noirs la couleur de l'ébène, à sa peau la blancheur de l'albâtre, le vinaigre rose de Maille aurait donné à ses joues les couleurs brillantes de la rose, et ses lèvres, enfin, sembleraient être du corail le plus vif. La métamorphose dura quelques heures. Et quand Laura se regarda dans la glace, elle sembla satisfaite. Il lui restait trois heures pour songer au reste de l'ajustement. On l'aida à enfiler son corset muni d'une ceinture sans busc, avec des goussets élastiques, susceptible de lui donner la taille d'une demoiselle qui sort du couvent, et passa une robe en percale garnie de rangs de coques. Le spectacle produit était si charmant et si parfait, avec cette délicatesse du tulle brodé séparant chaque rang de coques dont le dessin formait une guirlande de roses, et ce corsage et ces manches rayées en biais, taillés dans le même tulle, que la femme de chambre s'écria avec enthousiasme que «toutes les autres femmes allaient être jalouses de madame». «Mais il n'y aura pas d'autre femme, répliqua Laura en riant aux éclats, je serai seule avec monsieur.» Bien que l'heure du retour de Gaetano fût encore lointaine, Laura voulut terminer de s'habiller pour voir si aucune faute de goût n'était commise. Elle posa donc sur sa tête un grand chapeau d'Herbault en paille de riz orné de six plumes blanches, enfila des brodequins en mérinos blanc, avec la laçure sur le côté, et passa même des gants couleur chamois.

Alors qu'elle tournait et retournait en virevoltant devant les grandes glaces sur pied, en songeant qu'elle avait soudain envie que Gaetano soit là devant elle pour s'offrir à lui, pour sentir sa virilité défaire sans retenue tout ce qu'elle venait patiemment de construire, elle entendit le bruit d'une grande cavalcade s'invitant sans prévenir dans les jardins qui entouraient le château. L'espace de quelques secondes, elle craignit que Gaetano n'ait eu la même idée qu'elle. Et si lui aussi, de son côté, avait eu l'intention de lui réserver une surprise? L'idée était plaisante. Ne valait-il pas mieux dans ce cas aller au-devant de lui? Elle sortit de sa chambre, emprunta le long couloir qui conduisait à l'escalier, et descendit ce dernier le plus vite qu'elle put en tenant un pan de sa robe à la main. Jamais elle ne s'était sentie aussi heureuse. Jamais elle n'avait senti aussi fort que le bonheur n'est rien d'autre que du temps qui s'arrête.

28

— Que se passe-t-il, messieurs ? demanda Laura devant cette foule qui avait envahi toute la grande entrée et faisait cercle, muette, autour d'une civière sur laquelle reposait un homme couvert d'une couverture tachée de sang.

Paolo Maspero, qui avait accompagné Gaetano dans les rizières, prit la parole, la gorge nouée, des larmes dans les yeux. Dans la canicule de cet après-midi d'été, le silence serrait les êtres comme dans un étau.

— Un accident stupide, madame… Gaetano…

— Gaetano ! hurla Laura, en se reprenant immédiatement comme pour ne pas montrer la douleur qui commençait de croître en elle comme une herbe maléfique.

— La fatalité a voulu que…

Une main dépassait de la couverture. C'est à ce moment précis que Laura comprit ce qui était en train de se passer. Le corps étendu sur la civière était celui de Gaetano. Et elle était là, comme une oie, imbécile, avec son corps empommadé, ses épaisseurs de tulle, son chapeau. C'est une robe de deuil qu'elle aurait dû porter, car Gaetano était mort, n'est-ce pas ?

— Il n'y a plus aucun espoir, madame, dit Maspero.

Laura trouva la force de faire signe à tous de quitter les lieux. Elle voulait être seule avec Gaetano. Deux hommes portèrent la civière dans la chambre de Laura et déposèrent le mourant sur le lit. Maspero qui accompagnait Laura fut prié de rester.

— Heureusement, Maria Gerolama est à Milan avec Diodata, je n'aurais pas aimé qu'elle assiste à tout ce malheur, dit Laura à haute voix, puis se tournant vers Maspero elle demanda en tremblant : Comment est-ce arrivé ?

— Alors que je soignais plusieurs ouvrières d'Anfossi, Gaetano a pris le phaéton pour rejoindre la rizière du côté de Griffini. Des femmes ont dit qu'elles avaient vu les chevaux s'animer du côté de la barrière d'Arcioni. Attaché très court, ainsi que c'est l'usage dans les attelages à la Daumont, le cheval porteur a dû prendre le galop, s'est senti gêné, a donné quelques ruades dans son palonnier, et s'est emporté avec une rapidité qui a entraîné le cheval sous main, lequel était resté jusqu'alors très calme. Emilio a dû se rendre compte qu'il n'était plus maître de ses chevaux, et s'est mis debout sans doute pour voir s'ils ne rencontraient pas quelque embarras sur la route. Cette voiture, légère, est montée sur des ressorts à pincettes qui ont dû agir comme une sorte de tremplin. Il semblerait que Gaetano ait ouvert la portière et se soit placé sur le marchepied. Au premier cahot le corps a été projeté en l'air et est retombé sur le sol tandis que le phaéton poursuivait sa route au milieu des rizières.

— S'il n'avait pas été seul, ce fatal accident se serait trouvé évité ?

— Sans doute, princesse.

Laura ne pouvait détacher ses yeux de ce corps qui respirait encore mais dont toute vie semblait s'être enfuie. Consciente que Gaetano ne reviendrait jamais à lui, elle finit par envoyer quérir un prêtre afin qu'il administre les derniers sacrements, tout en allumant de petites lampes devant différentes images de saints et de saintes qui passent, dans les campagnes lombardes, pour exercer une singulière influence dans certains cas désespérés, et en plaçant sur la poitrine et sur le front de Gaetano d'autres reliques de saints censées l'enlever à la mort. Ce mélange de religion et de rites magiques ne plut guère au curé qui redoubla de vigueur dans la litanie de ses prières pour les mourants. L'agonie dura jusqu'au matin. Par instants, Gaetano semblait si calme qu'on eût pu croire qu'il était en train de revenir à la vie, peut-être même qu'il allait parler. De temps à autre, Laura humectait les lèvres et le front du mourant de tisanes dont l'effet ne pourrait être que bénéfique. On envisagea de bassiner un autre lit afin que le froid ne gagne pas le beau cavalier blessé dont Laura avait nettoyé les plaies une à une. Puis soudain, alors qu'elle s'était rapprochée de lui parce qu'il venait de tendre un bras dans sa direction, et qu'une abondante transpiration semblait s'être emparée du pauvre corps, elle vit sa tête tomber sur le côté, comme celle d'un oiseau touché par le plomb du chasseur. Se précipitant vers Gaetano, elle ne put retenir ni une dernière parole, ni un dernier regard. À le voir ainsi, sans vie, si apaisé sur son lit, Laura pensa que Gaetano avait rendu à Dieu une âme loyale et pure, sans secousses ni déchirements, comme si les cartes de saints et les tisanes ajoutées aux pieuses oraisons avaient réussi à écarter de lui les dernières angoisses.

À partir de ce moment tout alla très vite. Laura fit ouvrir tous les rideaux soyeux, toutes les longues draperies, toutes les fenêtres afin que l'air et le soleil pénètrent à nouveau dans cette pièce où l'homme qu'elle avait tant aimé, au point de comprendre enfin combien sa vie était si intimement liée et si nécessaire à la sienne, venait de s'éteindre. Elle demanda qu'on lui apporte de quoi effectuer la toilette mortuaire, ainsi qu'une belle tenue de soirée noire car elle souhaitait se charger elle-même de l'habillage du cadavre, puis, quand elle l'exigerait, qu'on lui monte le cercueil afin qu'elle y dépose son amour perdu et qu'elle enfonce, un par un, dans le bois du couvercle, à grands coups de marteau réguliers qui ne manqueraient pas de résonner dans tout le château, les clous à large tête dorée. Gaetano Stelzi fut inhumé le jour même au cimetière du village, en présence de nombreux témoins et de ses parents éplorés, car tel avait été le souhait de Laura. Quant aux fameuses *aumônes*, terme désignant en Lombardie les dons offerts à l'Église dans la personne de ses desservants, bien qu'elles fussent, comme le veut la coutume, généreuses, l'extension quelque peu élargie de leur sens froissa le clergé. En effet, Laura remplit abondamment le tronc de l'église de Locate, mais se permit en outre de distribuer directement à chacun des pauvres qui se présentaient pendant une semaine, à partir du jour des funérailles, une soupe et la modique somme de deux sous. Or, cela composa à la fin de la semaine une somme assez considérable, qu'on aurait pu employer plus sagement à la restauration du maître-autel de la paroisse ou à l'achat de quelques images de saints pour rehausser l'éclat des grandes fêtes. Très vite, sous l'action conjuguée des autorités ecclésiastiques locales, de M. Lamberti, chef de la police lombarde, et de Pietro Svegliati, espion au service de Carlo Giusto Torresani, l'étrange infraction à la règle commune dont Laura s'était rendue coupable en cette circonstance fut attribuée à l'influence des doctrines républicaines qu'elle ramenait continuellement de ses voyages en France. Et si l'Église qui pensait qu'il serait fort imprudent de chercher querelle à la représentante certes remuante, mais finalement remplie des meilleures intentions, d'une riche famille qui pourrait encore lui faire d'opulentes aumônes, ne tint pas à donner au scandale toute l'ampleur qu'il méritait, la police autrichienne vit là un excellent prétexte pour justifier auprès de Vienne le recours à de nouvelles tracasseries et à une surveillance accrue exercées sur la personne de Laura Di Trivulzio.

Hans Naumann, debout dans la chambre, regardait le lit à peine affaissé sur lequel était mort Gaetano. Au chevet du lit un tabouret conservait encore l'empreinte des genoux de Laura qui lui avait fermé les yeux. Des candélabres d'argent qui avaient brûlé toute la nuit étaient couverts de plusieurs épaisseurs de cire. Par les fenêtres entrouvertes on entendait les oiseaux chanter. Dans la pièce tout parlait encore de Gaetano : ces bronzes florentins et ces terres cuites qu'il aimait tant, ces bergères en biscuit qui le faisaient sourire, ces Pampines de Boucher rapportées d'un voyage en France. Des bottines traînaient près du lit, et sur la commode le chapeau et les gants que Laura portait quand du haut de l'escalier elle avait vu arriver dans le hall du château cette foule bruyante apportant un blessé étendu sur une civière. Il était presque minuit, et il régnait dans le château un silence accru imposé par le deuil.

— Quelle foule, n'est-ce pas ? Quel bel enterrement, dit Laura, sur un ton presque joyeux.

— Oui, princesse, répondit Hans Naumann, cependant...

— Cependant ?

— Je ne sais si je peux vous dire le fond de ma pensée.

— Je vous en prie.

— Pourquoi un tel apparat? Teniez-vous tellement à toute cette foule?

— Oui. Il fallait que tout le monde voie ce mort, l'accompagne, lui rende un dernier hommage, que chacun puisse dire: j'étais aux funérailles de Gaetano Stelzi!

Hans Naumann paraissait gêné, ce qui était peu dans ses manières:

— Puis-je vous poser une autre question?

— Oui.

— Pourquoi m'avoir fait venir ce soir?

Actionnant le mécanisme qui ouvrait la porte de son cabinet secret, Laura pria Hans Naumann de la suivre. Après avoir allumé plusieurs chandeliers et refermé la porte, Laura montra du doigt une sorte de catafalque sur lequel avait été jeté un drapeau aux trois couleurs de l'Italie unifiée:

— Je vous ai fait venir pour ceci, dit-elle en tirant sur l'étoffe tricolore comme si elle venait d'inaugurer on ne sait quel monument.

Hans Naumann ayant fait quelques pas en direction de la boîte y plongea son regard, fixe, comme figé, collé à ce qu'il voyait, sans pouvoir bouger: le cadavre de Gaetano Stelzi, dans son habit noir de cérémonie.

— Le cercueil était bourré de pierres. Je veux que Gaetano repose ici dans un tombeau qui soit dans l'enceinte même de sa maison, de façon que j'aie la triste satisfaction de l'orner de fleurs et d'entretenir ce lieu comme une chambre d'amour et non comme un sépulcre. Voilà ce qui désormais va remplir ma vie.

Hans Naumann qui avait pourtant vécu de nombreuses vies restait bouche bée.

— Ainsi je pourrai lui parler tous les jours, continuer de le chérir, peupler ma solitude. Vous êtes taxidermiste, n'est-ce pas…

— Oui, madame le sait bien… Mais je prépare essentiellement des oiseaux, des poissons et parfois des insectes.

— Et jamais les hommes ? demanda Laura en caressant le front de Gaetano.

Hans Naumann hésita. Pour la première fois de sa vie, il éprouvait une sorte de peur qui bougeait dans son ventre comme un petit ange terrible :

— Non, madame.

— Et vos expériences, vos recherches ? J'ai assisté jadis, dans votre arrière-boutique…

— Justement, madame, c'était «jadis»…

— Voyez-vous, Hans, j'ai perdu beaucoup d'hommes et de femmes dans ma vie, mais cette fois j'ai perdu l'amour, et cela m'est insupportable. Vous comprenez ?

— Oui, madame, je comprends, mais…

— Mais quoi ?

Hans Naumann transpirait à grosses gouttes, n'osant regarder Laura dans les yeux. Celle-ci posa sur la table deux sacoches remplies de pièces d'or et dit :

— Je ne veux pas que Gaetano soit rongé par les vers, que ses entrailles explosent, qu'il pue la mort. Pouvez-vous l'embaumer ?

Sans chercher à comprendre pourquoi il acceptait, Hans Naumann répondit qu'il relèverait ce défi, cette folie, mais à la seule condition que Laura range ses pièces d'or. Un tel acte ne pouvait être payé en monnaie. L'argent gagné de la sorte le conduirait directement en enfer.

Il fallait faire vite ; pour éviter que l'étrange nouvelle ne se propage et que le cadavre n'entre dans une décomposition irréversible. Laura ne souhaitant pas une conservation temporaire, on ne pouvait avoir recours aux antiseptiques organiques ou inorganiques. Il était impossible de simplement conserver le cadavre dans des mélanges de sciure de bois et d'acide phénique, dans une bouillie de plâtre et de chlorure de chaux, dans des macérations de sulfate de manganèse, ni même des poudres de zinc et de fer parfumées à l'essence de lavande, le corps alors serait déformé, ou trop noir ou trop blanc, rétrécirait, se riderait, se gonflerait, deviendrait méconnaissable, en jailliraient des lessives infâmes, des jus épais, des pâtes collantes, et celui-ci au bout du compte finirait par pourrir. Le taxidermiste réfléchissait à haute voix :

— Si l'on veut préserver le cadavre de la décomposition, il faut le bourrer de matières antiputrides, donc le mutiler...

— C'est impossible, dit Laura, horrifiée.

— J'ai mis au point une autre méthode. Mais je ne l'ai encore jamais expérimentée... enfin, si vous me faites confiance... le risque, en principe, est nul...

Laura fit «oui» de la tête, les larmes aux yeux.

— J'injecte un liquide conservateur par la carotide, d'où il pénètre ensuite dans toutes les parties du système artériel. Un mélange d'acide pyroligneux, d'acide phénique, de tanin, de glycérine, d'acide arsénieux.

— Cela prend du temps ?

— Non. Ce qui en prend, en revanche, c'est ce que j'appelle la «macération». Avant, il fallait que le cadavre entier séjourne pendant deux ou trois mois dans une macération de sublimé corrosif. Avec ma méthode, qui évite que le corps ne se dessèche et produise des odeurs malsaines, il faut quelques jours à peine, et il conserve toute sa souplesse et toute sa couleur.

Il fallut moins d'une semaine à Hans Naumann et à Laura pour accomplir leur tâche secrète. Gaetano Stelzi fut plongé plusieurs jours, entièrement nu, dans une sorte de baignoire en bois, dont le fond avait été tapissé d'un lit de sciure de bois et de poudre de charbon, le tout recouvert d'un mélange d'eau, de sel marin, de salpêtre, d'alun, de potasse, d'acide arsénieux, de glycérine et d'alcool méthylique. Entièrement séché, le corps fut ensuite enduit d'un baume odoriférant, avant que plus de cinq litres du fameux liquide inventé par Naumann fussent injectés au moyen d'une grande seringue par les deux carotides externes et par l'une des carotides primitives. Quand Hans Naumann eut totalement débarrassé la pièce de ses produits et de ses instruments, Laura revêtit Gaetano de son bel habit de cérémonie noir, déposa dans la paume de sa main une petite pierre blanchâtre et laiteuse[21] dont on disait qu'elle avait appartenu à Fra Diavolo, et qui devait l'aider à naviguer sur le fleuve de l'au-delà, enfin plaça le corps au centre du cabinet secret sur un matelas de velours rouge autour duquel elle avait disposé plusieurs rangées de candélabres et de vases qu'elle fournissait régulièrement en fleurs fraîches. Et chaque soir, sans que personne le sache, à commencer par Diodata et par Maria Gerolama qui respectaient son deuil chacune à sa manière, elle rejoignait son amoureux et poursuivait avec lui une longue conversation ininterrompue qui commençait toujours par un immense éclat de rire car Gaetano expliquait à Laura qu'on finirait par dire d'elle qu'elle était comme Jeanne la Folle, qui avait conservé auprès d'elle et traînait dans ses voyages à travers l'Espagne, les restes de son bien-aimé Philippe le Bel. Mais l'un et l'autre se moquaient bien du qu'en-dira-t-on.

Un soir cependant, Laura sortit en pleurant de son cabinet secret. L'histoire que lui avait racontée Gaetano ne l'avait guère amusée. Il s'agissait de celle de ces deux pigeons rapportés de Venise par une jeune vierge milanaise. Un jour, un valet stupide avait laissé la porte de la cage ouverte, le mâle, aventureux, avait décidé de rejoindre la Sérénissime. La jeune Milanaise avait alors poussé la femelle à sortir de la cage et à s'envoler. En vain, celle-ci, après plusieurs jours de jeûne, s'était laissée mourir de faim. Un mois plus tard, le mâle était revenu, meurtri, les ailes ensanglantées, blotti dans un coin de la cage il avait lui aussi fini par s'y laisser mourir. Curieusement, ce récit si triste lui rappela une conversation qu'elle avait eue, il y avait bien longtemps, dans une autre vie sans doute, avec Alfred de Musset. Celui-ci prétendait que, dans tous les maux, il y a toujours quelque bien, et qu'une grande douleur, quoi qu'on en dise, est un grand repos. «Quelle que soit la nouvelle qu'ils apportent, soutenait-il, lorsque les envoyés de Dieu nous frappent sur l'épaule, ils font toujours cette bonne œuvre de nous réveiller de la vie, et là où ils parlent tout se tait.» Musset alors était jeune, brillant, et la jeune Italienne qui était en face de lui, et qui venait d'arriver de Milan, lui avait répondu : «Les douleurs passagères blasphèment et accusent le ciel ; les grandes douleurs n'accusent ni ne blasphèment, elles écoutent.»

Après toutes ces années, Laura ne voulait plus écouter ou plutôt n'était plus en mesure de le faire. De la fenêtre de sa chambre, elle voyait les jardins de Locate, les murs d'enceinte du domaine, et derrière, la ligne des arbres et les plaines plates. Elle éprouva alors comme une paix profonde, infinie, qui descendait dans son âme, l'inondant tels les derniers rayons du couchant. Adolescente, elle se répandait en imprécations contre la vie qu'elle ne connaissait pas. Et maintenant, face à cette mort si soudaine, si inattendue, dont elle ne savait quel sens lui accorder, elle comprenait que la vie était belle et digne d'être vécue. Elle était comme dans une sorte de dénuement profond. Certaine que trois choses pouvaient ouvrir les yeux à la vérité : la douleur, l'amour, la foi. Elle avait profondément vécu les deux premières. La dernière lui manquait. Pensant encore à l'image de Gaetano allongé sur son lit de fleurs, le corps injecté d'immortalité, transgressant les mesures de sécurité qu'elle s'était fixées depuis l'accident mortel de son amant, elle décida de passer la nuit à ses côtés, dans le cabinet secret, souhaitant pour la première fois de sa vie s'endormir et ne plus jamais se réveiller.

29

Plusieurs malles, immenses, recouvertes pour certaines d'une peau de fauve, gisaient toutes grandes ouvertes au milieu de la chambre ; Laura, habillée en paysanne lombarde, avec coiffe, fichu, et tablier recouvrant la robe, telle une malade soutenue par l'énergie factice de la fièvre qui aurait circulé dans son sang, s'acharnait à finir de les remplir de quantité d'objets et de linges.

— Tu déménages à la cloche de bois ou tu vas à un bal masqué ? demanda ironiquement Diodata qui venait de pénétrer dans la pièce.

Laura, le visage fermé, ne répondit pas.

— Nous sommes tous très affectés par la mort de Gaetano, ma chérie. Mais que signifie tout ce charivari ? Tu dois te ressaisir. Il est mort depuis deux mois. Tu dois vivre, mon ange, dit Diodata en embrassant tendrement Laura qui eut un geste de recul.

— Laisse Gaetano où il est. Il ne s'agit nullement de cela. Approche-toi de la fenêtre et regarde dans la cour, répondit Laura en continuant de fermer ses malles, soigneusement, les unes après les autres.

Plusieurs saisonniers et des domestiques étaient en train d'atteler deux voitures, sans bruit, cachées par le hangar de la remise dont les portes ouvraient directement sur les champs et la route de Pavie, là où une longue file de peupliers et de bosquets coupent un paysage de prés et de rizières.

— Tu peux m'expliquer ce mystère, ces malles, ce déguisement, ces attelages, toute cette vanité d'équipage ? Je me croyais ton amie et je ne suis au courant de rien.

— J'ai appris la nouvelle ce matin, par télégraphe... Mes banquiers ne peuvent plus me donner le moindre billet sous peine de voir leur établissement fermé par les Autrichiens, répondit Laura, triste et vaguement dégoûtée.

— Torresani ?

— Oui. Et ce n'est pas tout... Les dernières ordonnances du gouvernement impérial sur la conscription, sur les monnaies, sur l'organisation des médecins de campagne, sur les impôts, constituent un modèle de perversité. Tout y est fait pour attiser la haine des paysans contre les maîtres.

— Tu es à l'abri à Locate, tout le monde t'aime.

— Tu es bien une poétesse, Diodata. Quand le gouvernement séquestre les biens du maître, comme c'est de nouveau le cas pour moi, le réduit à la pauvreté, lui interdit de se rendre là où ses affaires l'appellent, et va même parfois jusqu'à le jeter dans le *carcere duro*, ses paysans ont vite fait de le lâcher !

— Tu ne vas pas partir maintenant, tout de même ?

— La frontière est à moins de deux heures ; le court espace qu'il faut franchir à pied et qui sépare le poste autrichien du poste piémontais compris.

— Ton passeport t'a été enlevé.

— Plusieurs fermiers de Locate ont un laissez-passer qu'ils doivent renouveler régulièrement, et qui leur sert de passeport dans les fréquents voyages que leurs affaires les forcent d'entreprendre, soit en Suisse, soit en Piémont. Sur l'un des laissez-passer de la famille Borossi, une servante est mentionnée.

Je jouerai ce rôle. Le père m'accompagnera jusqu'à la frontière. Hans Naumann m'attendra en Piémont dans une calèche avec mes malles.

— Tu es folle. Et Maria Gerolama, tu y as pensé? Que vais-je lui dire? Que vais-je en faire? L'envoyer chez les sœurs de Saint-Vincent-de-Paul à Turin? La cacher dans un *collège de demoiselles* avec les filles de négociants et de petits propriétaires?

Laura fondit en larmes:

— Je n'ai pas la force de lui expliquer. Je ne peux pas. Tout ça est trop lourd, trop compliqué. Je n'aurais jamais dû avoir d'enfant. Je ne serai jamais une bonne mère, Diodata, jamais...

— Ne pourrais-tu pas, une fois au moins, dans ton existence, suivre *una via di mezzo*?

— Non, essaie de me comprendre, il m'est absolument impossible de me ranger à ton avis, répliqua Laura en détachant chaque syllabe, lentement.

— Ce n'est pas un avis, c'est une prière.

— Je ne sais même pas si je vous reverrai jamais toutes les deux, répondit Laura, la voix brisée par l'émotion.

Comme elle l'avait révélé à Diodata, Laura partit peu avant minuit. Et bien qu'on fût en plein mois de juillet, on aurait pu se croire en hiver. De grands vents glapissants soulevaient des tourbillons de poussière rousse. De lourds nuages noirs traînaient à la face des montagnes, endeuillaient les plaines et habitaient les défilés escarpés. La Lombardie autour de Locate avait pris un aspect hostile et menaçant. Le voyage, une fois les frontières italiennes franchies sans encombre, passa comme un malheur qui s'étire. Plus les chevaux, excités, allongeaient leur galop, et plus la distance séparant Laura de ce bonheur encore si proche semblait s'agrandir et devenir irréversible. C'était comme si elle était en train de dire adieu à tous ses vieux rêves, à toutes ses heures d'assoupissements voluptueux et mélancoliques, à toute une enfance durant laquelle elle avait pu mentir sans que cela prête à conséquence.

Tout au long de la route, lourde de vapeurs violacées, de terre déjà assombrie, de soleil terne et sans rayons, elle eut la sensation de laisser un peu d'ellemême, emportant avec elle beaucoup de regrets vivaces et une longue nostalgie. Elle éprouvait une culpabilité immense à l'idée d'avoir laissé sa fille et de l'avoir quittée comme une voleuse ; se débattant dans l'angoisse contre un sentiment persistant : celui d'être entourée d'une irréalité puissante. Comme ces journées d'ennui et d'oppression étaient longues ! Toutes les nuits dans sa calèche, elle entendait la grande voix d'épouvante du vent. Ballottée, torturée, secouée, comme une plume sur une mer démontée. L'épilepsie revint, fulgurante, giclant sur elle, jetant dans un demi-délire sur son visage déformé des paquets d'eau glaciale. Cela ne faisait plus aucun doute, c'était la voix de la mort qui hurlait alors que sa calèche, ralentie par le poids des malles et des valises, se rapprochait de ce Paris qu'elle avait fui ; de ce Paris de la haine, de la boue, des intrigues ténébreuses et sournoises.

Ce fut pire encore que tout ce dont elle croyait se souvenir. La monarchie de Juillet avait cédé la place à la République, et Paris n'avait pas encore retrouvé son calme. La révolution, qui n'était plus celle du sang et de la poudre, avait cédé la place à une agitation fiévreuse, et semblait se prolonger interminablement par des discours et des défilés. Sur chaque borne se dressait un orateur, la gueule au vent. Des drapeaux, des tambours, des cortèges d'ouvriers emplissaient la chaussée. Les crieurs de journaux étaient les maîtres du pavé. Les orgues de Barbarie, délaissant leurs romances habituelles, dévidaient des hymnes patriotiques. À chaque coin de rue, des saltimbanques dressaient leurs tréteaux, étalaient leurs tapis, plantaient leurs piquets. Tout le monde faisait de la politique comme Monsieur Jourdain faisait de la prose. On avait coiffé d'un bonnet rouge certaines statues monarchiques, les collèges royaux étaient devenus des lycées, le Théâtre-Français avait repris son titre de théâtre de la République, et la place Royale son nom de place des Vosges. Mais à toutes ces transformations somme toute symboliques donc imaginaires s'ajoutaient des maux bien réels : les étrangers apeurés fuyaient la capitale, l'argent courait se cacher là où il était moins exposé aux revendications sociales et aux expédients budgétaires ; quant aux propriétaires, plus de trente mille d'entre eux avaient fermé boutique de peur que leurs hypothétiques locataires, qui ne pouvaient plus ou ne voulaient plus payer leurs termes, aient recours à la dernière inscription à la mode flottant sur les drapeaux et affichée au balcon : «Honneur aux propriétaires généreux».

Qu'on le veuille ou non, la révolution de 48, en bien et en mal, avait profondément changé Paris. Charlotte la républicaine, grosse jeune fille blonde aux puissantes mamelles, le disait à sa manière, arpentant les rues du quartier Montorgueil en chantant sa rengaine sur un Paris qui devait désormais «donner à manger à toutes ses ouailles, des bourgeois aux prolétaires, sur les Champs-Élysées devenus une République démocratique». En un mot, et puisque le développement du chemin de fer était à la mode, il était vivement conseillé de prendre le train en marche plutôt que de rester sur le quai.

Pour une fois, François Mignet et Augustin Thierry étaient d'accord :

— Dans la société d'aujourd'hui qui s'essouffle à ressusciter les élégances d'autrefois, dit le premier, il vaut mieux ne compter ni sur Mme Crémieux, ni sur Mme Flocon, ma chère Laura.

— Ni sur Caussidière, l'ancien courtier en liquides ; ni sur M. Albert, le citoyen-ouvrier, renchérit le second.

— Il ne faut plus être vu ? demanda Laura.

— Point du tout, ma chère sœur, répliqua Augustin Thierry. Au contraire, il est même de très bon ton de fricoter avec Marrast.

— Marrast ?

— Armand Marrast, nouveau président de la Constituante, élu à la place de Sénard. Un mélange de Morny et de Briand. Paresseux, sceptique, nonchalant, dit Mignet.

— Disons, pour faire court, que sous sa casaque de montagnard perce l'élégance un peu lourde, un peu vieillie, du muscadin, poursuivit Augustin Thierry.

— C'est un ambitieux ? demanda Laura.

— Je ne dirais pas cela, avança Mignet. Ses vues ne portent ni si haut ni si loin. Il est comme nombre de républicains, lesquels une fois au pouvoir oublient vite le peuple pour lequel ils se sont battus. Marrast veut le pouvoir et la richesse non pour élever son nom ou grandir sa vie, mais pour se procurer des jouissances plus immédiates et plus nombreuses, Ce petit homme à moustaches retroussées est un impatient avide, comme ses acolytes : il veut sur l'heure ce que les générations précédentes ont mis plusieurs siècles à obtenir.

Augustin Thierry, à voix basse, comme pour révéler un secret, dit en ricanant :

— On raconte que celui que notre ami Blanqui appelle «le marquis de la République» n'a rien trouvé de mieux que de prendre au garde-meuble, pour sa fille en bas âge, le berceau que la ville de Paris avait fait construire pour le comte de Paris...

— Tout ce que je déteste, dit Laura en faisant une moue de dégoût.

— Il aime les fines causeries, les jolies toilettes, le faste, les femmes, le plaisir, les dîners. D'ailleurs, il en donne un, de soixante couverts, le 3 août prochain, je ne saurais trop vous conseiller de vous y rendre, conclut Mignet.

— M'accompagnerez-vous? demanda Laura aux deux hommes.

— Non, répondirent-ils en chœur, avec un courage qui seyait à la situation.

Bien que nombre de purs et de vrais démocrates aient poussé des cris d'indignation et fait paraître d'incendiaires brochures afin d'en perturber la tenue, la fête organisée par le «marquis de la République» eut bien lieu, comme il avait été annoncé, dans le nouvel hôtel présidentiel qu'on venait tout juste de rénover. En plus du dîner, évoqué par Mignet, il y eut un concert, puis un bal. La haute présidence en revenait à la tenancière en chef, Mme Armand Marrast, née Fitz-Clarence, frêle Anglaise aux yeux bleus qu'on surnommait déjà «Keepsake», laquelle, après un débat fort grave et fort sérieux entre deux peintres et deux statuaires appelés à la rescousse par le protocole, avait décidé d'adopter pour la circonstance une coiffure poudrée constituée de deux grosses boules se détachant du chignon et tombant délicatement sur ses épaules, tandis que sur le devant ses cheveux, lisses jusqu'à la hauteur des tempes, se détachaient en petites boucles. Cette coiffure, d'ailleurs, mais s'en souvenait-on encore, ressemblait en tous points à celle que portait Mme Du Barry dans les derniers jours du règne de Louis XV...

Comme prévu, des hommes de tous les partis étaient là : le comte d'Argout, Berryer, Dupont de l'Eure, Edgar Quinet, Portalis, Recurt, le ministre des Affaires étrangères, Bastide, l'ambassadeur d'Angleterre, lord Normanby, le général Cavaignac, le lieutenant-colonel Charras, le marquis de La Rochejaquelein, David d'Angers, plusieurs membres de l'Institut, Étienne Arago, Hetzel, secrétaire général des Affaires étrangères, Louis Perrée, directeur du *Siècle*, Dupin, Paul de Musset, Amédée Achard, le général Lamoricière, le sculpteur Préault, le compositeur Fromenthal Halévy, Edmond d'Alton-Shee, aristocrate socialiste que le peuple refusait de prendre au sérieux, et bien d'autres encore, lesquels, bien que la révolution n'ait guère changé la mode, avaient pris soin d'abandonner les couleurs de l'Ancien Régime — violet, flamme d'enfer, bleu ardoise, tabac d'Espagne et gris argent.

Quant aux dames, elles honorèrent de leur présence les salons d'un monsieur si peu démocrate dans la même proportion que les hommes, mais pour le coup respectant au pied de la lettre l'épigraphe écrite en lettres vertes sur le dernier numéro de *La Mode* : « La mode étant une révolution qui s'accomplit chaque jour, adoptez spontanément et unanimement les couleurs nationales. » Sans compter que, si beaucoup étaient venues accompagnées de certaines variétés de chats et de chiens alors très en vogue, quelques-unes, ayant jugé à juste titre que la présence de leur girafe favorite eût pu perturber la réception, avaient tout de même tenu à emporter, vêtu de soie et de mousseline, leur singe domestiqué arborant leurs armoiries à la boutonnière.

Décidément, la réussite de ce grand raout était entière. Ne portant ni fleurs ni diamants,

Mmes Achard, Perrée, Louisamotte, Gondolier et Theaulon, la belle Odier et la moins belle Mlle de Saint-Albin illuminaient de leur présence cette soirée fort éclectique où de jeunes et jolies dames montraient qu'elles pouvaient s'engouer pour d'horribles primates et qu'on pouvait, l'espace d'une fête, oublier momentanément les classements et les passions politiques du jour, c'est-à-dire les idéaux et les valeurs pour lesquels tant de femmes et tant d'hommes étaient morts pour rien, les armes à la main.

Après le concert, où des morceaux des opéras de Rossini, de Bellini, de Sacchini, d'Auber et de Félicien David avaient été interprétés par les principaux artistes du moment, une quête fut organisée au profit des victimes de la guerre civile, geste démocratique destiné à clouer le bec aux milieux populaires qui sans cela n'auraient pas manqué de reprocher au président de la Constituante d'organiser des fêtes qui ressemblaient trop à celles de la monarchie. Laura, vêtue d'un costume tricolore destiné à personnifier l'Italie, attendait que le bal commence. En grande conversation avec le vicomte de Beaumont-Vassy qui mettait beaucoup de persuasion à la convaincre que la France était plus que jamais prête à aider l'Italie, elle ne pouvait s'empêcher de constater que sa place était de moins en moins au sein de cette société cosmopolite de diplomates et de gens du monde qui se pressait dans les salons de la présidence.

Plongée dans ses pensées, elle en fut tout à coup tirée par une série d'agressions verbales d'une violence telle qu'elle crut être la proie d'un affreux cauchemar. Beaucoup des invités de Marrast, qui avaient lu ses articles sur *L'Italie et la Révolution italienne* publiés dans la *Revue des Deux Mondes*, lui reprochaient, malgré l'amertume de ses déceptions visible dans ses propos, de se refuser à tout jugement sur Charles-Albert. Elle était venue ici, sans illusions, sur les conseils de Mignet et d'Augustin Thierry, pensant pouvoir parler au nom de l'Italie martyrisée. Quelle naïveté de sa part! Elle qui comptait plaider la cause de ses concitoyens, on la mettait purement et simplement en accusation. Elle n'avait rien compris, elle faisait fausse route. Si elle pensait avec de tels arguments pouvoir susciter les sympathies de la France, elle se trompait. Alors que certains n'hésitaient pas à la railler ouvertement, lui reprochant de faire une propagande patriotique qui n'avait peut-être plus de raison d'être, et sentant que son infatigable énergie était en train de lui faire défaut, elle profita d'un incident pour quitter les lieux.

Une foule disparate de gardes nationaux, de maréchaux-ferrants, de savetiers, de maçons, de peintres en bâtiment et de tondeurs de chiens, tous amis politiques du citoyen Marrast, venait d'envahir ses salons. Ce hourvari de cris et de clameurs surprit à tel point l'aristocratie héréditaire et officielle internationale qui constituait la majeure partie des gens présents sous les lambris de l'hôtel présidentiel, que le «marquis de la République» ordonna l'expulsion des intrus, malgré leurs vives protestations. En concluant que l'égalité sociale, principe fort républicain, semblait s'appliquer davantage aux petits singes de compagnie qu'au peuple, «avant-garde révolutionnaire de la République universelle», comme le prétendaient les toasts portés dans les banquets, Laura s'éclipsa et regagna sa maison de la rue de Vaugirard où elle put s'abandonner à son profond désespoir, qui était comme une sorte d'attentat contre elle-même, un suicide moral, dont il faudrait bien qu'elle finisse par sortir.

30

Coupée de l'Italie, son courrier censuré, soumise à la surveillance permanente de la police qui la traitait davantage comme un malfaiteur que comme un réfugié politique, sans argent, sans nouvelle de sa fille, Laura mit longtemps à reprendre goût à la vie, et cela d'autant plus que cette période de transition était d'une tristesse pesante. Paris présentait un aspect des plus étrange avec toutes ces maisons encore criblées de balles, ces fenêtres éventrées par les boulets, ces monuments labourés par la mitraille, ces murs de plusieurs pas de long entièrement mis au jour par l'artillerie. Tous ces combats qui avaient fait rage ici et là avaient accouché d'une drôle de société. La confusion des marquises et des comédiennes, des coquins et des hommes bien nés, plus que la création d'un demi-monde, avait bel et bien sonné la fin d'une époque, et l'on pouvait se demander si la révolution, en train de se réaliser dans les mœurs, n'était pas plus grave que celle qui avait eu lieu dans la rue. Hommes et femmes avaient pris l'habitude d'échanger contre des billets de banque les billets qu'ils s'étaient écrits dans une heure de passion. On accordait désormais une place fondamentale à l'odeur de patchouli qu'on semait derrière soi, au nombre de raies voyantes que devait comporter sa limousine ; on veillait avec soin à ce que sa redingote fût à la mode de l'an prochain, et on affectait de revenir des bains de mer d'Ostende.

À présent, ne comptait plus que l'individu et l'on faisait de moins en moins cas, contrairement à ce que laissait entendre le discours officiel, du sort des autres. On prônait la solidarité en évitant soigneusement que les bons sentiments ne croisent la réalité concrète. Les relations sociales avaient été brisées à jamais, et chacun se sentant menacé, craignant une ruine complète, n'avait d'autre préoccupation que de se recroqueviller dans sa coquille. Le crédit disparut rapidement, l'argent devint rare, le mouvement des affaires se ralentit à tel point qu'il fut bientôt totalement immobile. Négociants, avocats, médecins, propriétaires, artistes, fonctionnaires publics destitués, clercs, commis, employés, personne ne semblait devoir échapper au désastre. Quant aux gens de lettres qui fréquentaient Laura, ils n'aimaient guère cette République trop portée à sacrifier l'élite intellectuelle à une démocratie obtuse et jalouse, qui avait soumis l'admission des tableaux et des sculptures au Salon au suffrage universel, nommé à la direction des beaux-arts un certain Charles Blanc — qui n'était pas sculpteur mais frère de Louis —, avait poussé Sainte-Beuve à la démission et écrit à Lamartine qu'il était admis à faire valoir ses droits à la retraite ! La plupart des journaux et des revues littéraires agonisaient, les livres ne se vendaient plus, les salons fermaient leurs portes les uns après les autres. En revanche, nombre de *Clubs rouges*, « parce que c'est la couleur du soleil, du feu, de la nature et de la civilisation », avaient ouvert leurs portes aux hommes, portes fermées aux femmes aux cris de : « À la cuisine les matrones ! Allez écumer votre pot-au-feu de cheval ! » Nombre de fêtes de la Fraternité et de la Concorde faisaient défiler dans les rues, au milieu d'un flot de baïonnettes, de fleurs et de rubans, un essaim de «professions et de travailleurs utiles», la boutonnière chargée de cocardes et de plaques, des mères accompagnées de leurs filles, les manches ornées de galons, la tête coiffée de chapeaux empanachés, en uniformes chamarrés d'or ou d'argent, et des trophées industriels de toutes sortes. Nombre d'arbres de la Liberté, enfin, poussaient dans les squares de Paris, mis en terre par des ivrognes républicains qui éprouvaient l'impérieux besoin non d'arroser leur arbre, mais de s'arroser eux-mêmes en quêtant de maison bourgeoise en maison bourgeoise de vinicoles «offrandes».

Paris sombrait dans la vulgarité et l'ignorance. À l'Académie française, dont on a pu écrire qu'elle était d'institution divine parce qu'elle faisait des immortels et d'institution humaine parce qu'elle se trompait souvent, on venait de préférer M. Empis à M. de Balzac et à M. Alexandre Dumas, et opté pour M. Vatout plutôt que de choisir Alfred de Musset. Quant à René de Chateaubriand, il avait rendu l'âme le 4 juillet dans l'indifférence la plus totale. À présent les quelques salons à la mode n'avaient plus besoin de s'appuyer sur une idée mère — religieuse, politique ou sociale —, seuls comptaient le paraître, le m'as-tu-vu, l'esbroufe, le tout-le-monde-en-parle. Aucun problème ardu, aucune visée ambitieuse, aucune thèse à soutenir, aucune doctrine à faire valoir : on bavardait, on donnait son opinion, on dînait en dégoisant pour ne rien dire, la célébrité durait un soir, tout était éphémère, ludique, tout devait être facile, sans douleur, la rébellion devait être de salon, encadrée par une bienséance nauséeuse. Tout était faux, inutile, vain. Faute de nobles débouchés, la société n'avait plus qu'un but : faire de l'argent. La chevaleresque devise «Noblesse oblige» avait à jamais disparu. Le veau d'or avait désormais ses autels et l'on se prosternait devant lui. Sur son lit de désastre et de pauvreté, l'ardeur de faire fortune et le besoin de paraître étaient en train de s'élever à un degré qu'aucune autre époque auparavant n'avait cherché à atteindre.

Comme pour toucher le plus profond de son désespoir, Laura se rendit à tous les banquets qui, d'octobre à décembre, furent donnés à Paris. Elle les notait soigneusement dans un petit carnet qui était comme la preuve de sa déchéance, de l'absurdité de cette société dans laquelle elle n'avait plus rien à faire, et dont elle n'attendait plus rien. Banquet populaire des Batignolles, banquet des Marchands de vin, des Délégués du Luxembourg, des Femmes démocratiques, de la Famille, de l'Association des cordonniers, des Démocrates socialistes de Montmartre, de la Serrurerie et de la Mécanique, banquet de la politique pacifique fondée sur le sentiment, etc. Un jeune politicien en vue, futur académicien, futur diplomate, et actuellement consul aux îles Sandwich, évoquant devant Laura la seule et unique visite à l'Abbaye-aux-Bois, lui avoua avec dédain combien le fameux cénacle lui avait fait mauvaise impression : «Je crus entrevoir une collection de figures de cire, branlant uniformément la tête en signe d'assentiment. Quelle dure leçon!» C'était au banquet des Enfants de Paris, présidé par le député Poupin, ancien ouvrier horloger, qui venait de porter un toast à la République démocratique et non sociale «parce que le mot "social" indique une pensée d'esclavage, plutôt qu'une pensée d'humanité».

Laura ne chercha pas à savoir de quelle «dure leçon» il s'agissait, profitant du bruit des sièges qu'on repousse, signifiant que certains toasteurs reprenaient pelisses et manteaux, elle en profita pour sortir et monter dans sa voiture. Là, elle se souvint de sa première rencontre avec Mme Récamier, tout habillée de blanc, coiffée d'un grand chapeau cabriolet à brides muni de frisons. Comme elle était belle dans sa robe blanche et comme Chateaubriand à ses côtés brillait de tous ses feux ! Elle ne savait pas alors que cette image ne sortirait jamais de son souvenir et qu'elle l'aiderait bien des années plus tard non à la couvrir de nostalgie mais à lui donner l'envie de poursuivre sa vie. Souhaitant rentrer au plus vite chez elle, elle flatta le cocher, ayant depuis longtemps compris que dans cette France dominée par la vanité, il ne fallait jamais, comme à Londres, par exemple, faire appel au sens du devoir, non seulement des cochers de fiacre, mais de tout le monde. Contrairement à ses coreligionnaires le cocher ne battit pas ses chevaux et arriva sans encombre rue de Vaugirard. Augustin Thierry attendait Laura, plus sombre encore qu'à l'ordinaire.

— Qu'avez-vous, mon ami ? demanda-t-elle, ajoutant : Il fait un froid de gueux.

— Prenez vite une tasse de thé, et racontez-moi votre banquet socialiste.

— Non, parlez d'abord, vous avez l'air si sombre.

— Que pensez-vous de cette phrase ? « Aujourd'hui, Junie épouserait bien vite Néron pour être impératrice. »

— Elle est de vous ?

— Oui.

— Elle me fait penser à Balzac.

— À M. de Balzac, pourquoi ?

— Parce que, lorsqu'il veut peindre la passion dans la vérité, il met en scène des femmes de trente ans qui en ont quarante.

— Laura, cette société ne me plaît pas. Aujourd'hui je crains fort que Juliette ne se laisserait pas enlever par Roméo à moins qu'il ne fût régent de Banque ou possédât trente mille livres de rentes.

— Est-ce si grave ? demanda Laura, sur le ton de

la plaisanterie. Existe-t-il seulement encore des Roméo?

— Ce petit fait, en apparence anecdotique, vous le savez aussi bien que moi, témoigne d'un changement profond dans la manière non point tant de vivre que d'être à la vie... En un mot, j'ai la conviction que la France se prépare, sans le savoir, à vivre une catastrophe...

Augustin Thierry ne croyait pas si bien dire. Dans cette France nouvelle, où comme dans l'ancienne tout se ramenait à une question d'argent et où le meilleur gouvernement était celui qui coûte le moins cher, force était de constater que la Révolution de 1848 avait ruiné le pays. Une brochure légitimiste intitulée *Les Mois de nourrice de la République*, bien que fort contestable et partisane, avait montré du doigt les fantastiques dépenses faites par des finances publiques qui semblaient avancer sans but précis comme un canard dont aurait coupé la tête. De la moins-value faramineuse réalisée sur les produits de l'enregistrement, des contributions directes et des domaines aux centaines de mille francs dépensés par le ministère de la Guerre pour le rachat des armes pillées, en passant par les sommes versées aux ateliers nationaux et la distribution d'écharpes de soie et de drapeaux, les caisses de l'État furent rapidement vidées. Le gouvernement provisoire avait ruiné la bourgeoisie, laquelle, loin de se résigner, se vengea sur le prolétariat, en le jetant dans une misère effroyable. Industriels, commerçants, boutiquiers, grands ou petits patrons, rentiers, tous aspiraient à être délivrés d'une république qui faisait à leurs dépens ce que certains appelaient du «socialisme appliqué»; tous se montraient favorables d'avance, et aveuglément, à l'homme, quel qu'il fût, qui se dresserait contre l'anarchie et rétablirait l'ordre. C'est en songeant à cet homme «providentiel» qu'Augustin Thierry avait parlé de catastrophe... Le 10 décembre 1848, la France, qui voulait recommencer à vivre, élut, avec plus de cinq millions de voix sur sept millions de votants, le prince Louis-Napoléon président de la République.

Laura exultait, ne comprenant pas la réaction effrayée d'Augustin Thierry. Elle le connaissait si bien, ce «fils du roi de Hollande, frère de Napoléon et de la reine Hortense». À quarante ans, il était en pleine force de corps et d'esprit, et comme elle aimait à le dire, avec une tendre ironie, possédait le charme tyrannique de l'opium, «poison redoutable et enivrant». N'était-ce pas le peuple entier qui l'avait élu, des prolétaires aux paysans? Lamartine, qui assurait dans ses affiches avoir donné à la France le suffrage universel, l'abolition de l'échafaud politique, la suppression du drapeau rouge, la répression énergique de l'émeute et la paix en Europe, n'avait recueilli que vingt mille voix; Raspail, l'homme au camphre et à la barbe teinte en rouge, trente-six mille; Ledru-Rollin, bonimenteur et débauché, trois cent soixante-dix mille; quant à Cavaignac, surnommé le «Boucher» et qui avait vendu la peau de l'ours avant de l'avoir tué, il n'avait pas dépassé un million cinq cent mille voix. Quel succès! Laura riait de cette caricature représentant Louis-Napoléon, les jambes enfoncées comme perdues dans d'immenses bottes, et coiffé du légendaire petit chapeau, trop lourd pour sa tête: l'heure de son triomphe était venue. Laura en était certaine. Contrairement à Napoléon Ier qui avait été un conquérant, son très cher ami serait avant tout un homme d'État pour la France, mais aussi pour l'Europe. Ne lui avait-il pas confié qu'en cas de victoire il demanderait à Lamartine de devenir son ministre des Affaires étrangères et à Hugo celui de l'Instruction publique ? Reçue au palais de l'Élysée lors de la réception immédiatement organisée par Fleury, dans un décor impérial, avec suisses, hallebardes, valets en livrée et huissiers aux portes, Laura, pleurant de joie dans les bras de son ami, lui demanda :

— Ferez-vous pour mon pays ce que vous m'avez toujours promis ?

— Comment pouvez-vous en douter ? L'Italie sera l'un des premiers objets de ma sollicitude, ajoutant : Vous verrez, mon amie, vous serez contente de moi…

Comme si sa vie devait être une oscillation permanente entre la joie et la tristesse, à peine venait-elle de fêter l'arrivée de Louis-Napoléon à la présidence de la République que Laura dut faire face à de graves problèmes matériels. Pendant cet hiver si rude, elle travaillait parfois douze heures par jour, sacrifiant une bonne partie de son temps aux caprices et aux sales intérêts de MM. Buloz et Mars, respectivement éditeur et rédacteur de la *Revue des Deux Mondes*, qui, sous prétexte de pureté intellectuelle, au nom de la poésie, du savoir, des sciences, de la vérité historique, et puisque la véritable création ne pouvait se faire que dans la souffrance et la pauvreté, ne lui donnaient que quelques francs par mois. Alors elle sortait à pied, parce que la citadine était trop chère, raccommodait ses robes pour ne pas en acheter de neuves, se refusait jusqu'à un simple bouquet de fleurs et fermait les yeux lorsqu'elle passait devant une salle de spectacle pour ne pas être tentée d'y entrer. Cela lui rappelait de si mauvais souvenirs. Mais ce qui la faisait le plus souffrir, c'était son impossibilité à aider les réfugiés politiques italiens qui lui demandaient de l'aide et auxquels elle devait répondre par un refus. Certains d'entre eux, poussés en sous-main par les rumeurs divulguées par ses détracteurs et les espions autrichiens, ne croyaient pas en sa pauvreté due au prétendu séquestre sur ses biens. Tout cela n'était que mensonge. Et même si cela avait été vrai, avec une plastique comme la sienne, il eût été si simple de gagner de l'argent pour la cause. Puisqu'elle avait donné son âme à la cause italienne, elle pouvait bien vendre son corps…

Un matin, alors qu'elle parcourait négligemment les pages de la presse quotidienne, son attention fut attirée par un article vengeur consacré à Henri Heine, ce vieil ami qu'elle ne voyait plus parce que sa femme, Mathilde, redoutant l'influence de l'Italienne, l'avait progressivement éloigné d'elle. Les autorités allemandes, relayant des propos tenus par des fonctionnaires de l'État français, révélaient que Heine n'était qu'un traître et un vendu qui touchait depuis de longues années une sorte de rente prise sur des fonds secrets. Laura, qui avait été à l'origine de ce versement, savait pertinemment qu'il ne s'agissait que d'un modeste secours versé à un poète en exil. Ne sachant comment elle serait accueillie, elle décida de se rendre dans l'appartement du poète situé au 41, rue du Faubourg-Poissonnière. Lors de sa dernière visite, qui remontait déjà à de nombreuses années, et bien qu'il commençât de traverser la période la plus cruelle de sa vie, Heine n'avait cessé de badiner, plaisantant de ses maux, se moquant d'eux, de lui, et de tous, donnant admirablement le change, assurant que les femmes se retournaient désormais sur lui parce que « ses joues creuses, sa barbe délirante, sa démarche chancelante lui donnaient un air de squelette agonisant qui lui allait à ravir ». « Et si vous vous plongiez dans la Bible ? C'est un cautère des plus efficace », avait fini par lui suggérer Laura. Croyant sans doute qu'elle voulait éveiller en lui quelques velléités religieuses, il avait fait une réponse fulgurante : « Décidément je préfère les cataplasmes ; le soulagement est plus immédiat ! »

Aujourd'hui, tout était différent. Mathilde, qu'elle avait connue ronde et provocante, amoureuse passionnée de l'hippodrome et du théâtre, était devenue une femme triste et solitaire, n'obtenant même plus de son mari très jaloux l'autorisation de se joindre à quelque amie pour aller au spectacle. Elle lui ouvrit la porte sans aucune difficulté, l'accueillant sans réserve avec une joie qui contrastait avec la pesanteur des lieux. Le mobilier était celui d'un bourgeois aisé, tenu avec une propreté recherchée, et l'enfilade des pièces conduisait par un long couloir à la chambre occupée par Heine.

— La mienne est tout au fond de l'appartement, comme cela Henri peut m'entendre aller et venir, et vérifier que je ne sors pas avec un galant, dit Mathilde sur un ton qui se voulait enjoué, mais qui cachait mal sa tristesse profonde. Henri est d'une jalousie maladive, qui pourra jamais dire si, chez cet homme de génie, le supplice de l'âme n'aura pas été plus terrible encore que celui du corps ?

Laura serra Mathilde dans ses bras avec une tendresse bien réelle. Ces quelques mots échappés venaient de lui faire connaître le côté intime et douloureux de cette union.

— Qui est là ? dit une voix du fond de l'appartement.

— Une surprise pour toi, mon amour, une belle princesse, dit Mathilde en s'arrêtant quelques mètres avant la porte de la chambre pour confier à Laura, des larmes dans les yeux : je tiens à vous prévenir, sa maladie est devenue insupportable. La paralysie a gagné les pieds, les jambes et tout le bas-ventre, de sorte que, depuis un mois, il ne peut plus marcher du tout. La semaine dernière il est venu en rampant frapper à la porte de ma chambre, en se traînant sur le ventre à l'aide de ses mains. Il avait imaginé que j'étais avec un galant...

— Merci, Mathilde, dit Laura en l'étreignant doucement et en lui embrassant le front, merci.

Quand Laura pénétra dans la pièce, on était en train de faire le lit du poète. Celui-ci attendait, posé sur une espèce de fauteuil-chaise longue. Elle s'apprêtait à ressortir, pensant que Heine serait affligé de lui donner le spectacle de sa destruction.

— Laura, mon amie, restez je vous en prie, restez. Assistez au transbordement du pachyderme. Ce foutu fauteuil a demandé des mois d'essais successifs avant qu'il me satisfasse. Il est de mon invention. J'aurais dû en déposer le brevet !

Laura demeura debout, immobile, dans un coin de la pièce. Une des servantes prit Heine dans ses bras et le remit du fauteuil sur les matelas à terre, enroulant le poète dans une couverture de flanelle. Son corps, réduit par l'atrophie, paraissait être celui d'un enfant de dix ans. Ses pieds pendaient inertes, ballottants, tordus, de telle sorte que les talons se trouvaient placés devant, là où aurait dû être le cou-de-pied.

— Quel spectacle, n'est-ce pas ?

— Henri, mon si cher ami, dit Laura en se penchant.

— Laisse-nous, Mathilde, demanda-t-il fermement à sa femme.

— Elle a l'air de vous aimer, votre Mathilde...

— Vous ne devinerez jamais ce qu'elle m'a susurré à l'oreille, cette nuit, après une de ces crises affreuses où j'ai bien cru que mon heure avait sonné...

— Non. Mais je suppose qu'elle a dû courir vers

vous pleine d'effroi, qu'elle a dû se saisir de votre main, la presser, la caresser, la réchauffer...

— Avec sa voix nasillarde entrecoupée de sanglots, elle n'a cessé de me répéter : «Tu ne vas pas mourir, Henri ! Tu ne vas pas me faire ça ! Pitié, je t'en supplie, pitié ! J'ai déjà perdu mon perroquet ce matin ; si tu mourais, je serais trop malheureuse...»

— La douleur fait parfois dire des sottises. Le désespoir emprunte si souvent des formes comiques.

— C'est une gourde, Laura, avec un gros cul, de gros nichons, et une cervelle vide !

— Ne dites pas des choses comme ça, mon ami.

— C'est ça, aidez-vous entre femmes ! Vous ne changerez jamais ! Vous fréquentez trop les clubs de femmes ! Vous savez, dès que j'ai le dos tourné elle invite des hommes. Elle en profite quand j'ai mes attaques de crampes, je ne sais même plus où je suis, et les doses de plus en plus importantes de morphine me rendent complètement idiot. C'est le médecin qui me les prescrit. Ce doit être son amant !

Laura ne put s'empêcher de sourire.

— Parlez-moi plutôt de vos livres. Qu'écrivez-vous en ce moment ?

— Vous croyez que j'en ai encore la force ?

— Oui, répondit Laura en hésitant.

— Vous avez raison. Écoutez, dit-il, en prenant une feuille de papier sur une petite table placée près du lit : «Juliette n'a pas l'âme allemande. Son baiser est enchanteur et enivrant. Ses regards sont comme un filet de lumière dans les mailles duquel notre cœur se prend, tressaille et palpite éperdu.»

Laura avait les yeux pleins de larmes :

— C'est magnifique, Henri.

— Je l'ai écrit aujourd'hui, après l'épisode du perroquet !

— Juliette, c'est Mathilde, n'est-ce pas ?

— Évidemment ! Vous savez qu'au lit, encore

aujourd'hui, c'est une vraie tigresse, jamais rassasiée la garce ! *Atta-Troll*...

— Que voulez-vous dire par *Atta-Troll* ?

— Les pages que je vous ai lues appartiennent à un poème qui s'appelle *Atta-Troll*. Un ours en est le héros, ajouta Heine en ricanant. Mais parlez-moi un peu de vous. De vos amours, de votre fille, de votre Italie, de votre littérature.

Laura s'appliqua à répondre point par point, avec ce qu'il fallait de passion et de lucidité, et même d'émotion lorsqu'il s'agit d'évoquer Maria Gerolama et le fait qu'elle était prise dans un curieux étau : celui de Mignet qui voulait absolument reconnaître la petite comme sa fille et Emilio qui s'y refusait plus que jamais. Très vite, elle s'aperçut que Heine ne l'écoutait pas. Placé sur ses deux matelas devant une porte-fenêtre fermée, il était perdu dans la contemplation du jardin. Au bout d'un moment il se retourna vers Laura :

— Vous savez ce que vous devriez faire ?

— Non, répondit Laura, surprise.

Heine se dressa sur son coude :

— J'ai souvent parcouru la terre de la Bible en imagination. Vous devriez aller à Jérusalem et visiter les Lieux saints. Allez-y pour moi. Dépêchez-vous.

Laura comprit qu'il était sans doute temps qu'elle parte. Elle avait passé une partie de l'après-midi avec un cher malade qui ne souhaitait plus se donner en spectacle. Alors qu'elle se séparait de lui, mettant comme elle l'avait si souvent fait sa main dans la sienne, en manière d'adieu, il la garda quelque temps, puis murmura :

— Ne tardez pas, mon amie, avant qu'il ne soit trop tard. Il y a un coin de divin dans l'homme, mieux vaut le préserver.

Quelques jours plus tard, alors que les grands froids de l'hiver s'abattaient sur Paris et que les Français faisaient courir des rumeurs quant à une abdication prochaine du roi de Sardaigne, Laura reçut d'Italie des renseignements émanant de sources sûres et laissant entendre qu'il s'agissait en fait de tout le contraire. Tandis qu'Urbano Rattazzi, dirigeant de la gauche piémontaise, poussait à la reprise de la guerre contre l'Autriche, Charles-Albert, roi investi des pleins pouvoirs pour la durée des hostilités, songeait, semble-t-il, de son côté, à dénoncer l'armistice de Salasco. Malgré les dangers que représentait pour elle un retour en Lombardie, Laura décida de rejoindre Locate. Puisqu'il était question de reprendre le combat contre l'Autriche, elle ne pouvait rester à Paris.

31

L'homme ressemblait à ces anciens Longobards, dont certains habitants du Milanais descendent presque sans mélange. Il en avait les cheveux d'un blond chaud, les grands yeux bleus, le nez droit et fin, la bouche bien découpée, quoique grande, le contour du visage plein et régulier, le teint cuivré par le soleil ; il en avait aussi la force musculaire, la physionomie ouverte et le tempérament fougueux. Il s'était battu sur les barricades dans les rues de Milan, avait participé à l'héroïque et malheureuse campagne que les volontaires lombards avaient menée l'été 1848 en Tyrol contre les Autrichiens, et venait de connaître, dans les rangs de l'armée sarde l'affreuse humiliation de Novare. Paolo Stella, colon d'une des quatre grandes métairies de Locate, n'avait toujours pas compris comment les quatre-vingt mille hommes de l'armée de Charles-Albert avaient pu être à ce point écrasés, au terme d'une guerre qui n'avait pas duré six jours ! « Voilà un homme qui vit encore, avec dans les oreilles, les claquements secs des batteries de campagne qui tiraient à boulets », pensait Laura en l'écoutant parler…

— Après avoir repris le chemin du champ de bataille le 12 mars, le 27 du même mois, le roi signe un armistice qui se prolonge jusqu'à la conclusion

définitive de la paix : c'est à n'y rien comprendre !
lança Stella, au milieu de ses vaches, les unes couchées dans la litière, les autres broyant les betteraves de leur auge.

Suivant son métayer dans l'allée centrale de l'étable, pataugeant dans le purin, Laura ne pouvait qu'acquiescer avec tristesse.

— La fortune de l'Autriche l'emportera donc toujours !

— La faute en revient au roi ! dit Stella, qui avait toujours défendu la maison de Savoie mais qui, cette fois, ne voulait plus rien pardonner.

— Après avoir été la suprême espérance, Charles-Albert est aujourd'hui chargé du poids de tous les ressentiments. La déception est mauvaise conseillère...

— « Mort au traître ! » lâcha Stella, reprenant les mots que le peuple avait criés à Charles-Albert alors qu'il était retranché dans le palais Greppi, à Milan.

— Nous n'aurions jamais dû faire confiance aux Piémontais ! poursuivit Laura.

— Ce foutu général en chef, le Polonais Chrzanowski, qui ne parlait pas un mot d'italien, ne nous a guère aidés ; il a commis des fautes impardonnables.

— Peut-être n'y a-t-il plus rien à faire pour le moment ; sans doute faut-il rouler jusqu'au fond de l'abîme pour voir où l'on s'arrête et pour se reconnaître. Mais après, j'en suis certaine, nous recommencerons ! Gardons l'espoir.

— Que Dieu vous entende, madame, mais je n'y crois guère. Quelle confiance accorder à ce roi qui se démet de ses fonctions et remet à son fils le soin de reprendre son œuvre avant de partir en exil pour le Portugal ! Il faut s'appeler Aventino Roero Di Cortanze pour admirer son geste et y voir de la grandeur !

En apportant la contradiction à son métayer, Laura essayait aussi de se convaincre elle-même :

— Victor-Emmanuel n'a pas cédé beaucoup de terrain face à Radetzky. Savez-vous ce qu'il a dit, la nuit même de l'abdication de son père ? Je tiens ses propos du comte Ottaviano Vimercati en personne : « Je garderai intactes les institutions accordées par mon père, je tiendrai haut et ferme le drapeau tricolore, symbole de la nationalité italienne. Elle est vaincue aujourd'hui, mais un jour elle doit triompher. Ce triomphe sera dès aujourd'hui le but de tous mes actes, de toutes mes pensées. »

— Les politiciens aiment les mots, madame. Mais je n'ai vu Cavour ni à Sforzesca ni à Mortara, là où tant de camarades sont morts, lui qui proclamait en mars dernier qu'il est des circonstances où l'audace est prudence et où la témérité est plus sage que le calcul. Je préfère encore l'odeur de fumier chaud de mes vaches, elle sent moins mauvais, conclut Stella en fermant les portes de l'étable.

De retour au château de Locate, Laura s'assit dans un fauteuil devant une fenêtre ouverte donnant sur le jardin. L'hiver, le court hiver lombard, était passé ; le printemps revenait. Les feuilles d'un vieux cerisier frémissaient doucement aux rayons du soleil, et projetaient leur ombre mobile devant la grande chambre. Un parfum de fleurs et d'herbes récemment fauchées remplissait l'air. Pâle et fatiguée, Laura semblait demander aux émanations de la campagne et du printemps le retour de ses forces et de sa jeunesse. Mais elle était plus belle ainsi que dans ses jours d'insouciance et de fraîcheur ; elle était belle de cette beauté qui va droit au cœur, lors même qu'on oublierait de l'admirer. C'était étrange.

Après toutes ces défaites, ces espoirs déçus, elle se sentait la proie d'une solitude tenace, comme jamais elle n'en avait éprouvé jusqu'alors. Mais au lieu de se dire que toutes ces années de combat avaient été vaines, que son énergie n'avait servi qu'à alimenter une utopie imbécile, que l'Autriche était toujours là, plus forte que jamais, présente, elle se sentait au contraire habitée par une sorte de sérénité inattendue ; par un grand calme qui était venu s'installer en elle alors que personne ne l'avait invité, et qui prenait ses aises. C'était un peu comme si elle avait dû admettre l'inavouable : elle était heureuse, seule, mais heureuse. Après avoir demandé qu'on ne la dérange pas, elle ferma la porte de sa chambre à clé et pénétra dans son cabinet secret où Gaetano l'attendait, tenant dans sa main la petite pierre blanchâtre et laiteuse, douce comme la peau d'une femme. Elle voulait partager avec lui ce bonheur octroyé et ce printemps renaissant.

Sachant confusément que ce bonheur était fragile et qu'un jour où l'autre elle pouvait être appelée à fuir précipitamment Locate, Laura demanda à Diodata d'aller rechercher Maria Gerolama et de la retirer provisoirement de son collège de jeunes filles, Quand elles se retrouvèrent, la mère et la fille s'étreignirent sans mesure, émues de revoir chez l'une et chez l'autre le souvenir que leur mémoire avait voulu retenir, mais aussi étonnées de découvrir, chez l'une et chez l'autre, des pans nouveaux qu'elles ne connaissaient pas, qui leur échappaient, une part de mystère que le temps avait lentement installée en elles. De ces années passées au milieu d'une centaine de jeunes filles de son âge, commençant d'imiter les façons et se donnant les désirs des dames qu'elles seraient un jour, Maria Gerolama avait gardé un goût prononcé pour l'étude de la musique, des mathématiques et de la langue française. Mais ce qu'elle avait sinon découvert du moins perfectionné, c'était le plaisir sans cesse renouvelé qu'elle éprouvait à se jeter dans les livres. Ainsi, sa principale dépense était-elle son abonnement au cabinet de lecture du collège, d'où elle tirait autant d'ouvrages de littérature et de pamphlets politiques qu'on pouvait lui en fournir. Laura ne cessait d'être étonnée en écoutant cette petite personne âgée d'un peu plus de dix ans lui parler avec enthousiasme des idées d'indépendance et de liberté qui agitaient tous les cœurs, et de cette guerre contre l'Autriche au sujet de laquelle elle avait une idée bien arrêtée : « Tous les bons citoyens ne devraient pas aller à la guerre, car il était bon que quelques-uns survivent pour les beaux jours de la paix… »

Maria Gerolama voulait très vite franchir les étapes, avoir l'âge de l'université, où elle pourrait rejoindre les étudiants, former des sociétés qui n'avaient de secret que le nom, prononcer des discours, composer des chansons, et tomber amoureuse d'un étudiant qui aurait porté de « longs cheveux pendants sur les épaules, une blouse en velours noir, et un chapeau rabattu à la calabraise ». Elle passait des journées entières à parler avec sa mère, pour essayer de rattraper le temps perdu, même si l'une comme l'autre savaient qu'elles ne le pourraient jamais. Mais cette illusion leur réchauffait le cœur et les aidait à vivre ce bonheur qui ne serait, de toute façon, que de courte durée.

Un soulèvement massif dans les États pontificaux venait de contraindre Pie IX de fuir à Gaète. Rome, désormais aux mains d'un gouvernement populaire organisé autour d'un triumvirat dirigé par Mazzini, venait, après Venise et entraînant Florence, de faire briller sur ses terres le phare de la République. Si les partisans du projet républicain fêtaient la chute du gouvernement temporel du pape et défendaient qu'à Venise le patriotisme sanctifie l'insurrection, ses détracteurs prétendaient que le venin démagogique y corrompait et y dissolvait tout, et qu'il n'y avait là que malheur et désastre. Bien qu'assez critique à l'égard de Mazzini dont elle craignait les débordements autoritaires, elle mit plusieurs jours à accepter l'offre que celui-ci venait de lui faire. Mais la proposition était tentante, et cela d'autant plus que Laura comptait de nombreux amis dans l'entourage de cet autocrate qui pouvait aussi se montrer doux et indulgent : Nino Bixio, Cernuschi, Lucien Manara, les frères Dandolo, le poète Mameli, et quelques autres. Pour la première fois de sa vie, elle pouvait accéder à un poste de pouvoir où elle pourrait non pas exercer une dictature mais appliquer les théories qui étaient les siennes, mettre en œuvre ce qu'elle pensait être bon pour la nation, en un mot, passer des idées à l'application concrète de ces dernières. Fébrile, elle finit par accepter la direction et l'organisation des hôpitaux et des services d'ambulance de la ville. Enfin elle allait jouer un grand rôle politique.

La nuit de son départ, se laissant bercer par la respiration régulière de Maria Gerolama, elle la passa dans la chambre à la regarder dormir et à se demander dans quelle société elle allait grandir et quelle pourrait bien être sa vie. À travers les campagnes, des magiciens émerveillaient petits et grands avec des lanternes et des kaléidoscopes, d'anciens peintres se prétendant journalistes commençaient d'inventorier le monde avec leurs appareils photographiques et le grand public se passionnait pour les *fantasmagories*, spectacles optiques où le mensonge devenait réalité : voilà le monde dans lequel ma petite fille va grandir, se disait Laura, en remontant la couverture que la fillette ne cessait de rejeter. Voilà donc ce monde, qui, comme un seul Narcisse, allait se ruer pour contempler sa triviale image sur le métal. « Et si cette "lumière", vantée par la revue du même nom, propageant les mérites de la chromolithographie et des objectifs achromatiques, n'annonçait rien d'autre que l'installation définitive des ténèbres, c'est-à-dire d'un monde de trucages et d'illusions ? » finit par conclure Laura, les yeux mouillés de larmes.

Avant de quitter la chambre de sa fille, Laura déposa sur la table de chevet un collier en perles fines, composé de plusieurs rangs de très petites perles rassemblées d'espace en espace par une agrafe en émeraude entourée de brillants, qui lui venait de sa mère. Une lettre accompagnait le présent, dans laquelle elle promettait de revenir le plus vite possible ou, à défaut, assurait Maria Gerolama qu'elle ferait tout pour qu'elle vienne la rejoindre à Rome.

Secouée par la voiture qui traversait la campagne lombarde, dans l'incapacité de regarder la nature radieuse qui défilait sous ses yeux, Laura fut prise d'un incroyable sentiment de peine et plus encore de peur qui lui serrait le cœur. Elle se souvenait d'une visite qu'elle avait effectuée avec Maria Gerolama, alors âgée de cinq ans, à la chapelle Sixtine, et dans les chambres de Raphaël situées tout à côté. La peinture était apparue comme à demi fanée, et elle avait alors éprouvé un sentiment bizarre : la certitude que, dans un siècle ou deux, celle-ci serait confondue avec la couleur cendrée de la chaux salie, ne laissant plus guère apparaître que le contour des scènes. Dans les catacombes, la petite fille avait ramassé une petite pierre plate. À peine plus grande que la paume, c'était un fragment d'une scène dont les morceaux gisaient à terre. La moitié de sa surface était recouverte d'une bande verte, vraisemblablement un pan de vêtement. Laura se souvint qu'elle avait alors été frappée par la fraîcheur du coloris : on aurait dit que la pierre n'était pas encore sèche, peinte d'hier. Elle s'était dit qu'une fois à l'air libre, la lumière de l'avide soleil italien aurait raison de la fraîcheur humide des couleurs. Un jour, ouvrant délicatement la petite bourse dans laquelle était enfermé le talisman, Maria Gerolama avait constaté qu'il n'était plus qu'une pierre de couleur grise sur laquelle on apercevait encore, à peine, quelques traces marron. Remplie de tristesse, la fillette avait sans hésiter jeté dans l'étang du domaine de Locate ce témoin d'une vie passée, raviné par le temps.

Relevant la tête, pour la première fois depuis son départ, Laura, sortant de sa rêverie, regarda par la fenêtre de la voiture. Le ciel était d'un noir trouble. Des nuages livides couraient très bas, rasant presque le sommet des arbres. Déchirés, ils passaient, repassaient, revenaient, tourbillonnaient sur eux-mêmes comme les lambeaux d'une soie effilochée. Soudain, un vent violent les chassa, qu'on ne sentait même pas à terre, qui n'effleurait même pas les crêtes des saules et des peupliers. De larges gouttes chaudes commencèrent à tomber, lourdement, faisant contre le toit de la voiture un bruit épouvantable.

Arrivée à Rome, celle que beaucoup appelaient désormais la «Jeanne d'Arc moderne» trouva une situation aussi difficile qu'exaltante. La tâche était lourde, les ressources mises à sa disposition insuffisantes, mais l'enthousiasme dépensé par Laura était tel qu'elle entraînait tout le monde avec elle. Secondée par une Américaine, Mme Marguerite Fuller-Ossoli, et par la Suissesse Julie Modena, elle se dévoua sans compter, prenant son rôle très au sérieux, n'hésitant pas à saisir les triumvirs de recours concernant ses fonctions ou à exiger d'eux le paiement d'indemnités ou d'arriérés de solde à ses protégés invalides. Lentement, la femme politique s'effaça devant la sœur de charité, à tel point qu'on disait que la «citoyenne» était devenue une «sainte». Entourée d'hommes et de femmes, tous choisis par elle, elle comprit immédiatement qu'elle devait faire preuve du plus grand sens pratique. Commençant par introduire ordre et discipline dans les établissements livrés jusqu'alors à l'anarchie, elle établit des règles simples valables pour tous les hôpitaux romains : ordre parfait, lits et planchers propres, bonne ventilation, soins toujours donnés avec sollicitude et sans confusion. N'hésitant pas à passer un contrat avec Spillmann, le célèbre fabricant de sorbets, afin qu'il fournisse régulièrement les hôpitaux en glaces susceptibles de rafraîchir le palais desséché de certains malades, on mit rapidement sur pied, dans les murs de la Trinità dei Pellegrini, un service capable de recueillir les souscriptions étrangères pour les blessés sans ressources.

Laura se réalisait enfin pleinement, répétant à qui voulait l'entendre que rien ne lui était plus agréable que de soigner les malades : «Au chevet d'un malade on est sûr de faire le bien, tandis que dans d'autres circonstances les efforts philanthropiques passent souvent à côté de leur but. L'argent donné risque d'être dissipé ou de faire plus de mal que de bien, mais le soulagement de la douleur physique est une chose positive et certaine.»

Durant toutes ces semaines, harassantes mais heureuses, elle n'en avait pas pour autant abandonné son métier de journaliste. Ainsi, malgré la fatigue, avait-elle envoyé à la *Revue des Deux Mondes* un article sur la mort de Mme Récamier qui venait de succomber du choléra, elle qui avait toujours nourri à l'encontre de cette terrible maladie une peur effroyable ; et fait parvenir à Mme Jaubert une série de textes rassemblés sous le titre de *Souvenirs dans l'exil* et dans lesquels elle décrivait son séjour romain. Enfin, suite à la publication de *La Case de l'oncle Tom*, roman de Mme Beecher-Stowe, peignant avec vivacité les souffrances des esclaves noirs en Amérique, elle fit paraître dans le *Times* une «Lettre ouverte aux dames américaines», dans laquelle, s'associant au cri lancé par ses amies anglaises, elle engageait ses sœurs d'outre-Atlantique à faire preuve de propagande pour l'abolition de l'esclavage dans leur pays. La réponse de Mme Tyler, seconde femme de l'ex-président des États-Unis, publiée dans *Galignany*, fut aussi verte que prompte : «La misère et les abus régnant aussi bien en Angleterre qu'en Italie, j'invite mes sœurs, et leur porte-parole la princesse Laura Di Trivulzio, à bien vouloir s'occuper de réformer leur nation avant de penser à bouleverser les institutions américaines.» Ne souhaitant poursuivre une polémique que le vent de l'Histoire, elle en était persuadée, allait rendre bientôt obsolète, Laura décida plutôt d'écrire à Maria Gerolama de venir la rejoindre, comme elle lui avait promis dans sa lettre laissée sous le collier de perles, puisque la situation le permettait... Ce qui était sans compter avec ce même vent de l'Histoire, toujours imprévisible et maître incontesté du destin des hommes, qui avait cette fois décidé non pas de souffler entre Washington et Stafford-House mais sur Rome et ses sept collines. La lettre, écrite, resta dans le sous-main de cuir.

Depuis le départ de Pie IX à Gaète, cela faisait quelques mois déjà que les puissances catholiques luttaient de vitesse pour voir laquelle d'entre elles allait rétablir le pape à Rome. Tandis que l'Autriche, maîtresse de Parme et de Modène, avait pris Bologne pour objectif, et que l'Espagne et Naples préparaient ouvertement leurs armements, la France finit par se résoudre à prendre les devants et à assumer la responsabilité d'une intervention. Laura, comme tous les membres du triumvirat, ne croyait pas que la France pût intervenir dans un but hostile. Jules Favre, rapporteur du gouvernement français, l'avait assuré à la tribune de l'Assemblée : « C'est la défaite du Piémont qui impose à la France le devoir de paraître en Italie pour y faire respecter l'"humanité", et rien d'autre. » Aussi, lorsque le général français Oudinot débarqua à Civitavecchia, le 25 avril 1849, accompagné de sept mille hommes, regretta-t-elle — prise par ses activités à l'hôpital central de Rome — de ne pas pouvoir faire partie de la foule venue les accueillir. Que ni le général, ni le gouvernement qui l'envoyait ne soient réellement fixés sur le but et les limites de l'intervention, avait finalement quelque chose de rassurant. Aux catholiques, on pouvait dire qu'il s'agissait avant tout de rétablir le pape ; aux républicains, que l'essentiel était de défendre la liberté mise en péril par la contre-révolution autrichienne ; aux hommes d'État, que ce débarquement n'avait lieu que pour prouver le maintien de la prépondérance légitime de la France, et la volonté d'empêcher que cette redoutable question romaine ne fût réglée sans elle ou contre elle.

Le 29 avril, contre toute attente, Civitavecchia fut mise en état de siège, sa garnison désarmée, les dix mille fusils achetés par la République romaine séquestrés, l'imprimerie municipale fermée, et les récalcitrants jetés en prison, tandis que les aides de camp du général Oudinot venaient annoncer officiellement l'intervention au triumvirat, et exigeaient de lui qu'il rende les armes. Dans son bureau de l'*hospice di San Spirito*, Laura était plus profondément désespérée que furieuse. Mazzini, venu tout spécialement lui rendre compte des pourparlers qu'il avait engagés entre le triumvirat et l'armée expéditionnaire, était catégorique :

— La France n'a envoyé ses soldats sur notre territoire que parce qu'elle considère que l'anarchie règne et que notre gouvernement n'est l'œuvre que d'une faible majorité.

— Mon Dieu, quelle trahison, quelle trahison…

— Trente mille voix, rassemblées sur la place des Saints-Apôtres, viennent de crier, comme un seul homme, au général Galetti : «La défense et la guerre ! Vive l'Assemblée !»

— Oudinot est un menteur ! Avant même de débarquer, ce rejeton d'un maréchal du premier Empire savait qu'il venait à Rome pour rétablir le pape !

— Les Français sont ici en ennemis du peuple romain mais aussi de la République ! Quant à votre cher ami, le prince Louis-Napoléon…

Laura était hors d'elle :

— Le fourbe ! Quand je pense à toutes ces années passées à côté d'un traître. Quelle déception ! Quelle illusion ! Le prince-président s'appuie sur la droite catholique. Il veut lui donner des gages, voilà tout. Il n'a que faire de l'Italie. Il n'y a là que calculs personnels et intérêt national.

— C'est un retour à la politique de Casimir Perier, une nouvelle expédition d'Ancône.

— Le sang va couler ! Et tout ça pour quoi : pour rétablir dans les États pontificaux le pouvoir théocratique !

— Nous n'avons d'autre possibilité que de repousser la force par la force. Il faut nous préparer à la guerre.

32

Persuadé qu'il allait entrer dans Rome sans coup férir, «car, disait-il bien haut, les Italiens ne se battent pas», Oudinot, qui n'avait même pas cru bon de se procurer un plan de la ville, prépara le siège dans une sorte d'euphorie imbécile. Il est vrai que les vingt-huit pièces de grosse artillerie, les six mortiers, et les cinq batteries d'artillerie plus petites, dont il disposait, ajoutés aux dix-huit mille hommes arrivés en renfort, pouvaient lui laisser croire que les citoyens romains, certes armés et préparés au service de la guerre par une commission dirigée par Cernuschi, Mazzini et le prêtre vénitien Dall'Ongaro, ne pèseraient pas lourd même si ces derniers se décidaient à ériger et à défendre des barricades. Aussi, lorsque les troupes entendirent les cloches de la Ville éternelle appeler les citoyens à la défense des points menacés, lors du premier assaut, elles crurent naïvement qu'on sonnait l'angélus de minuit!

Le carnage dura trois mois. Après une première tentative infructueuse pour investir la ville par surprise, et la proposition d'un faux traité de paix dans lequel il s'engageait à protéger Rome et ses alentours contre l'Autriche et les Bourbons si on le laissait prendre ses quartiers hors de la ville, Oudinot organisa un siège en règle, affamant les habitants de la campagne et ceux de Rome sur lesquels, des jours durant, il fit pleuvoir bombes et boulets. Malgré les ouvertures de tranchées parallèles, les brèches, les bombardements au mortier, la mitraille, Rome tenait bon et réalisait même de splendides faits d'armes comme cet acte de résistance autour de San Pietro di Montorio et de ce qu'on appelait la *maison carrée*.

Pendant tout ce temps, demeurant au poste qu'elle avait choisi, Laura soignait des blessés de plus en plus en plus nombreux, de plus en plus atteints, de plus en plus jeunes, tous poussés par l'amour patriotique, l'amour de la liberté, l'amour du pays. Dans les articles qu'elle écrivait et qu'elle envoyait au *National* afin de tenir les Français au courant de ce qui se passait véritablement à Rome, et contrebalancer ainsi la propagande gouvernementale expliquant que l'armée d'Oudinot «n'avait qu'un but : faciliter le rétablissement d'un régime également éloigné de ces abus et de l'anarchie de ces derniers temps», «livrait bataille à des combattants cosmopolites qui n'avaient aucun respect pour les conventions tacites appelées lois de la guerre chez tous les peuples civilisés», et «procédait à des canonnades sélectives afin de ne pas endommager les trésors de la Ville éternelle», elle expliquait qu'elle n'assistait pas à un spectacle ordinaire de la mort et qu'elle était hantée, lorsque vaincue par le sommeil la fatigue s'emparait d'elle, par l'idée de ne pas retrouver vivants à son réveil ceux dont la voix affaiblie lui avaient souhaité le soir une nuit tranquille. «Savais-je combien de mains avaient pressé la mienne pour la dernière fois ? Savais-je combien de draps rejetés sur le traversin m'annonceraient, à ma visite du matin, un martyr de plus ? » Telles étaient les questions qui servaient de conclusion à son dernier article.

Au milieu de tout ce sang et de toute cette tristesse, elle avait su garder intact son sentiment de fureur et d'indignation. Elle vouait désormais une haine immortelle au félon Louis-Napoléon Bonaparte, à cet homme sans honneur et sans foi par lequel elle s'estimait personnellement trahie. Et son exécration, elle l'avait étendue à la France entière, n'écrivant plus à aucun de ses anciens amis, à commencer par François Mignet et Augustin Thierry. Consciente du caractère excessif de ce refus, elle ne voulait plus entendre parler de cette France qui l'avait trahie et éprouvait de plus en plus de mal à soigner ces enfants d'Italie, jeunes hommes et jeunes filles, aux visages d'anges défigurés par les boulets français. Elle vivait à Rome un véritable cauchemar moral, ne trouvant guère de réconfort si ce n'est auprès de toutes ces femmes qui spontanément, ayant répondu à son appel, s'étaient offertes pour le service des hôpitaux.

Ayant confié la direction de l'*hospice di San Spitiro* à Mme Julie Modena, et la gérance de l'hôpital *Fate bene fratelli* à Mme Fuller-Ossoli, elle prit ses quartiers à l'hôpital des Pellegrini, où entre deux lectures de Dickens, elle avait établi un service de femmes à l'instar de celui que faisaient, à l'Hôtel-Dieu de Paris, les sœurs de charité. Très vite, elle s'aperçut que nombre de ces gardes-malades n'étaient ni vieilles ni édentées ni contrefaites, mais que beaucoup au contraire étaient jeunes, jolies, et pourvues d'appas qui ne laissaient pas les blessés indifférents. Cela fit scandale, en Italie comme en France. La fameuse princesse n'était-elle pas en train de transformer les hôpitaux en lupanar ? Où était le mal ? demandat-elle. Y compris dans ses articles du *National*. Sexagénaires ou jeunesses, ces femmes étaient dévouées âme et corp, sauvaient des vies, tuaient la tristesse à coups de sourires et de caresses. Afin de faire bonne figure, Laura se promenait dans les salles armée de lunettes, un jonc à la main, pour mettre parfois fin aux conversations devenues trop intimes. Mais quoi, à travers ce désordre et cet égoïsme, que de candeur, que de dévouement ! Nulle bassesse, mais au contraire beaucoup de vertu, de don de soi, d'amour. La courte vie de la République romaine touchait à sa fin, allait céder la place, inévitablement, à beaucoup de sacrifices, à de grandes déceptions amères et voilà qu'on chipotait parce que de jolies femmes soignaient, dans tous les sens du terme, les blessés !

La polémique battait encore son plein lorsque le 3 juillet les grenadiers et les voltigeurs d'Oudinot pénétrèrent dans Rome, en deux vagues successives, l'une par la porte Portèse, l'autre par la porte du Peuple et le Corso, immédiatement suivies d'un bataillon, fifres en tête, qui occupa le Capitole et dispersa l'Assemblée dont l'œuvre constitutionnelle, à peine achevée de la veille, eut moins d'un jour d'existence. Après avoir décidé «au nom de Dieu et du Peuple» d'abandonner une défense universellement reconnue comme impossible, l'Assemblée avait engagé les Romains à protester sans relâche contre la violence qui leur était faite, les exhortant à conserver vis-à-vis de leurs hôtes importuns l'«attitude sourdement hostile d'un peuple conquis». De leur côté, les hauts dignitaires du clergé, en tenue d'apparat, se rendirent en force au palais Rospigliosi, où était logé le général Oudinot, pour lui faire bassement allégeance et le remercier de l'immense service que l'armée française venait de rendre à la population de Rome et aux catholiques du monde entier ! La harangue la plus dithyrambique et la plus vile fut prononcée par Mgr Marini, lequel compara le général français à Charlemagne !

Les jours suivants, la lettre que Louis-Napoléon Bonaparte fit parvenir au maréchal Ney fut placardée sur tous les murs de Rome. Elle parlait d'abnégation, de sacrifice, de devoir rendu, de la souffrance des braves soldats et se terminait sur une conclusion des plus inattendue pour tout esprit de finesse : « La République française n'a pas envoyé une armée à Rome pour y étouffer la liberté italienne, mais, au contraire, pour la régler en la préservant contre ses propres excès, et pour lui donner une base solide en remettant sur le trône pontifical le prince qui le premier s'était placé hardiment à la tête de toutes les réformes utiles. » Chaque Romain passant devant l'affiche ne pouvait pas ne pas se demander ce que pensaient de cette expédition — dont les causes relevaient de la pure politique intérieure, à savoir satisfaire les catholiques français — les douze cents morts, dont près de la moitié tués à la baïonnette, et les mille blessés de la bataille de la *maison carrée*...

Malgré son amertume, Laura voulait continuer de remplir ses fonctions. Ce fut impossible. Convoquée au bureau de la police romaine, laquelle quelques jours auparavant défendait la politique du triumvirat, elle dut répondre aux questions posées par un officier français qui semblait connaître parfaitement son dossier. Avec sa panse doublée de lard, sa trogne, son menton qui se confondait avec la masse gélatineuse de son cou, on aurait dit que le soldat était prêt à éclater. Le voyant tirer sur son demi-cigare, Laura ne pouvait s'empêcher de se demander ce qu'un tel homme pouvait faire sur un champ de bataille.

— Chère madame, nous avons, pour de pures raisons économiques, ordonné le transfert de tous les blessés à la prison de Termini, à l'exception de ceux auxquels on avait administré l'extrême-onction.

— C'est une honte, dit simplement Laura. Certains sont intransportables, vous le savez bien.

— En conséquence, poursuivit le policier, comme s'il ne prêtait aucune attention à ce que venait de lui objecter Laura, nous n'avons plus besoin, dans les hôpitaux, ni de chirurgiens ni d'infirmières.

— Un blessé reste un blessé.

— Économie, madame, économie.

— Je ne vous apprends rien en vous rappelant que la majorité des médecins italiens prêtent leurs services gratuitement.

L'homme ne répondit pas.

— Et les aumôniers, pourquoi les avez-vous remplacés par des capucins fanatiques qui menacent les blessés de les laisser mourir de faim et de soif s'ils ne se confessent pas sans retard ?

— Pour qu'ils aillent plus vite au ciel, madame !

— Surtout lorsque vous exigez d'eux une confession de nature politique plutôt que religieuse ?

— Je vous laisse l'entière responsabilité de vos allégations, chère madame, mais sachez qu'à partir d'aujourd'hui vous n'exercez plus aucune fonction à la direction des hôpitaux de la ville. Si vous tentez de pénétrer à l'intérieur d'un bâtiment, nos soldats ont l'ordre de vous arrêter.

D'anciennes infirmières ayant retrouvé leur métier d'avant la guerre l'accueillirent chez elles. Laura y trouva un réconfort momentané, se laissant parfois même aller à passer la nuit entre les bras de l'une d'entre elles. Mais elle ne pouvait rester ainsi, à demi clandestine, à demi libre, sans emploi. De toutes ces années aucune ne semblait avoir tenu leurs promesses ; ni la guerre des rois, ni la guerre des peuples n'avaient amené l'affranchissement, et la mêlée des ambitions avait divisé, sur le sol italien, les peuples et les princes. La fureur des passions avait eu pour résultat une double réaction politique et religieuse ; le drapeau tricolore ne flottait plus que sur un coin de la péninsule, en Piémont. Serait-ce assez pour que l'Italie tout entière, en dépit de ces heures sombres, tourne les yeux vers ce gage de liberté et d'indépendance, et salue dans cet étendard arraché à la tourmente le symbole de sa future génération ?

Le temps était loin où la population rassemblée, couvrant la plage de Civitavecchia, encombrant les quais et les rues, criait à l'arrivée du vapeur *Panama* : « Vivent les Français ! Vivent les libérateurs ! » À présent, le message venu de France était on ne peut plus clair : « Pourquoi voulez-vous que nous travaillions à constituer à nos portes un État puissant qui, aussitôt formé, deviendra contre nous l'allié de l'Autriche ? » Quant aux nouvelles en provenance de Lombardie, elles n'étaient guère réjouissantes. Radetzky, devenu le maître absolu de Milan après la chute de Metternich, venait d'inventer un système de contributions extraordinaires, de rançons proportionnelles à leur fortune pour chaque individu de l'aristocratie ou de la haute bourgeoisie milanaise. Ainsi, étaient frappés tous les membres du gouvernement provisoire aboli en septembre 1848, tous ceux qui avaient fait partie de divers comités, tous ceux qui s'étaient mis à la tête de la Révolution, ou qui y avaient concouru, par leurs propres actions et leurs moyens, pécuniaires ou intellectuels. Dans cette traque aux sorcières, Laura se retrouvait évidemment en tête de liste.

Un soir, alors que, pour échapper aux réjouissances solennelles qui fêtaient le rétablissement de l'autorité pontificale et la nomination par le prince Odelscalchi d'Oudinot comme « citoyen d'honneur », elle avait passé la journée du côté de la campagne romaine parcourue par des centaines d'hommes des Abruzzes et de la Calabre venus moissonner des champs dont les blés, à perte de vue, dépassaient une hauteur de cinq pieds, elle rentra, ivre de soleil et de marche, chez l'une de ces prostituées infirmières qui la cachaient provisoirement. Celle-ci l'accueillit avec sa mine des mauvais jours.

Assise sur son lit, à moitié nue, elle était en train d'enfiler des bas de couleur vive.

— Tiens, lui dit-elle, en lui tendant un billet anonyme, il avait été glissé sous la porte. Je l'ai trouvé en rentrant. Il n'y avait pas de nom. Je l'ai lu pensant qu'il était pour moi. Je suis désolée.

— Peu importe, répondit Laura en venant s'asseoir sur le lit à côté de la jeune fille tout en lisant la missive : «Fuyez au plus vite, un dossier qui vous concerne est sur la table du cardinal. Sur la première page est écrit de sa main en grosses lettres rouges : sentiments irréligieux ! » «Sentiments irréligieux ! » Cela pourrait presque prêter à sourire, si ce n'était si grave... Qui a bien pu m'envoyer ça ?

— Qu'importe l'envoyeur...

— Et si c'était un piège ?

— Tu dois partir, Laura. Sans tarder.

— Pour aller où ? À Paris ? Plus jamais ! À Locate ? La contribution extraordinaire inventée par Radetzky, si mes calculs sont bons, et compte tenu du fait que celle demandée au marquis Pallavicino est de six cent mille livres, doit se monter pour moi à environ huit cent mille livres ! De toute façon, mes biens sont de nouveau confisqués.

— Tu as un passeport ?

— Je l'ai toujours sur moi.

— Prends ça, lui dit la prostituée, en lui tendant une bourse pleine de pièces qu'elle tenait cachée sous le matelas de son lit.

— Ce n'est pas possible, je ne peux pas, ce sont toutes tes économies, et il me reste dans une cassette de l'or et des diamants que je pourrai monnayer.

— Tu n'auras pas le temps. Il faut faire vite,

Laura. Prends cet argent, tu en as plus besoin que moi. J'ai un travail, moi, et je ne suis pas recherchée par la police !

Pendant que la jeune prostituée courait chercher une berline, Laura prépara un bagage léger, brûla quelques papiers, remplit ses bottines d'or, doubla ses robes de diamants et prépara ses pistolets. La berline l'attendait à quelques rues de là. Elle s'y rendit à pied, comme pour une promenade, monta dans la voiture après avoir tendrement embrassé sa bienfaitrice et gagna Civitavecchia sans encombre. Elle y demeura une journée, perdue dans le flot d'exilés qui craignaient chaque seconde qu'un ordre d'arrestation lancé de Rome ou émanant des autorités françaises ne vienne leur enlever leur liberté. Civitavecchia, qui constituait depuis longtemps le passage obligé de tous les voyageurs qui se rendaient par mer dans le midi de l'Italie, et avait acquis depuis peu une grande importance comme point de relâche de la navigation à vapeur entre Marseille, Naples et le Levant, grouillait d'une foule compacte qui se pressait dans la chaleur et la poussière, se répandant sur les trottoirs et les quais, attendant en flot épais et continu aux guichets des embarcadères. Tous les hôtels étaient encombrés, et à même les pavés des rues dormaient des malheureux qui n'avaient pas d'autre gîte. Dans cette ville de fin du monde, des hommes et des femmes qui ne se connaissaient pas finissaient par s'aborder, mettant en commun leurs craintes et leurs espérances. Tous n'avaient qu'une seule question sur les lèvres, sans réponse : comment partir et où aller ?

Alors que Laura venait de trouver un endroit presque tranquille à l'ombre d'une galerie, elle vit arriver plusieurs soldats français qui collaient sur les murs un avis sans appel qui coupa court à bien des incertitudes et donna des ailes aux plus hésitants : tous les Italiens devaient se présenter dans les quarante-huit heures chez le gouverneur français de la place, pour y recevoir un ordre de départ ou un mandat d'arrêt.

Laura, qui tenait son passeport du consulat d'Angleterre, put éviter la visite chez les autorités françaises et put même faire bénéficier deux malheureux Romains des dispositions formulées sur la feuille officielle dûment tamponnée. Sa position d'exilée, séquestrée, la forçait à renvoyer des domestiques qu'elle n'avait plus depuis longtemps mais dont les noms figuraient encore sur son passeport. Elle offrit au comte Cessole et au capitaine d'artillerie Lumbroso, rencontrés le jour même dans les rues de Civitavecchia, cette voie de salut inespérée : le premier serait son valet de pied et le second son valet de chambre, du moins le temps de l'embarquement !

Le quai était bondé de voitures et de gens ; les passagers arrivaient et se précipitaient à bord des bateaux ; les ponts étaient encombrés de malles et de valises ; ici et là, des groupes de voyageurs équipés de vilains costumes erraient tristement sous le crachin, l'air abattu et désolé. Finalement, par-dessus le vacarme des heurts, des roulements, des cris, des passagers qui se précipitaient vers les passerelles et des visiteurs qui se ruaient à terre, le sifflement de la vapeur retentit, suivi de l'ordre de « larguer les amarres ». Le 31 juillet dans la nuit, accompagnée de deux cent cinquante autres exilés, Laura, qui avait le privilège d'occuper une minuscule cabine de tribord, pourvue d'un hublot, située « en entrepont » en avant de la roue, et comprenant une petite couchette, un lavabo et un long coffre garni de coussins servant de sofa, quitta Rome à bord du *Mentor* qui faisait voile pour Malte et l'Orient.

Dans un premier temps, le navire navigua jusqu'au fond du port, puis subitement jeta l'ancre. Un vent de panique souffla alors à bord. On disait que les autorités françaises allaient arraisonner le navire pour y effectuer d'ultimes vérifications, que certains exilés seraient arrêtés, et que le *Mentor* ne partirait que dans deux jours ; les plus pessimistes assuraient que tout le monde devrait redescendre. Il pleuvait. Et non seulement, il pleuvait, mais il y avait une forte tempête qui empêchait toute navigation. Le commandant en personne, un grand maigre au visage convexe portant un uniforme à la mode de l'ancien temps, tenta de rassurer les passagers : «Vous pouvez voir de vous-même que la mer au large est terrible. Nous devons rester tranquilles, dans le calme du port, jusqu'à ce que le vent tombe. Vous n'avez pas fui les Français pour disparaître en mer, tout de même !»

Morte de fatigue, balancée par la houle régulière et bercée par le murmure du ressac, Laura perdit bientôt toute conscience des événements de ces jours derniers et s'endormit. Quand elle se réveilla, le *Mentor* avait pris le large depuis plusieurs heures. Après avoir fait un court brin de toilette, Laura grimpa au gaillard d'arrière et fuma un petit cigare. La brise était tombée et un grand silence s'était fait sur une mer devenue violette, d'une teinte assombrie et sévère, couleur de vin. C'était la première fois, depuis sa fuite de Rome, qu'elle éprouvait une telle impression de bien-être et de calme. Elle s'étendit sur un banc, oscillant vaguement au rythme des vagues et des moteurs, contempla les deux fanaux du navire et, tout en haut, les dernières étoiles chassées par le jour qui se levait. Elle éprouvait une étrange sensation faite de mélancolie délicieuse et d'étrange rajeunissement — de celle qu'elle avait toujours ressentie la veille des départs. C'était comme si tous les malaises accumulés ces derniers mois étaient en train de fondre. À Paris, et parfois même à Rome, elle avait méprisé des choses et des gens, et elle n'aimait pas mépriser. Et à présent, sur le pont du *Mentor*, entre ciel et mer, elle avait le sentiment de renaître à la vie, n'éprouvant aucune culpabilité à l'idée d'avoir laissé sa fille, ses amis, et la cause qu'elle défendait, en Italie. Elle avait fui, contrainte et forcée, et elle sauvait sa vie, voilà tout. Elle ne partait pas vers le bonheur, mais vers sa destinée. Elle se sentait libre, seule, détachée de tout au monde, paisible. Bientôt le roulis devint plus sensible, la tira de sa rêverie, la souleva. À bâbord, elle vit poindre au loin des lumières, des îles sans doute dont elle ignorait le nom. De nouveau, la mer commença de s'agiter.

Elle se rendormit, entendant dans sa tête comme une voix intérieure qui lui disait à voix basse : « Prends garde, quand on est heureux, on ne comprend plus rien aux souffrances des autres. »

33

À peine débarquée à Malte, elle comprit que son calme retrouvé n'était qu'illusoire et que cette ville n'était pas le paradis sur terre. Grouillante de réfugiés, l'île lui apparut comme un piton rocheux monotone et triste. Très vite les lacs et les bois de Lombardie commencèrent de lui manquer et le soleil trop vif à la brûler plus qu'à la réchauffer. Elle avait trouvé un petit hôtel à Valletta, dont les fenêtres donnaient sur le port et l'église Notre-Dame-de-Liesse, elle s'y ennuya, et y passa même de très longues nuits à pleurer lorsque, ayant enfin pu renouer le contact avec Locate, elle apprit que Maria Gerolama vivait de plus en plus mal l'absence de sa mère. Diodata avait ajouté à sa lettre un courrier envoyé de Paris par Mme Jaubert et adressé à Laura. Une nouvelle polémique venait d'y être déclenchée par ses articles parus dans *Le National* et concernant son témoignage écrit durant le siège de Rome. Beaucoup de Romains avaient protesté auprès de la rédaction du journal contre ce qu'ils considéraient comme une insulte à leur fierté nationale. Ils n'acceptaient pas cette façon de dépeindre les Romaines du peuple sous les traits de prostituées-infirmières. Pie IX en personne, revenu au Vatican, s'en était même mêlé en demandant aux évêques de prier pour les malheureuses victimes des combats à qui on avait refusé les saints sacrements et qui étaient morts dans les bras de filles de mauvaise vie! *Le Courrier de Malte* finit par se faire l'écho de cette polémique imbécile en publiant un article dans lequel on attaquait violemment «une certaine Laura Di Trivulzio, actuellement en terre maltaise», et qui se terminait par ces mots: «Trahir ainsi la vérité, la charité chrétienne, l'amour de la Patrie! Non, ce n'est pas possible!»

C'était à n'y plus rien comprendre. Malte, qui venait elle aussi de participer à sa façon à ce qu'on appelait le «Printemps des peuples», comme une bonne partie de l'Europe, en remettant en question la présence anglaise, et qui accueillait les émigrés romains à bras ouverts, fondait sur Laura comme une hérétique qu'il fallait conduire au bûcher. Laura se défendit comme elle put: adressant une lettre au pape publiée dans le *Giornale di Gorizia* afin de justifier son action à la direction des hôpitaux romains, et répondant dans la presse maltaise aux attaques lancées contre elle. Rien n'y fit. Les Furies, exerçant on ne sait quelle vengeance qui n'avait rien de divin, agitaient leurs ailes noires, leurs torches et leurs fouets de tous côtés. Elle n'était plus une simple émigrée volontaire des États autrichiens, comme en 1830, mais une réfugiée fuyant l'arrestation et probablement un procès pour trahison. Nombre de ses compatriotes la considéraient sans beaucoup plus de sympathie et il lui arrivait souvent, alors qu'elle se promenait dans les rues de Valletta, de devoir essuyer de la part d'émigrés italiens des insultes. On lui reprochait évidemment sa vieille amitié avec Louis-Napoléon, mais aussi d'avoir critiqué le gouvernement provisoire de Lombardie, dit du mal des dirigeants des services de santé à Rome, et soutenu Mazzini, considéré désormais comme un bourreau sanguinaire.

Déçue, elle passait de longues heures dans sa petite chambre aux murs peints en bleu pâle et en rose, assise sur le banc de bois blanc, à écrire à sa table de travail en fer rouillé, encombrée de feuilles de papier et de tasses de café, écoutant les vagues rumeurs montant du port et les gazouillis de l'oiseau captif enfermé dans sa cage sur le rebord de la fenêtre. Parfois, elle errait dans les ruelles de la ville, le regard attiré par ce portier habillé d'un long burnous blanc, le visage d'ébène entaillé de marques au fer rouge, ou par ce vieil homme, accroupi sur les marches de l'église, agitant un chasse-mouches de crin, la chevelure teintée au henné comme une queue-de-cheval de parade. Malte était une ville aux murs effrités contre lesquels le vent soufflant de la mer accumulait parfois des petits tas de sable qui s'évanouissaient aussitôt que formés. Le soleil y tournait constamment, oblique, y glissait, traversant certains matins de minces nuages cendrés, annonçant des nuits vertes, des jours d'une pâleur incandescente où tout pouvait dormir et haleter dans l'écrasante chaleur des ruelles coupées d'ombres courtes et bleues. C'est dans l'une d'entre elles, par une nuit obscure durant laquelle, ne trouvant pas le sommeil, elle avait fini par sortir, qu'elle rencontra, dans un renfoncement de murailles, une jeune femme.

Bronzée, vêtue d'une éclatante robe verte tenue par des agrafes d'argent, les cheveux retenus par plusieurs foulards de soie rouge brodés, celle-ci se tenait debout dans l'encadrement de sa porte. Elle voulut conduire Laura dans une sorte de café où des hommes et des femmes, accroupis ou vautrés en poses indolentes sur des marées de coussins, l'œil vague dans la fumée des cigarettes, ressemblaient à d'étranges statues immobiles. Il faisait chaud, remontaient de la pièce des relents de transpiration et de parfums. Laura préféra aller sur la plage.

Légère, presque sautillante, la jeune fille se jeta dans le labyrinthe de ruelles avec un grand cliquetis de colliers et de bracelets. Elle s'appelait Floriana et regardait fixement Laura de ses deux longs yeux ombrés de noir. Alors que les deux femmes s'étaient allongées l'une contre l'autre tout près de l'eau et que Laura sentait la main gauche de Floriana remonter le long de ses jambes en lui ouvrant doucement les cuisses tandis que la droite glissait d'un sein à l'autre, un vent chaud et sec commença de les encercler, se déplaçant en tourbillons imprévisibles. «On ne peut pas rester là, dit Floriana. Viens», ajouta-t-elle, entraînant Laura vers le port et d'autres ruelles jusqu'à une rue où elles croisèrent des femmes qui couraient se mettre à l'abri, en tenant leurs jupes que le vent essayait de soulever au-dessus de leurs têtes. Une fois à l'intérieur d'une maison qui ne semblait comporter qu'une seule grande pièce encombrée de tapis et de vieux meubles, Floriana se contenta de répéter : «Ce vent va finir par me rendre folle s'il ne s'arrête pas.»

L'une comme l'autre n'éprouvaient plus rien du désir qui s'était soudain emparé d'elles tout à l'heure dans la ruelle et sur la plage, comme s'il n'avait jamais existé. Chacune était de nouveau dans son histoire. L'une dans les frayeurs occasionnées par ce grand vent chargé d'odeurs fortes et sauvages, qui agit sur les nerfs et les agite comme une fièvre. L'autre à sa tristesse, à son envie de départ, sans savoir si celui-ci devait être dirigé vers le passé ou l'avenir. La vieille porte fermait mal et le vent ne cessait de l'ouvrir. Les deux femmes finirent par s'asseoir contre elle, pour empêcher l'intrus de pénétrer dans la pièce, et poussant sans cesse dans leur dos comme un homme qui voudrait les forcer. Il y avait chez Floriana beaucoup de colère, et chez Laura une anxiété grandissante. Elles parlèrent longtemps à voix basse, se serrant l'une contre l'autre. Et quand le vent tomba et que Floriana se leva pour faire du thé, Laura préféra partir. Après avoir embrassé Floriana sur la bouche, elle lui dit : «Je croyais que j'allais trouver ici une sorte de paix, mais avec ce vent qui s'est levé, c'est comme s'il venait de réveiller en moi tout ce que je désirais oublier.»

De retour chez elle, à la lueur d'une bougie projetant sur les murs les ombres déformées de petits scorpions jaunes et de tarentes grises, elle entama la rédaction d'une sorte de journal qu'elle destinait à sa fille. Ses premiers mots en étaient les suivants : «Je dois changer le cours de mes idées, et briser momentanément avec la politique. Me nourrir de regrets n'est pas dans ma nature. S'il faut renoncer à la réalisation de mes vœux concernant l'Italie, je veux embrasser un genre de vie qui me présente de nouvelles sources d'intérêt. Il faut que ma nouvelle existence tue le souvenir de l'ancienne, ou du moins ce que ce souvenir a de trop poignant.»

Le lendemain, elle monta sur un bateau en partance pour Athènes et qui n'était autre que le *Mentor*, lequel, ayant plusieurs fois effectué son voyage de Gênes à Constantinople, était de nouveau amarré au port de Valletta. La duchesse de Plaisance, avec laquelle elle était restée en contact depuis son départ de Civitavecchia, lui avait écrit qu'en cas de besoin elle lui ouvrirait toutes grandes les portes de la maison qu'elle possédait à Athènes, et dont la terrasse «offrait une vue de la plus grande beauté sur la mer Égée». Alors que le bateau passait devant le fort Saint-Elme, un soleil radieux plongeait des lames d'or dans l'immensité de flots bleus soulevés par d'interminables vagues turquoise.

À mesure que le *Mentor* s'enfonçait dans les vagues de la mer Ionienne, celles-ci grossirent insensiblement. Bientôt ciel et eau se confondirent. Et bien qu'il n'y eût pas de tonnerre, le bruit était épouvantable : coups d'étrave du bateau, sifflement perçant du vent dans les cordages, bonds terribles des vagues bouillonnantes. Si certains passagers avaient choisi de vaincre leur peur en jouant aux dominos ou aux cartes dans le fumoir, et d'autres de s'entasser en grelottant à l'abri dans les canots de sauvetage, Laura avait préféré rester dans sa cabine à regarder par le hublot le spectacle terrifiant de ce bateau qui grimpait en l'air comme s'il voulait monter au ciel, puis s'immobilisait un instant qui paraissait un siècle et replongeait la tête la première dans un précipice de mousse blanche. Après plusieurs jours enfermée dans sa cabine sépulcrale, elle alla rejoindre les quelques passagers qui, comme elle, avaient décidé de monter sur le pont, recevant en plein visage le choc des embruns et le hurlement aigu du vent. La tempête était telle qu'une épaisse croûte blanche de sel avait recouvert les cheminées jusqu'en haut. Le spectacle des éléments déchaînés exerçait sur ceux du pont une fascination si ardente qu'ils semblaient ne pas pouvoir y résister. Ils restèrent ainsi toute la nuit. Au matin, tout était fini.

Quel ravissement sans nom ! Les yeux brillaient de bonheur. On s'embrassait, on se congratulait. C'était un matin frais, lumineux. Femmes et hommes étaient là comme des naufragés qui renaissaient à la vie. L'impression était d'autant plus forte que la terre était en vue. Mais bientôt, les joues pâles qui avaient repris des couleurs les perdirent à nouveau, les yeux s'embuèrent, la lassitude, la fatigue et le désespoir reprirent leurs quartiers. Athènes était bien en vue, mais comme le choléra avait fait son apparition dans toute cette partie de la mer Méditerranée et de la mer Ionienne, les autorités grecques imposèrent au *Mentor* une quarantaine effectuée dans les eaux d'Égine, île la plus dangereuse pour les vaisseaux parce que entourée d'écueils et de récifs, et la plus chère au cœur des combattants de la liberté puisqu'elle avait abrité, il y avait moins de vingt ans, la première capitale de la Grèce indépendante.

La mise en quarantaine terminée, Laura posa enfin le pied sur le sol grec. La duchesse de Plaisance l'attendait, comme convenu. La belle jeune fille d'autrefois, gracieuse, gentille, pleine de poésie, croyante sans être aveugle, avait beaucoup changé ; elle avait engraissé, perdu de son élégance, de sa noblesse, de son port, était devenue bigote, presque aveugle, mais était restée fidèle à Laura. Les deux femmes s'embrassèrent et pleurèrent en abondance. Si l'on excepte ces retrouvailles émouvantes, preuves vivantes de ce que peut être une amitié durable, le séjour à Athènes accoucha d'une déception à la mesure des espoirs que Laura avait nourris à son encontre. Cette Grèce qui, elle aimait à le dire, n'avait jusqu'alors été pour elle « que deux points dans le passé et rien dans le présent » ne la séduisit guère. Faut-il mettre cela sur le compte de la lassitude morale et physique dont elle souffrait alors à la suite de ses fatigues et de ses récentes déceptions, toujours est-il qu'elle ne fut guère sensible à Athènes et à ses si prestigieux vestiges. Alors que beaucoup laissent couler sur leurs joues des larmes de bonheur et manquent de s'évanouir d'émotion en visitant Marathon, n'hésitant pas, tout en poussant de profonds soupirs et en bégayant, à prononcer les noms de Miltiade, Aristide, Thémistocle ou Xerxès, Laura n'éprouva aucun trouble. La Grèce moderne, celle née dans la lutte après la mort de lord Byron, ne la transporta pas plus que la classique. Le palais royal ressemblait à une filature belge et hébergeait un roi bavarois, les Athéniennes, portant des robes à l'occidentale, marchaient à trois pas derrière leur époux en complet veston, et la chaleur était épouvantable.

Quant à la réception à laquelle la mena la duchesse de Plaisance sur l'invitation de l'ambassadeur d'Angleterre, lord Kensington, qui souhaitait voir de près la «farouche Italienne», elle lui rappela par trop la déliquescence parisienne qu'elle avait fuie. Pourquoi venir à Égine, après avoir bravé la tempête, le choléra, plusieurs polices politiques pour retrouver ce monde de masques et de déguisements, d'allocutions pompeuses, ces redingotes de fonctionnaire, ces rabats de mousseline, ces chapeaux de paille, ces gants couleur chair, ces grandes-duchesses et toute cette politesse cérémonieuse, ces sourires qui sont des lames, ces paroles ostentatoires ? Ce soir-là, ducs et princes, amiraux et dames d'honneur, ecclésiastiques et hauts fonctionnaires parlaient à bâtons rompus de questions aussi importantes que celles de savoir pourquoi le macadam séchait aussi mal dans les rues de Londres, pourquoi *La Chronique de Paris* donnait à la fin des articles l'adresse de ceux qui les avaient signés, et pourquoi la femme de l'ambassadeur s'obstinait à porter ses cheveux tressés en nattes épaisses sur la nuque au lieu de cette merveilleuse chose qu'on appelle une «cascade»…

De retour chez Mme de Plaisance, elle fut prise d'une violente crise d'épilepsie qui la laissa pour morte plusieurs jours durant, et cela d'autant plus qu'elle n'avait presque plus de médicaments pour se soigner, ni d'argent pour s'en procurer en quantité suffisante. Consciente qu'elle ne pouvait rester ainsi à vivre des jours de plus en plus sombres, elle répondit aux sollicitations du directeur du *National*, avec lequel elle était restée en contact, et qui lui demandait des articles un peu explosifs sur ses voyages dans lesquels elle n'hésiterait pas à enfler ses propos de telle sorte que le scandale augmente le tirage de la fameuse gazette. Aiguillonnée par le besoin d'argent et réellement désespérée de voir comment les hommes politiques grecs en place faisaient preuve d'une terrible ingratitude envers les patriotes qui s'étaient battus pour l'indépendance de la Grèce en 1821, elle envoya à Paris des articles vengeurs dans lesquels elle s'insurgeait contre la décadence morale de la société grecque moderne et surtout de la classe politique, ne craignant pas de critiquer très violemment le régime en place. L'exaspération produite chez les Grecs par ces «Lettres d'Athènes» fut telle que certains patriotes athéniens lui conseillèrent de se rétracter, tout comme lord Kensington auprès duquel elle était venue faire une demande de reconduction de son passeport:

— Tout de même, argumenta Laura, lorsque je parle de cette curieuse institution qui permet aux prisonniers d'acheter une journée de liberté, ou une nuit pour deux fois moins cher, je me contente d'informer, j'évoque une coutume, voilà tout...

— Vous touchez là à une question que peu souhaitent voir aborder, chère princesse. Je connais bien la société grecque. Elle est moderne, regardez les nouvelles lois sur la liberté de la presse et la révision de certains articles de la Constitution. Mais elle tient aussi beaucoup à ses coutumes.

— Quand je décris la fête de la Toussaint comme une des plus gaies de l'année, je ne me moque de personne!

— Je m'en doute. Mais je suis anglais et non grec. Les morts sont un sujet épineux... Il ne faudrait pas que l'aventure romaine se reproduise, car dans cette hypothèse, c'est votre réputation même qui serait en jeu…

— Ma réputation est intacte ! lança Laura en se drapant dans sa dignité bafouée.

— Chère princesse, vous avez froissé l'orgueil national d'un peuple que l'on sait particulièrement susceptible. La seule chose dont je puisse actuellement vous assurer, c'est de la reconduction de votre passeport. Mon soutien, vous vous en doutez, est conditionné par les ordres que je reçois de Londres. Je ne peux prendre aucune initiative à titre personnel…

Dans les jours qui suivirent sa rencontre avec lord Kensington, la presse grecque attaqua Laura dans les termes les plus vifs. Ceux-là mêmes qu'elle croyait compter parmi ses amis se retournèrent contre elle, excepté la vieille duchesse qui n'avait malheureusement aucune influence sur les milieux politiques et journalistiques athéniens. Le numéro du 29 mai 1850 du *Patriote d'Athènes* ne lui laissait plus aucune hésitation quant à la durée de son séjour en Grèce ; en titrant « Laura Di Trivulzio, l'indésirable », il signait en quelque sorte son arrêt de mort. Un paquebot autrichien, faisant route durant la nuit et s'arrêtant pendant le jour dans différentes îles de l'archipel, devait quitter Athènes dans une semaine, en direction de Constantinople. Laura envisageait d'acheter un billet lorsqu'un patriote grec du nom de Katriani, qui avait été de tous les combats révolutionnaires à Égine, mais aussi en Hongrie, à Vienne, à Paris et en Italie, vint la prévenir que l'ambassade d'Angleterre était en train de préparer son arrestation avec des espions venus spécialement de Vienne : elle aurait lieu sur le bateau. Une fois arrêtée, la prisonnière serait conduite à Trieste. Un paquebot français partait le soir même pour Constantinople. Katriani se chargerait, si elle en était d'accord, de prendre son titre de transport et de venir la chercher chez elle dans huit heures. Une certaine Flora Taine l'attendrait sur le quai, à sa descente de bateau… «Pourquoi pas? répondit-elle. Je n'ai guère le choix, et puis, le gouvernement turc sera peut-être plus chrétien que celui de Grèce…»

«Constantinople, Constantinople», répétait-elle sans cesse en faisant ses bagages, comme pour s'assurer qu'elle ne rêvait pas. Cela faisait maintenant plus d'un an qu'elle était hors de sa Lombardie natale, indésirable et errante. Elle quitta sans tristesse la belle maison de la duchesse de Plaisance et sa terrasse sur la mer Égée, traversa dans une calèche fermée les rues d'Athènes et monta dans le plus grand secret à bord du paquebot qui s'appelait le *Louis-Napoléon-Bonaparte*! Laura attendit que le bateau eût quitté le port pour sortir de sa cabine. Elle eut droit à un beau coucher de soleil, répandant un éclat de carmin dans le ciel à l'ouest, et à une singulière surprise que le capitaine du navire tint à lui remettre en mains propres. Juste avant que le bateau quitte le port, la duchesse de Plaisance était accourue, demandant qu'on remette discrètement à la passagère de la cabine 502 une lettre qui lui était adressée.

Tandis que le *Louis-Napoléon-Bonaparte* contournait un ensemble d'îles, toutes très montagneuses, d'une couleur gris-brun tendant vers le rouge, et parsemées de petits villages blancs juchés sur des falaises tombant à pic, Laura resta sur le pont et décacheta la missive. Elle était brève, venait de Locate, et était signée de Diodata: il y avait environ trois semaines, elle avait appris qu'Emilio avait ressenti une légère atteinte d'apoplexie. On l'avait couché, saigné, et après lui avoir dégagé un peu la langue, on lui avait appliqué des sinapismes et des vésicatoires. À présent hors de danger, il conservait de l'incident une jambe raidie, un bras paralysé et une difficulté dans la prononciation de certains mots. Diodata finissait sa lettre en expliquant qu'elle ne communiquait à Laura ces nouvelles que dans la mesure où l'incident ayant eu lieu près de Locate, c'est le docteur Maspero qui avait été appelé et que ce dernier lui avait rapporté qu'Emilio lui avait parlé d'une fille qu'il aurait eue il y a longtemps et qu'il lui faudrait bien un jour reconnaître…

La traversée dura quinze jours que Laura mit à profit pour trouver les mots justes afin de répondre à Diodata. Il fallait tout tenter évidemment pour que la reconnaissance de paternité se fasse, mais sans rien brusquer. Emilio était fantasque, imprévisible. Une fois à Constantinople, Laura se promettait de trouver un moyen pour entrer en possession d'une partie de sa fortune et ainsi faire venir en Turquie sa fille et Diodata.

Alors que le bateau accostait sous une grande lumière éblouissante, Laura pensait qu'elle ne pouvait être ici le cœur vide, car elle ne verrait rien. Elle qui était partie avec l'intention de regarder d'un œil fatigué des gens fatigués comprit qu'elle était ici, en Turquie, pour jeter sur ce lieu de colossale énergie historique, où réalisations, exploits, projets, espoirs et désillusions s'étaient déposés en couches successives, un regard plein, ouvert, attentif. Il lui fallait renifler toute cette sueur, observer tous ces visages. Comment est-ce, ici ? Tout y déborde-t-il d'énergie ? Y trouve-t-on la foi, l'espérance et la charité comme le prétend l'Oriental ? Voilà, elle avait trouvé : elle était partie ici guidée par un intérêt historique, et non géographique, mais aussi par un intérêt humain. En même temps, elle avait une soif si âpre, si douloureuse d'entendre sa fille, de courir à elle, de voir son regard se poser sur le sien, de sentir sa présence, d'éprouver encore cette étrange sensation d'absolue sécurité qui était la sienne quand elle la serrait dans ses bras.

« Combien de temps durera cet exil ? se demandait Laura, ajoutant : Je vieillis, mais cette sensation est infiniment plus douce que je ne le pensais, sans doute parce que je vis dans le passé beaucoup plus que dans l'avenir. Les images qui me causaient jadis une terreur et une aversion féroces m'attirent aujourd'hui et me paraissent remplies de charme. Après tout, si le sentiment qui accompagne la vieillesse n'est pas plus amer, je salue cette heure inévitable en lui disant : Sois la bienvenue. »

Laura Di Trivulzio a quarante-deux ans. Sous ses yeux, Constantinople, la seule ville à chevaucher deux continents, hérissée de minarets, dominée par la silhouette trapue de Sainte-Sophie, l'attend. Comme pour se rassurer, elle écrit dans son journal : « L'entrée de Constantinople n'est défendue par aucun dragon politique… »

34

Aperçue du mouillage, la capitale ottomane était de loin la plus belle ville que Laura ait vue. Une foule dense de maisons, serrées les unes contre les autres, se dressait au bord de l'eau pour se répandre ensuite sur les collines environnantes, laissant apparaître, çà et là, d'innombrables coupoles de mosquées et des minarets. Ce tableau correspondait au rêve d'Orient que Laura avait lu dans les livres d'images dont certains remontaient à son enfance. Mais une fois à terre, après que la caïque, aussi effilée que la lame d'un couteau, se fut frayé un chemin hésitant à grands coups de rames jusqu'au quai, la réalité prit le pas sur le songe, comme si le charme de Constantinople s'était limité à son pittoresque. Après Malte et Athènes, Laura devait se rendre à l'évidence : elle était bel et bien une Européenne incapable de faire siens tous ces bruits, ces couleurs, ces odeurs multiples auxquels rien ne l'avait habituée. Tous ces hommes et ces femmes, entassés comme des abeilles, vêtus de costumes tous plus extravagants les uns que les autres, témoignaient d'une frénésie aussi diabolique que tapageuse. Soudain au milieu d'une foule de patriarches coiffés de turbans imposants de couleur blanche et de jeunes hommes portant un fez d'un rouge ardent, Laura aperçut une jeune femme qui s'avançait dans sa direction, une Européenne vêtue d'une robe couleur Princeteau jaune mat, légèrement défraîchie, de celles arborées, il y avait une trentaine d'années, par les Parisiennes ultraroyalistes! C'était une femme superbe, grande, bien proportionnée, elle avait un beau front, des yeux rieurs, une bouche mutine, un teint d'une fraîcheur exquise, et un corps qui semblait avoir été fait pour servir de modèle à un statuaire amoureux des formes pures. Bien que ne s'étant jamais vues, elles se «reconnurent» immédiatement, comme seuls savent le faire ceux qui combattent pour une même cause.

— Flora Taine, je vous attendais.

— Princesse Laura Di Trivulzio, j'avais peur de ne pas vous rencontrer.

— À Constantinople, on finit toujours par trouver ce qu'on cherche! répondit Flora, tout en aidant Laura à mettre ses bagages dans la calèche ouverte.

Alors que la voiture se frayait un chemin à travers des ruelles étroites, parmi un dédale de boutiques minuscules tenues par des hommes assis en tailleur et fumant de longues pipes, au milieu d'un flot grouillant de mendiants, d'infirmes, de porteurs, de marchands de raisin, de vendeurs de maïs chaud et de courges, sans compter les éleveurs d'oies, les nains, les estropiés et de rares femmes enveloppées dans de longues robes du menton jusqu'aux pieds et portant sur la tête un voile qui ne découvrait que les yeux, Flora, qui semblait connaître une partie de la vie de Laura, lui raconta la sienne. Née à Montfermeil le jour de la bataille de Waterloo, elle avait pris ses gages à l'âge de vingt-deux ans et avait fini par s'engager dans les luttes féministes. Mais ce n'était pas cela qui lui avait valu cet exil forcé. Le sculpteur Clésinger qui l'avait vue à demi nue dans un bal costumé chez Roger de Beauvoir avait obtenu la permission, après un siège plus ou moins long, de la mouler des pieds à la tête pour en faire une *Femme piquée par un serpent* qui avait causé un beau scandale au salon de 1849. L'occasion était trop belle. N'ayant pu expulser la *vésuvienne* pour ses idées politiques, la police de Louis-Philippe le fit au nom de la morale bafouée. Après un passage par Athènes où elle avait été aidée par Katriani, puis une courte errance le long de la côte égéenne, elle avait remonté la mer de Marmara jusqu'à Constantinople où elle avait fini par ouvrir, dans le quartier des bazars, une sorte de cabaret où les hommes pouvaient assister à des spectacles de chant et danse, et qui constituait en fait une plaque tournante pour toute l'émigration italienne.

Une ruelle obscure aboutissait à un carrefour à ciel ouvert, la place Mihrâb, autour de laquelle étaient distribuées plusieurs boutiques exiguës, où on pénétrait par des portes étroites comme des gueules de silo. Sous un portique, plus ancien que les autres, entouré de lourds piliers carrés, un colosse était assis sur une natte, calme, souriant, vêtu de voiles blancs. La voiture s'arrêta là. Flora en descendit et parla avec l'homme qui, une fois debout sur ses pieds, parut encore plus immense. Il lui répondit d'une voix chantante et profonde, presque caverneuse.

— Voilà, nous sommes arrivées, dit Flora en se retournant vers Laura, qui semblait comme abasourdie par le trajet à travers l'inextricable réseau de ruelles pentues.

— Oui, nous sommes arrivées, voilà, répondit-elle, un petit sourire triste au coin des lèvres.

— Ne t'inquiète pas, au début on pense qu'une rue de Constantinople est un spectacle à voir une fois, pas davantage, et qui effraie un peu, mais après on ne peut plus s'en passer.

Flora avait aménagé pour Laura une chambre à l'étage, donnant sur la place. Une pièce plutôt vaste, claire et presque gaie. Elle pourrait se laver, se détendre, se faire masser, dormir si elle le souhaitait, et descendre en fin de journée se restaurer dans la grande salle du rez-de-chaussée.

— Tu veux fumer ? demanda Flora, avant de partir.

Laura répondit « oui ». Mais elle aurait pu tout aussi bien répondre « non ». Elle était fatiguée, absente d'elle-même, dans l'incapacité de prendre la moindre décision. Une femme vint alors la voir, l'aida à se dévêtir, la plongea dans un bain, la lava, l'essuya et la conduisit, vêtue d'un simple pagne, dans une salle de marbre mouillée, glissante, pleine de vapeur, où elle l'installa au centre sur une plate-forme surélevée. Puis un homme entra dans la pièce, au teint couleur cuivre, plaçant à côté d'elle une carafe d'eau surmontée d'une pipe de tabac allumée, avec un tuyau souple de trois pieds de long muni d'une embouchure de cuivre. Après plusieurs bouffées profondes de narghilé, Laura perdit presque conscience, ne sentant qu'à peine l'eau chaude dont la femme la mouillait abondamment tandis que des gants rugueux la frottaient partout. Puis la même femme la recouvrit d'une mousse neigeuse avant de la noyer sous des jets d'eau brûlants et de l'emmailloter de nappes sèches, mettant autour de sa tête un long turban immaculé. Une fois revenue dans sa chambre, Laura eut droit à une tasse de café noir très épais, ne comprenant pas comment, contrairement à ce qu'elle avait écrit dans son journal, elle pourrait « rouler ici dans sa tête de grands projets ». Le temps écoulé, depuis sa descente de la calèche, lui avait paru incalculable, quelques minutes ou plusieurs heures, l'éternité, peut-être — elle s'endormit.

Quand elle se réveilla, la nuit était tombée. Elle passa des vêtements propres et malgré son mal de tête s'engagea dans le couloir qui conduisait à la grande salle du rez-de-chaussée. Autour d'un immense plateau de hors-d'œuvre, des hommes et des femmes parlaient fort en buvant des verres remplis d'un liquide de couleur blanchâtre.

— Tu arrives juste à temps, lui dit Flora, tout en l'entraînant au fond de la salle derrière un pilier. Tu n'as pas le droit d'être ici.

— Et toutes ces femmes, que font-elles ?

— Elles sont avec leurs maris !

— Qui sont tous moustachus, ajouta Laura, l'air mutin.

— Nous sommes à Constantinople, ma chère, ni à Paris ni à Milan, répondit Flora, ajoutant : Tu as faim ?

— Oui, dit Laura.

Flora fit signe à un jeune garçon qui revint avec un long plat chargé des mets les plus divers, alternant le froid avec le chaud, le cru avec le cuit, les produits de la terre avec ceux de la mer.

— Commence par l'*imam bayildi*...

— Qu'est-ce que c'est ?

— L'*imam bayildi*, « l'imam s'est pâmé » : une aubergine farcie d'oignons et de tomates.

— Et cette boisson blanchâtre ?

— Du « lait de lion », le *raki*. N'en abuse pas, même coupé avec de l'eau, Cinquante degrés... Un vrai coup de maillet sur la tête !

Après toutes ces journées passées sur le bateau, ce repas avait quelque chose de divin. Pour la première fois depuis son départ d'Athènes, Laura se sentait apaisée. Dans un coin de la pièce un domestique préparait du kif sur le fond d'un plat à couscous en bois, coupant menu des branches et des feuilles de chanvre indien, frottant les morceaux entre ses deux mains, les réduisant en poudre et les mélangeant avec du tabac pulvérisé. La petite pipe en fer, sur son long tuyau en roseau, commençait de circuler parmi les convives. Lentement tout devint très silencieux, d'un silence lourd, où rien en apparence des rêves érotiques qu'on attribuait en Europe aux fumeurs de kif ne semblait devoir advenir. Bientôt la salle s'emplit d'ombre et de fumée bleue. On alluma quelques cierges qui coulaient en abondance. Le spectacle pouvait commencer. Une femme arriva, vêtue d'un long voile de gaze mauve, transparente et pailletée d'argent. Elle avait un beau visage ovale, éclairé par de longs yeux sombres. Deux grands cercles d'or tremblaient à ses oreilles, et ses poignets, fins, étaient chargés de bracelets d'argent ciselé. Tout le monde se taisait.

— Fatima-Zohra, dit Flora à voix basse, une danseuse du Djebel Amour.

Laura, comme tous les hommes et les femmes présents dans la salle, ne pouvait détacher son regard de cette femme mystérieuse, aux attitudes graves, aux gestes lents et rythmés, aux hanches voluptueuses qui se balançaient doucement, au son de sa voix de gorge, pure et modulée, au sourire si discret enfin qui révélait comme une tristesse enfouie au fond d'elle-même. Sous les voûtes basses, blanchies à la chaux, des fumées de tabac et des relents de benjoin alourdissaient l'air tiède. Ainsi se succédèrent, tout au long de la soirée, tours de passe-passe, danses du ventre et airs lancinants. Le spectacle terminé, notamment après que la belle Fatima-Zohra eut reçu de la main de plusieurs admirateurs des bouquets de roses, la salle se dépeupla, dans un mélange de recueillement et de lenteur, et la maîtresse de maison raccompagna Laura dans sa chambre. Épuisée par sa journée, elle ne pouvait dormir, songeant sans arrêt à cette femme dont les pieds glissaient sur les dalles, accompagnés du cliquetis clair des lourds bracelets d'argent, et dont la voix pouvait tour à tour pleurer et gémir, rire et onduler.

Ayant oublié de refermer sa porte, Laura se releva. Alors qu'elle allait tourner la poignée, elle entendit comme un bruit léger venant d'une des chambres du couloir. La porte faisant face à la sienne était ouverte. Il lui sembla reconnaître vaguement l'ombre de la danseuse, à peine éclairée par la lueur douteuse de lampes vacillantes jetant sur ses vêtements de velours rouge des coulées de rubis et des traînées de sang. Elle s'approcha lentement, puis s'arrêta tout soudain. Le spectacle qui s'offrait alors à ses yeux était des plus extraordinaire : un homme, parlant d'une voix profonde et caverneuse et qui semblait être celui qui l'avait accueillie à sa descente de calèche, était là, calé contre une pile d'oreillers dans un coin du lit, le buste légèrement renversé, l'air calme, satisfait, entièrement nu, musclé, superbe, les jambes écartées. La danseuse, de dos, la tête plongée entre les jambes de l'homme, se contorsionnait comme prête à bondir, de telle sorte que ses fesses en étaient toutes secouées et les muscles de ses jambes raidis. Bien que Laura ne le vit pas, elle imaginait le sexe de l'homme allant et venant dans la bouche de la danseuse. De temps en temps l'homme posait une main sur la tête de la femme, comme pour retenir sa fureur, essayant même parfois de se dégager.

C'était la première fois depuis la mort de Gaetano que Laura éprouvait un trouble aussi puissant. Elle aurait voulu que l'homme se lève, se dirige vers elle, la verge dressée, ou mieux encore, qu'il reste allongé sur le dos et qu'agenouillée contre son visage, elle offre son sexe à sa bouche. Soudain tout s'arrêta. Sentant sans doute que la danseuse allait crier, l'homme amena la femme sur lui, la ficha obliquement sur son sexe, et planta ses dents dans ses lèvres, les meurtrissant d'un baiser charnel comme une morsure. Craignant qu'ils ne s'aperçoivent de sa présence, Laura retourna dans sa chambre. Le silence était si profond qu'elle aurait presque pu croire que cette scène pleine d'amour et d'audace n'avait été qu'une vision, le fruit d'une imagination alourdie de kif et de lait de lion.

Les semaines qui suivirent son installation à Constantinople, Laura les passa partagée entre ces nuits à observer ces étreintes qui se répétaient chaque soir et des journées qu'elle égrenait seule ou en compagnie de Flora à arpenter les rues de la ville, à la recherche de marchés où trouver des régimes de dattes dorées, des paquets de laine teinte en vert ou en violet, du beurre tassé dans des peaux de chevreau ou des paniers d'oignons. Elles pouvaient rester des heures à marchander dans des boutiques dissimulées dans les ruelles afin d'acheter au prix le plus bas des bagues, des grosses agrafes de cuivre ou de petites boules en argent pour parfumer le thé. Parfois, les deux femmes parlaient un après-midi entier en buvant des cafés couleur de réglisse, ou des verres d'anisette espagnole en fumant des cigarettes, attendant avec crainte que ce calme apparent, cet anéantissement voluptueux de l'être ne soient balayés par le vent du Sud qui, dans ces régions improbables de la terre, sait comme nul autre semer des cendres grises sur les choses et laisser le cafard, couleur encre de seiche, envahir les âmes.

Une fin de journée embaumée par le parfum des fleurs et alors que les deux amies avaient pris une voiture et étaient allées se promener avec le reste de la bourgeoisie argentée de Constantinople dans une des belles allées plantées d'arbres de la ville, Flora confia à Laura que sa vie ne se passerait plus désormais ailleurs qu'ici. Elle aimait Constantinople, ses habitants et ses coutumes, même si parfois elle éprouvait comme une sorte de fièvre en pensant à sa vie d'avant :

— Mais je finis toujours par revenir à ce répit dolent, lucide et voluptueux.

— Je n'en suis vraiment pas encore là, fit observer Laura.

— Y seras-tu jamais un jour…, dit Flora.

— Que veux-tu dire ?

— Que tu dois encore trouver ta voie.

— Mais je l'ai trouvée.

— Je veux dire, ici, à Constantinople, ou en Turquie qui est si vaste.

— Comment faire, Flora ?

— J'imagine assez bien qu'il te faut un grand projet. Tu ne vas pas passer ta vie à fumer le narghilé, à te faire masser et à écouter Fatima-Zohra succomber dans les bras de Mahmet, notre gardien !

— Tu es au courant pour ces deux-là ?

— Tout le monde le sait parce que tout le monde tend l'oreille et essaie d'imaginer ce qui peut se passer !

Laura rougit légèrement.

— Écoute, je crois te connaître, maintenant. Je connais ton histoire, tes engagements. La Turquie est un pays neuf, jeune, qui a besoin de gens comme toi, qui ont des idées…

— Où veux-tu en venir ?

— Et si je t'arrangeais un rendez-vous avec Zülfü Güney…

— Zülfü Güney ?

— Un banquier. Tout ce qui se fait aujourd'hui en

Turquie passe par lui. Et plus les projets sont téméraires, plus il est prêt à les financer.

Zülfü Güney était un homme de forte corpulence, le visage marqué de variole avec un collier de barbe grisonnante. Ses gestes étaient lents et graves. Il portait des vêtements très fins et très blancs. Son sourire, doux, presque avenant, laissant accroire qu'il n'y avait en lui rien de farouche, était ce qui troublait le plus Laura qui ne comprenait pas comment on pouvait arborer ce sourire presque timide et être un des hommes les plus influents de Constantinople. La pièce dans laquelle il recevait Laura était de bonnes proportions sans être vaste, sobrement meublée ; sur une table reposait une assiette de friandises et du café brûlant.

— Asseyez-vous, chère princesse, j'ai beaucoup entendu parler de vos exploits, votre présence en ces murs me flatte.

La conversation s'installa lentement, avec de longs silences et des reprises de politesse. Le banquier questionna Laura sur un ton discret, avec beaucoup de dignité et de finesse. Doucement, il l'amena à se confier, l'écoutant avec une attention soutenue, ne cessant de lui faire part de son estime, de son admiration, la regardant de ses yeux intelligents et profonds sans que paraisse jamais la moindre dureté qui pourtant devait être la sienne. Après lui avoir longuement expliqué pourquoi il avait choisi l'islam sunnite, « ce monothéisme pur, sans péché originel, sans déchéance humaine, sans diable », parce que « le destin de chacun y est déterminé par un décret divin, que la géhenne n'y est jamais éternelle et que les péchés finissent toujours par être pardonnés », il tenta d'entraîner Laura dans une conversation théologique. N'avait-elle pas écrit, il y avait plus de dix ans, un *Essai sur la formation du dogme catholique*?

— Quatre volumes, cela représente une quantité de travail immense, chère madame...

— De travail et de plaisir. Vous l'avez lu?

— Bien sûr. Mais je n'y ai point vu ce qui chez nous constitue la base de notre religion : les *peuples du Livre*, juifs et chrétiens, ne sont pas considérés comme des infidèles ; chez nous, point de croisade...

— Devrais-je me sentir coupable?

Zülfü Güney ne répondit pas, se contenta de sourire et ajouta :

— Un musulman a deux anges gardiens : l'un écrit les bonnes actions, l'autre les mauvaises...

— Notre ange gardien est bon, supérieur à l'homme, et nous protège. Mais j'ai toujours pensé qu'on traînait avec soi depuis notre naissance un ange familier, un ange de Satan qui nous soufflette...

— Votre interprétation frise l'hérésie. Vous voilà prête pour l'islam sunnite...

Bien que passionnée par toutes ces questions, Laura ne savait comment s'opposer à cet homme étrange. Elle se sentait fatiguée, incapable de prolonger plus avant cette joute oratoire.

Le banquier lui tendit l'assiette sur laquelle reposait une pyramide de *lokum* de toutes couleurs.

— N'ayant pas de sexe, vos anges peuvent prétendre à l'éternité ; c'est un avantage. Les *lokum* aux pistaches et aux amandes sont les meilleurs...

— Je préfère reprendre un peu de café.

— Gardez-vous bien de remuer la petite cuillère et de vider la tasse.

Un silence s'installa durant lequel le banquier dégusta plusieurs *lokum* et Laura but sa petite tasse à moka en prenant bien garde de ne pas la vider jusqu'à la dernière goutte. Zülfü Güney reprit la parole :

— Vous êtes en train de vous dire que nous parlons de tout excepté de ce pour quoi vous êtes venue, répondez-moi franchement ?

— Sans doute un peu, répondit Laura.

— J'aime votre franchise. J'aime passionnément parler, que voulez-vous, et particulièrement avec des personnes de qualité comme vous. L'un de vos poètes a dit que la parole avait été donnée à l'homme pour cacher sa pensée. Je n'en crois rien. La parole a pour âme la passion. « La parole a beaucoup plus de force pour persuader que l'écriture. »

— Descartes.

— Bravo.

— *Lettre à Chanut*.

— 1648.

La lutte à fleurets mouchetés pouvait continuer toute la journée. Chacun s'en rendait compte et y prenait un plaisir des plus vif. Mais ne fallait-il pas conclure ? Ce fut le banquier, maître chez lui, qui une nouvelle fois prit l'initiative :

— Revenons à votre franchise… Vous n'auriez pas été franche, nous ne nous serions jamais revus, dit Zülfü Güney en frappant dans ses mains.

Plusieurs domestiques pénétrèrent dans la pièce, apportant sur des plateaux des petites tranches de viandes rôties, de l'ail, des oignons crus, du lait aigri, de la tisane de raisin bouilli, de nouvelles friandises et des coquetiers de café limpide.

— Mangeons, si vous le voulez bien… Mais dites-moi, comment trouvez-vous l'Orient ?

— J'ai pu observer une certaine simplification de la vie qui me plaît beaucoup. Les Européens prétendent ne pouvoir se passer d'une pièce pour manger, d'une autre pour causer, d'une pour dormir, d'une pour la toilette, etc., sans parler de la multitude de meubles. Rien de tout cela ici.

— Mais encore ?

— Je reconnais chaque jour les avantages d'habiter l'Orient quand on est proscrit et qu'on n'a pas d'argent.

— Mais encore ?

— Dégagée des préjugés puérils qui se trouvent mêlés souvent à l'éducation des femmes, j'ai acquis avec le temps le courage de dire sincèrement mes opinions.

— Je vous écoute donc...

— Les Orientaux manquent de ce que nous nommons égards, délicatesse et réserve ; ils ne sont pas « respectueux ». Mais leurs hommages spontanés sont plus flatteurs que ceux très sophistiqués des Lovelace de Paris et de Milan ! Ils s'adressent directement à la beauté. Rien de moins éthéré, il est vrai, mais rien de plus réel.

— Et vous aimez le réel.

— Passionnément.

— Alors, nous allons pouvoir nous entendre. La Turquie a besoin d'hommes et de femmes qui ont des idées, une vision nouvelle des choses et de la vie. J'ai étudié de près tout ce que vous avez pu faire, les journaux, vos expériences agricoles et éducatives à Locate, votre travail à la direction des hôpitaux romains, votre intérêt pour une médecine populaire, vos engagements politiques...

Laura ne put cacher sa surprise :

— Vous en savez autant sur moi que la police autrichienne...

— Je hais l'espionnage mais, bien que Turc, il m'arrive de nager dans d'autres mers que celle de Marmara...

Blottie dans un angle du divan, les jambes ramassées sous elle, Laura écoutait le banquier, comme bercée par sa voix.

— Près de Safranbolu, à quelques jours de voyage au nord d'Ankara, se trouve une immense propriété, ce que nous appelons ici une *çiftlik*. Au sens propre :

«Une terre qui peut être labourée par une paire de bœufs.» Vous pouvez l'avoir pour six mille piastres.

— Je croyais qu'une loi interdisait aux étrangers de posséder des terres. D'autre part, l'amende imposée par l'Autriche a considérablement réduit mes revenus.

— Je réglerai ces deux questions. Cela ne constitue pas un obstacle. Et vous pourrez même léguer la propriété à vos héritiers.

— À mes héritiers ?

— Vous avez bien une fille ?

— Oui... Décidément, vous savez tout.

— Je sais aussi que cette enfant n'est pas légitimée, et que si vous veniez à mourir elle ne serait plus qu'une jeune fille pauvre et sans nom.

Laura faillit perdre connaissance. Le banquier venait de mettre le doigt sur ce qui la faisait le plus souffrir au monde.

— Je ferais mieux de partir d'ici.

— Ce serait une erreur, chère madame. J'ai la certitude que son père finira par la reconnaître. Avec l'âge l'être humain devient parfois plus sage. La mort lui fait peur, et il pense en retarder l'échéance en réparant ses fautes, en acceptant une dose relative de culpabilité, en cédant aux trompettes des remords... Alors, écoutez-moi et fermez les yeux.

Laura s'exécuta, les jambes étendues, la tête renversée en arrière, et les yeux fermés. Qu'avait-elle encore à perdre ? Rien.

— Ciaq-Maq-Oglou — c'est le nom de la propriété — occupe une vallée de deux lieues de long sur un tiers de large.

— Ciaq-Maq-Oglou, dites-vous ?

— Oui. Ce qui signifie la vallée du «fils de la pierre à fusil»... Elle est entourée de collines boisées. Une rivière la traverse. La terre est fertile, irriguée par de nombreux cours d'eau. On y trouve également une vaste demeure, un moulin à eau et une scierie.

Laura écoutait, muette, des larmes coulaient sur ses joues. Le banquier lui demanda d'ouvrir les yeux et lui tendit une étoffe brodée pour qu'elle sèche ses pleurs :

— Cela vous émeut tant ?

— Quand on a vu ce que j'ai vu, vécu ce que j'ai vécu, croyez-moi, il ne reste pas grand-chose à faire. S'enfermer dans un couvent ? Très peu pour moi. Mourir ? Encore moins. L'ultime solution consiste à quitter le monde ou la société et à vivre dans les forêts ou les déserts, au cœur de la nature et loin de la civilisation. Mais encore faut-il trouver ce lieu paradisiaque. Et voilà que vous m'offrez tout cela, c'est-à-dire, simplement, la possibilité de revivre, ma renaissance.

— Quand voulez-vous partir ?

— Immédiatement.

35

Le vaste domaine de Ciaq-Maq-Oglou, dans la vallée de l'Ulu-Tschaï, à quelques lieues de Safranbolu, était bien tel que l'avait décrit le banquier, sorte de luxuriant jardin d'Éden, si vert et si touffu qu'il était apparu à Laura comme le fruit de quelque fantaisie divine. Mais à côté des plantations de tabac, des noisetiers et des jardins de thé se succédant à l'infini, des côtes de la mer Noire cernées de versants abrupts à la chaîne de montagnes escarpées entaillées de vallées aussi riches que profondes, une autre réalité, tout aussi présente que la précédente, mais qu'avait soigneusement omise de mentionner Zülfü Güney, était apparue. Depuis plusieurs générations les descendants des premiers propriétaires du vaste territoire avaient préféré se livrer à l'usure, au commerce, voire à la rapine plutôt que de cultiver leurs arpents de terre. Dire que la vallée avait été négligée était un euphémisme. Tous les moulins étaient arrêtés, les canaux d'irrigation obstrués, la rivière encombrée de détritus, la forêt étouffée par le sous-bois, la scierie totalement hors d'usage et la maison inhabitable. La retraite enchantée n'était en somme qu'une espèce de lande en friche.

Quant à Laura, loin d'être accueillie à bras ouverts, les autochtones lui avaient bien fait comprendre qu'elle n'était, comme elle l'avait écrit dans son journal, qu'une «dame franque chassée de son pays par la guerre, venant passer son exil en Turquie, mais qui possédait assez d'argent pour acheter à un prix exorbitant un morceau de terrain dont personne ne voulait plus». Il en aurait fallu plus pour décourager Laura. La beauté du lieu l'avait aidée à vaincre rapidement ses réticences et, très vite, elle s'était mise au travail, de telle sorte que moins d'un an après son installation, alors que les derniers jours de l'été 1851 s'égrenaient, monotones, elle pouvait regarder l'ampleur de la tâche accomplie.

Sous l'accablement d'un ciel sans nuages, le domaine dormait. Assise sur la terrasse de sa maison, alors que des essaims de mouches bleues bourdonnaient dans l'ombre brève des arbres du jardin, que les collines se voilaient de poussière ténue, que les blancheurs laiteuses du village s'éteignaient, Laura se laissa aller à une somnolence vague, sans chagrin mais sans joie, sans désirs, comme enclose dans la douceur d'une forme d'anéantissement.

N'avait-elle pas créé ici sa nouvelle patrie? La masure trouvée à son arrivée avait très vite été entièrement réhabilitée, et un menuisier avait enfin pu monter les portes et les fenêtres qui manquaient encore. Les animaux avaient été achetés au fur et à mesure des rentrées d'argent. À ce jour, Laura possédait six vaches pour leur lait, des poulets et des dindons, deux paires de buffles pour les travaux des champs, quatre chevaux pour porter provisions et personnes, dix mules et un troupeau de deux cents chèvres angoras. Des maçons venus de la ville avaient ajouté un corps de bâtiment à la maison déjà existante, bâti des communs et des écuries, et, remontant patiemment le sable dans les couffins sur leurs épaules, désensablé une vaste zone traversée de canaux. On avait élevé autour de la propriété une muraille en terre sombre, sans créneaux et sans meurtrières, pour la protéger des voleurs. Le système d'irrigation, remis en état, allait maintenant rafraîchir des petits champs dorés où venait d'être coupée une bonne première moisson d'orge. Enfin, elle avait acheté des rizières.

Une trentaine de personnes vivaient à présent sur la propriété, sans richesse mais à l'abri du besoin. Elle avait même pu monter un petit dispensaire dans lequel elle soignait gratuitement ses travailleurs agricoles ; son plus grand titre de gloire étant d'avoir sauvé une femme paralysée depuis des mois grâce à l'application d'une pâte miraculeuse à base de belladone et de sels d'ammoniaque.

Quant à elle, fumant tranquillement sa pipe dans l'embrasure de la fenêtre, elle ne pouvait que constater un fait inexplicable : depuis qu'elle avait quitté les tensions de sa vie personnelle et de son agitation politique en Europe, elle ne souffrait plus d'aucun maux. Ni névralgies, ni palpitations, ni suffocations, ni fièvres, ni syncopes, ni atroces crises d'épilepsie ne venaient plus lui gâcher la vie.

Mais plus encore que ces faits concrets, quantifiables, ce qui lui avait apporté une certaine paix, c'était la lente pénétration de ce monde ottoman qui s'était emparé d'elle jour après jour. Rien que de très extraordinaire en réalité, mais une accumulation de petites choses, de plaisirs minuscules, de sensations fugaces, comme la vue d'un rayon oblique et rose tombant dans la pénombre d'une salle où s'entassent des fumeurs de kif, ou la voix lancinante de chanteurs qui s'accompagnent en battant paresseusement des mains.

Elle pouvait passer des heures le regard fixé sur une fleur, sur un horizon, sur une lanterne à carreaux de mica où semblait danser le bonheur. Elle aimait l'odeur des jardins, l'ombre diabolique des figuiers, la petite voix triste des crapauds sur l'herbe rase des chemins bordant les canaux d'irrigation, le braiment des ânes tristes. Parfois, elle pouvait pleurer rien qu'à regarder le ciel décliner dans une atmosphère rafraîchie par les premiers souffles nocturnes, ou se noyer dans une vague lilas à la tombée de la nuit. Les femmes des fermiers qui se rendaient à la fontaine, tout en mouvements purs, en poses impeccables, en cambrures de reins et en courbes de bras, et tous ces hommes à l'autorité parfois pesante, transportant de lourds ustensiles agraires, laissant dans le sillage de leurs corps ruisselants un bouquet d'odeurs fortes, lui donnaient le frisson et comme l'assurance que chacun lors de son passage sur terre peut emporter avec lui sa part du butin.

Mais ce qu'elle aimait par-dessus tout, c'était la prière du vendredi quand chacun récitait pour lui seul et pour tous, à voix haute, les litanies du Prophète. Aux voix graves des hommes se mêlaient les voix claires des enfants, et c'était comme une lumière qui descendait sur tous. Elle ne savait pourquoi cette longue prière mêlée d'exhortation la bouleversait à ce point. Souvent, elle pensait au banquier de Constantinople et à l'une de ses phrases qui lui revenait maintenant en mémoire : « Dans l'islam, chère princesse, il n'y a ni mystères, ni sacrements, et rien qui nécessite l'intermédiaire du prêtre. » Peut-être était-ce cela qui la séduisait tant, elle qui avait réfléchi sur les Pères de l'Église… Quand la prière était finie, chacun se relevait, reprenait ses chaussures, retraversait la fournaise de la place du village et rentrait chez lui. Alors une certitude s'empara d'elle : l'essence de la prière, à l'instar du songe, est de ne jamais finir.

Seule à Ciaq-Maq-Oglou, dans ses vêtements trempés de sueur, la tête sur le sac lui servant d'oreiller, Laura sentait que désormais elle serait seule, seule dans ce coin perdu de la terre ottomane, et qu'elle n'aurait, qu'elle ne devait plus avoir ni patrie, ni foyer, ni famille. Elle se sentait de nouveau libre, et savait que ce sentiment puissant était comme un bonheur nécessaire à sa solitude inquiète. Elle avait dit définitivement adieu aux salons, aux mains sèches des politiques, aux intrigues mesquines des littérateurs dont la vie ne tenait que dans des in-folio jaunis, aux jaloux italiens qui faisaient d'elle une Française qui jouait à l'Italienne et aux aigris français qui ne voulaient voir en elle qu'une Italienne se prenant pour une Française. À présent une grande paix mélancolique descendait en elle. Un souffle chaud venu d'un Ouest fabriqué par elle seule, un engourdissement. Elle vivait dans cette nuit d'été sombre et étoilée, sur sa terrasse, laissant son esprit quitter son corps, s'envoler vers un paradis bien à elle.

La vie fait souvent penser aux feuilles des arbres qu'une légère inclinaison provoquée par un frisson de brise peut faire passer de la beauté à la laideur, et ce soir-là, alors qu'elle méditait sur sa terrasse, l'intrusion d'un touriste anglais déclencha ce porte-à-faux qui déstabilisa son équilibre précaire. L'homme s'étant perdu, elle le recueillit pour une nuit. Et lorsque le lendemain matin il remonta sur son cheval et s'éloigna au milieu des collines verdoyantes, le monde de Laura avait vacillé pour l'unique et simple raison qu'avait été abordée lors d'une discussion pourtant superficielle avec ce M. Bruce Carpenter la question du statut de la femme en Turquie. L'Anglais, qui n'y connaissait rien comme tout bon touriste britannique prenant le monde pour son jardin d'hiver, soutenait que les femmes turques se contentaient de voir le monde à travers les grillages de leurs fenêtres et étaient en conséquence pieds et poings liés à leurs époux. Ce à quoi Laura rétorqua qu'il n'en était rien et qu'à l'instar des Vénitiennes qui jouissaient jadis, grâce à leur masque, d'une extrême liberté, les Turques, le visage couvert de leur voile et le corps caché sous un long *ferradjah*, pouvaient se livrer incognito à de périlleux et fréquents exercices d'infidélité.

Cette discussion sans intérêt majeur fit que Laura se remit à songer à Paris et à Milan, aux combats féministes, aux salons, à tout cet univers qu'elle pensait à jamais oublié. Occupée à soigner les malades, à surveiller les semailles et les moissons, à vendre au marché local certaines broderies faites par elle et les femmes de Ciaq-Maq-Oglou, elle constata avec regret qu'elle n'avait pas totalement rompu avec sa vie antérieure, ne serait-ce que parce que cela pouvait lui procurer quelque argent. Ainsi envoyait-elle régulièrement à la *Revue des Deux Mondes* et au *Daily Tribune* de New York des histoires sur la vie et les légendes turques, et au *Crespusculo*, organe de presse appartenant à Carlo Tenca, auquel elle collaborait régulièrement, des articles dénigrant Mazzini qu'elle traitait désormais d'«agitateur irresponsable» au profit de Cavour dont elle louait le programme de gouvernement. D'autre part, elle était encore abonnée à nombre de publications françaises et italiennes qui lui permettaient, bien qu'avec plusieurs mois de retard, de suivre l'activité politique et économique de ces deux pays et de l'Europe.

Il faut dire aussi que plusieurs de ses amis avaient retrouvé sa trace et par là même renoué une correspondance qu'ils auraient voulue plus soutenue mais qui bien que clairsemée semait dans l'esprit de Laura un certain trouble. Heine, très diminué par sa maladie, lui confiait qu'il n'était plus que la moitié d'un homme, ce qui le poussait à se demander «s'il n'aurait plus droit désormais qu'à la moitié d'un cœur ? ». Thiers et Mignet craignaient de devoir quitter la France si certaines rumeurs de coup d'État se confirmaient. Quant à Augustin Thierry, il voyait dans ce séjour turc une preuve d'insouciance, bien qu'il terminât sa dernière missive sur des paroles moins dures, sans doute parce que le vieux maître était ce qu'il appelait « descendu d'un degré en forces corporelles » : « Ah ! ma chère sœur, n'allez pas vous brûler comme un papillon à cette chandelle ottomane, ne vous faites pas une nouvelle patrie. Restez voyageuse jusqu'au jour où vous pourrez revoir la vôtre. »

Pour faire face au ver de cette nostalgie grandissante, déposé en elle par le stupide Anglais, elle avait bien eu recours depuis cette visite inopportune à la seringue de Pravaz et à sa solution de morphine ou à des prises de *dawamesk*, ce haschich bon marché qui provoque à peine absorbé un engourdissement général du corps, mais rien n'y fit. Cela n'avait aucun effet bénéfique, et ne guérissait rien, comme le fameux « vin Mariani », prétendument capable de vaincre la fatigue et la neurasthénie, le mal de gorge et le mal de mer et dont l'effet principal était de plonger le patient dans un sommeil cotonneux. Laura, tombée du côté de la grisaille calme et monotone de la vie quotidienne, ne parvenait à sortir de cet état qu'en se promenant à travers les forêts de dattiers que la pluie avait dépouillés de leur suaire de poussière, faisant s'agiter à son passage un peuple d'hirondelles qui se mettaient à pousser des petits cris brefs et aigus, et ne se taisaient qu'avec la venue du soir s'éteignant dans la nuit violette, quand les êtres et les choses, exténués de jour, avaient repris leurs teintes bleues, profondes et glacées.

Une nuit où la nostalgie qui l'étouffait était devenue trop forte, où les souvenirs de sa patrie, de sa vie familiale, de son enfance, du lac Majeur, de ses valses, de ses discours enflammés la surprirent dans son lit où elle croyait qu'elle allait mourir, elle se leva d'un bond dans la nuit froide et claire, et courut jusqu'à l'écurie. Là, après avoir sellé son étalon blanc, lequel, tout naseaux dilatés, hennissait du côté où les juments mâchaient leur paille sèche, elle pressa ses flancs à coups d'éperons et coupa au galop les torrents de lumière glauque qui coulaient sur les plaines du domaine. De retour au petit matin, alors que les flammes rouges et brutales de l'aurore jaillissaient de derrière les collines, les yeux humides taris par le vent, elle décida d'écrire une lettre à Maria Gerolama, sa fille, pour qu'elle vienne la retrouver à Ciaq-Maq-Oglou : ainsi pourraient-elles, ensemble, aller à Jérusalem afin que la jeune fille y fasse sa première communion !

36

Ce matin-là une effervescence inhabituelle fit sursauter Laura qui était en train de compulser des dossiers concernant la douzaine d'ouvriers italiens, pour
la plupart des exilés, qui travaillaient sur le domaine.
Une troupe hétéroclite, accompagnée d'une foule
bruyante, venait d'entrer dans la cour de la maison.
Autour d'un couple habillé à l'européenne et d'une
jeune fille, juchés sur des chameaux, accompagnés
de lévriers asiatiques et de chats angoras dans des
caisses à clairevoies, se pressaient, montés sur des
chevaux arabes, plusieurs cavaliers turcs chargés de
la sécurité des voyageurs étrangers, suivis d'un équipage de porteurs effectuant sur une armée de petits
ânes comme une sorte de déménagement insolite. La
poussière et le vent s'étant levés il était difficile de
mettre un nom sur la nationalité de ces visages.
Laura se regarda brièvement dans la glace, enfila
une veste et descendit accueillir ses hôtes. Sous leurs
burnous souillés de poussière, Laura reconnut immédiatement Maria Gerolama et Diodata, et ce fut
comme si son cœur explosait. Entre l'envoi de sa
lettre, à l'automne 1851, et ce 5 janvier 1852, quatre
mois s'étaient écoulés dans l'attente de ce jour...
L'homme accompagnant les deux femmes, elle le
comprit dans un deuxième temps, n'était autre que

Hans Naumann, le taxidermiste. Était-ce l'étonnement de le voir, lui qui ne devait pas faire partie de la caravane, ou le poids du secret qu'ils partageaient ensemble, toujours est-il que sa joie fut assombrie par cette présence inopportune. Mais, pour Maria Gerolama et Diodata, Laura dut se faire violence et ne rien laisser paraître de son trouble.

Durant plusieurs minutes les ouvriers et les domestiques présents purent donc voir ces quatre Européens sautiller comme des chèvres, s'embrasser, s'étreindre, s'étouffer presque, pousser des cris comme jamais et s'agiter dans une étrange danse au cours de laquelle c'était à celui qui manifesterait sa joie de la façon la plus bruyante, la plus visible, la plus extravagante. Les effusions momentanément éteintes, la petite troupe pénétra dans la maison tandis que les bagages, déposés sans ordre, s'entassaient dans toutes les pièces. Laura proposa à tous un thé brûlant et, tandis que l'eau chantait doucement dans la bouilloire, chacun voulut raconter ce long voyage de plusieurs mois à sa manière, c'est-à-dire notant le fait qui l'avait le plus intéressé. Diodata évoqua le passage du bateau entre Lemnos et Mytilène, ces deux grosses formes adoucies par les brumes de la distance, baleines perdues dans le brouillard de la mer Égée. Hans Naumann confia combien il avait été impressionné par les caravanes de chameaux saisies au bout de sa lorgnette alors qu'il traversait les Dardanelles, tellement plus impressionnants que tous les spécimens rabougris aperçus dans les ménageries, le dos si lourdement chargé d'on ne sait quelles épices d'Arabie et d'étoffes rares de Perse. Enfin, Maria Gerolama confia combien le drogman, petit homme fort laid, tour à tour obséquieux et arrogant, lui avait fait peur. Le fusil sur l'épaule, monté sur le plus grand des chameaux et affublé d'une immense écharpe rouge garnie de poignards et de pistolets, il avait perdu tant de fois la caravane entre Izmit et la vallée de l'Ulu-Tschaï que l'enfant avait cru ne jamais retrouver sa mère :

— Il ne parlait ni l'italien, ni l'arabe, ni aucun autre idiome oriental, à croire qu'il était muet.

— Il n'est plus avec vous ? demanda Laura.

— Il nous a abandonnés au pied des remparts d'Amasra, répondit Diodata.

— C'est à des lieues d'ici, au bout de la mer ! Il était aussi ignorant en linguistique qu'en géographie, à ce que je vois !

Et la journée s'écoula ainsi jusqu'au soir, à parler du voyage, de l'Italie et de toutes ces années passées depuis le départ de Locate peu de temps avant que les Français envahissent Rome. Maria Gerolama avait fini par s'endormir sur les genoux de sa mère qui ne pouvait détacher son regard de son enfant assoupie. Elle venait d'avoir treize ans. « Presque une jeune fille », pensa-t-elle, avant de la prendre dans ses bras et de la monter dans sa chambre.

Après le départ de Hans Naumann, qui n'avait pas ouvert la bouche de la soirée et qui avait attendu que Laura redescende pour lui souhaiter une bonne nuit, les deux femmes se retrouvèrent seules. Par-dessus le mur, comme accoudé sur la terrasse, un dattier balançait doucement sa tête aux frondaisons courbées. Une vigne vierge montait le long d'un pilier et s'enroulait autour du tronc oblique du palmier, pour retomber en pluie de feuilles et de petites grappes naissantes. Le visage de Diodata dansait à la lumière de la lampe en cuivre, placée sur le rebord de la fenêtre.

— Pourquoi avoir amené Hans ?

— Il voulait absolument venir, pour nous « protéger », répondit Diodata.

— Je ne sais pas pourquoi, cet homme me fait peur. Depuis toujours, il me fait peur, il me met mal à l'aise.

— Tu sais, cette présence masculine aux côtés de deux femmes seules traversant une partie de la Turquie ne m'a pas semblé superflue.

Laura était réellement très perturbée. Hans Naumann lui faisait évidemment penser à Gaetano Stelzi, et des pans entiers de son passé revenaient devant ses yeux.

— Si tu veux mon avis, dit Diodata pour détendre l'atmosphère, voyant que Laura était au bord de la crise nerveuse, la raison principale de son voyage c'est qu'il avait envie de te voir...

— Que veux-tu dire ?

— Il est amoureux de toi, depuis toujours, depuis qu'il t'a aidée à fuir les Autrichiens, la première fois, dans les souterrains du château...

— Tu es folle, ma chérie !

— C'est le genre d'homme à te suivre jusqu'en enfer.

— C'est ce qui me fait peur.

— Nous verrons bien ce que l'avenir nous réserve...

Laura haussa les épaules.

— Venir de si loin pour me dire des âneries pareilles.

Diodata ne répondit pas et, au contraire, soudain redevenue sérieuse, demanda :

— Peux-tu me dire ce que tu fais ici ? Quelle tristesse, mais quelle tristesse ! Quand comptes-tu retourner en Italie ?

— Tu as l'intention de me ramener en Lombardie ?

— Évidemment !

— Alors c'est peine perdue, répondit Laura en serrant fort les poignets de Diodata.

— Mais pourquoi ?

— Ce serait trop long à t'expliquer.

— Comment peux-tu vivre au milieu de toute cette saleté, de toute cette pauvreté ?

— Ici, je suis utile, simplement utile. Une majorité d'enfants en bas âge meurent de dysenteries, d'entérites, de catarrhes intestinaux, de choléréines, de diarrhées ; j'arrive à en sauver plusieurs par mois. L'hiver, beaucoup d'hommes et de femmes souffrent d'engelures aux mains, aux pieds, aux oreilles. J'ai réussi à les traiter avec des cataplasmes à base de glycérine, de pommade au camphre, de laudanum et de céleri cuit. Voilà, ce sont de petites choses. Nous luttons ensemble contre la maladie, le froid, la faim. J'aide les femmes à accoucher et les vieillards à mourir sans peur.

— Et ta fille, tu ne pourrais pas l'aider à vivre, elle ? Tu crois que sa mère ne lui manque pas ?

Laura ne répondit pas immédiatement, puis elle dit à voix basse :

— À vous voir toutes les deux j'ai l'impression que tu es devenue sa véritable mère...

— Qu'aurais-tu fait à ma place ?

Laura resta silencieuse.

— Tu lui as écrit que tu voulais aller lui faire faire sa communion solennelle à Jérusalem, pourquoi ?

— Parce que cela me semblait important...

— Et maintenant ?

— Je ne sais plus.

— Tu sauves des enfants turcs et tu n'es même pas capable de t'occuper de ta fille. Mais enfin, dans quel monde vis-tu ?

— Plus dans le vôtre, en tout cas, ni dans celui d'Augustin Thierry qui me dit chercher maintenant dans la religion une solution consolante que n'a jamais voulu lui apporter la science. Ici, vois-tu, plus rien ne se passe.

— Je commence à m'en apercevoir!

— Je veux dire que les nouvelles du monde extérieur ne portent plus en elles le frisson glacial de la réalité tragique.

— «Le frisson glacial de la réalité tragique…» Qu'est-ce que c'est que ce charabia? Je ne te reconnais plus, Laura, mais plus du tout…

— Dans la monotonie choisie de la vie qui est désormais la mienne, je perds peu à peu la notion de l'agitation et des passions déchaînées. Il me semble que partout, comme ici, le cours des choses s'est arrêté.

Diodata qui n'en pouvait plus d'entendre un tel discours se leva brusquement et, après avoir cherché rageusement au fond d'une sacoche de cuir, en extirpa plusieurs journaux qu'elle jeta à la figure de Laura.

— Le cours des choses s'est arrêté? Je n'étais pas au courant. Tiens, lis ça!

— Qu'est-ce que c'est?

— Regarde, médite, tires-en les conclusions que tu veux, moi je vais me coucher.

Une fois seule, Laura ramassa les journaux les uns après les autres, en fit une petite pile et s'assit, s'apprêtant à les parcourir distraitement. Dès le premier article, une suite de questions posées par Victor Hugo, elle comprit que la tragédie du monde venait de forcer les portes de son havre : «Qui est à l'Élysée et aux Tuileries? le crime. Qui siège au Luxembourg? la bassesse. Qui siège au Palais-Bourbon? l'imbécillité. Qui siège au palais d'Orsay? la corruption. Qui siège au Palais de justice? la prévarication. Et qui est dans les prisons, dans les forts, dans les cellules, dans les casemates, dans les pontons, à Lambessa, à

Cayenne, dans l'exil ? la loi, l'honneur, l'intelligence, la liberté, le droit. » Un autre article, intitulé « Le crime », commençait par ces mots : « Ce n'est pas parce que les processions sortent à la Fête-Dieu, parce qu'on s'amuse, parce qu'on rit, parce que les murs de Paris sont couverts d'affiches de fêtes et de spectacles qu'il faut oublier qu'il y a des cadavres là-dessous ! » Laura était atterrée. Après avoir prononcé la dissolution de l'Assemblée le 2 décembre 1851, puis écrasé brutalement un soulèvement populaire à Paris, Louis-Napoléon Bonaparte, aidé par la force de persuasion de son armée et de sa police, avait décidé d'un plébiscite qui, ayant recueilli plus de sept millions et demi de voix, venait de ratifier son coup d'État.

Folle de rage et de désespoir, après avoir lu et relu toute cette sale littérature, Laura passa la nuit à écrire un article intitulé « À moitié idiot et à moitié infâme » destiné à *L'Almanach* de Jeanne Deroin, et dans lequel elle déversa toute sa hargne et toute sa tristesse sur cet ami qui l'avait non seulement trahie, elle, ainsi que tous les idéaux pour lesquels tant d'hommes et de femmes avaient lutté, mais aussi sur cette société masculine qui avait permis l'accession du tyran au pouvoir. Sa conclusion, rédigée alors que les premières lueurs de l'aube éclairaient la ligne de palmiers du domaine, était sans appel : « Nous pensions être les acteurs indispensables et uniques des transformations à venir, mais Louis-Napoléon Bonaparte a étouffé nos pensées, écrasé nos associations, jeté nos espoirs aux chiens. Un monde vient d'être bouleversé. Il a changé sans nous. Une nouvelle fois le droit du plus fort l'a emporté ; une nouvelle fois la barbarie est victorieuse. Une nouvelle fois les hommes, restés sourds à la voix des femmes, ont reproduit et plébiscité ce contre quoi ils s'étaient levés : Louis-Napoléon Bonaparte. L'homme agira-t-il donc toujours auprès de la femme comme le font tous les tyrans auprès de leurs esclaves ? »

Dans les semaines qui suivirent, Laura dut se rendre à une évidence qui la blessait. D'une certaine façon Diodata et Maria Gerolama la gênaient, avaient comme bouleversé ses plans de vie dans sa vallée du « fils de la pierre à fusil ». Et ce qui la faisait le plus souffrir, c'était de constater que sa complicité avec sa fille avait cédé la place à une sorte d'amour engoncé dans sa difficulté à s'exprimer ; et qu'au contraire, le lien qui semblait unir Maria Gerolama à Diodata était de jour en jour plus fort, plus simple, plus immédiat. Dans la confusion générale de ses sentiments elle éprouvait beaucoup de difficultés à conserver quelque clarté, quelque fixité dans le jugement. Elle qui avait si souvent enseigné que l'esprit s'amoindrit en s'obscurcissant, mais que le cœur est le seul qui puisse rester un guide assuré, à une époque où tous les calculs sont trompeurs et où tous les instincts seuls peuvent fournir le fil du labyrinthe, devait admettre qu'il n'en était rien, qu'elle s'était lourdement trompée, et qu'aujourd'hui face à ces deux êtres qui avaient été si chers, si précieux, elle se sentait comme une femme serrée dans un costume qui la mettait mal à l'aise et l'empêchait de bouger. Comme l'Anglais voyageur, ces deux fleurs lui rappelaient trop ce qu'elle avait fui, sans trop savoir pourquoi d'ailleurs : un dévergondage de luxe, une exagération ridicule de la mode, l'intelligence de la conversation réduite aux lieux communs et aux cancans, la pensée condensée dans les toasts portés lors de ces dizaines de banquets inutiles.

— Réveille-toi, Laura, disait Diodata au bord des

larmes. Sors de ton rêve ! Où vas-tu, mon amour, où vas-tu ?

— Ici, en Turquie, où les femmes ne sont pas des parias, comme à Paris ou à Milan où elles ne disposent plus d'aucun droit d'intervention sociale.

— Quel paradis pour les femmes en effet que la Turquie où des jeunes Circassiennes et Géorgiennes sont encore vendues par leurs parents sur des marchés d'esclaves privés, où on les déshabille afin de mieux les examiner et en discuter le prix !

— Nous avons aimé le monde, Diodata. Nous aurions voulu le transformer, le conquérir. Mais ce monde ordinaire nous a ignorées. Il ne nous reste plus qu'à tirer notre révérence et à disparaître.

— Non, certainement pas.

— Sans doute avons-nous fait le chemin inverse, sans doute est-ce mieux ainsi...

Après plusieurs jours de ces conversations sans fin, souvent haineuses, blessantes, durant lesquelles les deux femmes ne pouvaient que constater ce qui désormais les séparait, il fut décidé d'une sorte de trêve jusqu'au départ du triumvirat dont la date n'était pas fixée. Dès lors l'atmosphère se détendit quelque peu, des promenades dans la région, des pique-niques furent même organisés ainsi que des visites à Safranbolu, Cide, Zonguldak. Au cours de ces journées Hans Naumann et Laura se rapprochèrent, galopant en tête de la caravane, arrivant les premiers aux points d'eau, au sommet des collines, au bout des falaises escarpées que la mer venait fouetter. Tant et si bien que Maria Gerolama prétendait qu'entre cet homme et sa mère devait bien exister une « cachotterie ». Diodata, plus prosaïque, avançait qu'une forme d'attirance mutuelle était en train de naître, visible dans la façon dont il la regardait, l'aidant parfois à descendre de son cheval, ou à se relever lorsqu'elle venait de deviser à demi couchée sur la terre. Mais ce rapprochement faisait partie, chez Laura, d'une stratégie presque militaire. Elle était désormais convaincue que cet homme lui voulait du mal, avait parcouru ces milliers de lieues pour lui nuire, donc qu'il était nécessaire de l'endormir, de lui laisser croire que tout allait entre eux. Elle essaya de faire part de son trouble à Diodata qui ne semblait rien vouloir comprendre à ses plaintes et à ses doutes. Hans Naumann était un amoureux transi, voilà tout. Pour rassurer son amie, Laura décida d'aller la rejoindre dans son lit.

Ce soir-là, un vent léger frissonnait dans les palmes dures du grand palmier, dressé derrière le mur de la terrasse, comme un buisson de lances. Dans la maison, tout le monde dormait. Les deux femmes avaient pris un grand bain d'eau fraîche et les minutes s'écoulaient avec la douceur et la tranquillité d'une rivière en plaine. Laura connaissait bien ce sentiment qui était en train de s'emparer d'elle ; celui de ces regrets et de ces désirs qui s'évanouissent en elle alors qu'elle laisse flotter son esprit dans le vague et s'assoupir sa volonté. Elle savait aussi que ce dangereux et délicieux engourdissement pouvait conduire insensiblement mais sûrement au seuil du néant. La même scène se reproduisit plusieurs nuits de suite, en totale opposition au jour pendant lequel Laura continuait, comme le soutenait Maria Gerolama, de «comploter» avec Hans Naumann. Comme si la lumière du jour était le domaine du taxidermiste et la nuit celui de la poétesse. Chaque nuit les deux femmes faisaient l'amour, sans extase, du moins pour Laura, avec la certitude cependant que leur amitié n'était pas morte, qu'elle était toujours là et qu'elle continuerait de les aider à vivre. Mais chaque fois Laura assurait à Diodata, au matin : «Je suis bien loin de la sérénité des anachorètes musulmans. Je sais qu'un jour la fièvre d'errer me reprendra et que je m'en irai.» Diodata riait, l'embrassait alors sur la bouche, se blottissait contre elle, et se rendormait jusqu'à ce que la lumière de l'aube la réveille définitivement.

Laura et Diodata rêvaient toutes les deux. Mais leur rêve n'était pas identique. Une nuit, alors que Laura avait passé toute la journée en «conciliabules secrets» avec Hans Naumann, Diodata pleura long-temps dans les bras de son amie, lui avouant que, si elles devaient un jour passer une dernière nuit ensemble, elle souhaitait qu'elle fût comme celle-ci, durant laquelle bien qu'elles n'aient pas fait l'amour elle ne s'était jamais sentie aussi proche d'elle.

— Il ne faut jamais chercher le bonheur, n'est-ce pas, Laura?

— Non, il passe sur la route, mais toujours en sens inverse...

— Tu l'as reconnu, comme moi?

— Oui, Diodata, souvent, répondit Laura en la serrant contre elle comme elle ne l'avait jamais fait auparavant. Souvent... Allez, dors maintenant.

Diodata, à son habitude, tomba dans un sommeil profond; et comme à son habitude, Laura ne parvenant pas à s'endormir décida de se lever. Après s'être dégagée doucement des bras de Diodata, elle passa devant la chambre de sa fille et resta sur le seuil comme quelqu'un qui n'ose y entrer de peur de n'avoir plus la force d'en ressortir. Dehors, la nuit sommeillait toute bleue sur le calme de la vallée. Aux quatre coins de la maison, des gardiens étaient couchés, le fusil sous la tête, la cartouchière serrée sur leur ventre. Dans la lueur incertaine des étoiles, Laura aperçut un homme qui fumait au pied du palmier, et qui n'était pas un des bergers qui montaient habituellement la garde: Hans Naumann.

— Allez-vous enfin me dire ce que vous êtes venu chercher?

L'homme avait un étrange visage décharné, parcouru de marques de souffrance et de dureté, les
joues creuses, les yeux caves. Il était méconnaissable.

— Dois-je être franc ?

— Je le souhaite, répondit Laura sans hésiter.

Un temps accroupie à terre la masse immobile de
voiles lourds se releva faisant face à Laura, presque
menaçante.

— Mon métier principal n'est pas la taxidermie.

— Vous m'avez pourtant été d'un grand secours
quand...

— Quand vous m'avez demandé d'«empailler»
votre amant, dit Naumann, sachant très bien que
le verbe «empailler» allait profondément blesser
Laura... En effet, mais cela faisait partie du «plan».

Laura se sentit vaciller.

— De quel «plan» voulez-vous parler ?

— Mon employeur principal est le baron Carlo
Giusto Torresani.

Ce fut comme si un arbre de feu, dans un rapide
fracas de tonnerre, venait de crever la terre du
domaine endormi et de tomber sur la maison. C'était
une nuit sans fraîcheur. Il faisait une chaleur moite,
et des effluves de fièvre traînaient dans l'air. Il fallut
à Laura une volonté surhumaine pour ne pas tomber
sur le sol. Elle s'appuya sur un lourd pilier carré se
détachant des ténèbres.

— Depuis quand travaillez-vous au service de
l'Autriche ?

— Depuis toujours, bien avant notre rencontre
dans les souterrains de Locate.

— Vous me mentez depuis le début ?

— Le mensonge est essentiel à l'humanité, chère
princesse.

— Non !

— L'homme ment toute sa vie.

— Non et non!

— Quelle naïveté. Vous savez parfaitement qu'il est des circonstances où le mensonge est le plus saint des devoirs.

— Non, non et non, je ne suis pas d'accord. Et vous avez trahi ma confiance, c'est ignoble.

— Mentir, trahison, confiance : que des grands mots! On ne trahit bien que ceux qu'on aime vraiment. Pourquoi vous refusez-vous à moi depuis toutes ces années? ajouta Hans Naumann en plaquant Laura contre le mur.

— Continuez à faire du bruit, vous allez réveiller mes bergers qui vous égorgeront d'un seul geste de ma main.

Tout en lâchant Laura, Hans Naumann bomba le torse comme un coq, sûr de son fait :

— Allez-y, appelez-les. Pensez-vous que je n'ai pris aucune précaution, qu'on ne sait pas en haut lieu où je suis et avec qui? L'Autriche a des ministres dans toute l'Anatolie.

Laura sentait qu'elle était en train de perdre pied :

— Qu'attendez-vous de moi?

— Que vous rentriez en Italie.

— Et si je refuse?

— Toute l'Europe connaîtra votre goût pour la nécrophilie. Toute l'Europe ainsi que Maria Gerolama, ainsi que votre mari Emilio Di Belgiojoso — lequel, aux dernières nouvelles, serait prêt à reconnaître sa fille; une telle révélation serait vraisemblablement en mesure de lui faire changer d'avis.

Laura demanda à Hans Naumann de lui accorder quelques semaines pour préparer son retour en Italie. Elle était vaincue, perdue, elle lâchait prise, mais voulait absolument rester digne et droite en face de cet homme qu'elle méprisait. Elle songea à ce que Diodata lui avait dit un jour où des critiques turinois avaient qualifié sa poésie de «boue saphique» :

«Quel que soit le mal que ces salauds me font, je ne les laisserai jamais me voir pleurer. »

— Je vous accorde une semaine, pas un jour de plus, dit Hans Naumann, en ouvrant la porte de l'escalier qui menait à la large galerie couverte entourant le premier étage de la maison.

Une fois l'espion autrichien rentré dans ses appartements, Laura vomit, le corps cassé en avant, puis agenouillée, détestant l'effort d'une vie qui consiste à vouloir être autre chose que soi-même et qui finit dans le renoncement le plus abject.

La journée du lendemain, elle la passa en discussion avec deux de ses plus proches et de ses plus fidèles serviteurs, les frères Moussa, leur demandant de prévoir pour elle plusieurs relais de chevaux qui pourraient la conduire, dans les plus brefs délais et dans le plus grand secret, à Ankara. Le soir venu, alors que le jour déclinait, limpide, sur le calme de la campagne, elle resta longtemps à admirer la haute colline qui barrait l'horizon s'allumant doucement. Sur l'opale rose du couchant, des silhouettes d'oliviers gris menaient une garde étrange, comme les sentinelles d'une armée en déroute. Ce soir-là, elle prévint ses hôtes qu'elle souhaitait rester seule. Elle embrassa Diodata sur la bouche, caressa affectueusement Maria Gerolama et confia à Hans Naumann que sa décision prise, douloureuse, elle se sentait maintenant plus légère et presque heureuse de retrouver l'Italie. Et chacun alla se coucher, satisfait de voir que Laura avait retrouvé sa gaieté d'antan et sa vitalité.

À sa fenêtre, elle attendit que la lune décroissante nage dans un ciel verdâtre, et que sa faible lumière glisse sur les pierres noires du chemin qui partait de la maison et allait se perdre jusqu'aux confins du domaine. Les frères Moussa, quelque peu songeurs, lui avaient assuré qu'il valait peut-être mieux attendre le jour pour franchir les gorges, ce vieux passage des rôdeurs, ravinées, tortueuses, où la route surplombe une rivière encastrée ; de nombreux voyageurs y avaient trouvé la mort, assassinés par des brigands.

Quand la nuit fut bien installée, répandant sur tout une odeur pénétrante de cannelle poivrée et de chair moite, et que le fond gris rosé de la muraille se fut peu à peu assombri jusqu'à devenir couleur d'encre, notamment du côté des vieux eucalyptus au feuillage rougi par l'hiver, elle s'habilla chaudement, cacha dans ses bottes et sa robe tout l'or et l'argent qu'elle possédait, glissa dans sa contre-poche un poignard, porta à la ceinture le pistolet qui était le sien lors du siège de Rome et se dirigea lentement vers l'écurie. Après avoir sellé et bridé Notte, sa jument blanche, elle la mena à la bride jusqu'à la muraille du domaine, et là, sans se retourner, le visage impassible, prit le chemin qui devait la conduire à Ankara.

Le vent d'Ouest, celui qu'on voit toujours venir de loin, soulevait des spirales de poussière, comme de hautes fumées noirâtres. Ce mauvais vent, Laura le connaissait bien, il commençait toujours par s'avancer dans le calme de l'air, avec de grands soupirs, comme ceux d'une femme, puis finissait par pousser des hurlements, comme ceux d'une bête, faisant pleuvoir sur les êtres et les choses un sable d'une finesse diabolique, avec un petit bruit continu d'averse. Mais maintenant que le jour s'allumait, dans un ciel vert et rouge, ouvrant la plaine anatolienne où roulaient, déracinés, des arbrisseaux rampants et de grosses touffes d'alfa, ce vent retarderait ses poursuivants et protégerait sa fuite. Alors qu'elle piquait son cheval en s'élançant contre le vent tourbillonnant comme une toupie, toute penchée sur ses crins flottants et recevant dans le visage des paquets d'écume blanche, elle pensa à une phrase de Heine, son si fidèle paladin : «La princesse Laura Di Trivulzio, cette beauté qui aspire à la vérité, peut aussi être attaquée en toute impunité. Chacun se sent libre de couvrir de boue la Madone de Raphaël : elle ne répliquera pas.»

37

Avec l'hiver déjà bien installé, Laura avait décidé de rester cachée quelque temps à Angora dans la maison d'Osman Mourad, directeur des postes et cousin des frères Moussa, avec l'intention de reprendre rapidement contact avec Diodata. Mais quelques jours à peine après son arrivée dans cette ville échouée en pleine steppe comme un mirage, les deux frères pénétrèrent dans le repaire de la fuyarde, l'air si effrayé qu'il leur fallut plusieurs minutes avant de pouvoir articuler trois mots audibles.

— Je l'ai vu du côté de la forêt de sapins, juste avant Tcherkess. Je suis sûr que c'était lui. Le sol gelé craquait sous nos pas. Le soleil très chaud nous éclairait. Il était là en pleine lumière, dit Zafer Moussa.

— Tu as croisé le diable ? demanda Laura en versant aux deux hommes une tasse de café brûlant.

— Non, princesse, pas le diable. Hans Naumann. Je vous jure, je l'ai vu, au pied de la montagne, un violent tourbillon de vent du Nord a même failli me renverser de mon cheval.

— Et une seconde fois, du côté de Bejendur, ajouta Ataol Moussa, derrière les anciennes fortifications de Verandcheir, à l'endroit où les rebelles ont battu les troupes impériales. Il était là comme le pendu de la bataille, raide sur son cheval, égaré au milieu de la mer de neige.

— Même avec ce temps pourri, il est à moins de deux jours de marche d'Angora, fit remarquer le directeur des postes. À votre place, je partirais sur-le-champ. Pendant que Zafer entraînera votre «fantôme» vers une fausse piste, Ataol vous conduira chez mon beau-frère, le pacha de Césarée.

Les deux cavaliers ne pouvaient guère marcher que sept heures par jour, au pas ou à l'amble. Exposés aux intempéries particulièrement violentes à cette époque de l'année, sans autre défense que leurs fourrures, sans autre toit que des abris de fortune et pour seule nourriture des galettes d'orge, du beurre et du miel, leur peur principale n'était pas ce fantôme qui les suivait mais la crainte qu'une soudaine défaillance ne s'empare d'eux tandis qu'une tempête de neige leur interdirait tout mouvement. Après avoir atteint sans encombre le village de Kuprù, et franchi sous une pluie glacée la vallée menant à Kircheir, ils prirent la direction de Césarée. Depuis leur départ d'Angora, le paysage était de plus en plus inhospitalier et sombre, les villages de plus en plus rares, le temps pluvieux et la population presque hostile. Ils marchèrent des journées entières dans la boue, quelquefois dans la neige, entre des montagnes taillées à pic ou arrondies comme des mottes de terre, sans jamais pouvoir demander ni aide ni chemin car personne ne devait savoir qui ils étaient ni où ils allaient. Après une semaine de marche, au sortir d'une gorge étroite prise entre d'énormes éboulis de rochers grisâtres, ils débouchèrent dans une plaine immense, bornée au sud et à l'ouest par une chaîne de montagnes. La plaine, entrecoupée de cours d'eau, était couverte de marécages peuplés d'une multitude de canards sauvages. Une route pavée serpentait au milieu des eaux stagnantes, de telle sorte que le moindre écart de leurs chevaux pouvait les précipiter dans un océan de boue duquel ils ne sortiraient jamais. Dressé sur son cheval, Ataol montra du doigt dans le lointain une ligne rougeâtre et onduleuse.

— Césarée.

Laura répondit par un sourire. Bientôt, elle serait au bout de son voyage infernal. Oubliant les consignes de sécurité qu'ils s'étaient eux-mêmes fixées, affamés, ils s'arrêtèrent dans un petit village situé au milieu des marais et purent obtenir des paysans qu'ils leur vendent une part de fromage et un peu de lait reposant dans de larges jattes sous une nappe de crème. Il avait été convenu qu'Ataol laisserait Laura ici, à quelques lieues de la ville, afin de ne pas éveiller les soupçons. Sa lettre d'introduction signée du directeur des postes lui ouvrirait toutes grandes les portes du palais du pacha. Mais, alors que chacun se préparait à se remettre en selle, ils virent dans le lointain un cavalier vêtu à l'européenne accourir à bride abattue.

— C'est lui, c'est Hans Naumann! cria Ataol en tapant sur la croupe du cheval de Laura qui détala en direction du ruban de peupliers accompagnant un cours d'eau boueux, lequel allait se perdre dans une épaisse forêt de chênes verts.

Moins d'une heure plus tard, ils avaient semé leur poursuivant, étaient accueillis par le pacha, et tandis qu'Ataol reprenait le chemin de Ciaq-Maq-Oglou, Laura emboîtait le pas d'un petit *kavas*, aussi muet que prévenant, chargé de la conduire dans la maison préparée par le maître des lieux à son attention.

Riche négociant arménien, père d'une nombreuse famille, le pacha donnait une grande soirée pour fêter le dernier jour du carnaval. Laura y était très cordialement invitée.

Les réjouissances se passaient sur les toits des maisons, communiquant entre eux par de petits escaliers et par des échelles, et qui, pour l'occasion, avaient été recouverts de larges dais de toiles multicolores. Tout le monde circulait librement, mais totalement protégé de l'extérieur. Aucune personne étrangère à la fête ne pouvait avoir accès à ce havre joyeux. Laura, perchée au sommet de ce jeu de cubes, jouissait de la vue et du plaisir de retrouver un luxe auquel elle n'était plus habituée depuis longtemps. Le pacha était un homme prévenant et affectueux, gai, ouvert, qui ne lui posa aucune question déplacée et la laissa se promener à loisir au milieu de ses hôtes.

Si les hommes plaçaient leur élégance dans de beaux vêtements de fourrure, les femmes portaient de larges pantalons et plusieurs corsages placés les uns sur les autres, avec, roulée autour de la taille, une écharpe de couleur vive. Après le froid glacial de la steppe, les nuits d'angoisse et les privations de toute sorte, cette fête ressemblait à un rêve. Laura n'avait jamais vu autant de bijoux scintillant sur toutes les parties du corps des femmes. Qu'elles soient jeunes ou vieilles, toutes arboraient des fleurs en diamants dans leurs cheveux, des colliers enserrant majestueusement leur cou menu, de longues chaînes en perles pour agrafer les corsages, des boucles d'oreilles richement parées, des fermoirs en pierres précieuses, des bracelets de pieds et de poignets, et pour finir une profusion de sequins alignés sur des rubans couvrant le devant du fez, tombant sur le nez, pendant aux oreilles, cuirassant le cou, la poitrine et les bras. Toutes ces femmes paradant en plein air avec leurs diamants dans cette ville perdue au milieu des marécages et des forêts contribuaient à donner à cette cérémonie un caractère totalement irréaliste.

Alors qu'un spectacle de danse allait commencer, car tous les musiciens ambulants étaient à présent installés, le pacha pénétra sur la terrasse où se trouvait Laura. Un immense silence se fit. La femme qu'il tenait à son bras était magnifique, grande, forte, de taille bien prise, un teint éclatant, des masses de cheveux noirs et luisants, le front élevé et plein, le nez aquilin, des yeux noirs immenses et fort ouverts, des lèvres vermeilles et modelées, des dents de perles, le menton arrondi, le contour du visage parfait.

— Vous êtes sous le charme ? demanda le pacha à Laura.

— Oui, vous avez une femme magnifique.

— C'est une Géorgienne. Les imbéciles disent qu'elle est sotte et hautaine, et que la Circassienne est fausse et rusée. Ou que la première est capable de trahir son seigneur et la seconde de le faire mourir d'ennui… Voilà pourquoi j'ai beaucoup de femmes, ajouta-t-il, en éclatant de rire. L'une m'ôte mes bottes, l'autre me met mes pantoufles, une troisième m'offre ma robe de chambre, cette autre m'apporte ma pipe, mon café ou des confitures…

Laura ne dit rien, se contentant de réprouver en silence cette constitution sociale qu'elle estimait monstrueuse.

— Personne n'est dupe, vous savez. Je ne les aime pas, et toutes mes femmes n'éprouvent qu'une sympathie toute relative à l'encontre de leur seigneur et maître. Mais vous restez muette, parlez sans crainte, votre avis d'Européenne m'importe. Un jour ou l'autre la Turquie devra bien commercer avec l'Europe, commençons aujourd'hui…

— Ce qui me révolte le plus, ce sont ces petits

garçons de huit ans que j'observe depuis que je suis arrivée.

— Eh bien?

— Ils font semblant de posséder des petites esclaves de leur âge ou à peu près, avec lesquelles ils parodient les façons de leur père...

— Il y a dans la vie des choses plus graves, répondit le pacha en montrant à Laura un homme vêtu d'un riche manteau d'Alep en laine blanche tissée d'or, la tête coiffée d'un turban vert.

Laura eut un mouvement de recul. La frayeur se lisait sur son visage. Sentant qu'elle allait prendre la fuite, le pacha la retint par les poignets.

— C'est l'homme qui vous traque comme une bête, n'est-ce pas?

— Oui, c'est lui. Je dois partir immédiatement.

— Non. Restez à mes côtés. En fuyant vous lui signifiez que vous êtes bien celle qu'il recherche.

— Mais cet homme me connaît!

— Connaît-on jamais vraiment quelqu'un? Je n'en suis pas sûr. Ce monsieur ne vous connaît pas. Il croit vous connaître, mais il poursuit une personne qui n'est pas vous: seulement l'image qu'il s'est fabriquée de vous. Restez au dîner, je vous en prie. Il ne vous verra pas, même assis en face de vous il croira voir quelqu'un d'autre. Puis j'organiserai votre fuite... Êtes-vous joueuse?

— Hélas, je ne le suis plus...

— Voulez-vous parier avec moi? Je vous certifie qu'il ne s'apercevra de rien. Vous fuirez sous son nez, et il ne verra rien! L'invisibilité est à la portée de tous mais personne n'en a conscience.

Le repas, préparé par un cuisinier grec, fut long, copieux et sans boissons car le pacha, très respectueux des coutumes de son pays, ne permettait pas que l'on mêle des éléments liquides aux nourritures solides. Laura, qui avait si peu mangé tous ces derniers jours, ne toucha pratiquement à aucun des vingt plats servis entre le *pilau* au jus de citron et le chevreau entier apporté à la fin du repas.

Les affirmations du pacha s'étaient avérées exactes. Hans Naumann, du moins est-ce ainsi qu'elle appelait l'homme qui semblait la poursuivre — mais rien au fond ne permettait de dire que c'était bien lui, aucune preuve tangible ou concrète —, ne la voyait pas. Se gavant de boulettes de viande hachée, de courges à l'ail assaisonnées au lait aigre, de boulettes de riz enveloppées dans des feuilles de vigne crues, d'avoine concassée et de purée de potiron, il leva à peine la tête de son assiette. C'est tout juste si leurs regards se croisèrent alors qu'il plongeait ses mains dans des bols remplis de fruits secs et de fruits confits, sa cuillère dans des pots de confitures multicolores, ou sa fourchette dans la pyramide de gâteaux de farine d'avoine cuite dans du lait et du miel. Le pacha voulait que Laura reste jusqu'au dernier moment. Une fois le chevreau entièrement dépecé, de grandes coupes de *sherbett*, mélange douceâtre d'eau et de sirop, furent disposées à différents endroits de la table. Chaque convive pouvait alors se munir d'une cuillère de bois et la plonger, en même temps que les autres, dans le compotier, autant de fois qu'il le souhaitait.

À ce moment précis, Hans Naumann enfonça ses yeux dans ceux de la femme qui se trouvait en face de lui : Laura Di Trivulzio. Le pacha avait raison. Il ne se passa rien. L'homme ne vit rien dans ces yeux qu'il scrutait, dans lesquels il se perdait. Il ne vit rien, tant et si bien qu'il sortit de table en titubant à la recherche d'un endroit où respirer de l'air frais.

À peine avait-il quitté la pièce que le pacha se pencha vers Laura et lui chuchota à l'oreille :

— Le moment est venu. Un grand convoi de chameaux et de cavaliers campe à l'extérieur de la ville, dans la peupleraie. Nous allons vous y conduire. Elle part demain pour Indjehsou et Adana.

Laura savait que l'étape du jour serait longue, qu'elle en aurait pour des heures à cheminer lentement, au pas régulier et patient des chameaux et des chevaux, de longues heures de tristesse, d'ennui, d'angoisse aussi. Elle avait passé une mauvaise nuit sous sa petite tente de nomades en loques, au milieu d'un entassement de selles et de fusils. Autour d'elle, les hommes avaient, jusque très tard, bu du thé tiède, ri, poussé des cris, et joué aux dominos, petits rectangles d'ébène et d'os qui déclenchaient souvent des disputes pouvant conduire jusqu'au sang. Par moments, le vent secouait la tente, projetant sur son visage une pluie de sable. Puis les brasiers s'étaient éteints lentement les uns après les autres, la nuit s'était épaissie sur le camp et chacun s'était endormi à terre près de son fusil. Laura exceptée, effrayée par la moindre lueur vacillante, la silhouette anguleuse et noire d'un chameau se déformant derrière un chêne, et jusqu'à l'ombre des chevaux, secouant leur longue crinière, et qu'elle avait pris pour des brigands rôdant au milieu des dormeurs.

Enfin les nuages s'étaient dissipés, et le jour s'était levé. Le bois humide s'allumait mal, le vent apportait des bouffés de fumée âcre, et les hommes éprouvaient beaucoup de difficultés à plier les tentes couvertes de glace. Tout le monde était transi et de fort méchante humeur. Les bêtes ne faisaient pas exception qui hennissaient, se débattaient, jetaient des gémissements plaintifs. Enfin la caravane s'ébranla, avançant péniblement au fond des énormes crevasses sillonnant les plaines, traversant des villages presque déserts sous le regard de quelques femmes voilées, le visage caché par un treillage en fil de crin, marchant au milieu de montagnes de plus en plus élevées et qui annonçaient la chaîne du Taurus. Il fallut cinq jours pour la franchir, c'est-à-dire pour aller de Medem à la vallée menant à Adana.

Laura aurait dû se réjouir avec les autres d'avoir traversé cet obstacle terrible, mais il n'en fut rien. À peine la vieille terre de cèdres et de palmiers était-elle en vue que Notte, la jument blanche qui l'accompagnait depuis son départ, se brisa les deux pieds. Étendue sur le sol, la grande masse blanche tremblait, tendant ses nasaux sanglants du côté du golfe d'Iskenderun et de la mer qui n'était qu'à quelques lieues derrière un rideau d'orangers et de citronniers. Arc-boutée sur ses deux jambes nerveuses qu'elle lançait en avant, la pauvre bête jetait de longs hennissements en direction des étalons. Le chef de la caravane, sans demander l'avis de Laura, décrocha son fusil, ajusta la bête mourante et lui tira une balle dans la tête.

— Elle a de la chance. Elle est morte amoureuse, dit-il, sans sourire.

Laura ne fit aucune remarque, se contentant de regarder la bête foudroyée dont le cadavre faisait sur le sol une longue tache claire.

— Une bête ne doit pas souffrir, dit le chef, ajoutant à l'adresse de Laura, tout en la conduisant vers l'enclos de fortune où les chevaux avaient été regroupés : Choisis-en un autre.

Ils étaient tous abîmés. L'un était borgne, l'autre avait la queue coupée court ; beaucoup boitaient, avaient des blessures sur le dos, des endroits à vif sur le reste du corps et de vieilles cicatrices comme des clous éparpillés sur une malle de cuir. Elle finit par en trouver un, moins poussif que les autres, aux épaules plates, mobiles et peu chargées, la robe tisonnée de noir. Le chef de la caravane refusa qu'elle l'achète, affirmant que le cheval pourrait tout juste la porter jusqu'à Adana.

La route était une interminable succession de sommets et de vallées infestés de brigands. Chaque nuit des hommes montaient la garde, tirant dès qu'un bruit suspect se faisait entendre autour du périmètre du camp. N'ayant plus aucune nouvelle des frères Moussa, ni du pacha de Césarée, Laura estima que le meilleur moyen de semer son poursuivant était de passer en Syrie puis au Liban. La caravane devait en rejoindre une autre à Beyrouth. Elle irait jusque-là et une fois sur place tenterait de prendre contact avec une ambassade anglaise ou piémontaise. L'obstacle principal sur la route de Beyrouth était le passage du Djaour Daghda. Ces hautes montagnes du Djaour, situées entre Adana et Alexandrette, étaient infestées de contrebandiers arabes et de bêtes sauvages. Les nuits lunaires étaient courtes et le matin venu laissaient place à un jour sans nuages et sans brume. Une brise fraîche chassait toutes les poussières ; alors le ciel s'ouvrait, chaque jour identique au précédent, infini, profond, d'une transparence verte mais qui n'était pas celle d'un océan tranquille. Tout le monde avait peur. Tout le monde interprétait le moindre incident comme une explication de la journée à venir. Ainsi, la mort de la vieille chamelle grise du chef de la caravane donna-t-elle lieu à toutes les conjectures. Personne n'avait rien pu faire lorsque l'immense bête s'était age-nouillée sur le sol dans une plainte rauque, que ses longues pattes après avoir longtemps tremblé avaient brusquement fléchi, et qu'elle s'était renversée sur le côté, tombant dans la poussière. On avait prétendu que les longs spasmes qui avaient agité son corps étaient le signe d'une épidémie prochaine ; que ses larmes, lourdes et lentes, que chacun avait vues couler de ses yeux, étaient l'annonce d'une famine ; que ses poils ternis signifiaient la perte de la cargaison, volée ou avariée ; mais surtout, que cette mort, survenue tandis que les reflets d'incendie du soir coulant sur les rochers leur donnaient une teinte de braises obscures, indiquait qu'un grand malheur allait s'abattre sur les membres du convoi.

La nuit, des chacals et des hyènes vinrent ouvrir le ventre de la chamelle, se disputant rageusement ses entrailles à grands coups de hululements funèbres. Au matin, il fallut repartir. Les hommes avaient peu dormi, préférant parler, boire, fumer, pour conjurer le mauvais sort. Alors que Laura se retournait une dernière fois pour regarder le cadavre dépecé, elle constata que des légions d'insectes nécrophores grimpaient à l'assaut de la charogne. Abandonnée comme la coque d'une barque échouée sur la grève, la chamelle inscrivait dans le regard de ceux qui s'y arrêtaient la crainte obscure des choses de la mort.

Les routes sillonnant le Djaour Daghda, qui traversaient des zones entièrement désertiques, inhabitées, très inhospitalières, parurent beaucoup moins difficiles aux membres de la caravane que ce à quoi ils s'attendaient. À croire que toutes les prédictions faites au-dessus des entrailles de la chamelle relevaient d'un délire collectif. Juchés sur leurs chameaux ou leurs chevaux, les nomades riaient de bon cœur. Pourquoi s'étaient-ils fait aussi peur ? Pourquoi avaient-ils cru que le malheur allait ainsi s'abattre sur eux et sur la femme qui les accompagnait ? Chacun, au fil des difficultés franchies, avait oublié ses craintes. Laura, elle-même, éprouvait presque une joie secrète, une forme de sérénité, à chevaucher ainsi au milieu de ce labyrinthe de rochers.

Arrivé devant une sorte d'arc de triomphe s'ouvrant au fond d'un ravin dont la végétation contrastait avec les pentes arides par lesquelles on y descendait, le chef de la caravane décida que cet endroit était idéal pour y passer la nuit. Du haut des collines qui encadraient le ravin, la vue s'étendait sur la mer de Syrie, dont les vagues mugissaient à peu de distance, et sur les lignes bleuâtres de ses côtes. Bientôt la caravane n'aurait plus qu'à descendre pour atteindre le rivage, le sable fin de la grève. L'air était vif, le ciel bleu sans tache, légèrement doré vers l'Orient. Les eaux de la mer étaient si limpides qu'on pouvait presque distinguer les poissons qui y nageaient à profusion. Demain, les chevaux pourraient courir sur le sable et tremper leurs sabots dans l'écume des vagues.

— Nous sommes à la *Porte des Ténèbres*, annonça le chef de la caravane.

— Un nom bien triste pour un lieu idyllique, fit remarquer Laura.

L'homme, tout occupé à observer une tourterelle qui roucoulait dans un des grands arbres qui inclinaient leurs frondaisons vers la mer, ne dit rien, puis finit par répliquer :

— Toute monnaie comporte un revers, la frontière un dehors et un dedans. Sait-on de quoi nos jours prochains seront faits...

Pour la première fois depuis les six semaines qu'avait duré le voyage, les membres de la caravane avaient pu dîner d'un peu de lait, de fromage, de galettes d'orge et d'oranges achetés dans les villages dispersés autour de la Porte des Ténèbres. Alors que chacun avait trouvé un taillis près duquel passer la nuit, un bruit effroyable réveilla les membres de la caravane qui commençaient de s'assoupir. Une vingtaine de cavaliers, montés sur de virevoltants chevaux roux, armés jusqu'aux dents et commandés par un homme de haute taille couvert d'un ample manteau de drap, fondirent sur les dormeurs, à coups de sabre et de fouet, tirant des coups de fusil sur les hommes assoupis sur leurs nattes. Laura, la tête touchée par le sabot d'un cheval, alla rouler sous le taillis près duquel elle avait aménagé sa couche. L'attaque, subite, violente, avait rapidement transformé le lieu idyllique en champ de bataille. Alors qu'elle repensait à la phrase du chef de la caravane la prévenant que toute monnaie comporte son revers, Laura sentit dans sa nuque couler un liquide poisseux et chaud. Elle saignait abondamment. La dernière image du massacre fut celle du cavalier au manteau rouge admonestant sa petite troupe, avant de remonter à cheval et de disparaître dans le labyrinthe de rochers. Laura ne pouvait pas bouger. Elle appela, en vain : personne ne répondait. Seul un cheval, dans une prairie voisine, piaffait, soufflait, respirait l'air par ses naseaux vermeils, secouait sa longue crinière et frissonnait d'aise sous les caresses du vent de la mer.

Soudain le regard de Laura se voila de rouge, comme si un rideau couleur sang était tombé devant ses yeux. Face contre l'herbe humide, elle n'entendit bientôt plus rien. Mais elle était presque heureuse, étrangement heureuse : devant elle, Gaetano Stelzi, assis sous un massif d'arbres gigantesques, reliés entre eux par les guirlandes capricieusement entrelacées d'une vigne sauvage, lui montrait des merles voltigeant de branche en branche comme de joyeux compères et un rossignol, dont les premières plaintes saluaient l'approche de la nuit.

38

La traînée de lumière qui, en entrant par la porte ouverte, dessinait sur le plancher un long rectangle clair, fut tout à coup interceptée par une forme mouvante accompagnée d'un bruit de chuchotements et de pantoufles traînantes qui se fit alors entendre sur les dalles.

— Gaetano ? demanda Laura, imaginant qu'elle devait se trouver dans un territoire de l'existence où elle pourrait croiser son bel amour.

Laura ouvrit les yeux. Une femme s'avançait vers elle. Elle portait une robe ouverte sur la poitrine, si transparente qu'elle semblait seulement là pour retenir le parfum de sa peau, et une chemise en gaze de soie, à larges manches pendantes au-dessous du coude. Elle se pencha doucement. Laura sentit l'odeur forte, un peu âcre, des cheveux ; un parfum de transpiration venant de sous les aisselles et les seins ; une odeur femelle enfin, que la chaleur moite du lieu faisait ressortir, comme un été qui révèle le parfum des fleurs. Elle portait une coiffure à la turcomane faite d'une multiplicité infinie de turbans placés les uns sur les autres, d'écharpes roulées en spirale, de mouchoirs dessinant de fantastiques arabesques, de mètres et de mètres de fine mousseline enchevêtrés recouverts d'un chapelet de chaînettes en or, de petits sequins enfilés les uns aux autres, d'épingles en pierreries, de diamants piqués à l'infini.

— Enfin, vous vous réveillez, dit la femme, si près du visage de Laura qu'elle pouvait sentir son haleine, à la fois douce et acide, comme un mélange de miel et de citron.

— Qui êtes-vous ? demanda Laura, le corps ankylosé.

— Emina, la *dame en chef* du harem de votre hôte, le Mustuk Bey.

Laura s'aperçut qu'elle avait été lavée, soignée, et qu'on l'avait habillée de propre. Elle portait une longue robe traînante de satin rouge.

— Où suis-je ?

— Dans le palais du prince, à Alexandrette.

— Que s'est-il passé ?

— Votre caravane a été attaquée par des voleurs près de la Porte des Ténèbres... Vous êtes la seule survivante... Un miracle.

Laura eut beaucoup de mal à retenir ses larmes. Elle avait fini par connaître et par apprécier chacun des hommes de cette caravane qui lui avaient sauvé la vie. Ceux qui avaient lu de mauvais présages dans l'agonie de la chamelle n'avaient donc pas eu tort, l'autre face de la monnaie s'était dévoilée. Emina avait de grands yeux verts couleur de mer, cernés d'épais traits noirs, et une bouche grande et bien modelée laissant voir des dents d'une blancheur éclatante.

— Le maître veut vous voir, maintenant.

— Soit, dit Laura, vaguement inquiète.

Emina, qui avait remarqué le trouble de Laura, la mit immédiatement à l'aise :

— Soyez sans crainte, Mustuk Bey ne vous veut aucun mal, ce qui ne signifie pas que vous devez croire tout ce qu'il vous raconte. C'est un homme et, comme tous les hommes, il ne peut s'empêcher de mentir, ajouta-t-elle avec un brin de tristesse dans le regard.

Une fois sortie de la pièce dans laquelle on l'avait laissée se reposer, Laura traversa le fameux harem dont elle avait lu tant de descriptions magnifiques dans *Les Mille et Une Nuits*. Tous ces murs noircis et crevassés, ces plafonds en bois fendus par places et recouverts de poussière et de toiles d'araignée, ces sofas déchirés et gras, ces portières en lambeaux, ces traces de chandelles et d'huile partout, sans oublier les fenêtres fermées de papier huilé de telle sorte que la lumière ne pénétrait qu'à peine dans l'affreuse retraite, ne correspondaient en rien à l'image de luxe, de magnificence et de volupté qu'en donnaient les contes orientaux rédigés par des Européens. Une multitude d'enfants crasseux vêtus comme des mendiants couraient dans toutes les pièces ; les servantes, pour beaucoup des Négresses réduites en état d'esclavage, nettoyaient mollement tapis et tentures ; quant aux «belles odalisques aux charmes avantageux», ce n'étaient en réalité que de pauvres femmes couvertes d'oripeaux, faisant un usage immodéré de fards multicolores qui les faisaient ressembler à de grotesques enluminures, et qui passaient leur temps vautrées dans des fauteuils ou des causeuses, à boire, à fumer ou à manger des sucreries, à moins qu'elles ne donnent le fouet à une marmaille par trop rebelle.

Au bout de l'enfilade de pièces constituant le harem se trouvait une galerie donnant sur une petite cour carrée ornée d'orangers en fleur. Une grande porte en bois sculpté, flanquée de chaque côté d'une fenêtre, permettait d'accéder aux appartements de Mustuk Bey.

— Je vous précède, dit Emina, devenant soudain timide, presque gauche, apeurée par la proximité de son maître.

Les deux femmes venaient d'entrer dans le saint des saints, une pièce assez grande, garnie de matelas et d'oreillers.

— Dans chacune des cellules disposées autour de cette pièce règne et gouverne l'une des épouses du bey, précisa Emina tout en conduisant Laura dans une autre pièce, le salon d'hiver, chauffé par une bonne cheminée, flanqué de tapis épais et meublé de divans recouverts d'étoffes de soie et de laine.

À peine venaient-elles de s'asseoir que Mustuk Bey, prince du Djaour Daghda, fit son entrée. C'était un homme d'une quarantaine d'années, grand, bien fait, d'une physionomie qui eût été un peu commune, si elle n'avait été éclairée par de beaux yeux bleu clair, limpides, souriants, et perçants comme deux épées. Rien en lui ne décelait le feudataire ambitieux et rusé qui résistait constamment aux ordres de son souverain tout en conservant les apparences du respect et de la soumission.

— Chère madame, je suis heureux de vous accueillir chez moi, dit Mustuk Bey, en faisant signe à Emina de quitter la pièce. J'espère que vous n'avez pas trop fait attention à ce qu'elle a pu vous raconter : c'est une Turque, que voulez-vous, une créature sotte et dégradée...

Laura préféra ne pas répondre, se contentant de le remercier de son hospitalité.

— Un musulman ne se consolera jamais d'avoir manqué aux lois de l'hospitalité, chère madame. Vous êtes un *mouzafir*, un hôte ; c'est Dieu lui-même qui vous a envoyée. Quoi que vous fassiez, vous êtes et serez toujours la bienvenue.

Laura s'inclina respectueusement une nouvelle fois.

— Vous êtes donc cette Italienne établie dans la vallée de Ciaq-Maq-Oglou...

Quelque peu surprise, Laura hésita à répondre.

— Ici, tout se sait, les nouvelles franchissent les vallées, les montagnes, passent par le ciel et par la terre. On sait tout et on ne sait rien.

— C'est très troublant...

— Demandez-vous plutôt pourquoi Dieu vous a laissée en vie, voilà qui est encore plus fascinant. Tous les hommes de la caravane ont été égorgés. Vous êtes vivante, ici, à boire de ce merveilleux breuvage couleur d'or avec moi, dit Mustuk Bey en versant à Laura une tasse de thé.

Laura n'avait toujours pas répondu à la question posée.

— N'ayez aucune crainte, je ne suis pas un traître. Quel intérêt aurais-je à révéler qui vous êtes, et à qui?

Mise en confiance, Laura raconta son histoire, et en vint même à se confier, séduite par cet homme sans détour, droit, n'affectant pas le luxe oriental supposé des pachas et des autres chefs de tribu. Son costume, sa maison, sa table, tout respirait chez lui la plus extrême simplicité. Et même s'il ne réussit pas à la convaincre des bienfaits de l'islam, excluant les femmes de son paradis et leur refusant le don d'une âme immortelle, ils ne s'en quittèrent pas moins bons amis et promirent de se revoir vite afin de parler de peinture et de sculpture, bien que Mahomet ait condamné ces arts comme des inventions du malin esprit, ou de musique et de poésie, dédaignées comme des jeux puérils.

Laura resta plusieurs semaines dans le palais de Mustuk Bey, à l'abri du monde, apaisée et presque heureuse. Lentement, elle se rapprochait d'Emina qui avait fini par poser son masque de timidité farouche, et qui lui dit combien la vie dans le harem était triste, pleine de menaces. Les femmes se détestaient, étaient prêtes à toutes les trahisons pour survivre.

— Enfermées dans le harem depuis l'âge où commencent nos souvenirs, nous ignorons tout de ce qui se passe au-dehors. Que Mustuk Bey nous rejette, et il ne nous reste plus que le désespoir, dit Emina alors que les deux femmes regardaient par la fenêtre du salon d'été la plage d'Alexandrette sur laquelle les vagues avaient jeté des coquillages qui brillaient au soleil comme une mosaïque de marbres précieux.

— Viens avec moi, lui dit Laura. Quitte le palais.

— Fuir le harem ? Si Mustuk Bey me retrouve, il me fait pendre ou égorger ; c'est ce qui est arrivé à la belle Malekha. Quant à Mina, il l'a donnée à ses gardes : elle ne pouvait pas avoir d'enfant. Personne n'est plus honni, plus méprisé, plus délaissé qu'une femme stérile !

— Et si je restais encore un certain temps ici, près de toi ?

Emina baissa la tête et rougit, puis d'une voix très douce, très pure, pleine d'émotion elle dit :

— Quand je t'ai vue, la première fois, couverte de sang et de poussière, j'ai immédiatement voulu m'occuper de toi. Je t'ai lavée, je t'ai soignée. J'ai pensé : « Belle dame, reste, parce que je t'aime beaucoup. »

— Alors, je peux rester un peu ? demanda Laura en souriant.

Emina redevint sérieuse, presque triste.

— Mustuk Bey comble toujours ses hôtes durant leur séjour chez lui. Mais si ceux-ci, lors de leur départ, ne lui paient pas vingt fois la valeur de ce qu'il leur a donné, il attend que ceux-ci sortent de sa maison, qu'ils ne bénéficient plus du titre de *mouzafir*, et leur jette des pierres.

— Je n'ai rien à lui offrir.

— Il le sait parfaitement. Aussi a-t-il trouvé un moyen de se faire rembourser.

— Comment ?

— Sois ce soir sur la terrasse. De là-haut on peut voir le salon d'hiver sans être vu. Mustuk Bey y sera sans doute.

C'était une nuit de lune voilée de nuages. Un silence pesant régnait sur le palais à peine troublé par le ressac des vagues qui se fracassaient sur la rive à intervalles réguliers. Mustuk Bey faisait les cent pas dans son salon, comme s'il attendait quelqu'un. Soudain il s'arrêta, se raidit, un homme venait d'entrer qu'il accueillit avec force civilités. De leur promontoire les deux femmes observaient la scène.

— C'est lui, n'est-ce pas ? demanda Emina.

— Que veux-tu dire, je ne comprends pas ?

— L'homme qui te poursuit, c'est bien lui, non ?

Laura enfonça ses ongles dans le bras d'Emina, soudain prise de panique.

— Que fait-il ici ? Emina, mon Dieu…

— Il vient vendre à Mustuk Bey ce qu'il croit savoir. Mais ce qu'il ne sait pas, c'est que c'est Mustuk Bey va lui demander des doses d'opium et de haschich, des bouteilles d'eau-de-vie et des paquets de tabac en échange du secret qu'il détient. L'homme qui te cherche ignore que l'ignorant, c'est lui… La tractation va durer toute la nuit. Mais à l'aube tu seras vendue. Alors fuis, très loin, maintenant. Par la porte nord, j'ai la clé.

— Et mes affaires ?

— Je les ai préparées moi-même. Nourriture, vêtements. Un cheval t'attend. Mon frère te conduira.

— Ton frère ?

— Oui, mon frère : Saime. Tu vas suivre un sentier bordé de haies vives, puis une route qui s'enfonce au sud-est vers les montagnes. Après plusieurs heures de marche dans un labyrinthe de lauriers, de daphnés et de myrtes, tu rejoindras une caravane qui campe dans la forêt, un peu avant Beinam.

La caravane qui partait de Beinam devait traverser rien moins que la Syrie, le Liban et finir sa route à Jérusalem. Emina avait été formelle : quitter la caravane, même accompagnée de Saime, la mènerait à une mort certaine. Par contre, en restant au milieu des contrebandiers spécialisés dans le transport d'armes et de munitions, elle conserverait une chance de vivre. Un mois durant, Laura vécut au rythme de ces hommes violents et taciturnes qui l'auraient sans hésiter abandonnée sur le bord du chemin si elle n'avait été protégée par Saime, frère d'Emina, *dame en chef* du harem de Mustuk Bey, prince dont ils dépendaient directement, et parce qu'ils ne soupçonnaient pas le moins du monde que cette Européenne fuyait le palais princier. Après les collines de Beinam, la caravane dépassa les écluses échelonnées sur l'Oronte peu avant Antioche, et s'engagea sur les routes sablonneuses conduisant à Latakié. Le cheval de Laura, un petit arabe prénommé Kur parce que sa robe était blanche, galopait au flanc des montagnes avec une aisance sans nom, que le temps fût pluvieux ou sec, avalant les vallons et les gorges, se jouant de tous les pièges comme s'il s'amusait du voyage.

Après Latakié, la caravane longea la mer jusqu'à Gublettah, puis Tortose et Tripoli où une meute de chiens s'en prit aux mollets des chevaux, enfin Badoun, où la caravane fut ralentie par une suite ininterrompue de files de mules et de longues processions de chameaux qui se dirigeaient tous vers Beyrouth. Tantôt les chevaux marchaient dans les sables du rivage et trempaient leurs sabots dans l'eau salée ; tantôt la caravane empruntait d'antiques chaussées remontant à l'époque romaine et pratiquées sur les flancs rocailleux des montagnes qui s'élèvent à pic du fond des eaux. Saime, en tête du convoi, ne cessait d'admonester ses troupes. Il fallait être très vigilant, redoubler de prudence, la Syrie était parcourue en tous sens non seulement par des missionnaires anglais et américains attisant les heurts entre les communautés musulmane et chrétienne, mais surtout par une police tatillonne et de nombreuses bandes rivales de brigands. Montée sur Kur, Laura suivait la procession, cherchant en vain les fameux cèdres dont parle l'Écriture. C'est alors qu'elle tomba après Seïda sur une scène terrible. La veille, une petite embarcation commandée par un capitaine arabe et frétée par des pèlerins grecs, poussée par les vents sur des écueils, était venue s'échouer près de la côte. Au lieu de les secourir, en accord avec le capitaine du navire, les cavaliers rassemblés sur le rivage les avaient massacrés à coups de sabre et s'étaient emparés de leurs dépouilles qui gisaient à présent sur le sable, à moitié rongées par des prédateurs nocturnes. Il faisait une chaleur accablante. Les pieds des chevaux s'enfonçaient jusqu'au-dessus du paturon dans le sable brûlant.

Le soir, alors que les rochers alentour prenaient des formes étranges, que le moindre buisson se transformait en un groupe de voyageurs attardés et que les cris des oiseaux de nuit tissaient aux oreilles des voyageurs comme des voix humaines, la troupe, après avoir traversé les vallons dominant les monts de Galilée sous une pluie battante, atteignit Nazareth le mardi de la semaine sainte. C'est là, au milieu des lauriers et des myrtes aussi hauts que des chênes, que plusieurs chevaux, ayant sans doute trop bu après avoir mangé une orge trop verte, moururent dans d'atroces souffrances. Saime décida qu'on ne pouvait abandonner ici un voyage entamé depuis presque un mois. La cargaison prise sur les chevaux morts fut répartie sur les survivants qui croulaient désormais sous ce poids excessif, ralentissant considérablement l'allure.

Le pays, traversé de Nazareth à Jérusalem, appelé jadis royaume de Juda, était très aride, parsemé de quelques oasis reliées les unes aux autres par des chemins de sable et de pierres, mais au terme du voyage l'émotion éprouvée par Laura fut des plus vive. Après la gorge étroite dans laquelle est située Naplouse, Kur franchit sans difficulté une petite série de collines parsemées de cailloux. Laura n'avait pas besoin de donner des éperons, le cheval avançait à son rythme, joyeux, la crinière au vent. Enfin, tard dans la matinée, des arches croulantes apparurent sur la route. Soudain, alors que la petite troupe venait d'escalader une nouvelle colline couverte d'oliviers, perchée sur plusieurs mamelons, blanche, en forme de dôme, solide, ramassée, entourée de hauts murs crénelés, petite, perdue dans l'immensité du paysage, mais en plein soleil, rayonnante, Jérusalem apparut. Laura ne put s'empêcher de mettre pied à terre et d'embrasser le sol.

La mission de Saime était terminée. Laura décida de passer une dernière nuit avec ses compagnons de route dans cette oliveraie dominant la Ville sainte. Allongée près des chevaux entravés aux piquets et qui mâchaient lentement leur poignée d'orge, Laura aurait voulu sinon que le temps s'arrête, du moins qu'elle se souvienne toujours de ces veillées si calmes dans une atmosphère de danger. Comme il était étrange de constater que dans toutes ces régions traversées depuis sa fuite, la seule chose qui semblait persister, exister au plus fort, c'était les heures, c'est-à-dire ce renouvellement nécessaire des aurores et des crépuscules, leur attente, faite d'espoir et de crainte. Comme toujours, au terme de la veillée, les hommes chantèrent des paroles profondes qui venaient de loin et qui ne s'éteindraient jamais. Mais jamais ces hommes ne terminaient leurs chansons, toujours ils les laissaient en suspens. Et cette nuit, comme les précédentes, Laura n'osa pas leur demander pourquoi ils n'achevaient jamais leurs chansons.

À l'aube, Saime accompagna Laura aux portes de la ville. Un homme l'attendait, un certain Jules Madier, ancien membre du comité de résistance qui, le matin du 4 décembre 1852, avait couvert le centre de Paris de redoutes improvisées et dressé des barricades. Il avait échappé de peu à l'exécution sommaire après que Saint-Arnaud, ministre de la Guerre, eut déclaré que «tout ce qui résistait devait être fusillé au nom de la société en légitime défense». D'une étrange physionomie, plus tragique que ridicule, et qui inspirait un sentiment mêlé de dégoût et de crainte, d'un peu de pitié aussi, il était habillé d'une vieille redingote où tout ce qui n'était pas tache était trou, d'un pantalon aux bords frangés et boueux, et de souliers qui ne tenaient aux pieds qu'à l'aide de ficelles.

Laura ne chercha pas à comprendre pourquoi Saime connaissait Madier et comment ce dernier se trouvait là pour la guider dans Jérusalem. «La terre est remplie d'ennemis et pleine d'amis qu'il suffit de croiser au bon moment, pourquoi vouloir toujours tout expliquer?» affirma Jules Madier en entrant dans les rues de Jérusalem. Laura se laissait bercer sur sa selle arabe, commode comme un fauteuil, et envahir par une grande langueur. La chaleur était brûlante et d'épaisses vapeurs rousses tremblaient à l'horizon des collines environnantes. Madier connaissait Jérusalem comme personne, expliquant à Laura pourquoi Jérusalem était à elle seule un condensé du monde, à commencer par sa population composée de musulmans, de Grecs, de Latins, d'Arméniens, de Syriens, de coptes, d'Abyssiniens, de catholiques grecs et d'une poignée de protestants, et pourquoi toutes ces communautés vivant ensemble sans heurts ni violences faisaient de ce territoire comme un morceau de paradis sur terre.

Tenant leurs chevaux par la bride, Jules Madier et Laura s'engagèrent dans un dédale de rues grossièrement pavées et passablement tortueuses. Après une bonne demi-heure de marche au milieu de cette masse compacte de maisons, ils s'arrêtèrent devant l'une d'entre elles, comportant deux étages, solidement construite, toute badigeonnée de chaux et comportant devant chacune de ses fenêtres un treillis de bois en saillie.

— Voilà, nous sommes arrivés, vous pourrez occuper tout le rez-de-chaussée, j'habite au premier étage, dit Jules Madier.

L'appartement de Laura ne comportait qu'une pièce, assez grande pour contenir un lit, une table, deux chaises. Une fenêtre donnait sur une sorte de patio où coulait une fontaine; une autre sur l'immense silence de la plaine couverte de palmeraies. Avant d'aller se coucher, Laura parla longtemps avec Jules Madier, tous deux assis sur la natte élimée recouverte d'un vieux tapis en lambeaux. Elle voulait savoir, comprendre pourquoi c'était lui qui l'avait accueillie ici, à Jérusalem, et quel lien pouvait exister entre lui et Saime. En fumant rageusement son petit cigare, Jules Madier se mit presque en colère. Depuis les combats de rue à Paris, depuis qu'il avait vu des soldats tuer pour tuer, entrant dans les cours des maisons pour fusiller jusqu'aux chevaux et aux chiens, il ne cherchait plus à comprendre.

— Quand la tuerie fut terminée, le côté sud du

boulevard était couvert de papiers de cartouches déchirées, le côté nord disparaissait sous les plâtras des façades arrachés par les balles. On aurait dit qu'il avait neigé. Autour de moi, tous les amis étaient morts. J'avais les pieds mouillés. Et pourtant, me dis-je, il n'a pas plu. Une passante, la tête écrasée, me cria que ce n'était pas de l'eau, mais que je pataugeais dans une mare de sang ! Au lieu de faire enlever les cadavres, Louis-Napoléon Bonaparte a exigé qu'on les laisse, qu'on étale le massacre, qu'on le rende visible. La stupeur qui glacerait alors Paris servirait de leçon. À la République noyée dans le sang de Paris, Louis-Napoléon Bonaparte a ajouté les incarcérations en masse, le séquestre des biens des proscrits, la confiscation des biens des Orléans, les conseils de guerre, les exils par fournées, les bannissements, les déportations, l'«expulsion d'une partie de la France hors de la France», comme le dit Hugo. Et ajoutez l'Afrique, et ajoutez la Guyane, Cayenne, Lambessa, les cargaisons de femmes expédiées comme des putains, les malheureux livrés aux gendarmes, les chasses à l'homme dans les villages, les battues, les gardes mobiles partout, les fusillades sommaires dans vingt départements. Chaque nuit, je me réveille en croyant que je patauge dans une mare de sang. Voilà pourquoi je ne cherche plus à comprendre. Je prends ce qui arrive. Je n'explique pas. Je ne cherche plus à expliquer. Vivre à Jérusalem désormais me suffit.

— On dit que Jérusalem est une ville sainte qui rend les gens mélancoliques ou fous, et parfois même les tue ?

— Vivre à Jérusalem est une identité en soi… Et puis, que voulez-vous, dans quelle autre ville aurais-je pu me cacher ?

Dans les jours qui suivirent, Laura vendit ce qui lui restait d'or et de pierres précieuses apportés de Turquie et parvint même à se promener dans Jérusalem, visitant l'église du Saint-Sépulcre et la chapelle des chrétiens d'Abyssinie, et se rendant, hors les murs, en compagnie de Madier, sur le mont des Oliviers. Doucement, elle se sentait revivre, oubliant jusqu'au fantôme de Hans Naumann, elle recommença à écrire, des nouvelles orientales et quelques essais, finissant même par trouver, toujours avec l'aide de Madier qui se la procurait auprès des ambassades, la presse italienne, française et anglaise. Bien qu'ayant perdu son journal lors de l'attaque de la caravane, elle en fabriqua un autre avec des feuilles de papier qu'elle plia et cousut entre elles, inscrivant deux phrases qu'elle comptait bien accoler à d'autres dans les jours à venir. La première disait ceci : «Après avoir vu de trop près la réalité, j'ai fini par le scepticisme alors que j'aurais dû commencer par là.» Et la seconde, due en partie au souvenir d'une conversation avec Henri Heine : «Les anciens architectes se sont couchés devant les portes de leurs vieilles églises. Souhaitons que les ricanements des temps modernes ne les réveillent pas. Devant tous ces dômes et ces nefs non terminés, ils comprendraient que le temps de l'achèvement n'est plus, mais surtout que toute leur existence a été inutile et sotte. »

Lentement, Laura sentait qu'elle se reconstruisait, pierre après pierre, sentiment après sentiment, émotion après émotion. Bientôt le temps serait venu où elle pourrait écrire à sa fille et l'inviter à venir la rejoindre à Jérusalem. Au fil des jours elle avait appris à connaître Jules Madier, un homme singulier et riche. Ils se voyaient souvent. Un soir, il vint frapper à sa porte, vêtu à l'orientale, ce qui le rendait presque beau. Un de ses contacts de l'ambassade d'Italie l'avait invité à participer à une bataille de *confetti*, arrangée dans les jardins de la légation pour les membres de la société russe et anglaise. Madier pensait qu'elle pourrait l'accompagner, que le temps d'une certaine frivolité était peut-être venu. De la part de cet homme, si marqué par les massacres du 2 décembre, cela voulait dire que la vie reprenait le dessus. Cette chance, Laura ne pouvait la laisser passer. Ne pas chercher à comprendre, ne pas chercher à tout expliquer : voilà le secret.

— Rien n'est vrai. Même pas moi, ni les miens, ni mes amis. Tout est faux, dit Madier.

— Alors, allons-y, répliqua Laura. À l'ambassade d'Italie ! *Andiamo !*

Quand la multitude prend part à la bataille de *confetti* dans un long espace comme le Corso à Rome, cela a quelque chose d'original, de fiévreux, de contagieux, dont Laura avait éprouvé de nombreuses fois la frénésie ; mais cette fois, dans le petit jardin de la légation italienne, avec si peu de monde, où les gens se tapaient de trop près et, par conséquent, beaucoup trop fort, c'était une sorte de plaisir à froid très peu récréatif. Les Russes et les Anglais comprenaient aussi mal l'Italie que les Français : ils étaient imperméables aux subtilités de la bataille de *confetti*. Et puis il fallait bien l'admettre : cela faisait des années que Laura n'avait pas fréquenté d'aussi près un nombre aussi important d'Italiens. Entendre du napolitain, du piémontais, du lombard la remplissait d'une terrible nostalgie. Après trois quarts d'heure de supplice, elle décida de rentrer chez elle, sans Madier, lequel, malgré l'exiguïté des lieux, semblait introuvable. Elle était sur le point d'abandonner ses recherches quand soudain elle le vit, de dos, en train de danser devant elle, au bras d'une belle Italienne bien en chair qui transpirait comme une laveuse de hammam ramollie par la buée. Elle lui tapa sur l'épaule.

— Jules, je repars. Inutile de me raccompagner.

Le brouhaha était tel que le fougueux danseur ne l'entendait pas.

— Jules, je pars, répéta-t-elle, tout en pensant que pour la première fois depuis longtemps, malgré la nostalgie, elle se sentait heureuse, comme délivrée d'un poids. Hans Naumann avait bel et bien disparu, une nouvelle vie pouvait commencer, Hans Naumann était mort !

Alors que l'homme se retournait enfin, Laura eut l'impression que son cerveau venait d'éclater. Sous un déluge de petits morceaux de papiers de toutes couleurs, de pétales de fleurs, de serpentins, de petites boulettes de plâtre, l'homme la regardait au fond de l'âme, en ricanant, et comme s'il avait deviné ses pensées :

— Mais non, je ne suis pas mort, je suis bien vivant.

— Hans... Hans Naumann...

— Il fallait bien que nous nous retrouvions un jour, Laura Di Trivulzio, princesse Di Belgiojoso, susurra le «fantôme».

Il ne restait plus rien du joli garçon à l'agréable tournure qu'elle avait connu jadis, ni même de l'homme mûr un peu empâté mais encore viril qui était venu la retrouver à Ciaq-Maq-Oglou. Il était devenu très laid et si maigre, presque décharné, qu'il ressemblait à un mort-vivant sorti de son tombeau. Laura eut tout de même la force de s'arracher à la foule des fêtards. Une fois dans la rue, elle courut droit devant elle jusqu'au Saint-Sépulcre, sans se retourner ; s'enfonçant dans le labyrinthe de ruelles obscures, resserrées, anguleuses qui conduisait au quartier arménien où se trouvait sa maison ; la tour de David atteinte, elle s'engagea sur la droite dans le long boyau de venelles couvertes toutes en tunnels et en escaliers qui menait à la rue Beer Sheba. La porte de sa maison était en vue, là, au bout de la petite rue bordée de masures de trois étages. Elle était sauvée. Après avoir introduit la clé dans la serrure, elle pénétra dans le patio sombre, referma la porte, monta l'escalier qui donnait sur la pièce où elle avait pour habitude d'écrire, et s'y arrêta, enfin à l'abri, attendant que les battements de son cœur retrouvent un rythme normal. Le silence était total. Lentement, elle reprit ses esprits, se mit à l'aise, se fit un thé, écoutant les bruits de la nuit. C'était une nuit de pleine lune, sans heurt, étale.

Au bout de quelques heures, elle se dit qu'elle avait sans doute rêvé, que seule son imagination était responsable de l'affreuse vision. Après tout, cela faisait des mois qu'elle vivait à Jérusalem au grand jour sans que jamais personne ne soit venu lui demander qui elle était ni ce qu'elle était venue faire dans cette ville. Elle était sur le point d'aller se coucher lorsqu'elle entendit frapper à sa porte. Que de fois n'était-elle pas descendue ouvrir en pleine nuit à Jules Madier qui rentrait ivre de vin ou de haschisch et qui cherchait vainement le trou de la serrure avec sa clé ? Elle le reconnaissait bien, ce petit gratouillis hésitant. C'était comme une sorte de signe familial entre eux. Il grattouillait, elle descendait en maugréant, lui rappelant que la prochaine fois il resterait dehors à cuver sa vinasse ou à fumer sa pipe. Alors qu'elle descendait l'escalier vers la porte, elle se dit qu'elle était heureuse que cette amitié existe et que le geste qu'elle allait accomplir faisait partie de ces petites allumettes craquées dans le noir qui rendent le quotidien acceptable.

— Jules Madier, vous finirez par rester dehors à cuver votre alcool, dit-elle en ouvrant la porte.

Cette porte qu'elle ouvrait sur la nuit fut en réalité une porte qu'elle ouvrait sur la mort. Ce fut comme le feu qui jaillit soudain, s'emparant de ses vêtements, léchant son visage, mordant sa poitrine ; comme une bête sauvage sautant sur elle, un loup vorace, un chien furieux ; les yeux voilés comme ceux des mangeurs d'opium, Hans Naumann était là devant elle, un poignard à la main. « Meurs, perfide, meurs ! » furent les seuls mots qu'elle entendit, prononcés par un homme suffoqué d'émotion et pâle comme un mort. Après lui avoir donné deux profonds coups de poignard dans le bas-ventre, l'homme lui en asséna un troisième au sein. Sa main gauche, qu'elle avait portée à sa poitrine pour se protéger, reçut le quatrième. Dans un ultime effort elle s'arracha au monstre et tenta de monter l'escalier, en vain. Un cinquième coup de poignard lui traversa le dos, puis deux autres, lui faisant de profondes entailles dans la cuisse gauche et à l'aine. Au moment où, voulant éviter un nouveau coup, elle glissa sur le sol, elle sentit couler sur elle un liquide chaud et poisseux, et dans la bouche un goût de sang. Ramenant sa main vers son visage, elle la tint un moment près de ses yeux et se dit à elle-même : « Comme je saigne, mon Dieu, je perds tout mon sang. » Ce furent ses dernières paroles.

39

C'était un drôle de carnaval, avec tous ces gens habillés de rouge, ou plutôt le visage, les membres, les vêtements colorés de toutes les nuances du rouge, lie et incarnat, carmin et écarlate, brique, amarante; et tous ces masques pourpres; et tous ces yeux injectés; et toutes ces mains sanguinolentes serrant dans leurs doigts des oiseaux de feu. Par moments fugaces, Laura semblait en reconnaître quelques-uns qui passaient, disparaissaient, revenaient, chevaux de bois sur un étrange manège, toupies ardentes, silhouettes, spectres, ombres chinoises, reflets. Mazzini était là, tout gonflé de l'insurrection qu'il venait de provoquer à Milan. «J'ai toujours eu horreur des conspirations! lui lançait-elle, ajoutant: Vingt années de sanglantes expériences ne vous ont-elles rien enseigné? Vous ruinez la cause que vous prétendez servir! Ne savez-vous donc pas qu'un émigré n'est qu'un homme, qu'il a beau entasser conspiration sur conspiration, et étendre les fils de ses sociétés secrètes, lorsqu'il s'agit non plus de complot mais d'action, il est sans influence, sans autorité, sans pouvoir! Voilà pourquoi j'ai toujours eu horreur des conspirations!» Au grand désappointement de Laura, Mazzini ne répondait pas. Sans doute aussi ne le pouvait-il pas, car un autre fantôme, rubicond, venait de prendre sa place : François Mignet, qui lui reprochait de l'avoir délaissé, de l'avoir négligé, de l'avoir maltraité, plus inquiet de la disgrâce de Thiers que du périlleux exil palestinien de son amante.

C'était comme une roue immense qui tournoyait, dans laquelle, hommes, idées, lieux circulaient sans cohérence, traversant, telles des comètes, un ciel crépusculaire. Que venait faire ici cette place à Milan où, assis sur les sièges des cafés, des consommateurs dégustaient un sorbet ? Et ce kiosque sous lequel des officiers autrichiens goûtaient la fraîcheur du soir et une musique légère ? Et ces gens, jaillis d'on ne sait où, lesquels, debout sur une barricade, prétendaient que le plus sûr moyen de réformer la société et de la rendre parfaite, c'était le communisme ? Et ce dialogue furieux entre un ouvrier qui disait : « Foutaises, il ne vous reste plus qu'à aller fonder une colonie en Icarie ! », et un bourgeois qui lui répondait : « De toutes ces illusions, de toutes ces tentatives, que reste-t-il ? Des déceptions, de la misère, des rancunes et des haines ! » ?

Laura avait beau essayer de comprendre d'où venait ce manège, ce qu'il signifiait, et pourquoi elle se trouvait propulsée telle une marionnette en plein charivari, elle n'y parvenait pas. Tout lui semblait impossible et inutile. Trop lointaine cette rive qu'elle n'atteindrait jamais ; trop inaccessible ce pont qu'elle ne parviendrait jamais à franchir. Elle n'avait qu'une certitude : Gaetano Stelzi l'attendait, elle ne savait où, ni quand, mais il était là, elle sentait sa présence. De toutes les créatures humaines, c'est elle qu'elle avait le plus aimée dans ce qu'elle hésitait à appeler « ce monde », parce que ne sachant plus dans quel « monde » elle se trouvait. Voilà trois heures, cinq ans, vingt ans qu'il était mort. Jamais il ne lui était venu à l'idée qu'elle le perdrait un jour, à tel point que même aujourd'hui elle se demandait si elle l'avait vraiment perdu. Il est si difficile de se convaincre de la mort des gens qu'on a profondément chéris. Ils ne sont pas morts, voilà ce qu'il faut se dire : ils continuent de vivre en nous. Chaque jour, Laura pense à Gaetano Stelzi, chaque matin elle croit entendre le son de sa voix, comme l'écho d'un rêve, qui se mêle au son de la voix de son père. Et parfois, comme aujourd'hui, il lui semble qu'il lui faut se dépêcher de s'habiller, et se précipiter dans le grand salon du château de Trivulzio, comme elle le faisait lorsqu'elle était enfant et que son père l'accueillait dans ses bras. Mais tout cela n'est que rêve n'est-ce pas ? À présent, les voix ont disparu. Laura ne les entend plus. « La mort commence vraiment lorsqu'on n'entend plus la voix de ceux qu'on a aimés et qui ont disparu » pense-t-elle tristement.

Laura éprouve alors comme du dégoût, sans savoir que ce dégoût est de la vie qui recommence. Elle se sent dégradée à ses propres yeux, promène des regards désolés sur les murs, et, au moment où ses doigts s'apprêtent à décrocher un pistolet suspendu à une patère, elle sent la nature entière reculer en elle, parce qu'elle marche vers la mort. Une voix qu'elle ne connaît pas et qui vient peut-être du fond d'elle-même lui dit : « Pense à ce que tu vas faire. » C'est ce qui la sauve. Doucement elle comprend. Il y a eu cette longue nuit de fièvre et de souffrance, ces heures lourdes passées sur un sol humide, puis sur une natte, en face de l'horizon de feu. Elle sait qu'elle s'est traînée sur le sol, et maintenant qu'elle peut ramper jusqu'au parapet, elle sent l'air qui a fraîchi un peu et se souvient que l'une de ses sensations les plus douces, les plus molles, jusqu'à la volupté, c'était de regarder ainsi, tous les soirs, le coucher de soleil, sur Locate, sur Paris, sur Ciaq-Maq-Oglou, sur Jérusalem, le soleil, le même soleil auréolé de pourpre royale. C'est ce souvenir et cette fraîcheur qui la sauvent. Jules Madier est là, au-dessus d'elle, lui parle doucement, la réconforte, lui demande de raconter ce qui a bien pu se passer, et quand elle ouvre définitivement les yeux, elle se souvient : l'homme s'appelait Hans Naumann, il lui avait donné sept coups de couteau avant de disparaître sans doute à jamais.

Éloignée de tout secours médical, Laura décida de se soigner elle-même, aidée des connaissances élémentaires de chirurgie qu'elle avait acquises dans les hôpitaux de Rome et de son intérêt ancien pour les médications. Jules Madier l'aida, appliquant sur les plaies de l'eau froide, les tapotant avec une éponge imbibée de laudanum, et les bandant doucement selon ses conseils. La blessée se fit immédiatement poser des sangsues dans la région du cœur et du poumon gauche, se fit abondamment saigner, demanda à Madier de lui préparer, selon ses indications, des pilules d'aconit, ainsi qu'un sédatif cardiaque et respiratoire. Vingt-quatre heures après l'agression Laura n'avait plus ni fièvre ni douleur insupportable. Ce qui lui importait maintenant c'était non pas de comprendre les motivations du fantôme, mais le trajet suivi par l'arme blanche. Jules Madier se refusait à admettre ce raisonnement :

— Il faut retrouver le coupable ! lui disait-il, tout en lui versant une préparation à base de belladone, de jusquiame et de feuilles de coca.

— Et s'il n'y avait pas de coupable ? Peut-on accuser un fantôme ?

— Un tel crime ne peut rester impuni !

— Le coup porté au bas-ventre a rencontré l'extrémité de l'os de la hanche et s'est arrêté là...

— On ne peut laisser un fou furieux en liberté.

— Celui dirigé vers le cœur a rencontré le sein, et comme le coup était porté de bas en haut, au lieu de trouver de la résistance et de s'enfoncer dans le cœur, il a été arrêté par le sein qu'il a profondément entaillé.

— Qui vous dit qu'il ne va pas revenir ?

— Celui qui a été porté au revers de la moelle épinière a rencontré les plis de la robe et n'a fait qu'effleurer les chairs sur quelques centimètres.

— Il nous faut tout de même une réponse, non ! ?

Assis à côté de Laura allongée dans son lit, Jules Madier était hors de lui. Ne comprenant pas un tel détachement devant le crime, il se leva et dans sa colère fit tomber la Bible que Laura était en train de lire avant qu'il vienne lui rendre visite. Le livre, gainé de cuir rouge, était tombé sur le sol, ouvert à une certaine page que Laura ne put s'empêcher de lire :

— Regardez, mon ami, dans sa chute le saint Livre nous indique le chemin : « Je vous dis ceci : quand vous demandez quelque chose, si vous le demandez en priant, avec la certitude de l'avoir, vous l'obtiendrez. »

— Très peu pour moi, merci, dit l'homme bougon, en quittant la pièce.

Après plusieurs mois de convalescence, Laura fut complètement tirée d'affaire. Bien que cicatrisées, les blessures ne restèrent cependant pas sans suite : le coup porté à la nuque l'empêcha de redresser complètement la tête qu'elle ne bougeait plus désormais qu'avec peine et légèrement penchée sur la poitrine ; quant à sa blessure au sein, elle lui causa des souffrances aiguës et gêna considérablement sa respiration. Lentement, elle se retrouva, fit quelques pas à l'intérieur de sa chambre, finit par monter sur la terrasse et par sortir dans Jérusalem, reprenant ainsi les longs périples dans les ruelles tortueuses de la ville. Les journaux rapportés par Madier s'étaient accumulés dans un coin de la pièce. Un matin elle décida de s'y plonger, de lire ces nouvelles vieilles de plusieurs mois, de faire un tri dans ce tas d'événements innombrables. Elle revivait, et pour se sentir revivre davantage encore, elle voulait se remettre au courant des événements qui bouleversaient le monde auquel elle souhaitait de nouveau appartenir. Alors que Jules Madier posait sur la table de sa chambre des piles bien serrées de ces journaux regroupés par titres, Laura vécut une expérience qu'elle n'aurait jamais cru devoir vivre un jour. *La Gazette de Milan*, sous la manchette expressive de *Theatralità della vita*, racontait par le menu comment, alors qu'elle venait de traverser une zone désertique autour de la mer Morte, Laura Di Trivulzio avait été assassinée par une de ces troupes de bédouins sans foi ni loi qui avaient pris les armes contre l'armée turque et étaient prêts à anéantir tous ceux qui s'aventureraient sur leur territoire! Le récit était rapporté par un témoin oculaire direct, un certain Hans Naumann, «combattant italien pour la liberté»! On y parlait de rumeurs de guerre, de carnage infâme, d'une femme étendue sur la terre et baignant dans son sang, de coups de fusil tirés à bout portant.

— Je ne souhaite à personne de lire le récit de sa mort dans un journal: c'est à devenir fou, dit Laura.

Jules Madier se pencha sur le journal et lut l'article.

— Vous êtes allée jusqu'au bout de la page? demanda-t-il.

— Non! Ce tissu d'inepties m'insupporte, répondit Laura.

— On vous accuse même de nécrophilie, dit Jules Madier, presque amusé.

Laura, blanche comme plâtre, arracha le journal des mains de l'homme.

— Montrez !

À la suite du soulèvement manqué de la ville de Milan, Vienne, convaincue de la participation plus ou moins active de Laura, avait, peu de temps avant sa «mort», confisqué de nouveau ses revenus, mis ses propriétés sous séquestre, et accompagné ces mesures d'une perquisition dans sa propriété de Locate. La police autrichienne avait alors découvert, dans une chambre secrète, le cadavre d'un homme empaillé ! Là encore Hans Naumann, décidément très au fait de la vie de la princesse, avait raconté que la momie était celle de Gaetano Stelzi, amant présumé de la dame, et que le cercueil du jeune homme, enterré au cimetière de Locate, était rempli de pierres.

Jules Madier avait rapporté de sa pêche dans les ambassades et autres légations une trentaine de journaux ainsi qu'un exemplaire de la *Revue Des Deux Mondes*. Laura les ouvrit tous, cherchant fébrilement les articles la concernant. Si beaucoup racontaient son effroyable fin sur les bords de la mer Morte, une dizaine comportaient une nécrologie, souvent de plusieurs pages. Elle décida de s'y plonger. Cela était tellement étrange après tout, rares étaient les êtres humains qui avaient pu avoir un tel privilège. Elle trouvait cela sinistre et réjouissant, presque inquiétant. Prétextant une douleur soudaine, elle demanda à Madier de lui préparer la médication qu'elle avait elle-même mise au point quand la douleur devenait par trop insupportable : un mélange subtil de quinquina gris, d'acide salicylique et d'opium.

— Vous y tenez absolument ? demanda Madier.

— Oui, l'exercice va durer plusieurs heures. Je ne veux rien perdre de mon plaisir.

Madier semblait abasourdi par la tristesse.

— Et si c'était une prédiction fâcheuse, Laura ?

Laura ne répondit pas. Déjà plongée dans la première nécrologie, elle fit remarquer :

— Ces journalistes ne comprennent rien ! Aller écrire que j'ai toute ma vie cherché la mort ! Peut-on imaginer qu'une femme ayant cherché la mort toute sa vie n'ait pu la trouver avant l'âge de quarante-sept ans ?

Sous le titre un peu long de « Les chroniques romanesques du temps accordent à Laura Di Trivulzio une place très en vue, mais le tribunal de l'Histoire se montrera peut-être plus sévère et l'éthique froide et sèche de l'école positiviste flétrira sans doute le dilettantisme de sa carrière politique », le journal *Gioventù* ne mâchait pas ses mots. *La Sera* n'était guère plus tendre, affirmant que la princesse « avait su faire courir Paris avant de faire marcher les armées françaises ». Quant à *Libertà*, il rappelait que la dame aimait « s'entourer de jeunes gens extravagants et de savants distingués, ce qui constituait un mélange bizarre inspirant tour à tour admiration et pitié », et *Doman l'atro*, hebdomadaire satirique, que « cette seconde Sappho, blafarde et insolite, portait des robes si décolletées et des draperies si bizarres, qu'on croyait découvrir sans cesse un poignard caché sous leurs plis ».

Si l'on excepte un texte très court, publié dans *La Gazette de France*, où un certain M. de Vogüé assurait que le cœur de Laura Di Trivulzio n'avait pas été stérile « parce qu'une passion sincère avait soulevé et soutenu cette femme d'exception : la résurrection de l'Italie », la plupart de ces récits étaient mensongers et vengeurs comme si, au-delà même de la mort, les rancunes et les jalousies se perpétuaient. Et comme toujours, les polémistes de salon, écrivains ratés ou journalistes envieux, prenaient pour cibles des aspects secondaires et anecdotiques de la vie de Laura. On lui reprochait sa «pâleur cadavérique», son «perpétuel air de Joconde insatisfaite», sa peur des hommes «qui l'avait tant de fois jetée dans des amours contre nature, et parfois même amenée à se livrer à la zoophilie». Un tel l'attaquait sur sa santé fragile, son épilepsie en faisant «une malade, une anormale, une usurpatrice». Tel autre mettait en doute, dans les journaux qu'elle avait dirigés et dans les ouvrages qu'elle avait publiés, «la part de ce qui pouvait lui être attribué et la part de ce qui revenait à ses collaborateurs». Les plus imbéciles venant à lui reprocher d'écrire trop et trop long, et trop gros, d'en faire trop dans ses livres et ses articles comme dans sa vie : «Il y avait du bateleur dans cette dame, en parade perpétuelle, et ses efforts pour briller, étourdir à tout prix aboutissent souvent au grotesque et parfois à l'odieux. On croule sous l'avalanche de mots, d'idées, de concepts, de faits, d'actions. Et quel maladif besoin de mise en scène et d'ostentation», lisait-on dans *Leggere*.

Le plus étonnant, dans tout cela, c'était que les attaques les plus féroces venaient de gens qui ne l'avaient jamais rencontrée, qu'elle ne connaissait pas ou si peu. Dans cette nouvelle presse, la tendance était au sensationnel, au témoignage. On demandait à tel ou tel d'évoquer la disparue, de raconter dans quelles circonstances il l'avait connue, et chacun y allait de son anecdote plus ou moins exacte, cruelle voire abjecte. Ainsi, Cavour, auquel Laura avait demandé d'intervenir en sa faveur auprès du ministre de l'Intérieur, une fois, il y a très longtemps, afin qu'il lève la saisie frappant une cargaison de *tombeky*, cette plante analgésique destinée à soulager ses névralgies, avait déclaré : «Ce paquet était sans doute destiné à procurer à la pauvre femme l'état d'ébriété que ses sens ne pouvaient plus lui offrir. La princesse, qui n'était plus capable de trouver quiconque pour l'intoxiquer de caresses, passait alors sa vie à fumer Dieu sait quel narcotique oriental auquel elle ajoutait de fortes doses d'opium. Alors, que voulez-vous, je suis intervenu. La priver de ce passe-temps dans ses vieux jours eût été un acte de cruauté dont je me sens incapable. Je lui ai donc fait restituer son poison mais en demandant qu'on lui fasse acquitter la taxe la plus lourde possible!» Beaucoup d'hommes à qui elle avait refusé son lit la traitaient de Lilith, de Méduse, de Belle Dame sans merci; bien entendu on en faisait une personne frigide, incapable d'aimer. Balzac prétendit qu'elle «avait eu le bonheur de lui déplaire», et Musset qu'elle avait été une sorte de Borgia «se promenant avec à la main la coupe ou le poignard des trahisons italiennes».

Mais parmi tous ces mensonges, ces règlements de comptes *a posteriori*, ce qui lui fit le plus de mal c'est la note, minuscule, que lui consacra la *Revue des Deux Mondes*. Que de textes et d'articles n'avaient-elles pas donnés à Buloz, que de jeunes auteurs prometteurs ne lui avait-elle pas envoyés, sans compter les importantes sommes d'argent qu'elle lui avait fait parvenir pour soutenir son projet dès lors que ses moyens le lui permettaient...

— Voilà comment on me remercie, dit-elle à Madier, plongé comme elle dans cette lecture inépuisable. Ce M. Buloz a toujours voulu me compter parmi ses meubles, et disposer de moi à sa fantaisie.

— N'exagérez-vous pas un peu, chère Laura...

— Vous ne pouvez pas comprendre. Vous n'avez jamais eu affaire à ces tenanciers qui exercent un véritable monopole sur la production de leurs écrivains, et finissent par contrôler leur porte-monnaie!

Nous dépendons totalement de la rapidité et de la générosité de leurs avances.

Madier tenta d'expliquer à Laura qu'elle ne devait plus se préoccuper de tout cela.

— Comment voulez-vous ? Avant de quitter Rome, il ne m'a laissé ni repos ni trêve que je ne lui aie remis deux nouvelles que j'avais écrites. J'ai eu beau lui dire et lui répéter qu'elles ne convenaient pas à la *Revue*, qu'elles étaient trop longues, et que je ne consentirais plus à être coupée par morceaux, il m'a juré qu'il les publierait immédiatement et intactes. Il n'en a rien fait, évidemment ! Maintenant qu'il les a, il est sûr qu'elles ne paraîtront pas ailleurs, c'est tout ce qu'il voulait. Et bien entendu, il ne m'a jamais envoyé le moindre franc !

— Qu'importe, Laura, tout cela n'a plus aucun sens.

— Comment, cela n'a plus aucun sens ! Écoutez sa nécrologie, dix lignes infâmes et injurieuses, répliqua-t-elle, en prenant une voix de tragédienne : « Cette dame piémontaise avait l'esprit viril ; si son corps mince semblait immatériel, elle était hardie, entreprenante, montait à cheval comme un mousquetaire, tirait à merveille, faisait des armes, et jouait fort habilement du couteau. Ajoutez à ces connaissances l'hébreu, qu'elle lisait dans le texte, et la théologie. Enfin, de mœurs libres, elle eut, comme ses ancêtres des cours de Mantoue ou de Forli, des intrigues célèbres ; elle les vivait avec un parfait cynisme et un complet mépris de l'opinion publique. Voilà pourquoi nous n'hésitons pas à écrire : Laura Di Trivulzio, nous l'adorions avec une sorte de terreur sacrée. »

Madier haussa les épaules.

— Mais ça ne suffit pas de hausser les épaules, on ne peut résumer une vie ainsi, en cinq lignes remplies d'inepties ! Je ne suis pas piémontaise, mais lombarde !

Tel était bien le fond de la question. La vie tenait donc en cela, quelques mots, quelques idées fausses, quelques faits inexacts… Quelle image laissait-on de soi après sa mort ? Toute une vie à montrer qu'on avait revêtu tel costume, qu'on avait choisi telle voie plutôt que telle autre, et pour finir un journaliste mal intentionné, un jaloux, un aigri affirmait, fausses preuves et faux témoignages à l'appui, que vous aviez enfilé tel autre vêtement et bifurqué à l'opposé du chemin qui avait toujours été celui de votre existence. Un article était même allé jusqu'à affirmer qu'elle n'était pas italienne, qu'elle portait un nom qui n'était pas son vrai nom, qu'elle n'avait pas de château en Lombardie, que tout cela était de la fiction. Toute sa vie elle s'était battue pour affirmer cette italianité viscérale, et pour la liberté de son pays, et il suffisait de quelques lignes pour jeter la suspicion sur une existence et en détruire le patient échafaudage.

Laura découpa consciencieusement tous les articles, les classant et les collant dans une sorte de carnet, les enchâssant dans les pages de cet herbier singulier, lequel contrairement à celui de Rousseau qu'il avait, lui, commencé en fixant, aplaties et séchées, des feuilles de mouron et de bourrache, comptant pouvoir y faire figurer un jour toutes les plantes de la mer et des Alpes mais aussi des arbres de l'Inde, avait déjà introduit toute sa vie, tous les arbres et les plantes extravagantes, nombre fini et clos qui ne pourrait plus s'étendre ni se développer. Mais les journaux ne lui avaient pas seulement donné des nouvelles extravagantes comme celle de cette fausse mort commentée. Ils lui avaient aussi non point tant donné des nouvelles du monde que des nouvelles de son monde à elle, de son univers. Et avec cela, les dernières pièces de son puzzle venaient se placer les unes après les autres. Ainsi, les articles découpés et classés dressaient-ils une carte sur laquelle sa vie pourrait désormais s'orienter sans boussole. Henri Heine, qui n'avait jamais réellement profité des ressources de son intelligence mais au contraire l'avait laissée se retourner contre lui, était mort, assommé par la douleur et la morphine ; tout comme Mignet, son cher François Mignet, certain d'être le père de Maria Gerolama, avec lequel elle ne pourrait plus se réconcilier ; tout comme Augustin Thierry, son frère, frappé d'hémorragie cérébrale en dictant une dernière correction à l'*Histoire de la Conquête*. Louis-Napoléon, au milieu des bals costumés offerts par ses ministres dans une France qu'il avait acculée lentement à la ruine et à la honte, s'était fait proclamer empereur sous le nom de Napoléon III. Quant à Emilio Di Belgiojoso, son mari, après avoir sombré dans l'idiotisme le plus complet à cause d'une syphilis nerveuse parétique qui lui avait détruit le cerveau, il avait fini par mourir, abandonné de tous, excepté de son plus jeune frère qui ne l'avait pas quitté jusqu'à la fin de peur qu'il ne se tue, volontairement ou non.

L'herbier ne comptait plus beaucoup de pages et semblait gonflé comme un cadavre rejeté par la mer. Un article cependant rompit le travail mécanique entrepris par les deux «archivistes» — lecture, classement, découpage, collage, etc. —, c'est Madier qui le trouva. Il concernait Maria Gerolama.

— Tenez, dit Madier, en tendant à Laura un article assez long publié dans *Lombardia e Italia*, revue consacrée à la noblesse italienne.

Il y était indiqué, dans un style macaronique, que «Maria Gerolama, accompagnée de sa tendre Diodata Saluzzo Roero, sa seconde mère, célèbre auteur du magnifique *Novelle*, s'était mariée à Locate, sous les pluies glacées de l'hiver, avec le marquis Lodovico Trotti, homme distingué, respecté, d'une figure charmante et d'un caractère d'une rare douceur, froid et taciturne vis-à-vis des étrangers, mais qui sera sans aucun doute aimable, et plein de laisser-aller et de soins pour sa jeune épouse ». Une note en bas de page rappelait que la jeune femme avait fini par être reconnue par son père, Emilio Di Belgiojoso, lequel « touché par la grâce de Dieu avait enfin admis sa paternité, mettant ainsi fin à deux décennies d'imbroglios légaux pour la légitimation ». Laura fondit en larmes sur l'épaule de Madier.

— Si vous saviez tout ce que nous avons dû endurer, ma fille et moi, pour arriver à ce résultat ! Le scandale, les procès, le quasi-parjure… Emilio était bien le père de ma fille…

Madier montra un dernier article, petite notule de quelques lignes, coincée entre le témoignage d'un Anglais revenant des Grandes Indes et un document volé dans les Archives secrètes du Vatican relatif au pontificat de Clément XIV, et indiquant que l'Autriche venait une nouvelle fois de mettre sous séquestre les propriétés de Laura Di Trivulzio, « ce qui, précisait un journaliste qui n'avait sans doute pas lu la nouvelle de sa mort, laissera cette fois la princesse tout à fait démunie ».

— En voilà un qui me croit vivante, dit Laura, ajoutant : Décidément, l'Autriche me poursuit jusque dans ma tombe !

Le carnet refermé, Laura songea à une aquarelle, signée Giovanni Francesco Rigaut, devant laquelle elle avait souvent rêvassé, et qui se trouvait juste en face du lit dans lequel elle avait tant de fois fait l'amour avec Diodata à l'époque où elle cachait leur liaison entre les murs du château de Castell'Alfero. Elle représentait un homme, vieillissant et barbu, lequel, à moitié étendu sur une causeuse en cuir violet, observait à la dérobée une soirée rassemblant une foule d'hommes et de femmes tous plus beaux et plus jeunes les uns que les autres. Pour Laura, ce vieil homme élégant, dont le corps amaigri lui donnait peut-être plus de distinction encore, ne faisait rien d'autre que de regarder sa vie, les gens qu'il avait croisés au fil des années. Lui seul avait vieilli, lui seul avait blanchi. Quels ravages, mon Dieu, le temps avait-il faits : les pommettes luisantes étaient en saillie ; les yeux caves brillaient d'un feu étrange ; ses lèvres étaient presque blanches ; son sourire contraint laissait voir des dents altérées. Et, dans ce salon jaune, si plein de gaieté et de charme, les ombres qui l'entouraient, et qui appartenaient toutes à des hommes et des femmes qui à présent étaient tous morts, n'étaient là que pour l'aider à compter les années qui le séparaient de cette charmante soirée où tout le monde semblait avoir de l'esprit sans même le vouloir. Tous ces papiers collés dans l'herbier ne disaient rien d'autre que cela : le frais et gai sourire de la jeunesse n'est plus ; l'amour de l'âme est remonté jusqu'à la bouche, la déformant horriblement ; le front jadis si harmonieux s'est couvert de rides et d'excroissances de chair ; le crâne, orné d'une puissante toison noire, n'est plus que tête aux cheveux clairsemés. En un mot : la vie a passé. Voilà ce que disait cette aquarelle sur laquelle un homme vêtu avec un soin extrême, comme il l'avait été toute son existence durant, portait une redingote noire d'un drap très fin serrant sa taille cambrée.

— Qu'allez-vous faire, maintenant ? demanda Jules Madier.

— Copier et faire recopier les contes orientaux que j'ai écrits ici durant ces derniers mois : *Emina*, *Un prince kurde*, *Les Deux Femmes d'Ismaël Bey*, *Le Pacha de l'Ancien Régime*, *Un paysan turc*, *Zobéidah*,

Massa. Mettre au propre mes *Scènes de la vie turque*, terminer *Asie mineure et Syrie*...

Madier montra une certaine surprise :

— Que des travaux littéraires ?

— Non, j'ai d'autres projets.

— Lesquels ? demanda Madier, incrédule.

— Retourner à Ciaq-Maq-Oglou.

— Pourquoi ?

— Pour remettre de l'ordre dans mes affaires. Je ne peux pas laisser Maria Gerolama lutter seule contre ce pandore octogénaire de Radetzky.

— N'oubliez pas qu'il vous croit morte. Vous serez un fantôme qui vient demander la restitution de ses biens. Il exigera sans doute, une fois la surprise passée, une soumission totale, je le vois mal prendre un engagement sans cela...

— Le choc sera tel, pour tout le monde. Je dois rentrer, pour montrer à tout ce beau monde que j'existe. Je dois rétablir la réalité. Ma vie n'a rien à voir avec ce qu'on a raconté ici ou là. C'est comme si on me l'avait volée !

— Qu'importe ! Votre vie vous appartient en propre. Vous n'avez de comptes à rendre à personne.

— Je dois revenir à Ciaq-Maq-Oglou. Il faut rentrer les blés, récolter l'opium, aider à la naissance des chevaux, des agneaux et des poulains. Une fois les greniers garnis et les toisons coupées, je pourrai m'éloigner, revenir en Italie, sans craindre de laisser derrière moi la disette ou la famine.

Les jours suivants, Laura les passa à recopier ses manuscrits, à mettre de l'ordre dans ses affaires, mais surtout à compulser des cartes afin de préparer son retour. Elle passerait par Jéricho, Djerrim, Zafed, Karnatrucke et Damas, suivrait la vallée de Baalbek puis la plaine d'Homs, rejoindrait Alep, Khourdkoulah, Myssis ; s'arrêterait à Adana, et finirait son voyage en gagnant Erreghli, Koniah, Bajen Dhur, et enfin Ciaq-Maq-Oglou.

Le soir de son départ, debout sur la terrasse, elle sentit monter de la ville une sorte d'haleine troublante. Elle imaginait des étreintes, des ruts ardents, des soupirs, des râles. Elle pensa longuement à Gaetano, certaine que leurs retrouvailles n'étaient plus qu'une question de jours. La terre était chaude, la nuit dégageait un parfum de cinnamome. Elle regarda le ciel avec cette certitude absolue : la volupté la plus haute est dans les étoiles, là où réside le souvenir des heures vécues, des heures perdues, toutes celles qu'elle avait passées avec Gaetano. Ce n'est qu'au matin, alors que le soleil n'était pas encore levé, qu'il faisait un peu frais, que quelques chiens jappaient aux portes de la plaine, que Jules Madier jeta à Laura, comme on se précipite dans un puits, ce qu'il n'osait lui dire depuis des semaines :

— Je ne viens pas, Laura. Je ne bouge plus. Depuis le sang du 2 décembre, je ne veux plus bouger. Je veux mourir à Jérusalem. C'est une chose trop sérieuse que de mourir. Le badinage n'y sied pas, mais au contraire, la constance, et cette constance je l'ai trouvée ici à Jérusalem.

— Là où la brise dans les oliviers est le souffle de Dieu ?

— Certainement pas. Laissez Dieu où il est, Laura. J'ai simplement trouvé ici un monde inconnu qui me sied, et je veux m'y éteindre.

40

C'est après avoir dépassé les murailles de Karna-trucke, alors que s'ouvrait devant elle le véritable désert, le désert dans toute son effrayante nudité, qu'elle prit sa décision. Cela faisait plusieurs jours qu'elle chevauchait, seule dans cette région de vallées et de montagnes, tantôt stérile et monotone, tantôt couverte de fraîcheur et de verdure. Afin de passer une nuit calme à l'abri des incursions des cavaliers arabes, elle avait demandé l'hospitalité à une caravane de marchands qui se rendaient à Seiffa. Le soir, elle avait dressé sa tente au milieu des oiseaux, lesquels, à l'approche du jour qui tombait, avaient en babillant pris leurs quartiers dans les buissons et sur les arbres. Soudain, elle fut réveillée en pleine nuit par les lamentations funèbres de plusieurs femmes rassemblées devant la tente du chef de la caravane. Une jeune musulmane était morte à quelques mètres de la rivière, préférant se pendre plutôt que de se jeter dans l'eau. Les langues allaient bon train. On disait que la jeune fille ne s'entendait avec personne, ni avec ses parents, ni avec ses amies, ni surtout avec son mari qui avait vainement essayé de la «mater». C'était le terme employé par les hommes : «Nedim n'avait jamais réussi à mater Yildiz.» Plusieurs fois elle s'était enfuie, plusieurs fois on l'avait ramenée à son mari. Mais cette fois, Yildiz ne reviendrait plus. Elle avait utilisé sa longue ceinture de soie jaune, et avait trouvé dans la mort le moyen de vaincre la servitude qui la faisait tant souffrir.

Dans un premier temps, la caravane tout entière semblait s'être liguée contre cette suicidée qui avait eu l'audace de rassembler ses dernières forces pour cette évasion inacceptable, se détournant avec horreur et mépris de celle qui avait oublié son devoir de vivre. Puis, les uns après les autres, les membres de la caravane avaient pris la jeune fille en pitié. La mélopée des hommes, lente, psalmodique, avait remplacé les lamentations des femmes toutes occupées à étendre le petit corps sur une natte, à le laver à l'abri des regards et à le coudre dans un linceul immaculé. Posé sur un brancard en bois brut, le cadavre d'Yildiz fut conduit au cimetière, recouvert d'un grand voile rouge et escorté par les membres de la caravane qui n'avaient pas été désignés pour garder le campement.

Quelques heures plus tard, la cérémonie terminée, les trois palmes plantées sur le tertre que le vent avait commencé d'effacer, l'aumône rituelle accomplie, le cortège mortuaire était revenu au campement. Il fallait faire vite, la police pouvait toujours vouloir mettre son nez dans cette affaire de suicide, poser des questions, et ralentir le départ, voire le différer de plusieurs jours. «C'était une révoltée», ne cessait de dire le chef, un grand Arabe aussi basané qu'un Indien, la tête serrée dans une écharpe de soie à rayures vertes et le corps enveloppé dans les grands plis d'une tunique noire. Il portait dans le dos, en diagonale, un fusil rehaussé d'argent jusqu'au bout de son interminable canon et, à la ceinture, une impressionnante collection d'anciens pistolets d'arçons et de couteaux à manches dorés ainsi qu'un imposant cimeterre damasquiné.

— C'est une révoltée comme toi, répéta-t-il, en passant devant Laura.

— Je ne suis pas une révoltée, se contenta de répondre Laura.

— Une femme qui voyage seule est une folle ou une révoltée, une blasphématrice qui cherche un nouveau Dieu. Tu aurais dû partir avec Yildiz.

Laura ne pouvait s'empêcher de regarder avec une certaine frayeur l'étrange personnage, qui ressemblait plus à un pirate qu'à un marchand d'épices.

— Je n'ai rien à voir avec cette malheureuse.

— Tu es comme elle : morte en vie, vivante dans la mort, conclut le cavalier, en tapant sur sa selle faite d'un entassement de peaux de chèvres à longs poils et de tapis persans, avant d'éperonner sa monture et de rejoindre le reste de la troupe qui commençait de plier bagage.

La cérémonie mortuaire avait sérieusement retardé le départ de la caravane qui finit par s'ébranler. Les matelas, les coussins, les couvertures, les toiles de tente avaient été entassés à la hâte sur les chameaux ; toute la richesse du groupe, le riz, le beurre, la farine, les galettes et jusqu'à l'orge pour les chevaux avaient été soigneusement empaquetés et ficelés sur les petits ânes vigoureux. Laura avait assisté à toute l'opération sans bouger, se demandant si elle allait poursuivre sa route aux côtés du grand Arabe basané. Finalement, elle décida de continuer son chemin toute seule. Enveloppée dans un grand manteau, elle attendit qu'une nouvelle nuit tombe, tout en se faisant un thé à la menthe, mangeant des galettes et du beurre.

Alors qu'elle s'apprêtait à s'endormir et qu'un grand air de solitude et de tristesse recouvrait toutes choses, elle entendit des bruits singuliers venant d'un groupe de buissons situé à quelques mètres d'elle. Elle pensa qu'il pouvait s'agir d'un petit cheval égaré, ou d'une chèvre noire bondissant sur les cailloux ou même d'un chien, hérissé, féroce, l'œil sanglant. Elle serra dans sa main le pistolet qu'elle emportait toujours avec elle. Heureusement, elle n'eut pas à s'en servir.

— Laura, c'est moi.

Elle avait beau scruter la pénombre, elle ne voyait rien.

— C'est moi, tu ne me reconnais pas ?

Prise de panique, elle s'était levée, pointant son arme en direction de la voix qui semblait comme flotter sur les lueurs roses qui effleuraient le sable il y a quelques heures encore piétiné par les sabots de la caravane.

— Qui êtes-vous ? Que me voulez-vous ?

— Laura, c'est moi, Gaetano, Gaetano Stelzi !

Le jeune Italien était là, toujours aussi beau et viril. Laura sourit, s'avançant vers lui afin qu'il la serre dans ses bras. Comme elle avait été longue à le retrouver !

— Comme tu es froid ! lui dit-elle, tout frissonnante.

— Et pourtant j'arrive tout droit du désert, répondit-il, en secouant la poussière qui était sur ses épaules et dans ses cheveux.

— Viens te réchauffer près du feu, dit Laura en se blottissant dans ses bras.

— Tu ne sais pas pourquoi je viens ?

— Tu viens de l'autre monde pour que je te rejoigne ?

— Non, pour que moi je revienne à la vie, avec toi !

— Voilà une idée bien folle, Gaetano. Tu es fou, mon amour ! Tu es fou !

Gaetano prit sa mine des mauvais jours. Essayant de masquer son émotion par un sourire.

— Je suis mort, mon amour, et les morts ne sont pas fous.

Laura pensa que les morts reviennent souvent vivants par les songes et que ce qu'elle était en train de vivre relevait du rêve.

— Je sais à quoi tu penses, dit Gaetano.

— Et à quoi?

— Que tu es en train de rêver. Que je n'existe pas. Que je suis un mirage. Tu te souviens de la petite pierre que tu avais glissée dans ma main le jour de ma mort, la pierre de Fra Diavolo?

— Oui, évidemment.

— Eh bien, la voici, dit Gaetano en la déposant dans la paume de la main gauche de Laura, puis en refermant dessus délicatement chaque doigt, de façon à en faire une sorte de cage interdisant à la pierre de glisser sur le sol, de se perdre, puis de disparaître.

— Merci, dit simplement Laura, en serrant si fort son poing sur la relique qu'elle sentit ses propres ongles pénétrer dans sa chair. Merci, pour ce travail mystérieux ajouta-t-elle, tout en relevant la tête en direction de Gaetano qui avait disparu, aussi soudainement qu'il était venu.

Écrasée de chaleur, le visage inondé de sueur, la poitrine oppressée, les artères palpitantes, accablée de fatigue, Laura sombra dans un profond sommeil à quelques mètres d'une haie de roseaux qui descendaient vers la rivière.

Au matin, alors qu'un soleil de guillotine avait remplacé le ciel turquoise de la nuit, Laura se réveilla d'un bond, cherchant en vain Gaetano, déjà prête à sombrer dans le désespoir en comprenant que tout cela n'avait été qu'un rêve, lorsque soudain, ouvrant lentement sa main gauche, elle vit une petite pierre blanchâtre et laiteuse, douce comme la peau d'une femme, en tous points identique à celle que lui avait rapportée Gaetano. Alors elle décida de continuer droit devant elle, sans son bagage, sans son cheval, sans son petit âne syrien. Elle dépassa la ligne des roseaux, s'engagea sous l'arbre où la jeune fille s'était pendue, traversa la rivière à gué, et continua toujours tout droit en direction du grand désert qui s'ouvrait devant elle. C'est dans le désert qu'elle retrouverait Gaetano et le ramènerait à la vie.

Elle dépassa des collines crayeuses, des gorges arides. L'air tremblait partout de chaleur. Il y avait de mornes montagnes. Il y avait de hauts murs de boue séchée. Les rayons du soleil frappaient comme des éclairs de feu jaillissant d'un chalumeau et dégringolaient sur la tête comme de la pluie d'un toit. Puis le désert, le grand désert vint, tout entier, si éblouissant que Laura en avait les yeux baignés de larmes. Au seuil du désert, un arbuste gris et serré comme l'armoise étend parfois ses branches, mais très vite, il n'y a plus rien, pendant des milles et des milles, dans toutes les directions s'étire un désert obsédant de sable et de gravier. Laura s'y enfonça. C'était comme une libération. Elle partait retrouver Gaetano et plus aucun journaliste ne pourrait écrire de mensonges sur elle, refaçonner sa vie, la refabriquer, la refaire selon ses souhaits. Ce qu'elle était en train de vivre n'appartenait qu'à elle, personne ne pourrait le lui voler, ni témoigner de ces instants.

Voilà pourquoi elle ne retournerait jamais en Italie. Pour qu'une plume acerbe écrive qu'elle avait vu passer devant elle une vieille princesse en ruine, le corps penché sous les plis flasques de sa robe, l'épine dorsale voûtée, saillante sous la peau parcheminée, les bras de squelette sortant en verges de ses manches flottantes ; la tête ravagée plus outrageusement encore que le corps; la bouche ouverte sur un sourire édenté, les yeux fixes, caves et hagards, les cheveux clairsemés manquant par places sur le crâne dénudé? Non, jamais! Jamais elle ne retournerait en Italie! Pour que M. Cavour ne l'emploie que dans des missions secondaires? Pour qu'elle passe le restant de sa vie emmitouflée dans des châles, et secouée de tics nerveux? Pour que les observateurs charitables la décrivent comme une fée Carabosse, somnolente dans son fauteuil, ne secouant sa torpeur que pour tirer les bouffées d'une pipe turque? Ou pour murmurer en la voyant passer de vengeurs *etiam periere ruinae*? Jamais! Le nomade dans le désert n'est jamais un étranger, voilà pourquoi le thé est toujours offert, dans la sérénité et l'harmonie. Un étranger n'est jamais un étranger. Il est un parmi les autres, une partie de la grande chaîne de l'humanité. Voilà pourquoi on ne se perd jamais dans le désert mais au contraire on se trouve.

Bien des fois sur les routes de sa vie, Laura s'était demandé où elle allait. Dans quel sens? Dans quelle direction? En marchant à présent dans le désert, elle venait enfin de comprendre: elle était en train de remonter aux sources de la vie. Elle accomplissait un voyage au centre de l'humanité. En passant la rivière à Karnatrucke elle avait cru vouloir posséder ce pays mais en réalité c'est ce pays qui la possédait. Enfant, elle voulait être Dieu ou rien. Elle l'avait été quelques heures par jour, parfois. Mais aujourd'hui, sous un ciel d'airain, calcinée par le soleil, elle bénissait sa solitude retrouvée. Elle devenait enfin cet être simple, donc d'exception, qu'elle avait toute sa vie cherché à être. Enfin, elle se résignait à son destin, ce qui n'était pas une défaite mais une victoire. Puisqu'on la croyait morte, elle pouvait désormais sortir de sa propre vie et disparaître. Il ne s'agissait pas d'anéantir sa vie par quelque geste de négation de soi, mais au contraire en accomplissant un geste en apparence totalement arbitraire de recommencer une nouvelle existence. Cette fausse mort lui permettant enfin de réaliser son rêve : non pas être une autre mais devenir enfin soi-même.

Devant elle : un ciel bas, opaque, incandescent. Du soleil qui brûle partout. La poussière qui recouvre tout. Une réverbération morne et aveuglante. Crêtes anguleuses. Collines arides. Flamboiement. Tourbillons de poussière. Vent qui fuit vers l'est. Terre qui se dissipe. Tête pendant. Narines en sang. Puis l'indicible silence. Pas de guide. Rien entre les sens et les choses. Laura erre seule, pour l'éternité, dans un coin de pays nouveau pour elle, et la lumière qui la guide semble émaner d'un brasier intérieur.

NOTES BIOGRAPHIQUES

1. On doit à Diodata Saluzzo Roero plusieurs recueils de poèmes, des romans historiques, des comédies et des tragédies, tous très marqués par un romantisme austère et sa terre natale, le Piémont. Parmi ses œuvres, citons *Versi* (1817), *Ippazia* (1830) et *Novelle* (1830); et, au dire de Pietro Citati, son œuvre majeure, *Una menzogna quasi vera*, œuvre posthume publiée en 1899.

2. En mars 1821, des officiers *carbonari* de l'armée piémontaise, en liaison avec leurs confrères lombards et romagnols, ainsi que des aristocrates pour la plupart anciens soldats de Napoléon, participèrent à ce que l'Histoire retint sous le nom de Révolution piémontaise et qui conduisit à l'abdication du roi Victor-Emmanuel Ier. Son frère et héritier, Charles-Félix, absent du royaume de Piémont-Sardaigne, investit Charles-Albert de la régence. Dès son retour, Charles-Félix annula toutes les dispositions prises en son absence. Charles-Albert dut se soumettre et partir en exil en Toscane, tandis qu'une répression terrible s'abattait sur les conjurés. Cet événement constitue le point de départ de mon roman *Aventino*.

3. Né à Saluces en 1789 et mort à Turin en 1854, Silvio Pellico reste à jamais l'auteur d'un livre célèbre rédigé dans les geôles autrichiennes du Spielberg, *Le Mie Prigioni* (*Mes prisons*), publié en 1832. Metternich confiera que ce livre fit plus de mal à la monarchie austro-hongroise qu'une défaite militaire...

4. Militant du réveil culturel et économique de la Lombardie, il participe avec Luigi Porro-Lambertinghi, Giovanni Berchet et Silvio Pellico au lancement du *Conciliatore*.

5. Journal milanais connu pour ses opinions libérales. Fondé par Silvio Pellico en 1818, la censure l'interdira moins d'un an plus tard.

6. Le terme de *Risorgimento*, au sens propre la «renaissance» ou la «résurrection», est appliqué à la période de l'histoire italienne comprise entre 1815 et 1870. Réveil culturel et politique qui devait aboutir à l'unité du pays, il fut avant tout l'œuvre de la bourgeoisie libérale et de l'aristocratie éclairée dont l'idéal politique et les intérêts économiques convergeaient vers la revendication d'un ordre nouveau.

7. Giuseppe Mazzini (1805-1872) domine de sa stature morale toute l'Italie du xixe siècle. Patriote et révolutionnaire, dont l'inspiration restait profondément catholique, il fonda le mouvement *La Giovine Italia* («Jeune Italie») ayant pour but ultime la libération et l'unification de l'Italie. Sa doctrine est rassemblée dans deux ouvrages fondamentaux, *Foi et Avenir* (1835) et *Devoirs de l'homme* (1837).

8. Giovanni Berchet (1783-1851). Poète italien ami de Manzoni et collaborateur du *Conciliatore*. Sa *Lettre mi-sérieuse de Chrysostome* (1816) fut considérée comme le manifeste du romantisme italien. Auteur de poèmes lyriques inspirés par la situation politique en Italie, il fut contraint à l'exil en 1821 et ne rentra à Milan qu'en 1851.

9. Monté sur le trône du royaume de Piémont-Sardaigne en 1831, Charles-Albert engagera l'Italie dans une guerre de libération contre l'Autriche. Vaincu par les troupes de Radetzky à Novare, et devant la rigueur des conditions d'armistice, il abdique en faveur de son fils, le futur Victor-Emmanuel II, et part en exil à Porto où il meurt quelques mois plus tard, le 28 juillet 1848.

10. Ercole Tommaso Roero Di Cortanze : conseiller du roi Charles-Albert, il fut le dernier vice-roi de Sardaigne. On le retrouve dans *Aventino* et dans *Les Vice-rois*. Fils d'Aventino Roero Di Cortanze (personnage présent dans *Assam* et dans *Aventino*), il est le père de Roberto (personnage présent dans *Les Vice-rois* et dans *Cyclone*).

11. Le périple d'Aventino Roero Di Cortanze parti aux Indes à la recherche d'une hypothétique pousse de thé est raconté dans *Assam*.

12. Michele Pezza, dit Fra Diavolo, avait pour compagne une certaine Fortuna-Rachele, prompte à tirer l'épée (cf. mon roman *Banditi*).

13. Ancien général des armées de Napoléon, Guglielmo Pepe (1783-1855) fut l'un des dirigeants de la révolution de 1820, commanda les troupes envoyées à Naples par Charles-Albert, puis défendit Venise contre les Autrichiens. On lui doit notamment une *Histoire des révolutions et des guerres d'Italie*, ainsi que trois volumes de *Mémoires*.

14. Poète et dramaturge italien, Vittorio Alfieri (1749-1803) composa une œuvre littéraire invitant ses concitoyens à méditer sur l'antique grandeur de la patrie, sur sa décadence et sur l'espoir d'une aurore de liberté. L'édition complète de ses œuvres, imprimée à Pise en 1815, et qui ne compte pas moins de trente-sept volumes, est dédiée *al popolo italiano futuro*.

15. Parmi toutes les sociétés secrètes italiennes, liées aux premières agitations libérales, entre 1815 et 1847, la franc-maçonnerie avait, sous le régime napoléonien, perdu de sa force. Sur ses ruines se développent la *Charbonnerie* et ses deux variantes piémontaises et lombardes, les *Guelfi* et les *Adelfi*.

16. Père du romantisme italien, Alexandre Manzoni (1784-1873) fut le guide incontesté de la conscience nationale. Son célèbre roman, *Les Fiancés*, imprimé en 1827, «transpose les temps, et fait dans le passé la peinture de l'oppression présente». Manzoni, parce qu'il eut le sentiment profond que l'unité de la langue préparait la cohésion des âmes, compte parmi les grands ouvriers de l'unité politique italienne.

17. Historien, Cesare Balbo (1789-1853) rêve, dans ses *Speranze d'Italia* (*Des espérances de l'Italie*), essai publié en 1843, d'une Italie «centre et tête des intérêts spirituels de la chrétienté» et «centre vital des intérêts matériels de l'Europe», mais sous l'égide de la maison de Savoie, et hors de toute domination autrichienne.

18. Abbé piémontais, Vincenzo Gioberti (1801-1852) préconise dans son livre, *Il primato morale e civile degli Italiani* (*La Primauté civile et morale des Italiens*), publié en 1843, de restituer à l'Église sa fonction séculaire de flambeau de la civilisation. À ses yeux, l'unité italienne ne pourra se faire que sous l'autorité papale mais délivrée de la tyrannie des Jésuites.

19. Professeur de droit à Milan et homme politique, Pellegrino Rossi (1787-1848) désirait établir une fédération italienne sous la présidence du pape. Contraint à l'exil, il vécut en Suisse puis en France. Redevenu italien à la suite de la révolution de 1848, il devint le chef du gouvernement constitutionnel pontifical et mourut assassiné par des révolutionnaires.

20. Homme politique, peintre, écrivain, et gendre de Manzoni, Massimo Taparelli, marquis D'Azeglio (1798-1866), exalta dans ses œuvres la résurrection nationale italienne. Dans son livre célèbre, *Degli ultimi casi di Romagna* (1846), il délivre sa conviction profonde : le *Risorgimento* ne peut s'opérer que sur l'initiative de la dynastie de Savoie et autour des États sardes.

21. Cette pierre joue un rôle fondamental dans *Banditi*.

Cristina Trivulzio, princesse Belgiojoso, née en 1808 et morte le 5 juillet 1871, a «réellement» existé. Suivant à la lettre les conseils de Jean Giono, exigeant du romancier qu'il s'octroie certaines «facilités» dans l'appareil de l'existence, c'est-à-dire dans l'invention des faits, c'est en toute connaissance de cause que j'ai donné à l'héroïne de mon roman un prénom puisé dans la liste des trente-deux qui étaient les siens, et comme nom de famille son nom de jeune fille. Dans ce roman, tout est vrai et tout est faux. Cristina Trivulzio Di Belgiojoso s'appelle donc *aussi* Laura Di Trivulzio. La vérité littéraire de ces pages est tout aussi réelle que celle revendiquée par la biographie : celle de la légende devenue réalité. Dans les trous de l'histoire, le romancier insinue ses mensonges afin de dire sa vérité et sa réalité : une vérité relative, subjective, partisane ; une réalité arrangée, réinventée, une sorte de réalité «supérieure». Il ne s'agissait pas ici de revendiquer une quelconque «réalité historique» mais de choisir plutôt la «vérité romanesque». Kipling ne dit pas autre chose : «Choisissez d'abord vos faits, puis déformez-les.» J'ai la ferme conviction que la vérité n'est crue que si on ose l'inventer.

DU MÊME AUTEUR

Romans, récits

LE LIVRE DE LA MORTE, Aubier-Montaigne, 1980

LES ENFANTS S'ENNUIENT LE DIMANCHE, Hachette, 1985. Babel/Actes Sud, 1999

GIULIANA, Belfond, 1986. Babel/Actes Sud, 1998

ELLE DEMANDE SI C'EST ENCORE LA NUIT, Belfond, 1988

L'AMOUR DANS LA VILLE, Albin Michel, 1993. Lgf, 2005

L'ANGE DE MER, Flammarion, 1995

Le cycle des VICE-ROIS (4 tomes)

  ASSAM, Albin Michel, 2002. Prix Renaudot, 2002. Lgf, 2004

  AVENTINO, Albin Michel, 2005. Lgf, 2007

  LES VICE-ROIS, Actes-Sud, 1998. Prix du roman historique 1998. Prix Baie des Anges-Ville de Nice 1999. Babel/Actes Sud, 2000. J'ai Lu, 2002

CYCLONE, Actes Sud, 2001. Babel/Actes Sud, 2002. J'ai Lu, 2003

UNE CHAMBRE À TURIN, Le Rocher, 2001 (Folio nº 3724)

BANDITI, Albin Michel, 2004. Lgf, 2006

SPAGHETTI !, Gallimard, 2005

LAURA, Plon, 2006 (Folio nº 4695)

MISS MONDE, Gallimard, 2007

PARIS PORTRAITS, en collaboration avec Claude Arnaud, Élisabeth Barillé, Daniel Maximin, 2007 (Folio nº 4503)

DE GAULLE EN MAILLOT DE BAIN, Plon, 2007

Essais

LE SURRÉALISME, MA Éditions, 1985; réédition augmentée: LE MONDE DU SURRÉALISME, Henri Veyrier, 1991. Complexe, 2005

LA MÉMOIRE DE BORGES, Dominique Bedou, 1987

LE BAROQUE, MA Éditions, 1987; réédition augmentée: PROMENADES BAROQUES, Éditions de l'Arsenal, 1995

ANTONIO SAURA, L'EXIL BIOGRAPHIQUE, La Différence, 1990

TOBIASSE OU LE PATIENT LABYRINTHE DES FORMES, La Différence, 1992

ESPAÑAS Y AMÉRICAS, La Différence, 1994

ANTONIO SAURA, La Différence, 1994

ATELIERS D'ARTISTES, Le Chêne, 1994

DOSSIER PAUL AUSTER, Anagrama, 1996

LE NEW YORK DE PAUL AUSTER, Le Chêne, 1996

LA SOLITUDE DU LABYRINTHE. Entretiens avec Paul Auster. Actes Sud, 1997. Réédition augmentée, Babel/Actes Sud, 2004

LE MADRID DE JORGE SEMPRUN, Le Chêne, 1997

HEMINGWAY À CUBA, Le Chêne, 1997 (Folio nº 3663)

ZAO WOU-KI, La Différence, 1998

J.M.G. LE CLÉZIO: LE NOMADE IMMOBILE, Le Chêne, 1999 (Folio nº 3664)

L'ACIER SAUVAGE (avec des photos de Hélène Moulonguet), Actes Sud, 2000

PHILIPPE SOLLERS OU LA VOLONTÉ DU BONHEUR, ROMAN. Le Chêne, 2001 (repris sous le titre PHILIPPE SOLLERS, VÉRITÉS ET LÉGENDES, 2007 (Folio nº 4576))

JORGE SEMPRUN, L'ÉCRITURE DE LA VIE, Gallimard, 2004 (Folio nº 4037)

PAUL AUSTER'S NEW YORK, Lgf, 2004

LONG COURRIER, Le Rocher, 2005

L'ATELIER INTIME, Le Rocher, 2006

RICHARD TEXIER, LA ROUTE DU LEVANT
(l'œuvre gravé), Somogy éditions d'arts, 2006

UNE GIGANTESQUE CONVERSATION, Le Rocher,
2008

Poésie

ALTÉRATIONS, Éditions de l'Atelier, 1973

AU SEUIL : LA FÊLURE, PJO, 1974

U. CENOTE, Alain Anseuw Éditeur, 1980

LOS ANGELITOS, Richard Sébastian Imprimeur, 1980

LA MUERTE SOLAR, Pre-textos, 1985

JOURS DANS L'ÉCHANCRURE DE LA NUQUE,
La Différence, 1988

LA PORTE DE CORDOUE, La Différence, 1989

LE MOUVEMENT DES CHOSES, La Différence,
1999. Prix SGDL-Charles Vildrac, 1999

Anthologies

HUIDOBRO/ALTAZOR/MANIFESTES, Champs Libre,
1976

AMERICA LIBRE, Seghers, 1976

UNE ANTHOLOGIE DE LA POÉSIE LATINO-
AMÉRICAINE, Publisud, 1983

LITTÉRATURES ESPAGNOLES CONTEMPORAINES,
Éditions de l'Université libre de Bruxelles, 1985

CENT ANS DE LITTÉRATURE ESPAGNOLE, La
Différence, 1990

LE GOÛT DE TURIN, Mercure de France, 2007

Théâtre

LE TEMPS REVIENT, L'Avant-Scène, 2002

Album pour enfants

MÉLI MÉLO A LA TÊTE À L'ENVERS (illustrations
de Lucie Durbiano), Folio Cadet/Gallimard, 2007

COLLECTION FOLIO

Composition Interligne
Impression Maury
à Malesherbes, le 10 février 2008
Dépôt légal : février 2008
Numéro d'imprimeur : 135461

ISBN 978-2-07-034618-9/Imprimé en France.